指环王三部曲

双塔

〔英〕J.R.R.托尔金 著 何卫青 译

济南出版社

图书在版编目（CIP）数据

指环王三部曲. 双塔 /（英）J.R.R. 托尔金著；何卫青译. -- 济南：济南出版社，2025.1. -- （世界奇幻文学名著）. -- ISBN 978-7-5488-6876-7

Ⅰ . I561.45

中国国家版本馆 CIP 数据核字第 20247E63Y3 号

指环王三部曲·双塔
ZHIHUANWANG SANBUQU SHUANGTA

（英）J.R.R. 托尔金 著　何卫青 译

出 版 人　谢金岭
责任编辑　丁洪玉
插图绘画　苇　瑜
装帧设计　张　倩

出版发行　济南出版社
地　　址　山东省济南市二环南路 1 号（250002）
总 编 室　0531-86131715
印　　刷　济南新先锋彩印有限公司
版　　次　2025 年 3 月第 1 版
印　　次　2025 年 3 月第 1 次印刷
开　　本　165mm×230 mm　16 开
印　　张　31.25
字　　数　360 千字
书　　号　ISBN 978-7-5488-6876-7
定　　价　88.00 元

如有印装质量问题　请与出版社出版部联系调换
电话：0531-86131736

版权所有　盗版必究

| 译者介绍 | **何卫青**

女,文学博士,中国海洋大学文学与新闻传播学院副教授,硕士生导师。主要从事儿童文学的教学、研究与翻译工作。出版《小说儿童》《澳大利亚儿童文学导论》等专著及《儿童文学的美学研究》《为学而读:儿童文学的认知研究》等译著,创作儿童文学作品《献给松汐岛的花》《漂流谣》《鱼歌》等,创作的诗歌及短篇小说散见各刊。

| 插画师介绍 | **苇瑜**

男,原名:李林钰;网名:一如的挽歌。自由撰稿人,绘画工作者,现居河南郑州。

目 录
Contents

卷三

第 1 章 波洛米尔离去 / 2

第 2 章 洛汗骑兵 / 15

第 3 章 乌鲁克族 / 49

第 4 章 树须 / 74

第 5 章 白骑士 / 114

第 6 章 金殿之王 / 142

第 7 章 海尔姆深谷 / 172

第 8 章　去往艾森加德的路 / 197

第 9 章　狼藉一片 / 220

第 10 章　萨鲁曼的声音 / 243

第 11 章　帕蓝提尔 / 260

卷四

第 1 章　驯服斯米戈尔 / 280

第 2 章　死亡沼泽 / 306

第 3 章　黑门关闭 / 329

第 4 章　香草炖野兔 / 348

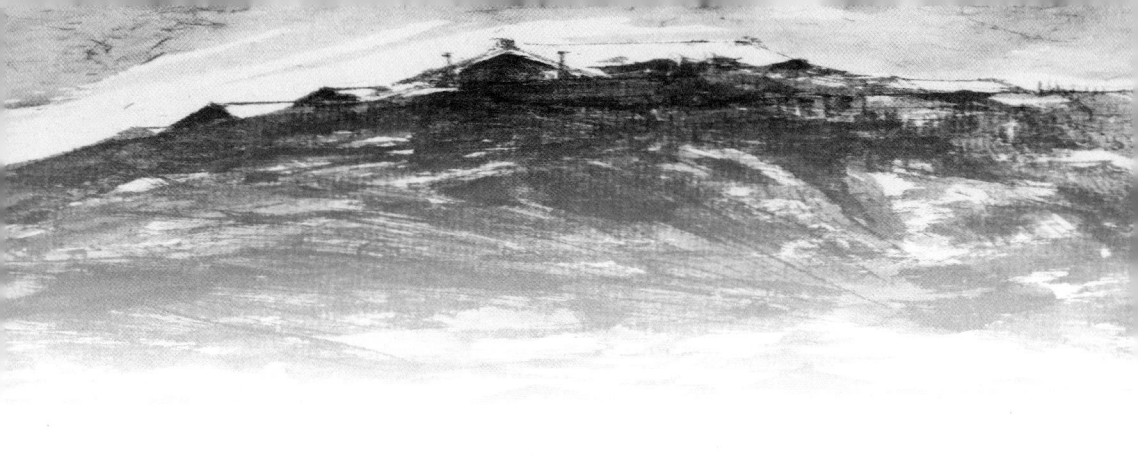

第 5 章 西方之窗 / 368

第 6 章 禁忌之潭 / 397

第 7 章 去十字路口 / 415

第 8 章 西力斯昂戈的阶梯 / 428

第 9 章 希洛布的巢穴 / 448

第 10 章 山姆怀斯大人的选择 / 463

译后记 / 485

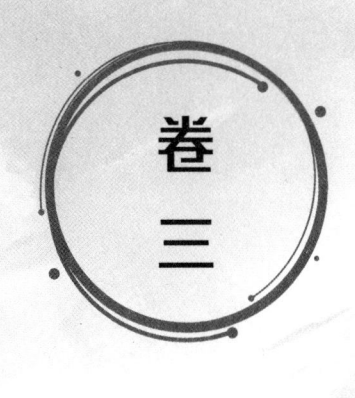

卷三

指环王三部曲 II 双塔

第1章
波洛米尔离去

阿拉贡飞奔上山。他时不时地弯腰查看地面。霍比特人走路很轻,即使是游民也不太容易辨认出他们的脚印,但在距离山顶不远的一条横跨小径的泉溪旁,在泥泞的地里,他看见了他在寻找的东西。

"我没有认错足迹,"他自言自语道,"弗拉多曾跑到山顶上去过。不知道他在那儿看见了什么。不过他是原路返回的,又下山去了。"

阿拉贡犹豫不决。他也想到高座去,希望在那儿能见到指引困惑中的自己的东西,可时间很紧迫。突然,他往前一跃,冲上山顶,跨过大石板,登上台阶,然后坐在高座上,极目远眺。可是,太阳似乎变暗了,世界遥远而昏暗,他从北看到东、西、南,又从南、西、东看到北,除了远处的山,却什么都没有看到,除非之前见过的那只在高空中盘旋的像鹰一样的大鸟也算是所见的话。那只大鸟慢慢地画了一个大圈,朝大地飞落而去。

即使在眺望的时候,他的耳朵也捕捉到了下面大河西边林地里的声音。他绷紧了身体。那里有喊叫,其间还夹杂着令他恐惧的粗哑之声，他听得出那是兽人的嗓音。然后，随着一声低沉的吼叫，一只巨大的号角骤然吹响，强劲的声浪冲击着山岗，在空谷回荡，汇成威猛的呼号，甚至盖过了瀑布的咆哮。

"波洛米尔的号角！"阿拉贡叫道，"他需要帮助！"说着，他离开高座，奔下阶梯，顺着小径冲下山去，"唉！我今天厄运当头啊！做什么错什么。山姆在哪儿？"

他往山下冲的时候，叫喊声越来越大，而号角却吹得越来越弱，越来越急迫。兽人尖厉瘆人的叫喊声此起彼伏。突然，号角声戛然而止。阿拉贡加速跑下最后一段斜坡，但还不等他到达山脚，嘈杂的声音就沉落下去了。他向左转，冲声音传来的方向跑去，它们渐渐退去，直到最后再也听不到了。阿拉贡拔出他明晃晃的剑，高喊着"埃兰迪尔，埃兰迪尔"冲过树林。

在离能希斯艾尔湖不远——大概距帕斯嘉兰一英里远——的一小片林间空地里，他发现了波洛米尔。后者背靠一棵大树坐着，仿佛在歇息。不过阿拉贡看到，他身中很多黑羽箭。他的剑仍然握在手中，但近剑鞘处已断，他的号角被劈成两半落在身旁。他的周围和脚边，堆着许多兽人的尸体。

阿拉贡双膝着地跪在他身旁。波洛米尔睁开眼睛，努力想说话。最后，他慢慢地吐出言辞。"我企图从弗拉多那里夺走至尊指环，"他说，"对不起，我为此付出了代价。"他的目光掠过周围倒毙的敌人，至少有二十个，"他们走了，那两个半身人——兽人抓住了他们。我想他们没死，但兽人绑架了他们。"他顿了顿，疲倦地闭上了眼睛。片刻后，他又开口道："再见了，阿拉贡！到米纳斯提力斯去吧，去拯救我的人民！我已经失败了。"

"不！"阿拉贡握住他的手，亲吻他的额头，"你战胜了。很少有人能赢得这样的胜利。安息吧！米纳斯提力斯不会陷落！"

波洛米尔露出了微笑。

"他们去的哪个方向？弗拉多也被抓了吗？"阿拉贡问。

然而波洛米尔再也没有说话。

"唉！"阿拉贡叹道，"守卫之塔的领主德内梭尔的继承人，就这样去世了！这是一个惨痛的结局。现在，远征队分崩离析。失败的是我。我辜负了甘道夫的信任。现在我该怎么办？波洛米尔临终托付我前往米纳斯提力斯，我也想去。可至尊指环和持环者在哪儿呢？我怎么才能找到他们，挽救这场追寻于灾难中呢？"

他跪在那里，弓着背哭泣了好一会儿，仍然紧紧握着波洛米尔的手。莱戈拉斯和吉姆利发现了他。他们从西山坡走来，悄无声息、蹑手蹑脚地穿过树林，仿佛在狩猎一般。吉姆利握着斧子，而莱戈拉斯长刀在手。当走进林中空地时，他们吃惊地怔住了。他们愣在那里，悲伤地垂下头，因为发生了什么显而易见。

"唉！"莱戈拉斯叹息着走到阿拉贡身边，"我们在森林里追猎杀死了很多兽人，但我们本应该在这里更能派上用场。我们是听到号角声后赶来的，但显然太迟了。我担心你受了致命的伤。"

"波洛米尔死了，"阿拉贡说，"我没受伤，因为我没在这儿，没和他在一起。他为了保护霍比特人牺牲了，而我当时远在山上。"

"霍比特人！"吉姆利叫道，"那他们在哪里？弗拉多在哪儿呢？"

"我不知道，"阿拉贡疲惫地答道，"波洛米尔临终前告诉我，兽人绑架了他们，他认为他们没有死。我派他跟着梅里和皮平，但我没有问他弗拉多或山姆是不是和他在一起，等我想起问他的时候已经太迟了。今天我做的每一件事都出了错。现在该怎么办？"

"首先，我们必须安葬逝者。"莱戈拉斯说，"我们不能让他躺在这里，躺在这些肮脏的兽人中间腐烂。"

"我们动作必须迅速，"吉姆利说，"他肯定不希望我们在此逗留。如果我们远征队被俘的队友还有活着的希望，那我们必须追踪兽人。"

"可我们不知道指环持有者有没有被他们抓住啊，"阿拉贡说，"我们要抛弃他吗？我们难道不应该先找到他吗？现在我们真是进退维谷啊！"

"那就先让我们做必须做的事吧，"莱戈拉斯说，"我们没有时间也没有工具好好地安葬我们的队友，更没法为他立坟。我们可以堆一个石冢。"

"那会很费时费力，这附近找不到可用的石头，河边才有。"吉姆利说。

"那让我们把他抬到船上，连同他的武器，连同他所杀敌人的武器。"阿拉贡说，"我们将把他送往涝洛斯大瀑布，送往安度因大河。至少那刚铎大河会护佑他的尸骨不受邪恶之物的亵渎。"

他们迅速在兽人的尸体间搜寻起来，将他们的剑、被劈开的头盔和盾甲堆成一堆。

"看！"阿拉贡叫道，"证物在这儿！"他从阴冷的武器堆中捡出两把刀，叶形刀刃，刀身上有金红两色纹章；再搜，他又发现了刀鞘，黑色的，镶有小小的红宝石。"这不是兽人的武器！"他说，"这是霍比特人带的刀。无疑，兽人抢劫了他们，但没敢保留这些刀，他们知道它们的来历，这是西方之地的作品，镌有会给魔多带来困扰的咒语。唉！如果我们的朋友还活着，那也是手无寸铁。我要带上这些东西,怀抱一线希望,将它们物归原主。"

"而我将带上所有我能发现的箭,"莱戈拉斯说,"因为我的箭筒已经空了。"他在那堆武器和周围的地上寻找一番,发现了不少完好无损又比兽人习惯使用的箭更长的箭头。他仔细查看着它们。

阿拉贡则观察着那些尸体:"这里躺着的许多都不是魔多的兽人。以我对兽人及其族群的了解,有一些来自北方的雾山山脉,还有一些我不熟悉,他们的装备完全没有遵循兽人的习惯!"

有四个兽人士兵身材比其他的更魁梧,肤色黝黑,斜眼,腿粗手大。他们装备的是宽叶短剑,而不是兽人惯用的弯刀,而且他们还有紫杉弓,其长度和形状都像人类的弓。他们的盾牌上画着奇怪的图案:一片黑底中央的一只小白手。他们的铁头盔正面镶嵌了一个以某种白金属锻造的如尼文字母 S。

"我以前没见过这种标记,"阿拉贡说,"它们是什么意思呢?"

"S 代表索伦,"吉姆利说,"这很容易理解啊。"

"不是!"莱戈拉斯说,"索伦不用精灵的如尼文。"

"他也不用他的真名,更不允许别人拼写或说出来,"阿拉贡说,"而且他也不用白色,在巴拉督尔为他卖命的兽人用的是一只红眼的标记。"他站在那儿沉思了片刻,然后说:"我猜测,S 代表的是萨鲁曼。在艾森加德,邪恶势力蠢蠢欲动,西方也不再安全了。正如甘道夫所担心的:通过某种方式,背叛者萨鲁曼已经知晓了我们的旅程。他很可能也知道了甘道夫的坠落。魔多的追踪者可能已经逃过了罗瑞恩的警戒,抑或避开了那片土地,通过其他途径到了艾森加德。兽人行进得很快。不过萨鲁曼有许多获知消息的方式。你们还记得那些鸟吗?"

"哎!我们没时间猜谜了,"吉姆利说,"先把波洛米尔抬走吧!"

"不过在这之后,我们必须猜谜,如果我们要选择正确的行程的话。"阿拉贡答道。

"也许并没有正确的选择。"吉姆利说。

矮人拿起斧子,砍了几根树枝。他们用弓弦将这些树枝捆在一起,然后把他们的斗篷铺在上面。他们就用这个粗陋的担架,把同伴的尸体抬到了岸边,连同其最后一战的战利品,那都是他们选出来为其陪葬的。虽然是短短的一段路,但他们走得很吃力,因为波洛米尔是一位高大强壮的人。

阿拉贡留在水边看守,莱戈拉斯和吉姆利匆匆步行返回帕斯嘉兰草坪。两地相距大约一英里,但过了好一会儿,他们才又沿岸快速划着两只小船回来。

"告诉你一件奇怪的事,"莱戈拉斯说,"岸上只有两只船,另一只船踪迹全无。"

"兽人去过那里吗?"阿拉贡问。

"我们没看见兽人的痕迹,"吉姆利答道,"而且要是兽人去过的话,应该会抢走或者破坏掉所有的船,还有所有的行李啊。"

"等我们到那儿,我会查看一下地面的。"阿拉贡说。

眼下,他们将波洛米尔放进将载他离去的小船中央。他们将那件灰色的精灵连帽斗篷叠好,枕在他的头下。他们梳理了他那长长的黑发,将它披散在肩上。罗瑞恩的金腰带在他的腰间闪烁。他们把他的头盔放在他的身旁,而把被劈成两半的号角、剑柄和剑的碎片都放在他的腿上,又将敌人的剑放在他的脚下。然后,他们把这只船的船头系在另一只船的船尾,将它拉入水中。他们沿着岸边悲伤地划着船,然后转进水流湍急的河道,经过了帕斯嘉兰。托尔布兰迪尔的陡壁闪闪发亮，因为此刻正是下午三点左右。他们向南划行，涝洛斯瀑布的水沫在前方腾起，微光闪闪，荡起一片金色的雾霭。湍急的水流和瀑布的轰鸣震颤着无风的空气。

他们哀伤地解开了安葬船：波洛米尔躺在其中，安宁祥和，在流水的怀抱中漂流而去。他们撑着桨停住自己的船，而大河带走了他。他从他们旁边漂过，小船慢慢离去，衬着金色的阳光渐渐变成一个黑点，然后突然消失了。涝洛斯瀑布依旧咆哮，不为所动。大河带走了德内梭尔的儿子波洛米尔。他再也没有出现在米纳斯提力斯，再也没有像过去那样伫立在清晨的白塔上，但在刚铎，在后世，流传着这样的传说：精灵船漂过瀑布和水花四溅的池塘，载着他一路去往下游，穿过欧斯吉利亚斯，经过安度因大河的许多河口，在繁星闪烁的夜晚驶进了大海。

好一会儿，三个同伴默默地望着离去的他。然后，阿拉贡开口了："他们会从白塔寻找他的，但他再也不会从高山或大海返回了。"说完，他缓缓地开始唱道：

> 穿过汗洛，越过沼泽与原野，
> 长草离离，西风飒飒，绕城徘徊。
> "流浪的风啊，你从西方带来了什么消息
> 给今夜的我？
> 你可曾见过高大的波洛米尔，在月光下，在星光下？"
> "我看见他在七道河流上驰骋，飞跃宽阔的灰水，
> 我看见他漫步在空旷的田野，直到走进北方的重重阴影，
> 再不见踪迹。

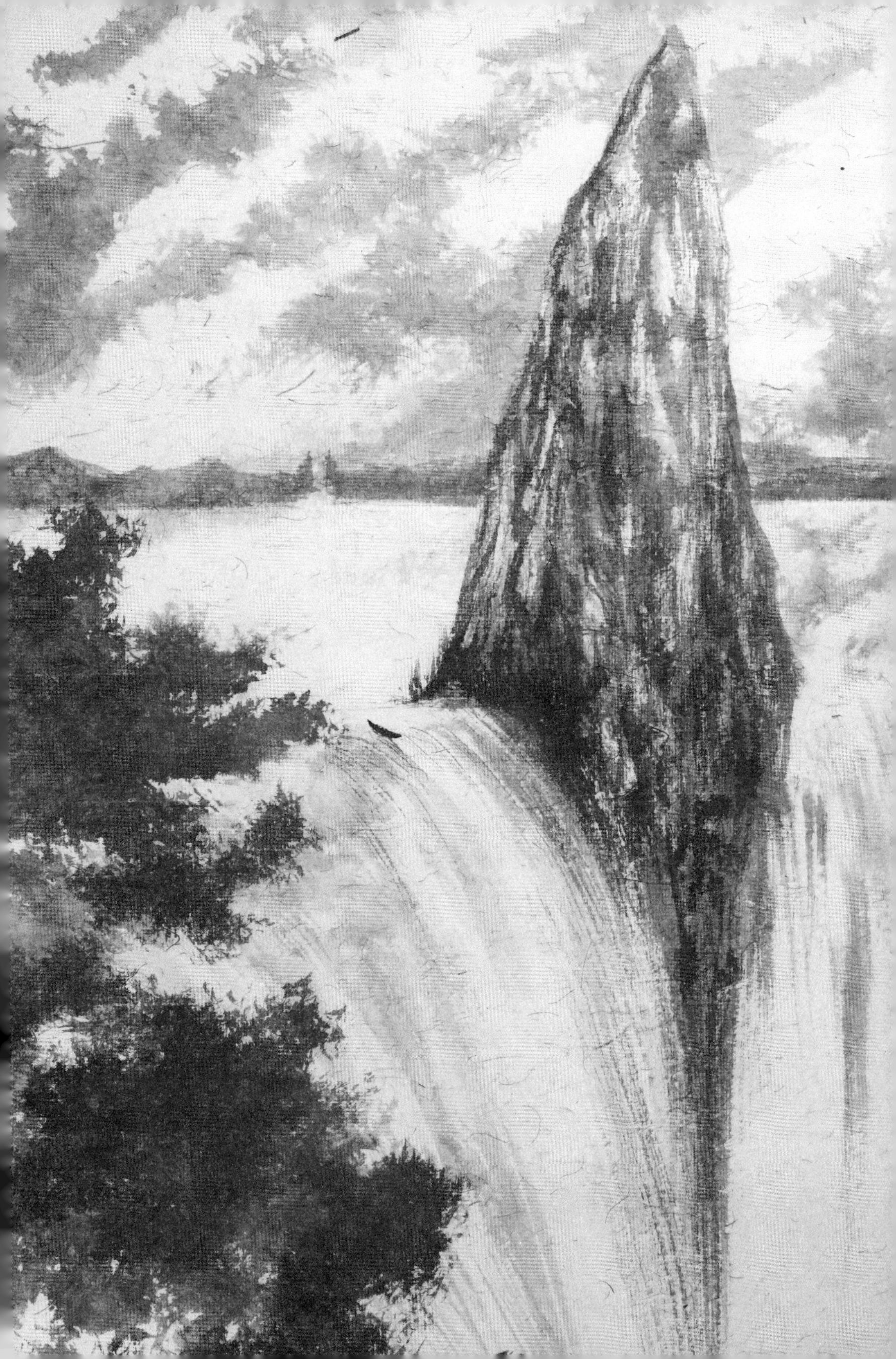

北风也许曾听见德内梭尔之子的号角声，
啊，波洛米尔！高墙之上，我遥望西方，
却不见你从无人的旷野归来。"

莱戈拉斯接着唱道：

海鸥悲鸣，南风从入海口吹来，
从沙丘吹来，从礁石吹来，
在门外呜咽。
"叹息的风啊，你从南方带来了什么消息
给黄昏中的我？
英俊的波洛米尔现在何方？
他的迟归令我悲伤。"
"不要问我他身在何处，
暴风雨雪的天空下，
白岸黑岸，尸骨遍陈，
顺大河而下，皈依大海。
问问北风吧，问问他们的消息，
问问北风带给我的消息！"
"啊，波洛米尔！
城门远处，海路向南，
却不见你随悲鸣的海鸥从灰色入海口归来！"

阿拉贡接着又唱道：

北风吹过王者之门，掠过咆哮的瀑布，
似嘹亮的号角绕塔吹响清冷之音。
"强大的风啊，你从北方带来了什么消息
给今天的我？
英勇的波洛米尔有什么消息？他离乡已很久。"
"阿蒙汉山下，我听到他的呼喊，他杀敌无数。
流水带走了他的裂盾断剑，
他的头颅高昂，他的脸庞英俊，他的肢体终安息，
涝洛斯，金色的涝洛斯瀑布拥他入怀。
啊，波洛米尔！守卫之塔将永远向北凝望，
凝望涝洛斯，金色的涝洛斯瀑布，直到天荒地老。"

就这样，他们结束了安葬，然后掉转船头，逆流全速返回帕斯嘉兰。

"你们把东风之歌留给了我，"吉姆利说，"但我对它无话可说。"

"本该如此，"阿拉贡说，"在米纳斯提力斯，他们忍受东风，但不问它带来了什么消息。现在，波洛米尔已经走上了他的路，我们必须尽快选定我们的路。"

他迅速而全面地查看了一番绿草坪，不时弯腰检查地面。"兽人没有来过这里，"他说，"否则这草坪早就被践踏得一塌糊涂了。我们的脚印全都清晰可见，反复走过的脚印都在。我不能确定，是不是有一个霍比特人在我们开始寻找弗拉多之后又回来过这里。他回到了河岸边，就在那条源自山泉的溪流汇入大河的地方。这里有一些清晰

的脚印。有一个霍比特人**蹚**进河里又出来了,但我不确定是多久之前的事。"

"那你要怎么解开这个谜题?"吉姆利问。

阿拉贡没有马上回答,而是走到他们的宿营地,看了看行李。"有两个背包不见了,"他说,"一个肯定是山姆的,它很大很沉。那么答案就是:弗拉多划船走了,他的仆人跟他在一起。弗拉多一定是在我们全都走开后回来的。我上山的时候遇到了山姆,让他跟着我,但显然他并没有照做。他猜到了他主人的心思,在弗拉多离开之前回到了这里。弗拉多发现抛开山姆离开可不是那么容易的事!"

"可他为什么一句话都不说,抛下我们就离开了?"吉姆利说,"这种行为可真是太奇怪了!"

"也是一种勇敢的行为,"阿拉贡说,"我想,山姆是对的,弗拉多不希望带着任何一位朋友和他一起进入魔多送死,但他知道自己必须去。在他离开我们之后,一定发生了什么事,让他克服了恐惧和怀疑。"

"也许是在兽人的追击下,他逃走了。"莱戈拉斯说。

"他确实逃走了,"阿拉贡说,"但我想,不是因为兽人的追击。"阿拉贡想的是弗拉多突然下定决心离去的原因,但他没有说。波洛米尔的临终遗言,他保密了很久。

"好吧,至少情况现在清楚多了,"莱戈拉斯说,"弗拉多不在大河这边了,只有他可能划走那只船,而山姆跟他在一起,只有山姆才会拿走他的背包。"

"那么,我们的选择要么是划着剩下的船去追赶弗拉多,要么徒步追踪兽人。"吉姆利说,"无论哪一个选择,希望都很小。我们已经失去了宝贵的时间。"

"让我想想！"阿拉贡说，"现在，也许我可以做出正确的选择，摆脱这不幸的一天的厄运了！"他默默地站了片刻。"我选择追踪兽人，"他最后说，"我本来应该领着弗拉多去魔多，跟他一起走到最后，但如果现在去荒野里寻找他，我就必须抛下被俘虏的同伴，任他们遭受折磨而死。我的心终于清楚地告诉我：持环者的命运已经不在我的掌握中了。远征队已经完成了它的使命。而我们余下的人，只要还有一口气，就不能抛下同伴。走吧！我们现在就出发。抛下所有多余之物！我们必须日夜兼程！"

他们把最后一只小船拉上来，将它搬到树林里，又将不需要和带不走的物资放在船下，然后离开了帕斯嘉兰。当他们走到波洛米尔牺牲的那片林间空地时，黄昏已近。他们没怎么费劲，就发现了兽人留下的踪迹。

"没有其他族类会如此践踏环境，"莱戈拉斯说，"他们似乎以劈砍和击倒生长物为乐，哪怕是并不挡他们路的生长物。"

"尽管如此，他们走的速度还是非常快，"阿拉贡说，"而且不知疲倦。稍后我们可能得在荒芜的不毛之地寻找我们的路。"

"嗯，追他们！"吉姆利说，"矮人也能走得很快，体力不比兽人差。不过这将是一场长途追踪，他们已经走了很久。"

"是的，"阿拉贡说，"我们全都需要矮人的耐力。走吧！无论有没有希望，我们都要跟上敌人的踪迹。如果事实证明我们跑得更快，那他们可就惨了！精灵、矮人和人类这三个族类将会视我们这场追击为奇迹。前进，三位猎手！"

阿拉贡像鹿一样一跃而起，在林间飞速穿行。既然已经下定决心，他就领着他们不知疲倦地快速追赶起来。湖边的树林被他们抛在了身后。他们爬上了一道又一道长长的山坡。这些山坡在落日余晖的映衬下,显得黝黑而硬朗。黄昏降临,他们如灰影般经过了岩石遍布的大地。

第 2 章
洛汗骑兵

　　暮色加深，雾霭缭绕在他们身后下方的林木间，弥漫在安度因大河灰蒙蒙的两岸，但天空清明。星星出来了。朗月在西天漂泊，岩石黑影绰绰。三人已经到了岩石遍布的丘陵脚下，他们的步伐慢了下来，因为兽人的踪迹不太容易辨认了。埃敏穆伊丘陵在此从北向南，绵延成两道高低起伏的长山脊。每道山脊的西边都很陡峭难爬，不过东边的斜坡坡度平缓一些，坡上满是溪谷和窄沟。三个伙伴在这片不毛之地艰难地行走了一整夜，先是爬上第一道也是最高的山脊，然后又下到另一边漆黑曲折的深谷中。

　　拂晓之前的静谧寒冷时分，他们稍事休息。月亮早已漂泊到前方天际，星星在头顶闪烁。有那么一刻，阿拉贡感到茫然无措：兽人的踪迹已经下到山谷里去了，可是在那里就消失了。

　　"你觉得他们会转到哪条路上去？"莱戈拉斯问，"如果他们如你所料，目标是艾森加德，或范贡森林，那他们是往北走一条更直接的路，还是往南闯恩特河去了？"

15

"不管目的是什么,他们都不会朝河走。"阿拉贡说,"除非洛汗发生了大乱,萨鲁曼的势力大大增强了,否则他们会走他们所能发现的最短的路,穿过洛希尔人的原野!让我们往北追踪吧!"

这峡谷像嶙峋丘陵间的一道多石沟槽,一条潺潺溪流在谷底的巨石间流淌。一堵悬崖堵在他们右边,而左边是攀升的灰色斜坡,在深夜里暗影绰绰。他们往北走了一英里多。阿拉贡一边走,一边俯身向地,在向上伸进西山脊的沟壑与溪谷间探查着。莱戈拉斯在前面一点。突然,这位精灵大叫一声,另外两人赶紧朝他跑去。

"我们已经赶上一些要追击的敌人了,"他说,"你们看!"他用手一指,他们这才发现,那些躺在山坡下起初被当作大石块的东西,其实是挤在一起的尸体。五个丧命的兽人躺在那里。他们都是被残忍地砍死的,有两个的头都被砍掉了。地上黑血成流。

"这是另一个谜题!"吉姆利说,"但解谜需要日光,而我们没时间等了。"

"然而不管你怎么解,都不像是无望的,"莱戈拉斯说,"兽人的敌人可能是我们的朋友。这片丘陵里有人居住吗?"

"没有,"阿拉贡说,"洛希尔人很少到这里来,这里离米纳斯提力斯又很远。也许有一群人出于某些我们不知道的原因到这里来狩猎了?不过我觉得不是这么回事。"

"那你怎么看?"吉姆利问。

"我想,敌人内讧了。"阿拉贡答道,"这是几个从遥远之地来的北方兽人。被杀的没有一个是佩戴着陌生标记的大兽人。我猜测,他们发生了争执。这在这些肮脏的族类中很常见,也许他们是为走哪条路起了冲突。"

"也或许是为俘虏起了争执,"吉姆利说,"但愿他们没有在这里送命。"

阿拉贡把附近一大圈地面搜查了一遍,没有发现其他打斗的痕迹。他们继续前进。东边的天空已经变白,星星逝去了。一团淡白的光渐渐明亮。往北更远一点,他们遇到了一个山洼,一条从高处落下的涓涓溪流在其中蜿蜒流淌,于岩石间冲刷出了一条下到山谷的小道。山谷里生长着一些灌木,两侧还有一片片草地。

"终于有了!"阿拉贡说,"我们要寻找的踪迹就在这里!就是这条水道上游:兽人在内讧之后,就是往这边走的。"

三个追踪者迅速转向,沿着新路继续前进。他们仿佛休息了一整夜,精神抖擞地从一块石头跳到另一块石头,最后抵达了灰色山丘的山顶。一股突如其来的微风拂过他们的头发,掀动他们的斗篷:这是拂晓的冷风。

他们回首,目光越过大河,看见远处的丘陵被点燃了。白昼正跃上天空。一轮红日越过黑暗大地的肩头冉冉升起。西边,世界在他们面前寂然伸展,无形而灰蒙。然而随着他们的凝望,夜影消融了,醒来的大地重新色彩斑斓:辽阔的洛汗草地绿色流荡;河谷里白雾缭绕;左边更远处,大约三十里格的地方,伫立着笼罩在蓝紫氤氲中的白山山脉,群峰宛如黑玉,峰顶白雪皑皑,被晨光映照得绯红。

"刚铎!刚铎!"阿拉贡喊道,"但愿我能在更快乐的时刻再见到你!我要走的路尚未向南通往你明亮的溪流。"

刚铎!刚铎!山海之间的刚铎!
那里西风吹拂,光照银树,

17

似亮雨飘落在古代君王的花园。

啊！巍巍城墙！洁白高塔！

啊！双翼王冠！黄金宝座！

啊！刚铎！刚铎！何时再见银树？

山海之间，西风何时再起？

"现在我们走吧！"他说着，将目光从南边转开，看向西方和北方，看向他必须踏上的那条路。

三个伙伴站立的这道山脊在他们脚前陡然下降。下方二十多弗隆远的地方，有一片凹凸不平的宽阔岩架，延伸到一处陡崖边缘戛然而止：那是洛汗的东城墙。埃敏穆伊便到此为止，洛希尔人的绿色原野在他们面前绵延至天际。

"看！"莱戈拉斯指着头顶的苍白天空喊道，"又有一只鹰！飞得非常高！这会儿好像飞远了，从这片土地飞回北方去了。飞得好快！看！"

"没有啊，就连我的眼睛也看不见它，我的好莱戈拉斯，"阿拉贡说，"它一定是飞远了。如果它就是我之前见过的那只鸟的话，那我很好奇它的目的是什么。不过，看！我看得见离我们更近、更紧迫的东西：有什么东西在原野上移动！"

"很多东西，"莱戈拉斯说，"是一大群步行的东西，但我确定不了太多，也看不出他们可能是什么种族。他们离我们还远，还有好多里格，我估计有十二里格，不过这原野一马平川，很难测量。"

"那无所谓了，我想我们已经不需要任何痕迹告诉我们该往哪边走了，"吉姆利说，"来吧，我们尽快找一条路下到原野去。"

"你还能找到一条比兽人走的这条路更快的小道吗？我表示怀

疑。"阿拉贡说。

现在，他们在光天化日之下追踪敌人。那群兽人似乎是竭尽全力在赶路。三个追踪者时不时就发现一些被落下或被抛弃的东西：食物袋、干肉皮、灰硬面包碎屑、一件破烂的黑斗篷、一只在岩石上磕破的沉重铁底鞋。这些痕迹引着他们沿陡坡顶端朝北走，最后到了一个由一条喧嚣奔溅的溪流冲刷岩石形成的深沟。这个狭窄的深沟中，有一条崎岖的小道，像一道陡峭的阶梯下延到平原。

下到沟底，他们出乎意料地突然就踏入了洛汗草原。它像一片绿色海洋，涌动攀升直到埃敏穆伊脚下。山上落下的溪流消失在一片浓密的水芹和水生植物中，听得见叮叮咚咚的水声。这溪流就在这些绿色的水道中，顺着长长的缓坡流向远方恩特河谷的沼泽地。冬天似乎已经被他们抛在身后，死守着那些丘陵地了。这里空气更柔和更温暖，还弥漫着淡淡的香味，仿佛春天已经苏醒，草叶重新焕发活力。莱戈拉斯深深地吸了一口气，就像一个在不毛之地饱受干渴的人喝了一大口甘露。

"啊！这绿色的味道！"他感叹道，"这可比睡一大觉还管用，我们跑起来吧！"

"步履轻盈的人在这儿可以跑得飞快，"阿拉贡说，"也许比穿铁底鞋的兽人跑得还快。现在，我们有机会缩短与他们的距离了！"

他们鱼贯前进，像追踪强烈气味的猎犬一样跑起来，眼中闪烁着急切的光芒。兽人行进时践踏出来的宽阔痕迹，几乎朝着正西方。他们所到之处，洛汗的甜美草叶被蹂躏得乱七八糟，狼藉一片。稍顷，阿拉贡叫了一声，转向一边。

"等等！"他大喊道，"先别跟着我！"他离开主路，飞快地跑到右边,因为他看见了往那边去的脚印,这些脚印是没穿鞋的小脚留下的,跟兽人的脚印分开了,但没有分开多远,就又被从主路前后纷至沓来的兽人脚印踩过。然后那些脚印骤然转弯,又回到原路,湮没在纷乱的践踏痕迹里。在它们所到的最远处,阿拉贡弯下腰,从草地上捡起什么东西,然后跑了回来。

"没错,"他说,"很显然它们是某个霍比特人的脚印,我想是皮平的。他比另外几个霍比特人个头都小。还有,看这个!"他举起一样在阳光下熠熠生辉的东西。这东西看上去像一片新舒展开来的山毛榉树叶,在这无树的平原上,显得美丽又突兀。

"精灵斗篷的饰针!"莱戈拉斯和吉姆利齐声喊道。

"罗瑞恩的树叶不会无故掉落,"阿拉贡说,"这不是偶然掉的,而是被故意丢下,给任何可能追来的人做记号的。我想皮平就是出于这个目的,才从主路上跑开的。"

"那他至少还活着,"吉姆利说,"而且用了他的智慧,还有双腿!这真令人鼓舞,我们没有白追。"

"但愿他没有为这大胆的举动付出过于昂贵的代价,"莱戈拉斯说,"走吧,我们继续追!一想到那些快乐的小人儿像牲口一样被驱赶着走,我就心焦如焚。"

太阳爬上午天,又慢慢落下。遥远的南方,薄云出海,又被风吹散。夕阳西下。阴影从后面腾起,自东方伸出长长的胳膊。自波洛米尔牺牲后,一天就这样过去了,而兽人还遥遥在前。一马平川的原野上,看不见他们的任何踪影。

夜幕四合之际,阿拉贡停下了。在这一天的行进中,他们只短暂地休息了一小会儿。现在,他们距离黎明时曾伫立的东城墙有十二里格远。

"眼下我们面临一个艰难的选择，"他说，"是该夜息，还是该趁意志和体力尚存，继续赶路呢？"

"如果我们停下来休息，敌人会把我们远远甩在后面的，除非他们也休息。"莱戈拉斯说。

"就算是兽人，行进的时候肯定也需要停下来休息吧？"吉姆利说。

"兽人很少在光天化日之下赶路，可这些兽人就这么做了，"莱戈拉斯说，"他们夜里肯定不会休息。"

"可是如果我们夜行的话，没法跟上他们的足迹啊。"吉姆利说。

"就我所见，这些踪迹是直行的，既没有左转也没有右转。"莱戈拉斯说。

"也许吧，我可以领着你们摸黑沿着猜测的路线行进，"阿拉贡说，"但我们一旦走偏，或者他们拐了弯转了向，那等天亮的时候，我们可能就要耽误很久才能重新发现他们留下的踪迹。"

"还有一点，"吉姆利说，"只有白天，我们才能看清有没有偏离的踪迹。假如某个俘虏逃了，或者有人被带走了，比如朝东往大河走，去魔多了，那我们就有可能错过痕迹，却一无所知。"

"确实如此，"阿拉贡说，"可是，如果我没有读错之前那些痕迹的话，那么那些带有白手标记的兽人应该是占了上风，整个兽人队伍现在一定是往艾森加德去了。眼前这条他们的路径也证实了我的猜测。"

"不过就这么确定那是他们的意图，是不是太草率了？"吉姆利说，"逃脱的事要怎么解释呢？在黑暗中，我们可能会错过那些引你发现饰针的痕迹啊。"

21

"自那之后,兽人肯定加强了看守,俘虏也可能变得更加虚弱,"莱戈拉斯说,"除非我们谋划相助,否则不会再有逃跑的事发生了。至于要怎么帮他们逃脱,现在还不好说,但我们得先追上他们。"

"可即使是我这样一个旅行过很多次,吃苦耐劳不亚于我的族人的矮人,也不可能一路不停不息地跑到艾森加德啊。"吉姆利说,"我也心急如焚,也想尽快出发,但现在我必须休息一下才能跑得更快。而我们若要休息,那黑灯瞎火的夜晚正当其时。"

"我说了,这是一个艰难的选择,"阿拉贡说,"我们该如何解决争执呢?"

"你是我们的领导,"吉姆利说,"而且你有丰富的追踪经验,应该由你来选择。"

"我的心恳请我继续前进,"莱戈拉斯说,"但我们必须团结在一起,我会听从你的决定。"

"你们把选择权给了一个糟糕的决策者,"阿拉贡说,"自从我们穿过阿刚那斯后,我的选择全都出了错。"说完他陷入沉默,凝视着夜色愈深的北方和南方,凝视了好一会儿。

"我们夜里不赶路了,"他最后说,"在我看来,错过他们的足迹或其他往来痕迹,后果更严重。如果月亮足够亮,我们还可以趁月光赶路,可是,唉!月亮沉落得早,而且还只是上弦月,辉光暗淡。"

"今晚月亮还藏起来了,"吉姆利嘟囔道,"要是夫人送给我们点光就好了,就像她送给弗拉多的那个礼物。"

"那个礼物是用在更需要的地方的,"阿拉贡说,"弗拉多肩负着真正的使命。我们的事只是这个时代大事件中的一件小事。也许一开始这就是一场徒劳的追踪,我的任何选择都无损无补。好了,我做出选择了，我们抓紧时间休息吧！"

他扑倒在地上，立刻睡着了，因为自从在托尔布兰迪尔阴影下过夜后，他就再也没有睡过觉。

破晓前，他醒了，站了起来。吉姆利仍然在沉睡，但莱戈拉斯站在那儿，凝视着北方的黑暗，像一棵年轻的树，在无风的夜晚，默然伫立，若有所思。

"他们走得很远很远了，"他沮丧地说着，转向阿拉贡，"我心里知道，他们今晚没有休息。现在只有飞鹰能追上他们了。"

"即使如此，我们还是要继续追踪。"阿拉贡说着，弯腰唤醒矮人，"起来了，我们得走了！"他说，"天气变冷了。"

"可天还黑着呢，"吉姆利说，"哪怕是莱戈拉斯站在山顶上，也得等太阳出来才能看见他们。"

"恐怕他们已经走出我的视线之外了，不管是站在山上还是站在平原上，也不管是在月光下还是在阳光下，都看不见了。"莱戈拉斯说。

"视线不及之处，泥土可能会告诉我们一些事，"阿拉贡说，"这片土地肯定曾遭受他们可恶的践踏。"说着，他伸展身体躺在地上，耳朵紧紧贴向草皮。他一动不动地躺在那儿，躺了很长时间，以至于吉姆利都怀疑他是不是昏厥过去或者又睡着了。黎明破晓，四周渐渐亮堂起来。最后，阿拉贡站起身，他的朋友们也能看清他的脸了：苍白憔悴，神情忧虑。

"泥土的话语模糊含混，"他说，"我们周围方圆几英里，都无人走动。敌人的脚步微弱又遥远，但马蹄声却很响。我想起来了，我听到过这些马蹄声，就在我躺在地上睡觉的时候，它们曾搅扰我的梦：群马奔腾，在西方驰骋。不过现在它们离我们越来越远，往北去了。

真不知道这片土地上发生了什么事！"

"我们走吧！"莱戈拉斯说。

于是，他们第三天的追踪开始了。云遮日绰，一小时又一小时，他们几乎不曾停歇，时而大踏步，时而奔跑，仿佛疲倦也不能熄灭他们的似火焚心。他们很少说话，穿行在广阔孤寂的天地间，身上的精灵斗篷泯然于茫茫原野的灰绿中。在正午清冷的阳光下，除了精灵的眼睛，几乎没有什么能看见他们，除非他们近在咫尺。他们心中时常感激罗瑞恩的夫人赠送了兰巴斯，因为吃了这种食物，他们甚至在跑的时候都觉得有劲。

一整天，敌人的踪迹始终径直往西北，没有中断也没有转弯。当白昼又将尽，他们到了一片无树的长斜坡，这里地势升高，连绵升向前面一线低矮的山岗。兽人的踪迹朝山岗往北拐之后，变得更模糊不清了，因为地面越来越硬，草也越来越短。左边远处，恩特河蜿蜒流淌，像绿地上的一条银线，看不见任何移动之物。阿拉贡时时疑惑，为什么看不到人类或野兽的踪影。洛希尔人的居住区大都在很多里格之外的南边，白山山脉林木葱茏的山缘下，此刻那里笼罩在云雾中。不过，驭马者以前在东埃姆奈特——他们领土的东部地区——还保有许多牧群和种马，即使是冬天，也有游牧民在那里放牧游荡。他们露营，住在帐篷里。可是现在，整片土地都空荡荡的，笼罩在一种似乎不是宁静的死寂中。

黄昏时，他们又停下了。现在，他们已经在洛汗平原上穿行了二十四里格，埃敏穆伊丘陵已经消失在东方的阴影中。一轮新月在朦胧的天空忽明忽暗，微芒闪耀，星星还蒙着面纱。

"在我们的追击中，我最不愿意休息或停顿的时刻就是现在了。"

莱戈拉斯说，"兽人在前方奔跑，仿佛索伦的鞭子在后面鞭策。我担心他们已经到达森林和黑漆漆的山岭了，这会儿说不定正在进入丛林深处。"

吉姆利咬牙切齿道："我们怀抱希望，付出这么多辛劳，就得到这样一个惨痛的结局吗？！"

"就希望而言，也许是，但就辛劳而言，并不是。"阿拉贡说，"我们不应该在此回头，但我累了。"他回头凝望来路，东方夜幕降临，"这片土地上有什么奇怪的东西在作祟。我怀疑这寂静，我甚至怀疑这苍白的月亮。星光暗淡。我感到前所少有的疲倦，一种游民在有清晰踪迹可追踪时不应该感到的疲倦。有某种意志借力给了我们的敌人，却在我们前面设置了看不见的障碍：一种与其说在四肢不如说在内心的疲倦。"

"确实！"莱戈拉斯说，"刚从埃敏穆伊丘陵下来的时候，我就有所感觉。那意志不在我们后面，而在我们前方。"他指向远处，指向镰月下暮色渐深的洛汗西部。

"萨鲁曼！"阿拉贡嘀咕道，"但他休想让我们回头！我们必须再休息一次。看！连月亮都快被云围住了。不过天亮之后，我们就往北走，在山岗和沼泽之间择路前进。"

如之前一样，莱戈拉斯是第一个起来的，如果他真的睡过的话。"醒醒！醒醒！"他喊道，"这是一个红色黎明。森林边缘有奇怪的事等着我们呢。是吉是凶，我不知道，但我们被召唤了。快起来！"

另外两人一跃而起，几乎立刻又出发了。山岗慢慢接近了。距离中午还有一个小时的时候，他们到了那里：绿色的斜坡攀升成光秃秃的山脊，连成直线向北延伸。他们脚下的地面很干，草很短，却有一条大约十英里宽的长条状下沉地带,横在他们与蜿蜒深入浓密的芦苇丛和灯芯草丛的河流之间。就在最南边山坡的西边,有一大圈草皮被许多凌乱的脚步践踏蹂躏过。兽人的踪迹又从这里出发,沿着干涸的山缘往北转了。阿拉贡停下来,仔细检查着这些痕迹。

"他们在这里休息了一会儿,"他说,"但即使是向外的痕迹也都已经陈旧了。莱戈拉斯,恐怕你的直觉是对的。我猜测,兽人站在我们现在所站的地方,已经是三个十二个小时之前的事了。如果他们保持他们的步伐,那昨天日落之前,他们应该已经到达范贡森林的边界了。"

"除了渐渐没入雾霭的青草,北边或西边远处,我什么都看不见,"吉姆利说,"如果我们爬到山上,能看见那个森林吗?"

"范贡森林还很远,"阿拉贡说,"如果我没记错,这些山岗要往北延伸八里格之多,然后再往西北到恩特河的发源处,其间还有一大片辽远的土地,大概又是十五里格的路程。"

"好吧,那我们继续走吧,"吉姆利说,"我的腿一定得忘掉这些里格数。如果我的心情不那么沉重,它们会更愿意迈步的。"

当他们终于接近那一线山岗的末端时,太阳已经开始西沉。不停不歇地行进了好几个小时,他们的步伐这会儿慢了,吉姆利的背也塌下来了。在劳作或旅行中,矮人通常是坚如磐石的,但随着心中所有的希望落空,这无休止的追逐也开始磨蚀他了。阿拉贡走在他后面,沉默不语,神情阴郁,时不时地弯腰查看地面上的某些痕迹或标记。只有莱戈拉斯依然举步若轻,他几乎脚不沾草,所过之处没有留下脚印。他靠着精灵面包兰巴斯,就汲取了行路所需的一切营养。他甚至可以在光天化日下睁着眼睛一边走路一边睡觉——如果人类把这也称作睡觉的话——让心灵在精灵梦境的奇特轨道中得到休息。

"我们到这绿山岗上去吧。"他说。他们沿着长坡攀爬，疲倦地跟着他，直到抵达山顶。这圆山丘光滑而荒芜，独自矗立，是这一线山岗最北端的一座。夕阳西下，夜幕降临。他们孤零零地置身于这个没有标记、无法揣测的灰蒙蒙的无形世界里。只有西北方远处有一片在将逝日光映衬下显得更深的黑暗，那是雾山山脉和山脚下的森林。

"这儿看不到什么能指引我们的东西。"吉姆利说，"唉！现在我们必须又停下来，消磨夜晚。天变冷了！"

"这是从北方雪地吹来的风。"阿拉贡说。

"清晨前它会吹到东方，"莱戈拉斯说，"不过休息吧，如果你们一定要休息的话，但不要放弃全部希望。明天还未知。谜底常在太阳升起时揭晓。"

"我们这一路追逐，太阳已经升起三回了，也没见有什么谜底揭晓。"吉姆利说。

夜晚变得更冷，阿拉贡和吉姆利睡睡醒醒。只要醒来，他们就看见莱戈拉斯要么站在身旁，要么来回走动，轻声用精灵语自吟自唱，而随着他的吟唱，头顶黑漆漆的天幕上白星闪烁。夜晚就这样过去了。天空一览无云，他们一起凝望黎明破晓，直到一轮苍白清亮的太阳冉冉升起。东风飒飒，迷雾尽消。清冷的日光下，四周辽阔的土地荒凉萧瑟。

前方往东，他们见到的是洛汗平原当风的高地，很多天以前，他们曾从安度因大河对之投以一瞥。西北方向，是黑黢黢的范贡森林，这儿距离其幽暗的边缘还有十里格远。那里远处的坡地没入远方的幽蓝中，而更远处微芒闪闪，仿佛悬浮在一片灰云之上的，是雾山山脉的最后一座高峰——美塞德拉斯的洁白峰顶。恩特河流出森林后便流向山脉,此刻水流湍急而狭窄,河岸陡峭。兽人的踪迹从山岗转往那里。

阿拉贡锐利的目光循着那些踪迹,投向恩特河,然后又从恩特河返回投向森林。他看见远方浓绿处有一团阴影,一团快速移动的模糊黑影。他趴到地上,又仔细倾听起来。莱戈拉斯站在他旁边,抬起修长的手遮在他明亮的精灵眼睛上方眺望着,但他看见的不是阴影,也不是移动的一团模糊黑影,而是一群骑兵小小的身影,很多骑兵。他们手中的长矛尖在晨光下熠熠生辉,就像凡人目所不能见的微星烁光。在他们后面很远的地方,一缕缕黑烟袅袅升起。

空旷的原野一片沉寂,吉姆利甚至听得见草叶间空气的流动。

"骑兵!"阿拉贡跳起来叫道,"很多骑兵正飞速朝我们而来!"

"是的,"莱戈拉斯说,"一百零五个骑兵。他们的头发是黄色的,他们的长矛是闪亮的,他们的领队非常高。"

阿拉贡笑了。"精灵的眼睛就是敏锐。"他说。

"不,是因为那些骑兵离我们只有不到五里格远。"莱戈拉斯说。

"不管是五里格还是一里格,"吉姆利说,"在这光秃秃的土地上,我们都无处可逃。我们是在这儿等他们还是继续赶我们的路?"

"我们等着,"阿拉贡说,"我非常疲倦,我们的追逐已经失败了。至少有其他人赶在我们前面了,因为这些骑兵是沿着兽人的足迹骑回来的。我们可以从他们那里得到一些消息。"

"或者得到一些矛刺。"吉姆利说。

"有三匹马的马鞍是空着的,但我没看见霍比特人。"莱戈拉斯说。

"我没说我们会得到好消息,"阿拉贡说,"无论吉凶,我们都在这里等着。"

三个同伴于是离开了山顶，因为在山顶上他们很容易成为映衬在苍白天空下的靶子。他们慢慢地走下北坡，在离山脚还有一点距离的地方停下，裹好披风，挤一块坐在寥落的草地上。时间缓慢而又滞重地流逝着，风不大却刺骨。吉姆利感到很不安。

"你对这些骑兵了解多少，阿拉贡？"他问，"我们坐在这儿等着横死吗？"

"我曾跟他们打过交道，"阿拉贡答道，"他们骄傲而任性，但行事慷慨大方，心胸真诚坦荡，勇敢但不残忍，聪明但不博学，不著书写字但会唱很多歌谣，仍然遵从着黑暗时代降临之前人类童年期的风俗。不过我不知道最近这儿发生了什么事，也不知道洛希尔人现在夹在萨鲁曼的背叛和索伦的威胁之间是何态度。长期以来，他们都是刚铎人的朋友，尽管他们跟后者并没有亲缘关系。很久以前，在已经被遗忘的年月里，'年少的'埃奥尔把他们带出了北方。他们跟河谷城的巴德一族，以及黑森林的贝奥恩一族亲缘关系更近，这两族中仍然可见许多高大英俊的金发之人，就跟洛汗的骑兵一样。无论如何，他们是不会喜欢兽人的。"

"可甘道夫说，谣传他们给魔多进贡。"吉姆利说。

"我跟波洛米尔一样，不信这个。"阿拉贡说。

"你很快就会知道真相的，"莱戈拉斯说，"他们已经接近我们了。"

终于，连吉姆利都听见远处得得的马蹄疾奔声了。那些循迹而来的骑兵已经从恩特河转过来，接近山岗了。他们风驰电掣般策马奔来。

清澈嘹亮的喊声在原野上回荡。突然，随着一声惊雷般的巨响，他们策马扬蹄，领头的骑兵一个急转弯，打山脚下经过，领着骑兵队沿着山岗的西边往南退去。骑兵们跟着他疾驰：长长一队身着铠甲的男人，迅捷、闪亮，看上去凶猛又英俊。

他们骑的全都是高头大马，四肢匀称强健，灰色的皮毛闪闪发光，长尾巴随风流荡，骄傲脖颈上的鬃毛被编成了辫子。骑在马背上的人与他们非常相配：高大，腿长臂修；轻盔下的栗色头发编成长长的辫子，在脑后随风流荡。他们面容坚毅而热忱，手中握着白蜡木长矛，彩绘盾牌甩在背后，长剑挂在腰带上，锃亮的铠甲长及膝盖。

他们两两一组，纵队疾驰，不过不时有人从马镫上撑起身体，向前方和左右两边张望。很显然，他们并没有发现三个陌生人默默地坐在那里望着他们。骑兵队即将过完之际，阿拉贡突然站起来，大声喊道："北边有什么消息，洛汗的骑士们？"

骑兵们以惊人的速度和骑术勒住坐骑，一个回旋，策马围了过来。很快，三个同伴就发现他们被奔驰的骑兵团团围住了。骑兵们在他们身后的山坡上上上下下，一圈又一圈，渐渐缩小了包围圈。阿拉贡默默站立，另外两人则一动不动地坐着，不知道事态会往哪个方向发展。

未置一词，未发一声，骑兵们突然停下。一支支长矛指向三个陌生人，有些骑兵手中有弓，箭已经搭在弦上了。然后，一个骑兵策马向前，他个头很高，比其他所有骑兵都高，头盔顶上飘着一束白色的马尾。手中的长矛尖快抵到阿拉贡的胸膛了，这骑兵才停下来。阿拉贡不为所动。

"你是谁？你们在这片土地上做什么？"这骑兵问道。他说的是西部通用语，语气声调都跟刚铎的波洛米尔相似。

"我被称为'大步'，"阿拉贡答道，"我来自北方，正在追猎兽人。"

这骑兵从马上跳下来,将手中长矛交给另一个策马上前又下马站在其侧的人,然后抽出剑,与阿拉贡面对面而立,端详着后者,眼中不无惊诧。良久后,他开口了。

"一开始我还以为你们就是兽人,"他说,"但现在看并不是。你们要是就这个样子去追兽人,那的确是太不了解他们了。他们行动迅速,全副武装,而且数量很多。就算追上他们,你们也会从猎人变成猎物的。可是,大步,你有些奇怪。"他清亮的目光再次落在这位游民身上,"你说你叫大步,这可不是一个人的名字。你的装束也很奇怪。你是从草里蹦出来的吗?你们是怎么躲过我们的视线的?你们是精灵族人吗?"

"不是,"阿拉贡说,"我们当中只有一位是精灵,来自遥远的黑森林王国的莱戈拉斯。不过我们途经洛丝罗瑞恩,带着那位夫人的赠礼与恩惠。"

这骑兵以惊诧的目光重新打量着他们,但眼神却严厉起来。"这么说,金色森林里真有一位夫人,就如古老故事说的那样!"他感叹道,"他们说,很少有人能逃出她的罗网。如今时日真是奇怪啊!但如果你们拥有她的恩惠,那也许你们也是织网者和魔法师。"他突然冷冷地瞥向莱戈拉斯和吉姆利,"沉默的这两位,你们为什么不说话?"他质问道。

吉姆利站起身,叉开双腿牢牢站住,手中紧紧握着斧子,黑色的眼睛眸光闪烁。"驭马者,你告诉我你的名字,我就告诉你我的名字,还有别的。"他说。

"照理说,"这骑兵低头瞪着矮人道,"陌生人应该先报上他自己的名号。不过,我是伊奥蒙德之子伊奥梅尔,人称里德马克的第三元帅。"

"那么,伊奥蒙德之子伊奥梅尔,里德马克的第三元帅,让矮人格洛因之子吉姆利提醒你,不要说愚蠢的话。你污蔑了非你思想所能及的美好,只能说你头脑简单。"

伊奥梅尔眼中怒火熊熊,洛汗的人都生气地嘀咕着,提起他们的长矛,围拢过来。"矮人先生,但凡你的脑袋离地面再高一点点,我就会砍掉它,连同你的胡子和你的一切!"伊奥梅尔说。

"他可不是孤立无援的!"莱戈拉斯说着,拉开他的弓,以迅雷不及掩耳之速用手搭上一支箭,"在你的剑落下来之前,你就会死的。"

伊奥梅尔举起了剑,事态眼看要糟,阿拉贡冲到他们之间,举起了手。"请见谅,伊奥梅尔!"他喊道,"等你了解得多了,就会明白你为什么激怒了我的同伴。我们并不是怀着恶意来到洛汗的,对洛汗的任何族群,不管是人还是马,也都没有恶意。你在挥剑之前,先听听我们的故事好吗?"

"好吧,"伊奥梅尔说着,垂下手中的剑,"不过,在如今这个怀疑的时代,在里德马克游荡的人最好聪明点,别那么傲慢自负。先告诉我你的真名吧。"

"先告诉我你为谁效力,"阿拉贡说,"你是魔多的黑魔王索伦的朋友还是敌人?"

"我只为马克之王,森格尔之子希奥顿效力。"伊奥梅尔回答,"我们不为遥远的黑暗之地的势力效力,但也还没有与之公开开战。如果你们是从他那里逃出来的,那最好离开这片土地。我们的边境如今全都动荡不安,我们也受到了威胁,但我们想要的只是自由,过我们一直在过的生活,独善其身,不为外邦的君王效力,无论他是善还是恶。在更美好的时日，我们是很好客的，但如今，擅自闯入的陌生人会发现我们反应迅速，态度强硬。说吧！你是谁？你们为谁效力？是谁命令你们在我们的土地上追猎兽人？"

"我不为任何人效力，"阿拉贡说，"但无论索伦的爪牙跑到哪片土地上，我都会追击而去。很少有凡人比我更了解兽人，但如果不是别无选择，我们也不会以这种方式追猎他们。我们追击的兽人俘获了我的两位朋友。在这种情况下，一个没有马的人只能徒步前进，他也不会求得应允之后才开始追踪。他只会用剑去计数敌人的数量。我并非赤手空拳。"

阿拉贡将斗篷往后一推，精灵剑鞘在他的把握下熠熠生辉。他拔出安督利尔，剑刃一闪，似倏然腾起的一道火焰。"埃兰迪尔在上！"他喊道，"我是阿拉松之子阿拉贡，被称作精灵宝石埃莱萨、登丹人，我是刚铎的伊熙尔杜·埃兰迪尔之子的后嗣。这是那把断裂后又重铸的剑！你是要帮助我还是要阻挠我？快做选择！"

吉姆利和莱戈拉斯惊愕地看着他们的同伴，因为他们之前从未见过这种气势的阿拉贡。他的身形似乎拔高了，而伊奥梅尔缩小了，在他生机勃勃的脸上，他们捕捉到了些许那两位石雕王者的力量与威仪。有那么一刻，在莱戈拉斯眼中，阿拉贡的额头上耀动着一圈白色火焰，就像一顶闪闪发光的王冠。

伊奥梅尔退后一步，脸上露出了敬畏的神情。他垂下了傲慢的眼睛。"如今真的是奇怪的时日，"他嘀咕着，"梦和传奇都从草里蹦出来，变成真的了。"

"大人，请告诉我，"他说，"是什么把你带到了这里？刚才那些晦涩之词又是什么意思？长久以来，德内梭尔之子波洛米尔都在寻找一个答案,我们借给他的马跑回来了,却不见骑马的人。你从北方带来了什么命运?"

"选择的命运,"阿拉贡说,"你可以把下面这些话说给森格尔之子希奥顿:战争摆在他面前,要么与索伦同流合污,要么抗击他。如今,没有人还能像过去那样活着,也很少有人能独善其身,但这些大事我们稍后再说。如果机会允许,我会亲自去见你们的国王。眼下我有迫切需求,请求得到帮助,至少得到消息。你听到了,我们正在追击一队兽人,他们抓走了我们的朋友。你有什么能告诉我们的?"

"那你们不需要再追了,"伊奥梅尔说,"那伙兽人已经被消灭了。"

"我们的朋友呢?"

"除了兽人,我们没有发现别人。"

"这就真是怪了,"阿拉贡说,"你们搜查过尸体吗?有没有兽人以外的尸体?他们个头很小,在你们眼中,可能就只是跟孩子一样,没有穿鞋,但身穿灰袍。"

"没有矮人,也没有孩子,"伊奥梅尔说,"我们杀死了所有兽人,搜走了他们的装备,然后把他们的尸体堆起来烧掉了,这是我们的习俗。那灰烬还在冒烟呢。"

"我们没说是矮人或孩子,"吉姆利说,"我们的朋友是霍比特人。"

"霍比特人?"伊奥梅尔反问道,"他们是什么样子?名字真奇怪。"

"奇怪的名字配奇怪的种族,"吉姆利说,"但我们听着很亲切。看来你们在洛汗听说过那些困扰着米纳斯提力斯的话语,其中提到过半身人,霍比特人就是半身人。"

"半身人!"站在伊奥梅尔身边的那个骑兵笑起来,"半身人!

那不是只存在于北方的古老歌谣和儿童故事中的小人儿吗？我们这是走进了传说，还是站在朗朗乾坤下的绿地上啊？"

"一个人可以两者兼做，"阿拉贡说，"因为不是我们，而是后来者将创造我们这个时代的传说。你说绿地，是不是？那可是传说的重头戏，尽管朗朗乾坤下，你就踩在上面！"

"时间紧迫，大人，"那个骑兵没有理会阿拉贡，"我们必须往南赶路。让这几个疯子自己胡思乱想去吧，或者把他们绑起来，带去见国王。"

"别吵，伊奥泰因，"伊奥梅尔用本地语言说，"先给我一点时间。告诉伊奥雷德[①]在路上集合，做好去恩特浅滩的准备。"

伊奥泰因嘟囔着退下，去传话给其他人。他们很快就策马退去，独留伊奥梅尔和那三个同伴。

"你说的话都很奇怪，阿拉贡，"他说，"不过你说得没错，显而易见，马克的人不说谎，因而他们也不那么容易被蒙骗，但你没有告诉我全部。现在，你不能把你们的任务讲得更详细一些吗？好让我判断该怎么做。"

"好多个星期前，我从歌谣中那个被称为伊姆拉缀斯的地方出发，"阿拉贡答道，"米纳斯提力斯的波洛米尔和我一起走的。我的任务是和德内梭尔的这个儿子一起去那个城市，帮助他的人民对抗索伦。不过与我同行的众人还有其他事，我现在不能讲这些事。灰袍大巫师甘道夫是我们的领队。"

"甘道夫！"伊奥梅尔惊叫起来，"在马克，灰袍甘道夫很有名。

[①] 来源于伊奥希奥德人的军事编制用语，在洛汗用来指代一支数量可观、受过整套作战训练的骑兵部队——译者注。

35

> 双塔

不过我提醒你，他的名字不再是获得国王认可的密码了。在人们的记忆中，他曾很多次拜访这片土地。他总是想来就来，有时候过一季就来，有时候过很多年才来。他一来就预示着会有奇怪的事情发生，有人说，他引来了邪恶之物。

"的确，自从他这个夏天最后一次来，这里的一切都出了问题。从那时起，我们跟萨鲁曼的纠纷就开始了。在那之前，我们都把萨鲁曼当作朋友，但甘道夫来了，警告我们，艾森加德正准备开战。他说他自己曾被囚禁在欧尔桑克，好不容易才逃出来，请求帮助。然而希奥顿不愿听他的，于是他就走了。不要在希奥顿耳边大声说出甘道夫的名字！否则他会暴怒的，因为甘道夫骑走了那匹叫捷影的马，那是国王的所有坐骑中最宝贵的一匹，是马中王者美亚拉斯之首，这种马只有马克之王才能骑，因为它们的血统承自能懂人言的埃奥尔良驹。七天后，捷影回来了，但国王的怒火一点也没减，因为现在这匹马很野，不让任何人驾驭。"

"这么说来，捷影自己从遥远的北方寻路回来了，"阿拉贡说，"它和甘道夫就是在那里分开的。可是，唉！甘道夫再也不会骑马了。他坠落进墨瑞亚矿坑的黑暗中，不会再来了。"

"这可是一个沉重的消息！"伊奥梅尔说，"至少对我而言，对很多人而言都是，尽管不是所有人都会这样觉得。等你见到国王，就知道了。"

"这是这片土地上的任何人都无法理解的悲伤消息，尽管在今年年深之前，他们就可能深受其触动，"阿拉贡说，"但伟人倒下时，常人就必须出头。我的任务是领导队友走过墨瑞亚之后的漫漫长途。我们穿过罗瑞恩而来——关于罗瑞恩，你最好不要再信口开河——从那里开始,我们沿着大河下游航行了很多里格,到了涝洛斯瀑布。在那里,波洛米尔被你们消灭的那群兽人杀害了。"

"你带来的消息是噩耗!"伊奥梅尔惊愕地叫道,"他的死对米纳斯提力斯,对我们所有人而言,都是巨大的损失。他很少到马克来,因为他总是在东部防线打仗。不过我曾见过他。在我看来,他更像埃奥尔急性子的子孙,而不像刚铎稳健的族人,当他的时代到来时,他很可能被证明是一位统领其人民的伟大将军。不过我们还没从刚铎收到这个悲痛的消息,他是什么时候牺牲的?"

"今天是他被杀的第四天,"阿拉贡答道,"自那天傍晚,我们就从托尔布兰迪尔的阴影中一路游历至此。"

"徒步?"伊奥梅尔叫道。

"是的,如你所见。"

伊奥梅尔眼中腾起浓浓的惊诧。"'大步'这名字跟你很不相符,阿拉松之子,"他说,"我得叫你'飞毛腿',你们这三位朋友的事迹应当在众多厅堂中被歌颂。四天不到的时间,你们竟然走了四十五里格!埃兰迪尔一族真是强健!

"可是,大人,现在你想让我做什么呢?我必须赶快回到希奥顿那里去,我在自己人面前话说得很谨慎。是的,我们还没有跟黑暗之地公开宣战,也确实有些跟国王走得近的人尽提些胆怯的建议。然而战争正在迫近,我们不会抛弃往日与刚铎建立的联盟,在他们抗战的时候,我们会助他们一臂之力。我和所有支持我的人都是这么说的。东马克是我的辖地,是第三元帅的监护地,我已经将我们所有的牲畜和牧人都迁出来了,将他们撤到恩特河远处,这里除了卫兵和敏捷的侦察兵,没有留下任何其他人。"

37

"所以说，你们并没有向索伦进贡？"吉姆利说。

"我们没有，也从未有过。"伊奥梅尔说着眸光一闪，"不过我听过这样的谣言。几年前，黑暗之地的君王想以大价钱购买我们的马匹，但我们拒绝了他，因为他用牲畜从事邪恶的事情。于是，他便派兽人来抢劫，他们把能抢的都抢走了，而且总是挑选黑马：现在我们这里剩下的黑马已经没多少了。因为这个原因，我们跟兽人结下了深仇大恨。

"不过眼下我们焦虑的主要是萨鲁曼。他声称自己拥有所有这片土地的统治权，已经跟我们开战好几个月了。他召集兽人、狼骑兵和邪恶的人为他卖命，还封锁了洛汗豁口，不让我们通过，将我们置于东西皆可能受敌的境地。

"对付这样一个敌人很棘手：他是一个狡猾又精通幻术的巫师，有许多伪装的模样。他们说，他走到这走到那，四处出没，像一位头戴兜帽、身披斗篷的老人，很多人现在回想起来，都说非常像甘道夫的样子。他的奸细渗透进每一道防线，他那些携带凶兆的鸟儿遍布天空。我不知道这一切将如何结束。我内心忐忑不安，因为我觉得他的朋友们并不都住在艾森加德。如果是前往王宫，你可以自行判断。你要去吗？我认为，你是在我困惑和需要的时候，老天送来帮助我的，我的希望会落空吗？"

"能去的时候我会去的。"阿拉贡说。

"那就现在去吧！"伊奥梅尔说，"在这个邪恶的时节，埃兰迪尔的后嗣肯定会是埃奥尔子孙的助力。即使是现在，西埃姆内特也有战事。我怕形势可能变得不利于我们。

"其实，这次我骑行到北方来，并未经过国王的允许，因为我如果不在，王宫的看守就岌岌可危。可是，侦察兵警告我，说有一队兽人四天前从东墙下来了，其中有些还带着萨鲁曼的白手徽记。我怀疑这正是我所担心的情况：欧尔桑克和黑塔结盟了。于是，我带领我的伊奥雷德——我自己家族的人马——出发了。两天前的傍晚，我们在恩特森林边界附近，赶上了那群兽人。在那里，我们将他们团团围住，昨天黎明时发动了攻击。我失去了十五位兵士和十二匹马，唉！因为这群兽人在数量上比我们估算的要多，还有其他从东边越过大河而来的兽人加入了他们。从这里再往北一点，他们的踪迹清晰可见。另有一些兽人是从森林来的，都是强大的兽人，他们也戴着艾森加德的白手徽记。这种兽人比别的兽人更强壮、更凶残。

"尽管如此，我们还是消灭了他们。不过我们走得太远了，而南边和西边都需要我们。你不跟我们去吗？如你所见，我们有多余的马。你的剑会有事做的。当然，我们也会让吉姆利的斧子和莱戈拉斯的弓箭派上用场，如果他们肯原谅我对那位森林夫人的轻慢之言。我只是说出了我们这地方所有人的看法，但我乐意去了解更多。"

"感谢你说出这番合理之言，"阿拉贡说，"我内心也渴望与你同去，但在希望犹存时，我不能放弃我的朋友们。"

"没有希望了，"伊奥梅尔说，"你在北方边界不会发现你的朋友的。"

"但我的朋友并不在后方，我们在离东墙不远处发现了一个确定无疑的信物，他们至少有一人还活着。不过，在东墙和这片山岗之间，我们没有发现他们的其他痕迹，也没有转到这边或那边的痕迹，除非我丧失了追踪的全部技能。"

"那你觉得他们怎么样了？"

"我不知道。他们可能被杀了，被烧毁在兽人中间，但你会说，那不可能，我也不担心这个。我只能认为，在你们攻击之前，甚至也有可能在你们包围敌人之前，他们就已经被带进森林里去了。你能保证，没有人能用这种方式逃脱你们的罗网吗？"

"我发誓，在我们看见他们之后，就没有兽人逃走。"伊奥梅尔说，"我们赶在他们之前到达了森林边缘，如果之后有人突破了我们的包围圈，那肯定不是兽人，而是具有某种精灵力量的人。"

"我们的朋友穿戴跟我们一样，"阿拉贡说，"可在光天化日之下，你们经过了我们却视而未见。"

"我倒忘了这个，"伊奥梅尔说，"要在这么多不可思议的事情中确认什么，是不太容易。整个世界都变得奇怪了。精灵和矮人结伴走在我们日常生活的原野；有人在跟森林夫人说过话后，居然还活着；还有那柄早在我们父辈的父辈骑马来到马克之前就已经断裂的剑，居然又回到了战场！在这样的时代，一个人如何判断该做些什么？"

"一如既往地判断，"阿拉贡说，"善恶从来都不曾改变，它们也不只是精灵和矮人之间的事，人类也一样。一个人要关心的是辨别善恶，无论身处金色森林，还是自己家中。"

"确实如此，"伊奥梅尔说，"但我不怀疑你，也不怀疑自己内心要做的事。然而我并不能随心所欲地做我想做的事。让陌生人自由地在我们的土地上游荡，有违我们的法规，除非经过国王的允许，在如今这个危机重重的时代，这项规定更加严格。我恳求你自愿与我一起去，可你不愿意。我可不愿意来一场以百对三的战斗。"

"我认为你们的法规并不是为这样的机遇制定的，"阿拉贡说，"我也真的不是一个陌生人，因为我以前曾到过这片土地，而且不止一次，与洛希尔人的大军并辔驰骋，尽管那时我用的是另一个名字，另一个身份。你以前不曾见过我，因为你还年轻，我曾跟你的父亲伊奥蒙德谈过话，也跟森格尔之子希奥顿谈过话。在之前的日子，这片土地上从未有任何王族强迫一个人放弃像我现在这样所肩负的使命。我的职责至少是清晰的，就是继续前进。来吧，伊奥蒙德之子，终于到了你必须做出选择的时刻。要么帮助我，至少让我们自由行进，要么设法执行你们的法规——假如你这么做，能返回你的战场或你的国王身边的人可就要减少了。"

伊奥梅尔沉默了一会儿，然后开口道："我们彼此的情况都很紧迫，我的人马急着离开，而你们的希望随着时间的流逝在减少。我的选择是这样的：你们可以走，我会借给你们马匹。我唯一的要求是：等你的使命完成或落空后，请带着马匹穿过恩特浅滩回到埃多拉斯的美杜塞尔德来，那是希奥顿所在的宫殿。这样，你就能向他证明我的判断没有错误。我这样做是将我自己，也许还有我的生命，都押在你的善意上了，不要让我失望。"

"我不会的。"阿拉贡说。

当伊奥梅尔下令将多余的马借给陌生人时，他的骑兵都非常惊愕，很多人投来疑惑不解的目光，不过只有伊奥泰因敢开口说出来。

"把马借给这位自称是刚铎一族的大人也还行，"他说，"可是，谁听说过将马克的马借给一位矮人的？"

"没人，"吉姆利说，"也别麻烦了：不会有人听说这种事的。不管是自愿还是被迫，比起坐在任何如此庞大的牲畜背上，我走得会更快。"

"你现在必须骑马，否则你会拖我们的后腿的。"阿拉贡说。

41

"来吧,你坐在我后面,吉姆利老友,"莱戈拉斯说,"这样就没问题了,你不需要借马,也不需要为骑马烦恼。"

一匹暗灰色的高头大马被牵到阿拉贡面前,他飞身上马。"这匹马叫哈苏费尔,"伊奥梅尔说,"它的主人加鲁尔夫战死了,愿它听你的话,带给你更好的运气!"

牵给莱戈拉斯的是一匹矮点轻点的马,不过性子很烈,很难驾驭。它的名字叫阿罗德。不过莱戈拉斯请他们把马鞍和缰绳取下来了。"我不需要这些。"他说着,轻盈地跳上了马。令众人惊诧的是,阿罗德在他胯下居然很温顺,只需莱戈拉斯一句话,它就走到这儿走到那儿:这是精灵与所有良畜相处的方式。吉姆利被拉上马背,坐在朋友身后,紧紧抓着他。那紧张的样子就跟坐在船里的山姆·甘吉一模一样。

"再见,愿你们找到所寻!"伊奥梅尔喊道,"尽可能快点回来,之后让我们的剑一起闪耀!"

"我会来的。"阿拉贡说。

"我也会来的,"吉姆利说,"我们之间还有加拉德瑞尔夫人的事没完呢。我还要教你们如何优雅地说话。"

"我们会等着的,"伊奥梅尔说,"这么多奇怪的事都有可能,在一位矮人的斧头爱抚下学习赞美一位美丽的女士似乎也没什么可大惊小怪的。再见!"

他们就这样分别了。洛汗的马驰速惊人。过了一会儿,当吉姆利回头张望时,伊奥梅尔的一众人马已经渺小而遥远了。阿拉贡没有回头看:他将头倾向哈苏费尔的脖颈一侧,低腰观察着他们疾速奔驰的路上的痕迹。不久,他们到了恩特浅滩的边缘。在这里,他们碰见了伊奥梅尔所说的从东边北高原下来的另一道痕迹。

阿拉贡翻身下马，仔细检查了一番地面，接着又跳回马鞍，往东骑行了一段距离。他小心地策马走在一侧，以免踏上那些脚印。然后他又翻身下马，前前后后地走动着检查地面。

"没有什么发现，"他回去时说，"主要的足迹已经跟骑兵们往回走的痕迹混杂起来了。他们一定是从恩特河附近离开的。不过这些向东的痕迹比较新，很清晰。没有任何他们走了别的方向，朝安度因大河返回的迹象。现在我们必须骑慢点，以免错过往两边分岔出去的痕迹或脚印。兽人们必定就是在这里意识到他们被追踪了，在被追上之前，他们可能也尝试过带着他们的俘虏逃走。"

他们一路骑行，天色渐渐转阴。低低的乌云笼罩着北高原。薄雾遮住了太阳。始终近在咫尺的范贡森林树木葱茏的斜坡影影绰绰，随着夕阳西沉，愈见幽深。不管是左边还是右边，他们都看不见任何踪迹，却不时经过一两具倒在所行之路上的兽人尸体。这些尸体的背上或喉咙上插着灰羽箭。

最后，近傍晚时，他们到了森林的边缘。在一个最先遇到的开阔的林间空地中，他们发现了那片大焚尸堆，余烬仍然很热，还在冒烟。旁边是一大堆头盔铠甲，破裂的盾牌，以及断剑、箭头、飞镖和其他战斗装备。中间的一个树桩上，插着一颗巨大的兽人脑袋，其头盔上的白手徽记依然可见。稍远处，距离河从森林边缘流出来的地方不远，有一座新堆起来的坟，坟上覆盖着新砍下来的草皮。坟丘周围还插了十五支长矛。

阿拉贡和他的两个同伴把战场周围一大片地方都搜查了一番，不过天色渐暗，黄昏很快来临，灰蒙蒙，雾霭霭。到夜幕拉开时，他们都没有发现梅里和皮平的踪迹。

双塔

"我们能做的不多,"吉姆利悲哀地说,"自从来到托尔布兰迪尔,我们碰上了许多谜题,但这一个是最难解的。我猜测,霍比特人被焚烧的尸骨现在和兽人的尸骨混在一块了。这对弗拉多来说,可是一个极其痛苦的消息,如果他能活着听到这个消息的话。对等在幽谷的那位霍比特老人而言也是一个难以承受的消息。埃尔隆德本来是反对他们加入远征队的。"

"不过甘道夫没有反对。"莱戈拉斯说。

"可是甘道夫亲自来了,却是第一个牺牲的,"吉姆利答道,"他的先见之明失败了。"

"甘道夫的建议并不建立在对安全性的预知上,不管对他自己还是对别人。"阿拉贡说,"有些事,开始去做比拒绝去做要好,哪怕结局可能是黯淡的。我还不会离开这个地方。无论如何,我们必须在这里等到明早天亮。"

离战场不远处,在一棵枝繁叶茂的树下,他们建了宿营地。这棵树看上去像是栗树,不过仍然挂着许多去年的棕色宽叶,宛若长手指张开的枯手,在晚风中忧伤地沙沙作响。

吉姆利冷得直打哆嗦。他们一人只带了一块毯子。"我们生个火吧,"他说,"我不再关心危险不危险的了。兽人要来就来好了,就让他们像夏天绕着烛火嗡嗡叫的蚊虫一样围过来吧!"

"如果那两个不幸的霍比特人在森林里迷了路,火光也能把他们吸引到这儿来。"莱戈拉斯说。

"也可能吸引其他的东西,既不是兽人也不是霍比特人,"阿拉贡说,"我们现在离背叛者萨鲁曼的山区很近,而且正在范贡森林的边缘,据说砍伐这片树林的树木很危险。"

"可是洛希尔人昨天在这里烧了一场大火啊,"吉姆利说,"而且看得出来,他们是砍了树来生火的,忙完之后还在这里安全地过了一夜。"

"他们人很多,"阿拉贡说,"而且他们并不留意范贡的愤怒,因为他们很少到这里来,也不进森林里去。而我们的路很可能要引着我们进入这座森林本身,所以还是小心点吧!不要砍伐活树!"

"那倒不需要,"吉姆利说,"骑兵们留下的树枝树杈足够了,地上的枯树也多得很。"

他去收集了木柴,然后忙着搭柴点火,但阿拉贡背靠大树沉默地坐着,陷入了沉思。莱戈拉斯独自站在开阔地,朝幽深的森林望去。他前倾着身体,仿佛在聆听远处传来的呼唤。

矮人生了一小堆明亮的篝火,伙伴三人围拢过去,坐在一起,用他们的兜帽遮住火光。莱戈拉斯抬头望着他们头顶触手可及的大树树枝。

"看!"他说,"这棵树喜欢火!"

虽然有可能是跃动的火光迷惑了他们的眼睛,但三个人确切地感到头顶上的树枝似乎在往火这边弯,都伸到火焰上方了,而更上层的树枝也在往下垂,棕色的树叶这时都立起来,互相摩擦着,就像许多冰冷皲裂的手在舒服地烤火取暖。

寂静降临,因为那近在咫尺、幽深而未知的森林突然让人感觉到了它森然的存在,充满隐秘的目的。片刻后,莱戈拉斯又开口了。

"凯勒博恩警告我们不要深入范贡森林,"他说,"阿拉贡,你知道为什么吗?波洛米尔听说过的这座森林的故事究竟是什么呀?"

"我在刚铎和其他地方听说过许多故事,"阿拉贡说,"但如果

45

不是因为凯勒博恩的话，我不过把它们看作是人类在知识学识消逝时编造出来的传说。我本来还想问你真相是什么呢。可是如果一个森林精灵都不知道，那一个人又怎么答得出来？"

"你游历得比我远，"莱戈拉斯说，"在我的家乡，我从没听说过这事。只有一些歌谣吟述说，欧诺金——人类称之为恩特——很久以前住在那里，因为范贡森林很老了，甚至连精灵都这么认为。"

"是的，它很古老，"阿拉贡说，"就跟古冢岗旁的老森林一样古老，而且更加庞大。埃尔隆德说，这两座森林是同源的，都是古老时代那些广袤树木最后的据守之地，而那时人类仍在沉睡，'首生儿女'精灵徜徉其中。范贡森林保守着自己的秘密，但那是什么，我并不知道。"

"我也不想知道，"吉姆利说，"不要让居住在范贡森林里的任何生灵因为我而受到打搅吧！"

这时他们抽签决定值守的顺序，吉姆利抽中了第一班。另外两人躺下了，睡意几乎立刻席卷他们全身。"吉姆利！"阿拉贡昏昏欲睡地喊道，"记住，在范贡森林里，砍伐活树上的树枝树杈很危险！不过也不要走远去寻找枯树枝。火熄灭就熄灭了吧！有需要就叫我！"

说完，他就睡着了。莱戈拉斯躺在那里已经一动不动了，依着精灵睡觉的方式，他修长的双手交叠在胸前，眼睛睁着，眼神交织着真实的夜晚与深沉的梦境。吉姆利弓着背坐在火边，若有所思地用大拇指来回摩挲着斧头的边缘。树木窸窸窣窣，没有其他声音。

突然，吉姆利抬起头：就在火光边，站着一位佝偻的老人，他拄着一根手杖，全身裹在一件大斗篷里，头上的宽檐帽拉下来遮住了眼睛。吉姆利一跃而起，却惊讶得一时没能喊出声来，脑海中瞬间闪过一个念头：萨鲁曼抓住他们了！阿拉贡和莱戈拉斯被他突然的举动惊醒了，坐起身来，瞪大了眼睛。这位老人没说话，也没动。

"啊，前辈，我们能为你做什么？"阿拉贡说着，一跃而起，"如果你冷的话，那就过来取暖吧！"他迈步上前，但老人却消失了。附近没有发现他的痕迹，他们也不敢走远了。月亮已经沉落，夜深了。

突然，莱戈拉斯惊叫一声："马！马！"

马不见了。它们挣脱拴着缰绳的木桩，跑掉了。三个同伴愣怔地站在那儿好一会儿，被这新降临的不幸打击弄得心烦意乱。他们现在在范贡森林的边缘，与洛汗的人类隔着漫漫长途，在这广阔而又危险的土地上，那是他们唯一的朋友。他们站在夜色中，似乎听见遥远的地方传来了马高高低低嘶鸣的声音。然后一切归寂，除了冷风瑟瑟。

"唉！它们跑了，"阿拉贡最后说，"我们没法去找，也没法去抓，如果它们自己不回来，那我们就只能不骑马了。我们一开始就是徒步走的，现在脚还在。"

"脚！"吉姆利说，"我们能靠脚行路，可不能吃脚啊！"他往火堆里扔了些木柴，瘫坐在旁边。

"几个小时前，你还不愿意坐在洛汗的马背上呢，"莱戈拉斯笑道，"你还没成为一个骑手呢。"

"看来我不太可能有这样的机会了。"吉姆利说。

"如果你们想知道我的想法的话，"过了一会儿，他又开始说话了，"我觉得那是萨鲁曼，否则会是谁呢？还记得不？伊奥梅尔说过：'他走到这走到那，四处出没，像一位头戴兜帽、身披斗篷的老人。'这是他的原话。他拐走了我们的马，或者把它们吓跑了，徒留我们在这里。还有更多的麻烦等着我们呢，记住我说的话！"

47

"我记下了，"阿拉贡说，"但我也记得这位老人戴的是一顶帽子而非兜帽。不过，我并不怀疑你的猜测。我们在这里很危险，不管是白天还是晚上。可眼下除了休息，我们也没有什么能做的，所以趁能休息就休息吧。吉姆利，我来值守一会儿，比起睡觉，我现在更需要思考。"

长夜漫漫。莱戈拉斯接替阿拉贡，吉姆利又接替莱戈拉斯，他们一班又一班地值守，但什么也没有发生。那位老人再没有出现，两匹马也没有回来。

第 3 章
乌鲁克族

　　皮平躺在一个黑暗而不安的梦里。他好像听见自己细微的声音在黑漆漆的隧道里回荡："弗拉多！弗拉多！"然而出现的不是弗拉多。成百上千丑陋的兽人面孔在阴影中对着他咧嘴大笑，成百上千丑陋的胳膊从四面八方伸出来抓他。梅里在哪儿？

　　他醒了。冷风拂过面颊。他是仰躺着的。傍晚将至，头顶上的天空愈来愈暗。他翻过身，发现比这梦更糟糕的是行走。他的手腕、双腿、脚踝都被绳子绑着，旁边躺着脸色煞白的梅里，一块脏兮兮的破布裹着他的额头。他们的四周，或站或坐，围着一大群兽人。

　　皮平头疼欲裂，记忆慢慢剥离梦魇，拼凑起来。是的，他和梅里跑进了森林。然后发生了什么？他们为什么会无视大步的话，那样狂奔？他们叫喊着跑了很远的路——不记得跑了多远，跑了多久。然后，他们突然撞上一群兽人：后者站在那里聆听，似乎并没有看见梅里和皮平，直到两人差点撞到他们身上。接着，他们叽里哇啦地叫喊，另外十多个这种妖怪从树丛中跳了出来。他和梅里抽出了剑，但兽人不

49

想打斗，只想抓住他们，连梅里都砍掉了好几个兽人的胳膊和腿。好样的，老梅里！

接着，波洛米尔穿过树林，奔过来了。他跟他们打斗起来，砍死了许多兽人，剩下的兽人一哄而逃，但没有跑太远，又回来对他们发动了袭击。至少有百十个兽人，有些非常高大。这些兽人射箭如雨：都是冲着波洛米尔射的。波洛米尔吹响了他的大号角，号角声在丛林里回荡。一开始，兽人们受到惊吓，纷纷后退，可当看到除了回声，并没有援军之后，他们便发起了更猛烈的进攻。之后的事皮平就不大记得了。他最后的记忆是波洛米尔背靠一棵大树，正将一支箭从身体上拔出。然后，他眼前就突然一黑。

"我想我的脑袋被击中了，"他对自己说，"不知道可怜的梅里受伤严重不严重？波洛米尔怎么样了？兽人为什么没有杀死我们？我们在哪里？我们往哪里去？"

他无法回答这些问题。他感到冷，很难受。"我真希望甘道夫从未劝说埃尔隆德让我们来。"他心想。

"我有什么用呢？就是一个累赘而已：一个闲人，一件包袱。现在我被偷走了，变成了兽人的包袱。真希望大步，或者别的什么人能来把我们救走。可是我应该抱这样的希望吗？这会不会打乱整个计划？真希望我能脱身啊！"

他挣扎了一番，却发现根本没什么用。一个兽人坐在附近大笑，用恶心的兽人语跟他的一个同伙说了些什么。"省省你的力气吧，愚蠢的小人儿！"然后，他用通用语对皮平说。他的通用语说得几乎跟他自己的语言一样难听。"能歇着就歇着！过不了多久，我们就会让你的腿派上用场。在我们到家之前，你就会巴不得自己没长腿的！"

"要是依着我，你会祈祷自己现在是一个死人，"另一个兽人说，"我会让你吱吱尖叫，像一只惨兮兮的小耗子！"他朝皮平俯过身去，黄色的獠牙几乎戳到皮平的脸。这个兽人手中握着一把黑长刀，刀刃是锯齿状的。"老实躺着，否则我用这个胳肢你，"他嘶嘶地威胁道，"别出风头，否则我可能会忘记我的命令。该死的艾森加德人！*Uglúk u bagront sha pushdug Saruman-glob búbhosh skai*！"他用自己的语言气呼呼地骂了一长串，直到话音渐低，变成嘟嘟囔囔和龇牙低吼。

皮平吓坏了，虽然手腕和脚踝疼得更厉害了，身下的石头也硌得背难受，但他躺着不敢动。为了转移自己的注意力，他仔细聆听着他能听到的一切。周围有许多说话声，虽然兽人说话总是恶声恶气的，但现在听起来似乎起了争执，而且越来越激烈。

令皮平吃惊的是，他发现这场争吵的大部分内容自己听得懂，好多兽人说的是通用语。显然，有两个或三个完全不同的族群在场，并且彼此听不懂对方的兽人语。他们在怒气冲冲地争论现在该干什么：该走哪条路，以及该拿俘虏怎么办。

"没时间好好杀了他们，"一个兽人说，"这趟旅程没有戏耍的时间。"

"那也是没办法，"另一个说，"可为什么不快点杀了他们，现在就杀了他们？他们可是讨厌的累赘，而我们还急着赶路呢。天快黑了，我们该动起来了。"

"这是命令，"第三个低沉的声音怒吼道，"'除了半身人，格杀勿论。要尽快尽可能将他们活着带回来。'这是我收到的命令。"

"他们有啥用？"几个兽人问，"为什么要活的？他们很好玩吗？"

"不是！我听说他们中有一个带着一样东西，大战需要的东西，

双塔

什么精灵诡计之类的。反正，他们俩都得受审。"

"你知道的就这些吗？我们为什么不搜一搜他们，把东西找出来？没准还能找到我们自己能用的东西呢。"

"这可真是一个非常有趣的想法。"一个声音嘲讽道，听起来比别的声音柔和，但更邪恶，"也许我得上报才是。不能搜俘虏的身，也不能私占俘虏的东西。这是我收到的命令。"

"我也是，"那个低沉的声音说，"抓活的，原封不动，不得洗劫。这是我收到的命令。"

"我们收到的命令可不是这样的！"先前的一个声音说，"我们一路从矿坑追来，就是为了杀戮，为我们的族人报仇。我想杀了他们，然后回北方去。"

"那你就继续想吧，"那个怒吼的声音说，"我是乌格鲁克，我说了算，我要抄最短的路，返回艾森加德去。"

"谁是主人？萨鲁曼还是魔眼索伦？"那个邪恶的声音说，"我们应该立刻返回路格布尔兹①去。"

"如果我们能渡过大河的话，那么可以回去，"另一个声音说，"但我们的人数可不够冒险往下游到桥边去。"

"我就是渡河来的，"那个邪恶的声音说，"东岸的北边，有一个带翅膀的那兹古尔等着我们。"

"也许，也许！然后你就会带着我们的俘虏飞走，在路格布尔兹得到所有的赏金和赞美，丢下我们累死累活地徒步穿越驭马人的地盘。不！我们必须团结在一起。这片土地很危险：到处是可恶的反贼和强盗。"

---

① 即索伦之堡巴拉督尔——译者注。

52

"是，我们必须团结在一起，"乌格鲁克咆哮道，"我信不过你们这些小蠢猪，离开自己的窝，你们就没有一点胆子！要不是我们，你们早都逃命去了。我们是善战的乌鲁克族！我们杀了那个强悍的战士！我们抓住了这两个俘虏！我们是白手智者萨鲁曼的仆人，这手给我们人肉吃。我们从艾森加德出来，把你们领到这里，也会按照我们选的路线把你们带回去。我是乌格鲁克，我说一不二！"

"你说得太多了，乌格鲁克，"那个邪恶的声音嘲讽道，"我倒很好奇，路格布尔兹的人听了这番话会怎么想。他们说不定会认为，得把乌格鲁克的猪脑袋卸下来，好让他的肩膀轻松轻松。他们说不定还会问他这些奇怪的想法是从哪儿来的。也许，来自萨鲁曼？他以为他是谁？戴着一个肮脏的白手徽章就自立为王了？他们可能会赞同我的看法，我，格利什纳赫，可是他们信任的使者。要我格利什纳赫说：萨鲁曼就是一个蠢货，肮脏狡诈的蠢货。不过，大眼盯着他呢。

"你叫我们蠢猪是吧？伙计们，你们愿意被一个肮脏小巫师的走狗喽啰叫作蠢猪吗？我敢保证，他们吃的是兽人肉！"

许多兽人叫喊着回应他，伴随着拔刀抽剑的丁零当啷声。皮平小心翼翼地翻过身，想看看会发生什么事。看守他的兽人已经跑去加入争辩了。暮色中，他看见一个高大的黑兽人，可能就是乌格鲁克，与格利什纳赫对峙着，后者罗圈腿，个矮身宽，胳膊很长，几乎垂到地上。他们周围是许多个头更矮的兽人妖。皮平猜测这些就是从北方来的兽人。他们已经拔出了刀剑，却迟疑着不敢袭击乌格鲁克。

乌格鲁克大吼一声，好些跟他身材差不多的兽人跑了过来。接下来，乌格鲁克突然往前一跃，出其不意地咔嚓咔嚓两下，砍掉了两个对手的脑袋。格利什纳赫退到一边，消失在了阴影里。其他兽人纷纷

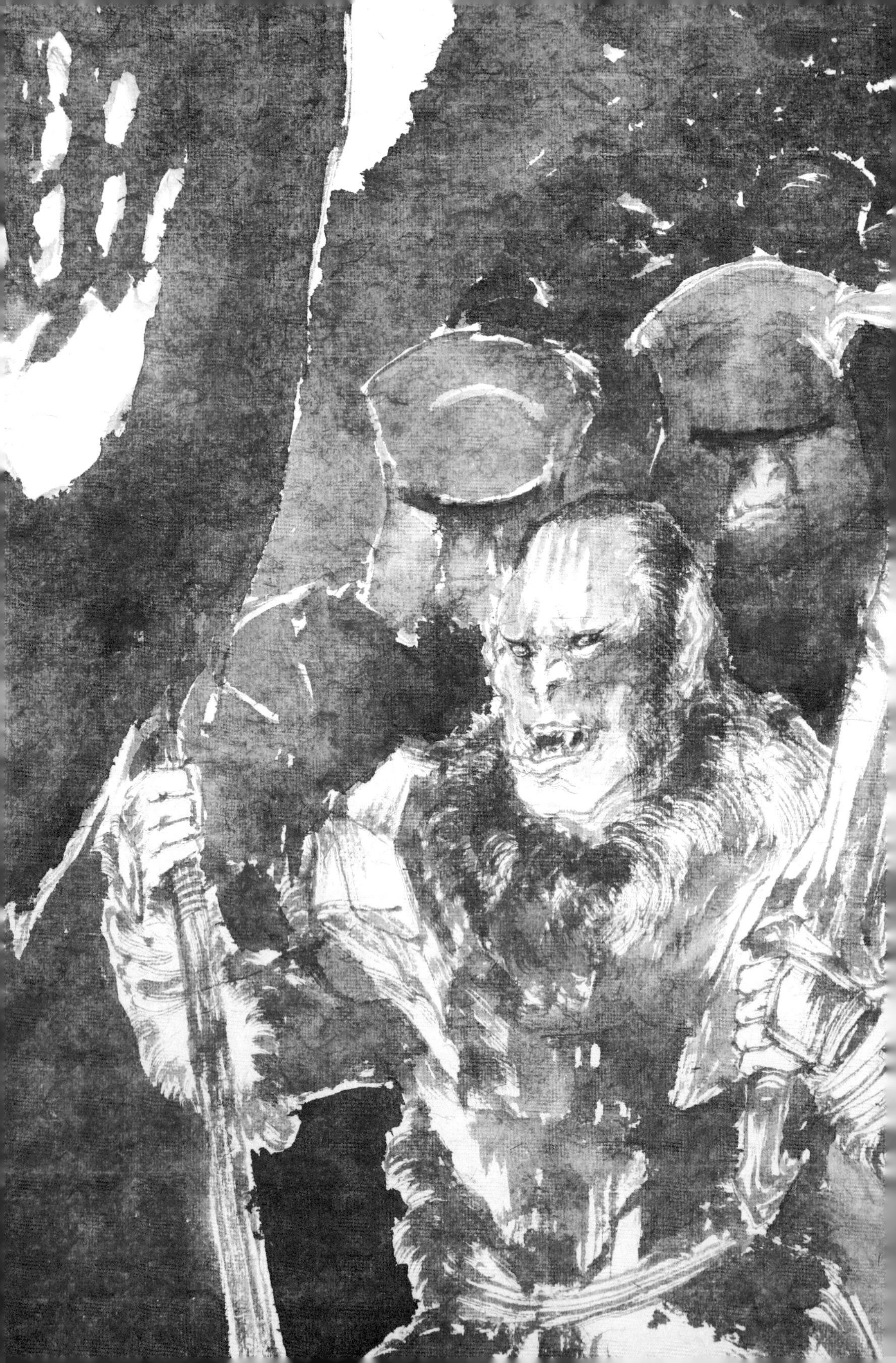

退让。其中一个往后退的时候，被梅里趴着的身体绊倒了，嘴里骂骂咧咧地诅咒了一句。不过恰恰是这一绊救了他的命，因为乌格鲁克的追随者跃过他，用宽刃剑砍翻了另一个：正是那个黄獠牙的看守。他的尸体正好倒在皮平身上，手中还紧紧抓着他的锯齿长刀。

"收起你们的武器！"乌格鲁克吼道，"别再啰唆废话，我们就从这里径直往西走，然后下阶梯；再从那儿直奔丘陵，然后沿着河到森林去；而且我们要日夜兼程。都清楚了吗？"

"就现在，"皮平想，"只要这丑陋的家伙再花点时间控制住他的队伍，那我就有机会了。"希望的火苗在他心头燃烧。那把黑刀的刀刃划伤他的手臂，滑落到他的手腕上。他感到血一滴滴落在手上，也觉得冰冷的钢刀贴着他的皮肤。

兽人们准备再次启程赶路了，但有一些北方兽人依然不乐意，艾森加德的兽人又杀掉了两个，才把其他的镇住了。其间咒骂声不断，乱哄哄一片。有那么一刻，无人看守皮平。他的腿被绑得紧紧的，但胳膊只是在手腕处绑了一下，而双手就在身前。虽然绳子绑得死死的，但双手能一起移动。他把兽人看守的尸体推到一边，然后屏住呼吸，拽着手腕上的绳结在刀刃上上下磨动。刀很锋利，死兽人的手紧紧抓着它。绳子断了！皮平飞快地用手指抓住它，又打了一个有两个环的松绳套，把它套在双手上。然后，他躺着一动不动。

"把那两个俘虏扛起来！"乌格鲁克吼道，"别打他们的任何主意！要是我们回去的时候，他们死了，有人就得偿命！"

一个兽人抓起皮平，就像抓起一个麻袋，然后把自己的头套在皮平被绑住的双手中间，抓着他的胳膊往下一拉，直到皮平的脸贴在他的脖颈上。然后，他就这么背着皮平颠颠地往前跑。另一个兽人用同样的方式背起了梅里。那兽人爪子似的手抓着皮平的胳膊，铁箍一般，指甲抠进了他的肉里。皮平闭上眼睛，又滑进了噩梦中。

突然，他又被扔到了有很多石头的地上。夜色尚早，但纤月已经开始西沉。他们在一道悬崖边上，这悬崖似乎俯瞰着一片惨白的雾海。附近有落水的声音。

"侦察兵终于回来了。"近旁的一个兽人说。

"嗯，你们发现什么了？"这是乌格鲁克的低吼声。

"只看到孤零零一个骑手，往西去了。现在一切都很清静。"

"我想现在是清静了，可是能清静多久？你们这些傻瓜！你们应该射死他。他会去报信的。那些该死的养马人天亮之前就会知道我们来了。现在我们得用双倍的速度赶路。"

一个身影俯身看向皮平：正是乌格鲁克。"坐起来！"他吼道，"我的人已经厌倦扛着你了。我们得往下爬，你必须用自己的腿走路。别惹麻烦！不许叫喊，也别想逃跑。我们有的是办法对付耍花样的人，这些办法不会坏了主人的事，但你可能不会喜欢。"

乌格鲁克切断皮平腿上和脚踝上的绳子，抓着他的头发将他提溜起来，放在脚边。皮平跌倒了，乌格鲁克又扯着他的头发将他拽起来。几个兽人哈哈大笑。乌格鲁克将一只长颈瓶塞进他嘴里，往他喉咙里灌了一些滚烫的液体：皮平感到一股灼热贯穿全身，腿上和脚踝上的疼痛消失了。他能站住了。

"现在该另一个了！"乌格鲁克说。皮平见乌格鲁克走向躺在近旁的梅里，便踢了踢他。梅里呻吟起来。乌格鲁克粗鲁地抓住他，将他拽成坐立的姿势，又扯掉了他头上的绷带。然后，他从一个小木匣里取出一些黑乎乎的东西，抹在梅里头上的伤口上。梅里疼得大叫，拼命挣扎起来。

兽人拍手大笑。"擦药他都受不了！"他们奚落道，"真不知好歹。哎！一会儿我们有好戏看了！"

然而此刻，乌格鲁克却没有心情寻乐。他需要加速赶路，就不得不迁就那些不情愿的随从。他用兽人的方式给梅里治疗，见效很快。在他强迫这位霍比特人喝下他的长颈瓶里的液体后，梅里站了起来。他看上去面色苍白，神情冷峻而又轻蔑，但精神很好。他前额上的刀口不碍事了，但留下了一个终生未消的棕色疤痕。

"嘿，皮平！"他喊道，"你也参与这场小探险了？我们去哪儿睡觉吃早饭？"

"够了，"乌格鲁克说，"没床没饭！闭上你们的嘴，不许交谈！惹出任何麻烦来到时候都会上报的，他知道怎么惩罚你们！你们会有床睡觉有饭吃的，就怕多得你们吃不下！"

这群兽人开始往一个狭窄的溪谷下方爬去。这个溪谷通向下方雾蒙蒙的平原。梅里和皮平被十来个兽人隔开，跟他们一起往下爬。在谷底，他们踏上了草地，霍比特人的心提了起来。

"现在直走！"乌格鲁克吼道，"往西，偏北一点，跟上路格都什！"

"可是日出后，我们怎么办？"一些北方兽人问道。

"继续跑，"乌格鲁克说，"不然你们想干吗？坐在草地上，等着那些白皮佬一起来野餐吗？"

"可是我们不能在阳光下奔跑。"

"你们跟在我后面跑，"乌格鲁克说，"跑！否则你们将永远也见不到你们挚爱的洞穴了。白手在上！派山里的半吊子蛆虫出来办事，有什么用！跑！你们这些该死的！趁天还没亮，快跑！"

于是，整个队伍开始以兽人的长步伐奔跑起来。他们毫无秩序，推推搡搡，冲冲撞撞，骂骂咧咧，不过跑得非常快。两个霍比特人各被三个兽人看守着。皮平远远地落在队伍后面。他不知道以这样的步速，自己还能跑多久：自打早晨以来，他就没有吃过东西。一个看守他的兽人手中握着鞭子。不过目前，喝下的兽人瓶里的液体仍然令他体内灼热。他的神志也完全清醒过来了。

时不时地，他的脑海中不由自主地浮现出大步那张机敏的脸，他正弯腰察看一条褐色的痕迹，在后面跑啊跑。可即使是游民，除了兽人乱糟糟的脚印，他还能看到什么呢？他自己小小的足迹，还有梅里的足迹，前前后后，左左右右，都被兽人的铁底鞋印给踩踏没了。

他们从悬崖那里出发，才走了大约一英里的样子，地势就开始倾斜向下，变成了一片宽宽的浅洼，洼地软塌塌、湿漉漉的。四周薄雾缭绕，在镰月最后几缕辉光的映照下，灰白迷蒙。前面的兽人身影开始变得昏暗，然后渐渐地融进雾霭中。

"哎！现在稳着点跑！"乌格鲁克在后面喊道。

一个突然的念头涌上皮平的脑海，他立刻将之付诸实践。他猛地往右边一转，闷头冲进雾霭，冲出了看守的抓捕范围，匍匐在杂乱无章的草地上。

"停下！"乌格鲁克吼道。

兽人们一阵骚乱。皮平跳起来就跑，但兽人在后面追赶他，有几个突然出现在他的正前方。

"没希望逃了！"皮平心想，"但还有希望在这潮湿的地上留点我自己的印记，不被破坏的印记。"他用两只被绑着的手在喉咙处摸索着松开了斗篷的饰针,就在又长又硬的兽人爪子抓住自己的一瞬间,他松手任其掉落。"我想它可能会在那儿躺到世界末日,"他心想,"我不知道我为什么要这么做。其他人即使逃脱了,可能也全都跟着弗拉多走了。"

一记鞭子狠狠地落在腿上,皮平忍着没有呼出声来。

"够了!"乌格鲁克跑过来吼道,"他还得跑很长一段路呢。让他们跑起来!鞭子只是督促!"

"不过,不能就这么算了,"他转向皮平,龇牙低吼道,"我可记着呢,稍后再跟你算账。跑起来!"

这段旅程的后半段,皮平和梅里都不大记得了。迷雾笼罩的长途交织着噩梦与艰涉,越走希望越渺茫。他们跑啊跑,奋力地想跟上兽人的步伐,还时不时地挨上一记残忍又狡诈的鞭打。一旦停下或脚步踉跄,他们就会被抓住,拖行一段距离。

兽人饮料的热劲已经过去了。皮平又觉得冰冷难受。突然,他俯身向前跌倒在草皮上。兽人指甲劈裂的坚硬爪子立刻抓住他,将他提溜起来。他再次像麻袋一样被扛起来,四周变得漆黑:他也不知道是又一个夜晚的黑,还是自己眼睛的盲黑。

模模糊糊中,他听到嘈杂声起:似乎有许多兽人要求停下,而乌格鲁克在吼叫。他感到自己扑倒在地上,趴在那儿一动不动,直到被黑暗的梦境攫住。不过疼痛并没有因此逃离多久,很快,冷酷的铁爪又将他抓了起来。他被颠来摇去很长一段时间,然后黑暗慢慢逝去,他又回到了清醒的世界,发现已是清晨。几声令下,他被粗鲁地扔到了草地上。

他在那儿躺了一会儿,心头挣扎着绝望。他的脑袋嗡嗡的,但从身体的热度猜测，他又被灌了一些兽人饮料。一个兽人俯身朝他扔了些面包和一条生干肉。他狼吞虎咽地吃掉了不新鲜的灰面包，但没有吃那条干肉。他是很饿，但还没有饿到去吃兽人扔给他的生肉。他不敢猜测那是什么生灵的肉。

他坐起来，环顾四周。梅里离他不远。他们现在在一条湍急的窄河岸边。前方山峦赫然耸立，一座高峰沐浴在清晨的第一道阳光下。森林模糊的黑影投在他们前面的矮坡上。

兽人们争争吵吵，吼叫声不断：似乎北方兽人和艾森加德兽人之间的一场争执一触即发。一些兽人回头指着远处南方，而另一些兽人则指向东方。

"好极了！"乌格鲁克说，"那把他们留给我！不要杀！我先前就告诉过你们的！但如果你们想丢掉我们一路辛苦得来的东西，那就丢吧！我会关照它的！就让善战的乌鲁克族一如既往地干活好了！如果你们害怕那些白皮佬，那就滚！快滚！森林就在那儿，"他指着前面吼道，"滚到那里去，那是你们最好的希望。滚！快滚！不然我要再砍几个脑袋，好让其他人清醒清醒！"

一片咒骂声，窸窣声。然后，大部分北方兽人一哄而散，跑了。上百个兽人沿着河流狂奔向山脉。两个霍比特人被丢给了艾森加德兽人：这是一帮阴郁的黑家伙，至少六十个，高大、肤黑、斜眼，以大弓箭和短宽剑为武器。有几个个头比较高、胆子比较大的北方兽人，留下来跟他们在一起。

"现在我们来对付格利什纳赫。"乌格鲁克说。不过仍有一些兽人，甚至包括他自己的随从，正在不安地往南方看。

"我知道，"乌格鲁克怒吼道，"该死的养马崽听到了我们的风声。

可这都是你们的错,斯那嘎①。你们和其他侦察兵应该把自己的耳朵切下来。但我们是战士。我们要撕马肉,或者其他更好的东西吃。"

就在这时,皮平看出为什么这队伍中的一些兽人会往东方指了。从那个方向,传来了嘶哑的喊叫声,格利什纳赫又出现了,身后还跟着二十来个跟他一样长臂、罗圈腿的兽人。他们的盾牌上画着一只红眼睛。乌格鲁克迈步上前,迎向他们。

"怎么,你们又回来了?"他说,"觉得还是回来好,是不是?"

"我们回来是为了保证那些命令得到贯彻执行,俘虏安全。"格利什纳赫答道。

"是吗?"乌格鲁克说,"那你们是浪费精力了。我会保证命令在我的领导下得到贯彻执行的。你们回来还有别的事吗?你们走得很匆忙,有什么东西落下了吗?"

"我落下了一个傻瓜,"格利什纳赫咆哮道,"但有一些跟着他的顽强家伙很不错,不能丢掉。我知道你把他们带领得一团糟,所以回来帮助他们。"

"妙极了!"乌格鲁克大笑道,"但除非你有胆子战斗,否则就是走错了路。路格布尔兹才是你要去的地方。白皮佬就要来了。你们的宝贝那兹古尔发生了什么事?他的坐骑是不是又被射杀了?这时你要是把他带过来,没准能派上用场——假如这些那兹古尔真跟他们吹嘘的一样厉害的话。"

"那兹古尔!那兹古尔!"格利什纳赫一边念叨,一边舔着嘴唇,浑身颤抖,仿佛这个词语有一种令他品尝起来非常痛苦的肮脏滋味。"乌格鲁克,你不知道你在说什么,那是你那浑浊的梦境难以企及的。"

---

① 乌鲁克族对北方兽人的一种侮辱性称呼——译者注。

他说,"那兹古尔!啊!他们就是那么厉害!总有一天你会希望自己没有说过刚才那番话,蠢货!"他凶狠地龇着牙低吼道,"你应该知道,他们是大眼的宝贝,但有翼的那兹古尔还未到,还未到!他还不会让他们飞越大河现身的,不会那么快。他们是为大战和其他目的准备的。"

"你知道的似乎不少啊,"乌格鲁克说,"我觉得,知道的太多对你可没什么好处。也许,路格布尔兹的那些人会疑惑你是怎么知道的,又为什么知道。而与此同时,艾森加德的乌鲁克族却如往常一样干着脏活。别站在那里流口水了!把你的杂兵聚集起来吧!其他蠢猪已经拔腿往森林跑了,你最好也跟上。你们不会活着回到大河对岸的!马上跑!就现在!我会跟在你们后面。"

艾森加德兽人又抓起梅里和皮平,将他们甩到背上。然后,队伍出发了。他们跑了一个又一个小时,偶尔停顿一下,只是为了把两个霍比特人甩给新的扛人者。也许因为艾森加德兽人跑得更快更有耐力,也许因为格利什纳赫有什么计划,反正艾森加德兽人渐渐超过了魔多兽人,格利什纳赫的人都落在后面跟着。很快,他们又超越了前面的北方兽人。森林越来越近了。

皮平浑身瘀伤,头疼欲裂,还被扛着他的兽人肮脏的脸颊和毛杂杂的耳朵磨来磨去。眼前驼背攒动,粗腿起起落落,不知疲倦,他们仿佛是由铁丝和兽脚制成的,没完没了地敲击着噩梦一样的鼓点。

下午,乌格鲁克的队伍超过了北方兽人。尽管清冷天空中闪耀的是冬日的太阳,但阳光依然明亮,他们却萎靡不振,吐着舌头,耷拉着脑袋。

"一群蛆虫!"艾森加德兽人奚落道,"你们被煮熟了吧?白皮佬会抓住你们,把你们吃了。他们就要来了!"

格利什纳赫的一声惊叫表明这不只是一个玩笑。驭马人,确实正以可见的飞速奔驰而来,虽然还远在后面,却正一步步赶上兽人,就像潮水涌向正在平坦流沙地上逗留的人群。

艾森加德兽人开始加速奔跑,就像是一场赛跑到了最后疯狂冲刺的阶段,步伐之快令皮平震惊。然后,他看到太阳正在沉落,落到雾山山脉后面去了,阴影在大地上蔓延。魔多兽人抬起头,也开始加速。黑黢黢的森林近在咫尺。他们已经跑过了一些偏远的树。地势开始往上斜伸,越来越陡,但兽人并没有停下脚步。乌格鲁克和格利什纳赫都在吼叫,督促着他们最后一拼。

"他们会成功的,他们会逃掉的。"皮平心想。然后,他设法扭动脖子,掠过肩膀往后瞥了一眼。他看见东边远处的骑兵已经越过平原,与兽人齐头并进了。落日余晖给他们的长矛和头盔镀了一层金光,令他们飞扬的淡色头发闪闪发亮。他们开始围堵兽人,以防后者四散,并沿河岸一线驱赶着他们。

皮平很好奇这些骑兵是什么人。此时他真希望自己在幽谷的时候,多学多问,多看地图多看事物,可那时这趟旅程的计划似乎掌握在那些能干的人手中,他怎么也没有想到会跟甘道夫、大步,甚至弗拉多分开。关于洛汗,他只记得甘道夫的马——捷影,来自那片土地。这样的话,似乎还有些希望。

"可是怎么才能让他们知道我们不是兽人呢?"他想,"我想这片土地上的人从未听说过霍比特人。这帮禽兽一样的兽人要被消灭了,我应该高兴才对,不过我得救才是更重要的事。"

就目前的形势来看,很有可能在洛汗人意识到他们是谁之前,他跟梅里就会跟这帮劫持者一起被杀。

有几个骑兵显然是弓箭手,擅长驰马射击。他们飞快地骑马进入射击范围,拉弓搭箭射向落在后面的兽人,几个兽人倒下了。然后,骑兵们提马一个回旋,跑出了敌人的射程范围。兽人不敢停下,只得胡乱射箭。这样来回多次。有一次,箭落在艾森加德兽人中间,其中一个兽人就在皮平眼前,踉跄了一下跌倒在地,再也没有起来。

夜幕降临,骑兵们没有围拢进攻。许多兽人倒下了,但还安然无恙的足有两百个。天刚黑时,兽人遇到了一个小山丘。森林边缘很近了,可能还不到三弗隆远,但他们却没能再进一步。骑兵们已经将他们团团围住。一小队兽人违抗乌格鲁克的命令,朝森林跑去,却只有三个生还。

"嗯,咱们到这里了,"格利什纳赫嗤笑道,"领导得真好!我希望伟大的乌格鲁克能再次领着我们冲出包围。"

"把那两个半身人放下!"乌格鲁克不理会格利什纳赫,命令道,"你,路格都什,再找两个人守着他们。他们不能被杀,除非可恶的白皮佬冲进来。明白吗?只要我还活着,他们就是我的。但他们不能喊叫,也不能被救走。把他们的腿捆起来!"

最后这一句命令被毫无仁慈地贯彻执行了。不过皮平发现自己跟梅里挨得很近,这还是第一次。兽人们闹哄哄的,喊着叫着,手中的武器叮当相撞,两个霍比特人趁机耳语了一会儿。

"我觉得没什么希望了,"梅里说,"我感到自己快完蛋了。哪怕现在给我松了绑,我想我也爬不了多远了。"

"兰巴斯!"皮平低声道,"我还有点兰巴斯。你有吗?我想,除了我们的剑,他们并没有收走别的东西。"

"有,我口袋里还有一包,"梅里答道,"不过,肯定摔成碎渣渣了。只是不管怎样，我也没法把嘴伸进口袋里呀！"

"你不必那么做，我……"可就在这时，皮平被野蛮地踢了一脚。他蓦然意识到，嘈杂声已经平息了，看守正在监视他们。

这一夜清冷寂静。兽人聚在小山丘上，周围生起一小堆一小堆的篝火，火苗在黑暗中吐着金黄的火蛇，将他们圈在中间。他们处在很近的射程里，但火光并没有映照出骑兵的身影。兽人浪费了很多箭射向篝火，最后被乌格鲁克制止了。骑兵们没有动静。月亮突破雾霭的后半夜，才隐约看见他们灰蒙蒙的身影不时在白月光下闪现一下：他们在不断地巡查走动。

"该死的！他们会等到日出的！"一个兽人看守低吼道，"我们为什么不集合起来冲出去？我想知道，老乌格鲁克以为自己在干什么！"

"我敢说你会知道的，"乌格鲁克低吼着从后面走上前来，"你他妈以为我根本没脑子，是不是？你跟其他那些杂兵，路格布尔兹的那些蛆虫、蠢猩猩一样糟糕！别想着跟他们一起冲锋干仗，能有什么好处？！他们只会尖叫和逃跑。那些可恶的养马崽多得很，足以将我们的地盘夷为平地。

"只有一件事，这些蛆虫能做：在黑暗中，他们能看见细枝末节。可据我所知，这些白皮佬夜晚的视力比大部分人的视力都好，别忘了他们还有马！他们能看见夜风，反正传闻是这样的。还有一件事是那些厉害的家伙不知道的：毛哈尔和他的人在森林里，现在他们随时都会出现。"

乌格鲁克的话显然令艾森加德兽人很满意，而其他兽人却又气馁又不服。他们设了几个岗哨，但大部分都躺在地上，在舒服的黑暗中休息。天色确实再度变得非常黑暗,月亮往西漂泊,又钻进了云围。皮平看不见几步之外的任何东西。篝火没有给小山丘带来光明。然而,骑兵们并没有满足于等待黎明,任凭敌人休息。小山丘东边突然爆发的一声惨叫,表明有什么情况不对劲。一些人似乎骑马围了过来,他们溜下马,悄悄地潜行到营地边缘,杀死了几个兽人,然后又撤退了。乌格鲁克急忙冲过去阻止兽人奔逃。

皮平和梅里坐了起来。他们的看守——艾森加德兽人——已经跟着乌格鲁克跑过去了。不过,这两个霍比特人即使想到了逃跑,这念头也很快被掐灭了。一只毛乎乎的长胳膊抓住他们两人的脖子,将他们拖到了一起。朦胧中,两人意识到格利什纳赫的大脑袋和丑脸杵在他们之间,恶心的口臭喷在他们脸上。他在抓挠、嗅闻他们。冷硬的手指在自己背上上下摸索,皮平觉得不寒而栗。

"哎,小家伙们!"格利什纳赫柔声细语道,"休息得不错吧?这可能是一个有点尴尬的地方:一边是刀剑和鞭子,另一边是讨厌的长矛!这些事对小人儿来说太大了,他们不应该掺和进来。"他的手指继续摸索着,眼睛深处闪着一道苍白却炽烈的光芒。

一个念头突然闯进皮平的脑海,就像是从敌人迫不及待的思想中直接抓过来的:"格利什纳赫知道至尊指环的事!他在寻找它,在乌格鲁克正忙着的时候!他可能想据为己有。"皮平心里寒意顿生,但同时他也在思忖如何利用格利什纳赫的这个欲念。

"我想你那么找是找不到它的,"他低声说,"它可不容易找到。"

"找到它?"格利什纳赫停下摸索的手指,抓着皮平的肩膀,问道,"找到什么?你在说什么,小家伙?"

皮平沉默了片刻。然后,黑暗中,他的喉咙里发出了"咕噜姆、咕噜姆"的噪声。"没什么，只是我的宝贝。"他补充道。

这位霍比特人感到格利什纳赫的手指在抽搐。"哦！噢！"这山妖细声嘘嘘道，"那就是他的意思，是不是？哦！噢！非常非常危险哟，我的小家伙！"

"也许吧，"梅里这会儿也机敏地意识到皮平的猜测了，"也许吧，但危险不仅是针对我们的。你最清楚你自己的意图了。你想要它，是不是？你要拿什么来换它？"

"我想要它？我想要它？"格利什纳赫好像很困惑，但他的胳膊在颤抖，"我要拿什么来换它？你这是什么意思？"

"我们的意思是，"皮平小心翼翼地选择着措辞，"在黑暗中摸索是没用的，我们能节约你的时间，省去你的麻烦，但你必须先解开我们的腿，否则我们什么都不会干，也不会说的。"

"我亲爱的小傻瓜们啊！"格利什纳赫生气地低声道，"你们拥有的一切，你们知道的一切，等时候一到，都会被拿走的！一切！到时候，为了满足提问者，你们会巴不得知道的比能说的还多。真的，你们会的，很快！我们不着急查问。哦，不不！你们以为你们为什么现在还活着？我亲爱的小家伙们啊，请相信我，当我问你们的时候，可不是出于仁慈，甚至不是因为乌格鲁克的一个错。"

"我发觉要相信你很容易，"梅里说，"但你还没有把猎物带回家呢。而且，似乎不管发生什么，都不会遂你的愿啊！如果我们去艾森加德，那对伟大的格利什纳赫可没什么好处：萨鲁曼会拿走他能发现的一切。如果你自己想要什么东西，那现在就是做交易的最好时间。"

格利什纳赫开始暴躁。萨鲁曼的名字似乎特别令他恼怒。时间分分秒秒过去，骚乱渐渐平息下来。乌格鲁克，或者艾森加德兽人随时都有可能回来。"你们俩，谁带着它？"他低吼道。

"咕噜姆，咕噜姆。"皮平说。

"松开我们的腿！"梅里说。

他们觉得兽人的胳膊剧烈颤动起来。"该死的，你们这两个肮脏的小祸害！"他生气地低吼道，"松开你们的腿？我会松开你们身上的每一根筋！你们以为我不会把你们搜个底朝天吗？我会的！我会把你们大卸八块！我不需要松开你们的腿就能把你们弄走，让你们从头到脚都归我！"

他猛地抓住了他们。他的长臂和肩膀力量惊人。他一边一个将他们夹在胳肢窝下面，死死地压在身侧。两个人的嘴各被一只大手捂住，闷得透不过气来。然后，他俯身跃步向前。他走得飞快，悄然无息，一直走到小山丘边上。然后，他在那儿选了看守之间的一个开口，像一道邪恶的黑影似的溜过去，溜进茫茫黑夜，走下斜坡，离开小山丘，往西朝源自森林的那条河走去。在那个方向，有一片宽敞开阔的空地，只点了一堆火。

走了十来码后，他停下来，侧耳聆听，四处窥探，但什么也没看见，什么也没听到。他蹑手蹑脚地继续前进，几乎是在爬行。接着他蹲下来，再次侧耳聆听，然后猛地起身，仿佛要冒险往前冲刺。就在这时，一个骑兵的黑色身影赫然耸立在他面前。一匹马打着响鼻，前蹄高高扬起，有人喝然出声。

格利什纳赫猛地扑向地面，并拽着两个霍比特人挡在身下，然后抽出了剑。毫无疑问，他宁愿杀掉这两个俘虏，也不允许他们逃跑或被救。然而就是这个动作，给他招来了杀身之祸。他的剑叮当轻响，在左边远处的火光映照下微微闪光。昏暗中，一支箭呼啸而来。或许是命运使然，或许是有意为之，这支箭射得很巧妙，正中他的右手。格利什纳赫惨叫一声，手中剑落。马蹄嘚嘚，密集而迅捷，不等他跳起来跑开，就被踏倒在地，一支长矛穿身。他发出一声令人不寒而栗的骇叫，便倒在那里一动不动了。

两个霍比特人仍然平趴在地上，就跟格利什纳赫丢下他们时一样。又一个骑手疾驰而来给他的同伙帮忙。不知道是因为视力特别敏锐，还是因为别的什么感知，那匹马抬起双蹄，轻轻地越过他们俩，而骑手却没有看见他们。他们裹着精灵斗篷躺在那里，那一刻屏息静气，吓得不敢动弹。

最后，梅里动了动，悄声低语道："到目前为止还不错，可我们怎样才能避免被刺穿啊？"

答案几乎立刻就来了。格利什纳赫的惨叫惊动了兽人。小山丘那边传来了刺耳的尖叫声、咒骂声，霍比特人猜测他们的消失不见已经被发现了：乌格鲁克大概又砍掉了几个兽人的脑袋。然后，右边突然传来了兽人的回应声，就在篝火圈之外，是从森林和山脉的方向传来的。显然，毛哈尔已经到了，正在攻击包围者。骑兵们冒着被兽人射中的危险，正在缩小他们的包围圈，以防有任何漏洞。与此同时，一队人马飞驰过去对付新来者。突然，梅里和皮平意识到，他们一动没动，现在就已经在包围圈之外了，再也没有什么能阻止他们逃走了。

"现在，只要我们松开手脚，"梅里说，"那就可以逃走了，可是我够不着绳结，也咬不到它们。"

"不用费事，"皮平说，"我来告诉你怎么办：我已经设法松开我的手了。这些环套只是装样子。你最好先吃几口兰巴斯。"

他甩掉手腕上的绳扣，掏出一包兰巴斯。这行路面包已经碎了，不过没坏,仍然用树叶包裹着。两个霍比特人各吃了两三片。兰巴斯的味道让他们想起了距今已遥远的那些宁静日子里的美好面容、欢快笑声和健康美食。他们坐在黑暗中,无视近旁战场传来的叫喊和嘈杂,若有所思地吃着东西。过了一会儿,皮平第一个回过神来。

"咱们必须得走了,"他说,"稍等一下!"格利什纳赫的剑就躺在手边,但对他而言太笨重了。于是,他慢慢地往前爬,在这山妖的尸体上搜寻了一番,从一个刀鞘中抽出了一把长尖刀。他用这把刀迅速砍断了捆绑他们的绳索。

"就它了!"他说,"我们先热热身,或许能再次站起来行走。不过无论如何,我们最好现在就开始爬行。"

于是,他们开始爬行。草皮很厚很软,有利于他们,不过爬行似乎是一件费时又缓慢的事。他们远远地避开篝火,一点一点地蠕动向前,一直爬到河边。河水潺潺,在深深的岸堤投下阴影的河床里流逝。他们回头望去。

那些喧嚣已经平息了。看来,毛哈尔和他的伙计们不是被杀,就是被赶跑了。骑兵们已经返回,继续他们静默而又不祥的值夜去了。不过那也不会持续多久了,黑夜将尽。东方虽然依旧云遮雾绕,但天已经开始麻麻亮。

"我们必须得遮掩一下,"皮平说,"不然会被看见的,要是等我们死了以后,这些骑兵才发现我们不是兽人,那可不是什么安慰。"他站起来,跺了跺脚,"那些绑绳像金属丝一样勒进我的肉里,不过我的脚又暖和起来了。现在我能跟跟跄跄地用脚走路了。你怎么样,梅里?"

梅里站了起来。"还行,"他说,"我能走。兰巴斯的确能振奋人心!这是一种更健康的感觉,比兽人那种热乎乎的液体好,不知道那是什么酿造的。我想,最好还是不要知道吧。咱们喝点水,洗掉那种液体的感觉吧!"

"别在这儿,这河岸太陡了,"皮平说,"再往前走走。"

他们转过身,沿着河岸一线,肩并肩慢慢地走着。身后,东方愈亮。他们一边走一边交换意见,用霍比特人的轻松心态谈论着他们被俘以后发生的事情。从他们的言辞中,没有哪个听者会猜到他们曾遭受的残酷折磨,曾身陷的极度危险,曾绝望地走向痛苦和死亡,而即便是此刻,他们也非常清楚,他们找到朋友、重获安全的机会微乎其微。

"看来,你一直做得不错,图克少爷,"梅里说,"假如我还有机会跟老比尔博讲述的话,你在他的书里会占差不多一章的篇幅,特别是你猜出那毛乎乎的坏蛋的小把戏,捉弄他那一段,棒极了!不过,我很好奇,会有人循着你留下的踪迹,发现那枚饰针吗?我的饰针要是丢了的话,我会后悔死的,恐怕你的那枚已经永远失去了。

"如果我要保持跟你相当的水平,那可得加把劲了。当然,你的白兰度巴克表兄现在走在前面。这就是他来到的地方。我想你可能没怎么注意我们现在在哪儿。在幽谷的时候,我可是好好利用了我的时间的。我们现在正沿着恩特河西边走呢。雾山山脉的尽头就在前方,还有范贡森林。"

梅里话音未落,范贡森林黑漆漆的边缘就赫然耸现在他们面前,夜晚似乎从即将到来的黎明前悄悄溜到它的巨树之下,寻求庇护。

"带路往前走吧,白兰度巴克少爷!"皮平说,"或者带路往回走!我们曾经被警告不要去范贡森林,像你这么有见识的人,应该不会忘记吧?"

"我没忘,"梅里答道,"但不管怎么样,我觉得进入这座森林比回头撞进混战中好。"

他带头进了森林,走在巨大的树枝下。这些树看上去古老得超乎想象。巨大的须状地衣悬垂在枝干上,随风飘摇。两个霍比特人向树荫外窥探,回首凝视斜坡下面:他们俩小心翼翼的渺小身影在朦胧的光线下,就像时间深处的两个精灵孩子,从荒蛮森林往外,惊奇地凝视着生命中的第一个黎明。

在大河远处,褐地远处,很多很多里格远处的灰色地带,黎明破晓,红焰似火。迎接它的,是洪亮的狩猎号角声。洛汗骑兵瞬间焕发生机,号角声一声接着一声,响彻云霄。

在寒冷的空气中,梅里和皮平清晰地听见了战马的嘶鸣以及许多人突然的歌唱。太阳之翼似火弧,飞升到这个世界的边缘上空。伴随着一声呐喊,骑兵们从东边发起了进攻。铠甲和长矛红光闪闪。兽人尖叫着,将所剩的全部箭矢射向他们。两个霍比特人看见几个骑手倒下了,但他们的队伍继续挺进,冲上山头,勒马回旋,再次发起攻击。上一轮活下来的大部分劫掠者,一哄而散,四处逃窜,但都被一个个追杀致死。不过有一小队兽人集结成一支黑楔形队伍,顽强地朝森林的方向前进,他们径直冲上斜坡,朝两个正在观望的霍比特人而来。现在他们越来越近了,看来他们肯定能逃掉了:他们已经砍倒了三个拦住他们去路的骑兵。

"咱们俩观望得太久了,"梅里说,"那是乌格鲁克!我可不想再碰到他。"

两个霍比特人转身,飞速钻进暗影绰绰的森林深处。因此,他们并没有看见那最后一战:就在范贡森林边上,乌格鲁克被追上,无路可逃，陷入了绝境。在那里，他跟跳下马的伊奥梅尔——马克的第三元帅剑对剑搏斗了一番，最终被后者杀死了。目光敏锐的骑兵们驰骋于辽阔的原野，将之前逃走、现在还有力气飞奔的兽人全部歼灭。

之后，骑兵们唱着颂歌，安葬了牺牲的战友，接着又生了一堆大火，焚烧敌人的尸骨，并将灰烬扬散。这场袭击就这样结束了，没有任何消息传回魔多或艾森加德。不过，燃烧的浓烟直冲天际，许多双警醒监视的眼睛都看见了。

第4章
树须

  同一时间,两个霍比特人以尽可能快的速度,顺着潺潺溪流,在盘根错节、枝条虬结的森林里行进着。他们朝西走,往雾山山坡上爬,越来越深入范贡森林。他们对兽人的恐惧渐渐消失了,步伐也慢了下来。一种怪异的窒息感攫住了他们,仿佛空气太过稀薄,让人无法呼吸。

  最后,梅里停下了脚步。"我们不能这样走下去了,"他气喘吁吁地说,"我快透不过气来了。"

  "无论如何,我们都得喝点水了,"皮平说,"我快渴死了。"说着,他爬到一根盘曲着伸进溪流的大树根上,弯腰双手捧水喝起来。水很清凉,皮平喝了好多口。梅里依葫芦画瓢。水使他们精神一振,似乎连心情也轻松起来。他们坐在溪流边,一边把酸涩的腿脚浸在水里泡着,一边环顾四周那些默默伫立的树木。树木一行行,一排排,一重重,往每个方向蔓延而去,直至消融在灰蒙蒙的晨光里。

  "我想,你还没让咱们迷路吧?"皮平背靠在一个大树桩上说,"反正,咱们能顺着这条溪流走——不管你叫它恩特河还是别的什么河,再顺着咱们来的路出去。"

"如果腿脚允许,咱们也能正常呼吸的话,可以的。"梅里说。

"是啊,这里面太昏暗、太憋闷了。"皮平说,"不知怎的,它让我想起远在塔克伯勒的那些斯米阿尔中,图克家族大洞府里的那个旧房间,里面空间很大,家具几代都不曾移动或改变过。他们说老图克住在里面,一年又一年,随着房间一起变老变衰。自从一百年前他去世后,那个房间就没变过。而老盖伦修斯是我的高祖父,这就又把时间往前推了一点。不过那与这座森林给人的古老感觉一点关系都没有。你看所有这些垂着拖着像胡须鬃毛一样的地衣!还有,大部分树的树叶似乎有一半都是破烂的干叶子,却从未凋落,脏兮兮的。我想象不出春天这里会是什么样子,如果这里有春天的话,更别提什么春日大扫除了。"

"可是,不管怎么样,总有太阳照进来的时候吧。"梅里说,"这看上去或者感觉上,根本不像比尔博对黑森林的描述。在他的描述中,黑森林漆黑一片,是黑暗事物之家。而这里只是比较昏暗,树木有些吓人。无法想象动物能居住在这里,或者长时间地停留。"

"是啊,动物不能,霍比特人也不能,"皮平说,"一想到我们要试图穿过这里,我也觉得很讨厌。我估计我们得有一百英里的路途没吃没喝了。咱们的储备怎么样?"

"很少,"梅里说,"除了几包兰巴斯,咱们什么也没带就跑了出来,其他的一切都丢下了。"他们看了看剩下的精灵面包,它们都碎成片了,只够吃大约五天的样子。这就是他们的全部储备。"一条毯子或裹被都没有,"梅里说,"不管我们往哪个方向走,今晚都得挨冻。"

75

"嗯，我们最好现在就决定走哪条路吧，"皮平说，"天一定已经亮了。"

就在这时，他们注意到，往前一点的森林深处，出现了一片黄色光芒：缕缕阳光似乎突然刺穿了森林的屋顶，照射下来。

"咳！"梅里说，"我们待在树下的时候，太阳一定是跑进云层里去了，现在又跑出来了！要不然就是太阳爬得很高，高得足以透过某些空隙往下俯视。那里不远，咱们过去探一探！"

他们发现那里比他们以为的要远。地势依然陡升，而且石头越来越多。随着他们的行进，光照范围也越来越宽，很快他们就看到一堵石壁耸立在面前：这如果不是一座山丘的侧面，就是远方山脉伸出来的一条长长的到此戛然而止的根基。石壁上没有树，阳光覆满它的整张脸。壁脚下的树枝静静地支棱着，仿佛在探触阳光的温暖。原本看上去那么破败灰暗的树林，此刻却闪耀着饱满的棕色辉光，光滑的灰黑树皮就像被擦亮的皮革。树干焕发出青草一般的柔绿光泽。环绕在两个霍比特人四周的，是一派早春景象，或稍纵即逝的早春幻象。

石壁正面有一些阶梯似的刻痕，也许是大自然的手笔，经风吹雨凿而成，粗糙不平。再往上，几乎与森林之树齐平的壁顶上，有一块岩架。其边缘除了一点草皮、几片草叶，以及一截只剩下两根完整枝干的老树桩，没有任何其他草木生长。那模样活像一个皱巴巴的老头，站在那里，在晨光中眨着眼睛。

"我们上去吧！"梅里欢快地说，"现在该呼吸一点新鲜空气，看一看陆地了！"

他们手脚并用，艰难地往岩壁上爬。假如那阶梯是专门凿出来的，那也是为比他们的腿脚更长更大的腿脚凿的。两人因为被俘而遭受的伤痛都已奇迹般地愈合，精神也重新焕发，他们却顾不上吃惊，只是急切地攀爬着。最后，他们爬到了岩架边缘，几乎就在那个老树桩脚下。接着，他们一跃而上，转身背对小山丘，深深地呼吸着，朝东望去。他们发现自己不过是往这座森林里走了三四英里。树林的前首沿着山坡一路向下，往平原延伸而去。那儿，接近森林边缘的地方，腾起一股股螺旋状的黑烟，颤颤摇摇，朝他们飘荡而来。

"风转向了，"梅里说，"现在又往东吹了。这上面挺凉快。"

"是啊，"皮平说，"恐怕这光亮一阵子就过去了，等会儿一切又会变得灰蒙蒙的。太可惜了！这破烂的老森林在阳光下看上去别有一番风景。我几乎觉得自己都要喜欢上这地方了。"

"你几乎觉得自己都要喜欢上这森林了！那可真好！你们真是不同寻常地友好啊！"一个陌生的声音说，"转过来，让我看看你们的脸。我几乎觉得我不喜欢你们俩，但还是不要急着下结论吧。转过来！"一双关节突起的大手分别搭上他们俩的肩膀，温和而又不容置疑地将他们扳转过去，然后两只巨大的手臂将他们举了起来。

他们发现一张极其古怪的脸杵在眼前。这张脸长在一个像人类、又庞大得几乎跟食人妖一样的身体上。它至少有十四英尺高，非常壮实，脑袋很长，但几乎没有脖子。很难说它身上裹的灰绿色树皮一样的东西是它的外衣，还是它的外皮。反正，它那从树桩上伸出一小段距离的胳膊上没有皱纹，而是覆盖着光滑的棕色皮肤。它的一双大脚，每只都有七根脚趾。它的长脸下半截长满浓密弯曲的灰须，须根活像树枝，尾端纤细，覆满苔藓。不过在这一刻，除了它的眼睛，两个霍比特人几乎没有注意别的。这双深深的眼睛此刻正审视着他们。这双眼睛清淡、冷峻，但非常犀利。它们是棕色的，杂闪着一种绿光。后来的日子,皮平经常努力描述他对这双眼睛的第一印象:"你会觉得那双眼睛后面是一口深不见底的古井,里面充满了岁月的记忆和漫长、缓慢、持续的思绪。然而它们的表面却闪耀着现在,就像洒在一棵巨树外缘叶子上的细碎眼光,或像一潭深幽湖水荡开的涟漪粼光。我说不清楚,但那感觉就像生长在地里的什么东西——你可以说,沉睡着的东西。也可以说它就是介于根尖和叶尖之间、介于深深的大地和天空之间的某种东西突然醒来了,然后用一种无尽岁月中审视自我内在的悠缓目光,同样悠缓地审视着你。"

"赫鲁姆,呼姆,"那个声音低语道,非常低沉的声音,像极了低沉的木管乐器,"确实非常古怪!别着急,这是我的座右铭。不过如果我在听到你们的声音之前,就看见了你们——我喜欢你们的声音,美好的轻言细语,它们让我想起了某种我记不起来的东西——如果在听见你们之前,先见到了你们,我可能已经把你们当成兽人踩扁了,之后我才发现自己搞错了。你们的确很古怪。根和枝,都非常古怪!"

尽管仍然很惊诧,但皮平不觉得害怕了。在那双眼睛的注视下,他感到的是一种好奇的悬念,而不是恐惧。"请问,"他说,"你是谁?还有,你是什么?"

那双古老的眼睛浮现出一道奇异的光彩,像某种警觉,深井被完全盖上了。"赫鲁姆,这个嘛,"这声音答道,"嗯,我是一个恩特,他们是这么叫我的。是的,就是恩特这个词。按照你们说话的习惯来讲,你可以说,我就是那个恩特。有些人叫我范贡,还有些人叫我树须。叫我树须就行。"

"恩特?"梅里说,"那是什么?不过,你叫你自己什么?你的真名是什么?"

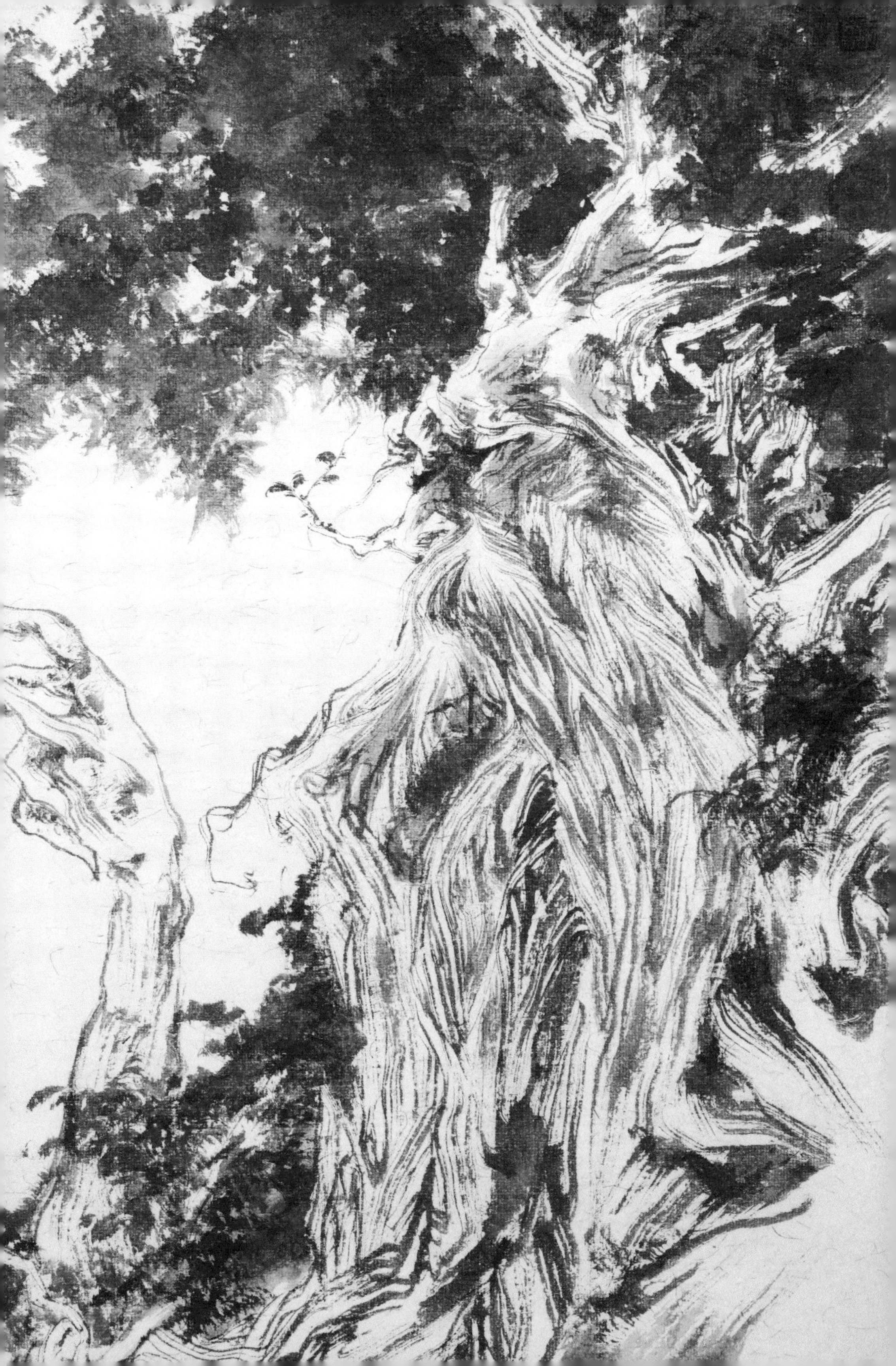

双塔

"呼,这个嘛!"树须答道,"呼!这个我会说的!别着急。现在发问的是我。你们在我的地盘上。我很好奇,你们是谁?我没法归类你们。你们似乎不在我年轻时了解到的古老名单里。不过那是很久很久以前的事了,他们可能已经列了新的名单。让我想想,让我想想,它是怎么说的来着——

> 生灵活物有学问!
> 先说四种自由民:
> 精灵儿童最年长;
> 矮人深居幽暗洞;
> 恩特生于泥土里,
> 寿比山川亦古老;
> 凡尘人类驯马族,
> 生而有涯终有死。
> 哦,哦,哦,
> 河狸勤建坝,
> 雄鹿爱蹦跳,
> 狗熊好采蜜,
> 野猪擅打斗,
> 猎狗常挨饿,
> 野兔很胆小。
> 哦,哦,
> 雕在雕巢,
> 牛在牧场,

雄鹿长角，

鹰击长空，

天鹅最白，

大蛇最冷。

……

"呼，哦，呼，哦，接下来是什么来着？噜姆，塔姆，噜姆，塔姆，噜姆蒂，嘟，塔姆……反正很长一串。可是不管怎么样，你们似乎都对不上号啊！"

"我们似乎总是被古老的名单和古老的故事遗漏，"梅里说，"不过，我们已经存在了相当长的时间，我们是霍比特人。"

"你不妨给你的名单新添上一行，"皮平说，"半身霍比特人，洞穴居住者。"

"把我们放在四种自由民之间，人类（也就是大人族）之后，你就明白了。"

"哦！不错！不错！"树须说，"那可以。这么说你们住在洞里，是吗？听起来非常正确，非常合适。不过，是谁管你们叫霍比特人的？我听着这名字很有精灵气质。所有古老的词语都是精灵创造的：字词就是他们发明的。"

"没有别人管我们叫霍比特人，我们自己这样称呼自己。"皮平说。

"呼姆，哈姆！好啦！别着急！你们自己管自己叫霍比特人？可你们不应该告诉任何人啊。你们如果不小心，会把你们的真名泄露出去的。"

"我们不在意那个，"梅里说，"事实上，我姓白兰度巴克，梅

81

里亚达克·白兰度巴克,不过很多人都只称呼我为梅里。"

"我姓图克,佩雷格林·图克,但人们通常管我叫皮平,甚至叫我皮皮。"

"哦,不过你们真是草率的人啊,我明白了。"树须说,"我很荣幸得到你们的信任,但你们还是不应该太大意。要知道,这里有各种各样的恩特,还有一些你们可能会说看起来像恩特但不是恩特的东西。如果你们乐意的话,我会叫你们梅里和皮平——很美好的名字啊。不过我不打算告诉你们我的名字,至少现在还不能说。"他的眼睛绿光一闪,浮现出一种怪异的半知晓半幽默的眼神,"原因之一是,说出我的名字很费时:我的名字一直在成长,而我已经活了很长很长时间,所以我的名字就像一个故事。在我的语言里,真名会告诉你们它们所属事物的故事。我的语言,用你们的话来说,就是所谓的古恩特语。它是一种可爱的语言,不过要用它讲述任何事情都非常费时。因为如果有什么事不值得花很长时间去说、去听,我们就不用这种语言来说。

"不过现在嘛,"这双眼睛变得非常明亮,非常"现在",似乎越来越小,几乎眯起来了,"怎么回事?你们在这森林里做什么呢?我能从这个,从这个,从这个阿—拉拉—拉拉—鲁姆巴—卡姆安达—林德—奥尔—布鲁米,看到和听到,闻到和感觉到很多。抱歉啊:那是我给这个东西取的名字的一部分。我不知道用外面的语言怎么说它:你们知道的,就是我们所在的这个东西,就是我站着,每个晴朗的早晨向外张望,思索太阳、森林之外的草、马、云,以及缓缓展开的世界的地方。发生了什么事?甘道夫要干什么?还是只有这些'布拉鲁姆'。"他发出了一阵低沉的隆隆响声,就像是一件巨大的乐器发出了不和谐的弦音。

第 4 章 树须

"这些兽人,还有艾森加德的那个青年萨鲁曼要干什么?我喜欢听消息,但现在不要说得太快。"

"正在发生的事可多了,"梅里说,"哪怕我们想快点说,都得要很长时间才能讲完。可你让我们不要着急,那我们应该这么快地给你讲什么事吗?如果我们问你,你打算拿我们怎么办,你是哪一边的,你会不会觉得很没礼貌?还有,你认识甘道夫?"

"是的,我的确认识他:他是唯一一位真正关心树的巫师。"树须说,"你们认识他?"

"是的,"皮平悲伤地说,"我们认识他。他是一位伟大的朋友,他曾是我们的向导。"

"那我可以回答你们的其他问题了,"树须说,"我不打算拿你们怎么样:如果你们的意思是不经你们同意就'对你们做点什么'的话,我们也许可以一起做点什么。我不知道你说的'哪一边'是什么意思,我有我自己的行事方式,但你们的方式可以与我的方式暂时和谐相处。不过你们说到甘道夫时,仿佛他在一个已经结尾的故事里似的。"

"是的,我们就是这意思,"皮平悲伤地说,"这个故事似乎还将继续,但恐怕甘道夫已经遗落在外了。"

"呼,这样啊!"树须说,"呼姆,哈姆,唉,好吧,"他顿了顿,良久地看着两个霍比特人,"呼姆,唉,唉,我真不知道说什么好了。这样啊!"

"如果你愿意听详情,"梅里说,"我们会告诉你的,不过那得花一点时间。你能不能把我们放下来?我们不能坐在这儿,坐在阳光下讲述吗?你这么举着我们肯定会很累的。"

83

"哈姆，累？不，我不累。我没那么容易累。而且，我也不坐，我不是那么，哈姆，那么容易弯曲，不过，你们看，太阳就要躲起来了。让我们离开这个——你们刚才说它叫什么来着？"

"小山丘？"皮平猜道。

"岩架？阶梯？"梅里猜道。

树须若有所思地重复嘀咕着这几个词，然后说："小山丘。对，就是这个词。不过，对于一个自世界的这个部分开始形成时，就已经伫立在这儿的东西，这个词用得太草率了。算了，走吧，我们离开它。"

"我们去哪里？"梅里问。

"去我家，或者说去我的一个家。"树须答道。

"远吗？"

"我不知道。也许你们会觉得远。可那有什么关系呢？"

"呃，你看，我们的行囊全都丢了，"梅里说，"我们只有一点食物。"

"噢！哈姆！你们无须担心这个，"树须说，"我可以给你们一种饮料，喝了会让你们保持青葱，还能生长很长很长一段时间。而且，如果我们决定分开，我可以将你们放在我的疆土之外，你们说什么地方就什么地方。我们走吧！"

树须温柔但牢牢地举起两个霍比特人，一个胳膊弯一个，先抬起一只大脚，再抬起另一只大脚，将他们挪到了岩架边缘。他那像树根一样的脚趾紧紧扣着岩石。然后，他小心翼翼又郑重其事地一级一级走下石阶，来到了森林的地面上。

一落地，他立刻从容地大步穿过树林，越来越深入森林，稳步朝山坡爬去，但始终不曾远离溪流。许多树似乎都在沉睡，又或者根本没有察觉到他，好像他只是一个过路的生灵一样。不过有一些树微微颤动，还有一些树在他走近的时候扬起枝干以便他通过。他一路走，一路用一种似细水长流的乐音自言自语。

两个霍比特人沉默了一阵子。他们感到安全又舒适，这可太奇怪了，而且他们有好多事去想，去惊诧。最后，皮平大着胆子又开口了。

"请问，树须，"他说，"我能问你点事吗？凯勒博恩为什么不让我们进入你的森林？他警告我们别冒险陷到这里面来。"

"哼，他现在那么说的吗？"树须嘟囔道，"假如你们反过来从这里走的话，我大概也会说差不多一样的话。别冒险陷入劳瑞林多瑞南的森林！以前精灵是这么称呼它的，但现在他们把这名字缩短了，称之为洛丝罗瑞恩。也许他们是对的：它可能正在凋零，而不是正在成长。它曾经是'黄金歌咏之谷地'，现在是'梦之花'。啊！唉！不过那是一个古怪的地方，不是什么人都能冒险进去的。我很惊讶你们居然能出来，但更惊讶的是你们居然进去了：这已经很多年没有发生在陌生人身上了。那是一个古怪的地方。

"不过这里也是。来这儿的人总是遭难。是的，他们是遭难来了。*Laurelindórenan lindelorendor malinornélion ornemalin.*"[①] 他喃喃地哼唱了一句。

"我猜测，与其说他们在那里避世，不如说他们正在凋零。"他说，"这片土地，以及金色森林以外的任何地方，都不是凯勒博恩年轻时候的模样了。不过——

Taurelilómëa-tumbalemorna

[①] 这是树须对金色森林的称呼，意为"金光中树木歌唱的山谷，音乐与梦幻之地；那里生长着金色的树，那是金树之地"——译者注。

双塔

Tumbaletaerëa Lómëanor[①]

"他们过去常常这么说。世界已经变了,但这在有些地方依旧真实。"

"你是什么意思?"皮平问,"什么真实?"

"树木和恩特。"树须说,"发生在我身上的一切,我并不能都理解,所以没法向你解释这个。我们有一些,依然是真实的恩特,以我们的方式活得生机勃勃,但有很多变得嗜睡,既不动也不说话,就如你可能会说的那样,变得越来越像树了。当然,大部分树就只是树,但有许多是半醒的。有些相当清醒,还有一些,呃,正变得越来越像恩特。这就是一直在发生的事。

"当树起了这种变化之后,你会发现有一些就有了坏心肠。这跟它们所在的森林没什么关系:我不是那意思。喔,我认识恩特河下游的一些好心肠的老柳树,它们早就死了,唉!它们的树干都空了,实际上它们全都快碎成片了,但依然如新叶般宁静甜美。然而,山谷里有一些树,发出的声音似洪钟,却坏透了。这种事似乎在蔓延。过去,这片土地上有些地方非常危险,现在也有一些非常黑暗的片区。"

"你的意思是,就像远处北方的那座老森林吗?"梅里问。

"是啊,是啊,类似那样的,但更糟糕。我不怀疑,远处北方依然缭绕着大黑暗时代的某些阴影,坏的记忆流传了下来。但这片土地上,有些空谷从未摆脱黑暗的笼罩,那里的树比我还要古老。不过,我们还是尽力而为。我们不让陌生人和鲁莽的家伙接近,我们训练,我们传授,我们行走,我们除草。

"我们老恩特,是牧树者,如今剩下的不多了。据说,羊会变得

[①] 意为:阴影遮蔽森林,深谷幽暗;深谷森林覆盖,地域幽暗——译者注。

像牧羊人，牧羊人也会变得像羊，但这个过程很慢，而两者在世的时间并不长。树和恩特之间的这个过程要更快一点，他们更密切，一起走过漫长的岁月。因为恩特更像精灵，不像人类，他们对自己兴趣不大，而更擅长理解其他事物的内在。不过他们比精灵多变，你们也可以说他们对外界的色彩变化更敏感，这又使他们更像人类。更确切地说，他们比人类和精灵都更好，因为他们更稳重，对事物的关注更长久。

"如今，我的一些亲戚看上去就跟树一样，需要某种惊天动地的事情才能唤醒他们，而且他们只低声说话。而我的一些树枝干柔软，很多能跟我交谈。当然，这是精灵起的头：把树唤醒，教他们说话，学习树语。他们总希望跟一切事物说话，古代的精灵也确实是这么做的。可是后来，大黑暗降临，精灵们要么渡海而去，要么逃进遥远的山谷，隐藏起来，作歌怀念那永不复返的岁月。永不复返。是啊，是啊，从前，从这儿到舒恩山脉，森林是连成一片的，这里只是东端。

"那些辽远的日子啊！那时我整天行走歌唱，空旷的山谷里，只有我自己的声音在回荡。这里的树林就跟洛丝罗瑞恩的树林一样，只是更繁密、更强壮、更年轻。还有那空气的味道！我曾经花了一个星期的时间，就只是呼吸。"

树须陷入了沉默，大步行走着。而他的大脚踩在地上，却几乎没有发出一点声音。然后，他又开始哼唱，接着哼唱变成反复吟咏的低语，两个霍比特人渐渐意识到，他是在对他们吟咏：

　　我漫步在塔萨瑞南春天的柳荫里，
　　南塔萨瑞南春天的景色和气息啊！
　　我说，真好！

> 我徜徉在欧西瑞安德夏日的榆林里,
> 七河之地夏日的光芒和乐音啊!
> 我想,最棒!
> 我来到尼尔多瑞斯秋天的山毛榉森林,
> 陶尔—那—尼尔多金红的秋叶叹息啊!
> 我的心得偿所愿!
> 我攀登上多松尼安冬日的松林高地,
> 欧洛德—那—松冬日的风、白色的雪、褐色的树枝啊!
> 我音高扬,唱彻天空!
> 如今所有这些土地沉于波涛之下,
> 而我走在阿姆巴罗那,
> 走在陶瑞墨那,
> 走在阿勒达罗迷,
> 走在我自己的土地,
> 走在范贡之域。
> 在这里,在陶瑞墨那罗迷,
> 树根长,
> 岁月悠悠厚过积叶。

他结束吟咏,继续默默地大步向前,走进整片森林,耳之所及,没有一点声音。

白日将尽,暮色笼罩在树梢上。最后,两个霍比特人看见,一片陡峭的黑土地在他们前方朦胧升起:他们已经来到了雾山山脉脚下,来到了高高的美塞德拉斯山峰青翠的山脚下。从山侧流下的恩特河还是一条小溪,自高处的泉源一级一级喧闹着跳下,迎向他们。溪流的右边,有一道覆满青草的长坡,此刻在暮色中灰蒙蒙的。那里没有树生长,开敞于天空之下。云隙之间,银河荡荡,星光闪烁。

树须大步迈上斜坡,几乎没有放慢步速。突然,两个霍比特人看到他们面前出现了一个宽阔的开口。两棵大树一边一棵耸立在那儿,就像两根活门柱,但除了两棵树之间的空隙和其间交织的树枝,并没有门。当这位老恩特走近时,两棵树抬起了树枝,所有树叶都微微颤动着,发出窸窸窣窣的声音。因为两棵树都是常青树,树叶全都墨绿油亮,在暮色中闪着微光。两棵树之后,是一片宽阔的平地,就像是开凿在山侧的一个大厅地板。两边的石壁陡然向上,直至五十多英尺高。沿着石壁还生长着两行树,形成一条树道,也是越往上越浓密,仿佛在往里面行进。

石壁尽头很陡峭,但底部往内凹成一个带弧形拱顶的浅洞:这是这个"大厅"除树枝之外唯一的屋顶。到了内部尽头,这些树枝遮蔽了整个地面,只留中间一条宽阔的露天通道。一条小溪从上方的泉源溢出,离开主泉潭,叮叮咚咚流下陡峭的石壁,银珠簌簌,仿佛挂在弧形拱顶洞穴前的一道纤薄门帘。落下的水重又汇聚在树与树之间地面上的一个石头盆里,随后漫溢出来,沿着露天通道边缘往下奔流,再汇入恩特河,继续其穿越森林的旅途。

"哈姆!我们到了!"树须打破了长久的沉默,"我带着你们走了七万恩特步,不过我不知道按照你们当地的测量方式,这是多远。反正,我们已经接近最后的山峰脚下了。如果翻译成你们的语言,这个地方的名字,其中一部分大概是'涌泉厅'。我喜欢这个名字。我们今晚要待在这儿。"他将两个霍比特人放在树道之间的草地上,随

89

后两人跟着他往大拱顶走去。他们这时才注意到：当树须行走的时候，他的膝盖几乎不打弯，他是两腿大开着往前迈步的。他的大脚趾（它们确实很大，而且很宽）先是紧紧扣在地上，然后才落下脚掌。

树须在落泉形成的水帘下站了一会儿，深深地吸了一口气，然后大笑着穿过水帘走了进去。里面立着一张大石桌，但没有椅子。洞穴深处，已经相当昏暗了。树须抬起两个大罐，将它们搁在石桌上。这两个大罐里似乎盛满了水，树须举起手放在它们上方，两个大罐立刻开始闪光，一个闪金光，一个闪浓绿的光，两种光交相辉映，照亮了洞穴，仿佛夏日阳光透过青葱的叶冠照了下来。两个霍比特人一回头，看见大厅里的树也开始闪光了，一开始微光颤颤，但渐渐地越闪越快，直到每一片树叶都镶上了亮边：有的绿色，有的金色，有的红铜色，而树干看上去就像是用闪闪发光的石头雕刻而成的柱子。

"好啦，好啦，现在我们又可以交谈了。"树须说，"我想，你们很渴吧？也许还很累。喝这个！"他走向洞穴深处，两个霍比特人这才看见那儿立着几个石头高罐，盖着很重的盖子。树须移开其中一个罐子的盖子，用一个很大的长柄勺从里面舀出一些东西，盛满了三个碗。这三个碗，一个非常大，另外两个稍微小一点。

"这是一间恩特屋，"他说，"恐怕屋里没有凳子，不过你们可以坐在桌子上。"说着他抓起两个霍比特人，将他们搁在距离地面六英尺高的大石桌板上，两人悬垂着腿坐在那儿，啜着饮料。

这饮料像水，确实跟他们在森林边界附近喝的恩特河水非常像，不过有种他们无法形容的香气或味道：淡淡的，却令他们想起随清凉夜风而来的远方丛林的气息。他们的脚趾最先感受到了这饮料的效力，然后渐渐往上，贯穿四肢、上半身，直达发梢：活力和精神贯注到了全身。事实上，两个霍比特人觉得他们的头发真的竖立起来了，摇曳着，卷曲着，生长着。至于树须，他先是在拱顶另一边的石盆里洗了脚，然后一口喝完了碗里的饮料。那是悠长缓慢的一口，两个霍比特人还以为他会一直喝下去，永远不停呢。

最后，他终于把碗放下了。"啊——啊！"他叹息着，"哈姆，呼姆，现在我们可以轻松交谈了。你们可以坐在地上，我要躺下来，不然这饮料会升到我的头上，让我睡着。"

凹穴的右边有一张巨大的床，床脚很矮，不过两英尺高，上面铺着厚厚的干草和欧蕨。树须缓慢地倒向那张床（其间只有略微弯曲的迹象），直到完全躺平。他胳膊枕在脑袋下面，望着凹穴顶，那里亮光闪烁，就像树叶在阳光下嬉戏。梅里和皮平坐在他旁边的草枕上。

"现在，给我讲讲你们的故事吧，不要着急！"树须说。

两个霍比特人开始给他讲述自离开霍比顿以来他们的冒险经历。他们的叙事线索并不十分清晰，因为两人不停地互相打断，树须也常常制止说话的人，不是把话题拉回之前的某个点，就是跳过当前的讲述，追问后面发生的事。关于至尊指环，他们什么都没说，也没有告诉他他们为何出发，以及要去哪里。而他也没有问他们任何理由。

他对每件事都抱有极大的兴趣：黑骑士、埃尔隆德、幽谷、老森林、汤姆·邦巴迪尔、墨瑞亚的矿坑、洛丝罗瑞恩和加拉德瑞尔。他让他们一遍又一遍地描述夏尔及其乡野。对此，他说了一件奇怪的事。"你们在那附近，从未见过任何，哈姆，任何恩特，是吗？"他问，"啊，不是恩特，我其实想说的是恩特婆。"

"恩特婆？"皮平问，"她们长得就跟你一样吗？"

"是的，哈姆，哦哦，不是的，如今我是真的不知道啊，"树须若有所思地说,"但她们应该会喜欢你们的家乡,所以我只是好奇地问问。"

然而,树须对跟甘道夫有关的一切特别感兴趣,其中最感兴趣的是在萨鲁曼的所作所为中甘道夫的经遇。两个霍比特人非常后悔没有多了解一点那些事:他们只听山姆相当模糊地转述过甘道夫在埃尔隆德会议上说的话。不过无论如何,他们很清楚:乌格鲁克那帮来自艾森加德的兽人声称萨鲁曼是他们的主子。

当他们的故事终于迂回曲折,漫游至兽人和洛汗骑兵之战时,树须说:"哈姆,呼姆!行啦,行啦!那是一大堆消息,没错。你们没有告诉我全部,真的没有,远远没有。不过我不怀疑,你们是按照甘道夫所愿做的。我看得出,有非常重大的事正在发生,到底是什么事,也许我早晚会知道的。不过我以根枝之名起誓,这事非常奇怪:一种不在古代清单里的小人族噌噌冒出来,被看到了!九个被遗忘的骑士重现江湖,在追猎他们,而甘道夫领着他们踏上了伟大的旅程,然后加拉德瑞尔在卡拉斯加拉松庇护了他们,再然后兽人在大荒野一路追踪他们:的确,他们似乎卷进了一场大风暴。我希望他们能经受住这风暴的考验!"

"你自己呢?"梅里问。

"呼姆!哈姆,我不操心大战,"树须说,"它们主要跟精灵和人类有关。那是巫师们的事:巫师总是操心未来的事。我不喜欢为未来操心。我不完全站在任何人一边,因为没有人完全站在我这一边,你们懂我的意思吧:没有人像我这样关心树木,如今就连精灵也不关心了。不过,我对精灵还是比对其他种族客气:很久以前,是精灵治好了我的呆症,那是一份不能被忘记的大礼,尽管自那以后,我们就分道扬镳了。当然，有些东西，我是绝对不沾边的，我完全反对它们：那些——卜拉噜姆（他再次发出表示厌恶的低沉隆隆声），那些兽人，还有他们的主子。

"在阴影笼罩黑森林时，我曾经焦虑过，当它移到魔多去时，我确实有一阵子放松了：魔多离这里很远。然而东风似乎又吹起来了，树木尽枯的时刻也许迫在眉睫。一个老恩特是没有办法阻止这场风暴的：他必须经受考验，否则就会断裂。

"可现在是萨鲁曼！萨鲁曼是一个近邻，我不能忽视他。我想，我必须做点什么。最近我经常在想我该拿萨鲁曼怎么办。"

"萨鲁曼是谁？"皮平问，"你知道他的来路吗？"

"萨鲁曼是一个巫师，"树须答道，"更多的我就不清楚了。我不知道巫师的来路。他们最初是在那些大船渡海而来后出现的，但他们是不是随船而来的，我从来都不知道。我相信，萨鲁曼被认为是他们当中的大拿。一段时间以前——你们会说那是很久很久以前，他放弃了四处游历，不再关注人类和精灵的事务，在安格诺斯特——也就是洛汗的人类所说的艾森加德，定居下来。一开始，他默默无闻，但后来名气越来越大。他们说，他被选为白道会的首领，但结果并不太好。现在我怀疑，萨鲁曼是不是在那个时候就已经走上了邪路。不过，不管怎么样，他过去并没有给他的邻居制造麻烦。我过去常跟他聊天。有一段时间，他总是在我的林木四周漫步。那些日子，他挺有礼貌，总是会征求我的同意（至少在遇见我的时候），总是热切聆听。我告诉过他许多事，那都是靠他自己永远也不会发现的事，但他从未回报我以同样的仁慈。我不记得他曾告诉过我任何事。而且，他变得越来越守口如瓶。他的脸，就我所记得的——我已经很多天没见过他了——

变得越来越像石墙上的窗户：那种里面带百叶窗的窗户。

"我想，现在我明白他在干什么了。他在谋划着成为一位权霸。他有一副铁石心肠，并不关心生长之物，除非他们当前为他服务。现在很清楚了，他就是一个邪恶的背叛者。他已经跟那些肮脏的家伙为伍，跟兽人为伍了。卜噜姆！呼姆！比那更糟糕的是：他一直在对他们做什么事，非常危险的事，因为那些艾森加德兽人更像是邪恶的人类。这是邪恶事物进入大黑暗的一个标志：他们无法容忍太阳。可萨鲁曼的兽人却能容忍，哪怕他们憎恨它。我很好奇，他究竟做了什么？他们究竟是被他毁坏的人类，还是他融合了兽人和人类而产生的怪胎？那会是多么可怕邪恶的东西啊！"

树须隆隆隆低吼了一阵子，好像在念叨某种来自地下的深沉的恩特咒语。"一段时间以前，我开始疑惑，兽人怎么敢那么自在地穿越我的森林，"他继续说道，"直到最近，我才猜到这要怪萨鲁曼。很久以前，他就侦察出了所有的路，发现了我的秘密。现在，他和他那伙肮脏的家伙在大搞破坏呢。他们正在边界砍伐树木——都是些好树啊！有一些树，他们就只是砍倒，丢在那里任其腐烂，可憎的兽人恶行！而大部分树都被砍倒劈开，带去喂了欧尔桑克的火炉。这些日子，艾森加德总有一股浓烟升起。

"诅咒他，彻底诅咒他！那些树，有很多都是我的朋友，他们还是种子的时候我就认识了。如今，许多树已经永远失去了他们自己的声音。那些只余残根荆棘的荒地，都曾有树林歌唱，我一直懒洋洋的，是我让事情失了控。现在必须阻止这一切！"

树须从他的床上猛地站起来，愤怒地捶击着桌子。光罐被震得颤抖，腾起两股火焰。他眼中闪过一道绿色火焰似的光，胡须直愣愣地向前突起,像一把巨大的扫帚。

"我要阻止这一切!"他低沉而有力地说,"你们也许能帮我。那样的话,你们也会帮到自己的朋友,因为如果不把萨鲁曼查出来,洛汗和刚铎就会腹背受敌。我们的路就是一起走,到艾森加德去!"

"我们和你一起去,"梅里说,"我们会尽自己所能做点事。"

"是的!"皮平说,"我们乐意看到白手党被打倒。我乐意在现场,即使我起不了太大作用——我永远也不会忘记乌格鲁克和穿越洛汗的经历!"

"好极了!好极了!"树须说,"但我说得有点急。我们一定不能急。我已经变得太热了。我得冷静下来,考虑考虑。用嘴喊停可比行动起来去阻止容易多了。"

他大步走到拱门前,在叮咚降落的水帘下站了一会儿,然后大笑着晃动身子,晶莹的水珠从他身上落到地上,就像点点红的绿的火花。他走回来,重又躺倒在床上,陷入了沉默。

过了一会儿,两个霍比特人听到他又喃喃低语起来。他似乎扳着手指在数。"范贡、芬格拉斯、弗拉德利夫,是的,是的,"他叹息道,"麻烦的是,我们剩下的恩特如此之少,"他说着转向两个霍比特人,"第一批在大黑暗之前就漫步于森林的恩特只剩下三个了:我自己,范贡,还有芬格拉斯和弗拉德利夫——这是他们精灵风格的名字,你们可以叫他们树叶王和树皮王,如果你们更喜欢这两个名字的话。我们三个中的树叶王和树皮王,在这件事上起不到多大作用。树叶王已经变得跟树差不多一样了,总是昏昏欲睡的。整个夏天,他兀自站在草地上,处于半睡状态,任由深草环膝,叶发覆满全身。以往到了冬天,他还会醒来,但近来他变得昏昏沉沉的,即使冬天也走不了多远。树皮王住在艾森加德西边的山坡上。糟就糟在这里。兽人伤害了他，他的族人以及他们看管的树木被砍杀、被破坏。他已经搬到他最爱的桦树高地去了，不会再下来的。不过，我敢说，我能召集一个不错的更年轻的团队——假如我能让他们明白这次召集的必要性，假如我能唤醒他们：我们可不是一个性急的族类。真遗憾啊！我们的数量太少了！"

"既然你们已经在这片乡野生活了那么久，那数量为什么会那么少？"皮平问，"很多已经死了吗？"

"啊，不是！"树须说，"没有哪个恩特会从内部死亡，就像你们可能说的那样。当然，经年累月的厄运可能会导致一些恩特倒下，但更多的恩特会变得像树。不过，我们的数量从来就不多，而且没有再增加。我们没有恩特娃——就是你们说的孩子，在漫长得可怕的岁月里，都不曾有过。要知道，我们失去了恩特婆。"

"多么悲哀啊！"皮平说，"她们怎么会全都死了呢？"

"她们没有死！"树须说，"我从来没说过'死了'，我说的是'失去了她们'，我们失去了她们，我们找不到她们。"他叹息道，"我以为大多数族类都知道这个。从黑森林到刚铎，有很多关于恩特寻找恩特婆的歌在精灵和人类中间传唱。她们不可能完全被遗忘。"

"哦，恐怕那些歌并没有往西越过大山传到夏尔去，"梅里说，"你能给我们多讲一讲，或者给我们唱一首那样的歌吗？"

"嗯，我确实会的，"树须似乎对这个要求很乐意，"不过我讲不太好，只能简述一下，然后我们必须得结束交谈了：明天我们要召集会议，布置工作，也许就要开始一段旅程了。"

"那是一个相当奇怪而又悲伤的故事，"片刻停顿后，他继续道，"那时世界还很年轻，树林宽广又荒凉，恩特和恩特婆——还有恩特女仆：啊，美丽的菲姆布瑞希尔！步履轻盈的嫩枝娘！我们年轻的岁月啊！——他们同行同住，但他们的志趣并不相投：恩特把他们的爱给了他们在这个世界所遇到的事物，而恩特婆把心思给了别的事物。因为恩特热爱大树与蛮荒的树林，热爱高山斜坡，他们饮山泉，只吃树木坠落在他们所经之路上的果实，他们跟精灵学习，与树木交谈。而恩特婆关心的是较小的树，以及森林之外阳光下的草地。她们看见的是灌木丛中的黑刺李，春天的野苹果和开花的樱桃树，夏天水地的茵茵芳草，还有秋天原野上的草籽。她们并不渴望与这些植物交谈，而是希望它们聆听并遵从所听。恩特婆命令这些植物按照她们的意愿生长，长出她们喜欢的叶子和果实，因为恩特婆渴望秩序、丰收与安定（她们的'安定'，意思是植物应该待在她们种植它们的地方）。恩特婆住在她们所开辟的花园里，但我们恩特却继续四处漫游，只是偶尔到她们的花园里去。然后，当大黑暗蔓延到北方，恩特婆渡过大河，开辟新的花园，播种新的田野，我们就更少见到她们了。大黑暗被推翻之后，恩特婆的花园繁花盛放，田野谷物丰收。很多人学会了恩特婆的技艺，对她们极为尊崇。而我们恩特对他们而言，只是一个传说，一个森林腹地的秘密。不过，我们仍然在这儿，而恩特婆所有的花园都荒废了：人类现在称之为褐地。

"我记得那是很久以前了——在索伦与海国的人类发生战争的年代，我突然渴望再见到菲姆布瑞希尔。我最后一次见到她时，尽管她韶华已逝，但在我眼中依然非常美丽。因为劳作，恩特婆驼了背，皮肤变成了棕色，头发被太阳晒得干枯，染上了成熟小麦的色彩，脸颊像苹果一样红彤彤的，但她们的眼睛依然是我们族人的眼睛。我们渡过安度因大河，去到她们的土地上，却只发现了一片荒原：她们的土地被彻底烧毁，一切都被连根拔起，因为战争席卷了那片土地。然而恩特婆不在那儿。我们呼唤了很久，寻找了很久，我们向所有遇到的人询问恩特婆的去向。有人说再也没有见过她们，有人说看到她们往西走了，也有人说是往东，还有人说是往南。可我们不论往哪个方向去，都没能找到她们。我们异常悲痛。然而，野树在召唤我们，我们又回到了森林中。很多年以来，我们不时外出寻找恩特婆，走到很远的荒野，呼唤她们美丽的名字。然而随着时间的流逝，我们越来越少外出，漫游得也越来越不那么远了。如今，恩特婆对我们而言只是一个记忆了，我们的胡须也变得又长又白。精灵们创作了许多关于恩特寻找恩特婆的歌，有些被译成了人类的语言。而我们没有为此作歌，每当想起恩特婆时，我们就吟咏她们美丽的名字，这样就够了。我们相信，总有一天，我们还会再见，到那时，也许我们会到某处寻找一个地方，能一起生活，彼此满足。不过有预言说，唯有当我们双方都失去现在拥有的一切时，这才会实现。很可能，这个时刻终于要到了，因为如果过去的索伦破坏了花园，那么如今的大敌看起来要摧毁所有的森林。

"有一首精灵的歌说到过这事，至少我是这么理解的。这首歌过去经常在大河上下游传唱。不过我提醒你们，这首歌从来都不是恩特语的歌：如果是的话，那得是很长很长的一首歌！不过我们将它记在心里，也偶尔哼唱。这首歌用你们的语言是这样唱的——"

恩特：

当春天展开山毛榉叶，汁液充盈枝条；
当阳光照在野林溪上，风吹眉头；
当步伐很长，呼吸很深，山上的空气很清新，回到我身边吧！回到我身边，说我的土地多么美！

恩特婆：

  当春天来到庭院和田野，谷物开始抽穗；

  当花朵像一场闪亮的雪在果园盛开；

  当细雨和阳光洒向大地，空气中弥漫芳香。

  我会流连于此，不会归去，因为我的土地这么美。

恩特：

  当夏天君临世界，在金色的正午，

  叶冠沉沉，树梦舒展；

  当林地大厅浓绿清凉，西风荡荡，

  回到我身边！回到我身边，说我的土地是最好的！

恩特婆：

  当夏天温暖悬果，把浆果烧成褐色；

  当稻草金黄，麦穗雪白，收获的季节来到城镇；

  当蜂蜜溢出，苹果圆圆，尽管西风荡荡，

  我将徜徉在这儿的阳光下，因为我的土地是最好的！

恩特：

  当冬天来临，山野林木将荒颓；

  当树木倒下，没有星星的夜晚吞噬没有阳光的白天；

  当凛冽寒风自东来，凄凄苦雨中，

我会寻找你，呼唤你；我会再来找你！

恩特婆：
　　当冬天来临，歌声结束；当夜幕终于降临；
　　当枯枝折断，阳光逝去，劳作停歇；
　　我会寻找你，等待你，直到我们再次相遇：
　　凄凄苦雨中，我们将一起走这条路！

合：
　　我们将一起走上通往西方的路，
　　在远方，找到一个让彼此心灵都可安息的地方。

　　树须唱完了。"就是这样的。"他说，"当然，这是精灵风格的：轻松愉快，措辞简洁，很快就结束了。我敢说它已经很动听了，但站在恩特的立场上，如果有时间的话，他们要说的会更多！不过现在，我要站起来，睡一会儿了。你们要站在哪儿？"

　　"我们通常躺下睡觉，"梅里说，"睡哪里都行。"

　　"躺下睡觉！"树须说，"啊！当然是了，你们是要躺下睡觉！哈姆，呼姆，我都忘了：唱那首歌让我沉浸在过去的岁月中，几乎以为我在跟年轻的恩特说话呢。真的，我把你们当成小恩特了。好吧，你们可以躺在床上睡。我要去站在雨中。晚安！"

　　梅里和皮平爬到床上，蜷缩在柔草和软蕨里。这些草和蕨都是新鲜的，散发着甜香味，很暖和。亮光渐逝，树辉已没，但他们看得见外面拱顶下的树须，他无声无息地站在那儿，胳膊举过头顶。明亮的星星透过天幕窥探下来，照亮了溅在他手指上和头上的落水。滴答、滴答，成百上千颗银色的水珠落在他的脚上。两个霍比特人就聆听着这水珠滴落声，渐渐陷入了深眠。

他们醒来的时候，发现清冷的日光已经照进了绿厅，照在凹穴地面上。头顶上一片片高云，在强烈的东风中飘荡。周围不见树须的身影，但当梅里和皮平在拱顶旁的石盆里洗漱时，他们听到了他的哼唱声：他正从树与树之间的小道上走来。

"嚯！呼！梅里和皮平，早上好！"看到他们，他大声打着招呼，"你们睡了很久啊。我今天都已经走了好几百步。现在我们喝点东西，然后就去恩特大会。"

他从一个石罐里倒了满满两碗饮料给他们，不过不是之前那个石罐，而是另外一个。碗里的饮料跟前一晚喝的味道不一样：更有泥土气息，也更醇厚、更持久，要说的话，更像食物。两个霍比特人坐在床边喝着饮料，嚼着小块精灵饼干（这不是因为他们饿了，而是因为他们觉得"吃"是早餐的必要程序），而树须站在那儿，一边用恩特语，或者是精灵语或某种陌生的语言哼唱着，一边仰头望着天空。

"恩特大会在哪里？"皮平贸然问道。

"嚯，呢？恩特大会？"树须疑惑地转过身来，"那不是一个地方，那是恩特的聚会，如今这种聚会不常发生了。不过我设法让相当数量的恩特答应前来。我们将在我们的老地方见面：就是人类称之为秘林谷的地方，在从这儿出去南边远处。我们必须在正午前赶到那里。"

不久，他们就出发了。树须像前一天一样，用胳膊夹着两个霍比特人。在绿厅入口处，他向右一转，沿着树木稀少的陡峭山坡脚下阔步往南走。两个霍比特人看到山坡上长着桦树和花楸树，再远处是顺

> 双塔

着坡壁攀缘的浓密松林。很快，树须就偏离山坡，扎进了浓密的树林中。这树林里的树比两个霍比特人以前曾见过的任何树都更高、更大、更粗壮。一时间，他们隐隐有一种窒息感。这种感觉他们在一开始踏入范贡森林的时候就注意到了，不过很快就过去了。树须没有跟他们交谈。他若有所思地沉声哼唱着，但梅里和皮平听不大清歌词：它听起来就像隆隆、隆隆、噜姆隆隆、卜啦啦、隆隆、隆隆、哒哈啦啦、隆隆、隆隆、哒哈啦啦、隆隆的声音，如此反复，变换着音节和旋律唱来唱去。他们不时觉得听到了回应：一声哼唱，或是一声颤音，似乎来自地下深处，又似乎来自他们头顶上的树枝，也似乎来自树干。不过树须并没有停下脚步，也没有向任何一边扭头。

当树须终于放慢脚步的时候，他们已经走了好长一段时间。皮平一直在努力数"恩特步数"，但没有成功。突然，树须停住了。他将两个霍比特人放下来，然后把手拢起放到嘴边呈中空管状，吹——或者说呼唤——起来。一声洪亮的隆隆、嚯姆冲口而出，就像音调低沉的号角声在森林中树与树之间回荡。远处从好几个方向，传来了同样的隆隆、嚯姆声，但这不是回音，而是回应。

树须把梅里和皮平放在自己肩头，又开始大步走起来，不过现在他会不时发出一声号角似的呼唤，而收到的回应一声比一声高，一声比一声近。就这样，他们最后到了一堵看上去密不透风的墨色常青树墙前。两个霍比特人以前从未见过这种树：这些树的枝干从根上直伸出来，上面密密麻麻地长满了像无刺冬青一样油光发亮的叶子，树上还长着许多挺拔的花穗，带有橄榄色的大花蕾。树须向左拐，绕着这堵巨大的树篱墙走了几大步，来到一个狭窄的入口前，穿过入口走上一条破旧的小径，然后这条小径骤然下斜，变成了一道长长的陡坡。

第 4 章 树须

两个霍比特人看见，他们正在下降，进入一个巨大的山谷。这山谷又宽又深，圆得像一只碗，碗沿是一圈高大幽暗的常青树篱；碗内面光滑，覆满青草；碗底伫立着三棵非常高、非常美丽的银桦树，此外别无他树。另外还有两条通往这个山谷的小道：西边一条，东边一条。

有几个恩特已经到了，更多的正从另外两条小道上下来，还有一些现在正跟着树须。当他们走近时，两个霍比特人瞪大眼睛盯着看：他们本以为会见到一群跟树须差不多的生灵，就跟霍比特人彼此相似一样（反正在陌生人的眼中是这样的），却非常吃惊地发现事实并非如此。这些恩特彼此并不相似，就跟树与树千差万别一样：有些树与另一些树同名但生长和历史截然不同，而有些树跟另一些树不同，是因为它们不是同一种树，比如桦树之于山毛榉，橡树之于杉树。有几个年纪较长的恩特，长着胡须和节瘤，像矍铄而古老的树（尽管没有哪个恩特看起来跟树须一样古老），还有高大强壮的恩特，四肢干净、皮肤光滑，就像正处于盛年的森林之树，不过没有年轻恩特，没有恩特娃。总共有大约二十四位恩特站在山谷宽阔的绿草地上，还有更多的正在走进来。

一开始，梅里和皮平主要是被他们所见到的恩特的多样性给怔住了：身形各异、肤色各异、体格身高不同、胳膊腿长不同、手指脚趾数量也不同。有几个看上去多多少少跟树须有些亲缘关系，让他们想起杉树或者橡树。不过还有其他种类的树，有些皮肤棕褐、大手手指张开的恩特让他们想起了栗树；有些高大、笔直、腿长、多手指的灰色恩特让他们想起了烟树；有些让他们想起了杉树（最高的恩特）；还有些让他们想起了桦树、花楸树和酸橙树。当所有恩特都聚集在树须周围，微微低着头，用缓缓的乐音喃喃细语，并良久地注视着陌生人时，两个霍比特人才发现，他们其实是同一类生灵，都有同样的眼睛：倒不是都像树须的眼睛那样苍老、那样深沉，但全都带着同样舒缓、沉稳、深思的眼神，以及同样闪烁的绿光。

全体成员一到齐，围着树须站成一大圈，一场奇特而又令人费解的谈话就开始了。恩特们开始慢悠悠地低语：先是一个说，然后另一个加入，直到他们全都用一种悠长而抑扬顿挫的韵律吟唱起来，时而这边音高，那边音低；时而高音渐抑，低音渐扬，乃至隆隆轰鸣。一开始，皮平觉得这些声音非常悦耳，尽管他一个词都听不清也听不懂（他猜测他们说的是恩特语），但渐渐地，他的注意力开始涣散了。好长一段时间后（恩特们的吟唱没有减缓的迹象），他发现自己陷入了胡思乱想：既然恩特语是一种那么"不着急"的语言，那么他们现在道完早上好了没有？如果树须打算点名，那得要多少天才能唱完所有这些恩特的名字啊？"真好奇恩特语的'是'和'不'都是怎么说的。"他这样想着，打了一个呵欠。

这个呵欠立马引起了树须的注意。"姆！哈！嘿！我的皮平！"他说道，其他恩特也全都停止了吟唱，"我快忘了你们是一个急性子的种族。无论如何，听一场你不理解的演说确实很乏味。你们现在可以下来了，我已经把你们的名字告诉恩特大会了，他们已经见过你们了，也都一致认为你们不是兽人，旧名录上应该增加新的一行。我们眼下就说了这么多，不过这对一场恩特大会来说，已经够快的了。你和梅里可以随意在山谷里四处转转。如果你们需要提神的话，北坡那边有一眼不错的清泉。在大会正式开始之前，我们还有一些话要说。我会去找你们，告诉你们事情的进展的。"

他将两个霍比特人放了下来。在走开之前，两个人深深地鞠了一躬。这个举动似乎令恩特们觉得非常好玩,喃喃低语的语调一变,眸光也更加闪烁,但他们的注意力很快就回到自己的事情上去了。梅里和皮平爬上从西边下来的那条小道,透过大树篱的开口张望着。覆满树木的长坡从山谷边沿一路攀升,离他们越来越远,然后在最远一道山脊的冷杉林上方,耸起一座高高的山峰,一座白雪皑皑的尖峰。在左边南方,两人看见森林消失在灰蒙蒙的远方。就在那遥远的地方,一道微茫的绿光闪过,梅里猜测,那是洛汗平原。

"我很好奇,艾森加德在哪儿?"皮平说。

"我连我们在哪儿都不知道,"梅里说,"不过,那座山峰可能是美塞德拉斯,就我所记得的,艾森加德岩石环场就坐落在雾山尽头的一个岔口或裂谷中,说不定就在这大山脊的下面。那边似乎有烟,或者雾霾什么的,那座山峰的左边,你不觉得吗?"

"艾森加德是什么样子的?"皮平问,"我很好奇,恩特们究竟能拿它怎么办。"

"我也是,"梅里说,"我想,艾森加德有点像一个岩石环场,或者说一个山丘围环,内部是一片平地,中央有一个叫作欧尔桑克的岛或石柱。萨鲁曼在其上面建有一座塔。那围墙上有一道门——也许不止一道。我相信有一条溪流穿过那道门。那溪流源自雾山山脉,流经洛汗豁口。它似乎不是一个适合恩特们处理麻烦的地方。不过对这些恩特,我有一种古怪的感觉:不知怎的,我认为他们并不完全像看起来那样安全无害,呃……也不像看起来那么滑稽好笑。他们看着迟钝、古怪、很有耐心,几乎算得上老气横秋,但我相信他们能被鼓动起来。假如真是如此的话,我可不想站在他们的对立面。"

"是的!"皮平说,"我明白你的意思。一头垂首若有所思地咀嚼的老母牛，跟一头横冲直撞的公牛，两者可能完全不同。变化也许突然之间就发生了。我很好奇，树须是不是会鼓动起他们。我敢肯定，他想试试，但他们不喜欢被鼓动。树须昨晚把自己鼓动起来了，然后又克制住了。"

两个霍比特人转了回去。恩特们的声音依然在他们的秘密会议中起起落落。太阳这时已经高高升起，足以越过高高的树篱瞰照山谷：它在桦树的树冠上闪耀，清凉的黄光照亮了山谷北坡。两人看见那儿有一处晶莹闪亮的小泉。他们沿着山谷大碗的碗边，行走在常青树下——脚趾又踩到凉爽的青草，也不用急着赶路，这感觉很惬意。然后他们爬下坡，来到喷涌的泉水旁，喝了一点水。这水清澈、凉爽，有点冲鼻。他们在一块长满苔藓的岩石上坐下来，望着草地上斑驳的阳光，以及掠过山谷的云影。恩特们的喃喃细语还在继续。这似乎是一个非常陌生又偏僻的地方，不在他们的世界之内，远离他们曾经遇到的一切。他们突然升腾起一股强烈的欲念：想看看同伴的面孔、听听他们的声音，尤其是弗拉多和山姆，还有大步。

恩特们的声音终于停了下来。两人抬头，看见树须朝他们走了过来，另一个恩特陪同在侧。

"哈姆，呼姆！我又来了。"树须说，"你们是不是累了？等得不耐烦了吗？嗯，恐怕你们还得耐心点。我们现在已经完成了第一阶段的议程。不过有些恩特是远道而来的，他们住在离艾森加德很远的地方，还有一些恩特在恩特大会之前，我没能抽出时间见面，我需要跟他们解释一下事态，之后我们还得决定该怎么办。不过，决定该怎么办不会耽误恩特们太长时间，只要梳理清楚了所有事实和事件，他们就会作出决定。然而无须否认的是，我们还要在这儿待很长一段时间，很可能好几天。所以，我给你们带来了一位伙伴。他在附近有一间恩特屋。他说他已经下定决心，不需要待在恩特大会了。哼，哼，他是我们当中差不多最性急的一位恩特。你们相处应该会很融洽的。再见！"说着，树须转过身，离开了他们。

这位恩特站在那儿，神情严肃地打量了两个霍比特人好一会儿。他们俩也看着他，很好奇他什么时候会表现出性急的迹象。这位恩特很高，看上去是比较年轻的恩特之一。他胳膊和腿上的皮肤光闪闪的，很平滑，嘴唇红润，头发灰绿。他能弯腰，摇曳，就像风中一棵修长的树。最后，他开口说话了。他的声音也很洪亮，但比树须的声音更高、更清晰。

"哈！**呣**！朋友们，让我们去散散步吧！"他说，"我是布瑞加拉德，用你们的语言来说，叫急楸。当然了，这不过是一个绰号。有一位年长的恩特问我问题，还没问完，我就回答说是的，自此以后，他们就这么称呼我了。我喝得也快，别的恩特还在打湿他们胡须的时候，我就已经喝完走了。跟我来吧！"

他垂下匀称的双臂，向每个霍比特人伸出一只手指修长的手。那一整天，他们都和他一起走在丛林中，歌唱、欢笑，因为急楸特别爱笑。太阳从一朵云后面探出头时，他会笑。遇到一条溪流或泉源时，他会笑，然后停下来，用水泼脚泼头。有时候，听到树丛间的某种声音或树叶婆娑，他也会笑。只要看见花楸树，他就会停一会儿，张开双臂，开始歌唱，一边唱还一边摇摆。

黄昏时分，他带着他们到了他的恩特屋：那不过是绿岸堤下草地上，一块覆满苔藓的石头。一圈生机勃勃的花楸树环绕着它，还有水（就像所有的恩特屋一样），从岸边汩汩涌出的泉水。夜幕笼罩森林时，他们聊了一会儿。听得到不远处恩特大会的声音还在继续，但此刻似乎更深沉，而少了一些悠闲。时不时会有一个高音扬起，急促吟唱，而其他声音皆沉落下去。在他们身旁，布瑞加拉德用他们的语言柔声说着话，几乎算得上是细语。他们因而得知，他属于树皮王一族，他们曾经生活的乡野已经被践踏破坏了。两个霍比特人觉得，至少在兽人的事情上，这足以解释他的"性急"。

"我的家乡曾有花楸树，"布瑞加拉德说，声音轻柔而悲伤，"很久很久以前，在我还是一个恩特娃时，那些花楸树就扎根了，那时世界还很安静。最古老的花楸树是恩特种来试图取悦恩特婆的，可她们看着那些树，笑着说她们知道哪儿有更洁白的花朵和更馥郁的果实。而在我看来，蔷薇一族的所有树都不如花楸树漂亮。花楸树长啊长，直到每一棵树的树荫都像一座绿厅。秋天，它们红彤彤的浆果沉甸甸地挂在枝头，美丽而奇妙。鸟儿过去常栖息在那里。我喜欢鸟儿，哪怕它们叽叽喳喳的时候。而花楸树足够多，容得下所有的鸟儿。然而鸟儿渐渐变得贪婪而不友善，开始摧残树木，把果实咬下来，却又不吃。然后，兽人带着斧子来了，砍倒了我的树。我去看望它们，呼唤它们长长的名字，但它们没有颤动，没有聆听，没有回答：它们全都倒地死了。"

  啊，欧洛法尔尼，拉塞米斯塔，卡尼弥瑞依！
  美丽的花楸啊！你发间的花朵多么洁白！
  我的花楸啊，我看见你在夏日闪耀！
  你的皮那么明亮，你的叶那么轻盈，你的嗓音那么凉爽温柔！
  你的头顶，金红之冠闪闪！

唉！死去的花楸啊！你的头上，发枯灰白！

你的头冠散裂，你的声音永远沉寂！

啊，欧洛法尔尼，拉塞米斯塔，卡尼弥瑞依！

两个霍比特人在布瑞加拉德的轻吟浅唱中渐渐睡着了。在歌中，他似乎用了许多语言哀悼他挚爱之树的死亡。

第二天，他们也是在他的陪伴下度过的，但没有离开他的"房子"太远。风更冷了，云更低更暗，大部分时间，他们都默默地坐在岸堤下避风。阳光很淡，远处恩特大会上，恩特们的声音依然此起彼伏，时而高强，时而低哀，时而急促，时而如挽歌般舒缓庄重。第二个夜晚来临了，白云苍狗，疏星寥寥，恩特们的秘密会议仍然在进行。

第三天破晓，阴冷多风。日出时，恩特们的声音先是喧嚣沸腾，然后又逐渐静息下来。晨光流逝，风势渐弱，气氛却因期待变得凝重起来。两个霍比特人能看出，布瑞加拉德此时听得非常专注，尽管在他们听来，身处这个恩特屋所在的小山谷，恩特大会的声音缥缈微弱。

下午来临，太阳往西朝山脉斜去，在云隙间洒下金色光束。突然，他们意识到万籁无声，整个森林默然伫立，都在聆听。当然，恩特们的声音也已经停止了。那意味着什么呢？布瑞加拉德绷紧身体，站得笔直，回头向北，往秘林谷望去。

突然，哗啦！一声炸铃般的大吼随之而来：啦——呼姆——啦哈。树木颤抖摇曳，仿佛被一阵大风拂过。接下来又是片刻静息。然后，一首行进乐响了起来，就像庄重的鼓声。透过雷鸣般的敲击声，一道清越的嗓音高昂地歌唱着：

> 我们来了，我们随滚滚鼓声来了：咚——咚咚——咚咚咚！

恩特们来了，越来越近，歌声越来越嘹亮：

> 我们来了，我们随号角和鼓声来了：咚——咚咚——咚咚咚！

布瑞加拉德扛起两个霍比特人，大步迈出他的房子。

不一会儿，他们就看见行进队伍正在走近：恩特们摇摆着身体，迈着大步走下斜坡，朝他们走来。树须打头，身后跟着约莫五十位恩特，他们两两并行，脚步踏着节拍，双手拍打着身侧，越行越近，眼中熠熠生辉。

"呼姆！嚯姆！我们咚隆隆地来了，我们终于来了！"一瞥见布瑞加拉德和两个霍比特人，树须就喊道，"来吧，加入恩特大会！我们出发！我们出发去艾森加德！"

"去艾森加德！"恩特们七嘴八舌，纷纷附和。

"去艾森加德！"

> 去艾森加德！哪怕艾森加德石墙环绕铁门阻隔；
> 哪怕艾森加德固若磐石，冷若冰窟；
> 我们前进，我们前进，我们前进战斗，劈石破门！
> 林木燃烧，炉火咆哮，我们去战斗！
> 踏着决一死战的步伐，前往那阴暗之地，
> 战鼓滚滚，我们来了，我们来了，
> 我们去艾森加德决一死战！

第4章 树须

决一死战,决一死战,我们来了!

就这样,他们一边唱,一边往南行进。

布瑞加拉德眸光熠熠,闪进队伍中,与树须并行。老恩特接过两个霍比特人,再次将他们放在肩膀上。两个人心咚咚猛跳,头昂得高高的,傲然立于整个歌唱队伍的前首。尽管他们猜到最终会有事情发生,却仍然惊讶于恩特们身上发生的变化,这会儿看起来,他们就像是一场被堤坝阻拦已久的洪水突然暴发。

"恩特们下决心说到底还是很快的,对不对?"过了一段时间,皮平趁着歌唱暂停、只闻手拍脚踏的间隙冒昧地说。

"快?"树须说,"哼!是的,确实是,比我预想的要快。我已经很多年没有见到他们像这样被唤醒了。我们恩特不喜欢被唤醒,而且我们也从不会被唤醒,除非我们确定,我们的树和生命处于巨大的危险中。自索伦与努门诺尔人大战之后,这片森林再也没有发生过那样的事。肆意砍伐!这是兽人干的坏事!啦噜咽!甚至连个烧火炉的糟糕借口都没有!那令我们极其愤怒。还有那个本该帮助我们的邻居的背叛。巫师们应该更清楚:他们确实更清楚。无论是精灵语、恩特语还是人类的语言,都没有什么诅咒足以形容这样的背叛。打倒萨鲁曼!"

"你们真的能打破艾森加德之门吗?"梅里问。

"哼!嚯!我们能,你知道的!也许你不知道的,是我们有多么强壮。你们或许听说过食人妖,他们非常强壮,但食人妖不过是仿造品,是大黑暗时代,大敌模仿恩特造的,就像兽人是模仿精灵造的一样。我们比食人妖更强壮。我们是由大地的骨干铸成的。如果我们的心灵被唤醒，我们就可以像树根那样劈开石头，只是更快！快得多！只要我们没有被砍倒，没有被火烧，没有被巫术破坏，我们就能把艾森加德撕成渣渣，把它的围墙劈成碎块。"

"但萨鲁曼会试图阻止你们，对吧？"

"呣，啊！对的，确实如此。我没有忘记这一点，实际上我已经为此考虑了很长时间。不过，你要知道，许多恩特都比我年轻，年轻许多树代。现在他们全都被唤醒了，他们的脑子里只有一件事：攻破艾森加德。过不了多久，他们就会重新开始思考，到我们喝夜饮的时候，他们会冷静一些的。我们将会多么干渴啊！不过现在，让他们前进、歌唱吧！我们有很长的路要走，有的是时间思考。事情已经开了头。"

树须迈步前进，跟其他恩特一起唱了一会儿。过了一阵子，他声音渐弱，变成了喃喃低语，乃至再次陷入沉默。皮平能看到他那满是皱纹的额头扭成一团。当他终于抬起头来，皮平看到了他眼中的悲伤，悲伤，但并非不快。他的眼中有一道光，仿佛绿色的火焰更深地沉入了他思想的黑潭。

"当然，我的朋友们，很可能……"他慢慢地说，"很可能我们会走向灭亡：这是恩特的最后一次行军。而如果我们待在家里，什么都不做，厄运也会降临，这是迟早的事。这个想法已经在我们心中滋生了很久，这就是为什么我们现在要行军。这不是一个草率的决定。现在，至少这恩特的最后一次行军值得作一首歌，是的！"他叹息道，"我们在逝去之前，也许能帮到其他种族的人。尽管如此，我还是希望看到那些关于恩特婆的歌成真，我很想再见到菲姆布瑞希尔。可是，我的朋友们啊，歌曲就像树木，只能依其时、依其性结出果实来。它们有时候也会早夭。"

恩特们大步向前行进着。他们已经下行到一片向南延伸的狭长地带，现在开始往上攀爬，一直往西边的高山脊上爬。林木渐次稀疏，他们遇到了零星的几片白桦林，然后走到了只长着几棵枯瘦松树的荒凉坡地。太阳已经沉落到前方黑漆漆的山后。灰蒙蒙的黄昏降临了。

皮平往后看去。恩特的数量已经增加了——或者，是有什么事发生了吗？他们刚才越过的那片昏暗荒凉的山坡哪儿去了？他想他看见了一丛丛的小树林，可它们在移动！范贡森林的树木难道醒来了？森林正在上升？正越过山岗前去参战？他揉了揉眼睛，疑惑是不是瞌睡和阴影欺骗了自己，可那些巨大的灰影稳稳地向前移动着。耳边嚣声呼呼，仿佛风拂过无数枝条。恩特们现在快接近山脊顶了，歌唱已经全停。夜幕降临，万籁俱寂，除了恩特们脚下土地的微颤以及似许多落叶飘零的窸窸窣窣声，什么也听不见。最后，他们终于站在山顶上，俯瞰着下面一个黑漆漆的深坑：这是雾山山脉尽头的一个大裂谷——南库茹尼尔，萨鲁曼的山谷。

"夜色笼罩着艾森加德。"树须说。

第5章
白骑士

"我的骨头都冻僵了。"吉姆利甩着胳膊跺着脚说。黑夜终于过去了。破晓时分,三个伙伴尽其所能弄了些早餐吃。天色渐明,现在他们准备再次勘查地面,寻找霍比特人的踪迹。

"别忘了还有那位老人!"吉姆利说,"如果能见到那靴子印,我会更高兴。"

"为什么那会让你高兴?"莱戈拉斯问。

"因为一个脚下留下痕迹的老人可能就只是一个普通老人。"矮人答道。

"也许吧,"精灵说,"但一双重靴子可能也踩不出什么脚印:这儿的草很深很弹。"

"那可迷惑不了游民,"吉姆利说,"一把弯刀就足以让阿拉贡瞧出端倪,但我没指望他能发现任何痕迹。我们昨晚看见的,是萨鲁曼邪门歪道的幻术。我敢肯定是这样,哪怕在这明媚的晨光下,甚至就在此刻,他那双眼睛没准就从范贡朝我们看呢。"

"很有可能，"阿拉贡说，"不过我不能确定。我在想那些马。吉姆利，你说昨天晚上它们被吓跑了，可我觉得并非如此。莱戈拉斯，你听见它们的动静了吗？你觉得它们听起来像是受惊的牲畜吗？"

"不像，"莱戈拉斯说，"我听得很清楚。不过如果不是因为天黑和我自己的恐惧，我本来应该猜到，它们是因为某种突如其来的欢喜而发狂的。它们嘶鸣，就像遇到了一位失联已久的朋友那样。"

"我也是这么想的，"阿拉贡说，"但我解不开这谜题，除非它们又返回来了。走吧！天光越来越亮了。我们先观望观望，再做猜测！我们应该从靠近我们营地的这里开始，仔细全面勘查，然后再搜寻搜寻朝向森林的山坡。不管我们认为昨晚来客是谁，寻找霍比特人才是我们的任务。如果他们趁机逃走了，那一定藏在森林里，否则会被看到的。要是我们在这里和森林边缘之间没有发现，那就最后再搜寻一遍战场，在灰烬堆里再好好找找。不过那里希望不大：洛汗的骑兵把战场'打扫'得太干净了。"

三人躬身伏地搜索了一段时间。他们上方的树凄然伫立着，枯叶无力地挂在枝头，在寒冷的东风中瑟瑟作响。阿拉贡慢慢地往四周挪动，到了河岸附近的营火灰烬旁，接着开始朝战斗曾经打响的土丘寻踪而去。突然，他弯下腰，几乎将脸贴在草地上。然后，他招呼另外两人，他们赶紧跑了过来。

"终于发现了线索！"阿拉贡说。他捡起一片破损的叶子给他们看：一片泛着金辉的灰白大叶子，此时正在褪变成褐色。"这是罗瑞恩的珨珑树叶，上面有些碎屑，草地上也有一些碎屑。你们看！附近还有几段被割断的绳子！"

"这里！割绳子的刀！"吉姆利说着弯下腰，从一片被许多沉重的脚踩踏过的草丛中抽出一把锯齿短刀,刀柄被折断了,丢在一边,"这是兽人的武器。"他小心翼翼地举起来,厌恶地看着刻有雕纹的刀柄:它形如一颗丑陋的头颅,带着一双斜眼和一张讥诮的嘴。

"咦!这是我们迄今为止发现的最奇怪的谜题了!"莱戈拉斯惊叹道,"一个被绑架的俘虏既逃脱了兽人的束缚,又逃出了骑兵的包围。然后他停下来,尽管仍然身处开阔地,却用一把兽人的刀割断了身上的绑绳。这一切究竟是怎么做到的呢?如果他的腿被绑着,那他是怎么走路的?如果他的胳膊被绑着,那他又是怎么用刀的?如果他的胳膊和腿都没有被绑着,那他为什么又要割断那些绳子?然后,他还得意扬扬于自己的本事,坐下来安静地吃了些兰巴斯!就算没有瑁珑树叶,这一点也足以表明他是一个霍比特人了。我估计,吃完后,他把自己的胳膊变成翅膀,唱着歌飞进了森林。找到他应该很容易:我们只需也长出翅膀来!"

"这儿确实够魔幻的,"吉姆利说,"那个老人当时在干什么?阿拉贡,你对莱戈拉斯的这番解释怎么看?你有没有更好的解释?"

"也许我有,"阿拉贡笑着说,"附近还有一些你不曾考虑到的其他迹象。我同意你说的,俘虏是一个霍比特人,在他到这儿之前,腿或手一定是自由的。我猜测是手,因为这样的话,这个谜题很容易解释,还因为就我对这些痕迹的观察来看,他是被一个兽人扛到这里来的。几步之外有洒溅的血,兽人的血。这周围有很深的马蹄印,还有重物被拖曳的痕迹。那个兽人是被骑兵杀死的,后来他的尸体被丢进了火里。不过霍比特人没有被看到:他不在'开阔处',因为当时是夜里,而且他还穿着精灵斗篷。他又累又饿,难怪在用死掉的敌人的刀割断绳子后,坐下来吃了点东西,歇息了一会儿才溜走。令人感到安慰的是，尽管他逃走的时候两手空空，但口袋里倒还有些兰巴斯——或许，那就像一个霍比特人。虽然我说的是'他'，但我希望并且猜测，梅里和皮平是一块来这里的。然而，这一点没有什么明确的证据。"

"你怎么会认为我们的朋友之一到这儿来之前，手就是自由的呢？"吉姆利问。

"我不知道那是怎么回事，"阿拉贡说，"我也不知道为什么一个兽人会带走他们。绝对不是帮他们逃跑，这点我们可以肯定。不，我觉得我现在反而开始明白一开始就困扰我的那件事了：为什么波洛米尔倒下时，兽人会满足于梅里和皮平被俘？他们没有去寻找我们其他人，也没有袭击我们的营地，而是全速朝艾森加德前进。难道他们以为逮住的是指环携带者和他忠实的同伴？我认为不是，他们的主子是不敢对兽人下达如此明确的命令的，哪怕心知肚明，他们也不会公开谈论那枚指环，兽人不是值得信赖的奴仆。不过我觉得，兽人收到了捉住霍比特人的命令，而且是不惜任何代价活捉。在与洛汗骑兵打仗之前，有人企图带着珍贵的俘虏溜走。大概是背叛，这个种族很有可能干出那样的事。某个个头大胆子大的兽人可能为了一己之欲，企图独吞战利品逃走。好了，这就是我的推断了。也许还有其他的解释，但无论如何，有一点可以确定：我们的朋友至少有一个已经逃脱了。在返回洛汗之前，我们的任务是找到并帮助他。既然他已经迫不得已闯进了范贡森林，那我们一定不能被那个黑暗之地吓住。"

"我不知道哪个更吓人：进入范贡森林，还是徒步长路穿过洛汗。"吉姆利说。

"那我们就去森林吧。"阿拉贡说。

没过多久,阿拉贡就发现了新的线索。在靠近恩特河岸的一个地方,他发现了脚印:霍比特人的脚印,不过脚印太浅,看不出什么来。然后,就在森林边缘的一棵大树下,他又发现了更多的脚印。此地干涸,光秃秃的,没有透露太多信息。

"至少有一个霍比特人在这里站了一会儿,回头张望,然后转身进了森林。"阿拉贡说。

"那我们必须也进去,"吉姆利说,"但我不喜欢这范贡森林的样子,而且我们也被警告过别进去。真希望这场追踪把我们带到别的地方去!"

"不管传说怎么讲,"莱戈拉斯说,"我感觉这森林并不邪恶。"他站在森林树檐下,向前弓着背,仿佛在聆听,在用他的大眼睛窥探阴影,"不,不邪恶,要么就是很远的里面邪恶。我只捕捉到了非常非常微弱的回音,那是长着黑心树木的黑暗之地的回音。我们附近没有恶意,但有警觉和怒气。"

"呃,它没理由生我的气呀,"吉姆利说,"我又没伤害过它。"

"幸好是这样,"莱戈拉斯说,"不过,它确实被伤害过。森林里面有什么事正在发生,或者将要发生。你们没觉得有种紧张的气氛吗?它让我透不过气来。"

"我感觉空气很闷,"矮人说,"这个森林比黑森林亮堂一些,但有一股霉味,烂糟糟的。"

"它很古老,非常古老,"精灵说,"古老得几乎让我觉得自己又年轻了。自从跟你们这些孩子一起旅行以来,我还是第一次有这样的感觉。这个森林很古老,充满了回忆。若是在和平时代来到这里,我应该会很快乐的。"

"我敢说你会的,毕竟你是一个森林精灵,"矮人嗤笑道,"不过,精灵这个种族,不管哪一种,都挺怪的。然而你说的话令我感到安慰。你去哪儿,我就去哪儿。不过你要随时准备拉弓射箭,我也准备好随时从腰带中抽出斧子,当然不是用来砍树!"他抬头望向头顶的树,急忙补充了一句,"我不希望毫无防备地突然遇到那位老人,如此而已。我们走吧。"

就这样,三个猎手毅然走进了范贡森林。莱戈拉斯和吉姆利将追踪的任务交给了阿拉贡,但留给他看的痕迹也没有多少。森林地面干燥,覆满了落叶,不过阿拉贡猜测逃亡者会待在近水的地方,于是他频繁往返于溪流两岸。就这样,他们来到了梅里和皮平曾经饮水濯足的地方。在这里,三个人全都清晰地看见了两个霍比特人的脚印,一个比另一个稍微小一点。

"这是好消息,"阿拉贡说,"不过这痕迹是两天前的了,而且似乎就是从这里,那两个霍比特人离开了水边。"

"那现在我们该做什么?"吉姆利问,"我们不能追着他们穿过整个范贡要塞。我们的供给不足啊。要是不能尽快找到他们,那到时候除了坐在他们身旁,以一起忍饥挨饿显示我们的友情外,我们对他们也没什么用了。"

"如果那是我们唯一能做的,那我们就必须那么做。"阿拉贡说,"我们走吧。"

最后,他们来到了树须所在山岗的那处断崖峭壁前,抬头仰望崖壁上通往高崖的粗糙阶梯。日光透过翻滚的云隙洒下来,森林现在看上去不那么阴沉昏暗了。

"我们上去,看看四周的情况吧!"莱戈拉斯说,"我还是觉得喘不过气来。我想去呼吸一会儿更自由的空气。"

三个人往上攀爬起来。阿拉贡断后,爬得很慢:他在仔细查看那些台阶和岩架。

"我几乎可以确定,两个霍比特人上来过这里,"他说,"但还有别的痕迹,非常奇怪的痕迹,我解释不了。不知道我们能不能从这岩架上看到什么东西,能帮我们推测出他们接下去的方向。"

他站起来,四处张望,却没有看到任何有用的东西。这岩架面南朝东,但只有东面的视野是开阔的。在那儿,他能看到树冠从他们来的平原成行次第下倾而去。

"我们绕了好大一圈,"莱戈拉斯说,"要是我们第二或第三天离开大河,直往西走,那应该已经全都安全到达这儿了。很少有人能预见脚下的路会把自己带到何处,直到走到路的尽头。"

"可我们当时并不想来范贡森林。"吉姆利说。

"可我们还是来了,而且正好落入罗网。"莱戈拉斯说,"看!"

"看什么?"吉姆利问。

"那儿,树林里。"

"哪儿?我可没长精灵眼睛。"

"嘘!小点声!看!"莱戈拉斯用手指着说,"下面丛林里,就在我们刚才过来的那条路后面。是他。你看不见吗?就是在树林间穿行的那个!"

"我看见了!现在我看见了!"吉姆利低声喊道,"看吧,阿拉贡!我是不是警告过你?就是那老头,全身裹着脏兮兮灰扑扑的破布,所以我一开始才没看见他。"

阿拉贡看过去,看见了一个弓着腰缓慢移动的身影,离他们不远，看上去像一个老乞丐，拄着一根粗糙的手杖，疲惫不堪地走着。他没有朝他们看。若是在别的地方，他们一定会礼貌地问候他，可现在他们无言伫立，每个人心头都萦绕着一种奇怪的期待：某种潜在的力量——或威胁——正在走近。

吉姆利睁大眼睛盯了一会儿，那个身影越走越近。突然，他再也按捺不住，脱口叫道："你的弓，莱戈拉斯！拉弓！准备好！那是萨鲁曼！别让他开口说话，别让他对我们下咒！先射再说！"

莱戈拉斯举弓拉开，但他动作很慢，仿佛有什么在抗拒他。他手中松松地握着一支箭，却没有将它搭上弦。阿拉贡沉默伫立，神情警觉肃穆。

"你还等什么？你怎么了？"吉姆利咬牙低声道。

"莱戈拉斯是对的，"阿拉贡平静地说，"无论我们害怕什么或怀疑什么，都不能这样射一位没有防备没有挑衅的老人。等等看吧！"

就在这时，那位老人加快了步伐，以令人吃惊的速度走到崖壁脚下。然后，就在他们一动不动地站着往下看时，他突然抬头看上来。空气凝滞，寂然无声。

他们看不见他的脸：他戴着兜帽，兜帽上又戴着一顶宽檐帽，所以除了鼻尖和灰白胡须，整个脑袋都被遮挡住了。不过阿拉贡觉得，自己似乎捕捉到了从那被兜帽遮蔽的眉影下，他锐利明亮的眼睛投过来的一瞥。

最后，老人打破了沉默。"真是幸会啊，我的朋友们，"他的嗓音很柔和，"我希望跟你们谈谈。你们下来，还是我上去？"还没等他们回答，他就开始往上爬。

"就是现在！"吉姆利喊道，"阻止他！莱戈拉斯！"

121

"我不是说了希望跟你们谈谈吗?"老人说,"把弓放下,精灵先生!"

莱戈拉斯手一松,弓箭落地,他的胳膊无力地垂在身侧。

"还有你,矮人先生,把你的手从斧柄上拿开,等我上来!你不需要这么剑拔弩张。"

吉姆利一惊,然后石化般站立,眼睁睁看着老人如山羊般灵活地在粗糙的阶梯上跳跃而上。所有的疲倦似乎都已离他而去。待他跳到岩架顶上时,一道白光一闪而过,快得让人无法确认,仿佛裹在那灰色破布下的衣袍惊鸿一现。吉姆利倒吸一口冷气,嘶的一声在寂静中清晰可闻。

"幸会!我再说一遍!"老人说着,朝他们走来。还有几步远的时候,他停下,依杖而立,头往前探着,从兜帽底下打量起他们。"你们在这个地区做什么?一个精灵、一个人和一个矮人,全都穿着精灵的服饰。毫无疑问,这背后有一个值得聆听的故事。这样的事在这儿可不常见啊。"

"听你的语气,好像很熟悉范贡森林似的,"阿拉贡说,"是吗?"

"不算很熟悉,"老人说,"要很熟悉得长年累月来研究,不过我时不时地会来这里。"

"我们可否知道你的名字,然后听听你有什么要对我们说的?"阿拉贡说,"早晨快过去了,我们还有事在身,不能等。"

"我想说的话,已经说了:你们来这里做什么?你们自身有什么故事可讲?至于我的名字——"他顿住了,轻声笑了很久。听到这笑声,阿拉贡感到浑身一阵战栗,一种奇怪冰冷的战栗。不过那不是害怕或恐惧,反而更像是突然被一股刺骨的风"咬"了一口,又像是一个睡得不安稳的人被一阵冷雨打醒了。

"我的名字!"老人再次说道,"你们不是已经猜到了吗?我想,你们以前听说过。是的,你们以前听说过。不过现在,来吧,说说你们的故事。"

三个伙伴默然伫立,没有回答。

"有人会开始怀疑,你们的任务是否适合说出来,"老人说,"所幸我知道一些。我想,你们在追踪两个霍比特人的足迹。是的,霍比特人。别瞪眼,好像你们以前从未听说过这个奇怪的名字似的。你们听说过,我也听说过。嗯,他们前天爬到过这儿,还遇到了一个意想不到的人。这个消息让你们有所安慰了吧?那现在,你们想知道他们被带到哪儿去了吗?嗯,也许我能告诉你们一些相关的信息。可我们为什么都站着?你看,你们的任务不再如你们以为的那么急迫了吧。让我们坐下来,这样更自在些。"

老人转身朝崖脚后面的一个落石堆走去。其他人顿时一松,动了起来,仿佛一道咒语被解除了。吉姆利的手立刻抚上斧柄。阿拉贡抽出他的剑。莱戈拉斯捡起他的弓。

老人没有理会他们的动作,而是弯腰坐到一块平坦的矮石上。他的灰斗篷敞开了,他们清楚地看到,他里面穿了一身白。

"萨鲁曼!"吉姆利大叫一声,提起斧子朝他猛扑过去,"说!你把我们的朋友藏在哪儿了?你对他们做了什么?说!否则我会在你的帽子上凿一个洞,就算你是一个巫师也拿它没办法!"

老人动作比吉姆利更快。他一跃而起,跳到一块大岩石顶上。他站在那儿,突然变得高大起来,屹然俯视着他们。他的兜帽和破衣烂衫都被抛开了,露出白闪闪的袍子。他举起手杖,吉姆利的斧子脱手而出,当啷落在地上。阿拉贡的剑僵在他一动不动的手中,突然燃烧起来。莱戈拉斯大吼一声,朝空中射了一支箭——它像烟花一样消散而逝。

"米斯兰迪尔!"他喊道,"米斯兰迪尔!"

"幸会,我又对你说一遍,莱戈拉斯!"老人说。

他们全都盯着他。阳光下,他的头发白如雪,长袍也泛着白光,浓眉下的眼睛明亮有神,具有日光般的穿透力,手中异常有力。惊奇、喜悦、敬畏,他们站在那里百感交集,说不出话来。

最后,阿拉贡回过神来。"甘道夫!"他说,"在我们万分绝望、走投无路的时候,你回来了!我的视力被什么蒙蔽了呀!甘道夫!"

吉姆利什么也没说,但双膝跪倒,抬手捂住了自己的眼睛。

"甘道夫,"老人重复道,仿佛正从过去的记忆中召回一个久未使用的词语,"是的,就是这个名字。我是甘道夫。"

他从岩石上迈步下来,捡起灰斗篷裹在身上:刚才仿佛一直照耀着他们的太阳,此刻又躲进云层里去了。"对的,你们仍然可以叫我甘道夫。"他的嗓音又像是他们的老朋友和向导的嗓音了,"起来吧,我的好吉姆利。这不怪你,我也没受伤啊。其实,我的朋友们,你们谁的武器都伤害不了我。高兴起来吧!我们又见面了。正值风云际会,大风暴就要来了,但形势已经发生了转折。"

他将手放在吉姆利的头上,矮人抬起头,突然笑了。"甘道夫!"他说,"可是你穿了一身白袍!"

"是的,我现在是白袍了。"甘道夫说,"其实,几乎可以说,我就是萨鲁曼,本应该是的那个萨鲁曼。不过,来吧,给我讲讲你们的经历。自从我们分别后,我经历了烈火和深水,忘记了很多我以为知道的事,又知道了许多我已经忘记的事。我能看见许多远方的事,却看不见许多近在咫尺的事。给我讲讲你们的经历吧。"

"你想知道什么?"阿拉贡说,"自从我们在桥上分别以来发生的一切,可是一个很长的故事。你不先告诉我们一些那两个霍比特人的消息吗?你发现他们了吗?他们安全吗?"

"没,我没发现他们,"甘道夫说,"有一股黑暗笼罩着埃敏穆伊山谷,而且我并不知道他们被俘了,直到大鹰告诉了我。"

"大鹰?"莱戈拉斯说,"我曾经看到一只大鹰飞得很高很远:上次看到是在四天前,在埃敏穆伊上空。"

"对,"甘道夫说,"那是风王格怀希尔,它曾经把我从欧尔桑克救了出来。我派它他先我而行,去监视大河,收集信息。它目光敏锐,但也无法看到山下和树下发生的一切。有些事情它看见了,有些事情我自己看见了。如今,我对那枚指环已经爱莫能助,不止我,任何一个从幽谷出发的远征队成员都无能为力了。它差一点就暴露在大敌面前,不过还是逃脱了。我在其中起了些作用:因为当时我坐在一个高地,正在跟黑塔斗法,那黑影过去了。然后,我很累,非常累,沉浸在黑暗的思想中行走了很久。"

"那你知道弗拉多的情况喽!"吉姆利说,"他怎么样了?"

"我说不上来。他躲过了一场大灾难,但前面仍然有许多危险等着他。他决心独自前往魔多,于是出发了——我能说的就这么多。"

"不是独自一人,"莱戈拉斯说,"我们认为山姆跟他一起去的。"

"他去了?"甘道夫眼睛一亮,脸上浮现出了笑容,"他真的去了?这对我而言可是一个新闻,不过倒也不令我吃惊。好啊!太好了!这消息让我如释重负。你们一定得多给我讲讲。来来,坐到我身边,给我讲讲你们旅途的经历。"

三个伙伴在他脚边的地上坐下，阿拉贡开始讲述起来。好长一段时间，甘道夫都没有吭声，也没有问问题。他双手扶膝，双眼闭合。最后，当阿拉贡讲到波洛米尔之死以及他在大河上的最后一程时，老人叹了口气。

"阿拉贡，我的朋友啊，你并没有说出你所知道或猜到的全部。"他平静地说，"可怜的波洛米尔！我没能看出他身上发生了什么。对这样一个既是勇士又是领主的人来说，这种考验太痛苦了。加拉德瑞尔曾告诉过我，他有危险，但他最终逃过了大劫。我很欣慰。哪怕仅仅为了波洛米尔，那两个年轻的霍比特人也没有白跟我们走。不过这并不是他们要扮演的唯一角色。他们被带到范贡森林去了，而他们的到来，就像是小石块滚落，将会引发一场大山崩，甚至就在我们说话的此际，我都听见了第一阵轰隆响。大坝决堤时，萨鲁曼最好没有离家在外，被逮个正着！"

"亲爱的朋友，你有一点也没变，"阿拉贡说，"你说话依然像猜谜。"

"什么？猜谜？"甘道夫说，"不！我是在大声跟我自己说话。一个老习惯：他们选择在场的最睿智的人交谈。年轻人需要的冗长解释，太累人了。"他大笑起来，但此刻这笑声听起来很温暖很慈祥，就像一束阳光。

"即使按照古代人类家族的算法，我也不再年轻了，"阿拉贡说，"你就不能更清晰地向我敞开你的心扉吗？"

"那我该说什么？"甘道夫停下来思索了一会儿，"如果你想尽可能清晰地了解我思想的片羽，那我简要概括一下我对目前形势的看法。大敌当然早就知道那枚指环流落在外，而且由一个霍比特人持有。他现在知道从幽谷出发的远征队人数，也知道我们每一个成员来自哪个种族，但他还没有看穿我们的目的。他认为我们全都要去米纳斯提力斯，因为若是处在我们的境地，他就会那么做。而且以他的精明来看，那将会是对他权势的沉重一击。他确实很害怕，不知道什么样的强者会突然出现，操纵那枚指环，对他开战，谋求推翻他，取代他。他从未想过，我们是想推翻他，却不想有人取代他。即使在最黑暗的梦中，他都不曾梦到我们会试图摧毁那枚指环。由此，你们无疑可以看到我们的幸运和希望所在。因为想象战争，他便发动了战争，觉得自己没时间可浪费。他想先下手为强，如果打击力度够大，那可能就不需要再出手了。于是，他现在就将长期以来一直积聚的力量投入行动，比他计划的要早。聪明的傻瓜。假如他用全部的势力守卫魔多，就没人能进入，他再使出浑身解数去获取那枚指环，那么，真的，我们的希望就会消散：不管是指环还是指环持有者都无法长久地躲过他的魔爪。可现在，他眼睛盯着外界，而非自己家门口，而且主要紧盯着米纳斯提力斯。很快，他的势力就会像一场风暴落到那里。

"因为他已经知道他派出去袭击远征队的手下又失败了。他们没有找到指环，也没有带回任何霍比特人做人质。如果他们抓到人质了，那对我们将会是一个沉重的打击，甚至可能是致命的。不过，我们还是不要想象他们在黑塔经受的忠诚考验了吧，别把自己弄得心情灰暗。因为已经失败了，至少迄今为止是这样，这要感谢萨鲁曼。"

"那，难道萨鲁曼不是叛徒？"吉姆利问。

"他确实是叛徒，双面叛徒，"甘道夫说，"这难道不奇怪吗？我们最近遭受的事，似乎没有什么比艾森加德的背叛更严重了。哪怕

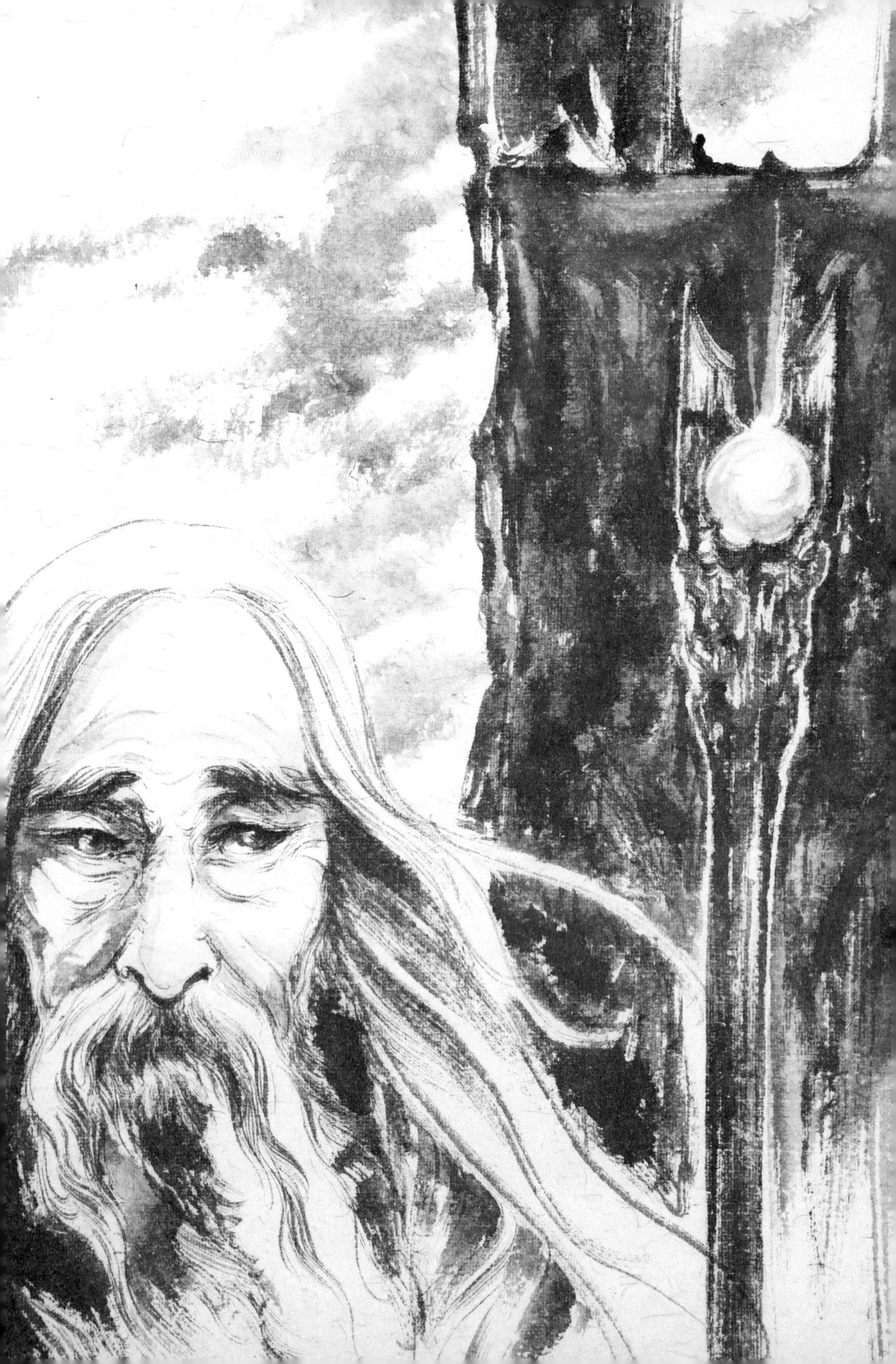

只将萨鲁曼看作一个领主和统帅,他都已经变得非常强大。他威胁洛汗的人类,甚至在面临来自东方的主力攻击时,从米纳斯提力斯抽走了他们的援助。不过,一件奸诈的武器对它的使用者来说总是危险的。萨鲁曼存着私心,想将指环据为己有,或者至少诓住一些霍比特人为自己邪恶的目的服务。所以,我们两边的敌人都只谋划着在这紧要关头,以惊人的速度将梅里和皮平带到范贡森林里来,不然的话,他们是永远也不会到这里来的!

"他们的心头也充满了新的疑惑,这些疑惑打乱了他们的计划。感谢洛汗的骑兵,这场战斗不会有消息传到魔多,但黑魔王知道两个霍比特人在埃敏穆伊被俘,而且违背他手下的意愿,被带往了艾森加德。他现在要担心的不只是米纳斯提力斯,还有艾森加德。如果米纳斯提力斯陷落,萨鲁曼可就不妙了。"

"可惜的是,我们的朋友夹在中间,"吉姆利说,"如果艾森加德和魔多紧挨着,那我们就能坐山观虎斗,等着看戏了。"

"胜利者将会比之前任何一方都更强大,而且心不存疑,"甘道夫说,"但艾森加德斗不过魔多,除非萨鲁曼先得到指环,而现在他永远也不会得到了。他还不知道他的危险。他不知道的太多了。他急于将猎物攫取在手,在家待不住,于是出来接应并监视他的使者。不过这次,他来得太迟了,在他抵达这些地区之前,战斗已经结束,他爱莫能助。他没有在这里停留很久。我看穿了他的心思,读出了他的疑惑。他没有森林知识,认为那些骑兵已经将战场上所有的人都杀死烧尽,但他不知道兽人是否携带了俘虏,他也不知道他的爪牙和魔多的兽人之间的争吵,更不知道那个飞行的使者。"

"飞行的使者!"莱戈拉斯叫道,"我在萨恩盖比尔,用加拉德瑞尔的箭射过他，把他从天上射下来了。他令我们所有人都害怕。这是一种什么样的新恐怖啊？"

"一种你用箭杀不死的恐怖，"甘道夫说，"你只是射中了他的坐骑。那是一件好事，但那骑手很快又有了新的坐骑。因为他是一个那兹古尔，索伦的九骑士之一，他们现在骑的是飞行坐骑。很快，他们的恐怖就会遮蔽太阳，笼罩我们友邦最后的军队。不过他们还未被允许越过大河，萨鲁曼也不知道指环幽灵如今已经换上了这样的新装束。他一心只想着那枚指环。它出现在战斗中了吗？它被发现了吗？要是马克之王希奥顿得到它并知晓了它的力量，那该怎么办？这是他意识到的危险，于是他飞奔回艾森加德，准备对洛汗施以双倍乃至三倍的攻击。与此同时，还有另一个危险近在咫尺，但他忙于那些怒气冲冲的念头，并没有觉察到。他忘记了树须。"

"你现在又在自言自语吧，"阿拉贡笑着说，"我不知道树须。我部分猜到了萨鲁曼的双重背叛，不过我不明白，那两个霍比特人来到范贡森林能起什么作用？倒是让我们漫长无果地追踪了一场。"

"等等！"吉姆利叫道，"还有另外一件事，我想先弄明白。昨天晚上我们看见的，是甘道夫还是萨鲁曼？"

"你肯定没有看到我，"甘道夫答道，"所以，我猜测，你看到的一定是萨鲁曼。显然，我们看上去很像，以致你想在我的帽子上凿一个无法修补的洞，这个我必须得原谅你。"

"好！好！"吉姆利说，"我很庆幸那不是你。"

甘道夫又大笑起来。"是的，我的好矮人！"他说，"不是全然被误解，真令人欣慰。我可太知道这一点了！不过，当然了，我绝对不会因为你刚才欢迎我的方式而责怪你。我怎么能那么做呢？是我自己经常劝告我的朋友,在与大敌打交道时,防人之心不可无的。祝福你,格洛因之子吉姆利!也许有一天,你会同时见到我们两个人,那你就可以做出判断了!"

"可是霍比特人呢?"莱戈拉斯插嘴道,"我们走了这么远寻找他们,而你似乎知道他们在哪里。他们现在在哪里?"

"跟树须和恩特在一起。"甘道夫说。

"恩特!"阿拉贡惊叫道,"这么说,那些关于森林深处的居住者以及百树牧人的古老故事是真的?这世上还有恩特?我以为,即便他们不仅仅是一个洛汗传说,也只是一个古代记忆罢了。"

"洛汗传说!"莱戈拉斯叫道,"不,大荒野的每个精灵都唱过关于老欧诺德民和他们漫长悲伤的歌谣。不过,即使在我们中间,他们也只是一个记忆。要是在这世上还能遇见一个活着的恩特,那我真的会觉得自己又年轻起来了!可是'树须'这个词,只是'范贡'这个词的通用语翻译,但你说的似乎是一个人。这个树须是谁?"

"哎哟!现在你们问得太多了,"甘道夫说,"他漫长缓慢的生平我只知道一点,不过也够我们讲一个说不完的故事了。树须就是范贡,这个森林的守护者。他是最年长的恩特,是太阳底下依然行走在中州大地上的最古老的生灵。梅里和皮平很幸运,在这里遇见了他,就在我们坐着的这里。他在两天前来到这儿,把他们带到了他远在雾山山脉脚下的居住地。他经常来这儿,特别是在心绪不宁的时候,外界的传闻令他忧虑。四天前,我看见他在树木间大步行走,我想他也看见了我,因为他停下了。不过我没说话,因为当时我心事重重,再加上跟魔多之眼斗争之后,非常疲倦。他也没有说话,也没有叫我的名字。"

"或许他也以为你是萨鲁曼，"吉姆利说，"可你说起他来，就像说起一位朋友。我还以为范贡很危险呢。"

"危险！"甘道夫叫道，"我也很危险，非常危险，比你们曾经遇到和将要遇到的任何人任何事都危险，除非你们被活捉到黑魔王的座前。阿拉贡也危险，莱戈拉斯也危险，格洛因之子吉姆利，你可是被危险重重包围着，因为按照你的逻辑，你自己也很危险。范贡森林肯定非常危险，尤其是对那些提着斧头随时准备砍伐的人来说。范贡自己也是危险的，尽管如此，他睿智而又慈祥。不过现在，他那漫长而又缓慢的愤怒正在溢出，并充斥着整个森林。霍比特人的到来以及他们带来的消息，让这股愤怒泼洒了出来，它很快就会像洪水一样咆哮流淌，但这股愤怒的浪潮正扑向萨鲁曼和艾森加德的斧头。一件自古代以来就不曾发生过的事即将发生：恩特们将会醒来，并发现自己非常强大。"

"他们会做什么？"莱戈拉斯惊讶地问。

"我不知道，"甘道夫说，"我想他们自己也不知道。我很纳闷。"说完，他陷入了沉默，低头思索起来。

其他人看着他。一束阳光透过流云照在他的手上。此刻，他摊开在膝盖上的手掌里盛满了阳光，就如同杯子盛满了水。最后，他抬起头，直视着太阳。

"早晨就要过去了，"他说，"很快我们就必须走了。"

"去找我们的朋友，见树须吗？"阿拉贡问。

"不，"甘道夫说，"那不是你们必须走的路。我说了希望之辞，但那也只是希望。希望不是胜利。我们和我们所有的朋友即将面临一场战争，一场只有使用那枚指环才能确保我们胜利的战争。它令我的心头充满巨大的悲伤和恐惧，因为很多东西将被摧毁，甚至一切都有可能失去。我是甘道夫，白袍甘道夫，但黑势力还是更强大。"

他站起身，抬手遮眉，向东眺望，仿佛看见了他们谁也看不见的遥远之物。然后，他摇了摇头。"不，"他轻声道，"它已经不在我们可及的范围之内了，至少让我们为此感到庆幸吧。我们不必再遭受运用那枚指环的诱惑了。我们必须去面对一个近乎绝望的危险，不过那种致命的危险已经移除了。"

他转过身。"来吧，阿拉松之子阿拉贡！"他说，"别后悔你在埃敏穆伊做出的选择，也别说这是一场徒劳的追索。你在怀疑中选择了看似正确的道路：这选择是公正的，也已经获得了回报。正因为如此，我们才及时相遇，否则再见可能就太迟了。不过你们三人的追寻已经结束了。你们接下来的旅程是你之前承诺的。你们必须到埃多拉斯的宫殿区，找到希奥顿，因为那里需要你们。安督利尔之光现在必须闪亮在它等待良久的战斗中了。洛汗处于战争中，更糟糕的是：希奥顿陷入了邪恶的蛊惑。"

"那我们再也见不到那两个快乐的霍比特青年了？"莱戈拉斯问。

"我可没这么说，"甘道夫说，"谁知道呢？耐心点吧。怀抱希望，去你们必须去的地方！去埃多拉斯！我也到那里去。"

"对一个人而言，无论老少，那都是很长的一段路，"阿拉贡说，"我担心在我到达那里之前，战斗就已经结束了。"

"走着瞧吧，走着瞧吧，"甘道夫说，"你们现在要跟我一起走吗？"

"要，我们一起出发吧，"阿拉贡说，"但我相信，你要是愿意，会比我先到那里的。"说着他站起身，久久地看着甘道夫。莱戈拉斯和吉姆利默默地看着面对面伫立的两人。阿拉松之子阿拉贡的灰色身影高大挺拔，坚如磐石。他手扶剑柄，看上去宛如某位走出海雾，踏上渺小人类之岸的君王。他的面前躬身站着一位老者，全身着白，此刻闪闪发亮，仿佛体内点着了某种光。岁月使然，他弯腰驼背，却蕴藏着一种超越君王的力量。

"我没说错吧，甘道夫？"最后，阿拉贡说，"不管你想去哪里，都能比我更快到达。我还想说：你是我们的领袖，我们的旗帜。黑魔王有九个黑骑士，但我们只有一个，比他们更强大：一位白骑士。他已经经历了火与深渊的考验，他们会怕他的。我们将去往他带领的地方。"

"是的，我们将一起追随你，"莱戈拉斯说，"可是，甘道夫，先说一说你遭遇了什么厄运吧，这会让我心里好受一点。你不愿意告诉我们吗？你甚至不能多停留一会儿，告诉你的朋友们你是怎么获救的吗？"

"我已经停留得太久了，"甘道夫答道，"时间短促，但就算有一年的时间逗留，我也不会把一切都告诉你们。"

"那就告诉我们你愿意说的部分吧，时间还来得及！"吉姆利说，"说吧，甘道夫，说说你是怎么跟炎魔大战的！"

"不要提他的名字！"甘道夫说。有那么一瞬，痛苦的乌云似乎笼罩了他的面颊。他默然坐下，看上去苍老若死。"我坠落了很长时间，"最后，他慢慢开口，仿佛在艰难回想，"我坠落了很长时间，他随我一起坠落。他的火焰包裹着我。我被烧着了。然后，我们一头跌进深水，一切归暗。那冰冷如死亡的潮水，几乎把我的心都冻僵了。"

"都林之桥横跨的深渊深不见底，还不曾有人测量过它。"吉姆利说。

"不过它是有底的,光明不及,人所未知。"甘道夫说,"我终于落了底,到了岩石的最基底。他仍然跟我在一起。他的火熄灭了,但那一刻,他黏糊糊一团,比能缠死人的蛇还强壮。

"我们在生机勃勃的大地之底搏斗了很久,但那里无法计时。他始终缠着我,而我始终劈砍他,直到最后,他终于掉进黑暗的隧道,飞逃而去。格洛因之子吉姆利,那些隧道不是都林的子民挖的,在比矮人挖掘到的最深处还要深得多的地方,那是一个被无名之物啃噬出来的世界,就连索伦也不知道它们。它们比他还要古老。虽然我已经去过那里了,但我并不打算描述它,那会使天光暗淡。在当时的绝境中,我的敌人是我唯一的希望,于是我追着他,紧追不放。就这样,他最后将我带回了卡扎督姆的秘道:他对这些秘道了如指掌。我们一直往上跑,直至到了无尽阶梯。"

"那阶梯已经失踪很久了,"吉姆利说,"很多人说,它仅仅是一个传说而已,但也有人说它被破坏掉了。"

"它确实存在,也没有被毁掉,"甘道夫说,"它从最低的地牢一直攀升到最高的高峰,很多台阶呈螺旋状连续盘旋而上,最后的出口在都林之塔,这塔是由凯勒布迪尔山上原生的岩石雕凿而成的。

"在那上面,银齿峰是一扇雪中独窗,窗前一片狭窄地,宛如一个坐落在云雾缭绕的世界上方,令人头晕目眩的鹰巢。那里阳光炽烈,而下方的一切都笼罩在云雾中。他一跃而出,就在我紧跟其至之际,他爆发出了新的火焰。可惜无人观战,否则也许这巅峰之战将会被传唱后世。"突然,甘道夫大笑起来,"可是他们会在歌里唱什么呢?那些从远处仰望的人会以为,山顶被暴风雪笼罩着。他们听得见雷声,还会说闪电击中了凯勒布迪尔，火花四溅，腾起无数道火舌。这些够吗？我们四周升起一道浓烟，水汽蒸腾，碎冰似雨降落。我把我的敌人扔了下去，他从高处坠落，撞碎了山坡，摔死在那里。然后，黑暗淹没了我。我神游于思维和时间之外，在我不会说的许多道路上漫游了很久。

"我被赤裸裸地送了回来——只做短暂停留，直到我的任务完成为止。我赤裸裸地躺在山顶上。身后的塔已碎成粉尘，窗不见了，毁坏的阶梯塞满了被烧毁的碎石。我孤零零地躺在世界的坚硬之角上，被遗忘了。我躺在那儿，仰望天空，星斗流转，每一天都像大地的一个生命周期那么长，四面八方的传闻汇聚起来，隐隐地传进我的耳朵：新生与死亡，歌声与哭泣，不堪重负的岩石发出无休止的缓慢呻吟。就这样一直到最后，风王格怀希尔又发现了我，它抓起我，带我离开了那里。

"'朋友啊，我注定总是成为你的负担，在我需要的时候你总是会出现。'我说。

"'你曾经是一个负担，'它答道，'但现在不是了。在我的爪中，你轻若鸿毛。太阳光能透过你。真的，我觉得你不再需要我了：假如我松开你，你会浮在风上的。'

"'别松开我！'我惊喘着说，感觉自己又活过来了，'把我带到洛丝罗瑞恩去！'

"'这的确是派我来寻找你的加拉德瑞尔夫人的命令。'他答道。

"就这样，我到了卡拉斯加拉松，却发现你们才走不久。我逗留在那片时间静止的土地上，日子带来的是治愈而非腐朽。我得到了治愈，穿上了白袍。我给出了建议，也接受了建议。之后，我经由陌生

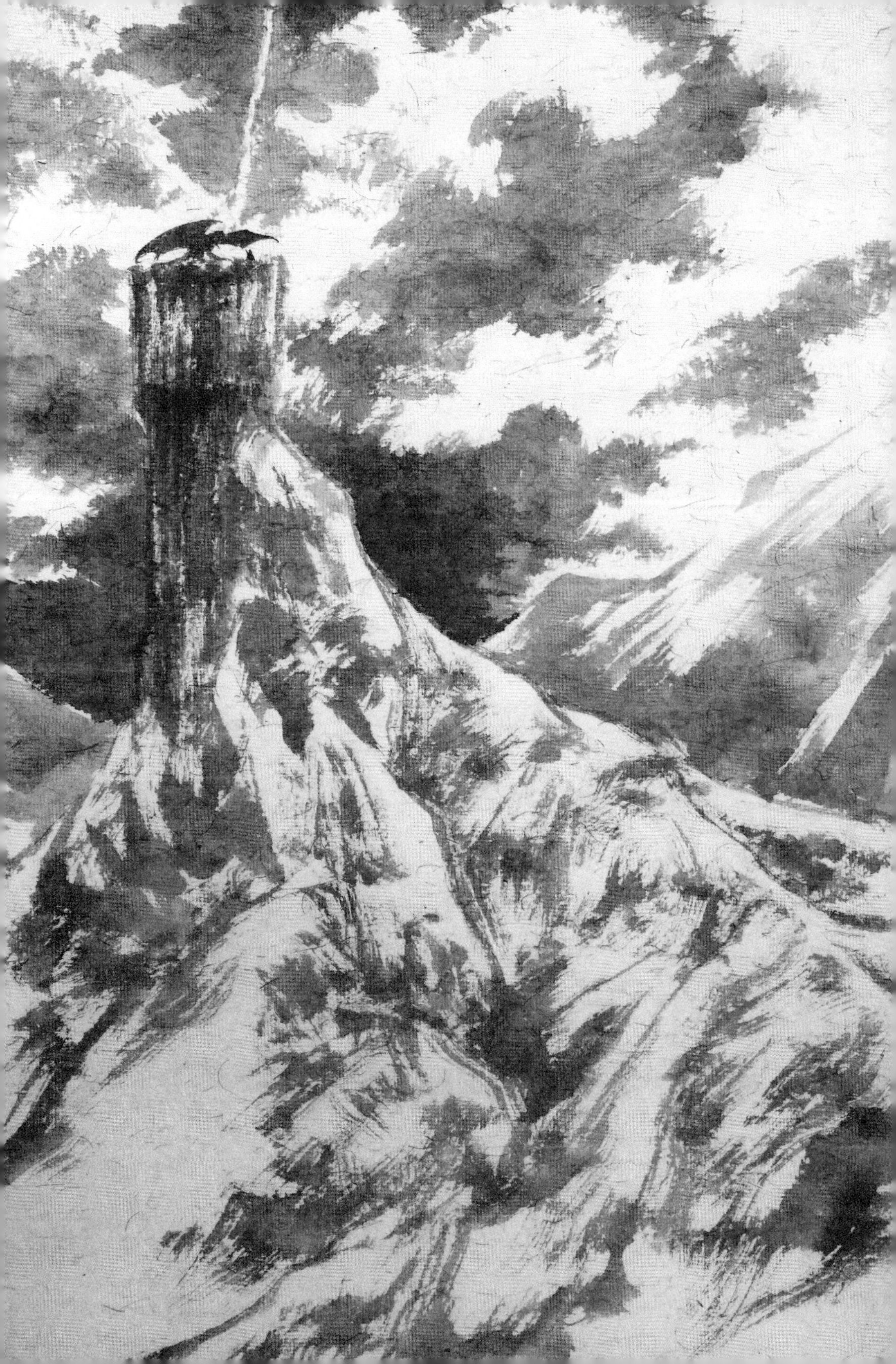

的道路来到这里,给你们中的某些人带来了口信。我受嘱对阿拉贡说下面这些话:

> 埃莱萨,埃莱萨,那登丹人现在何处?
> 为什么你的族人漂泊远方?
> 失落之物再现的时刻将近,
> 灰衣劲旅自北驰骋而来,
> 但为你指定的道路黑暗:
> 亡者镇守通往大海之路。

"对莱戈拉斯,她捎来的是这几句话:

> 绿叶莱戈拉斯,徜徉树下久矣,
> 你活在快乐中,须留意大海!
> 若听到岸上海鸥的啼鸣,
> 你心将不再安于森林。

"……"

甘道夫闭上双眼,陷入了沉默。

"那她没有口信给我吗?"吉姆利垂头问道。

"她的话很晦涩,"莱戈拉斯说,"收到的人难解其意。"

"这安慰不了我。"吉姆利说。

"那还能怎么样?"莱戈拉斯说,"你想让她向你明言你的死亡?"

"是的,如果她没有别的可说的话。"

"那是什么呢？"甘道夫睁开眼睛说，"嗯，我想我能猜到她话里可能的意思。哦！抱歉，吉姆利！我刚刚是在思忖这些口信。她确实有话捎给你，而且既不晦涩也不悲伤。

"她说：'向格洛因之子吉姆利致以夫人的问候：持发人，无论你去往哪里，我都牵挂着你。不过要小心，别用你的斧子砍错树！'"

"甘道夫，你回到我们身边的时刻真是快乐的时刻。"吉姆利欢呼雀跃，用奇怪的矮人语大声唱起来。"走吧，走吧！"他挥舞着斧子，叫喊道，"既然现在甘道夫的脑袋是神圣的，那让我们找一个该砍的去砍吧！"

"应该不用走太远就能找到，"甘道夫说着，起身站了起来，"走吧！我们把时间都用在久别重逢后的聊天上了，现在得赶紧上路了。"

他重新将自己裹进那件破旧的斗篷里，带路出发。三人跟着他，很快从高岩架上下来，往回穿过森林，沿着恩特河岸行走着。他们一路无言，直到再次踏上远离范贡森林边缘的那片草地。他们的马依然不见踪影。

"它们还没回来，"莱戈拉斯说，"这趟旅程步行的话会很累的！"

"时间紧迫，我不会步行的。"甘道夫说着仰起头，发出一声长长的呼哨，哨音清晰且极具穿透力。三人震惊地听着，不敢相信这样的声音是从一位长须老者的嘴中发出的。他吹了三声。然后，他们隐隐听到东风送来了远方平原上马匹的嘶鸣声。他们惊诧地等待着。不一会儿，马蹄声起，一开始很微弱，躺在草地上的阿拉贡只觉得土地轻震，但接着蹄声越来越大，越来越清晰，直到变成有节奏的**嘚嘚嘚**。

"来的不止一匹马。"阿拉贡说。

"当然了，"甘道夫说，"一匹马可驮不了我们这么多人。"

139

"有三匹！"莱戈拉斯远眺原野，说道，"瞧它们奔跑的样子！有哈苏费尔，它旁边是我的朋友阿罗德！不过前面还有大步驰骋的一匹马，一匹非常高大的马。我以前从没见过那样的马。"

"你也不会再见到了，"甘道夫说，"那是捷影。它是美亚拉斯马群的首领，马中之王，哪怕是洛汗之王希奥顿都不曾见过比它更好的马。它的毛发是不是银光闪闪的？它跑起来是不是迅捷似激流？它是为我而来的：它是白骑士的马。我们将一起去战斗。"

就在这位老巫师说话的工夫，那匹高大的马大步跃上斜坡朝他们奔来。它的皮毛闪闪发光，鬃毛随着它的风驰电掣一路飘扬。另外两匹跟随它的马，这时远远落在后面。捷影一看到甘道夫，就收住脚步，高声嘶鸣起来。接着它踱步向前，垂下骄傲的头，用大鼻子磨蹭着老人的脖颈。

甘道夫爱抚着它。"我的朋友，从幽谷到这里，可是一段长途啊！"他说，"但你聪明又迅捷，来得正是时候。现在，让我们一起远行，在这世上再也不分开！"

很快，另外两匹马也上来了，静静地伫立一旁，仿佛在等待命令。"我们立刻就到美杜塞尔德，你们的主人希奥顿的宫殿去。"甘道夫郑重地对它们说，它们全都垂下了头，"时间紧迫，我的朋友们，所以请允许我们骑行，恳请你们尽力全速前进。哈苏费尔带着阿拉贡，阿罗德带着莱戈拉斯。我会让吉姆利坐在我身前，捷影允许的话，请带着我们两个。我们现在喝点水就出发。"

"现在我有点明白昨晚的谜了，"莱戈拉斯轻快地跳到阿罗德的背上，说道，"不管一开始我们的马是不是因为害怕而逃走的，它们都遇到了捷影，它们的首领，于是高兴地问候它。甘道夫，你知道它就在附近吗?"

"是的,我知道,"大巫师说,"我用意念召唤它,请它快点,因为昨天它还在远处,在这片土地的南部。但愿它再次迅捷地带我回去!"

甘道夫向捷影交代了几句,这匹马便快步出发了,不过尚在另外两匹马能够跟随的速度内。过了一会儿,它突然转向,选了一处低岸之地,涉河而过,领着他们朝正南方向,往一片无树而宽阔的平地奔去。风像灰色的波浪吹过一望无际的草原,看不见任何大路小道的迹象,但捷影未曾停步,也未曾踟蹰。

"它现在正领着我们径直走,往白色山脉的山坡下希奥顿的宫殿去,"甘道夫说,"这样会更快些。河对岸东埃姆内特的地面更坚硬,往北的主道也在那边,但捷影知道穿过每一片沼泽和洼地的路。"

他们在草地和河流地带驰骋穿行了好长时间。草叶往往很高,没过他们的膝盖,身下的坐骑就像驰骋在灰绿色的海洋中。他们遇上了许多隐蔽的水塘,大片大片的莎草在潮湿而危险的沼泽地上摇曳。不过捷影总能找到路,另外两匹马紧踩着它的蹄印前行。夕阳缓缓西沉。骑手们越过辽阔的平原极目四眺,远远地,看见它像一团红火瞬间坠入草地。在视野尽头的低处,群山山肩两侧都镶上了光闪闪的金边。一股烟似乎升腾起来,给太阳的圆盘染上了血色,仿佛它在大地边缘沉落时,点燃了草地。

"洛汗豁口就在那儿,"甘道夫说,"这会儿差不多就在我们正西方。艾森加德就在那边。"

"我看见了一大股烟,"莱戈拉斯说,"那会是什么呢?"

"战斗和战争!"甘道夫说,"继续前进吧!"

第6章
金殿之王

夕阳西下，黄昏渐深，夜色四合，他们一路骑行。到最后，他们终于停下，翻身下马的时候，连阿拉贡都感到浑身僵硬，疲惫不堪。甘道夫只允许他们休息几个小时。莱戈拉斯和吉姆利睡下了，阿拉贡舒展身体平躺着，甘道夫却依杖而立，向东向西，凝视黑暗。万籁俱寂，不见任何活物的迹象，不闻任何活物的动静。当他们再次起身时，寒风习习，长云蔽空，舒卷流逝。清冷的月光下，他们再次出发，如在日光下一般迅捷。

一个小时又一个小时过去了，他们仍然在奔驰。吉姆利瞌睡未醒，不住地点着脑袋，要不是甘道夫抓住他，将他摇醒，他已经从马背上掉下去了。哈苏费尔和阿罗德虽然累，却很骄傲，紧跟着它们不知疲倦的首领，而后者如它们前面的一道灰影，几乎不可见。飞奔，飞奔！一英里接着一英里。朗月沉入了浓云密布的西天。

空气中透着一股刺骨的寒意。黑夜渐逝，东方即白。他们左边远处的埃敏穆伊黑壁上，腾起万丈光芒。黎明破晓，天光渐明。一阵风横扫前路，吹过弯折的草叶。突然，捷影停下脚步，长声嘶鸣。甘道夫用手指着前面。

"看！"他喊道。他们全都抬起了疲倦的眼睛。前面，南方群山耸立，山顶雪白，点缀着条条黑带。草地在簇拥于山脚下的丘陵上绵延起伏，向上攀升进入晨光尚未触及、依然昏暗的诸多幽谷中，再蜿蜒钻进巍峨山脉的腹地。旅人们的正前方是这些峡谷中最宽的地方，就像山间一条长长的海湾。在这"海湾"深处，他们瞥见了一片包括一座高峰的起伏山体，谷口耸立着一座孤零零的高地，就像一位哨兵。源自山谷的一道银线般的溪流盘绕在高地脚下。在旭日的光芒中，他们捕捉到了遥远的高地之眉上，有一点金光闪闪。

"说说吧，莱戈拉斯！"甘道夫说，"告诉我们你看见前方有什么！"

莱戈拉斯抬手遮住初升的朝阳射来的光芒，凝神远望。"我看见一道白色的溪流从雪峰上流下，"他说，"在它流出的山谷阴影处，一座绿色山丘从东边升起。山丘四周，围绕着沟渠、高墙和带刺的篱笆。那里面探出一栋栋房屋的屋顶。而中央的一个绿色平台上，高高耸立着一座雄伟的人类宫殿。在我看来，它的屋顶似乎是用金子盖起来的，金色光芒照耀大地。它的门柱也是金质的，但除此之外，整片宫廷都还在沉睡中。"

"那片宫廷被称作埃多拉斯，"甘道夫说，"那座金殿是美杜塞尔德。那里居住着洛汗马克之王森格尔之子希奥顿。我们在天明时分到来，现在前方的路清晰可见，但我们必须更警惕地骑行，因为城外已经爆发战争，驭马者洛希尔人并不是在沉睡，尽管从远处看貌似如此。我建议你们所有人，不要抽出武器，不要说傲慢的话，直到我们

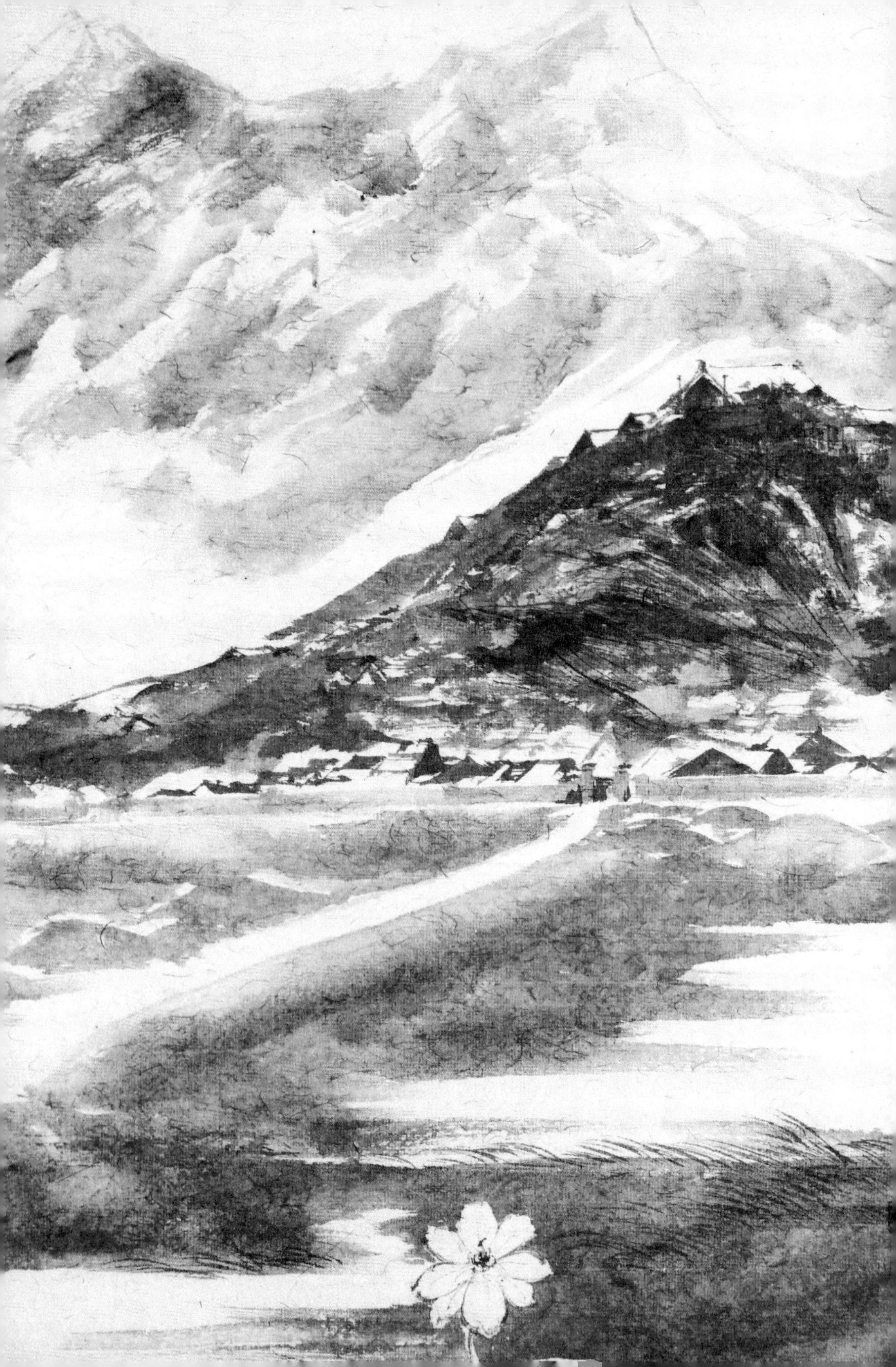

到达希奥顿的座前。"

旅人们来到那条溪流边的时候，晨光明媚，四周清朗，鸟儿在歌唱。溪水急速流下，流进平原，在山脚远处，改道大转弯，离东而去，汇入远方河床长满芦苇的恩特河。大地绿意盎然：湿润的草地上，青草茵茵的溪流沿岸，生长着许多柳树。在这片南部大地，它们感觉到了春天的临近，柳梢都已经飞红。溪流上方，低岸两侧，有一道渡口，承受着往来马匹的无数次踩踏。几个旅人也骑行而过，来到一条通往高地的宽阔车辙道上。

在被护墙围着的丘陵脚下，这条路笼罩在许多高高的青葱墓丘阴影下。墓丘西边上方的草洁白如雪：草地上开满小白花，仿佛无数星星在草皮上闪烁。

"看！"甘道夫说，"草地上这些明亮的眼睛多美啊！它们被称作'永远铭记'，用这片土地上的人类语言来说，叫'辛贝穆奈'，因为它们一年四季都开花，生长在亡者安息之地。你们看！我们来到希奥顿的诸位祖先长眠的伟大陵墓了。"

"左边七座墓丘，右边九座，"阿拉贡说，"自金殿建成以来，人类已经经历了许多世代。"

"自那以后，我家乡黑森林里的红叶已经凋零过五百次了，"莱戈拉斯说，"但那对我们来说不过是一瞬间。"

"而对马克的骑兵来说，似乎是很久很久以前了。"阿拉贡说，"这座宫殿的建起只存忆在歌中，那之前的岁月都遗失在时间的迷雾里了。现在，他们称这片土地是他们的家园，是他们自己的，他们的语言也有别于他们北方的亲族了。"接着，他开始用一种不为精灵和矮人所知的舒缓语调轻声吟唱。不过后者依然侧耳倾听，因为其中蕴含着一种强烈的韵律。

"我猜，那就是洛希尔人的语言，"莱戈拉斯说，"因为它就像这片土地本身，有些部分富饶起伏，其他部分却像山脉般坚硬严峻。不过我猜不出它的意思，只觉得其中充满了凡人的悲伤。"

"在通用语里它是这么唱的，我尽量唱得贴切些——"阿拉贡说。

> 烈马骑手今何在？长鸣号角今何在？
> 头盔锁甲今何在？飘逸亮发今何在？
> 抚琴巧手今何在？熊熊红火今何在？
> 春华秋实今何在？欣欣禾谷今何在？
> 俱往矣！似雨飘过山岗，似风吹过草原，
> 白日坠西山，光影没山后，
> 死木已尽燃，谁人收长烟？
> 岁月已流逝，谁人看海归？

"这是很久以前洛汗的一位佚名诗人所作的歌，回忆'年少的'埃奥尔是怎样的高大英俊，他从北方策马南下。他的坐骑，骏马之父费拉罗夫，四蹄腾跃如生羽翼。这里的人们在夜晚仍然会唱这首歌。"

说着这些话，四个旅人走过那片沉寂的墓丘，沿着蜿蜒的道路上到青葱的山肩，最后来到埃多拉斯宽阔的挡风墙和大门前。

许多穿着鲜亮铠甲的人坐在那里，见到来人，立刻跳起来，伸出长矛挡住去路。"站住！此地不识的陌生人！"他们用里德马克语喊道，命令陌生人报上姓名和来意。他们面色阴沉地看着甘道夫，眼中浮现惊疑之色，却少有友善。

"你们的语言，我很了解，"甘道夫用同样的语言回答，"但很少有陌生人能像我一样懂它。如果你们想听到回答，那为什么不按照西方的习惯，说通用语呢？"

"这是希奥顿王的命令，除了我们的朋友和懂得我们语言的人，其他任何人不得进入他的宫殿。"一个卫士回答道，"战争期间，除了我们自己的子民和从刚铎蒙德堡来的人，这儿不欢迎其他任何人。你们是谁？穿着奇怪，骑着像是属于我们的马，冒冒失失地横穿平原而来！我们已经在这儿守卫了很长时间，你们还在远处时，我们就注意到了。我们从未见过你们这么奇怪的骑手，也没见过任何一匹像驮着你的马一样傲然矫健的马。它是一匹美亚拉斯马，除非我们的眼睛被某种咒语蒙蔽了。说！你是不是巫师？是不是萨鲁曼派来的探子？或者就是他制造出来的幻象？现在快说！"

"我们不是幻象，"阿拉贡说，"你的眼睛也没有欺骗你。我们骑的确实是你们的马，我猜你质问之前心中就已经有数。可盗贼很少会物归原主吧。这是哈苏费尔和阿罗德，它们是里德马克第三元帅伊奥梅尔借给我们的，就在两天前。我们现在把它们带回来了，如我们向他承诺的那样。伊奥梅尔没有回来，提及我们要来吗？"

这名守卫眼中浮现出一丝不安。"关于伊奥梅尔，我无可奉告。"他回答道，"如果你说的是真的，那毫无疑问，希奥顿会知道此事。也许你们的到来不完全是不期而至。就在两夜之前，佞舌跑来对我们说，希奥顿有令，不准陌生人进入这些大门。"

"佞舌？"甘道夫犀利地看着守卫，"别说了！我不是来找佞舌的，我是来找马克之王本人的。我很急。你不能去通报说我们到了吗？或者派个人去说？"当他弯腰盯着这名守卫时，浓眉下的眼睛闪闪发光。

双塔

"好的，我会去的，"守卫慢腾腾地答道，"但我该报上来者的什么名字呢？我该怎么形容你呢？你现在看上去苍老又疲惫，但我相信，你骨子里凶猛又严厉。"

"你看得不错，说得也不错，"大巫师说，"我是甘道夫，我回来了。看吧！我带回来一匹马。这是伟大的捷影，再无旁人能驯服它。我身边这位，是诸王的继承者，阿拉松之子阿拉贡。他要去的是蒙德堡。这边还有我们的盟友，精灵莱戈拉斯和矮人吉姆利。现在就去告诉你的主人，我们在他的门口，有话对他说，请他允许我们进入他的宫殿。"

"你给的真是一些奇怪的名字！不过我会按照你的吩咐上报，征求主人的旨意。"守卫说，"请在此稍候，我会带回他认为合适的回复。别抱太大希望！如今时局黯淡。"他说着迅速离去，将这些陌生人留给他的同伴。

过了一段时间，他回来了。"跟我来！"他说，"希奥顿王允许你们进入，但你们携带的武器，哪怕只是一根手杖，也必须留在门口。殿门守卫会保管它们的。"

黑门轰然打开，几个旅人跟着守卫鱼贯而入。他们发现自己走在一条劈石铺就的阔道上，时而蜿蜒向上，时而攀登小段小段铺设良好的台阶。他们路过了许多木制的房子，穿过了许多黑漆漆的门。

路边的一个石渠里，流淌着清澈的溪流，水声潺潺，水光闪亮。最后，他们终于来到了山顶。在这里，一个高高的平台立在一片绿色阶地上，阶地脚下有一座马头形石雕，一股清澈的泉水从中涌出。马头下面有一个开阔的水盆，水从盆中溢出，汇成落流。一道高高宽宽的石阶沿着绿阶向上延伸，在最高一级台阶的两侧，各有石凿的座位。上面坐着另一批卫士，他们膝头放着出鞘的剑，金发编成辫子垂在肩头,绿色盾牌上装饰着太阳纹章,身上的长锁子甲亮得发光。他们起身时,看上去比凡人似乎要高大。

"前面就是大殿的门,"引路的守卫说,"现在我必须回到大门前去值守。再见了!愿马克之王对你们仁慈!"

他转过身,迅速回到来路走下去了。四个旅人在高大守卫的注视下登上了长台阶。这些卫士默默地站在平台上面,一言不发,直到甘道夫迈步踏上石阶尽头铺就的高台,他们才突然开口,嗓音清晰地用他们自己的语言致以礼貌的问候。

"向你们致意,远道而来者!"他们说着,将剑柄转向四个旅人,以示和平。剑柄上的绿宝石在阳光下熠熠生辉。然后,一个卫士上前一步,用通用语说:"我是希奥顿的殿门守卫,我叫哈马。在你们进门前,我必须请你们留下武器。"

于是,莱戈拉斯把自己的银柄长刀、箭袋和弓都交到他的手中。"好好保管这些,"他说,"因为它们来自金色森林,是洛丝罗瑞恩的夫人送给我的。"

这位守卫眼中浮现出一丝惊诧,急忙将这些武器靠墙放下,仿佛害怕拿着它们。"我向你保证,没人会动它们的。"他说。

阿拉贡站在那儿迟疑了一会儿:"我不愿意让我的剑离身,不愿意将安督利尔交到任何人手中。"

"这是希奥顿的旨意。"哈马说。

"我不清楚森格尔之子希奥顿的旨意,是否可以凌驾于刚铎的埃兰迪尔继承人,阿拉松之子阿拉贡的意愿之上,尽管他是马克之王。"

"这是希奥顿的宫殿,不是阿拉贡的,就算他取代德内梭尔,成为刚铎之王也一样。"哈马说着,疾步挡在门前,拦住了去路。此刻他手中的剑，剑尖朝着陌生来客。

"这种争论毫无意义，"甘道夫说，"希奥顿的命令没有必要，但违抗也没什么用。一位国王可以在他自己的宫殿里随心所欲，无论是愚蠢还是明智。"

"确实，"阿拉贡说，"如果我现在握着的是其他剑而非安督利尔，如果这只是一间樵夫的小屋，我会按照屋主的要求去做。"

"不管它的名字是什么，"哈马说，"只要你不想一个人跟埃多拉斯的所有人战斗，你就必须把它放在这儿。"

"不是一个人！"吉姆利手指摩挲着斧头刃，脸色阴沉地看着守卫，仿佛后者是一棵他打算砍倒的小树，"不是一个人！"

"好啦，好啦！"甘道夫说，"这里的人全都是朋友，或者应当是朋友。如果我们吵个不休，唯一的回报就是魔多的嘲笑。我的任务紧迫。好人哈马，至少我的剑给你，请保管好它。它被称为格拉姆德凛，是很久以前精灵制造的。现在让我过去吧。来吧，阿拉贡！"

阿拉贡慢慢解开剑带，亲手将他的剑倚墙而立。"我把它放在这儿，"他说，"但我警告你不要碰它，也不允许任何其他人染指。这个精灵剑鞘里收着的，是一把曾经断裂又重铸的宝剑。在遥远的过去，铁尔哈最初锻造的它。除了埃兰迪尔的继承人，任何抽出埃兰迪尔之剑的人都将遇死。"

那守卫后退几步，惊诧地望着阿拉贡："你似乎是从被遗忘的岁月中乘着歌谣的翅膀来的，事情将如你所令而是，阁下。"

"好吧，"吉姆利说，"如果安督利尔做伴，那我的斧子也可以毫无愧疚地待在这里。"说着他将斧子放在地上，"既然一切如你所愿，那现在就让我们进去，跟你的主人谈谈吧。"

守卫仍在犹豫。"抱歉,"他对甘道夫说,"你的手杖也必须留在门口。"

"愚蠢!"甘道夫说,"谨慎是一回事,但粗鲁就是另外一回事了。我是一个老人。要是我不能倚杖而行,那我就坐在这里,直到希奥顿乐意自己一瘸一拐地出来跟我谈话。"

阿拉贡大笑起来。"每个人都有心爱到不能交付给他人的东西。可你怎么能让一位老人跟他的支撑分开呢?行啦,你真不让我们进去吗?"

"一位巫师手中的拐杖可不仅仅是一根老年拐杖,"哈马死死盯着甘道夫所倚的那根烟灰色手杖,"不过,一个心怀疑虑的有德之人应当信任自己的智慧。我相信你们是朋友,是值得尊敬的人,没有邪恶的企图。你们可以进去了。"

守卫们这时抬起殿门上沉重的门闩;朝内缓缓地推开门页,巨大的合页铰链吱嘎作响。四个旅人进去了。殿内好像很黑,在吹过山上清冷的风之后,他们感觉这里很暖和。大殿又长又宽,影影绰绰,半明半昧。巨大的柱子支撑着高高的屋顶。阳光透过东边深檐下的窗户丝丝缕缕地照进来。屋顶的天窗外,袅袅腾升的炊烟之上,天空淡蓝。待眼睛适应之后,四个旅人注意到,地面铺着色彩斑斓的石头,纵横交错的如尼文和奇特的图案在他们脚下纠缠。现在,他们看到大殿柱子上雕刻丰富,暗沉沉地泛着金光和半隐半显的色彩。墙上挂着许多织布,古代传奇中的人物在宽阔的布面上行进,有些因年代久远而暗淡模糊,有些则隐没在阴影中灰扑扑一团。不过有一处落满阳光:上面是一个骑着白马的青年。他吹着一只大号角,金黄的头发随风飞扬。白马仰着头,鼻孔大张,红彤彤的,正因嗅闻到远方的战斗而嘶鸣,绿色白色的水沫冲击着翻滚在它的膝盖周围。

"看，那就是'年少的'埃尔奥！"阿拉贡说，"他就是这样从北方骑马奔赴凯勒布兰特原野之战的。"

四个伙伴继续往前走，走过大殿中央正燃着明亮的木柴火焰的长火炉，停了下来。火炉前方，大殿尽头，三级台阶之上，有一个朝门面北的平台。平台中央设有一张镀金大椅，上面坐着一个被岁月压弯了腰的人，看上去几乎像一个矮人。不过他的白发很长很浓，被编成许多粗辫子，从额头上戴着的一个细金冠下垂落。金冠前额正中镶嵌着一颗白色钻石。他的白须似雪，垂到膝头。不过他双眼依然炯炯有神，目光灼灼地盯着陌生来客。他的座椅后面站着一位身着白衣的女士，脚下的台阶上站着一个形容枯槁的男人，一张精明苍白的脸上，眼皮重重地垂着。

殿中一片沉默。老人坐在椅子上一动不动。甘道夫最后开口了："你好！森格尔之子希奥顿！我回来了。看吧！风暴将至，现在所有朋友都应该聚在一起，以免遭到各个击破。"

老人慢慢地站起来，重重地倚着一根带有白骨柄的黑色短手杖。几位陌生来客这才看出，尽管他腰背佝偻，个头却很高，年轻时必定是一位挺拔自傲之人。

"各位好！"他说，"也许你们期待着受到欢迎，但说真的，甘道夫先生，你在此未必受欢迎。你向来是麻烦的使者。麻烦像乌鸦一样跟着你，而且你来得越频繁，情况就越糟糕。我不想骗你：当我听说捷影独自返回，不见骑手的时候，我为它的归来感到高兴，但更高兴的是骑手没有一起来；当伊奥梅尔带来你终于回到你'老家'的消息时，我也没有哀悼。可是远方传来的消息极少可靠。你又来了！可以预料，随你而来的邪恶比以前更甚。告诉我，凶兆乌鸦甘道夫，我为什么要欢迎你?"说着,他又慢慢地坐下了。

"殿下,您所言极是,"台阶下站着的那个苍白枯瘦的男人说,"您的儿子,您的左膀右臂,马克的第二元帅希奥杰德,战死于西马克的不幸消息传来,才不过五天呢。伊奥梅尔不值得信任。如果允许他掌权的话,愿意留下来守卫您城池的人不会有多少。即使是现在,我们也从刚铎得知:黑魔王正在东部蠢蠢欲动。这位漫游者却选择了这样一个时刻返回。真的,我们为什么要欢迎你,凶兆乌鸦先生?我要称你为'坏消息'拉斯贝尔[①],俗话说,坏消息必是坏客人。"有那么一刻,他抬起沉重的眼皮,黝黑的双眼盯着陌生来客,阴恻恻地一笑。

"你很聪明,我的佞舌朋友!毫无疑问,你是你主人的有力助手。"甘道夫柔声答道,"然而,一个人带来坏消息的方式可以有两种:他可能就是一个作恶者,又或者他独善其身,在需要的时候到来只为提供帮助。"

"是这样,"佞舌答道,"但还有第三种:啄食尸骨、掺和别人的不幸、靠战争长肥的食腐鸟。你这凶兆乌鸦,带来过什么样的帮助呢?现在你带来的又是什么帮助呢?你上次来这儿是寻求我们的帮助。于是,我王允许你选一匹马快走,你却令所有人大吃一惊,蛮横无理地带走了捷影。我王为此非常心痛。不过也有人觉得,只要能让你快点离开此地,这点代价也不算太大。我猜同样的情况很可能会再次发生:你是来寻求援助而非给予援助的。你带人来了吗?你带马、剑和矛来了吗?要我说,那才是援助,那才是我们目前需要的。而跟在你屁股后面的都是些什么人?三个穿着破烂灰衣的流浪汉,而四人当中,你自己最像乞丐!"

[①] 该名来自古英语(即洛汗语),由láð(令人憎恶的)和spell(消息)组成——译者注。

双塔

"森格尔之子希奥顿,近来你的宫廷礼节有点不如以前了,"甘道夫说,"你的殿门守卫没有报告我同伴的名字吗?洛汗任何一位国王,都极少接待过这样三位来客。他们留在你殿门外的武器,价值胜过众多凡人,哪怕是最强大的凡人。他们身穿灰衣,那是精灵赠予的装束,因此他们才穿过艰难险阻的阴影,来到你的宫殿。"

"这么说伊奥梅尔报告的那些是真的喽?你们跟金色森林的那个女巫结盟了?"佞舌说,"那就难怪了:德维莫丁[1]从来都在编织欺骗之网。"

吉姆利大踏步上前,却突然感到甘道夫的手抓住了他的肩膀,他停下了,僵硬站立,如石一般。

> 在德维莫丁,在罗瑞恩,
> 人类鲜少涉足,
> 那里的恒久光明,
> 凡人鲜少目睹。
> 加拉德瑞尔!
> 加拉德瑞尔!
> 你泉中之水清澈;
> 你洁白的手中星光灿烂;
> 在德维莫丁,在罗瑞恩,
> 叶纯净,地无瑕,
> 美好超越凡人想象。

---

[1] 这是洛汗人对洛丝罗瑞恩的称呼,意为"幻影之谷"——译者注。

甘道夫如此轻吟。然后，他突然变了，将身上破烂的斗篷抛在一边，站了起来，不再倚杖而立，而是挺身用清晰冷酷的嗓音开口道："加尔摩德之子格里马，智者只说自己知晓之事，而你已经变成了一条愚蠢的蠕虫，所以闭嘴吧！把你那分叉的舌头在你的牙齿后面藏好。我穿越火焰和死亡，不是来跟一个仆人狡辩斗嘴，一直扯到闪电降临的。"

他举起了他的手杖。雷声滚滚。从东窗照进来的阳光被挡住了，整个大殿顿时漆黑如夜。炉火渐熄，只剩余烬。大殿中唯见甘道夫一人的身影，他站在黑沉沉的火炉前，一身白衣，形体高大。

昏暗中，他们听见佞舌嘶嘶地叫喊："殿下，我不是忠告过您，禁止他的手杖入内吗？哈马那个蠢货，背叛了我们！"一道闪电闪过，仿佛光将天花板劈成了两半。然后一切都静默了。佞舌脸朝下趴着。

"森格尔之子希奥顿，现在，你愿意倾听我说话了吗？"甘道夫说，"你是否寻求帮助？"他举起手杖，指着一面高窗。那儿，黑暗似乎散开了，透过窗口可以看见高高的、远远的一片亮堂堂的天空。"并非一切都黑暗。马克之王，振作起来吧，你不会再找到更好的帮助了。我对那些绝望之人并无忠告，但对你，我仍有忠告要给，仍有话要说。你愿意聆听吗？这些话并非所有耳朵都能听到。我请你走出面前的大门，四处看看。你坐在阴影中，听信扭曲的故事和扭曲的谗言太久了。"

希奥顿慢慢地离开了他的座椅。大殿内再次亮起微弱的光。座椅后面那位女士忙走到他身侧，挽起他的胳膊。这位老人步履蹒跚地走下高台，缓步穿过大殿。佞舌仍然趴在地上。他们来到前门口，甘道夫敲了敲门。

"开门！"他喊道，"马克之王出来了！"

殿门大开，一股清冷的空气呼啸扑入。山上正在刮风。

"让你的守卫到台阶下面去，"甘道夫说，"还有你，女士，让我和他待一会儿吧，我会照看他的。"

"去吧，伊奥温，我的外甥女，"老国王说，"担忧的时刻过去了。"

那位女士转过身，慢慢地走进宫殿。进门时，她回头看了一眼。那是凝重又若有所思的一瞥。她落在国王身上的目光充满了冷静的怜悯。她的容貌非常美丽，长发似金河流荡。她身穿白袍，腰系银带，苗条又高挑。不过她看上去很强壮，钢铁般坚毅，如一位国王的女儿。就这样，阿拉贡第一次在光天化日下见到了洛汗的公主——伊奥温，他觉得她非常美丽，美丽又冰冷，如同尚在萌生的淡春清晨。而这时，她也突然意识到了他的存在：一位高大的王之后裔，历经寒霜，睿智聪慧，一种力量隐藏在他的灰色长袍下，但她感觉到了。她一动不动，石化一样静立片刻，才迅速转身走开。

"殿下，"甘道夫说，"现在请眺望你的国土，再次呼吸新鲜空气吧！"

从这片高阶顶端的台基上望去，他们看到溪流对岸的洛汗绿原渐渐没入灰白的天际。风吹雨帘，斜斜飘落。头顶和西方的天空依然黑沉沉的，雷声阵阵，而闪电在隐于远方的山巅间闪个不停。不过风已经转到了北方，来自东方的暴风雨也已经渐渐减弱，朝南向海翻滚而去。突然，一束阳光从他们后方的云隙间直射而来，照得落雨闪亮如银，远方的河流熠熠生辉，如透亮的玻璃。

"这里并不是那么黑。"希奥顿说。

"是啊，"甘道夫说，"你肩膀上的岁月也不像有些人想让你以为的那样沉重，把你的拄杖扔掉吧！"

当啷一声，国王手中的黑手杖跌落在石地上。他像一个因长期劳累而变得僵硬的人，慢慢地挺直了腰身。此刻，他站在那儿，高大挺拔，蓝色的眼睛凝望着云开雨停的天空。

"我的梦近来总是黑暗的，"他说，"但现在我觉得自己像一个大梦初醒的人。甘道夫，真希望你早来这里，因为我担心你来得已经太迟了，只能见证我这王宫的末日。这座埃奥尔之子布雷戈建造的雄伟宫殿，不会矗立多久了。火将吞噬那高高的王座。应该做些什么呢？"

"应该做的很多，"甘道夫说，"但首先应该放了伊奥梅尔。要是我猜得没错的话，在除了你人人都称之为佞舌的格里马的劝告下，你将他囚禁起来了吧？"

"没错，"希奥顿说，"他违抗我的命令，在我的大殿上威胁要杀死格里马。"

"一个人可以爱你，但不爱佞舌及其谗言。"甘道夫说。

"那也许是。我会按照你的要求去做。传哈马来见我。既然事实证明他是一个不合格的殿门守卫，那就让他当一个跑腿的吧。这个罪犯将带那个罪犯来受审。"希奥顿说。他的语气很严肃，但他看着甘道夫，露出了微笑。这一笑，他脸上的许多愁纹都舒展开，消弭不见了。

哈马被召来，又领命而去。甘道夫领着希奥顿来到一处石座上坐下，然后自己坐在国王面前最高的一级台阶上。阿拉贡和他的两个同伴站在近旁。

"没有时间讲述你应该知道的一切了，"甘道夫说，"但如果我的希望未落空，不久我就能说得更详细一些。看吧！你面临的危险之大，更甚于佞舌用花言巧语为你编织的梦境。不过你瞧，你的梦醒了。你活着。刚铎和洛汗并非孤立无援。敌人远比我们预料的强大，但我们拥有一个他未曾猜到的希望。"

这时,甘道夫说得很快。他的声音低沉又隐秘,除了国王,没有人听到他说的是什么。不过他越说,希奥顿眼中的光彩就越亮。最后,他从座位上站起来,挺直身体,而甘道夫站在他身旁,他们一起从这高处朝东方眺望。

"真的,"甘道夫说,"我们的希望在那里,我们最大的恐惧也在那里。命运仍悬于一线。然而希望尚在,只要我们不屈服,再多坚持一小段时间。"

其他人此刻也都向东方望去,视线越过一里格又一里格的土地。他们极目远眺,希望和恐惧依然萦绕在心头,思绪越过黑暗的山脉飘向魔影之地。持环者今何在?那根悬着命运的线其实是多么纤细啊!莱戈拉斯觉得,当他睁大眼睛时,似乎捕捉到了一道白光:远方,或许是太阳偶然照耀在守卫之塔的塔尖上。更远处,有一条小小的火舌,无比遥远,却又是近在咫尺的威胁。

希奥顿又慢慢地坐了下来,仿佛疲惫仍然在与甘道夫的意志较量,努力要控制他。他回头看着他那雄伟的宫殿。"唉!"他叹息道,"我竟会遇上这样邪恶的日子,它们竟会在我们年老的时候到来,破坏我来之不易的和平。唉!勇敢的波洛米尔啊!年轻者英年早逝,年老者苟延残喘。"他皱纹嶙峋的双手紧紧扣在膝盖上。

"倘若握住一柄剑,你的手指会清楚地记起往日的力量。"甘道夫说。

希奥顿站起身,手抚身侧,但他的皮带上没有挂剑。"格里马把它收到哪里去了?"他低声喃喃自语道。

"拿着这把吧,尊贵的殿下!"一个清晰的声音说,"它永远为您效力。"有两个人已经悄悄走到阶梯上来了,此时就站在距离顶端几级的台阶上。其中之一是伊奥梅尔。他头上没戴头盔,身上没穿铠甲,但手中握着一把出鞘的剑。他一边跪下,一边将剑柄递给他的主人。

"这是怎么来的?"希奥顿严厉地问。他转向伊奥梅尔,阶下两人则惊诧地望着这位此刻傲然挺立的国王。那位他们离开时蜷缩在座椅中、倚着拄杖的老人在哪儿?

"是我给他的,殿下。"哈马战战兢兢地说,"我以为伊奥梅尔将要被释放,我心里很高兴,也许做错了。可是,他既然再次获得自由,那他就是马克的一位元帅,所以他吩咐我的时候,我就把他的剑还给他了。"

"是为了将它献在您的脚下,我的殿下。"伊奥梅尔说。

希奥顿沉默片刻,站在那儿俯视着依然跪在自己面前的伊奥梅尔。两人都一动不动。

"你不接剑吗?"甘道夫问。

希奥顿慢慢地伸出了手。当他的手指握住剑柄时,几位旁观者觉得他枯瘦的手臂重新充满了坚定和力量。他突然举剑挥舞,剑风飒飒,剑刃闪闪。接着,他大吼一声,嗓音高亢,他用洛汗语喊出了战斗的呼号:

奋起!奋起!希奥顿的骑兵们!
邪恶苏醒,东方黑暗。
备马,吹号!
埃奥尔一族,前进,前进!

守卫们以为他们被召唤,跳起来冲上阶梯。他们惊愕地望着他们的国王,然后齐刷刷地一起抽出他们的剑,放在他的脚下。"下令吧!"他们说。

"希奥顿王万岁!"伊奥梅尔喊道,"我们真高兴看到您又恢复了原样!甘道夫,再也不会有人说你只会带来悲伤!"

"收回你的剑吧,伊奥梅尔,我的外甥!"国王说,"去,哈马,把我自己的剑找来!格里马保管着它。把他也给我带来。甘道夫,你之前说如果我愿意聆听,你有建议要给。你的建议是什么?"

"你已经采纳这建议了,"甘道夫答道,"信任伊奥梅尔,而不要信任一个居心叵测的小人;抛开悔恨和忧惧,去做手头该做的事。立刻把每个能骑马的人派到西方去,就如伊奥梅尔建议的那样:我们必须在还有时间的时候,先破除萨鲁曼的威胁。如果我们失败了,那就将覆灭;如果我们成功了,那接下来将面临另一项任务。同时,你余下的子民,妇孺和老人应该逃到你那些建在深山里的避难所去。那些避难所不就是为对付这样艰险的时日准备的吗?让他们带上补给,但不要耽搁,也不要为大小财物增加自己的负担。危在旦夕的是他们的生命。"

"现在我觉得这确实是一条好建议,"希奥顿说,"让我所有的子民都做好准备吧!不过你们几位是我的客人——你说得对,甘道夫,我的宫廷礼仪确实不如从前了。你们彻夜骑行,而现在早晨都快过去了,你们却还不曾合眼休息,也未进食。客房将为你们准备好:你们吃过饭后,就可以去歇息。"

"不,殿下,"阿拉贡说,"现在还不是困倦者休息的时候。洛汗的人马必须今天出发,我们将携斧头、长剑和弓箭与他们同行。马克之王啊,我们带这些武器来,不是让它们靠在你的殿墙边休息的,而且我曾向伊奥梅尔许诺，我将与他一起拔剑作战。"

"如此，确实有胜利的希望了！"伊奥梅尔说。

"希望，是的，"甘道夫说，"但艾森加德很强大，而且其他危险也在不断逼近。我们走了之后，希奥顿，不要耽搁，带领你的子民尽快撤往山中的黑蛮祠要塞去！"

"不，甘道夫，"国王说，"你没有意识到你的治愈能力有多强，事情不应该如此安排，我自己也将去参战，必要的话，就战死在前线。这样我才能更好地安息。"

"那么，洛汗纵然战败，也会被彪炳传唱。"阿拉贡说。那些站在附近全副武装的战士拍打着他们的武器，高喊道："马克之王将亲自参战！埃奥尔一族勇往直前！"

"可是你的子民不能手无寸铁又无人照看，"甘道夫说，"谁能代你引导和治理他们呢？"

"我走之前会考虑这件事的。"希奥顿答道，"看！我的参谋来了。"

就在这时，哈马重新从大殿里走了出来。他身后，佞舌格里马畏畏缩缩地走在另外两个人之间。他脸色苍白，双眼在阳光下眨个不停。哈马跪下，将一柄剑鞘镶着黄金、嵌着绿宝石的长剑呈送给希奥顿。

"殿下，您的古剑赫鲁格林在此，"他说，"是在他的箱子中发现的。他极其勉强地交出了箱子的钥匙。那里面还有许多其他人丢失的东西。"

"你撒谎，"佞舌说，"这把剑是你的主人自己交给我保管的。"

"他现在要求你呈上来，"希奥顿说，"你对此感到不满吗？"

"绝对没有，殿下，"佞舌说，"我尽心尽力照顾您和您所有的

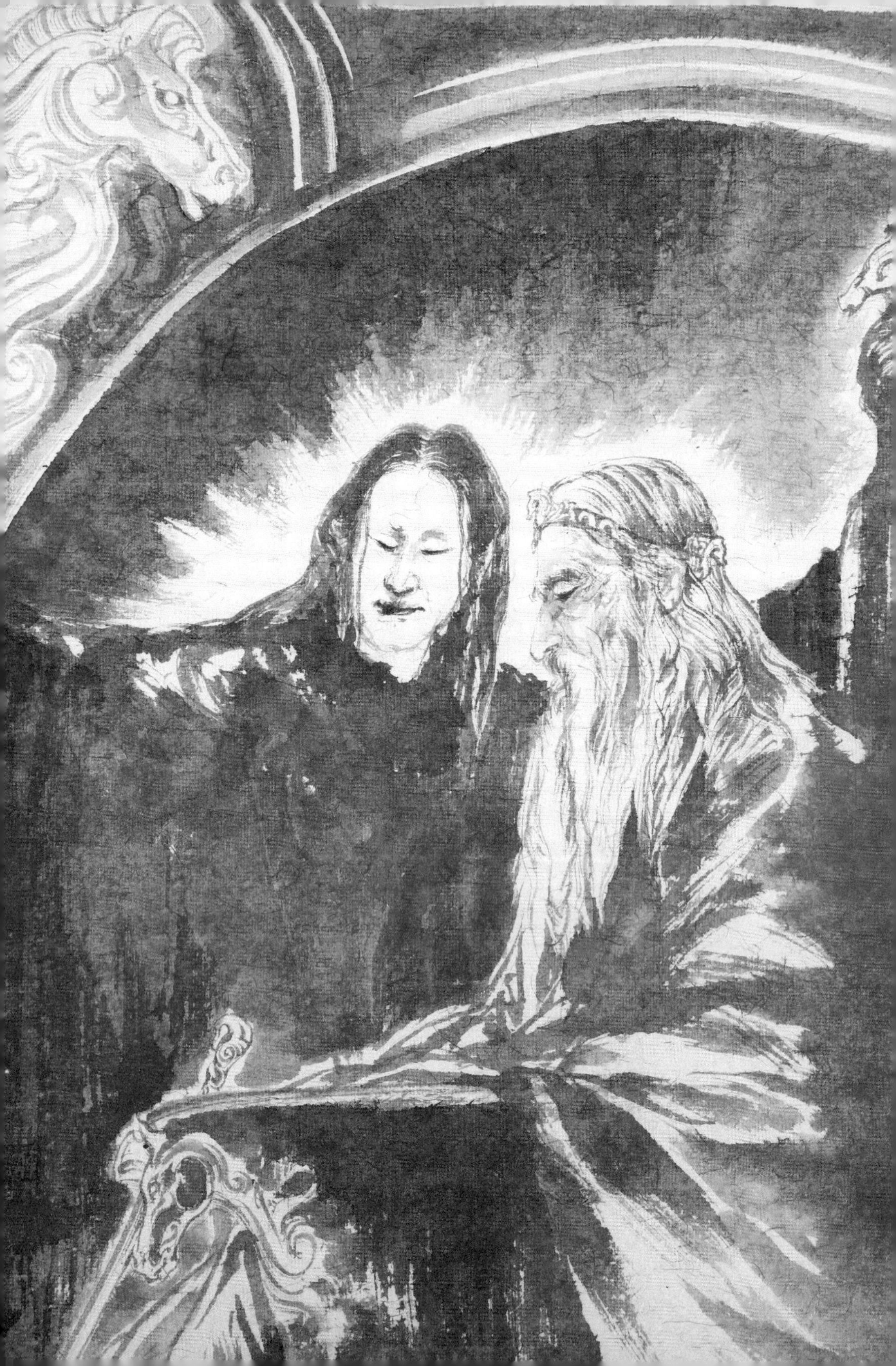

一切。可是，千万别累着您自己，别过度消耗您的精力。让其他人去对付这些讨厌的来客吧。您的餐食就要摆上桌了，您不去用餐吗？"

"我会去的，"希奥顿说，"还有，在我旁边把我客人要用的餐饭也准备好。大军今日要出发。派传令官先行！让他们召集所有住在附近的人！凡是能拿得动武器的男人和强壮的少年，以及所有有马的人，让他们做好准备，正午过后的第二个小时，骑马到大门前集合！"

"敬爱的殿下啊！"佞舌喊道，"这正是我所担心的。这个巫师给你施了妖术。没有人留下来守护您父辈所建的金殿以及您所有的财宝吗？没有人守卫马克之王吗？"

"如果这就是妖术，"希奥顿说，"那我觉得，它比你的轻言细语更健康。你那江湖游医的把戏很快就会让我像野兽一样四肢着地爬行的。不！一个都不留，连格里马也不留。格里马也要出征。去！你还有时间清理一下你剑上的锈迹。"

"发发慈悲吧，殿下！"佞舌匍匐在地上哀叫道，"可怜可怜我这为了服侍您而心力交瘁的人吧。不要让我离开您身边！当所有其他人都离去时，至少还有我站在您身侧，请不要把您忠诚的格里马派遣走啊！"

"你得到我的可怜了，"希奥顿说，"我的确不会把你从我身边派走。我将亲自率部出征。我命令你跟我一起去，证明你的忠诚。"

佞舌从一张脸看向另一张脸。他眼中的神情，似将被猎杀的困兽在寻找敌人包围圈的缝隙。他用苍白的长舌头舔了舔嘴唇说："一位来自埃奥尔家族的国王确实可能做出这样的决定，尽管他已经老了。可是，那些真正爱他的人，是不会让他暮年还出征的。不过，我看我来得太迟了。那些对我王之死也许不会怎么伤怀的人，已经说服了他。

163

双塔

如果我不能消除他们的影响,殿下,至少请听我一言:应该留一位了解您的心思、尊崇您的命令的人在埃多拉斯。请指定一位忠诚的管家吧!让您的参谋格里马来为您管理一切,直到您归来。尽管没有聪明人会认为这有希望,但我仍然祈祷我们会见到那一天。"

伊奥梅尔大笑起来。"无比高尚的佞舌啊,要是这请求也不能让你免于参战,"他说,"你会接受哪种不那么荣光的职责呢?扛一麻袋粮食进山去?就是不知道还有没有人信任你啊!"

"不,伊奥梅尔,你没有完全领会佞舌大人的心思,"甘道夫扭头冲他犀利一瞥,"他勇敢又狡猾。哪怕就是现在,他仍然想孤注一掷,险中求胜。之前,他已经浪费了我不少宝贵的时间。趴下!你这条毒蛇!"他突然用可怕的嗓音喝道,"趴下!萨鲁曼收买你已经多久了?他答应给你多少报酬?等到所有人都死了,你就能卷走你的那份财宝,占有你垂涎的女人,是吗?你从眼皮下窥探她、缠着她已经太久了!"

伊奥梅尔握紧了剑。"这我早就知道,"他咬牙道,"就因为这个,我之前就想无视宫殿规矩杀了他,但我还有其他原因。"他迈步上前,但甘道夫用手阻止了他。

"伊奥温现在很安全,"甘道夫说,"但你,佞舌,你已经为你真正的主子尽心尽力了。至少你已经得到了一些奖赏。不过,萨鲁曼惯于忽略他的交易。我建议你快点去提醒他,免得他忘掉了你忠诚的服务。"

"你撒谎。"佞舌说。

"这个词太频繁、太容易从你嘴里说出来了,"甘道夫说,"我不撒谎。希奥顿,你瞧,这是一条毒蛇!为了安全起见,你不能带它出征,也不能把它留下。公正的办法是杀了它。可它并非一直像现在这样。它曾经是一个人，曾经以自己的方式服侍过你。给他一匹马，让他立刻走，他究竟会选择去哪里呢？通过他的选择，你能判断他的品质。"

"听到了吗，佞舌？"希奥顿说，"这就是你面对的选择：要么骑马和我去战场，让我们在战斗中瞧瞧你的忠诚度；要么现在就走，随便你想去哪儿。而如果你选择了后者，那若日后我们再见，我就不会这么仁慈了。"

佞舌慢慢地爬起身来。他半眯着眼睛看着他们。最后，他扫视着希奥顿的脸，张开嘴仿佛要说话。接着，他突然站直了身子，两手抖动，双眼放光，释放的恶意让众人不由得退后。他龇着牙，嘶嘶吐着气，唾了一口痰在国王的脚前，然后窜到一边，飞奔下了阶梯。

"跟着他！"希奥顿说，"注意别让他伤害任何人，不过不要伤他，也不要阻止他，如果他想要，给他一匹马。"

"如果有马愿意驮他的话。"伊奥梅尔说。

一个守卫跑下阶梯，另一个守卫走到高台脚下的泉井边，用自己的头盔舀了水，将被佞舌玷污的石地清洗干净。

"现在走吧，我的客人们！"希奥顿说，"我们抓紧时间，去吃点东西提提神。"

他们回到了大殿。下方的市镇里传来了传令官的呼喊声，战斗的号角也已经吹响。一旦市镇的人和住在附近的人武装集结完毕，国王就要骑马出征了。

伊奥梅尔和四个客人与国王一起坐下用餐，伊奥温女士在一旁服侍国王。他们吃得很快。希奥顿向甘道夫询问萨鲁曼的情况时，旁人都默不作声。

"他背叛有多久了？谁能猜到呢？"甘道夫说，"他并不是一直都邪恶的。曾经，我并不怀疑他是洛汗的朋友，即使他的心肠变得冷硬，依然认为你们是有用的。其实他已经谋划了许久，企图毁灭你们，只是在没有准备好之前，一直戴着友谊的面具。那些年，佞舌的任务很简单，你的一举一动会迅速传到艾森加德，因为你的国土是开放的，陌生人来来去去。佞舌在你耳边谗言不断，毒害你的神思，腐蚀你的心智，弱化你的四肢，其他人看在眼里却无能为力，因为你的意志被他掌控着。

"而当我逃出来，警告你的时候，对那些看得见的人来说，这面具就被撕破了。从那之后，佞舌的行为就变得危险了，他总是企图拖住你，阻挠你聚集全力。他很狡诈：麻痹人们的谨慎，激起人们的恐惧，见风使舵，随机应变。你还记不记得，当西方危机迫在眉睫时，他是如何热切地主张，不要派任何人去北方毫无目的地乱闯一气？他劝服你禁止伊奥梅尔追逐袭击的兽人。如果伊奥梅尔不曾违抗佞舌借你之口所说的话，那些兽人现在就已经带着一份至关重要的战利品到达艾森加德了。当然，那并不是萨鲁曼最渴望的战利品，但至少我们团队的两位成员会落入他手，他们知道那秘密的希望，但是殿下，就算是我，也还不能公然将这个希望告知于你。如果那样，你敢想象，他们现在可能遭受什么样的折磨吗？你敢想象，萨鲁曼现在可能已经得知什么足以导致我们毁灭的情报了吗？"

"我欠伊奥梅尔很多，"希奥顿说，"忠言逆耳啊！"

"也可以说，斜眼看人脸歪。"甘道夫说。

"我确实几乎瞎了眼，"希奥顿说，"我最该感谢的是你，我的贵客。你又一次及时来到。在我们出发之前，我要送你一件礼物，你自己选。现在除了我的宝剑,你只需说出我的所有物的名字。"

"我是否来得及时还未可知,"甘道夫说,"至于你的礼物,殿下,我会选一样适合我的需求、迅捷而又可靠的——把捷影给我吧!之前它只是出借给我的,如果我们可以称之为出借的话。不过现在我要骑着它去冒大险,以银白对抗乌黑:我不会拿任何不属于我的东西去冒险。况且,我和它之间已经建立了爱的联结。"

"你选得好,"希奥顿说,"我现在很高兴把它交给你。不过,这可是一份大礼,没有什么比捷影更好了。它是一匹古代神驹转世,这种转世不会再发生了。至于其他的客人,我将向你们提供我的武器库中所有可以找到的东西。剑你们是不需要了,但还有头盔和制作精巧的锁子甲,都是刚铎送给我祖辈的礼物。在我们出发之前,去从中挑选一些吧,愿它们能派上用场!"

人们从国王的库房中搬来了战袍,给阿拉贡和莱戈拉斯穿上了闪亮的锁子甲。他们也选了头盔和圆盾。这些盾牌上都包裹着黄金,镶嵌着宝石:绿的、红的、白的。甘道夫没有穿戴盔甲,吉姆利不需要锁子甲,即使能找到一件,也配不上他的体格,况且埃多拉斯的藏品中,也没有一件比他身上那件在北方大山下锻造的短锁子甲更好。不过他选了一顶钢铁和皮革制成的帽子,很适合他的圆脑袋。他还选了一面小盾牌。盾牌上绘有一匹奔马,绿底白纹,正是埃奥尔家族的纹章。

"愿它好好保护你!"希奥顿说,"它是在森格尔的时代为我打造的,那时我还是一个孩子。"

吉姆利鞠了一躬。"陛下,我很荣幸能佩戴马克之王的纹章,"他说,"其实,我宁可扛着一匹马,而不是让马驮着我。我更喜欢我的脚。不过,也许我还会去我可以站着厮杀的战场。"

"很可能会的。"希奥顿回答。

这时,国王站起身,伊奥温立刻端着酒走上前。"祝希奥顿身体健康!"她说,"值此良辰之际,请喝了这杯酒吧。愿您健康出征,平安归来!"

希奥顿接过杯子喝了一口,接着伊奥温将酒杯逐个端给客人。当站到阿拉贡面前时,她突然顿住,抬头看着他,眸光闪闪。而他低头凝视着她美丽的面庞,露出微笑。就在接过酒杯时,他的手碰到了她的手。他感到这一触碰令她颤抖。"阿拉松之子阿拉贡,向您致敬!"她说。"洛汗的公主,向您致敬!"他回答,但脸上已无笑容,而是浮现出些许担忧困扰。

当他们全都喝完后,国王沿着大殿走到门口。卫士们在这里等候他。传令官们站立一旁,所有还留在埃多拉斯或住在附近的领主和首领,也都集合在一起了。

"看啊!我要出征了,这很可能是我最后一次骑马征战。"希奥顿说,"我没有孩子,我儿希奥杰德已经战死。我立我妹妹的儿子伊奥梅尔为我的继承人。如果我们两人均未生还,那就请按照你们的意愿另选一位新的君王。不过现在,我必须将留在此地的子民托付给一个人,代我治理。你们谁愿意留下来?"

无人应答。

"你们一个人都推举不出来吗?我的子民信任谁?"

"我们信任埃奥尔家族。"哈马答道。

"但我不能留下伊奥梅尔,他也不愿意留下,"国王说,"他是最后一位埃奥尔家族的人了。"

"我说的不是伊奥梅尔,"哈马答道,"他也不是最后一位。还有他的妹妹伊奥温,伊奥蒙德之女。她勇敢无惧,情怀高尚。所有人都爱戴她。我们出征时,就让她来做埃奥尔一族的领主吧!"

"那就这么办吧,"希奥顿说,"让传令官去向众人宣布,伊奥温公主将领导他们!"

然后,国王在门前的一张座椅上坐下来,而伊奥温在他面前跪下,从他手中接过一把剑和一套精美的铠甲。"再见了,我的外甥女!"他说,"如今是黑暗的时刻,但也许我们还会回到这金殿来。不过,人们可以在黑蛮祠长期坚守,如果前方战事不利,所有逃脱的人都将去往那里。"

"别这么说!"她回答道,"我能忍受的期限是一年,这一年的每一天,我都会等待您的归来。"可她在说这话时,双眼却望向站在近旁的阿拉贡。

"国王会回来的,"阿拉贡说,"别害怕!等待我们的命运不在西方,而在东方。"

国王和甘道夫并肩走下阶梯,其他人紧随其后。当他们朝大门走去时,阿拉贡回首一望,见伊奥温独自站在阶梯顶端的大殿门前,手握剑柄,举剑竖在身前。她已经穿上了铠甲,在阳光下闪亮如银。

吉姆利肩扛斧头,与莱戈拉斯走在一起。"哎呀,我们终于出发了!"他说,"人类在行动前总是要说许多话。我手中的斧子都等得不耐烦了。我虽然不怀疑这些洛希尔人在战场上会手足无措,但不管怎样,这不是适合我的战斗。我将怎么上战场?我希望我能行走,而不是像搁在甘道夫马鞍边的麻袋,晃里晃荡地被驮着去。"

"我猜,那位置可比许多地方都要安全,"莱戈拉斯说,"不过毫无疑问,等战斗的号角吹响,甘道夫或捷影自己,会乐意将你放下来的。斧子可不是骑兵的武器。"

"矮人也不是骑手。我要砍的是兽人的脖子,可不是给人剃头的。"吉姆利说着,拍了拍斧柄。

走到门口,他们看见了一大群人,有老有少,全都骑着马准备出发。集结在这儿的人超过一千,长矛林立。希奥顿出来时,他们高声欢呼。有人备好了国王的马——雪鬃,另有人牵来了阿拉贡和莱戈拉斯的马。吉姆利皱着眉头,不自在地站在那里。这时伊奥梅尔牵着自己的马,走向他。

"你好,格洛因之子吉姆利,我还没有抽出时间,按照向你承诺的那样,被你鞭策着学习斯斯文文地讲话,不过我们不能把我们之间的争执放置一边吗?至少,我不会再说那位森林夫人的坏话了。"

"我会暂时忘掉我的愤怒的,伊奥蒙德之子伊奥梅尔,"吉姆利说,"但倘若你有机会亲眼见到加拉德瑞尔夫人,你就必须承认她是最美的夫人,否则我们的友谊就会终结。"

"就这么说定了!"伊奥梅尔说,"但在那之前,请先原谅我,我请求你与我一起骑马,以示谅解。甘道夫将会和马克之王领头前行,如果你愿意的话,我的马——火足,会驮上我们两个。"

"我真的感谢你!"吉姆利非常高兴地说,"如果我的战友莱戈拉斯可以在我们身旁骑行的话,我乐意与你共骑。"

"会这样的,"伊奥梅尔说,"莱戈拉斯在我左边,阿拉贡在我右边,没有人敢挡在我们前面!"

"捷影在哪里?"甘道夫问。

"在草地上狂奔呢,"他们回答,"它不让任何人驾驭。它就在那儿,在远处渡口边,像一道影子在柳林间穿梭。"

甘道夫打了一声呼哨，大声呼唤那匹马的名字。马儿遥遥昂首嘶鸣，掉头如箭般朝大军疾奔而来。

"倘若西风的气息能以肉身显形，必然就是这样。"伊奥梅尔说话间，那匹骏马飞奔而来，在大巫师面前站定。

"看来这礼物已经送出去了，"希奥顿说，"不过，所有人请注意听！此时此地，我任命我的宾客、灰袍甘道夫为最睿智的参谋、最受欢迎的漫游者、马克贵族，只要我们一族存续，他就是埃奥尔一族的一位首领。我将马中王子——捷影赠送给他。"

"我感谢你，希奥顿王。"甘道夫说。然后，他突然将灰斗篷甩开，扔掉帽子，一跃跳上马背。他没戴头盔，也没穿铠甲，雪白的头发在风中自由飞扬，白袍在阳光下熠熠闪耀。

"看啊，白骑士！"阿拉贡高呼。众人也纷纷应和。

"我们的王和白骑士！"他们吼道，"埃奥尔一族，勇往直前！"

号角齐鸣。战马扬蹄嘶鸣。长矛击盾。接着，国王举手一挥，洛汗的最后一支大军像一股突然而起的大风，以雷霆之势向西奔驰而去。

伊奥温独自站在寂静的宫殿大门前，一动不动，遥望平原上那片闪亮的长矛渐行渐远。

第7章
海尔姆深谷

大军从埃多拉斯出发时，太阳已经西斜，阳光照进他们的眼睛，把眼前整片起伏的洛汗平原变成了一片金色迷雾。白色山脉山麓西北沿线，有一条被踩实的路，他们就沿着这条路，在绿色的乡野上上下下行进，涉过一处处浅滩，蹚过一道道湍急的小溪。右前方很远的地方，雾山山脉影影绰绰。行程一英里接着一英里，山脉也愈见幽黑高耸。太阳在前方缓缓沉落，暮色从后面追了上来。

情势所迫，大军继续骑行。他们担心到得太迟，一直全速前进，中途也很少停下歇息。洛汗的马匹速度快、耐力好，但前方还有许多路要走。从埃多拉斯到艾森河渡口，鸟儿飞的距离有四十多里格，他们希望在那里与国王派去抵挡萨鲁曼大军的人会合。

夜幕笼罩，他们终于停下来扎营。他们骑行了大约五个钟头，已经深入西部平原，但前方还有大半的行程。他们围成一大圈，在星空朗月下，扎营露宿。因为不明敌情，他们没有生火，但在营地周围设了一圈骑马的哨兵，并派出侦察兵，像影子一样骑行过起伏的大地，到前面很远处探察。

长夜漫漫，没有消息传来，也没有警情发生。黎明时分，号角吹响，一个小时之内，他们又上路了。

头顶天空还不见云朵，空气中却弥漫着一种滞重。就一年中这个时节而言，天气太热了。旭日蒙蒙，一股不断积聚的黑暗从它后方的天空慢慢腾起，仿佛一场大风暴正从东方移来。西北方远处，雾山山脉脚下，似乎有另一股黑暗正在酝酿：一团阴影正悄悄地从巫师的山谷爬下来。

甘道夫放缓速度，退到骑行在伊奥梅尔身旁的莱戈拉斯旁边。"莱戈拉斯，你拥有一双你那美丽种族的锐眼，"他说，"它们能分辨出一里格之外的鸟雀是不是一只麻雀。告诉我，你能看到那边有什么东西正朝艾森加德去吗？"

"这两地之间可有许多英里，"莱戈拉斯说着，举起长手搭在眼眉上，凝神望向那里，"我能看见一团黑，其中有形体在移动，是很大的形体，远在河岸上。不过那究竟是什么，我看不出来。让我看不清的，不是雾，也不是云——某种力量以一种遮蔽一切的阴影笼罩了那片大地，它正沿着溪流缓缓下行，就好像无尽的树木下暮色正从山上往下流淌。"

"而在我们后方，一场风暴正从魔多袭来，"甘道夫说，"今晚将是一个漆黑的夜晚。"

他们骑行的第二天，随着时间的流逝，空气中的滞重感也愈加明显。到了下午，黑云开始压顶：犹如一顶昏暗的天篷，其巨大的波浪形边缘点缀着耀眼的光斑。太阳西沉，在一片烟霾中殷红如血。夕阳余晖点亮了三峰山的峰顶峭壁，骑士们的长矛尖也如火赤红。此时，他们距离白色山脉最北端的山梁已经非常近，三座锯齿般的尖峰正与夕阳对峙。在最后一抹红光中，先锋队的人看见了一个黑点：一个骑马的人正迎着他们走来。他们勒马停下，等着他。

那人走近了。他疲惫不堪，头上的头盔凹陷，手中的盾牌劈裂。他慢慢地爬下马背，站在那儿喘了好一会儿气，最后才开口道："伊奥梅尔在吗？你们终于来了，可是太迟了，带来的兵力也太少了。自从希奥杰德牺牲后，形势就恶化了。我们昨天被击退到了艾森河这边，损失惨重。许多人渡河时身亡。然后，敌人的生力军在夜里渡过河，攻击我们的营地。整个艾森加德必定空了，萨鲁曼将野蛮的山区人和河对岸黑蛮地的游牧部落都武装起来了，他把这些人也放出来攻击我们。我们寡不敌众，盾墙被攻破。西伏尔德的埃肯布兰德把所有他能聚集起来的人马，都派往他在海尔姆深谷的要塞。余下的人都溃散了。

"伊奥梅尔在哪儿？告诉他前方已经没有希望。他应该抢在艾森加德的恶狼抵达埃多拉斯之前，返回那里。"

希奥顿一直没有出声，隐没在卫士们身后，那人没有看见。这时，他驱马上前。"来，克奥尔，站到我面前来。"他说，"我在这里。埃奥尔一族的最后一支军队已经出征来了。我们不会不战而归。"

那个人又惊又喜，神色大振。他挺直身子，然后跪下，将自己那柄已经砍出缺口的剑呈向国王。"下令吧，陛下！"他喊道，"请原谅我，我以为——"

"你以为我留在美杜塞尔德，佝腰驼背，像一棵被冬雪压弯的老树。在你驰骋沙场时，我确实是那样的，但一股西风摇撼了我这棵老树的枝干。"希奥顿说，"给他一匹新马！让我们去驰援埃肯布兰德！"

希奥顿说话的当口，甘道夫往前骑行了一小段路。他独自坐在马背上,朝北凝望艾森加德,又朝西望了望落日。这时,他骑马回来了。

"快走吧,希奥顿!"他说,"骑到海尔姆深谷去!不要去艾森河渡口了,也不要在平原上逗留!我必须暂时离开你。捷影现在必须驮着我去办一件急事。"说罢,他转向阿拉贡、伊奥梅尔以及国王的近卫军,喊道,"在我回来之前,保护好马克之王。在海尔姆深谷口那里等着我!再见!"

他跟捷影说了一句话,这匹骏马便像离弦之箭一样疾驰而去。众人看过去时,他已走远:似落日中的一束银光,似刮过草原的一阵风,又似一道影子稍纵即逝。雪鬃打了一个响鼻,扬起前蹄,急切地想跟过去,但这时只有乘风疾翔的鸟儿能追上他了。

"这是什么意思?"一个卫士问哈马。

"意思就是,甘道夫有急事要办,"哈马答道,"他这人来去一向出乎意料。"

"佞舌要是在这儿,可不会觉得这难以理解。"另一个人说。

"的确是,"哈马说,"不过要是我的话,我会等着再次见到甘道夫再说。"

"也许你会等很久。"另一个人说。

大军这时离开通往艾森河渡口的路,朝南转向。夜幕降临,他们继续骑行。山岭渐近,但三峰山的高峰已经融进暗下来的天空。西伏尔德山谷仍然远在几英里之外,就像群山中的一个大海湾。这山谷的远端有一个青葱宽谷,从这宽谷又延伸出一道峡谷,插进山岭中。在一位叫海尔姆的古代战斗英雄将它作为避难所之后,那片土地上的人就称之为海尔姆深谷。这深谷在三峰山的阴影下,从北向山中蜿蜒,越深入,越陡峭,越狭窄,直至两侧峭壁如高塔般耸立,乌鸦盘踞,遮天蔽日。

在海尔姆关口,也就是深谷入口前,北侧悬崖向外突出了一块弧形岩石,其突出处高耸着一圈古石墙,墙内有一座高塔。人们说,在很久以前,刚铎辉煌的时代,海上来的君王借巨人之手修建了这座高塔。它被称为号角堡,因为只要在高塔上吹响号角,后方的深谷里就会有回音,仿佛早已被遗忘的千军万马正从山岭下的洞穴中冲出来,杀向战场。古时的人们还修建了一道墙,从号角堡一直延伸到南部悬崖,这道墙作为一道屏障,挡住了通往峡谷的入口。墙下修了一个宽敞的涵洞,深谷溪流从中流出。这溪流蜿蜒流过号角堡脚下的岩石,然后经由一道沟壑,从一片开阔的扇形绿地穿过,缓缓地从海尔姆关口斜流至海尔姆护墙。就这样,它流进深谷宽谷,又从中流出,进入西伏尔德山谷。马克边境的西伏尔德领主埃肯布兰德,现在就住在海尔姆关口的号角堡中。战争的威胁令时局十分险恶,埃肯布兰德很明智,已经修补了护墙,加固了要塞。

当先行的侦察兵们的叫喊声和号角声传来时,骑兵们还在宽谷口前的低谷中。箭矢呼啸着从黑暗中飞出。一个侦察兵飞快地骑马折返,报告说谷中已经有恶狼骑兵的身影,一大队兽人和野人也正从艾森河渡口向南而行,看来是往海尔姆深谷来的。

"我们发现许多自己人在逃往深谷的途中被杀,"这位侦察兵说,"我们也遇到一些溃散的人马,四处奔逃,无人领导。埃肯布兰德现在怎么样了,似乎无人知晓。他如果还没有阵亡,很可能在抵达海尔姆深谷之前,就会被追兵赶上。"

"可曾有人见过甘道夫?"希奥顿问。

"有的,殿下,好多人都看见一个骑马的白袍老人,像一阵风似

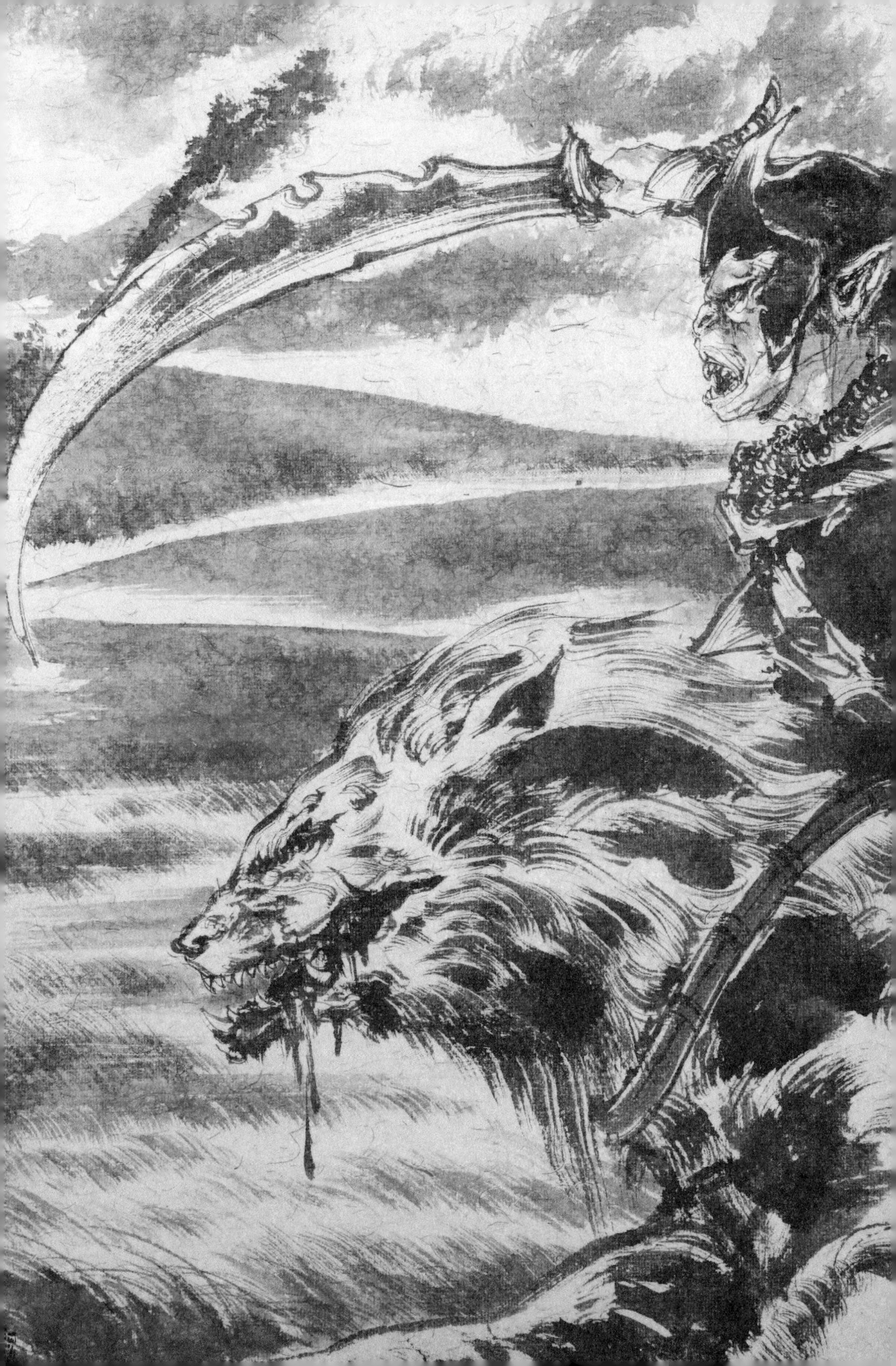

的在草原上东奔西跑。有人认为那是萨鲁曼,据说他在天黑之前就朝艾森加德跑了。也有人说,更早的时候,还看见佞舌跟着一队兽人往北去了。"

"如果佞舌撞上甘道夫的话,那可就惨了。"希奥顿说,"尽管如此,我这会儿还挺想念我的两位参谋,旧的和新的。不过事到如今,不管埃肯布兰德在不在那里,我们除了按照甘道夫说的那样继续前往海尔姆深谷,并没有更好的选择。知道从北方来的那支大军有多少人吗?"

"非常多,"侦察兵回答,"我跟勇敢坚毅的人问过了,虽然他有点草木皆兵,但我毫不怀疑,敌人的主力是我们这里全部兵力的好多倍。"

"那我们得赶快行动,"伊奥梅尔说,"让我们从那些已经挡在我们和要塞之间的敌人中突围出去。海尔姆深谷有许多洞穴,里面可以容纳数百人马,那里还有通往山岭中的秘密通道。"

"不要依赖那些秘密通道,"国王说,"萨鲁曼已经侦察这地方很久了。不过,我们在那里仍然可以防守很长时间。我们走吧!"

阿拉贡和莱戈拉斯这时与伊奥梅尔骑行在先头部队中。漆黑的夜里,他们奔行不止,但随着夜色渐渐加深,他们的步伐也越来越慢。他们开始往南爬坡,地势越来越高,通往山脚下昏暗的沟壑。他们发现前方只有零星的敌人,时不时地还会遇见小群游荡的兽人,不过在骑兵们追上去砍杀之前,他们就逃窜了。

"恐怕过不了多久,"伊奥梅尔说,"我们敌人的头目就会知道国王的大军来了,不管这个头目是萨鲁曼本人还是随便哪个他派出来的将领。"

在他们身后,战争的喧嚣愈来愈盛。现在众人都能听见黑暗中传来的粗哑歌唱声。他们往上攀爬了很远,已经进入了深谷宽谷。回头望去,只见后方漆黑的原野上出现无数熊熊燃烧的火把,就像散落四方的红花,又像从低地蜿蜒而上的一条条火龙。这儿,那儿,不时会腾起一条更亮的火焰。

"这是一支大军,跟我们跟得很紧。"阿拉贡说。

"他们带着火把,"希奥顿说,"沿途一路焚烧干草、小屋和树木。这是一座丰饶的山谷,有许多农家住在这里。唉!我的百姓啊!"

"真希望现在是白天,那我们就可以像风暴一样从山中冲出去,纵马朝他们杀过去!"阿拉贡说,"从他们面前飞逃令我悲痛。"

"我们不需要再逃多远了,"伊奥梅尔说,"前面不远就是海尔姆深谷,那是一道横过宽谷的古战壕和防御壁垒,距离上方的海尔姆关口两弗隆远。我们可以在那里掉头,与敌人开战。"

"不行,我们人数太少,守不住护墙,"希奥顿说,"它有一英里多长,上面的缺口又太宽。"

"如果我们遭到强攻,后卫部队必须守住缺口。"伊奥梅尔说。

当骑兵们到达护墙的缺口处时,天上没有星星,也没有月亮。从上方流下来的溪流就从这缺口流出,旁边的路是从号角堡延伸下来的。护墙赫然耸现在他们面前:就在一个漆黑的深坑后方,像一道高高的影子。他们正往上骑行时,遇到了一个哨兵的喝止。

"马克之王前往海尔姆关口,"伊奥梅尔答道,"说话的是伊奥蒙德之子伊奥梅尔。"

"这可真是意料之外的喜讯!"那个哨兵说,"快过!敌人紧跟在你们后面。"

大军穿过缺口,停在上方倾斜的草坡上。他们这时欣喜地得知,埃肯布兰德留下了许多人坚守海尔姆关口,而且还有更多的人逃到了这里。

"我们或许有一千人可以步行作战,"关口守军的领队、老兵甘姆林说,"但这当中大部分人要么像我一样年老,已经经历了许多个寒冬,要么就像我留守在此地的孙子一样年轻,没有经历过多少个寒冬。你们有埃肯布兰德的消息吗?昨天有话传来说,他正带领西伏尔德最好的骑兵余部往这里撤退,可是他现在还没来。"

"恐怕他现在不会来了,"伊奥梅尔说,"我们的侦察兵没有听说他的消息,我们后方的山谷里满是敌人。"

"我希望他已经逃脱了,"希奥顿说,"他是一个非凡的人。'锤手'海尔姆的英勇在他身上复活了。不过我们不能在这里等他。我们现在必须把所有兵力都拉到护墙后方。你们的物资储备充足吗?我们只带了很少的补给,因为我们当时出征是为了作战,而不是来守城的。"

"我们后方深谷的那些洞穴中,藏着三拨西伏尔德的百姓,都是老少妇孺。"甘姆林说,"大量的粮食储备,以及许多牲口和喂牲口的草料也储存在那里。"

"那就好,"伊奥梅尔说,"敌人正在烧杀抢掠留在山谷里的一切。"

"如果他们到海尔姆关口来搞我们的物资,那可得付出大代价。"甘姆林说。

国王和他的骑兵们继续前进,在跨过溪流的堤道前下了马。然后,他们牵着马排成一长队走上坡道,进入了号角堡的大门。在那儿,他们又一次受到了欣喜的欢迎,大家重新燃起了希望,因为现在有足够的兵力守住这座堡垒和作为屏障的护墙了。

伊奥梅尔很快将他的部下安置妥当。国王和他的近卫军,以及许

第7章 海尔姆深谷

多西伏尔德的人,驻守号角堡。在深谷防御墙及其塔楼上,还有塔楼后方,伊奥梅尔部署了他的绝大部分兵力,因为如果敌人大军进犯的话,此处的防御似乎是最值得怀疑的。马匹都被远远地牵到深谷里,伊奥梅尔拨出了一些士兵看守。

深谷防御墙有二十英尺高,墙体很厚,墙头能容四个人并肩行走。这石墙还有胸墙掩护,只有高个子的人才能探头望出去,墙上到处是可以让弓箭手瞄准敌人的箭孔。从号角堡外院的一道门走石梯下来,就可以到达这道防御墙。有三段石梯从深谷后方向上通到防御墙,但防御墙正面很光滑,巨大的石块彼此之间严丝合缝,连接处找不到任何可以攀缘落脚的地方。防御墙顶端则略微向外倾斜,像一个海浪冲刷而成的悬崖。

吉姆利靠着墙头上的胸墙站着。莱戈拉斯坐在胸墙上,摩挲着他的弓,凝视着外面的昏暗。

"这才是我喜欢的地方,"矮人跺着脚下的石头说,"我们离大山越近,我的心就越雀跃。这里的岩石很好。这片大地有坚韧不拔的骨骼。当我们从护墙上上来时,我的脚就感觉到了。给我一年的时间和一百个我的族人,我会把这个地方打造得坚不可摧,任何军队来犯都将似水溃退。"

"这我不怀疑,"莱戈拉斯说,"但你是一个矮人,矮人是一个奇怪的种族。我不喜欢这个地方,就算是白天我也不喜欢。不过,吉姆利,你令我感到欣慰。我很高兴有双腿结实、手握利斧的你站在我身边。我希望我们当中有更多你的族人,但我更希望能给我一百位黑森林的弓箭好手。我们需要他们。洛希尔人也有他们自己的好弓箭手,但在这里的太少了,太少了。"

双塔

"这天色，射箭的话太黑了。"吉姆利说，"其实现在已经是睡觉时间了。睡觉！我觉得我需要睡觉，我从未想过哪个矮人会有这种感觉，骑马真令人疲倦啊！可我手中的斧子却是不眠的。给我一排兽人的脖子和足够挥舞斧子的空间吧，那我就能甩掉所有的疲倦了！"

时间慢慢流逝。下方远处的山谷里仍有零星的火光。艾森加德的大军现在正在默默前进。他们的火把正一排排蜿蜒着涌上宽谷。

突然，护墙那里传来了尖叫与嘶喊，人们爆发出战斗的呼号。燃烧的火把越过边缘涌现出来，把缺口处挤得密密麻麻。接着，他们一哄而散，又消失不见了。人们策马越过平原归来，奔上引道，直抵号角堡大门前。西伏尔德的后卫被逼得退回来了。

"敌人杀过来了！"他们说，"我们射完了每一支箭，护墙下的沟壑里堆满了兽人的尸体，但护墙挡不住他们多久了。他们已经从许多地方爬上沟壑，密密麻麻，就像行进的蚂蚁一样。不过他们吸取了教训，不再携带火把了。"

这时午夜已过，天空漆黑一片，滞重的空气预示着暴风雨即将来临。突然，一道炫目的闪电划破云层，劈叉而下，击中了东向的山岭。在这令人目不转睛的一刻，护墙上的守卫只见自己和护墙之间全被白光点亮：无数黑色身影在攒动，有些又矮又壮，有些高大阴郁。这些黑影都戴着高头盔，拿着黑盾牌。更有成百上千的黑影汹涌着翻过护墙，穿过缺口。这黑色的浪潮充斥了峭壁和峭壁之间的空隙。深谷中雷声滚滚，大雨滂沱而下。

密箭似雨，飞过城垛呼啸而来，叮叮当当撞在岩石上，有些射中了目标。对海尔姆深谷的袭击开始了，但深谷内却听不到声音和质询，也没有弓箭回射。

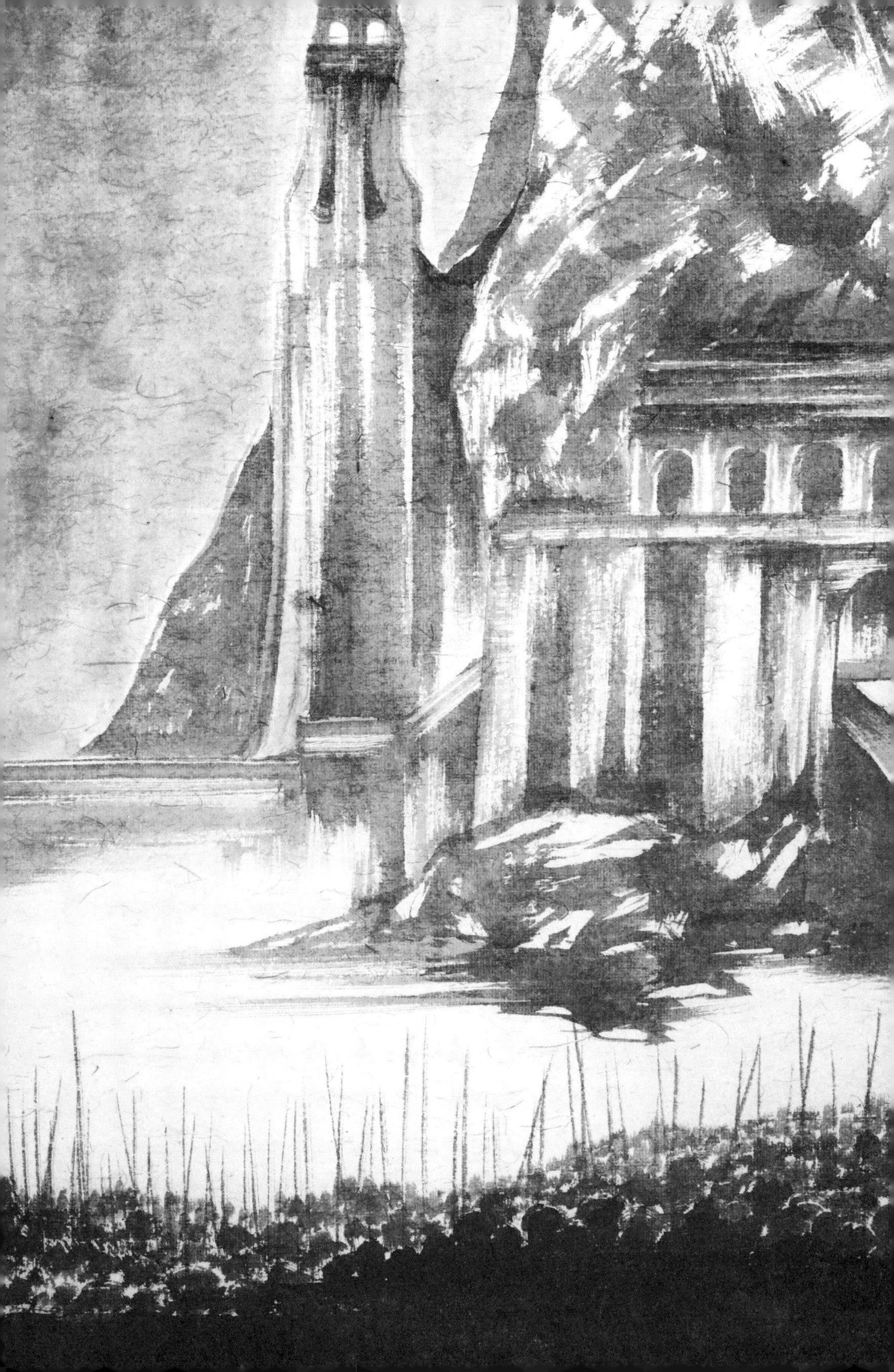

双塔

　　袭击大军停了下来，岩石和护墙的缄默威胁挫败了他们的锐气。闪电不时划破黑暗。突然，兽人又尖叫起来，挥舞着长矛短剑，向城垛上暴露出来的任何身影射出密集如云的箭。马克的人举目四望，惊愕地发现，眼前好像出现了一大片黑麦田，它们在战争的风暴中摇来晃去，每一支麦穗上都闪着带钩的光。

　　铜号吹响。敌人蜂拥上前，有的攻打深谷防御墙，有的朝通往号角堡的堤道和斜坡上冲。那里集结了身形最庞大的兽人和黑蛮地高地的野人。他们犹疑片刻，便冲了上来。闪电划过，照见了每个头盔和盾牌上那可怕的艾森加德白手纹章。他们冲上岩顶，朝堡门逼近。

　　终于，反击来了：如雨的箭迎面袭向他们，如冰雹般的石头也砸了下去。他们乱哄哄地散开，溃退下去，接着再攻，再退，又再攻。每一次，就像涨潮的海水，他们都会往前推进一个更高点。号角再次吹响，一群野人咆哮着跳上前去。巨大的盾牌被他们高举着挡在头顶，像一片屋顶，而被围在中间的野人抬着两根巨大的树干。他们后面挤着一群兽人弓箭手，正嗖嗖嗖地朝防御墙上的弓箭手射箭。他们逼到大门前，用强壮的手臂荡起树干，轰然撞向木制的大门。如果有人被上方扔下来的石头砸倒，马上就会有另外两人跳上前去取代他的位置。一次又一次，巨大的撞门锤晃荡着撞向堡门。

　　伊奥梅尔和阿拉贡一起站在深谷防御墙上。他们听见了咆哮声和树锤撞门的轰隆声。一道闪电突然划过，他们看见堡门危在旦夕。

　　"来吧！"阿拉贡说，"我们一起拔剑的时刻到了！"

　　他们风驰电掣般沿墙疾奔，跨上台阶，冲进号角岩上的外院。他们一边跑，一边召集了十几个强壮的剑手。西边的堡墙与延伸出来的峭壁相接处的一个斜角，开有一扇小边门。门外有一条绕向大门的窄

第 7 章 海尔姆深谷

道,夹在堡墙和号角岩陡峭的边缘之间。伊奥梅尔和阿拉贡一起跃出小门,其他人紧随其后。双剑齐出鞘,剑光闪闪。

"古斯威奈!"伊奥梅尔喊道,"古斯威奈为马克而战!"

"安督利尔!"阿拉贡喊道,"安督利尔为登丹人而战!"

他们从侧翼发起进攻,扑向那些野人。安督利尔挥起落下,白光似火,灼热闪闪。从堡墙和塔楼传来了一声呐喊:"安督利尔!安督利尔出战了!断裂的剑刃又开始闪耀了!"

撞门的野人大惊失色,丢下树干,转而迎战。然而他们的盾墙如同被闪电击中,破裂开来,他们也被横扫而过,或戴着头盔的头颅落地,或被甩过号角岩摔到下面溪流里的砾石上。兽人弓箭手胡乱射了一通后,仓皇而逃。

伊奥梅尔和阿拉贡在大门前暂停片刻。这时,远处雷声滚滚。南方的山脉之间,闪电依然忽明忽灭。北方又刮来凛冽的风,云团被扯散吹开,星星若隐若现,闪闪烁烁。在宽谷那边的山岭上方,月亮西行漂泊,在暴风雨之后的残云中闪着黄色的光芒。

"我们来得不是太快,"阿拉贡看着大门说,大门的铰链和铁闩已经被撞得扭曲变形,许多门板也都裂开了,"大门禁不住下一次这样的撞击了。"

"可我们不能待在墙外守卫它们,看!"伊奥梅尔指着堤道说。一大群兽人和野人又在溪流对岸聚集起来了。箭矢呼啸而来,射在他们周围的岩石上,又弹落下去。"来吧!我们必须回去,看看能不能做些什么,从里面堆些石头,用木梁挡住门。快来!"

他们转身跑了起来。就在这时,十来个原本一动不动躺在尸堆中的兽人又跳了起来,悄无声息地快步跟在他们后面。其中两个扑倒在

185

双塔

地，抓住伊奥梅尔的脚后跟，将他拉倒，转眼间便把他压在了身下。正在这时，一个谁也没注意到的小黑影从暗处一跃而出，嘶哑地吼道："Baruk Khazâd! Khazâd ai-mênu!"[①]一把斧头来回挥舞，两个兽人身首异处，其余的飞散而逃。

阿拉贡赶回来救援时，伊奥梅尔已经挣扎着爬起来了。

边门再次关闭，铁门上了门闩，门内一侧堆了石头。等所有人都安全到了里面，伊奥梅尔转过身说："谢谢你，格洛因之子吉姆利！我不知道你跟着我们出去攻击了。不过事实常常证明：不速之客乃是最好的伙伴。你是怎么到那儿的？"

"我跟着你们，好赶走瞌睡虫，"吉姆利说，"但我看着那些山区人，觉得他们对我而言太庞大了，于是就坐在旁边的一块石头上看你们舞剑。"

"我欠你的这份恩情可不容易还啊！"伊奥梅尔说。

"今夜结束前，机会还多着呢。"矮人大笑着说，"不过我很满意，自打离开墨瑞亚，直到刚才，我除了树木什么都没砍过。"

"两个！"吉姆利说着，拍了拍他的斧子。他已经回到了护墙上他原来的位置。

"两个？"莱戈拉斯说，"我比你好点，尽管现在我必须得搜寻用过的箭，我的箭全都射完了。不过我至少射死了二十个，但那也只是森林中的几片叶子而已。"

夜空迅速变得明净，沉月此刻明亮皎洁，但月光并没有给马克的骑兵带来多少希望。他们面前的敌人非但没有减少，反而似乎增多了，

[①] "卡扎德人的战斧！卡扎德人向你砍来了！" 卡扎德人是矮人在本族语中的自称——译者注。

还有更多的敌人正从山谷穿过缺口逼近。号角岩上的那场突袭只赢得了短暂的喘息机会。堡门处的攻击更甚,艾森加德的敌军海浪般涌向深谷防御墙。兽人和山区野人蜂拥至墙脚下,从这一端到那一端都是。带钩的绳索被不断地抛上城垛,上面的人应接不暇,来不及砍断或抛回去。数百架长梯被竖起来架靠到墙上,许多被推翻摔毁,但更多的又接续架了起来。兽人就像南方森林中的大猩猩一样飞跃上去。墙脚下的尸体和伤残者堆积得就像是暴风雨中的碎石滩,一座座丑陋的尸丘越堆越高,而敌人还在不断拥来。

洛汗的人渐渐疲惫不堪。所有的箭都射完了,每支矛也都投了出去,剑都缺了口,盾牌也都破裂了。阿拉贡和伊奥梅尔组织了三次反击,安督利尔三次在孤注一掷的冲锋中闪着辉光驱退了攻上城墙的敌人。

然后,后方的深谷中扬起一阵喧哗。兽人像老鼠一样悄悄地爬过溪水流经的涵洞,溜进深谷里去了。他们聚集在峭壁的阴影中,待上方的攻击到了白热化状态,几乎所有的守军都奔赴护墙顶上作战时,才跳了出来。一些兽人已经穿过深谷的窄口,窜到马群中,与看马的士兵打了起来。

吉姆利怒吼一声,从护墙上一跃而下,吼声在峭壁间回荡:"*Khazad!Khazad!*(卡扎德人来了!卡扎德人来了!)"他很快就遇到了足够砍的敌人。

"哎!喂!"他喊道,"兽人在护墙后面!哎!喂!快来,莱戈拉斯!这边可够咱们俩收拾的。*Khazad ai-mênu*(卡扎德人向你砍来了)!"

老甘姆林听到矮人那盖过一切嘈杂的洪亮呐喊声,从号角堡往下望去。"兽人进谷了!"他喊道,"海尔姆!海尔姆!海尔姆一族,冲啊！"他叫喊着奔下号角岩阶梯，许多西伏尔德的人紧跟在他身后。

他们的攻击凶猛又出其不意，兽人在他们面前节节败退，不一会儿就被围困在了窄谷的狭窄处，最后要么被杀死，要么尖叫着被赶进深谷裂隙中，被守在隐蔽洞穴中的守卫击毙。

"二十一个！"吉姆利双手举斧，将最后一个兽人砍倒在脚前，"现在我的纪录超过莱戈拉斯大人啦！"

"我们必须堵上这个老鼠洞！"甘姆林说，"据说矮人一族擅用石头。请帮帮我们吧，大人！"

"我们不用战斧也不用指甲削石头，"吉姆利说，"但我会尽我所能帮忙的。"

他们将附近能找到的石块和碎石都收集起来，在吉姆利的指导下，西伏尔德的人将涵洞里面这头堵上，只留下一个窄出水口。就这样，因雨涨水的深谷溪在堵塞的通道中躁动起来，慢慢地在峭壁之间溢出了几个寒冷的水塘。

"上面会干燥一点，"吉姆利说，"来吧，甘姆林，我们上去看看护墙上的情况！"

他爬了上去，发现莱戈拉斯在阿拉贡和伊奥梅尔旁边。这位精灵正在磨他的长刀。因为从涵洞进攻的企图被挫败了，敌人的攻势也暂缓下来。

"二十一个！"吉姆利说。

"真棒！"莱戈拉斯说，"但我现在的纪录是两打。刚才这里有用刀的活儿。"

伊奥梅尔和阿拉贡疲惫地倚着各自的剑。左边远处的号角岩上，又响起了战斗的刀剑碰撞声和喊杀声，然而号角堡依然挺立，如同大海中的一座岛。它的堡门已经破损，但敌人还没有越过堆在内部的横梁和岩石之障。

阿拉贡望了望暗淡的群星，又望了望此刻渐沉于环抱山谷的西边山岭的月亮。"长夜漫漫，好似过了许多年，"他说，"白昼拖沓，还要多久才会到来？"

"黎明不远了，"甘姆林已爬上墙头，此时正站在阿拉贡身边，"但恐怕黎明也帮不了我们。"

"不过黎明向来都是人类的希望。"阿拉贡说。

"可是这些艾森加德的怪物，这些萨鲁曼用邪恶妖术培育出来的兽人和杂种人，并不畏惧太阳。"甘姆林说，"那些山区野人也不怕。你没听见他们的叫声吗？"

"我听见了，"伊奥梅尔说，"但在我的耳朵里，那不过是鸟儿的尖叫和野兽的咆哮。"

"还有很多人喊的是黑蛮地的语言。"甘姆林说，"我懂那种语言。它是一种古老的人类语言，马克西部很多山谷地区都曾用过这种语言。听！他们痛恨我们，他们还很高兴，因为他们认定我们这次必定灭亡。'国王，国王！'他们喊道，'我们会逮住他们的国王。杀了这些佛格伊尔！杀了这些稻草头！杀了这些北方来的强盗！'他们是这么称呼我们的。刚铎的君主将马克赠给年少的埃奥尔，并与他结盟，这事都已经过去五百年了，这些黑蛮地人仍然对此耿耿于怀。萨鲁曼重新点燃了这古老的怨恨。这帮人被煽动起来以后是非常凶狠的。不管是黎明还是白昼，他们都不会放弃的，除非抓住希奥顿，或他们自己被杀。"

"尽管如此，白昼仍会给我带来希望。"阿拉贡说，"不是据说只要有人守卫号角,就永远不会有敌人攻下它吗?"

"游方艺人是这么说的。"伊奥梅尔说。

"那就让我们心怀希望,守卫它!"阿拉贡说。

就在他们交谈之际,冲锋号刺耳响起,接着传来一声轰然巨响,一团火光夹着浓烟腾起。深谷溪的水嘶嘶作响,水沫飞溅。水堵不住了:石墙上被炸出了一个大洞。大批黑影蜂拥而入。

"萨鲁曼的妖术!"阿拉贡叫道,"我们说话的时候,他们又从涵洞潜进来了,并且点燃了我们脚下的欧尔桑克之火。埃兰迪尔,埃兰迪尔!"他大叫着朝裂口跃下,但就在同一时刻,上百架梯子也搭在了城垛上。墙上墙下,最后一波攻击冲荡而来,像黑色潮水扑上一座沙丘。防御被冲破了。一些骑兵被逼撤退,越退越深入深谷中,不时有人倒下,但他们边战边退,一步一步朝后方的洞穴退去。其他人则杀出一条血路,朝堡垒撤退。

从深谷向上,有一道宽阔的阶梯通往号角岩与号角堡的后门。阿拉贡伫立在阶梯底附近,手中的安督利尔依然凛光闪闪,一时间,对这剑的恐惧阻退了敌人。因此,所有能撤退到阶梯前的人,都一个接一个朝大门奔去。后面,莱戈拉斯守在阶梯高处,单膝点地,弯弓待发,但他收集来的箭就剩下这一支了。此刻他凝视前方,准备把这支箭射向第一个胆敢接近阶梯的兽人。

"阿拉贡,所有能撤上来的人都已经安全进堡了,"他喊道,"快回来!"

阿拉贡转身飞快地奔上阶梯,但他太疲惫了,脚绊了一下。敌人立刻扑上前来。一群兽人嗷嗷叫着拥上来,伸出长长的手臂要抓他。跑在最前面的一个兽人被莱戈拉斯最后那支箭穿透了喉咙,但其余的兽人跃过他继续扑过来。这时，一块巨石从上方的外墙抛下来，砸在楼梯上滚落，把他们全都撞回了深谷。阿拉贡奔进大门，大门立刻哐当一声在他身后关上了。

"朋友们啊，情况很糟糕。"他说着，抬臂抹了抹额上的汗。

"糟透了，"莱戈拉斯说，"但也不是毫无希望，只要你还跟我们在一起。吉姆利在哪儿？"

"我不知道。"阿拉贡说，"我最后一次看见他，他正在护墙后面的空地上战斗，但我们被敌人冲散了。"

"唉！这可是一个坏消息。"莱戈拉斯说。

"他坚毅又强壮，"阿拉贡说，"让我们祈祷他能撤退到山洞中吧！他在那里暂时是安全的，比我们安全。那样的避难所会是矮人喜欢的。"

"我也这么希望，"莱戈拉斯说，"但我仍然希望他往这边来了。我很想告诉吉姆利大人，这会儿我的战绩已经达到三十九个啦。"

"如果他能争取退到岩洞中，一定会再次超过你的纪录的，"阿拉贡大笑道，"我从来没见过那么勇猛厉害的斧头。"

"我得再去找些箭，"莱戈拉斯说，"希望这个夜晚快点过去，天亮后我能射得更准。"

阿拉贡进了堡垒。在那里，他惊愕地得知伊奥梅尔没有回到号角堡内。

"没有，他没到号角岩来，"一个西伏尔德的人说，"我最后一次看见他，他正聚集人手，在深谷口与敌人奋战。甘姆林跟他在一起，还有矮人，但我没法接近他们。"

阿拉贡大步走进内院，爬上塔中的一个高房间。国王站在那儿，黑色的身影印在一扇窄窗上。他正在眺望外面的山谷。

"阿拉贡,战况如何?"他说。

"殿下,深谷防御墙已经被夺,所有守军都被击溃,但有很多人已经撤退到号角岩这里来了。"

"伊奥梅尔在这里吗?"

"不在,殿下,但您的人马有不少撤退到深谷中去了,有人说伊奥梅尔就在他们当中。借着那里的狭窄谷隙,他们或许可以挡住敌人,退进山洞里,之后他们有什么希望,我就不知道了。"

"比我们更有希望,据说里面有足够的补给,而且那里空气也比较健康,因为岩石上有很多裂缝,可以通风。只要守军决心坚守,没有任何力量能攻进去。他们可以支撑很长时间。"

"可兽人带来了欧尔桑克的妖术,"阿拉贡说,"他们有一种会爆炸的火药,他们就是用它攻下了城墙。就算攻不进岩洞里,他们也可以封死洞口,让里面的人出不来。不过现在,我们必须集中精力想一想我们自身的防御。"

"我待在这牢笼中,焦躁不安,"希奥顿说,"如果我手握长矛,率部驰骋在战场上,也许还能再次感受到战斗的喜悦,并且死而无憾。而在这里,我几乎一无是处。"

"这里,至少有马克最牢固的要塞守护您,"阿拉贡说,"在号角堡,比在埃多拉斯,甚至比在山脉中的黑蛮地,我们更有守护您的希望。"

"据说号角堡从未被攻陷过,"希奥顿说,"但现在我心有所疑。世界在变化,曾经强大的一切,现在被证明都是不确定的。怎么可能有哪座塔抵抗得了如此众多又如此无所顾忌的仇恨呢?如果我早知道艾森加德的势力已经变得如此强大，哪怕甘道夫竭尽全力劝说，我也许都不会这么轻率地出征与之对抗。他的策略，现在看来并没有当时在晨光下那么美好啊！"

"殿下，在一切尚未结束之前，请不要断言甘道夫的策略。"阿拉贡说。

"结束的时刻不远了，"国王说，"但我不会在此结束，像一只困在陷阱中的老獾般被俘。雪鬃和哈苏费尔，以及我近卫军的马都在内院里。破晓时分，我会命人吹响海尔姆的号角，策马出征。阿拉松之子阿拉贡，你会与我一起冲锋吗？也许我们可以杀出一条血路，或者死得可歌可泣，如果之后还有人活下来，为我们作歌的话。"

"我将与您一起驰骋沙场！"阿拉贡说。

告退之后，阿拉贡回到堡墙上，巡行每一处，鼓舞众人的士气，哪里战况最激烈，他就在哪里援手参战。莱戈拉斯跟他一起。火光一团团在下面炸开，撼动岩石。敌方又丢出了许多抓钩，一只只抛上来，攻城梯也一架架搭上来。兽人一次又一次冲上外墙顶，而守军也一次又一次将他们击退。

最后，阿拉贡不顾敌人射来的箭矢，站到大门上方。他举目眺望，只见东方即白。然后，他举起空着的手，掌心朝外，示意和谈。

兽人吵吵嚷嚷，嘲讽起来。"下来！下来！"他们叫喊道，"如果你想和我们谈判，那就下来！把你们的国王带出来！我们可是善战的乌鲁克族。如果他不来，我们就会把他从洞里抓出来！把你们缩头缩脑的国王带出来！"

"国王爱来就来，爱留就留，全随他的意愿。"阿拉贡说。

"那你这是要干什么？"他们回答道，"你为什么往外看？你想目睹我们的军队有多强大吗？我们可是善战的乌鲁克族。"

"我出来看黎明。"阿拉贡说。

"黎明又怎么样？"他们讥嘲道，"我们是乌鲁克族，不管白天还是夜晚，不管天晴还是风暴，我们都不会停止战斗；不管是日出月落，还是日落月出，我们都照杀不误。黎明又能怎么样？"

"谁也不知道新的一天会带来什么，"阿拉贡说，"厄运还未降临到你们头上之前，快滚！"

"下来！否则我们就把你射下来，"他们叫喊道，"这不是和谈，你根本没话要说。"

"我还有一句话要说，"阿拉贡答道，"号角堡从未落入过敌手，快滚吧，否则你们谁都不能生还，没有一个可以活着把消息带回北方。你们不知道自己正面临什么样的危机。"

阿拉贡独自站在被毁坏的大门上方，面对庞大的敌军，身上散发着一股强大的力量和王者之气，令许多野蛮人怔住，然后回头去看背后的山谷，还有一些怀疑地望着天。然而兽人大声哄笑，一阵镖枪和箭雨呼啸着朝墙头飞来，阿拉贡一跃而下。

一声轰鸣，一串火光，阿拉贡刚刚站立其上的堡门拱道断裂坍塌，腾起浓烟灰尘。堡门下方堆砌的障碍仿佛被雷电击中一般，崩溃散塌。阿拉贡奔向国王所在的塔堡。

然而就在大门倒塌，周围的兽人嚎叫欢呼、准备冲锋之际，一阵低语自他们后方响起，就像远处吹来一阵风，渐渐变得嘈杂，似乎有许多声音在黎明呼喊着奇怪的消息。号角岩上的兽人听见这令人惊愕的声音，一个个全都回头张望。就在这时，上方的高塔上，海尔姆的号角声骤然响起，高亢而又可怕。

所有听见这声音的人都浑身颤抖。许多兽人伏倒在地,用爪子捂住耳朵。后方深谷中回音阵阵,一声响过一声,仿佛每座悬崖、每片山岭上都站着一位强大的传令官。城堡上的人都仰着头,惊奇地倾听着,因为回声并未消退。旋绕在山岭间的号角声不绝于耳,一声比一声近,一声比一声高,声声呼应,吹得嘹亮而自由。

"海尔姆!海尔姆!"骑兵们呼喊道,"海尔姆复活了,重返战场。海尔姆为希奥顿王而战!"

在这呐喊声中,国王出来了:长矛在手,战马似雪,盾牌金灿。他右边是埃兰迪尔的继承人阿拉贡,后面是埃奥尔家族的诸位年少首领。晨光灿灿,黑夜已逝。

"冲啊!埃奥尔一族!"随着一声呐喊、一阵喧嚣,他们发起了进攻。他们从堡门怒吼着往下冲,越过堤道扫荡敌人,疾风吹草般杀入艾森加德的大军。他们后方的深谷中,也传来了人们从山洞中杀出,冲向敌人的坚定呼喊。所有留在号角岩上的人都蜂拥而出。号角声始终在山岭间回荡。

国王和他的同伴们策马往前冲。敌军的首领和卫士要么纷纷倒在他们面前,要么四处逃窜。不管是兽人还是野人,都挡不住他们。骑兵们的刀剑和长矛背刺面朝山谷的敌人,杀得他们鬼哭狼嚎。白昼降至,恐惧和惊愕攫住了他们。

就这样,希奥顿王从海尔姆关口一路驰骋,砍杀出一条通往大护墙的血路。众人在那里停下。四周愈来愈明亮,东方山头上的太阳洒下万丈光芒,照得他们的长矛闪闪发亮。他们静坐在马背上,俯视着深谷宽谷。

这片土地已经变了。曾经山谷如茵、斜坡青葱的地方,赫然耸立起一片树林。光秃秃的大树一排又一排寂静无声地伫立在那里，树枝纠缠，树冠灰白，虬结的树根深埋在长长的绿草中。树下暗影绰绰。护墙和那无名树林边缘之间，是一片两弗隆宽的空旷地带。萨鲁曼的骄傲大军现在就蜷缩在这片空地上，既害怕面前的树林，又害怕后面的希奥顿王。他们从海尔姆关口一泻而退，直到整个护墙上方腾空了他们的身影。然而在护墙下方，他们像一大群嗡嗡的苍蝇一样挤在一起。他们徒劳地攀爬着宽谷的谷壁，寻觅逃生之路。山谷东面太陡，乱石遍布，而左侧西面，他们最终的厄运逼近了。

那儿，一位骑士倏然出现在一道山脊上，他一身白衣，在旭日中熠熠生辉。号角声越过低处山岭，久久回荡。他身后，一支上千人的步兵队伍正从一道道长坡上急速奔下来。他们全都手握长剑。一个高大强壮的人大步走在他们当中。他的盾牌是红色的。他走到山谷边，举起一支黑色的大号角放到嘴边，吹响了惊天动地的号声。

"埃肯布兰德！"骑兵们呼喊起来，"埃肯布兰德！"

"看啊，白骑士！"阿拉贡叫道，"甘道夫回来了！"

"米斯兰迪尔，米斯兰迪尔！"莱戈拉斯说，"这真是神奇啊！快！我要在咒语改变之前，好好看看这座树林。"

艾森加德的大军吼叫着东奔西窜，吓得乱成一团。高塔上再次响起了号角声。国王和同伴们从护墙的裂口处攻了下来。西伏尔德的领主埃肯布兰德从山岭上跳了下来。捷影也冲了下来，像一头在山岭间稳步奔跑的鹿。白骑士冲向敌人，他的到来吓得敌军魂飞魄散。野人在他面前纷纷匍倒。兽人跌跌撞撞，尖叫着丢下刀剑和长矛，像一股黑烟被越来越强劲的风驱赶着，四散飞逃。他们哀嚎着冲进树林下那等待的阴影中，再也没有出来。

第8章
去往艾森加德的路

就这样,在美好的晨光下,希奥顿王与白骑士甘道夫在深谷溪旁的绿草地上重逢了,还有阿拉松之子阿拉贡、精灵莱戈拉斯、西伏尔德的领主埃肯布兰德,以及金殿的诸位大臣。马克的骑兵聚集在他们四周。这些洛希尔人内心的惊疑压过了胜利的欢喜,全都把目光投向那片树林。

一阵大喊骤起,是那些被逼进深谷中的人,他们从护墙那边下来了,其中有老甘姆林,有伊奥蒙德之子伊奥梅尔,走在他们旁边的是矮人吉姆利。他没戴头盔,头上裹着带血的亚麻绷带,但他的嗓门依然洪亮有力。

"四十二个,莱戈拉斯大人!"他喊道,"唉!我的斧头砍出缺口了,第四十二个家伙脖子上戴了铁颈圈。你呢?"

"你比我多一个,"莱戈拉斯答道,"但我不忌妒你的战绩。真高兴啊,看到你还好好站着!"

"欢迎你,伊奥梅尔,我的外甥!"希奥顿说,"此刻看见你平安无事,我真是高兴。"

"马克之王,向您致敬!"伊奥梅尔说,"黑夜已过,白昼又来了,但这白昼带来了奇怪的消息。"他转过身,先是惊奇地凝视树林,接着看向甘道夫,"你又一次在紧急时刻来到,意想不到。"

"意想不到?"甘道夫说,"我说过我会回来,跟你们在这里碰面的。"

"可你没说回来的时间,也没说到来的方式。你带来了奇怪的援军。你的法术真强大啊,白骑士甘道夫!"

"也许吧,但就算是法术,我也还没有施展呢。我只是在危机中给出了好建议,并且利用了捷影的速度。你们的英勇才起了更重要的作用。这还要归功于彻夜行军的西伏尔德人强壮的腿脚。"

听了这番话,众人全都用更惊诧的眼神盯着甘道夫。有人忧心地扫视着那片树林,又抬手遮眉,好像以为眼前所见乃是幻境。

甘道夫哈哈大笑了半天。"那片树林?"他说,"不,我跟你们一样,看见的明显就是一片树林。不过那不是我干的,那远非智者的建议所能达成。事实证明,这事比我计划的更好,甚至比我希望的更好。"

"如果不是你的话,那会是谁的法术呢?"希奥顿说,"显然不会是萨鲁曼的。难道还有我们不知道的更厉害的智者?"

"那不是法术,而是一种非常古老的力量,"甘道夫说,"一种远在精灵歌唱、铁锤敲打之前,就行走在大地上的力量。"

> 在铁还未被发现之前,在树还未被砍伐之前,
> 　在月下山峦还年轻的时候;
> 在指环还未锻造之前,在灾祸还未酿成之前,

它已行走在森林很久很久。

"你这个谜语的谜底是什么？"希奥顿问。

"你如果想知道，就应该跟我一起去艾森加德。"甘道夫答道。

"去艾森加德？"他们叫起来。

"是的，"甘道夫说，"我要返回艾森加德，想去的人可以跟我一起走。在那里，我们也许会见到奇怪的事。"

"可是马克的人手不够，即使把他们全都集结起来，治好伤，休整好，也还是不足以攻下萨鲁曼的据点。"希奥顿说。

"无论如何，我都要去艾森加德。"甘道夫说，"我不会在那里久留。现在我的路向东。月亏之前，到埃多拉斯找我！"

"不！"希奥顿说，"黎明前的黑暗时刻，我曾有所怀疑，但现在我们不能分开。如果你建议如此，那我跟你一起去吧。"

"我希望跟萨鲁曼谈谈，越快越好。"甘道夫说，"因为他给你造成了巨大的伤害，会谈时你在场比较合适。不过，你要多久才能启程？能骑多快？"

"经此一役，我的人很疲惫了。"国王说，"我也很累，因为我骑行了很久，几乎没怎么睡过。唉！我年纪大了，这实在不假，并非全是佞舌的虚言妄语。这病无药可医，就算你甘道夫也无能为力。"

"那现在让所有要跟我同去的人去休息吧！"甘道夫说，"我们将趁暗夜动身。还有，我建议，今后我们所有来去都应该秘密进行。不过，希奥顿，不必下令让太多人跟你一起去。我们是去谈判，不是去打仗。"

于是，国王挑了一些没受伤又拥有快马的人，派他们将胜利的消息送到马克的每个山谷,同时传达他的动员令,让所有人,无论老少,都赶快到埃多拉斯去。马克之王将在满月之后第三天,召集所有能够从军的人马。国王选了伊奥梅尔和他的二十个近卫军,跟他同去艾森加德。跟甘道夫同行的还有阿拉贡、莱戈拉斯和吉姆利。这位矮人虽然受了伤,却不愿意留在后方。

"那只是虚弱的一击,何况还有头盔挡下了。"他说,"这点兽人抓破皮的小伤,不足以阻止我。"

"你休息时,我会给你清理伤口的。"阿拉贡说。

国王回到号角堡睡下,他多年来都没有睡过如此安稳的一觉了。他挑选的同行者也都去休息了,但其他所有没负伤的人,开始干起了一件重活,因为原野上、深谷中有许多在战斗中倒下的尸体。

兽人一个活口没剩,尸体不计其数,但一大批山区人投降了,他们非常害怕,哭喊着饶命。

马克的人收缴了他们的武器,派他们去干活。

"现在过来帮忙,弥补你们参与的恶行。"埃肯布兰德说,"之后,你们必须发誓,从此以后决不再武装经过艾森河渡口,也决不再与人类的敌人为伍。然后,你们就可以自由返回你们的领土。你们是被萨鲁曼哄骗了,因为信任他,你们许多人付出了生命的代价。不过就算你们打赢了,从他那里得到的报酬也好不到哪里去。"

黑蛮地的人一片愕然,因为萨鲁曼告诉他们,洛汗人很残忍,会活活烧死俘虏。

号角堡前的田野上立起了两座坟,底下埋着所有在防御战中牺牲的洛汗骑兵。一座埋着东边各谷地的人,另一座埋着西伏尔德的人。黑蛮地的人另埋在护墙下的一座坟丘里。号角堡的阴影下还有一座孤坟，埋的是国王的近卫军队长哈马。他是在堡门前牺牲的。

兽人的尸体堆了高高的好几堆，跟人类坟冢远远隔开，在那片树林边缘不远的地方。众人对其很头疼，因为尸堆太大，没法埋也没法烧。他们没有足够的柴火，没人敢拿斧头去砍那些奇怪的树，即使甘道夫不曾警告他们别去伤害树皮或树枝，以免招来危险，他们也不敢。

"别管那些兽人了。"甘道夫说，"明早也许有新办法。"

下午，国王的队伍准备出发。葬礼才刚刚开始。希奥顿为失去他的近卫军队长哈马哀悼，给他的坟撒了第一把土。"萨鲁曼的确给我、给这整片土地造成了重创，"他说，"我们见面时，我会记住这个的。"

当希奥顿和甘道夫，以及同行的人终于从护墙出发，骑马下行时，太阳西斜，已近宽谷西边的山岭上空。他们后方聚集了一大群人，既有骑兵也有西伏尔德的老少妇孺，他们是从山洞里出来的。这群人用清亮的嗓音唱着胜利之歌，可当他们的目光落在那片树林上时，歌声戛然而止，他们陷入静默，心生恐惧，不知道会发生出什么事。

骑行者来到树林前，停下脚步。人和马都不愿意进去。林间幽暗森然，黑影缭绕，雾气蒙蒙。那些树的枝条长垂轻曳，枝梢像一根根搜索的手指；树根从地面突起，像怪兽的四肢，树下开敞，形成一个个黑漆漆的大洞穴。甘道夫领着一行人前进。他们之前看到的，从号角堡出来的路与这片树林交会处的开口，是粗壮的树枝形成的一道拱门。甘道夫就穿过这道拱门进了树林，其他人都跟着他。然后他们惊讶地发现，这条路一直向前延伸，深谷溪就在路旁。头顶天空辽辽，金光灿灿，但路两边大排的树木已裹在暮霭中，延伸到前方无法穿透的阴影中。他们听见那里传来了树枝的裂劈声与嘎吱声，以及遥遥的呼喊、含糊不清的话语和愤怒的嘟囔。树林中不见兽人或其他活的生灵。

莱戈拉斯和吉姆利共骑一匹马,紧挨着甘道夫,因为吉姆利很害怕这些树木。

"这里面很热,"莱戈拉斯对甘道夫说,"我感觉到周围有一股强烈的愤怒。你不觉得空气在震动你的耳鼓吗?"

"我感觉到了。"甘道夫说。

"不知道那些倒霉的兽人变成什么样了?"莱戈拉斯说。

"我想,永远不会有人知道了。"甘道夫说。

他们默默地骑行了一会儿。莱戈拉斯不停地张望两边,而且只要吉姆利同意,他就经常停下来聆听林子里的声音。

"这是我见过的最奇特的树,"他说,"我曾见过许多橡树从橡实长到凋朽。真希望现在我能悠闲地漫步其间:它们有声音,慢慢地我就能明白它们在想什么。"

"不!不!"吉姆利说,"我们还是离它们远点吧!我已经猜出它们在想什么了,它们仇恨一切用两条腿走路的家伙,它们的话里全是压碎和勒死。"

"不是所有两条腿的,"莱戈拉斯说,"这一点我想你错了。它们恨的是兽人,因为它们不属于这里,对精灵和人类知之甚少。它们生长在远方的山谷里。吉姆利,我猜它们来自范贡森林深处的山谷。"

"那可是中州最危险的森林!"吉姆利说,"我应该感激它们扮演的角色,但我不爱它们。你可能觉得它们很神奇,但我已经见过这块土地上更大的神奇,比世上任何树林或林间空地都更美丽。它在我的心头萦绕不去。

"莱戈拉斯,人类的作风真是奇怪!在这里,他们拥有北方世界的奇迹之一,可他们是怎么称呼它的?山洞!他们叫它山洞!把它当成战争时跑进去躲藏的洞穴,当成储藏粮草的洞穴!我的好莱戈拉斯,你知道海尔姆深谷中的岩洞有多大多美吗?如果知道有这样的地方存在,那将会有无数矮人被吸引朝圣而来,就只为看它们一眼。哎呀!真的!他们会付上纯金,就为瞥上一眼。"

"而我愿意付出黄金,免去观看,"莱戈拉斯说,"万一我迷路误入,那我愿意付双倍的黄金以求出来!"

"你没见过,所以我原谅你的玩笑,"吉姆利说,"但你这样说,真像一个傻瓜。你是不是觉得黑森林山下你父王居住的那些宫殿很美?那是很久以前矮人帮忙建造的。不过它们与我在这里见到的岩洞相比,只能算是简陋的住所。我所见到的,是无法丈量的殿堂,水滴入池,滴答成乐,潺潺不休。那些池塘跟星光下的凯雷德-扎拉姆一样美丽。

"还有,莱戈拉斯,当人们点亮火把,走在回音壁顶下的沙地上时,哎呀,莱戈拉斯,那些宝石、水晶和珍稀矿石的矿脉都在光滑的岩壁上闪烁。纹理清晰,贝壳似的大理石泛着微光,如加拉德瑞尔女王的玉手一样半透明。还有各种纯白的、橘黄的、朝霞色的石笋,莱戈拉斯,它们凹陷、扭曲成梦幻般的形状,从色彩斑斓的地面腾起,探向洞顶那些亮晶晶的钟乳石。那些钟乳石,有的像翅膀,有的像绳索,有的像冻云舒展的精美帘幕;有的像长矛,有的像旌旗,还有的像悬浮宫殿的塔尖!如镜的湖面倒映着这一切:从覆盖着水镜的漆黑池塘望上去,那是一个微光闪烁的世界。一座座连都林在睡梦中都难以想象的城市,大道通衢,石柱亭廊,蔓延到光线无法触及的幽深之处。还有叮咚声!银色的水珠落下,在镜面上激起圈圈涟漪,令所有的高塔弯曲颤动,如同大海溶洞中的水草和珊瑚。然后,傍晚来临,诸景影影绰绰，渐渐消隐。火把转移到另一个厅堂，另一个梦境。莱戈拉斯，厅堂连着厅堂，殿宇敞向殿宇，穹顶连着穹顶，阶梯之后还有阶梯。道路蜿蜒伸向大山的心脏。岩洞！海尔姆深谷的岩洞！我真高兴有机会进到那里！离开它令我落泪。"

"那么，吉姆利，愿你从战场上平安归来，再见到它们，"精灵说，"希望我的这个祝福能安慰到你。不过不要告诉你所有的亲族！按照你所说的，这儿没什么要他们做的事了。也许这里的人出于明智才没有张扬，毕竟一群带着铁锤和凿子的忙碌矮人，造成的破坏没准大过成就。"

"不，你不明白！"吉姆利说，"没有哪个矮人见了如此美景还能无动于衷。都林一族不会有人为了宝石或矿砂去开采那些岩洞，哪怕有钻石和黄金也不会。你们会把春天开花的树砍下来当柴火吗？我们会照料这繁盛的岩石带，而不是挖掘它们。我们会小心谨慎，有技巧地一点一点轻叩，也许焦虑一整天，就只敲下一小片岩石，不会再多了。我们会这样劳作下去，日复一日，年复一年，应该能开辟出新的路径，揭示远处那些仍旧隐在黑暗中，只能从岩石的缝隙里窥见的厅室。还有灯，莱戈拉斯！我们会制灯，那种曾一度照亮卡扎督姆的灯。当我们愿意时，就会驱走自这些山岭诞生以来就盘踞在此的黑夜，而当我们想休息时，又会让黑夜返回。"

"你打动了我，吉姆利，"莱戈拉斯说，"我以前从没听你这样讲过话。你几乎让我后悔自己没有见到那些岩洞了。来吧！我们订一个协议：如果我们俩都从前方等待的危险中平安归来，就一起旅行一段时间。你跟我一同去拜访范贡森林，然后我跟你一起去看看海尔姆深谷。"

"那可不是我会选择的回归之路,"吉姆利说,"但如果你保证会回到那些岩洞去,跟我一起分享它们的神奇,我会容忍前往范贡森林的。"

"我保证!"莱戈拉斯说,"但是,哎呀!现在我们必须暂时把岩洞和森林都抛在后面了。看!我们来到这片树林的尽头了。甘道夫,离艾森加德还有多远?"

"按萨鲁曼那些乌鸦的飞距,大约还有十五里格,"甘道夫说,"从深谷宽谷口到渡口有五里格,从那儿到艾森加德的大门又是十里格,但我们今夜骑不完全程。"

"等我们到那里的时候,会看见什么呢?"吉姆利问,"你也许知道,但我猜不出来。"

"我自己也不确定,"大巫师答道,"我昨天傍晚在那里,但那之后可能又发生了很多事。不过我想,虽然阿格拉隆德晶辉洞被抛在后面了,但你不会觉得这趟行程是白跑一趟的。"

最后,一行人穿过树林,发现他们已经来到了宽谷的谷底。从海尔姆深谷出来的路在这里分岔,一条向东通往埃多拉斯,另一条向北通往艾森河渡口。当他们骑马走出树林边缘时,莱戈拉斯停下来,满怀遗憾地回首望去。突然,他大叫一声。

"有眼睛!"他说,"有许多眼睛透过树枝的影子往外看呢!我从来没见过这样的眼睛。"

其他人被他的大叫吓了一跳,都停下来转过身,但莱戈拉斯开始往回骑了。

"不,不!"吉姆利大声叫道,"你要发疯你自己去,先把我从这匹马上放下来!我可不想看什么眼睛!"

"停下，'绿叶'莱戈拉斯！"甘道夫说，"别回那树林子里去！现在还不是你去的时候。"

就在他说这话的当口，树林中走出三个奇怪的身影。他们全都跟食人妖一样高，至少有十二英尺。他们强壮的身体跟年轻树木一样结实，身上似乎穿着衣服，不然就是长着棕灰相间的贴身外皮。他们四肢很长，手上长有许多手指。他们的头发硬挺挺的，灰绿色的胡子像苔藓一样。他们目光严肃地凝视向前，但是并没有看向骑行者们，而是偏向北方。突然，他们举起长手放到嘴边，发出了响亮的呼唤，其声清亮，如号角之音，却比其更有乐感，更变化多端。他们的呼唤得到了回应。骑行者们又转过身，看到另一些同样的生灵正穿过草地大步走来。他们从北方来，像涉水的苍鹭那样走着，只是走得非常快，因为他们长腿跨步的速度比苍鹭拍打翅膀的速度更快。骑行者们惊讶地大叫出声，有人把手搁到了剑柄上。

"你们不需要武器！"甘道夫说，"这些只是牧人。他们不是敌人。实际上，他们根本不关心我们。"

看起来确实如此，因为就在他说这话时，那些高大的生灵连瞥都没瞥骑行者们一眼，就大步走进树林里，消失不见了。

"牧人！"希奥顿说，"他们的牲畜在哪儿？甘道夫，他们是什么啊？很显然，无论如何，他们对你来说并不陌生。"

"他们是百树的牧人。"甘道夫回答道，"你已经很久没有坐在壁炉边聆听传说故事了吧？你的国土上有不少孩子，能从故事那纠结缠绕的线索里，找出你这个问题的答案。王啊，你见到的是恩特，从范贡森林来的恩特，用你们的语言来说，那是恩特森林。你以为这个名字只是空想出来的吗？不，希奥顿，正好相反，相对于他们，你只是沧海一粟，从年少的埃奥尔到年老的希奥顿，所有这些年岁对他们而言不值一提，而你家族的所有事迹也只是小事一桩。"

国王默然。"恩特！"他最后开口道，"我想，我开始有点明白遥远传说中那些树的神奇了。我竟然活到了见识这些神奇的年代。长久以来，我们照料牲畜，耕耘田地，兴建房屋，打造工具，或者骑马远行，助战米纳斯提力斯。我们把这些称为人类的生活，称为世界运作之道。我们很少关心国界之外的事。我们有吟唱这些事物的歌谣，但我们正在遗忘它们，只当作一项无足轻重的传统，把它们教给孩子们。现在，歌谣活生生地从奇怪的地方冒出来，走在光天化日之下，来到我们当中。"

"希奥顿王，你应该感到高兴，"甘道夫说，"因为现在，不仅人类的渺小生活危在旦夕，那些你视为传说之物的生活也都处在危险当中。你也许不知道，但并非孤立于世。"

"不过我还是感到悲伤，"希奥顿说，"因为无论战争结果如何，许多美丽又奇妙的事物都将消失在中州的土地上，不是吗？"

"有可能，"甘道夫说，"索伦的邪恶造成的破坏无法完全修复，更不可能让其变得从未发生，但我们注定要遇上这样的时代。现在，让我们继续已经开始的旅程吧！"

一行人离开宽谷与树林，踏上通往渡口的路。莱戈拉斯不情愿地跟在后面。太阳已经沉落到地平线以下，然而当他们策马走出山岭的阴影，望向西边的洛汗豁口时，天空依然红彤彤的，浮云之下，霞光依然灿烂。在这光亮的映衬下，许多黑翼鸟在盘空翱翔。有些鸟儿凄厉地鸣叫着掠过他们头顶，返回它们岩石间的家园。

"这些食腐鸟一直在战场上忙碌。"伊奥梅尔说。

双塔

他们现在以舒缓的步调骑行着。夜幕降临大地，月亮慢慢地爬上夜空，朗月渐圆。银色的清辉下，草野起起伏伏，似辽阔的灰海。自从离开岔路口，他们已经骑行了大约四个钟头，此时离渡口很近了。长坡陡降至浅滩，河水在卵石上流淌，两岸是高高的草阶地。他们听着风中传来的狼嗥，想起战斗中倒在此地的许多伙伴，心情沉重。

这条路在不断上升的草岸间蜿蜒，穿过草阶地伸至河对岸，再往上继续攀升。对岸有三道石铺的阶梯，中间还有专门供马匹通过的浅滩，浅滩直通到河中央一个光秃秃的小洲上。骑行者们往下方的横渡处看去，都觉得很奇怪。因为渡口这个地方向来流水喧嚣，随时都应该能听见水花拍击岩石的哗哗声，而现在却寂静无声，河床几乎是干涸的，成了一片布满卵石和灰沙的荒地。

"这里变成了一个死气沉沉的地方，"伊奥梅尔说，"这条河遭了什么灾啊？好多美好的东西都被萨鲁曼毁掉了，难道他把艾森河的泉源也摧毁了？"

"看起来是这样。"甘道夫说。

"唉！"希奥顿说，"我们一定要从这里过去吗？我马克的无数好骑兵在这里被食腐兽吞噬。"

"这是我们的必经之路，"甘道夫说，"你的战士在此牺牲，令人悲痛。不过你要知道，至少山里的狼群并不会吃他们。狼群大快朵颐的是它们的朋友兽人，它们那个种类的情谊，其实也就这么回事了。走吧！"

他们骑马渡河。他们一到，狼群就停止了嗥叫，躲躲闪闪地退开了。看见月光下的甘道夫和他那闪亮如银的神驹捷影，恐惧攫住了狼群。骑行者们经过了河中小洲，一双双闪着微光的眼睛从河岸的阴影中沮丧地望着他们。

"看！"甘道夫说，"有朋友在这里劳作过。"

他们看见小洲中央有一座堆起的坟冢，周边砌了一圈石头，还插着许多长矛。

"这里埋葬着所有在附近阵亡的马克骑兵。"甘道夫说。

"愿他们在此安息！"伊奥梅尔说，"愿他们的坟冢，在他们的长矛都腐朽溃烂之后，仍能长久屹立，守护艾森河的渡口！"

"我的朋友甘道夫啊，这也是你干的吗？"希奥顿说，"一个傍晚加一夜，你完成了很多事啊！"

"有捷影和其他人帮我，"甘道夫说，"我骑得很快，走得很远。不过，在这座坟冢旁，我要说几句安慰你的话。很多人在渡口这场战役中牺牲，但牺牲的人数比谣传的要少，更多的是被冲散了而不是被杀了。我召集了我能找到的所有人，我让西伏尔德的格里姆博德带着一些人去跟埃肯布兰德会合。我还派了一些人到这里，建了这座坟。现在他们跟着你的元帅埃尔夫海尔姆呢，我让他带着许多骑兵去了埃多拉斯。我知道萨鲁曼已经倾尽全力来对付你，他的爪牙撇下其他一切事务，往海尔姆深谷去了，因为附近空荡荡的，几乎看不见敌人的踪影。尽管如此，我还是担心狼骑手和掠夺者们会趁着美杜塞尔德无人防守时，奔到那里去。不过现在我想，你不必担心了：你会发现你的宫殿正等着迎接你归去。"

"我也很高兴能再见到美杜塞尔德，"希奥顿说，"尽管我相信，我在那里住的时间不会太长了。"

说完这番话，众人告别洲岛和坟冢，渡过河，爬上对岸，继续骑行。他们很高兴离开那令人哀痛的渡口。他们一离开，狼群又开始嗥

209

叫起来了。

有一条古大道从艾森加德通到渡口。它有一段路在河流边上,与之同程,随之弯向东再折向北,但最后转离河流,直朝艾森加德的大门而去。那些门位于山谷西边的山坡下,离谷口大约十六英里。他们顺着这条古道走,但没有骑行在上边,因为旁边的地面更坚实平整,数十英里都覆盖着短短的韧草。他们现在的骑行速度快得多,到午夜时,渡口已经被抛在了身后五里格远。他们就此停下来,结束了今夜的行程,因为国王累了。他们到了雾山山脉脚下,南库茹尼尔伸开长臂迎接他们,这巨大的裂谷就在前方,谷中一片黑暗,因为月亮已经西行,光辉被山岭挡住了,但有一股浓重的柱状烟雾从裂谷的深影中腾起。它越升越高,染上沉月的缕缕清辉,在星光点点的夜空黑银相间,忽明忽暗,如波浪般滚动、扩散。

"甘道夫,你看那是怎么回事?"阿拉贡问,"好像整个巫师谷都在燃烧。"

"这些日子,那裂谷上空总是烟雾缭绕的,"伊奥梅尔说,"但我以前从未见过诸如此类的事。这是蒸汽,不是烟雾。萨鲁曼正在酝酿某种妖术迎接我们呢。也许他正把整条艾森河的水煮沸,这就是为什么河水干涸了。"

"也许吧,"甘道夫说,"明天我们就知道他在干什么了。现在,我们尽可能休息一会儿吧。"

他们在艾森河的河床边扎了营。四周依然空寂无声。有人小睡了一会儿,但深夜时,哨兵大叫起来,所有人都醒了。月亮已逝,星空闪烁。一股比夜色还黑的黑暗在地面蔓延,从艾森河的两边朝他们滚滚而来,往北前进。

"待在原地！"甘道夫说，"别用武器！等着！它会过去的！"

一团雾聚拢在他们周围。天上依然星芒寥寥，但两边像是立起了无法穿透的昏暗之墙。他们被夹在移动影塔之间的一条窄巷里。他们听见了许多声音：呢喃、抱怨和无尽的沙沙叹息。大地在脚下摇晃。他们满心恐惧地坐在那里，觉得长夜漫漫。最后，那股黑暗跟低语声都过去了，消逝在山臂之间。

午夜时分，南方号角堡的人听见了一声巨响，像深谷里刮过一阵狂风，地面震颤。所有人都很害怕，没人敢去探个究竟。到了早晨，他们出去一看，惊诧不已：兽人的尸体全不见了，那片树林也不见了。远处深谷下方的山谷里，青草被践踏碾烂，仿佛有巨牧人赶着大批牲口来放过牧。不过，在护墙下方一英里处，地面上挖了一个大坑，里面的石头垒得像一座小山。人们认为那些被他们杀死的兽人有可能都被埋在那里了，但那些逃进树林里的兽人是否也在其中，就没人说得清了，因为不曾有人涉足那座小山。后来它被称为"死岗"，上面寸草不生。不过从此深谷宽谷中再也不见那些奇怪的树。他们已经趁夜返回，回到遥远的范贡森林黑暗的山谷中去了。就这样，他们完成了对兽人的复仇。

国王一行人当晚没有再睡，但他们也没有再看见或听见其他怪事，只是除了一件：河水的声音，他们旁边的艾森河突然醒了。一股湍急的水流直冲而下，淌过河床卵石。艾森河又如过往一样，在河床里汩汩流淌起来了。

黎明时分，他们准备继续行进。天光灰白，不见日出。上空浓雾笼罩，周遭大地弥漫着一股难闻的气味。他们慢慢地骑行在古道上。这条古道很宽，路面硬实，养护得很好。透过浓雾，依稀可见左边赫然出现的雾山山脉长长的山脊。他们已经进入了巫师谷南库茹尼尔。这是一个三面环山，只在南面开口的山谷。它曾经青葱美丽，艾森河流经其中，在到达谷地平原之前，就已经又深又急，因为被雨水冲刷的山岭间有许多泉水和小溪，它们全都汇入了艾森河。艾森河周围，是一整片丰饶宜人的平原。

然而如今面目全非。艾森加德环场石墙下面，仍有数十亩萨鲁曼的奴隶耕种的田地，但山谷的绝大部分地区已经变成荒地，长满野草与荆棘。刺莓在地上蔓生，或者攀上灌木丛和河岸，形成一个个蓬松的洞穴，有小型野兽在里面栖身。地上没有树生长，但杂草丛中依然可以看见古树被砍伐、焚烧后留下的树桩。这是一片凄凉的乡野，此刻除了湍急的河水冲刷卵石的声音，一片死寂。烟雾和蒸汽在阴沉的云下飘浮，潜荡在洼地里。骑行者们都不说话。很多人心里充满疑惑，不知道他们的旅程将会通向一个什么样的惨淡终点。

他们骑行了数英里之后，古道变成了一条宽敞的街道，地上巧妙地铺着巨大的方形平石，接缝处连一根草也不见长。街道两边有很深的沟槽，里面充满涓涓细流。突然，一根高高的石柱赫然耸立在他们面前。石柱黑漆漆的，顶上搁着一块被雕画成长长的白手模样的大石块，手指指向北方。他们知道，现在距离艾森加德的大门一定不远了。众人心情沉重，可目光却无法穿透前方的迷雾。

被山峦环抱，坐落在巫师谷内的这片古老之地，被人类称为艾森加德，它存在的岁月已不可考。它有一部分是山峦自然形成的，但西方之地的人类古时便在此地完成了伟大的工程，萨鲁曼在这里居住了很久，其间也没闲着。

在萨鲁曼被许多人视作巫师之首的鼎盛时期，艾森加德是这样的:

第 8 章 去往艾森加德的路

一道高塔峭壁似的巨大环形石墙在山坡的掩蔽下耸立起来，这石墙环绕山谷一圈回到原处。石墙只有一个出入口，那便是南墙上凿出的一个大拱门。在这里，黑岩石被凿穿，开出一条长隧道，隧道两端都安上了坚实的大铁门。它们都用巨大的铰链铰合着，铰链的钢柱直接打在天然岩石里，只要拨开门闩，伸手轻轻一推，便能无声无息地打开。进入铁门，穿过回音阵阵的隧道出来，就会见到一片微微凹陷，宛如一个巨大浅碗的大平原，它的直径有一英里。这个平原曾经郁郁葱葱，林荫道纵横遍布，果树成林，周围山上流下来的溪流汇成一个湖泊。而在萨鲁曼居住的后期，这里已经没有青草绿树生长。道路全都铺上了又黑又硬的石板，道路两旁，用沉重铁链穿起的长排石柱、铜柱或铁柱取代了树木。

这里曾有许多房屋。环形石墙的内侧挖凿出了许多石室、厅堂和通道，因此整个开敞环地被数不清的窗户与暗门俯视着。那些房屋能容纳成千上万的人居住，工人、仆人、奴隶、战士，还有大量的武器储备。地下深处还掘出了许多窝点，豢养着狼。平原上也挖了许多坑洞。地下凿了许多深深的通风井，顶端覆盖着低矮的土墩或石头。如此一来，月光下的艾森加德环场，看起来就像一座坟场。地面震颤着，仿佛死者躁动不安。这些通风井经过多处斜坡和螺旋梯向下通到地底深处的洞穴里。那里面有萨鲁曼的宝库、仓库、兵器库、打铁坊，还有巨大的熔炉。铁轮无休无止地转动着，铁锤没日没夜地敲击着。每到夜晚，通风口便排出一团团的蒸汽，这些蒸汽被底下的红光映得时而发蓝，时而霉绿。

所有这些铁链围护的道路，都通往平原中心。那里矗立着一座造型奇特的高塔。这座塔出自那些抚平艾森加德环场的古代建造者之手，但看上去不像是人类的技艺，倒像是在古代的地动山摇中，硬从地面拉扯出的骨架。它是一座岩石的山峰与岛屿，黝黑、闪亮、坚硬：四根巨大的多棱石柱组合成一个整体，但在接近顶端时又张开形成四根尖角，尖端锐利如矛，边缘锋利似刀。四根尖角中间有一个狭窄的空间，磨得光滑的石底面上刻有奇怪的符号，人若站在上面，距离下面的平原有五百英尺高。这就是萨鲁曼的堡垒欧尔桑克。它的名称有双重含义（无论这是有意还是偶然）：在精灵语中，欧尔桑克是"尖牙山"的意思，而在古代马克语中，欧尔桑克是"灵巧的头脑"的意思。

艾森加德是一个坚固又神奇的地方，长久以来都很美。伟大的君王曾居住于此，既有刚铎西界的管理者，也有观看星象的智者。萨鲁曼却慢慢地将它改造得迎合自己的狡诈目的，还认为改得更好了，但他被骗了。为了所有这些技艺和巧妙设置，他抛弃了他从前的智慧，天真地以为这些都来自他本人，但其实它们全都来自魔多。因此，他所做的一无是处，不过是微不足道的复制品，是孩童的模型和奴隶的献媚，是对巴拉督尔那座庞大的堡垒、兵器库、囚牢和熔炉，也就是那座具有强大势力的黑塔的模仿。而那座黑塔容忍不了对手嘲笑献媚、恃身自傲，依仗其不可估量的力量伺机而动。

这就是萨鲁曼的堡垒，传闻就是这么说的。因为在人们的记忆中，洛汗人不曾进入过艾森加德的大门，也许除了极个别人，譬如佞舌，他们秘密地进入，没有告诉过他人自己的所见所闻。

甘道夫朝那根巨大的白手石柱骑去，待他经过它时，一行人惊奇地看到，那只手看上去已经不白了，像是染上了干涸的血迹。等走近了再细瞧，他们才发现它的指甲是红的。甘道夫没有理会，径直往前骑，钻进雾霭里，众人疑惑地跟着他。四周仿佛被突发的洪水冲刷过，路

第8章 去往艾森加德的路

边到处是宽阔的水塘，洼地也注满了水，还有涓涓细流从岩石间淌下。

甘道夫终于停了下来，示意他们上前。他们走过去，看见前方雾已散，阳光灰白。正午已过，艾森加德的大门到了。

然而，此时扭曲变形的门扇被扔在地上。岩石或碎成边缘锐利的大小无数块被丢得到处都是，或堆成一个个废墟堆。大拱道还在，但拱顶没了，变成了一个大深坑，隧道光秃秃的，两边峭壁似的墙上尽是撕扯出来的大裂缝和缺口。塔楼都被击得粉碎。即使是大海掀起怒涛，以暴风雨袭击这些山岭，也不可能造成更大的破坏了。

门后的艾森加德环场，整个淹没在蒸汽腾腾的水里，像一个咕嘟咕嘟冒泡的大锅，里面漂浮着断梁、横木、大箱子、小木桶和各种残破的装备工具。扭曲的残柱斜插在水中，但路全被淹没了。更远处，那座岩石岛屿掩映在盘绕的云雾中，影影绰绰。油黑的欧尔桑克高塔未被摧毁，依然耸立。灰白的水拍打着塔底。

国王一行人震惊不已，呆坐在马上。他们意识到萨鲁曼的势力已经被推翻了，但是怎么被推翻的，他们猜不出来。这时，他们转眼看向拱道和被毁坏的大门，发现近旁就有一个很大的瓦砾堆。突然，他们注意到有两个小身影正悠闲地躺在上面。这两个小身影穿着灰衣，几乎跟灰石融为一体，不细瞧都认不出来。他们身边摆着酒瓶碗盘，好像刚刚大吃了一顿，这会儿累了，正在休息。其中一个似乎睡着了，另一个跷着二郎腿，手枕在脑后，背靠着一块断石，淡蓝的烟雾一圈圈一缕缕，正从嘴里吐出来。

希奥顿、伊奥梅尔和手下的骑兵惊诧地盯着他们看了好一会儿。在他们眼里，这是艾森加德所有的断壁残垣中最不可思议的事情。国王还没开口说话，那个吐着烟圈的小身影突然就觉察到了迷雾边缘默然驻足的这群人。他连忙一跃而起。他看上去是一个年轻人,或者说像一个年轻人,尽管身高大约只有成年人的一半。他露出一头棕色卷发,却穿着一件风尘仆仆的斗篷,跟甘道夫的同伴们骑马到埃多拉斯时穿的斗篷色泽和样式一模一样。他抬手放在胸前,深深地鞠了一躬。然后,他像是没有注意到大巫师和他的朋友们,转向了国王和伊奥梅尔。

"各位大人,欢迎来到艾森加德!"他说,"我们是守门人。我是萨拉道克之子,梅里亚达克,这是我的同伴,他,唉,他累瘫了。"说到这儿,他踢了另外一个一脚,"他是图克家的,帕拉丁·图克之子佩雷格林。我们的家乡在遥远的北方。萨鲁曼大人就在里面,不过此刻,他和一个叫佞舌的人被关在密室里,否则他肯定会在这里迎接如此尊贵的客人。"

"毫无疑问他会的!"甘道夫大笑道,"是萨鲁曼命令你们守卫他的破门,并在吃饱喝足之余,留意来客的吗?"

"不,好先生,这事他可没想到。"梅里严肃地回答道,"他忙得不可开交。是树须给我们下的命令,他接管了艾森加德。他命令我要用恰当的言辞欢迎洛汗的国王。我已经尽我最大的努力了。"

"那你的伙伴呢?莱戈拉斯跟我呢?"吉姆利再也忍不住了,大叫道,"你们这两个毛头毛脚的小无赖!你们俩让我们好一顿追逐!两百里格,穿越沼泽和森林,经历战斗和死亡,就为了救你们!结果却发现你们俩在这里大吃大喝,无所事事,还抽着烟!抽烟!从哪里弄来的烟草,你们这两个小坏蛋?恼火!太恼火了!我真不知道该发怒还是该高兴,要是我还没有爆炸,那就是一个奇迹!"

"你都替我说了,吉姆利,"莱戈拉斯笑道,"不过我更想知道他们的酒是从哪儿弄来的。"

"有一样东西你们在追逐中没有发现,那就是更机灵的头脑。"皮平睁开一只眼睛说,"你们发现我们坐在得胜的战场上,在一堆战利品中间,居然还奇怪我们是怎么弄来这点应得的安慰的!"

"应得的安慰?"吉姆利说,"我简直无法相信!"

骑行者们大笑起来。"毫无疑问,我们见证了亲密老友的重逢。"希奥顿说,"所以,甘道夫,这就是你们失散的同伴?这年头注定充满了奇事。自从离家以来,我已经见识了不少,而现在我眼前又站着另一个传奇中的种族。这两位就是我们当中有些人称之为霍尔比特拉的半身人吧?"

"陛下,您愿意的话,请叫我们霍比特人。"皮平说。

"霍比特人?"希奥顿说,"你们的语言变得很奇怪,不过这名字听起来也不是不适合这种变化。霍比特人!我听到的报告都不符合事实。"

梅里鞠了一躬,皮平也爬起来深深地鞠了一躬。"陛下,您真仁慈。我希望我可以这么理解您的话。"他说,"这可是另一个奇迹!自从离开家以后,我已经到许多地方游荡过了,但直到现在才发现知道霍比特人故事的人。"

"我的子民是很久以前从北方来的,"希奥顿说,"不过我不骗你,我们也不知道有关霍比特人的故事。流传在我们之间的故事只是这样的:远在千山万水之外的地方,生活着半身人,他们居住在沙丘的洞穴里。不过没有关于他们事迹的传说,因为据说他们很少做事,并且避开人类的视线,眨眼之间就能消失不见。他们还能改变声音,模仿鸟儿的鸣叫。不过现在看来,他们能说的事还有很多。"

217

"确实很多，陛下。"梅里说。

"比如，"希奥顿说，"我就没听说过他们还能从嘴里喷出烟来。"

"这不奇怪，"梅里答道，"这门艺术我们也才传了几代人。第一次在自家花园里种出真正的烟斗草的，是南法兴长谷镇的托比尔德·霍恩布洛厄。按照我们的历法，那是1070年左右的事。这种植物老托比是这样弄来的……"

"希奥顿，你不知道自己正陷入什么危险。"甘道夫打岔道，"要是你过分耐心，这两个霍比特人就会大受鼓舞，他们会坐在这废墟边上，跟你没完没了地讨论餐桌上的美酒佳肴之乐，还有他们的父亲、祖父、曾祖父，以及八竿子打不着的亲戚做过的各种鸡毛蒜皮之事。关于抽烟的历史，我们另外找一个恰当的时间谈吧。梅里，树须在哪儿？"

"我想他在北边。他去找喝的了，找干净的水。绝大多数恩特都跟他一起，他们还忙着呢，就在那边。"梅里朝那个冒着蒸汽的湖挥了挥手。众人望过去，听到那边遥遥地传来了轰轰响和隆隆声，仿佛山坡上正在发生雪崩。远处还传来了一声"呼姆－嚯姆"，好像胜利的号角声。

"那没人看守欧尔桑克吗？"甘道夫问。

"有大水啊！"梅里说，"不过急楸和他的一些伙伴监视着它呢。平原上那些柱子和桩子并不都是萨鲁曼立的。我想，急楸就在阶梯脚下那块岩石旁边。"

"对，那边有一个高大的灰色恩特。"莱戈拉斯说，"不过他垂手立在那儿，一动不动，就像门前栽种的一棵树。"

"中午都过了，"甘道夫说，"我们从一大早到现在，还没吃东西呢。不过我希望尽快见到树须。他没留话给我吗?还是美酒佳肴让你们什么都不记得了?"

"他留了口信,"梅里说,"我一要说,就总是被很多其他问题打岔。他说:如果马克之王和甘道夫骑马到北边石墙,他们会发现树须就在那里欢迎他们。我另外想补充说,他们还会在那里发现最好的美味佳肴,是您谦卑的仆人们亲自找到并挑选出来的。"说着,他鞠了一躬。

甘道夫大笑。"那更好!"他说,"哎,希奥顿,你愿意和我一起骑马去找树须吗?我们得绕点路,不过那也不远。等见到树须,你会知道更多的,因为树须就是范贡,最古老的恩特,也是恩特的首领。你跟他说话时,会听到世上最古老的生灵的语言。"

"我和你一起。"希奥顿说,"再见了,霍比特人!愿我们在我的宫殿中再会!那时,你们可以坐在我旁边,告诉我所有你们心中所想:你们祖辈的事迹,只要你们记得的一切都可以说。我们也可以说一说老托比和他的草药学问。再会!"

两个霍比特人深深地鞠躬致意。"这就是洛汗的国王!"皮平压低声音说,"人真不错,非常客气。"

第 9 章
狼藉一片

甘道夫和国王一行人骑马向东转,绕着艾森加德垮塌的石墙走了,但阿拉贡、吉姆利和莱戈拉斯都留下了。他们让阿罗德和哈苏费尔自行去找草吃,然后过来坐在两个霍比特人旁边。

"哎!追踪结束,我们终于又见面了,还是在一个谁也没想到的地方。"阿拉贡说。

"既然大人物们都去谈论大事了,"莱戈拉斯说,"我们这些猎手也许应该了解一下你们那几个小谜团的答案了吧?我们一路追踪你们,一直追到了森林。不过仍然有很多事,我想知道真相。"

"你们的事,我们想知道的也很多!"梅里说,"我们通过树须——就是那个老恩特,知道了一些,但那远远不够。"

"慢慢来,"莱戈拉斯说,"我们是猎手,你们应该先给我们讲讲自己的遭遇。"

"这件事还在其次,"吉姆利说,"饭后再说更好。我有点头痛,而且现在中午都过了。你们这两个懒蛋,应该去找一些你们提到的战利品来补偿我们。美食佳酿能抵消一点我的怒气。"

"没问题！"皮平说，"你们在这儿吃，还是去萨鲁曼以前的警卫室里吃？就在那边，拱道底下，里面更舒服一点。在这儿的话，只能野餐，因为得睁大眼睛盯着这条路。"

"半只眼睛也没睁！"吉姆利说，"不过我可不进兽人的屋子，更不想碰兽人的食物或任何他们玷污过的东西。"

"我们不会让你碰的，"梅里说，"我们这辈子已经受够兽人了。不过艾森加德还有不少其他种族的人。萨鲁曼还算聪明，没有事事都相信兽人。他派人看守大门，我估计是一些他最忠实的仆人。总之，他们相当受宠，获得的补给可好了。"

"还有烟斗草？"吉姆利问。

"不，我想没有。"梅里大笑道，"不过那是另一个故事了，等吃过午饭以后再说。"

"好吧，那咱们就去吃午饭吧！"矮人说。

两个霍比特人带路，他们穿过拱道，来到左边一道阶梯顶上的一扇阔门前。门开着，里面是一间很大的厅室，门对面的墙上有几扇小门，一侧还有壁炉和烟囱。这个房间是从岩石上开凿出来的，过去一定很暗，因为窗户全是朝隧道开的。不过现在，天光透过破损的屋顶照射进来，壁炉里火光熊熊。

"我生了点火，"皮平说，"大雾里烤火感觉好多了。周围柴火很少，大部分我们能找到的都是湿的。不过烟囱里有一股很大的气流，它似乎是穿过岩石蜿蜒而上，又幸运地没被堵上。有火才方便。我给你们烤些面包吧，不过这面包恐怕已经有三四天了。"

阿拉贡和两个同伴在一张长桌一端就座，皮平和梅里消失在厅室中的一扇小门后面。

不一会儿,两个霍比特人抱着杯碗、盘子、刀叉,以及各种食物又出来了。"那里是一个储藏室,幸亏比水面高。"皮平说。

"吉姆利大人,你不必对着这些食物皱鼻子,"梅里说,"按树须的说法,这不是兽人的饲料,而是人类的食物。你们喝葡萄酒还是啤酒?里面还有一桶啤酒,味道相当可以。这是最上等的腌猪肉。你喜欢的话,我还可以给你切几片培根烤烤。很抱歉这里没有蔬菜,最近几天,这里的供应基本中断了!除了奶油和蜂蜜,我没法给你们提供别的面包伴侣了。这样能让你满意不?"

"满意满意!"吉姆利说,"我的气消了不少。"

三个人很快埋头吃起来。两个霍比特人也丝毫不觉得难为情地吃起了第二顿。"我们一定得陪同我们的客人嘛!"他们说。

"今天早上你们俩可真有礼貌!"莱戈拉斯大笑道,"不过,假如我们没来,你们没准也已经陪同彼此,又吃开了。"

"也许吧,而且,为啥不呢?"皮平说,"我们跟兽人周旋,吃得糟透了,在那之前的几天又都没什么吃的。我觉得,我们都有好长时间没能心满意足地吃东西了。"

"可是看来你们也没遭受什么伤害呀,"阿拉贡说,"实际上,你们俩气色好极了。"

"对,你们俩气色是不错,"吉姆利端着酒杯,视线越过杯沿,上上下下打量着他们,"咦?你们的头发可比我们分开的时候浓密卷曲了两倍啊!还有,我敢打赌,你们俩都长高了一点,你们这个年龄的霍比特人还能长高?不管怎样,那个树须可没有饿着你们。"

"他是没有饿着我们,"梅里说,"恩特只喝不吃,可是光喝不解饿啊。树须的饮料也许很有营养,可我们觉得需要可以咀嚼的食物,哪怕是用兰巴斯换个口味也行啊。"

"你们喝了恩特的水吧?"莱戈拉斯说,"啊,那我想,吉姆利的眼睛可能没有看错。有些奇怪的歌谣就唱到过范贡的饮料。"

"关于那个地方,有好多奇怪的故事!"阿拉贡说,"我从来没有进去过那里。来,给我们多讲点有关范贡森林和恩特的事吧!"

"恩特,"皮平说,"恩特——呃,每个恩特都不一样。不过他们的眼睛,他们的眼睛非常奇特。"他费力地搜刮着词语,但声音越来越小,几近于无。"嗯,总之,"他继续道,"你们已经远远地见过几个了,反正他们看见你们了,并且报告说,你们正在过来的路上。不过我想,你们在离开这儿之前,还会见到许多别的恩特。你们一定会有自己的看法的。"

"等等,等等!"吉姆利说,"我们这是从中间开始讲故事呢!我喜欢从头到尾地听故事。就从我们远征队分散的那一天说起吧。"

"如果有时间,你会听到完整的故事的,"梅里说,"不过首先,如果你们都已经吃饱了,那请装满烟斗,点上火。这样,我们可以暂时假装全都安全地回到了布里,或者假装在幽谷。"

他拿出一个装满烟草的小皮袋。"我们有成堆成堆的东西,"他说,"我们走的时候,你们想拿多少就拿多少。今天早上,我跟皮平干了点打捞的活儿。水上漂着许多东西。皮平发现了两个小木桶,我估计是从哪个地窖或储藏室里冲出来的。我们打开小木桶,发现里面全是这个:任谁都梦寐以求的上好烟草,而且完好无损!"

吉姆利取了一些,放在手掌里搓了搓,又嗅了嗅。"感觉很好,闻着也不错。"他说。

"是很好！"梅里说，"我亲爱的吉姆利啊，这可是长谷叶！木桶上有霍恩布洛厄家的商标，清清楚楚的！它是怎么到这儿来的，我无法想象。我猜这是萨鲁曼自己用的。我从来不知道它能到这么远的地方来。不过这会儿，它倒是派上用场了！"

"那是，"吉姆利说，"要是我有烟斗就好了。唉！我的烟斗掉在墨瑞亚了，或者之前就丢了。你们所有的战利品里，没有烟斗吗？"

"恐怕没有，"梅里说，"我们没有发现任何烟斗，就连这警卫室里也没有。看来萨鲁曼是在独享这份美味。不过我想，现在去敲欧尔桑克的门，跟他讨烟斗，恐怕没用。我们可以共用烟斗，必要时好朋友就是这么做的。"

"稍等！"皮平说着，伸手从外套胸前的内袋里，拽出了一个系着绳的小软袋子，"我贴身收藏了一两样宝物，它们对我来说跟那指环一样珍贵。这是其中一样：我的木头老烟斗。另一样是这个：一个没用过的烟斗。我也不知道为什么会带着它们走了这么长的路。我自己的烟草抽完后，我真的没想过能在旅途中再找到任何烟斗草。不管怎么着吧，它现在到底能派上用场了。"他举起一只斗钵平阔的小烟斗，递给吉姆利，"这样你的气全消了吧？"

"全消了！"吉姆利叫道，"最高尚的霍比特人啊，你这可让我欠你的情了！"

"哎，我要出去透透气，看看天气跟风向怎么样！"莱戈拉斯说。

"我们跟你一块去。"阿拉贡说。

他们走到外面，坐在大门前的那堆石头上。微风吹拂，迷雾浮荡在高处，这时能看见远处的山谷了。

"我们在这里放松放松吧！"阿拉贡说，"就像甘道夫说的，我们坐在废墟边上聊天,他在别处忙碌。我很少觉得这么累过。"他裹紧身上的灰斗篷,遮住铠甲,然后长腿一伸,往后靠了靠,从嘴里吐出一缕细烟。

"瞧瞧!"皮平说,"游民大步回来了!"

"他从未离开过,"阿拉贡说,"我是大步,也是登丹人,我既属于刚铎,也属于北方。"

他们默默地抽了一会儿烟。太阳从西天的白云间斜照进山谷里,照在他们身上。莱戈拉斯静静地躺着,凝神望着天空与太阳,轻声自唱。最后,他坐了起来。"好啦!"他说,"时间都消磨了,雾也快散了,要不是你们这些奇怪的家伙在这儿吞云吐雾,雾早就散干净了。故事呢?还说不说?"

"哦,我的故事是这样开头的:我在黑暗中醒来,发现自己被五花大绑,躺在一个兽人营地里。"皮平说,"让我想想,今天几号?"

"夏尔纪年三月五号,"阿拉贡说。皮平掰着手指头算了算。"不过才九天之前!"他说,"从我们被抓到现在,像是过了一年似的!反正,那段日子有一半像是在做噩梦,但我估计我们度过了非常可怕的三天。要是我忘了什么重要的事,梅里会纠正的。我不打算详细讲细节:鞭打、污秽和臭气之类的,想起来就让人受不了。"说完,他便开始讲述波洛米尔最后的那场血战,以及兽人从埃敏穆伊到范贡森林的那段行军。每当他的讲述跟他们的猜测吻合时,听者都纷纷点头。

"我这儿有一些你们遗落的宝物,"阿拉贡说,"你们一定会很高兴它们被找回来了。"他松开斗篷下的腰带,从上面解下两把带鞘的小刀。

"啊!"梅里说,"我从没想到还能再见到这两把刀!我用我的刀砍了几个兽人，但乌格鲁克把它们从我们手上抢走了。他瞪我们那样子哟！一开始我还以为他会捅我一刀，但他却把刀扔了，就好像它们烫了他的手。"

"皮平，还有你的领针，"阿拉贡说，"我替你好好保管着的，它可是非常珍贵的。"

"我知道，"皮平说，"丢下它真让我痛心，但我还能怎么办呢？"

"确实别无选择。"阿拉贡答道，"如果不在危急时刻丢下一件宝物，恐怕会遇上更大的麻烦，你做得对。"

"割断你手腕上的绳子也是聪明的一招！"吉姆利说，"当时运气眷顾了你，不过也是因为你用双手握住了运气。"

"还给我们留下好大一个谜团！"莱戈拉斯说，"我都奇怪你们是不是长翅膀飞走了！"

"不幸的是，我们没长翅膀。"皮平说，"不过你们还没听到格里什纳赫那部分。"他哆嗦了一下，没再说话，把最后那些可怕的时刻留给梅里讲述了：爪子一样的手，恶臭的呼吸，还有格里什纳赫多毛的双臂那可怕的力气。

"所有这些关于巴拉督尔，也就是他们所说的路格布尔兹兽人的事，都令我很不安。"阿拉贡说，"黑魔王已经知道得太多了，他的奴仆也是。而且，格里什纳赫显然是在那场争吵之后，把消息送过大河去了。红眼索伦会一直盯着艾森加德的。可不管怎么说，萨鲁曼搬起石头砸了自己的脚。"

"是啊，不管哪边赢，他以后的日子都不好过。"梅里说，"从他的兽人踏上洛汗的那一刻起，形势就开始对他不利了。"

"听甘道夫的意思，我们瞥见过那个老坏蛋，"吉姆利说，"就在范贡森林边上。"

"那是什么时候的事?"皮平问。

"五天前的晚上。"阿拉贡说。

"让我想想,"梅里说,"五天前的晚上——那我们就讲到故事中你们一无所知的部分了。我们是在那场战斗后的早晨,遇到的树须。那天晚上,我们在涌泉厅,那是他的一处恩特屋。隔天早上,我们去了恩特大会,也就是恩特的聚会,那是我这辈子见过的最古怪的事。那场大会开了一整天又一整天。那两个晚上,我们是跟一个叫急楸的恩特度过的。然后,第三天傍晚时,恩特们突然群情激昂。那真是惊人啊!感觉整个森林都绷紧了,仿佛里面正在酝酿一场大风暴,接着就一下子爆发了。我真希望你们能听到他们在行军时唱的歌。"

"萨鲁曼当时要是听见,这会儿肯定已经逃到百英里之外了,哪怕他得靠自己的腿跑。"皮平说。

哪怕艾森加德固若金汤,冷若岩石,荒若白骨,
我们前进,我们前进,我们挺进战场,劈石破门!

"还有好多,大部分都没有歌词,就像号角和鼓声组成的乐曲,听着非常令人振奋。不过当时我以为那只是进行曲,不过是一首歌而已。直到到了这里,我才更有所了解的。"

"夜幕降临后,我们越过最后一道山脊,进入南库茹尼尔。"梅里继续说,"那时,我才第一次感觉到整座森林都在我们后面移动。我还以为自己在做恩特梦,可皮平也注意到了。我们俩都吓坏了。直到后来,我们才搞清楚是怎么回事。

"那是胡奥恩,恩特就是这么简称他们的。关于他们,树须不愿多说,但我想,他们是变得几乎跟树木一样的恩特,至少看上去像。他们伫立在林中各处和森林边缘,沉默无声,夜以继日地照看着树木。我相信,在最黑暗的山谷深处,存在着成百上千的胡奥恩。

"他们身上蕴藏着一股巨大的力量,而且似乎能把自己裹在阴影中,你很难看到他们在移动,但他们确实在移动。他们发怒的时候,能移动得非常快。你站着不动,也许抬头望天,也许聆听簌簌风声,然后突然发现你置身于一片树林中,四周全是参天大树。他们仍然拥有声音,能跟恩特交谈。树须说,这就是他们被叫作胡奥恩的原因。不过他们已经变得古怪而野蛮,非常危险。如果周围没有真正的恩特照看他们,碰上这些胡奥恩,我可能真的会被吓死。

"天黑不久,恩特带着我们和所有跟在后面窸窣作响的胡奥恩,悄悄地越过一条很长的沟壑,进入了巫师谷的上端。当然,我们看不见胡奥恩,但空气中弥散着吱吱嘎嘎的声音。天很黑,乌云密布。一离开山岭,他们就开始快速移动,发出一种风飒飒吹过似的噪声。月亮被云层遮蔽着,午夜过后不久,艾森加德北边已经被一片参天树林给包围了。四周不见敌人的踪迹,也没碰上任何挑衅,只有塔上的一扇高窗透出一道灯光,如此而已。

"树须和几个恩特悄悄地绕到看得见大门的地方。我和皮平就一直坐在树须的肩膀上,我能感觉到他紧张的微颤。不过即使在被鼓动起来的时候,恩特仍然非常谨慎耐心。他们如石头雕像一般静静地站着,呼吸、聆听。

"突然间起了一阵大骚动,号声骤响,艾森加德石墙回音阵阵。我们以为自己被发现了,战斗就要开始了。结果不是那么回事,是萨

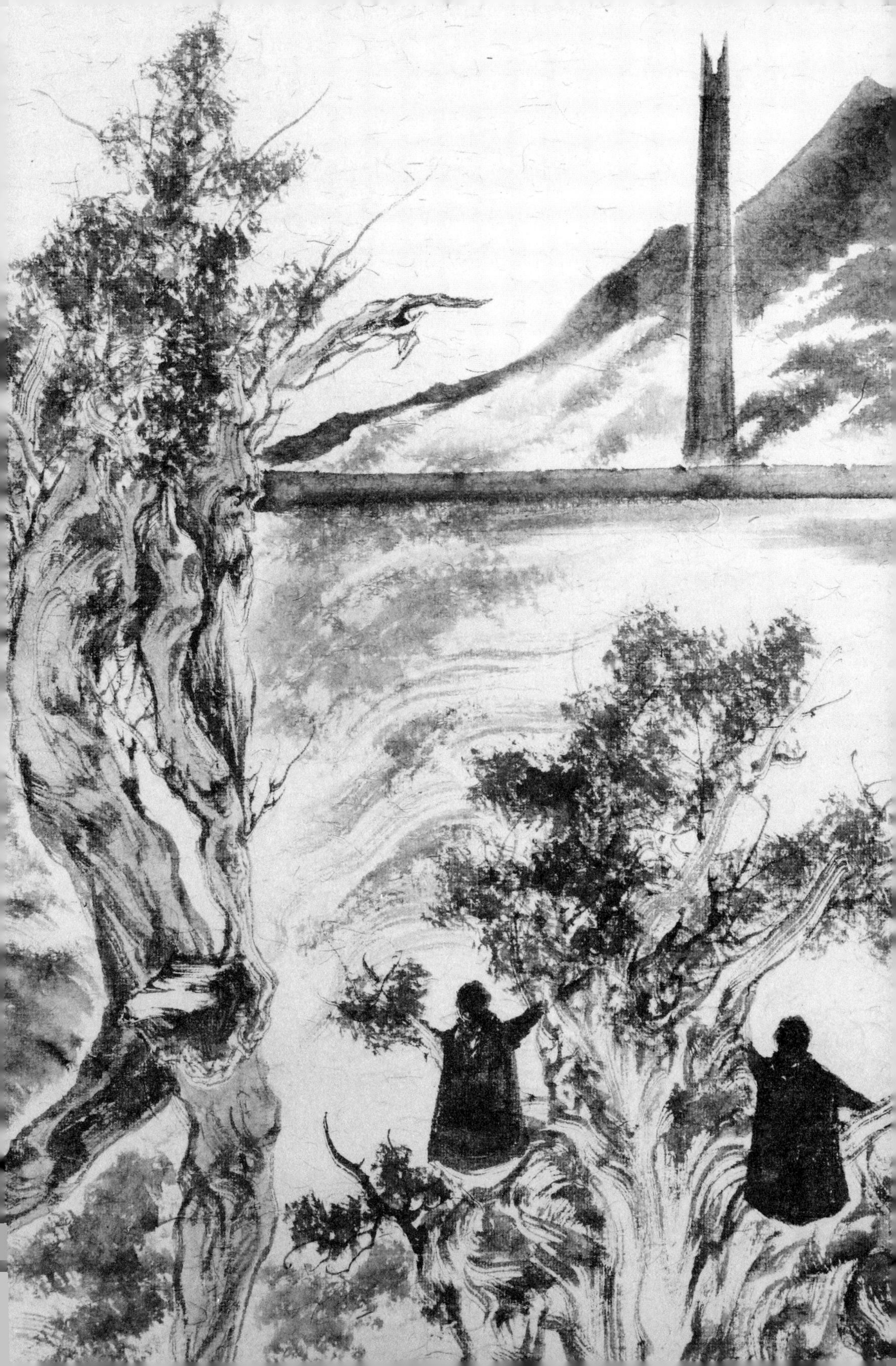

双塔

鲁曼的全部人马正倾巢而出。我不怎么了解这场战争，也不太熟悉洛汗骑兵，但萨鲁曼似乎意图倾力发动对洛汗的最后一击，一举灭掉国王和他的所有人马。他腾空了艾森加德。我看着敌人出动，行走的兽人队伍长得不见首尾，也有骑着巨狼的兽人部队，另外还有人类的队伍，他们大都举着火把，火光映照着他们的面容。他们大部分是普通的人，相当高，深色头发，神情严肃，但模样并不算特别邪恶。不过，还有另外一些看着很可怕的家伙：他们跟人一样高，却长着兽人的脸，皮肤蜡黄，吊斜眼。你知道吗？他们立刻让我想到了在布里看见的那个南方人，只不过他像兽人的程度不如这些人那么明显。"

"我也想到了他，"阿拉贡说，"我们在海尔姆深谷对付了不少这种半兽人。现在看来很清楚了，那个南方人是萨鲁曼的探子。不过他究竟是跟黑骑士合作呢，还是单独为萨鲁曼卖命，我就不知道了。这些邪恶的家伙什么时候狼狈为奸，什么时候尔虞我诈，很难确定。"

"反正，各类敌人全加在一起，至少有一万人。"梅里说，"他们花了一个小时才走出大门。有些沿着古道朝渡口去了，有些朝东转向。大约一英里远的地方，有一座桥，那里的河道非常深。如果你们站起来，现在就能看见它。他们全都用粗哑的嗓音唱着歌，大笑着，喧嚣了一整天，很可怕。我当时以为洛汗要完蛋了，但树须没有动。他说：'今晚我要对付的是艾森加德，要对付这里的山岩和石头。'

"虽然我看不见黑暗里正在发生什么，但我相信，艾森加德的大门一关，胡奥恩就开始朝南移动了。我想他们要对付的是兽人。到了早上，他们就已经下到山谷底了，反正那儿有一片看不透的影子。

"一俟萨鲁曼派出他的全部军队，就轮到我们上场了。树须把我们放下来，上前走到大门前，开始猛捶那两扇门，呼喊萨鲁曼。里面没有回应，除了高墙上飞来的箭矢和石头，但用箭对付恩特是没有用的。他们当然会觉得疼，觉得恼怒，但那些箭就像叮咬的蝇虻一样。恩特可以像针垫一样浑身插满兽人的箭，但不会受到严重的伤害。一则，他们不会中毒；二来，他们的皮肤似乎非常厚，比树皮还坚韧，只有用斧头狠狠地砍，才会让他们受重伤。他们不喜欢斧头。不过，要对付一个恩特，得有一大群拿着斧头的人，因为恩特不会给砍了自己一斧头的人第二次机会。恩特一拳就能把铁打扁，扁得跟薄锡纸似的。

"树须中了几箭之后，开始热身，按照他自己说法，就是开始变得极其性急了。他'呼姆－嚯姆'大喝一声，十几个恩特立刻大步上前。发怒的恩特是很可怕的。他们的手指和脚趾就那么凝贴在岩石上，然后跟撕面包屑一样把岩石扯裂。那情形就像看着巨大的树根本来要花一百年撑裂岩石的过程，却在几分钟之内就完成了。

"他们又推又拉，又扯又摇又捶打，哐当哐当，哗啦哗啦，不到五分钟，就破坏了大门，将其掀翻在地。一些恩特已经开始啃啮石墙，就跟沙坑里的兔子似的。发生这种情况，萨鲁曼怎么想我不知道，但他显然不知道该如何应对。当然，也有可能是他的妖术近来退步了。反正无论如何，我想他也不是什么勇敢之辈，假如没有大批奴隶、机械和别的东西，独自被困在这么个封闭的地方，能有多少纯粹的勇气呢，你们知道我的意思吧？他跟老甘道夫完全不同。我真怀疑，他的名声难道主要是靠聪明地蛰伏在艾森加德得来的？"

"不，"阿拉贡说，"他曾经确如传闻中那般伟大。他知识渊博，思虑缜密，双手惊人地灵巧，而且拥有驾驭他人心灵的力量。他能使智者信服，使弱小者胆怯，他肯定还保有这种能力。我敢说，在中州，跟他单独对谈后,还能全身而退的人并不多,哪怕他现在惨遭失败。不过,既然他的邪恶面目已经暴露无遗,也许甘道夫、埃尔隆德和加拉德瑞尔能做得到,但其他人就不大行了。"

"恩特们很安全啊,"皮平说,"他似乎曾一度哄骗过他们,但再也不会了。反正,他不了解恩特,算计的时候又犯了一个大错,没有把他们考虑进去。他没有防范恩特,一旦他们采取行动,他就没有时间再去想办法了。我们的攻击一开始,留在艾森加德的若干鼠辈就从恩特挖开的各个墙洞逃出去了。对于人类,恩特盘问之后就放他们走了,从这头逃走的人大概只有那么二三十个。不过我想,无论是小个头兽人还是大块头兽人,逃走的没多少。胡奥恩是不会放过他们的:当时,艾森加德周围全是他们组成的树林,还有一批到山谷底去了。

"恩特将南面大部分石墙捣毁后,萨鲁曼剩下的爪牙抛下他一哄而散,萨鲁曼也惊慌失措地逃走了。我们到的时候,他似乎是在大门口。我估计他是出来观看他雄壮的大军出征的。当恩特攻进去时,他就仓皇逃走了。一开始,他们没有看到他,但那时夜空晴朗,星光明亮,恩特们足以看清周围。突然,急楸大叫一声:'树杀手!树杀手!'急楸是一个温和的恩特,但他痛恨萨鲁曼,因为他照看的树遭到了兽人斧头的残酷折磨。他从内门一跃而起跳下小道,他被鼓动起来时也能动如疾风啊!一个灰白的身影在柱影间穿进穿出,仓皇逃窜,就快抵达通往塔门的阶梯了。急楸在他后面紧追不舍,只差一两步就能抓住并扼死他,但他还是穿过门溜进去了。

"萨鲁曼安全逃回欧尔桑克后,没过多久就启动了他那些宝贝机器。那时,已经有许多恩特进入了艾森加德,有些是跟着急楸进去的,有些是从北边和东边闯进去的。他们东流西窜,造成了极大的破坏。

突然,火光腾空,浓烟滚滚,臭气熏天:那些遍布平原的通风口和通气孔都开始喷射了。好几个恩特身上被烧焦起泡了。其中一个,我想他叫榉骨,一个高大帅气的恩特,被一股液体火焰给喷了个正着,很快就被烧成了一只大火把,太恐怖了。

"这让他们发了疯。我还以为他们之前就已经被鼓动起来了,但我错了。终于,我见到了他们真正被鼓动起来的样子。真令人难以置信!他们咆哮、怒吼、狂呼,直到仅凭他们的声音就把岩石震裂坍塌。我和梅里躺倒在地,用斗篷堵住耳朵。恩特像一阵呼啸的狂风,绕着欧尔桑克的尖岩一圈又一圈,大步奔走,疯狂攻击:柱子被摧毁,大石块像雪崩一样从通风井砸下去,巨大的石板碎成片,如树叶般被抛向空中。高塔位于这股龙卷风暴的中心,我看见根根铁柱和块块砖石被扔起几百英尺高,砸向欧尔桑克的窗户。不过树须还保持着冷静。他挺幸运,一点都没有被烧伤。他不希望同族在暴怒中伤到自身,也不想让萨鲁曼趁乱从哪个洞口逃跑。许多恩特用身体去冲撞欧尔桑克的岩石,却无济于事。它非常光滑又非常坚硬,也许某种神奇的法术附在其上,比萨鲁曼的妖术更古老更强大的法术。无论如何,他们都找不到一个可以着手使力的地方,也没办法给它撞出一条裂缝来,反倒把自己弄得浑身淤青,伤痕累累。

"于是,树须走到环场内,大喊起来。他洪亮的声音盖住了所有的喧嚷。霎时,周围一片死寂。在这寂静中,我们听见塔楼高处的一扇窗户里传出了刺耳的大笑。这笑声对恩特们产生了奇特的效果。他们本来群情激昂,这时却都冷静下来,肃然如冰,悄然无声。他们离开平原,聚集到树须周围,一动不动地站着。树须用恩特语跟他们说了几句话。我想他是在把很久以前自己老脑袋里想出来的计划告诉他们。然后，他们就那么悄然消隐在灰蒙蒙的光线中了。那时天已破晓。

"我相信他们设了监视塔楼的岗哨，但监视者都巧妙地隐蔽在阴影中，纹丝不动，所以我看不见他们。其他恩特都忙去了。一整天，他们都忙得不见树影。大部分时间就只剩下我们俩。真是枯燥乏味的一天。我们四处逛了逛，不过尽可能避开欧尔桑克窗户的视野。那些窗户瞪着我们的样子真可怕。我们花了好长时间寻找吃的东西，有时也坐下来聊天，好奇远在南方的洛汗的情况，还有我们远征队的其他同伴都怎么样了。远处时不时传来石头震动落下的声音，还有砰砰嗵嗵的噪声在山岭间回荡。

"下午我们沿着环场转了一圈，看了看各处的情况。山谷最前面的地方，有一大片胡奥恩组成的阴森树林，北墙那边还有另外一大片。我们没敢走进去，不过里面有动静，能听到撕扯的声音。恩特和胡奥恩在挖大坑和沟渠，挖大水塘，筑水坝，汇聚他们所能发现的来自整条艾森河以及所有其他泉源和小溪的水。我们没有打扰他们。

"黄昏时，树须回到大门前。他哼哼唧唧，唱着小曲，似乎很高兴。他站住，伸胳膊踢腿，深深地吸气呼气。我问他是不是累了。

"'累？'他说，'累？哦不，不累，只是僵硬。我需要好好喝上几口恩特河的水。我们辛苦工作了一天。今天一天凿的岩石、挖的泥土，比我们过去好多好多年弄的还多。不过，就快完工了。天黑以后，不要在这大门附近或那条老隧道里逗留！可能会有大水冲进来，那水会脏上一阵子，直到把萨鲁曼的所有污秽都冲走为止。之后，艾森河就又会变得清澈。'他又开始掰石墙，以一种悠闲自得的方式，不过只是为了消遣。

"就在我们想着躺哪儿能安全睡会儿觉的时候，所有这些事情中最令人惊叹的一件发生了。大路上传来了疾驰的马蹄声。我和梅里静静躺着，树须藏到了拱道的阴影里。突然，一匹高头大马大步奔来，犹如一道银色闪电。天已经黑了，但我能清楚地看见骑手的脸：它似乎在发光！骑手一身雪白衣袍。我腾地坐起来，张大嘴，眼珠子一动不动。我想喊出声，却喊不出来。

"其实不用我出声，他就在我们旁边停了下来，低头看着我们。'甘道夫！'我终于喊出来，但声音低如耳语。而他呢？你们是不是以为他说的是：'哈喽，皮平！这真叫人惊喜啊！'不，不是！他说的是：'快起来，你这图克家的大笨瓜！老天啊，瞧这一大片狼藉！树须在哪儿？我要找他。快点！'

"树须听到他的声音，立刻从阴影中走了出来。那可真是一场奇怪的会面！令我惊讶的是，他们俩似乎谁也不吃惊。甘道夫显然料到能在这儿找到树须，而树须很可能是故意在大门附近晃荡，就为了等他。可是，我们已经把墨瑞亚的事全告诉这个老恩特了呀！然后我记起来了，他当时古怪地看了我们一眼。我只能假设他已经见过甘道夫，或者获悉了一些他的消息，只是不想急着说出来。'别急'是他的口头禅。可是，没有谁，甚至连精灵都不会在甘道夫不在场的时候多说他的动向。

"'呼姆！甘道夫！'树须说，'我很高兴你来了。林木和水流，老朽和岩石，是我能掌控的，可这里有一个巫师要对付哟。'

"'树须，'甘道夫说，'我需要你的帮助。你已经做了很多，但我需要更多帮助。我有大约一万个兽人要对付。'

"然后，他们俩就走开，跑到某个角落里商量去了。树须一定是觉得太仓促了，因为甘道夫真是十万火急，还没走出我们的听力范围，他就已经飞快地说起来了。他们离开了几分钟,也许就十五分钟,甘道夫回到了我们身边。他看上去如释重负,几乎称得上是愉快。然后,他说他很高兴见到我们。

"'可是甘道夫!'我大喊道,'你到哪里去了?你见到其他人了吗?'

"'不管我去了哪里,现在都回来了!'他用那种货真价实的甘道夫语气回答我,'是的,我见过其他几个人了,不过这个得等等再说。今晚情况危急,我得快马加鞭。黎明也许会更明朗,倘若如此,我们会再见面的。你们自己当心,离欧尔桑克远点!再见!'

"甘道夫走后,树须陷入了深思。他显然在很短的时间里知道了很多事,正在消化呢。他看着我们说:'呣,嗯,我发现你们不像我以为的那么性急。你们说的可比能说的少多了,不该说的又一点都没说。呣,这可真是一大堆消息,一点不假!好吧,现在树须又得忙起来了。'

"在他离开之前,我们从他那儿获得了一点消息,却一点都开心不起来。不过当时,比起弗拉多和山姆,还有可怜的波洛米尔,我们更担心你们三个。因为我们得知有一场大战正在开打,或者即将开打,而你们全都参与其中,说不定再也回不来了。

"'胡奥恩会帮忙的。'树须说。然后,他就走了。直到今天早上,我们才又见到他。

"当时夜很深了,我们躺在一堆石头上,别的什么也看不见。迷雾或者暗影笼罩万物,像一张巨大的毯子,裹住我们周围的一切。空气似乎潮湿又滞重,充满沙沙声、咯吱声,以及像耳语的呢喃声。我想,一定有几百个胡奥恩经过,前去援战。稍后,远远地,从南边传来一阵雷鸣般的巨响，一道道闪电横过远方的洛汗上空。我们不时能看见很多很多英里以外赫然耸现的山峰，黑白分明，稍纵即逝。我们后面的山岭间也有雷鸣般的声响，但不一样。整个山谷回音阵阵。

"一定是在午夜时分，恩特破坏了堤坝，把所有积蓄起来的水从北边石墙的一个缺口灌进了艾森加德。胡奥恩带来的黑暗已经过去了，滚滚雷声也已经远去，月亮西斜，渐落山后。

"缓缓流动的污水和水塘开始充满艾森加德，并往整个平原漫延，水面反射着月亮的清辉。不时有水流从通风口或喷气孔灌下去，大量的白色蒸汽嘶嘶冒出来，浓烟滚滚，伴随着爆炸声和熊熊火光。一大团蒸汽盘旋腾起，绕着欧尔桑克一圈圈往上升，最后看起来就像一座高耸的云峰，下面烈焰通红，上面月光银亮。水不断往里灌，最后，艾森加德看起来就像一口巨大的平底锅，到处蒸汽缭绕，水泡汩汩。"

"我们昨晚到达南库茹尼尔的入口时，看见南边云烟漫漫，蒸汽腾腾的，"阿拉贡说，"我们还担心萨鲁曼正在酝酿什么新的妖术来对付我们呢。"

"不是他！"皮平说，"他大概已经被呛得再也笑不出来了。到了早晨——昨天早晨，水已经灌满所有的洞，地面上浓雾笼罩。我们躲在那个警卫室里，着实吓坏了。湖水开始漫溢，经过旧隧道涌出来，很快就涨到阶梯上了。我们以为自己就要跟洞里那些兽人一样被水淹没，好在我们在储藏室后面发现了一道螺旋阶梯，它把我们带到了拱顶上。因为通道已经塌了，接近顶上的地方被落下的石头半堵着，得挤着才能出去。我们坐在洪水淹不到的高处，望着艾森加德被淹没。恩特们继续灌入更多的水，直到所有的火都被扑灭，每个洞穴都被灌满。浓雾慢慢地聚拢在一起，水汽升腾成一束巨大的云伞：肯定有一英里高。到了傍晚，一道硕大的彩虹跨越东边山岭，接着落日就被一阵浓密的细雨遮在山坡后面了。然后，万籁俱寂，只有几只狼在远方哀嚎。入夜后，恩特们不再灌水，让艾森河循原路复流。一切就这样结束了。

"从那之后，水就开始回落。我想地底下那些洞一定在哪里有排水道。不管萨鲁曼从哪个窗口往外望，看到的肯定都是一片狼藉。我们感到非常寂寞，这一整片废墟中，见不到一个可以说话的恩特，也没有消息。我们在拱道顶上过的夜，又湿又冷，谁都睡不着。我们有一种随时都可能有事情发生的感觉。萨鲁曼仍然在塔里。夜里有一种声音，像一股风朝山谷吹来。我想那些离开的恩特和胡奥恩又回来了，但到现在我都不知道他们去了哪里。我们早晨爬下来，环顾四周，什么都没看见，只有迷雾和湿气。我能讲的就这些了。在所有这些混乱之后，我们感觉现在差不多算平静了。而且因为甘道夫回来了，不知怎，感觉安全多了，我都能睡着了！"

一时间，他们全都陷入了沉默。吉姆利重新填满了他的烟斗。"有一件事我很好奇，"他一边说，一边用打火石和引火绒点燃烟草，"就是佞舌。你告诉希奥顿说，他跟萨鲁曼在一起。他是怎么进去的？"

"啊，对，我把他给忘了。"皮平说，"他是今天早上才到的。我们刚给壁炉生了火，吃了点早餐，树须就又出现了。我们听见他在外面'呼姆呼姆'的，叫着我们的名字。

"'小伙子们，我就是过来看看你们怎么样了，'他说，'顺便给你们带来点消息。胡奥恩回来了。一切都好。哎哟，真是好极了！'他猛拍大腿，大笑起来，'艾森加德再也没有兽人，没有斧头了！天黑之前，会有一群人从南方过来，其中有几个你们会很高兴见到的。'

"他话音刚落,我们就听见路上有**嘚嘚**的马蹄声,于是冲到了大门前。我站在那儿睁大眼睛,半期待着看见大步和甘道夫领头带着大军骑马而来。可从迷雾中钻出来的,却是一匹疲倦的老马,背上驮着一个人,一副不正常的古怪模样。除此之外,没有别人。他从迷雾中出来,突然发现面前一片废墟,顿时坐在马上目瞪口呆,脸色变得青绿。他那么惊慌失措,以至于一开始好像都没有注意到我们。等看见我们时,他惊叫一声,企图掉转马头就跑,但树须跨出三大步,长臂一伸,把他从马鞍上提溜了下来。他的马吓得撒腿就跑,他却匍匐在地上。他说他叫格里马,是国王希奥顿的朋友和参谋,希奥顿派他带着重要的消息来见萨鲁曼。

"'其他人谁也不敢骑马穿过野地,因为到处是恶臭的兽人,'他说,'所以我就被派来了。我这一路历经重重危险,现在又饿又累。我被狼群追赶,往北远远地偏离了路径。'

"我注意到他从眼角瞄着树须,心中暗道'骗子'。树须以他那种悠缓的方式打量了他好几分钟,直到这卑劣的家伙趴在地上局促不安起来。最后,树须开口道:'哈,哼,我正在等你,佞舌大人。'听到这名字,那人一惊。'甘道夫先来过了,所以关于你,我该知道的都知道了,我还知道该怎么处置你。甘道夫说,把所有老鼠都关进一个笼子里,我会的。现在,艾森加德的主人是我,萨鲁曼被关在塔里。你可以进去,把所有你能想到的消息都告诉他。'

"'放我走,放我走!'佞舌说,'我认识路。'

"'我不怀疑你认识路,'树须说,'不过这里的情况有点变化。你自己去看吧!'

"他放佞舌走了。那家伙一瘸一拐地穿过拱道,我们在后面紧跟着他。他走进环场,才看见在他与欧尔桑克之间,还隔着一片茫茫大水。他转过身来面对我们。

"'让我离开吧!'他哀嚎道,'让我离开!我的消息现在没用了。'

"'确实没用了,'树须说,'但你只有两个选择:要么跟我待在一起,等甘道夫和你的主人到来;要么就涉水过去。你要选择哪个?'

"一提到主人,那家伙浑身发抖,一只脚踩进水里,但随即又缩了回来。'我不会游泳。'他说。

"'水不深,'树须说,'只是很脏,但这不会伤害你,佞舌大人。快下水吧!'

"树须话音才落,那卑劣的家伙就扑腾进大水离去了。他没走多远,我就看到水已经淹到他的脖子了。在我最后的视野中,他紧紧地抱着一个旧木桶,也可能是一块木头。不过树须涉水跟在他后面,盯着他的行程。

"'嗯,他进去了。'树须回来后说,'我看见他像一只落汤老鼠,爬上了台阶。塔里还有人在:有一只手伸出来把他拉了进去。行了,他到那儿了,我祝愿他得到称心如意的欢迎。现在我必须得去洗掉这一身污泥。要是有人想见我,让他往上到北边找我。这里太低,没有干净的水适合恩特饮用或洗澡。因此,我请你们两个小伙子看着大门,留意来人。请注意,其中会有洛汗的国王!你们一定要尽你们所知的礼数好好欢迎他,他的人马跟兽人打了一场大战。也许你们比恩特更懂人类的礼节,知道该对那样一位国王说什么话。我这一辈子中,这片绿色的原野上有过许多王,但我从来不懂他们的话,也不知道他们的名字。他们会需要人类的食物,我猜你们全都了解。因此,可能的话,去找一些你们认为适合国王吃的东西来吧。'故事到此就结束啦。

不过，我很想知道这个佞舌是谁。他真的是国王的参谋吗？"

"他曾经是，"阿拉贡说，"但他也是萨鲁曼安插在洛汗的奸细和仆人。命运对他没有比他应得的更仁慈。看到自己认为固若金汤、辉煌壮观的地方变成一片废墟，差不多就足够惩罚他的了，不过恐怕还有更糟糕的惩罚在等着他。"

"是的，我估计树须送他进欧尔桑克，也不是出于仁慈。"梅里说，"树须似乎觉得这事办得相当得意，离开去洗澡和喝水时还自顾自地大笑着。之后我们俩忙了好半天，在废墟里好一阵翻找。我们在附近几个不同的地方找到了两三个储藏室，都在水位线之上，没有被淹没。不过树须派了一些恩特下来，搬走了好些东西。

"'我们需要二十五份人类的食物。'那些恩特说。所以你们看，有人在你们到来之前已经仔细计算过你们的人数了。你们三个人显然也算在大人物之列。不过，你们在那边并不会比这边吃得更好，我保证我们留下的东西跟送过去的一样好，甚至更好，因为我们没有把酒给他们。

"'喝的怎么办？'我问那些恩特。

"'有艾森河的水，'他们说，'人类和恩特喝着都够好。'不过，我还是希望恩特们能抽出时间，用山泉酿出一些他们喝的那种饮料。那样的话，等甘道夫回来，我们准能看见他的胡子都卷起来了。那些恩特走了以后，我们觉得又累又饿，但我们没有抱怨，我们的劳动得到了大大的回报。在搜寻人类食物的过程中，皮平从那一大堆漂浮物里捞到了大奖，就是霍恩布洛厄家的那些小木桶。皮平说：'饭后抽口烟，赛过活神仙。'于是就有了你们看见的情况。"

"现在我们全都明白啦。"吉姆利说。

"只除了一点，"阿拉贡说，"艾森加德竟然有南法兴来的烟斗草！我越想越觉得耐人寻味。我从没来过艾森加德，但我曾游历过这片土地，对洛汗与夏尔之间这整片空旷的乡野非常熟悉。多年以来，都没有旅人或货物经过这里，至少没有公开经过。我猜，萨鲁曼跟夏尔的某个人有秘密交易。佞舌不只在希奥顿王的宫殿里，别的地方或许也能找到一些。桶上有日期吗？"

"有，"皮平说，"是1417年出品的，就是去年。噢，不，现在算当然是前年了，美好的一年。"

"啊，好吧，不管他们谋划的邪恶企图是什么，我希望现在都已经结束了，否则我们目前可是鞭长莫及了。"阿拉贡说，"不过，我认为应该跟甘道夫提一提这事，尽管他统观大局，这件小事似乎微不足道。"

"不知道他在干什么，"梅里说，"下午都快过去了。我们四处逛逛吧！大步，如果你想的话，现在可以随意进入艾森加德了。不过，风景可不太令人愉快哟！"

第 10 章
萨鲁曼的声音

  他们穿过损毁的隧道，站在一堆石块上，望着欧尔桑克黑塔和上面无数的窗户。满目疮痍中，这高塔仍然笼罩着一股邪气。大水这时差不多都已消退，留下一洼洼污泥池塘，上面漂着泡沫和残骸。宽阔的环场大部分已经重新露出来了：一片满地烂泥和落石的荒野。地面坑坑洼洼，到处是凹下去的黑洞，东倒西歪的石柱和木桩遍布各处。这个破碗边缘，堆着庞大的土丘和土坡，就像被一场暴风雨冲积出来的沙石堆。更远处，乱糟糟一片的绿色谷地向上攀升，钻进了两道暗色山脉之间的长狭谷里。他们看见对面的骑兵们正从北边择路穿过这片废墟而来，已经接近欧尔桑克了。

  "是甘道夫，还有希奥顿和他的人马！"莱戈拉斯说，"我们过去迎接他们吧！"

  "小心点走！"梅里说，"很多石板都松了，要是不小心踩到，会翘起来把你甩进洞里。"

  他们沿着残破的路从大门口朝欧尔桑克走去，走得很慢，因为地上的石板碎裂不堪，布满泥泞。骑兵们看到他们走近，便在高塔的阴影中停下来等着。甘道夫策马迎向他们。

"嘿！我和树须讨论得挺有意思，我们制订了几个计划，"他说，"我们也好好休息了一下。现在我们又必须得行动起来了。你们几个也都休息好，恢复精神了吧？"

"是的，"梅里说，"不过我们的讨论是从抽烟开始的，又以抽烟结束。我们对萨鲁曼的不满程度不似以前那么深了。"

"真的吗？"甘道夫说，"好吧，我可没这感觉。离开前，我还有最后一件事要办：我必须跟萨鲁曼辞个行。这很危险，也可能没什么用，但必须得去。你们谁如果愿意，可以跟我一起去，但是千万小心！别开玩笑！这不是开玩笑的时候。"

"我去，"吉姆利说，"我想见见他，看他是不是真的像你。"

"矮人大人，你要怎样看出来呢？"甘道夫说，"如果萨鲁曼想要你眼里的他很像我，你就会看见他很像我。你有足够的智慧识破他所有的伪装吗？好吧，也许我们到时候就知道了。他说不定不好意思在众目睽睽之下露面。不过我已经让所有的恩特都避开了，这样我们也许能劝他出来。"

"什么危险？"皮平问，"他会朝我们射箭？他从窗口扔火焰？还是他能从远处对我们下咒？"

"最后一种最有可能，假如你漫不经心地骑到他门前的话，"甘道夫说，"但谁也不知道他能做什么，或者使出什么样的手段。接近困兽是很不安全的，而且萨鲁曼拥有你们猜测不到的力量。当心他的声音！"

他们来到了欧尔桑克脚下。整座塔油黑油黑的，岩石泛着水光。

多面的岩体边缘十分锋利,仿佛新凿出来的一样。近塔底处有些刮痕和剥落的小薄碎片,那是暴怒的恩特攻击后留下的全部痕迹。

在黑塔东面,两根石柱夹角处,有一面离地很高的大门,大门上方是一个装有护窗的窗户,开窗朝向一个围着铁栏杆的阳台。一道共有二十七级的宽阔阶梯从地面直通到大门的门槛。这道阶梯是以某种未知的技艺凿刻同类黑岩石而成的。这是高塔唯一的入口,但塔壁上的许多高窗凿有深深的箭孔,远远望上去,就像尖角石柱陡峭表面上的小眼睛。

甘道夫和国王在阶梯前下了马。"我上去,"甘道夫说,"我曾被困在欧尔桑克,知道危险何在。"

"我跟你一起上去。"国王说,"我老了,不再惧怕任何危险。我想跟那个害我至深的敌人谈谈。伊奥梅尔应该跟我一起去,免得我这双老脚走不稳。"

"随你所愿,"甘道夫说,"阿拉贡跟我去吧。其他人就在阶梯下等我们。如果有什么可听可看的,你们在这里都听得见看得到。"

"不行!"吉姆利说,"莱戈拉斯和我都想近一点看。我们分别代表着各自的种族。我们也会跟在你们后面。"

"那就来吧!"甘道夫说完便跨上台阶,希奥顿走在他身旁。

洛汗骑兵们不安地坐在马上,分列阶梯两边,忧心忡忡地望着高塔,担心他们的国王会遭遇什么危险。梅里和皮平坐在最下面一级台阶上,感觉既渺小又不安全。

"从这里到大门得有半英里!"皮平嘟囔道,"我希望我能神不知鬼不觉地溜回警卫室!我们来干吗?他们又不需要我们。"

甘道夫站在欧尔桑克门前,举起手杖敲门。门发出空洞的响声。

双塔

"萨鲁曼，萨鲁曼！"他以命令的语气高声喊道，"萨鲁曼，出来！"

门内半晌无应答。最后，门上方的窗户打开了，但黑乎乎的窗口不见人影。

"是谁？"一个声音说，"你们想干吗？"

希奥顿吃了一惊。"我认得这声音，"他说，"我诅咒我第一次听从这声音的那一天。"

"佞舌格里马，既然你已经为萨鲁曼跑腿，那就去叫他出来！"甘道夫说，"别浪费我们的时间！"

窗户关上了。他们在外面等着。突然，另一个声音响起，这声音低沉悦耳，充满了魔力。聆听的人若不留心，几乎说不清自己听到的话语。即使他们说得出来，也会很疑惑，因为一旦说出来，其中的魔力就所剩无几了。他们记得的，大多只是听这声音说话时心中的愉悦。这声音所说的似乎都是睿智理性的金玉良言，让他们内心生出一种渴望，迫不及待想要附和，以显示自己的聪明。相较之下，其他人说话似乎就刺耳难听，粗鲁不文，如果他们反驳这声音，就会点燃那些已被迷住的人心中的怒火。对某些人来说，这魔力只在那声音对着他们说话时才有效，当它对别人说话时，他们就会笑，就像当有人对玩杂耍者的把戏目瞪口呆时，那些看穿的人会发笑一样。然而对许多人来说，光这声音本身就足以使他们沉迷，而对那些被这声音征服的人来说，即使他们身在远方，也依然受其摆布，他们会一直听见它的柔声细语，听见它敦促他们干这干那。只要这声音的主人还在操纵它，就没有人能无动于衷，没有人能拒绝它的恳求与命令，除非他们意志坚定。

"怎么了？"此刻它温和地质问道，"你们为什么一定要打扰我休息呢？你们一定要让我昼夜不得安宁吗？"这语调，就像是一个心地善良的人，因受到不当的伤害而满腹委屈似的。

他们抬起头，惊诧不已，因为谁都没有察觉到他的出现。他们看见一个身影站在栏杆边，正俯视着他们：那是一个老人。他全身裹在一件大斗篷里，斗篷的颜色很难说，因为随着他的动作或他们目光的游移，斗篷的颜色会改变。他的脸很长，前额很高，长着一双深陷的黑眼睛，尽管此时显得凝重、慈祥，又带点疲惫，却深不可测。他须发皆白，但唇边和耳际依然可见缕缕青丝。

"像，但又不像。"吉姆利嘀咕道。

"不过，现在让我来瞧瞧，"那柔和的声音说，"你们当中至少有两个我知道名字。甘道夫我太熟了，他不大可能是来寻求帮助或听取忠告。可你，洛汗马克的国王希奥顿，你高贵的徽记昭示了你的身份，你那埃奥尔家族的英俊容貌更表明了你的血统。声名显赫的森格尔这位杰出的儿子啊！以前你为什么没有来这儿呢？为什么不曾作为一位朋友前来？我是多么渴望见到你啊，西部大地最强大的君主，尤其是最近几年，我是多么渴望将你从那些包围着你的愚蠢而又邪恶的谗言中解救出来！难道这已经太晚了吗？尽管我受到这么多伤害，其中也有洛汗子民使力，唉，我仍然想拯救你，让你从那趋向无可避免的毁灭中逃出，即使你已经踏上了这条路。事实上，现在只有我一个人能帮你了。"

希奥顿张开嘴，像是要说话，却什么也没说出来。他抬头看着萨鲁曼那张正用漆黑冷肃的眼睛俯视自己的脸，然后扭头看了看身旁的甘道夫。他似乎在犹豫。甘道夫没有反应，只是站在那儿，沉默如石，像是在耐心等候某个尚未到来的召唤。骑兵们一开始有些骚动，低声应和萨鲁曼的话。接着,他们也陷入了沉默,就像被咒语镇住了一样。他们觉得,甘道夫从来没有这么言语优雅得体地赞美过他们的国王,现在想起来,他对待希奥顿的态度实在是既粗鲁又傲慢。他们心头掠过一道阴影,那是一种对巨大危险的忧虑:甘道夫正驱赶着他们走向马克的黑暗结局。而萨鲁曼站在一扇逃生门旁,半推开门,让一线光明得以透入。全场鸦雀无声,气氛凝重。

突然打破沉默的是矮人吉姆利。"这巫师的话都是谎言!"他低吼道,伸手握住了斧柄,"在欧尔桑克的语言里,帮助意味着破坏,拯救意味着杀戮,这一清二楚。我们不是来这里乞讨的!"

"安静!"萨鲁曼说。有那么一瞬,他眸光一闪,声音不再那么圆滑。"我还没跟你说话,格洛因之子吉姆利。"他说,"你的家乡在远方,此地的动荡与你无太大关系。你被卷进这些麻烦,并非你蓄意如此,所以我不怪你在其中扮演的角色——我不怀疑,你是一位勇士。不过,我请求你,允许我先跟我的邻居,也曾是我的朋友的洛汗国王谈一谈。

"希奥顿国王,你有什么要说的呢?你愿意与我和平共处,接受我长年积累的知识所能带来的一切帮助吗?我们不能共同商讨,如何应对这邪恶的日子,修复我们的创伤,心怀善意地让我们双方的家园开出比以往任何时候都更美丽的花朵吗?"

希奥顿依然没有回答。没有人猜得出他内心是在与愤怒还是怀疑斗争。伊奥梅尔开口了。

"陛下,请听我说!"他说,"现在我们感觉到了之前被警告过的危险。我们跃马杀敌,终获胜利,为什么最后要站在这里,被一个口蜜腹剑的老骗子迷惑?如果可以开口,掉进陷阱里的恶狼也会对猎犬这么说话的。说实在的,他能给您什么帮助?他想要的,不过是赶紧摆脱困境。您要和这个翻手背叛覆手谋杀的家伙和谈吗?别忘了在渡口倒下的希奥杰德和葬身海尔姆深谷的哈马!"

"说到口蜜腹剑,我们该怎么谈论你呢,小毒蛇?"萨鲁曼说。现在,他的怒火显而易见。"不过算啦,伊奥蒙德之子伊奥梅尔!"他再次用柔和的声音说,"每个人都要扮演自己的角色。你是英勇的战士,也因此赢得了极高的荣誉。砍杀你的国王所说的那些敌人就够了,别搅和到你不懂的政治里。不过,也许等你当了国王,就会发现国王必须谨慎选择朋友。萨鲁曼的友谊和欧尔桑克的力量,是不能轻易抛开的,无论我们之间有什么恩怨,也不管这些恩怨是真是假,都可以放下。你打赢了一场战斗,但并非打赢了一场战争,而且你这次所获得的援助,不可能指望有第二次。下次,你也许会发现这森林的阴影就出现在你家大门前,它难以捉摸、愚蠢无知,而且不喜欢人类。

"可是,我的洛汗王啊,难道因为英勇的战士在战斗中倒下,我就要被称为杀人犯吗?如果你上战场——这毫无必要,我也不想有这种事——那就一定会有人伤亡。如果我因此就成为杀人犯,那整个埃奥尔家族也都背负谋杀的污名,因为他们参与了很多次战争,击杀了许多反抗他们的人。然而,他们后来与其中一些对手握手言和。因此,明智决策是没有什么坏处的。要我说,希奥顿王,你我难道不应该和平相处、重建友谊吗?这事应该由我们自己决定。"

"我们会获得和平的,"希奥顿终于嗓音沙哑地努力开了口,几名骑兵高兴得脱口欢呼,但被希奥顿抬手制止了,"是的,我们会获得和平的,"现在他的声音清晰了许多,"我们会获得和平的,在你和你造就的一切都灭亡之后,在你打算把我们出卖给的那位黑暗主子造就的一切也都灭亡之后！萨鲁曼，你是一个骗子，是一个败坏人心的家伙。你向我伸出手，而我看见的只是魔多爪子上的一根手指，残忍而又冷酷！即使你对我发动的战争是正义的——但并不是，即使比现在聪明十倍，你也没有权利为了一己之私来随心所欲地统治我和我的子民——即使如此，你要如何解释被你纵火烧成焦土的西伏尔德和烧成焦尸的儿童？哈马战死后，他们还在号角堡的大门前砍戮他的尸体。等你被挂在你窗前的绞架上，任由你豢养的那些乌鸦大快朵颐时，我就跟你和欧尔桑克握手言和！埃奥尔家族受够了。我虽是我伟大父辈的不肖子孙，但也不会对你低三下四。放弃吧！恐怕你的声音已经失去魅力了。"

骑兵们如梦初醒般怔怔地看着希奥顿，他们主人的声音在萨鲁曼音乐一般的声音之后，听起来如同老鸦鸣叫一般刺耳。萨鲁曼一时控制不住恼羞成怒，他探出栏杆，仿佛要用手杖击打国王。突然之间，有人觉得自己看见了一条盘起身体准备发起攻击的毒蛇。

"绞架和乌鸦！"他嘶声道，众人都为这恐怖的转变不寒而栗，"老昏君！埃奥尔的宫殿算什么？不过是一间茅草屋，里面一帮土匪强盗在臭气里吃吃喝喝，他们的小崽子跟狗一起在地上打滚！早就该上绞架的是他们！不过，绞绳已经套上，正在慢慢收紧，最后会收得牢牢的。你们就等着被绞死吧！"他的声音又变了，他在慢慢压抑自己的怒火，"马克王希奥顿，我不知道自己怎么会有耐心跟你说话，因为我不需要你，也不需要你那一小队骑手，你们逃跑跟冲锋一样迅速。很久以前，我给了你超出你的才能和智慧的地位。现在我又给你一次，好让那些被你引入歧途的人清楚地知道有不同的路可选。可是你竟自吹自擂，还对我出言不逊！那就如你所愿，滚回你的茅草屋去吧！

第 10 章 萨鲁曼的声音

"然而你，甘道夫！起码我替你感到悲哀，替你感到羞愧。你怎么能忍受这样的同伴？甘道夫，你是一个高傲的人——毋庸置疑，你拥有高贵的心智和看得深远的双眼。难道到了现在，你还不愿听从我的劝告吗？"

甘道夫动了动，抬起头。"你有什么话是我们上次会面时没说的？"他问，"还是说，你想收回说过的话？"

萨鲁曼一怔。"收回？"他若有所思地复述一句，仿佛感到很困惑，"收回？我努力劝告你都是为了你好，你却没怎么听进去啊！你骄傲，不喜欢听劝告，确实拥有丰富的智慧。不过我认为你上一次犯了错，故意误解了我的意图。恐怕我当时因为急于说服你而失去了耐心，我为此深感后悔。因为我对你并没有恶意，哪怕你现在带着一帮凶残而又无知的家伙找上门来，我对你还是没有恶意。我怎么会呢？我们俩不都是一个高贵又古老、中州最杰出的团体的成员吗？我们的友谊是互惠互利的。我们仍然可以携手大展宏图，治理这个世界的种种混乱。让我们互相理解，不要理会这些劣等种族的干扰吧！让他们等候我们的决定！为了共同的利益，我愿意补偿以往的过失，接纳你。你不愿跟我共同商讨吗？你不愿上来吗？"萨鲁曼在这最后一搏中注入了如此强大的力量，以至于听者无不动容，但是这次的魔咒全然不同。他们听见的是一个仁慈的君王正在谆谆劝导一个犯了错却依然受宠爱的臣子，然而他们却被拒之门外，像顽皮的孩子或愚蠢的仆人，偷听一扇不对他们打开的门内，长辈们那难以捉摸的谈话，疑惑它们会如何影响自己的命运。这两个人确实高高在上，令人敬畏又充满智慧。他们应该结盟。甘道夫将上到高塔里去，在欧尔桑克的高厅里讨论那些他们理解不了的深奥之事。那扇门会被关上，他们会被关在门外，遣散在旁，等候分派下来的工作或惩罚。就连希奥顿脑海中都形成了这样的念头，像一道怀疑的阴影："他会背叛我们，他会离开，我们会失败。"

就在这时，甘道夫大笑起来。众人的胡思乱想如一缕轻烟般消散了。

"萨鲁曼啊，萨鲁曼！"甘道夫一边大笑一边说，"萨鲁曼，你走错了人生之路。你应该去做国王的弄臣，凭借模仿他的参谋来赚得衣食温饱。而我——"他顿了顿，强忍住笑，"互相理解？恐怕我已经超出你的理解范围了。而你，萨鲁曼，现在我太了解你了。你的言行举止，我可比你以为的记得更清楚。上一次我来拜访你时，你是魔多的狱卒，我也差点被送去那儿。不！一个从屋顶逃脱的客人，在经由大门回来之前，一定会三思的。不，我想我不会上去的！不过你听着，萨鲁曼，我说最后一次！你真的不愿意下来吗？事实证明，艾森加德不如你所希望和幻想的那般牢固。而那些你坚信不疑的其他事物，或许同样如此。暂时离开艾森加德真的不好吗？也许，你可以转而求助新的事物？好好想想吧，萨鲁曼！你不下来吗？"

萨鲁曼脸上掠过一道阴影，然后变得死白。他还没来得及掩饰，众人就已经看穿了他面具下被疑虑所苦的心思：既憎恨留在塔中，又惧怕离开它的庇护。他迟疑了一瞬，众人屏息等待。然后，他开口了，声音尖锐而冷酷。骄傲和仇恨征服了他。

"我会下去吗？"他嘲讽道，"一个手无寸铁的人，会下去跟门外的强盗谈判吗？我在这里能清楚地听见你说话。我不是笨蛋，我不信任你，甘道夫。他们没有公然站在我的阶梯上，但我知道那些野蛮的树魔奉了你的命令，潜伏在何处。"

"叛徒总是多疑。"甘道夫疲倦地答道,"不过你无须担心自己的性命。假如你真的了解我,就应该知道,我不想杀你,也不想伤害你。我还有力量保护你。我给你最后一次机会。你可以离开欧尔桑克,自由地离开,如果你选择离开的话。"

"这听起来不错,"萨鲁曼冷笑道,"十足的灰袍甘道夫腔调:如此屈尊俯就,如此仁慈。我一点都不觉得奇怪,因为你会发现欧尔桑克宽敞舒适,我的离去正中你的下怀。可我为什么要离开?你说的'自由'是什么意思?我想,你是有条件的吧?"

"离开的理由,你可以从你的窗口看见,"甘道夫答道,"其他的你应该也能想到。你的奴仆或灭或逃;你的邻居被你变成了敌人;你还欺骗你的新主子,或企图欺骗他。当他的眼睛转向此处时,那将会是一只暴怒的红眼。然而,当我说'自由',我的意思就是'自由':摆脱捆绑、锁链或命令的自由,去你想去的地方,甚至——甚至去魔多,萨鲁曼,如果你想去的话。不过你首先必须将欧尔桑克的钥匙连同你的手杖都交给我。它们将作为你行为的保证,若你兑现承诺,以后会还给你的。"

萨鲁曼脸色铁青,面容因愤怒而扭曲,眼中燃起了红光。他疯狂地大笑起来。"以后!"他喊道,声音拔高到尖厉,"以后!是啊,我想,应该是你把巴拉督尔的钥匙,还有七王的王冠,以及五位巫师的手杖都拿到手,并且给自己买来一双比现在所穿的大好几倍的靴子之后吧!真是一个谦虚的计划啊!这哪里需要我的帮助!我还有其他事要忙。别傻了!如果你想趁着还有机会来跟我交易,那就先滚,等清醒了再回来!把这些割喉强盗,以及吊在你尾巴上晃荡的那些小累赘,统统甩掉!再见!"他转身离开了阳台。

"回来，萨鲁曼！"甘道夫喝道。众人吃惊地看见，萨鲁曼又转过身，仿佛被硬拽了回来。他慢吞吞地回到铁栏杆边，气喘吁吁，靠在上面。他脸颊凹陷，皱纹满面，爪子一样的手紧紧抓着沉重的黑手杖。

"我可没准许你离开。"甘道夫厉声道，"我还没有说完。你已经变成了一个傻瓜，萨鲁曼，可鄙又可怜。本来你还有机会摆脱愚昧和邪恶，继续效力，但你选择留下，继续咬啮你旧把戏的尾巴。那就留下吧！但我警告你，你再出来可就没那么容易了，除非是东方那双黑手伸过来抓你。萨鲁曼！"他喊道，声音变得充满力量和威严，"看啊！我不是你背叛的灰袍甘道夫，我是从死亡回归的白袍甘道夫。现在，你已经没有颜色，我将你从吾辈与白道会中驱逐出去！"

他举起手，缓缓地用清朗的声音说："萨鲁曼，你的手杖断了。"只听咔嚓一声，萨鲁曼手中的手杖碎裂开来，杖头落在甘道夫脚边。

"滚！"甘道夫说。萨鲁曼惨叫一声，往后跌倒，然后爬着离开了。就在这时，一个沉重闪亮的东西从高处砸了下来。在萨鲁曼离开之际，它撞上铁栏杆，然后擦着甘道夫的脑袋砸在他站立的台阶上。栏杆咣啷一声折断了，台阶也被砸裂了，火星四溅，但那个球却毫无损伤：它滚下了台阶。那是一颗黑色的水晶球，但球心有一团火。水晶球弹跳着滚向一个水塘，皮平追上去把它捡了起来。

"这个凶残的恶棍！"伊奥梅尔叫道。然而甘道夫一动不动。"不，那不是萨鲁曼扔的，"他说，"我想，甚至都不是他吩咐的。它是从更上面的一个窗户砸下来的。我猜，这是佞舌大人的一记告别礼，不过没瞄准。"

"瞄得不准，也许是因为他不知道自己更恨的是谁，是你还是萨鲁曼。"阿拉贡说。

第10章 萨鲁曼的声音

"也许吧，"甘道夫说，"这两人在里面做伴，不会太舒服：他们会言语相讥，互相折磨。不过这惩罚很公正。如果有朝一日，佞舌能活着走出欧尔桑克，那只能说他赚到了。"

"嘿！小伙子，让我来拿！我可没要你处理它。"他猛地转过身大喊道，因为他看见皮平正在爬阶梯，慢腾腾地，像是重负在身的样子。他走下阶梯迎上去，赶紧从霍比特人手中拿过那个黑色的圆球，用自己的斗篷将它裹上。"这东西交给我来处理，"他说，"我猜，这可不是萨鲁曼会拿来扔的东西。"

"他可能还有别的东西扔，"吉姆利说，"如果你们的论争已经结束了，那我们就走吧，至少走出他能扔石头砸到我们的范围！"

"是结束了，"甘道夫说，"我们走吧。"

他们转过身，离开欧尔桑克的大门，走下阶梯。骑兵们高兴地向国王欢呼，并向甘道夫致敬。萨鲁曼的魔咒被破解了：他们见证了他被甘道夫召回、夺力、驱逐的过程。

"好啦，这事办完了，"甘道夫说，"现在我得找到树须，告诉他事情的进展。"

"他肯定猜得到吧？"梅里说，"还可能有别的结果吗？"

"不太可能。"甘道夫答道，"尽管结果都差不多，但我有去试一试的理由，有些理由出于仁慈，有些却不那么仁慈。首先，可以看到萨鲁曼声音的魔力正在衰退。他不能既当暴君又当谋士。当时机成熟，阴谋诡计就不再是秘密了。不过他落入了圈套，试图当着他人的面，将受害人各个击破。然后，我给了他最后一次机会，一个公平的机会：放弃魔多和他秘密的阴谋，向我们伸出援手，以此赎罪。我们的需求他再清楚不过，他本来可以给我们极大的帮助，而他却选择袖

255

手旁观,还想保住欧尔桑克的力量。他只肯发令,不肯做事。现在,他怀着对魔多阴影的恐惧度日,却依然梦想兴风作浪。悲惨的傻瓜!如果东方的势力蔓延到艾森加德,他会被吞噬的。我们无法从外面摧毁欧尔桑克,但索伦——天知道他能做什么。"

"那要是索伦没有征服他呢?你会把他怎么办?"皮平问。

"我?不怎么办!"甘道夫说,"我不会对他怎么样。我不想掌控什么。他会变成什么样?我说不上来。让我痛惜的是,高塔中那么多美好的东西现在都腐败了。不过对我们来说,情况还不算坏。命运的辗转可真奇怪啊!憎恨伤害的常常是自身!我猜,就算我们进去了,欧尔桑克里也找不到比佞舌朝我们扔下来的这个球更珍贵的东西了。"

上方高处一扇敞开的窗户里传来一声凄厉的尖叫,随即戛然而止。

"看来萨鲁曼也是这么想的。"甘道夫说,"别管他们了,我们走吧!"

他们回到了大门废墟前。刚出拱道,树须和其他十几个恩特便从之前伫立的大石堆阴影处显身,大步走上前来。阿拉贡、吉姆利和莱戈拉斯都惊奇地盯着他们。

"树须,这是我的三个同伴,"甘道夫说,"我提过他们,但你还没见过。"他一个一个地把他们介绍给树须。

老恩特用审视的目光挨个打量他们,跟他们说话。最后,他转向莱戈拉斯:"我的好精灵,这么说你是大老远从黑森林来的?那曾经是一座非常伟大的森林!"

"现在仍然是,"莱戈拉斯说,"但还没有伟大到能让居住在那里的我们失去见识新树的兴趣。我非常想去范贡森林转转。经过它的边缘时,我就不想离开。"

树须眼中闪烁着愉快的光芒。"我希望群山未老之前,你的愿望得以实现。"他说。

"我若有幸,会去的。"莱戈拉斯说,"我跟我的朋友达成了一项协议,如果一切顺利,我们将一起拜访范贡森林,若你允许的话。"

"任何与你同来的精灵,我们都很欢迎。"树须说。

"我说的这位朋友不是精灵,"莱戈拉斯说,"我指的是这位,吉姆利,他是格洛因之子。"吉姆利深深鞠了一躬,结果斧子从腰带上滑脱,当啷一声掉在地上。

"呼姆,哈姆!啊哈!"树须神色不虞地看着他,"一个矮人!一个斧子携带者!呼姆!我对精灵是有善意的,但你这要求过分了。这是一种奇怪的友谊!"

"也许奇怪吧,"莱戈拉斯说,"但只要吉姆利还活着,我就不会独自前往范贡森林。唉!范贡啊!范贡森林的主人啊!吉姆利的斧头不是用来砍树的,而是用来砍兽人脖子的,他在海尔姆战役中砍杀了四十二个兽人。"

"呼!好吧!"树须说,"这故事就好多了!好吧,好吧,顺其自然吧,也没必要急着担忧。不过现在我们得分开一会儿。白日将尽,甘道夫说你们得在天黑之前离开,马克之王也急着回家去。"

"是的,我们必须走了,现在就走,"甘道夫说,"恐怕我得带走你的两个守门人喽。不过,没了他们俩,你也能应付得来的。"

"也许可以,"树须说,"但我会想念他们的。在这么短的时间里,我们已经成了朋友,我想我一定是变得越来越性急了——返老还童,变年轻了。不过,他们是我很长很长时间以来,在太阳和月亮底下看见的第一样新事物。我不会忘记他们的。我已经把他们的名字放进长名单里了。恩特们会记得它的——大地恩特，寿与山齐，昂首阔步，大口饮水；霍比特人，饥渴孩童，笑口常开，个头小小。

"只要树叶还在更新，我们就还是朋友。再会了！不过，如果你们在你们美好的家乡夏尔听到消息，请带个信给我！你们知道我的意思：有关恩特婆的传言或踪迹。要是可以，你们亲自来！"

"我们会的！"梅里和皮平异口同声地说，然后匆忙转身走开了。树须看着他们，沉默了好一会儿，若有所思地摇了摇头。然后，他转向甘道夫。

"怎么，萨鲁曼不肯离开？"他说，"我就知道他不肯。他的心跟黑胡奥恩的心一样腐烂了。不过，要是我被打败，我所有的树也都会被摧毁，只要还剩一个黑洞可以藏身，我也不会出来的。"

"你是不会，"甘道夫说，"可你并没有谋划着用你的树去霸占整个世界，窒息所有其他生灵。这就是问题所在，萨鲁曼仍然心怀仇恨，尽他所能编织这类罗网。他有欧尔桑克的钥匙，但一定不能让他逃走。"

"一定不会！恩特们会看住他的。"树须说，"没有我的允许，萨鲁曼别想踏出那座石塔一步。恩特们会盯住他的。"

"很好！"甘道夫说，"这正是我所希望的。现在我可以放心离开，去操心别的事了。你们一定要小心。水已经退了。我担心只在高塔四周布置岗哨还不够。我认为在欧尔桑克底下，一定有很深的地道，过不了多久，萨鲁曼可能想利用它们神不知鬼不觉地进出。如果你们肯出力气，我请你们再灌一次水，把艾森加德淹成一个水塘，或者你们找出所有的出口。只有当地下所有的地方都被淹没，出口都被堵死，萨鲁曼才会不得不待在高塔上朝窗外张望。"

"这事就交给恩特吧！"树须说，"我们会把整座山谷从头到脚都搜一遍，查看每块石头。树木会回来住在这里，老树、野树，都会回来。我们会把它叫作'监视森林'。就算真有一只松鼠来这儿，我都会知道。这事就交给恩特吧！直到七倍于他折磨我们的岁月过去，我们都不会放松对他的监视。"

第11章
帕蓝提尔

当甘道夫和他的伙伴们，国王和他的骑兵们又从艾森加德出发时，太阳已经西沉到长长的山坡后面了。甘道夫带着梅里，阿拉贡带着皮平。国王的两个骑兵在前面打头，疾驰而行，很快就下到山谷里，消失在众人的视野中。其他人不紧不慢地跟在后面。

恩特们在大门前站成一排，如雕像般庄严。他们高举长臂，但不作一声。在蜿蜒的路上行进了一段之后，梅里和皮平回头望去。天空依然阳光灿烂，但长影已经笼罩了艾森加德：灰墟正落入黑暗中。此刻只有树须孤零零地站在那儿，像一根遥远的老树桩。两个霍比特人想起了他们的初次相遇，那时阳光普照在范贡森林的一个岩架上。

众人来到白手石柱前。这柱子依然立着，但凿出的白手已经被扔下来碎成了片，那根长长的食指正躺在路中央，在暮色的映衬下，苍白死寂，指甲却红得发黑。

"恩特们注意到了每一个细节！"甘道夫说。

他们继续骑行，山谷中夜色渐深。"甘道夫，我们今晚要骑很远吗?"过了一会儿,梅里问,"我不知道你对你后面这个晃荡的小累赘有什么感觉,但是小累赘累了,很乐意停止晃荡躺下来休息。"

"这么说你听到那些话啦?"甘道夫说,"别耿耿于怀!谢天谢地,没有更多针对你们的话。他一直盯着你们呢。如果这能安慰一下你的自尊,那我就告诉你:当时,你和皮平在他心里可比我们其他人都重要。你们是谁?你们怎么来的这里?为什么来?你们知道什么?你们是否被掳?如果是,在兽人被全歼时,你们又是如何逃脱的?正是这些小谜题令萨鲁曼那伟大的脑袋烦恼不已。倘若他的关注让你感到荣幸,梅里亚达克,那他的讥笑就是称赞了。"

"谢谢你!"梅里说,"可是,甘道夫,能晃荡在你后面是更大的荣幸。起码在这个位置,我有机会把同一个问题问上第二遍:我们今晚要骑很远吗?"

甘道夫大笑:"你可真是一个最令人难以招架的霍比特人!所有巫师都应该关注一两个霍比特人——好让自己悉词达意,纠偏佐正。我请你原谅。这些简单的问题我也都考虑过了。我们会这样不紧不慢地走上几个钟头,直到走到山谷尽头。明天我们就必须骑快点。

"我们来时,本打算越过平原,直接从艾森加德返回国王在埃多拉斯的宫殿,也就几天的骑程,但斟酌之后,我们改变了计划。打头的传令兵已经往海尔姆深谷去了,去提醒大家国王明天返回。他会带着许多人,从那里经由山岭间的小路前往黑蛮祠。从现在开始,不管白天还是晚上,两三个以上的人不要公然结伴穿过平原,能避免这样就避免这样。"

"你总是这样,要么什么都不说,要么一说就说很多!"梅里说,"恐怕除了今晚的床,我没想知道更多。海尔姆深谷在哪儿?什么样?

261

其他地方又在哪儿？什么样？我对这片乡土一无所知。"

"要是你想理解如今的局势，那最好有所了解。不过不是现在了解，也不是从我这里了解。我有太多紧迫的事情要考虑。"

"好吧，到时候我到营火旁去问大步，他没那么急躁。可是为什么一切都神神秘秘的？我以为我们已经赢了这场战斗！"

"是的，我们赢了，但只是赢了第一仗，而胜利本身增加了我们的危险。艾森加德和魔多之间有某种联系，但到底是什么，我还没有推测出来。他们是如何交换消息的，我还不确定，但他们确实交换了消息。我想，巴拉督尔之眼会焦急地望向巫师谷，望向洛汗。它见到的越少越好。"

路缓缓行过，蜿蜒钻下山谷，艾森河的石头河床忽近忽远。夜幕从山上铺下来，迷雾尽散，寒风凛冽。朗月当空，在东方洒下一片清冷的辉光。他们右边，山肩渐次斜落成荒凉的山岭，一片辽阔的灰色平原展现在他们面前。他们终于停了下来。然后，他们离开大道，转到旁边，踏着一片芳草萋萋的高地又行进起来。往西走了一英里左右，他们到了一个峡谷。这个山谷面朝南，背靠多巴兰圆丘的斜坡。多巴兰是雾山山脉北向山脊的最后一座山岭，山脚青葱，山顶长满帚石楠。狭谷两侧蕨草丛生，春天的嫩芽刚从芳香的地里冒出头来。坡堤上密布带刺的灌木丛，他们就在下面安了营，这时距子夜还有大约两个钟头。他们在一大片山楂丛根下的洼地里生起篝火，这株山楂高大挺拔，枝叶因年深日久而虬结，但每根粗枝都很健壮，每根细枝梢上都有叶芽轻曳。守夜的哨兵布置好了，两人一班。其余的人用过晚餐后，都裹在自己的斗篷和毛毯里睡觉。两个霍比特人另躺在角落里的一堆欧蕨上。梅里很困了，皮平却奇怪地很不安。他翻来覆去，身下的蕨叶窸窣作响。

"你怎么回事？"梅里问，"睡到蚂蚁窝上了吗？"

"没有，"皮平说，"可是我很不舒服。我不知道，我有多久没睡在床上了？"

梅里打了一个呵欠。"扳着指头算算呗！"他说，"不过你肯定知道我们离开罗瑞恩多久了。"

"哦，那里啊！"皮平说，"我的意思是一张卧室里的真正的床。"

"好吧，那就是幽谷了，"梅里说，"不过我今晚在哪儿都能睡。"

"梅里，你真幸运，"片刻停顿后，皮平轻声说，"你跟甘道夫共骑。"

"哦，这怎么了？"

"你有没有从他那里听到什么消息，任何消息？"

"有，不少，比平常多，但你也全都听到了呀，至少大部分都听到了。你离得很近，而且我们也没有偷偷地说。不过明天你可以跟他共骑，要是你觉得可以从他那里听到更多，他也愿意带着你的话。"

"可以吗？太好了！不过他的嘴还是很紧，是吧？一点也没变。"

"啊，是的，他的嘴很紧！"梅里清醒了一点，开始好奇是什么在困扰他的伙伴，"他有所成长，反正诸如此类的事吧。我想，他比以前更仁慈也更警觉，更乐活也更严肃了。他变了，但我们还没有机会见识他变了多少。不过，想想他最后是怎么对付萨鲁曼的！要知道，萨鲁曼曾经是甘道夫的上级，是白道会的首领，不管确切的是什么，反正他曾是白袍萨鲁曼，但现在，甘道夫是白袍。他叫萨鲁曼回来，萨鲁曼就回来了，手杖也被收走了。然后，他叫萨鲁曼滚，萨鲁曼就滚了！"

"哎，甘道夫要是真的变了，那也变得比以往更嘴紧了！"皮平争辩道，"就说那个……那个玻璃球吧，他好像特别特别喜欢。他肯定知道点什么，或者猜到了点什么，但他跟我们说什么了吗？没有，一个字都没说！可是，那是我捡起来的，不是我的话，它就滚到水塘里去了。结果他说：'嘿！小伙子，让我来拿！'如此而已。我很好奇那是什么东西，我觉得它非常重。"皮平说着声音低落下去，仿佛在自言自语。

"哎呀！"梅里说，"这么说你就是为这事烦心的？行啦，我亲爱的皮平，别忘了吉尔多的话，也就是山姆经常引用的那句：别掺和巫师的事，因为他们很机敏，又容易生气。"

"可是这几个月来，我们的全部生活都跟巫师的事掺和在一起，"皮平说，"除了危险，我还想知道一点消息。我想看看那个球。"

"去睡觉吧！"梅里说，"你迟早会得到足够的消息的。我亲爱的皮平，在好打听这一点上，向来没有哪个图克家的人比得过白兰度巴克家的人。不过，我问你，现在是时候吗？"

"好吧！我告诉你我很想看看那个球，有什么害处？我知道，我得不到它：老甘道夫像母鸡孵蛋似的把它抱在怀里呢。可你就只会说，去睡觉吧，你得不到它的！这可没有多大帮助！"

"好吧，可我还能说什么？"梅里说，"抱歉，皮平，你真的得等到明天早上再说了。早饭之后，我会跟你一样好奇的，我会想尽一切办法帮你去哄哄巫师。可现在我的眼睛已经睁不开了。我要是再打呵欠，嘴巴就要咧到耳朵了。晚安！"

皮平没再多说什么。此刻他静静地躺着，却怎么也睡不着。梅里道完晚安后，没几分钟就睡着了，但他那轻柔的呼吸声也没什么催眠性。随着万籁渐寂，皮平脑海中关于那个黑球的念头也愈加强烈起来。皮平再次感到了它在自己手中的重量，再次看见了他注视过片刻的球心那缕神秘的红光。他辗转反侧，企图想点别的什么。最后，他再也忍不住了。他起身环顾四周。天气寒冷，他裹紧了斗篷。月光清冷皎洁，洒在小山谷里，灌木丛的影子黑黢黢的。周围全是一个个熟睡的身影。两个哨兵不在视野里，他们也许在山丘上，也许藏在蕨丛中。皮平被一种自己也不明白的冲动驱使着，轻手轻脚地朝甘道夫躺着的地方走去。他低头看着甘道夫，后者似乎正在沉睡，但眼睛却没有完全闭上，长睫毛下面，眸光闪烁。皮平慌忙后退，但甘道夫毫无动静。于是，他再次上前，半违心地从巫师的脑后慢慢地凑过去。甘道夫裹着毯子，斗篷铺开盖在身上。在他的身体右侧与臂弯之间，紧贴着身子的地方，有一个鼓包：一个圆东西包在一块黑布里。甘道夫的手好像刚刚才从那上面滑落到地上。

皮平屏住呼吸，蹑足一点一点靠近。最后，他跪下来，偷偷伸出手，慢慢地拿起那团东西。它远没有他所料想的那么重。"也许这其实只是一包零碎的东西。"他莫名地松了一口气，心里道。然而他并没有放下这个包裹，而是紧紧抱着它站了一会儿。然后，一个想法在他心头一闪。他踮着脚尖蹑足走开，找了一块大石头，又回来了。他迅速拉下黑布，将石头包好后，屈膝放回巫师的手中。最后，他才看起了他解开包裹的那个东西：就是它，一颗光滑的水晶球。此刻它黑暗无光，死气沉沉，袒露在他的膝前。皮平拿起它，匆忙用自己的斗篷裹住，侧身想回自己的睡铺去。就在这时，睡眠中的甘道夫动了动，嘟囔了几句，听起来像是某种陌生的语言。他用手摸索了几下，抓住黑布裹着的石头，然后叹了口气，又不动了。

265

"你这个蠢货！"皮平喃喃自语道，"你会让自己惹上糟糕的大麻烦的，快把它放回去！"这时他才发现，自己的膝盖直打哆嗦，他不敢再靠近巫师去拿那个包了。"现在，我再也不可能在不惊醒他的情况下，拿回那块石头了！"他想，"让我静一静再说。这样的话，倒不如先看它一眼，不过不能在这里看！"他偷偷地走开，在离自己睡铺不远的一个青绿土丘上坐了下来。月亮从小山谷的边缘望进来。

皮平屈膝坐着，将那颗水晶球夹在膝盖间。他俯下身，看上去就像一个贪婪的孩子避开其他人，蹲在角落里，捧着一碗美食。他把斗篷掀开，凝视着它。周围的空气似乎变得凝滞。一开始，那颗球黑得像黑玉，球面在月光下熠熠生辉。接着，球心腾起一点微颤的光，它攫住他的眼睛，让他无法移开视线。很快，整个球心就像是着了火，球旋转起来，抑或是里面的光亮在旋转。突然，那光射了出来。皮平呼吸一窒，挣扎起来，但他仍然弯着身子，双手紧紧抱着水晶球。他越弯越低，变得全身僵硬。他的嘴唇无声地嚅动了一会儿。然后，随着一声扼喉般的惨叫，他往后一倒，躺在那里一动不动。

那是一声刺耳的尖叫，哨兵们立刻从坡堤上跳了下来，很快整个营地都躁动起来。

"原来小偷在此！"甘道夫一边说，一边赶紧将斗篷罩在球上，"是你，皮平！这可是一个令人痛心的转折啊！"他在皮平身旁跪下，这位霍比特人直挺挺地仰面躺在地上，双眼无神地盯着天空，"胡闹！瞧瞧他这恶作剧给自己招来了什么？给我们所有人招来了什么？"巫师的脸色憔悴又疲倦。

他握住皮平的手，俯身去听他的呼吸，然后把手放在皮平的额头上。霍比特人浑身一抖，眼睛闭上了。然后，他大叫出声，猛地坐起来，茫然地瞪着围在身旁的一张张面孔，月光下，它们全都那么苍白。

"这不是给你的，萨鲁曼！"他避着甘道夫往后缩，以一种尖锐而呆板的声音叫道，"我会立刻派人去取。你明白吗？就这么说吧！"然后，他挣扎着要站起来逃走，但甘道夫温和地牢牢抓住了他。

"佩雷格林·图克！"他说，"醒来！"

霍比特人一下子放松了，瘫倒在地。他紧紧抓着巫师的手。"甘道夫！"他喊道，"甘道夫！原谅我！"

"原谅你？"巫师说，"先告诉我，你干了什么！"

"我，我拿了球，还看了它。"皮平结结巴巴地说，"看到的东西把我吓坏了。我想走开，可是走不了。然后，他来了，质问我。他盯着我看，然后，然后……我记得的就这些。"

"这可不够，"甘道夫严厉地说，"你看到什么了？你说了什么？"

皮平闭上眼睛，浑身颤抖，却什么也没说。他们全都默不作声地盯着他，只有梅里转过身，但甘道夫仍然一脸严肃："说！"

皮平踟蹰着再次低声开口，吐词渐渐变得清晰，声音也大了起来。"我看见一片黑暗的天空，很高的城垛，"他说，"还有小星星。这一切似乎非常遥远又非常久远，却清晰刺目。然后，星星忽隐忽现，它们被长着翅膀的东西遮住了，非常大，真的。可是在玻璃球里，它们看着就像绕着高塔盘旋的蝙蝠。我想它们总共有九只。有一只开始朝我直飞过来，越来越大，越来越大。它有一个可怕的……不，不！我不能说。

"我试着逃开，因为我觉得它会出来，但当遮住整个球时，它却消失了。然后，他来了。他没开口说我能听见的话语。他只是看着我，我就明白。

"'所以,你回来了?你为什么这么久没有向我报告?'

"我没回答。他说:'你是谁?'我仍然没回答,但我感到非常难受。他又逼问我,于是我说:'我是一个霍比特人。'

"突然,他似乎看见我了,冲我大笑。真残忍,我就像被刀一刀一刀地刺着。我挣扎起来,但他说:'等等!我们很快就会再见的。告诉萨鲁曼,这精致之物不是他的。我会立刻派人去取。明白了吗?就这么说!'

"然后,他幸灾乐祸地看着我。我觉得自己都快碎成片了。不,不!我不能再说了。别的我什么都不记得了。"

"看着我!"甘道夫说。

皮平抬起头,直望进他的眼睛。巫师默默地承受着他的凝视。片刻后,他神情柔和下来,露出一丝微笑。他把手轻轻地放在皮平头上。

"好啦!"他说,"不用再说了!你没有受到伤害。你眼中没有谎言,本来我还担心呢。他没有跟你说太久。可是佩雷格林·图克啊!你仍然是一个傻瓜,不过是一个诚实的傻瓜。在那样的关口,聪明人可能表现得更糟。可是,请记住这点!你,还有你所有的朋友,这次能幸免于难,主要靠的是所谓的好运,你可别指望会有第二次。如果他立即质问你,几乎可以肯定,你会告诉他你所知道的一切,那会把我们全都毁了。不过他太急切了。他要的不只是信息,他还想要你,马上就要,这样他就好在黑塔处置你,慢慢处置。别发抖!如果你想掺和到巫师的事务里来,就一定得准备好遇上这样的事。行啦!我原谅你。放心吧,事情并没有变得如你所想的那么糟糕。"

甘道夫轻轻地把皮平抱起来,把他抱回到他的睡铺。梅里跟着,在皮平身边坐下。"皮平,躺下休息吧!尽可能睡一觉!"甘道夫说,

"相信我,要是你又觉得手痒,就告诉我!这种毛病是能治的。反正,我亲爱的霍比特人,别再把石块塞进我的臂弯里啦!行了,我留你们俩单独待一会儿。"

说完,甘道夫回到了其他人那里。他们仍然站在那颗欧尔桑克晶石旁,满腹疑虑。"危险在最不设防的黑夜来到,"他说,"我们刚才真是死里逃生!"

"霍比特人,皮平,怎么样了?"阿拉贡问。

"我想现在已经没事了,"甘道夫答道,"他没被控制太久,霍比特人有着惊人的恢复力。这段记忆,或者说它带来的恐惧,大概很快就会消散,散得过快也没准。阿拉贡,你愿不愿意保管这颗欧尔桑克晶石?这是一项危险的任务。"

"确实危险,但并非对所有人都危险,"阿拉贡说,"有一个可以声称有权拥有它的人。这肯定是欧尔桑克的帕蓝提尔,来自埃兰迪尔的宝库,是刚铎诸王安置在塔中的。现在,我的时刻快到了。我会保管它。"

甘道夫看着阿拉贡,接着在众人惊讶的目光中,捧起包裹着的晶石,躬身将它呈上

"大人,请收下它!"他说,"其他的物品也将郑重归还于你。如果可以,请允许我劝告你如何使用你的这些所有物:不要用它,暂时别用!务必小心!"

"我等候了这么多年,准备了这么多年,何曾有过急躁或大意?"阿拉贡说。

"不曾有过。那么,请不要功亏一篑。"甘道夫答道,"至少,请秘密保管此物。你,以及站在这儿的所有人,尤其是那个霍比特人,

269

佩雷格林,绝不能让他知道它在哪里。那股邪恶的阴影可能会再次找上他。唉!他已经拿过它,看过它了,这是永远不该发生的事。在艾森加德的时候,他就根本不该去碰它。我的反应更快点就好了,可当时我的心思都在萨鲁曼身上。我也没有立刻猜测出这颗晶石的本质。之后,我太累了,当躺在那里思索此事的时候,我竟然睡着了。现在我知道了!"

"是的,不用怀疑了,"阿拉贡说,"我们终于知道艾森加德和魔多之间是怎么联系,又是怎么运作的了。很多谜题都解开了。"

"我们的敌人拥有异常的力量,也有异常的弱点!"希奥顿说,"可老话说得好:害人反害己。"

"我们见识过很多次这种情况了,"甘道夫说,"但这次我们幸运得出奇,也许这个霍比特人拯救了我,使我免犯一次大错。我曾考虑过要不要亲自探查一下这颗晶石,看看它的用途。我如果真的那么做了,就会在他面前暴露自己。即使真的有我必须那么做的一天,我也还没有准备好面对这样的考验。不过,就算我能找到力量让自己抽身,让他见到我的后果也不堪设想。现在还不到让他见到我的时候,得等到保密不再有用的时刻来临。"

"我认为,那个时刻现在已经来了。"阿拉贡说。

"还没有,"甘道夫说,"仍有一小段他心存疑虑的时期,我们必须利用这段时期。显然,大敌认为这颗晶石仍在欧尔桑克——他当然会这么认为,为什么不呢?——所以,这个霍比特人应该是被囚禁在那里,是萨鲁曼逼迫他看那颗晶石,以此折磨他。现在,那黑暗的心灵将会怀着期待,并且被这个霍比特人的面庞和声音占据。可能要过一段时间,他才会知道自己错了。我们必须抓住这段时间。我们近来太闲散了,必须得动起来了。现在艾森加德附近不宜逗留,我会立刻带着佩雷格林·图克先行。这比让他在别人睡觉时,躺在黑暗中辗转反侧要好。"

"我留下伊奥梅尔和十个骑兵,"国王说,"他们将跟我一早出发,其余的人只要愿意,可以跟阿拉贡一起走。"

"随你的意,"甘道夫说,"但请尽可能在山岭的掩护下,全速赶往海尔姆深谷!"

就在那一刻,一片阴影笼罩在他们头顶。明亮的月光似乎突然被隔断了。几个骑兵惊叫出声,蹲下来抱住头,仿佛要抵挡来自空中的袭击:一股盲目的恐惧和一种致命的寒冷攫住了他们。他们蜷缩着仰望天空:一个巨大的有翼形体如一片乌云,掠过月亮。它盘旋着,而后以一种比中州的任何风都快的速度往北飞去。星光在它前面暗淡下去。它消失了。

他们站起来,身体僵硬如石。甘道夫凝望天空,伸开双臂,然后僵硬地垂下,两手攥紧拳头。

"那兹古尔!"他喊道,"魔多的信使。风暴要来了。那兹古尔已经越过大河了!上马,快上马!不能等天亮了!能快就快,别磨蹭了!快走!"

他拔腿就跑,一边跑一边呼唤捷影。阿拉贡跟着他。跑到皮平处,甘道夫一把将他抱起来。"这次你跟我走,"他说,"捷影会让你领教它的速度。"然后,他跑向之前自己睡觉的地方。捷影已经站在那里了。巫师将装着他全部行李的小包甩到肩上,一跃上马。阿拉贡把裹着斗篷与毛毯的皮平举起来,放进甘道夫怀里。

"再会!尽快跟上来!"甘道夫喊道,"走,捷影!"高大的骏

双塔

马甩了甩头,飘逸的尾巴在月光下一拂,接着往前一跃,四蹄离地,像从山脉中刮来的北风一样飞逝而去。

"一个美丽又宁静的夜晚呢!"梅里对阿拉贡说,"有些人运气好得神奇。他不想睡觉,他想跟甘道夫共骑,好嘛,他如愿了!不然他就得变成一块石头永远站在这里,警示后人。"

"如果是你第一个去拾起欧尔桑克晶石,而不是他,那现在会怎么样呢?"阿拉贡说,"你没准会做出更糟的事。谁说得上来呢?不过,现在你的运气恐怕是跟着我走,立刻就走。去准备一下吧,把皮平留下的东西全都带上。赶快!"

捷影在平原上飞驰,无须催促和引导。不过一个小时,他们就来到艾森河渡口并过了河,骑兵冢和它四周的冰冷长矛都被远远地抛在了脑后,只余一片灰蒙。

皮平渐渐恢复过来。他感觉很暖和,不过寒风冷冽,刮得脸生疼,但这也让他清醒了许多。他跟甘道夫在一起。那颗晶石和那个遮蔽月亮的可怕黑影带来的恐惧正在消散,变成了被抛在山脉迷雾中或是消失在梦境里的事物。他深吸了一口气。

"甘道夫,我不知道你骑在光裸的马背上,"他说,"你连马鞍和马笼头都没有!"

"只有捷影,我才用精灵的骑法,"甘道夫说,"捷影也不接受任何马具。不是你骑捷影,而是它愿不愿意载你。如果它愿意,那就够了。它会保证你在它背上坐得稳稳的,除非你自己跳到空中去。"

"它能跑多快?"皮平问,"顺风飞快,但是非常平稳。它落脚真轻啊!"

"它现在奔驰的速度,就是最快的马能达到的速度,"甘道夫说,

"但这对它来说还不算快。这里的地势有点上升,地面坑坑洼洼,也不如河对面平整。不过你看,在星光下,白色山脉越来越近了!远处那像黑矛一样的东西就是三峰山。要不了多久,我们就能到达岔路口,前往深谷宽谷了。两个晚上之前,那里发生过一场激战。"

一时间,皮平又陷入了沉默。路在马蹄下一英里一英里地飞驰而过,他听见甘道夫柔声自唱,喃喃自语着不同语言的短曲片段。最后,这位巫师开始唱一首霍比特人能捕捉到词语的歌。疾风扑面,送来几句清晰的歌词:

> 高高大船高高王
> 连续三次三欢呼
> 何故抛却故土去
> 漂洋过海携宝来
> 七星七石一白树

"你在唱什么,甘道夫?"皮平问。

"我只是在脑海中重温一些传说谣曲,"巫师答道,"我估计,霍比特人已经忘记它们了,甚至包括那些他们曾经知道的。"

"不,没有全部忘记,"皮平说,"我们有许多自己的诗歌,你也许不会感兴趣的,但我从来没有听过这首。它是关于什么的?七星和七石?"

"是关于古代国王的帕蓝提尔的。"甘道夫说。

"那是什么?"

"这名字的意思是:远望之物。欧尔桑克晶石是其中之一。"

"所以它不是，不是——"皮平迟疑道，"不是大敌制造的？"

"不是，"甘道夫说，"也不是萨鲁曼制造的。那不是他的技艺所能企及的，也不在索伦的水平范围之内。帕蓝提尔来自西方之地更远处，来自埃尔达玛，是诺多族精灵制造的，也许就是费艾诺自己制造的，在很早很早以前，早得不可测量的远古时代。然而，没有什么是索伦不能转为邪恶之用的东西。唉，萨鲁曼啊！现在我才意识到，正是这颗晶石导致了他的沉沦。一种比我们的所有物技艺更高深的器物，对我们所有人来说都是危险的。可他必须承受这责难。蠢货！他为了一己私利，偷偷藏起这颗晶石。他从未对白道会的任何成员透露过半个字。我们都还没有思虑过，在那些灾难性的战争中，刚铎的那些帕蓝提尔的命运。它们几乎被人类遗忘了。即使在刚铎，它们也是只有少数人知道的秘密，而在阿尔诺，只有在登丹人中流传的传说歌谣对它们还有记述。"

"古代的人类用它们做什么？"皮平问。他又惊又喜于一下子得到了这么多问题的答案，但不知道这将持续多久。

"观看远方，用思想彼此交谈，"甘道夫说，"他们以这样的方式长久守护并维系着刚铎王国。他们将晶石安置在米纳斯阿诺尔、米纳斯伊希尔，以及艾森加德环场中的欧尔桑克。最大的主晶石，在欧斯吉利亚斯被毁灭之前，曾被安置在它的星辰穹顶之下。另外三颗则远在北方。在埃尔隆德之家，据说它们在安努米纳斯和阿蒙苏尔，埃兰迪尔晶石在面朝灰船停泊地——路恩湾的米斯泷德——的塔丘上。

"帕蓝提尔之间彼此呼应，但所有在刚铎的晶石交流始终都在欧斯吉利亚斯的主晶石视域之内。如今看来，欧尔桑克岩塔扛住了时间的风暴，所以塔中的帕蓝提尔保存了下来。不过除了看见远方以及遥远年代的事物的小小景象之外，就这一颗晶石也做不了别的事。无疑，这对萨鲁曼而言非常有用，但他似乎并不满足于此。他越看越远，直到目光落在巴拉督尔上。他被逮住了！

"谁知道阿尔诺和刚铎失落的那些晶石如今在何方，是被掩埋了还是沉没于深处呢？不过索伦一定至少得到了一个，并且操纵它为自己效力。我猜那是伊希尔晶石，因为索伦很久以前就夺取了米纳斯伊希尔，把它变成了一个邪恶之地：米纳斯魔古尔。

"现在，很容易猜到萨鲁曼不安分的眼睛是如何迅速落入陷阱，被牢牢套住的；也很容易猜到自此以后，那股远方的力量是如何劝说他的，又是如何在劝说无效后，威胁恐吓他的。鱼儿咬了钩，鹰落到鹫爪下，蜘蛛陷入了钢铁的罗网！我很好奇，他被迫经常去看晶石，听候指示和接受监督有多久了？欧尔桑克晶石如此倾向巴拉督尔，是不是现在只要有人朝晶石内望去，它就会把这个人的心智与目光迅速转向那里，除非这个人意志坚定？还有，它是如何把人的注意力吸引到它自身的？我是不是也感觉到它了？哪怕是此刻，我内心都渴望用它来考验我的意志，想看看我是否能将它从他那边夺过来，转向我要看的地方：越过辽阔的海洋与遥遥的时间，看看美丽的提力安城，看看费艾诺那不可想象的巧手与心灵在工作时的模样，还有与此同时繁花绽放的白树与金树！"他叹息着，陷入了沉默。

"真希望我之前就了解了这一切！"皮平说，"我当时完全不知道自己在做什么。"

"噢，不，你知道，"甘道夫说，"你知道自己的行为是错误的，是愚蠢的。你也是这么告诫自己的，但你没有听从。我之前没告诉你这些，是因为我在我们一起骑行的时候，把所有发生的事情都捋了一遍，最后才明白过来。不过，就算我早点说出来，也不会减弱你的欲望，或者使它变得容易抵抗。恰恰相反！不，烧着指头才能得到教训，才能从此牢牢记住不去玩火。"

"是的，"皮平说，"现在就算七颗晶石全摆在我面前，我也会闭上眼睛，把手揣进口袋里。"

"很好！"甘道夫说，"这就是我所希望的。"

"可是我想知道——"皮平又开口道。

"饶了我吧！"甘道夫叫道，"如果提供信息才能治好你这好问的毛病，那我余生光回答你的问题就行了。你还想知道什么？"

"当然是所有星星的名字，所有生物的名字，还有中州、苍穹以及隔离之海的全部历史！"皮平大笑道，"还有什么来着？不过今晚我不着急知道。这会儿我只是好奇那个黑影是什么。我听见你大喊'魔多的信使'。它是什么？它去艾森加德能干什么？"

"那是飞行黑骑士，一个那兹古尔，"甘道夫说，"它本来可能已经把你带到黑塔去了。"

"可它不是为我来的，对吧？"皮平支吾道，"我的意思是，它不知道我已经……"

"当然不是，"甘道夫说，"从巴拉督尔到欧尔桑克的直线距离至少有两百里格，即使是那兹古尔，飞行其间也得需要几个小时。不过，萨鲁曼肯定在兽人袭击后看过晶石。我不怀疑，他许多自以为隐秘的念头都被看穿了。一个使者于是被派来探查他在搞什么鬼。经过今晚的事情后，我想很快会有另一个使者被派来的。萨鲁曼就要品尝他插手这邪恶勾当的恶果了。他没有俘虏可交，没有晶石可看，无法回应召唤。索伦只会认定他扣住了俘虏，拒绝使用晶石。就算萨鲁曼

第11章 帕蓝提尔

告诉使者真相，也无济于事，因为艾森加德虽然被毁了，他却安然无恙地待在欧尔桑克里。因此，不管愿不愿意，他看上去都是一个叛徒。他拒绝了我们，就是为了避免出现这种情况！他在这样的困境里要怎么办，我无法猜测。我想，只要待在欧尔桑克，他就仍然有力量对抗九骑士。他可能试图这么做，可能试图困住那兹古尔，至少杀掉其在空中的坐骑。倘若这样，就让洛汗看好他们的马群吧！

"不过，事情的结果对我们是吉是凶，就不好说了。也许大敌的策略会陷入混乱，或因他对萨鲁曼的怒火而受阻。他也可能会得知当时我在那里，就站在欧尔桑克的阶梯上，后面还跟着两个霍比特人，而且埃兰迪尔的继承人还活着，就站在我身旁。如果佞舌没有被洛汗的盔甲迷惑的话，他会记得阿拉贡以及阿拉贡所宣称的头衔。这才是我所担心的，所以我们要飞奔，不是逃离危险，而是奔跑进更大的危险。佩雷格林·图克，捷影的每一步都带你离魔影之地更近。"

皮平没有回答，只是抓紧了自己的斗篷，仿佛一股寒冷突然袭来。苍茫大地在他们身下飞逝而过。

"看！"甘道夫说，"我们前方是西伏尔德山谷。从这里，我们回到了东大道上。远处那片暗影是深谷宽谷的入口。晶辉洞阿格拉隆德就在那边。不要问我洞穴的事。问吉姆利吧，如果你再见到他的话。你肯定会破天荒得到一个比你希望的还要长的答案。你不会亲眼看见那洞穴的，这次不会。它们很快就会被我们抛在身后。"

"我还以为你要停在海尔姆深谷呢！"皮平说，"那你要去哪里？"

"去米纳斯提力斯，我们得在战火包围它之前赶到。"

"噢！那有多远？"

"好多里格，"甘道夫答道，"从这儿往东一百多英里，是希奥

277

双塔

顿王的住处，而去米纳斯提力斯的距离是这距离的三倍。这还是魔多信使飞行的距离，捷影要跑的路更长。谁更快呢？事实会证明的！

"从现在起，我们要一直骑到天亮，还有好几个小时。这之后，就算是捷影，也必须在山岭间找一个谷地休息，我希望能在埃多拉斯。你要是能睡着，就睡吧！也许你能看见黎明的第一缕光芒照在埃奥尔宫殿的金顶上。之后再过三天，你会见到明多路因山峰的紫色阴影，见到清晨德内梭尔之塔的白色高墙。

"现在快跑吧！伟大的捷影，跑吧，以你前所未有的速度奔驰！现在我们来到了你诞生的大地，你认识每一块岩石。跑吧！希望就在速度中！"

捷影昂首长嘶，仿佛听见了召唤它上战场的号声。然后，它一跃向前，四蹄在地面上擦出火花，夜色从它身边倏忽而过。

皮平慢慢地进入了睡梦中，他有一种奇怪的感觉：他和甘道夫端坐在一匹奔马的雕像上，如石头般一动不动，而他的脚下，世界在狂风呼号中滚滚而去。

指环王二部曲 II 双塔

卷四

第1章
驯服斯米戈尔

"哎呀,少爷,我们现在真的是陷入困境了。"山姆·甘吉说。他弓肩塌背,沮丧地站在弗拉多身边,眯起眼睛凝望面前的幽暗。

就他们所能记得的,这是离开远征队的第三个晚上了。他们几乎失去了时间概念,不知道自己已经在埃敏穆伊的荒坡乱石间辛苦攀爬了多久。他们有时因为找不到路前行,不得不折回,有时发现兜兜转转好半天,又回到了几小时前路过的地方。不过,总的看来,他们是一直朝东行进的,尽可能靠近这一片怪异扭曲的丘陵外缘择路而行。可他们发现,丘陵外侧始终是高不可行的峭崖,与下方的平原蓦然相对。高低不平的丘陵边缘以外,是一片乌青的腐烂沼泽,那里没有任何动静,连只鸟儿都看不见。

现在,两个霍比特人站在一座高高的崖顶边缘,崖上光秃秃的,一片荒凉,崖底裹在迷雾里。他们身后兀立着参差起伏的高地,浮云缭绕。东风刺骨。面前的混沌大地,暮色四合,那恶心的腐绿正褪成一种阴郁的棕褐。右边远方,白日阳光下粼辉闪烁的安度因大河,此时已隐入暗影中。然而他们的目光并没有越过大河，回望刚铎，回望人类的大地，回望他们的朋友。他们凝视着南方和东方：即将到来的黑夜边缘，悬浮着一道黑线，就像凝滞不动的黑烟汇聚而成的遥遥山脉。远方天地相接之际，不时有一小点红光闪烁。

"真是进退维谷啊！"山姆说，"我们听说过的所有地方中，就那个地方我们一点也不想近距离观看，可它又是我们努力要去的地方！偏偏我们去不了，没办法。看来我们完全走错了路。我们下不去，就算下去了，我敢保证，也只会发现那绿地是一片恶心的沼泽。呕！你闻到味了吗？"他嗅闻着风说。

"嗯，闻到了。"弗拉多说，但他没动，双眼依旧凝视着那道黑线和那点闪烁的火焰。"魔多！"他轻声嘀咕道，"如果我必须去那里，那我希望能尽快到达，把这事做个了结！"他颤抖了一下。寒风刺骨，夹带着浓浓的冷腐臭味。"好了，"他终于收回目光，"不管是不是进退维谷，我们都不能待在这儿过夜。我们必须找一个隐蔽点的地方，再露宿一晚，也许明天路就显现出来了。"

"或者后天，大后天，大大后天。"山姆嘟囔道，"或许就没有那么一天。我们走错路了。"

"我不知道，"弗拉多说，"我想，去那边的阴影里，是我的命运，所以路一定能找到。可它对我来说是善还是恶？我们的希望在于速度。耽搁对大敌有利，可现在我就耽搁在这里了。难道是黑塔的意志在操纵我们？我所有的选择都被证明是错的。我应该早点离开远征队，从北方下行，走大河和埃敏穆伊之东，这样就能越过坚硬的战争平原，找到前往魔多的通道。不过现在你我二人是不可能找到回头路的，而且兽人还在东岸潜行。每过一天，我们就丧失宝贵的一天。我累了，山姆。我不知道该怎么办。我们的食物还剩下些什么？"

"只有这个了，弗拉多先生，就是他们所说的兰巴斯，还有不少。这东西得慢慢咬着吃才行，但也比没有吃的强。不过……不过，我第一次吃它们的时候，从没想到会有希望能用别的食物进行替换的一天，但现在我想了：一点白面包，一杯啤酒，呃，半杯也行，就是很正常的一餐了。我把我的炊具从上次扎营的地方一路背来了，可是有啥用啊？首先，连点生火的东西都没有；然后，没有可煮的东西，连根草都没有！"

他们转身下了悬崖，来到一处石洼地里。夕阳被云遮住了，夜晚很快降临。他们在一堆风化的嶙峋巨石间找了一个角落躺下，至少这里挡住了东方吹来的风。寒冷中，他们辗转反侧，凑合着睡了一宿。

"弗拉多先生，你又见过它们吗？"山姆问。他们坐在清冷的晨光中，冻得僵硬，嘴里嚼着兰巴斯。

"没有，"弗拉多说，"最近这两个晚上，我什么都没看见，什么也没听见。"

"我也没看见。"山姆说，"嚯！那双眼睛可吓了我一跳！也许我们终于把他甩掉了，悲惨的滑头，咕噜姆！如果有机会掐住他的脖子，我会让他的喉咙好好地咕噜姆咕噜姆一番。"

"我希望你永远不必这么做，"弗拉多说，"我不知道他是如何跟踪我们的。不过，可能正像你说的，我们又把他甩掉了。在这干燥荒凉的地方，我们留不下太多脚印，也留不下多少气味，就算他的鼻子很灵也没用。"

"我希望就是这么回事，"山姆说，"真希望我们能永远摆脱他！"

"我也是，"弗拉多说，"可他还不是最让我头疼的。我希望能离开这些丘陵,我讨厌它们!我感觉自己像是赤裸裸一丝不挂,困在东边这里什么都做不了,跟那边的黑影之间只有死寂的平地,而那黑影中有一只眼睛在张望。走吧!无论如何,我们今天一定要下去。"

然而白日荏苒,当那天下午将尽、傍晚将至时,他们仍然在沿着山脊艰难攀爬,找不到一条出路。

有时,在这片荒野的死寂中,他们感觉身后有轻微的响动:一块石头滚落,或岩石上啪嗒啪嗒的脚步声。他们一停住侧耳静听,却又什么也听不见了,只有风叹息着刮过岩石边缘,然而即便是这声音,也会让他们联想到尖利的牙齿发出的嘶嘶低声。

那一整天,他们都在艰难地前进,埃敏穆伊的外缘山脊也渐渐朝北弯去。沿着它的山脊边缘,延展出一大片久经风雨的风化岩平地,战壕似的沟壑不时将它割裂,这些沟壑陡然下降,如同切入崖壁中的深深缺口。为了在这些越来越深、越来越多的裂缝中间找到路,弗拉多和山姆被迫往左走,远离了边缘。他们没有注意到自己已经缓慢却稳定地往山下走了好几英里,崖顶在不断朝平坦的低地下降。

最后,他们被迫停下了脚步。山脊陡然北转,被一道更深的沟壑切断,又在对面耸立起来,要从沟壑这边跳到那边,得跳过许多英寻[1]。一座灰色巨崖在他们前方赫然耸现,仿佛刀砍出来的一样垂直陷落下去。他们无法继续往前,现在必须向西转或向东转。不过向西转只会令他们攀爬得更艰辛,耽搁得更久,因为西向是往丘陵的中心地带回旋,而向东转会把他们带到外围的悬崖。

"山姆,除了爬下这道沟,我们没有别的办法。"弗拉多说,"让我们看看它会把我们带到哪儿去吧!"

---

[1] 英寻:深度单位,1 英寻约等于 1.828 米。

"我敢打赌,肯定是倒栽下去!"山姆说。

这道沟比看上去更长也更深。他们往下爬了一段,发现了一些歪七扭八、发育不良的树,这是他们这些天来第一次看到树:多是些扭曲的桦树,间或有几棵冷杉。而这些树,很多都已枯零死寂,被东风侵蚀到了树心。在更温和的年代,一定曾经有相当浓密的树丛生长在这道沟里,但现在五十多码开外就没有树了,只剩下一些残断的老树桩,在几近悬崖边的地方蔓生着。沟壑底部挨着一道岩石断层的边缘,地面崎岖不平,满布碎石,并且陡然倾斜而下。等他们终于来到沟壑尽头,弗拉多弯腰朝外看去。

"看!"他说,"我们肯定走了很长一段下坡路,要不然就是悬崖下沉了。这里比之前要低得多,看起来也更容易下去。"

山姆跪在他身旁,犹疑地从悬崖边探望下去。然后,他抬头看了看左边远处那座高耸的峭壁。"更容易!"他嘀咕道,"好吧,我估计往下总比往上容易。那些不会飞的总会跳!"

"会是一大跳的,"弗拉多说,"大概有……嗯——"他站了一会儿,目测着距离,"我猜大概有十八英寻,不会更多了。"

"那也够多的了!"山姆说,"咳!我太讨厌从高处往下看了!不过看总比爬好点。"

"都一样,"弗拉多说,"我想我们能从这里爬下去,而且我们得试试。看!这里的岩石跟之前几英里的那些很不一样,这里的岩石很滑,还有裂缝。"

外侧下斜的岩壁确实不再陡直了,而是有了一点向外的坡度,看起来像一道大护墙或防波堤,因为地基移位,走向便也全都扭曲错乱,留下巨大的裂罅和长长的倾斜边缘,有些地方几乎跟阶梯一样宽。

第1章 驯服斯米戈尔

"如果我们打算试着爬下去，那最好马上就行动。天黑得早，我想，风暴要来了。"

东方雾霭缭绕的山脉湮没在愈来愈深的黑暗里，那黑暗已朝西伸出了长长的手臂。起风了，风中送来了远处沉闷的隆隆雷响。弗拉多嗅了嗅空气，怀疑地抬头望天。他将腰带绕在斗篷外系紧，背好轻飘飘的行囊，然后迈步朝崖边走去。"我要去试试。"他说。

"好吧！"山姆郁闷地说，"不过让我先来。"

"你？"弗拉多说，"是什么让你改变主意，愿意爬了？"

"我没改变主意。这只是常识：把最可能滑倒的人放在最下面。我可不想在你头顶上往下爬，再把你也撞下去。一个人失足跌下去却要了两条命，这没道理。"

不等弗拉多阻止，山姆就坐下来，将两条腿荡出崖边，然后翻过身，用脚趾摸索着寻找踏脚点。真怀疑他是否在头脑冷静的时候做过比这更大胆、更不理智的事。

"不行，不行！山姆，你这老笨蛋！"弗拉多说，"你肯定会摔死自己的！你就这么下去，连怎么走都不看一眼。回来！"他托住山姆腋下，把他又拽了上来。"等一下，耐心点！"然后，他趴在地上，探出身子朝下看，但光线似乎消失得很快，尽管太阳还没有下山。过了一会儿，他说："我想我们能爬下去。不管怎样，我能下去。如果你保持冷静，小心跟着我，也能下去。"

"我不知道你怎么能这么确定，"山姆说，"哎呀！在这种光线下，你根本看不见底下。万一碰到手脚都没处放的地方，你要怎么办？"

"那就爬回来呗。"弗拉多说。

"说得容易！"山姆反驳道，"最好还是等到早晨，天亮一点再说。"

"不！如果能下去，我就不等，"弗拉多突然变得异常执着，"我痛恨这里的每时每刻。我要下去试试。你别跟着，等我回来或者叫你的时候再说！"

弗拉多用手指抠住悬崖的石头边缘，让自己缓缓地降下去，当他手臂几乎拉直时，脚趾终于踩到了一块岩架。"下了一步！"他说，"这块岩架往右宽一点。我可以松开手站在上面。我——"他的声音戛然而止。

黑暗从东方迅速汇聚而来，吞没了天空。头顶上惊雷炸裂，炽烈的闪电划破天际，劈向这片丘陵。接着狂风大作，风中传来一声刺耳的尖叫，令人不寒而栗。两个霍比特人逃离霍比顿后，只在泽地远远地听到过这样的叫声。当时他们还在夏尔的树林里，那尖叫就已经令他们血液冻结，而此时在这荒野中，它的可怕程度远甚于那时：它用恐怖和绝望铸成的冰冷利剑，刺进他们的胸膛，阻断了他们的心跳和呼吸。山姆平趴在地上。弗拉多不由自主地松开手，抱头捂住耳朵。他身体一晃，脚下打滑，哀叫一声跌了下去。

山姆听到他的叫声，费劲地爬到崖边。"少爷，少爷！"他喊道，"少爷！"

下面没有回应。山姆发现自己浑身颤抖，但还是屏住呼吸，再次大喊："少爷！"狂风似乎将他的声音吹回了喉咙里，但等狂风呼啸着刮过沟壑又掠过丘陵远去后，一声微弱的回应传进他的耳中："没事，没事！我在这里，但我看不见。"

弗拉多的叫声很微弱，他实际上就在不远处。他只是脚下打滑，并没有摔倒，下滑了几码后，他的脚一顿，踩到了另一块更宽的岩架。

幸运的是，这里的岩壁向内深凹，风吹得他紧贴在岩壁上，所以才没有跌出去。他稍稍稳住自己，把脸贴在冰冷的岩石上，感受自己怦怦的心跳。不知是因为黑暗笼罩了一切，还是因为他丧失了视力，反正周围一片漆黑。他不知道自己是不是撞瞎了。他深深地吸了一口气。

"上来！上来！"上方的黑暗中，传来了山姆的声音。

"上不去！"他说，"我看不见了。我找不到任何可以用手攀住的地方，我还动弹不得。"

"我能做什么，弗拉多先生？我能做什么？"山姆一边喊，一边危险地使劲往外探着身体。他家少爷为什么看不见了？天空确实昏暗，但还没黑到淹没一切的地步啊！他可以看见下方的弗拉多，一个孤苦伶仃的灰色身影，手脚张开贴在岩壁上，只是离得太远，任何救助的手都够不着他。

又一个惊雷炸开，接着大雨滂沱。密集的雨幕夹杂着冰雹倾泻而下，打在岩壁上，冰冷刺骨。

"我下去找你！"山姆喊道，尽管他也不知道这么做能帮上什么忙。

"别！别下来！等一等！"弗拉多喊了回去，这会儿他的声气大一些了，"我过一会儿就好了。我已经感觉好点了。等等！没有绳子你什么也干不了。"

"绳子！"山姆叫起来，兴奋之余松了口气，接着语无伦次地自言自语起来，"唉！我真该被绳子吊起来，以示警诫！山姆·甘吉，你就是一个大傻瓜！甘吉老爹常常这么说我，这都成了他的口头禅。绳子！"

"别唠叨了！"弗拉多喊道，这时他恢复过来了，有力气感觉好气又好笑了,"别管你家老爹了!你是不是要跟自己说,你口袋里有绳子?如果有,就快拿出来!"

"是的,弗拉多先生,绳子就在我的背包里。我带着它跑了几百英里,却把它忘得干干净净!"

"那就快点,把绳子放一头下来!"

山姆迅速解下背包,翻找起来。背包最下面确实有一卷罗瑞恩精灵织造的灰丝绳。他把绳子一端抛给他家少爷。弗拉多眼前的黑暗似乎被拨开了,抑或是他的视力正在恢复,他能看到晃荡着垂下来的灰绳了,觉得它发着淡淡的银辉。既然双眼在黑暗中找到了一个聚焦点,他便感觉不那么眩晕了。他倾身向前,拉过绳子紧紧绑在自己腰间,然后双手抓住绳子。

山姆后退几步,双脚抵在离崖边一两码远的一个树桩上。半攀半拉,弗拉多终于上来了,他一下子扑倒在地。

远处雷声滚滚,大雨依然滂沱。两个霍比特人爬回沟里,但那里也找不到多少避雨的地方。雨水汇成溪流,开始往下淌,不一会儿就暴涨成洪水冲在岩石上,水花四溅,聚成雾帘,就像从巨大屋顶的排水沟排水一样倾泻而下。

"我要是还在下面,不被淹个半死,也得被彻底冲走,"弗拉多说,"多亏你有绳子,真是太幸运了!"

"如果我早点想起来,那会更幸运,"山姆说,"也许你还记得,我们出发时——从精灵国度出发时,他们在船上放了些绳子。我很喜欢,就拿了一圈塞在背包里。那仿佛是好多年前的事了。'紧急的时候,它们能派上用场。'那个精灵说,不是哈尔迪尔,是他的一个同族。他说得没错。"

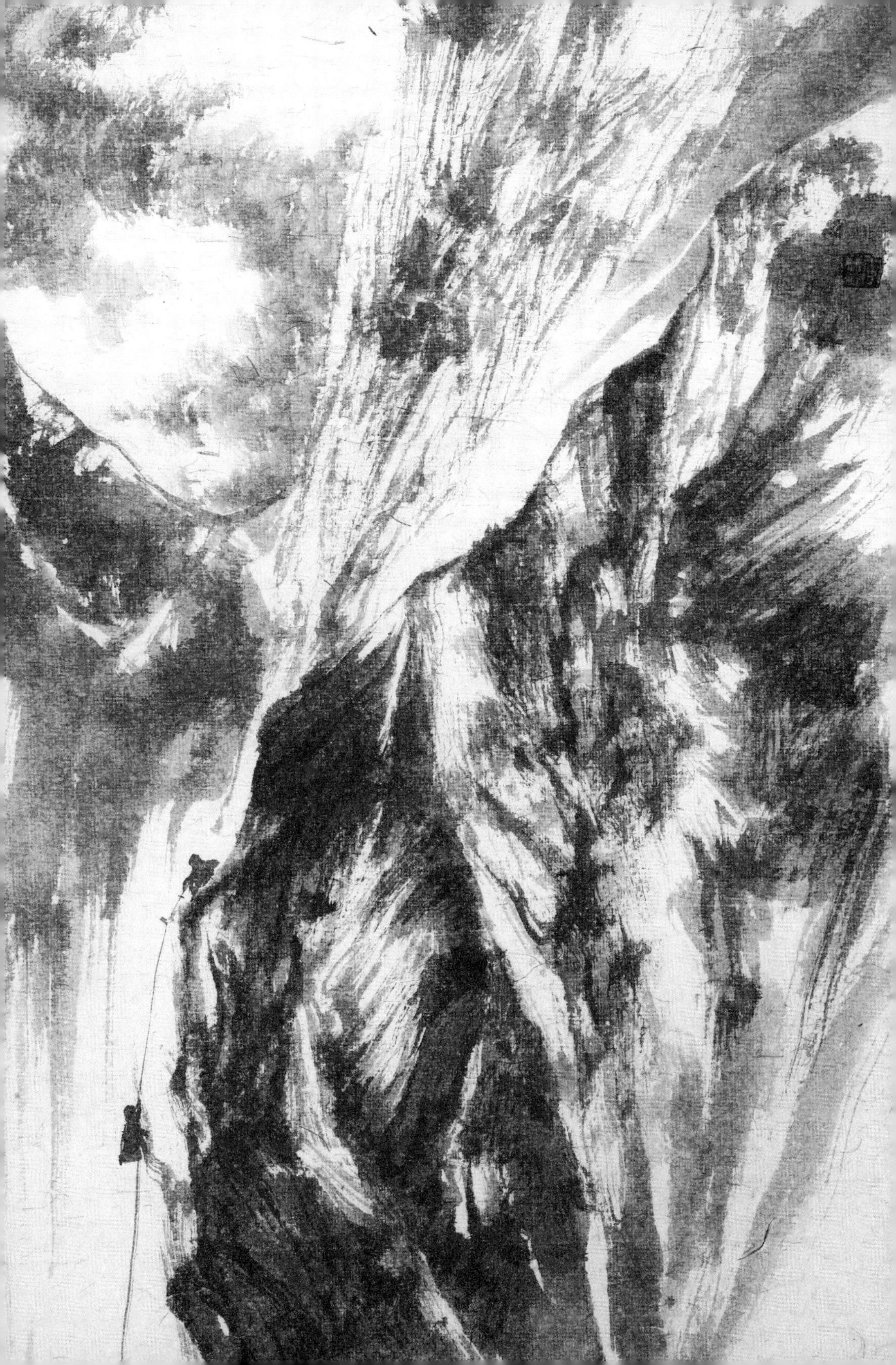

"真遗憾我没想到也带上一条!"弗拉多说,"可惜我离开远征队的时候太仓促了,心慌意乱的。如果我们有足够长的绳子就好了,那样就能用它下去。知不知道你那圈绳子有多长?"

山姆慢慢地松开绳子,用手臂来丈量:"五、十、二十,差不多三十厄尔①长。"

"真没想到!"弗拉多惊叹道。

"哎,谁会想到呢?"山姆说,"精灵真是奇妙的种族!这绳子看着有点细,但很结实,捏在手里柔滑如牛奶,收起来一小圈,轻似光线!确实是奇妙的种族!"

"三十厄尔!"弗拉多思忖道,"我觉得它够长。如果夜幕降临前,暴风雨过去了,我就用它试试。"

"雨已经快停了,"山姆说,"但你可别再在昏暗中冒险了,弗拉多先生!我还没从风中的那声尖叫带来的颤悚中缓过神来呢,你已经缓过来了吗?它听起来就像黑骑士,不过是在空中,要是他们能飞的话。我想我们最好还是躲在这道石缝里,等天亮再说。"

"我在想,我是被黑暗之地的那双眼睛越过沼泽盯视着,如果不是不得已,我一刻也不愿意在这崖边多待啊!"弗拉多说。

说完,他便站起来,又走到了沟底。他向外望去,东方的天空再次晴朗起来,暴风雨那凌乱潮湿的云边正在上升,它的主战场已经蔓延而去,展开的巨翅笼罩了埃敏穆伊上空。索伦针对此地的恶念已酝酿了一阵子。暴风雨云团从这里转向,挟裹着冰雹和闪电袭击了安度因河谷,向米纳斯提力斯投下了战争的阴影。然后,云团在山脉中降低,汇集成硕大的螺旋云,缓缓滚过刚铎和洛汗边境,直到远在平原

---

①厄尔:旧时长度单位,通常用来丈量布匹等,表示"一胳臂长"。

上向西驰去的骑兵都看得见那乌黑的云塔在太阳后方移动。然而在这儿，在这荒石地和恶臭的沼泽上方，云散天开，几颗苍白的星星出现在傍晚的天空，像弯月上方深蓝天幕上的几个白色小洞。

"真好啊！我又能看见了！"弗拉多深深地呼吸道，"你知道吗？有那么一刻，我还以为自己失明了，因为闪电或别的什么更糟糕的东西，我什么都看不见，完全看不见，直到那条灰色的绳子垂落下来。不知怎的，它似乎在发光。"

"在黑暗中它看起来确实银闪闪的，"山姆说，"之前我从没注意到，我不记得当初把它塞进背包后，有没有拿出来过。不过，弗拉多先生，你要是决心爬下去，那打算怎么用它？三十厄尔左右，那大约就是十八英寻，这长度没超过你估算的悬崖高度。"

弗拉多想了一会儿。"把它牢牢系在那个树桩上，山姆！"他说，"然后，我想这次你可以如愿先下。我来把你放下去，你只需手脚并用，保护好自己别撞上岩壁就行。如果你能在一些岩架上停一停，让我歇歇，那就很好了。等你下到底落地，我会跟着下去。我觉得我现在已经完全恢复了。"

"好，"山姆沉重地说，"如果必须这么做，那就行动吧！"他拿起绳子，将其一端紧紧系在最靠近悬崖边的树桩上，再把另一端系在自己腰上。踟蹰间，他转过身，准备第二次翻下去。

然而，结果不如他料想的一半糟糕。绳子似乎给了他信心，尽管他从双脚间往下看时，不止一次闭上眼睛。崖壁上有一个棘手的地方，那里没有岩架，石壁陡直，有一小段甚至往内凹。山姆在那儿打了滑，身子吊在银绳上悬空晃荡。不过弗拉多缓慢而又稳当地将他往下放，最后终于化险为夷。他主要是怕绳子放完了，自己还悬在半空中。然而弗拉多手中还有好长一段绳子时，山姆就落地了。他大喊道："我触底了！"他的声音从底下清晰地传上来，但弗拉多看不见他，他的精灵灰斗篷融在朦胧的暮光中。

弗拉多下去的时间就要多得多了。他把绳子绑在腰上，上端系牢。他还把绳子收短了一些，这样就算触不了底，他也能被绳子拉住。他可不想冒摔下去的险，对这根纤细的灰绳的信心，他可没有山姆那么足。尽管如此，他还是发现在两个地方不得不完全依靠它：一是光滑的壁面，连他那有力的霍比特手指都找不到任何可以抓握之处；二是那些彼此相距很远的岩架。不过最后，他也下到地面了。

"哎呀！"他喊道，"我们做到了！我们逃出了埃敏穆伊！不知道接下来是什么。也许我们很快又要为脚下尽是坚硬的岩石叹气了。"

山姆没有应声，他正仰头望着悬崖顶上。"笨蛋！"他说，"笨死了！我美丽的绳子啊！它系在一个树桩上，而我们都在底下。这不正好给那个鬼鬼祟祟的咕噜姆留下了一个美妙的小梯子嘛，最好再竖个路标说我们往哪条路走了！我就说嘛，我们这下来得似乎太容易了。"

"如果你能想出一个既能让我们缘绳下来，又能把绳子也带下来的办法，那你就可以把笨蛋的头衔转给我了，或者任何你老爹给你的其他称呼。"弗拉多说，"要不，你爬上去把绳子解开，然后自己再爬下来？"

山姆挠了挠头。"不行，抱歉，我没办法，"他说，"可我不愿意把它落在那里，这也是事实。"他摩挲着绳子这头，轻轻晃着，"我舍不得丢下从精灵国度带出来的任何东西。这可能也是加拉德瑞尔亲手做的。加拉德瑞尔……"他悲伤地垂头喃喃道。他仰起头，最后拉了一下绳子，仿佛在与它道别。

令两个霍比特人大吃一惊的是，绳子松了。山姆跌倒在地，长长的灰绳悄无声息地落下来，堆在他身上。弗拉多大笑起来。"谁系的绳子？"他说，"幸好我们都下来了它才松开！想想看，我可是把全身的重量都放心地押在你系的绳结上啦！"

山姆没笑。"弗拉多先生，我可能不擅长攀爬，但我对绳子和绳结可是略知一二的，"他用受伤的语气说，"你可以说，这是家传的。我爷爷，之后是我伯伯安迪，也就是老甘吉的大儿子，在制索场做了好多年绳匠。我在树桩上拴的绳结结实着呢，不管是在夏尔还是在外地，不会有任何人能打得更结实的。"

"那肯定就是绳子断了，我估计是被岩石边缘磨的。"弗拉多说。

"我打赌不是！"山姆用更加受伤的语气说。他弯腰查看绳子的两头："两头都没有磨痕，一根线头都没有！"

"那恐怕还是绳结的问题。"弗拉多说。

山姆摇了摇头，没有回答。他若有所思地用手指捋过绳子。"随你怎么想，弗拉多先生，"最后，他说，"但我认为绳子是在听到我的呼唤后，自己掉下来的。"他将绳子卷好，珍重地装进他的背包里。

"它确实下来了，"弗拉多说，"这才是最重要的。不过现在咱们得想想接下来怎么走。夜幕将至。星星多美啊，还有月亮！"

"它们真是令人心情振奋，是吧？"山姆抬头仰望道，"不知为什么，它们有一种精灵气息。月亮正盈圆。我们已经有一两个晚上没看见它了，最近总是多云天气。它开始变得很亮了。"

"是啊，"弗拉多说，"不过满月还得过几天。我想，我们还是别靠朗月这点月光来闯过沼泽了。"

在夜幕的第一片阴影下，他们开始了下一段旅程。过了一会儿，

双塔

山姆回头望向来路,那道沟壑的出口像是昏暗悬崖上的一个黑色缺口。"真庆幸我们有绳子!"他说,"不管怎么样,我们给那个小毛贼留了一个小小的难题。他可以用他那扁平的臭脚试试那些岩架!"

他们离开了崖底边缘。大雨过后,遍布大砾石和高低不平的岩石的荒野湿漉漉滑溜溜的,他们深一脚浅一脚地在其间择路而行。地势依然陡斜而下。他们没走多远,一道张着大口的黑黢黢的裂隙就突然横在了脚前。这道裂隙不算宽,但也没有窄到能在这昏暗的光线下跳过去。他们觉得可以听见它深处的汨汨流水声。这道裂隙在左边朝北掉了个头,回转向丘陵,阻断了去往那个方向的路,无论如何,天黑期间他们是去不了那边了。

"我想,我们最好试试沿着悬崖一线往南走,"山姆说,"没准我们能在那边找到一个隐蔽的角落,甚至是洞穴什么的。"

"我也这么想,"弗拉多说,"可我累了,今晚我再也不想攀爬岩石了,尽管我很不情愿这么耽搁。真希望我们面前有一条清晰的路,那样我会一直走到双腿走不动为止。"

在埃敏穆伊凹凸崎岖的山脚下行走,他们没觉得比之前容易。山姆也没发现任何可以避身的角落或洞穴。悬崖边只有光秃秃的嶙峋石坡,崖壁这会儿又升高了。他们越往回走,崖壁越高也越陡。最后,两人精疲力竭,瘫坐在距离崖脚不远的一块砾石背风面底下。好一会儿,他们蜷缩在一起,凄惨地感受着夜晚的寒冷无情。尽管他们竭力抗拒,睡意还是一阵阵袭来。月亮现在高悬在头顶,清朗可见。淡淡的白色月光照亮了岩石表面,浸润着冰冷崎岖的崖壁,将整片阴森黑暗变成了刻着一道道漆黑暗影的惨白。

"唉!"弗拉多叹了口气,站起来把身上的斗篷裹得更紧了,"你去睡一会儿吧，山姆，盖上我的毯子。我走动走动，放会儿哨。"突然，他僵住了，然后弓腰抓住山姆的胳膊。"那是什么？"他低声道，"看那边，悬崖上！"

山姆看过去，从牙缝中猛抽了一口气。"嘘！"他说，"就是他，就是那个咕噜姆！真是狡猾透顶啊！我居然还以为，我们爬爬悬崖就能把他迷惑住了！你看他，像一只爬在墙上的恶心的蜘蛛！"

苍白的月光下，在一片看上去陡峭、近乎光滑的崖面上，一个小黑影正展着细瘦的四肢向下移动。也许他柔软又有力的手脚正在寻找霍比特人永远也不曾看见或用过的裂缝和支撑点，但看起来他好像是仅靠着黏糊糊的手足往下爬，就像某种体型庞大的潜行昆虫。他是头朝下往下爬的，就像在用鼻子嗅路。他不时缓缓地抬起头，细长的脖子转向后方，两个霍比特人就会瞥见两个苍白的小光点，那是他望着月亮的双眼。片刻后，他很快又垂下了眼皮。

"你觉得他能看见我们吗？"山姆说。

"我不知道，"弗拉多悄声说，"但我觉得看不见。就算是友善的目光也很难看见这些精灵斗篷，你要是站到几步外的阴影中，我就看不见你。而且我听说，他不喜欢太阳或月亮。"

"那他为什么偏偏要从这儿下来？"山姆问。

"小点声，山姆，"弗拉多说，"也许他能嗅到我们。还有，他的听觉像精灵的听觉一样敏锐，我相信这一点。我想他现在听见什么了，可能就是我们的声音。我们刚才在那边大喊大叫了半天，而且直到一分钟前都在很大声地说话。"

"哎呀，我烦死他了！"山姆说，"我觉得他出现得太频繁了，如果可以，我要去跟他说几句话，反正我看现在我们也甩不掉他。"

双塔

他拉上灰兜帽把脸遮严实,蹑手蹑脚地朝悬崖走去。

"小心点!"弗拉多跟在他身后低声说,"别惊动他!他可比看上去危险得多。"

那黑色的身影已经爬下了四分之三的崖壁,离崖底可能不到五十英尺了。两个霍比特人一动不动地蹲在一块大砾石的影子里盯着他。他似乎爬到了一个很难过去的地方,或者正在为什么东西烦躁不安。他们听见他在嗅闻,不时发出粗重呼吸的嘶声,听着像是在咒骂。他抬起头,他们觉得听见了他的啐唾声。然后,他又开始爬。现在他们能听见他嘎吱嘎吱、呼哧呼哧的声音了。

"啊,嘶!小心,我的宝贝!欲速则不达。我们一定不能冒摔断脖子的险,是不是,宝贝?不,宝贝——咕噜姆!"他又抬起头,对着月亮眨了眨眼,很快又闭上了,"我们恨它,"他嘶嘶道,"讨厌,讨厌的银光,它是——嘶——它监视我们,宝贝——它伤害我们的眼睛。"

现在,他爬得越来越低了,嘶嘶声也变得更尖锐更清晰:"它在哪里,它在哪里,我的宝贝,我的宝贝?它是我们的,它是——我们要它。那些盗贼,那些盗贼,那些肮脏的盗贼。他们跟我的宝贝在哪里?诅咒他们!我们恨他们。"

"听起来他好像不知道我们在这里,是吧?"山姆耳语道,"他的宝贝是什么?难道他说的是——"

"嘘!"弗拉多轻声说,"他现在越来越近了,近到连耳语也听得见。"

果然,咕噜姆突然又停下了,干瘦的脖子上大脑袋摇来晃去,好像在聆听,苍白的眼睛半睁半闭。山姆克制着自己,尽管手指在抽搐。

他那充满愤怒与厌恶的双眼,紧紧盯着这该死的畜生。这时,咕噜姆又开始动了,嘴里仍然嘶嘶嘶地自言自语着。

最后,他到了离地不超过十二英尺的地方,就在他们的脑袋正上方。从这里,崖壁陡然下落,还带着点内凹,就连咕噜姆也找不到任何攀缘点。他似乎试着扭身掉头,好让腿脚先下,却突然刺耳尖叫一声,摔了下去。下落时他蜷起双腿,双臂抱住自己,像一只下垂时蛛丝突然断了的蜘蛛。

山姆闪电般冲出藏身之地,几步跨过他与崖底之间的距离。不等咕噜姆爬起来,山姆就将他扑在身下,但山姆发现这家伙出乎自己的意料:即使就这么毫无防备地突然掉下来,咕噜姆也比他想象得厉害。山姆还没来得及抓住他,他那长胳膊长腿就缠住了山姆的胳膊,还紧紧地抓着,虽柔软但惊人地有力,像慢慢收紧的绳索一样勒压着山姆。那湿乎乎黏腻腻的手指摩挲着他的咽喉,接着锐利的牙齿咬进了他的肩膀。山姆只能用自己坚硬的圆脑袋从旁边猛撞那家伙的脸。咕噜姆嘶嘶叫着,啐唾不止,却不肯松开。

如果山姆是独自一人,那可就糟糕了。弗拉多见状一跃而上,从剑鞘中抽出了刺叮剑。他左手一把揪住咕噜姆稀疏的头发,往后一拉,展开他那长长的脖子,迫使他苍白恶毒的双眼瞪向天空。

"放手,咕噜姆!"弗拉多说,"这是刺叮,你之前见过它一次的。放手,否则这次你就会尝到它的滋味了!我会割断你的喉咙。"

咕噜姆骤然一松,像一团湿绳索一样瘫萎下来。山姆爬起来,伸手摸着肩膀,双眼怒火熊熊,却无法报仇:他那惨兮兮的敌人正躺在石地上低声下气地呜咽着。

"别伤害我们!别让他们伤害我们,宝贝!他们不会伤害我们的,对吧，友好的小霍比特人？我们不想去伤害，可他们跳到我们身上，像猫扑可怜的老鼠一样，他们就是那么干的，宝贝。我们好孤单，咕噜姆。如果他们对我们好，我们也会对他们好，非常好，是的，是嘶嘶。"

"这下，咱们拿他怎么办？"山姆说，"要我说，把他绑起来，这样他就再也不能偷偷摸摸地跟在我们后面了。"

"那会杀了我们，杀了我们！"咕噜姆抽泣着，"残忍的小霍比特人。把我们绑起来，扔在这寒冷坚硬的地方不管，咕噜姆，咕噜姆。"抽泣声哽住了他咕噜噜的喉咙。

"不，"弗拉多说，"如果我们要杀他，那就必须直截了当杀了他。可是在这种情况下，我们不能那么做，不能。可怜的坏蛋！他还不曾伤害过我们。"

"哦，他没有吗？"山姆揉着肩膀说，"不管怎么样，他有过这样的意图，而且我敢保证，他就打算这么干。趁我们睡觉时勒死我们，那就是他的计划。"

"我敢说这没错，"弗拉多说，"但他打算做什么是另一码事。"他顿住想了一会儿。咕噜姆一动不动地躺着，不再抽泣了。山姆站在那儿，怒目俯视着他。

就在这时，弗拉多仿佛听到了来自过去的声音，相当清晰，却又十分遥远：

多么可惜啊！比尔博有机会时，没有一剑刺死这个可恶的家伙！

可惜？正是可惜，让他手下留情。可惜，还有宽容：若非必要不下杀手。

我丝毫不觉得咕噜姆可惜。他该死。

     该死！我敢说他的确该死。许多活着的人都该死，一些死了的人却该活，你能把命还给他们吗？如果不能，就别急着以正义之名，以对自身安全的担忧，来判断生死。即使是智者，也不能洞悉万物的结局。

     "很好，"他大声答道，垂下手中的剑，"但我仍然害怕。不过，正如你所见，我不会碰这个家伙。现在我见到他了，我确实可怜他。"
     山姆瞪着弗拉多，他似乎在和某个并不在场的人说话。咕噜姆抬起了头。
     "是嘶嘶，宝贝，我们很可怜。"他哼哼唧唧地说，"悲惨，悲惨！霍比特人不会杀我们，好霍比特人。"
     "不杀，我们不杀你，"弗拉多说，"但我们也不会放你走。你一肚子坏水和诡计，咕噜姆。你得跟我们一起走，我们会盯着你，就这样，但你必须尽力帮助我们，以德报德。"
     "是嘶嘶，一定，"咕噜姆坐了起来，"好霍比特人！我们会跟他们走，给他们找到黑暗中安全的路，是的，我们会的。在这些寒冷坚硬的土地上，他们要去哪里？我们很好奇，是的，我们很好奇。"他抬起头看着他们，苍白眨动的眼中闪过一丝狡黠又热切的光。
     山姆咂着牙，对其怒目而视。他似乎也感到自家少爷情绪有点怪，觉得这事毋庸置疑。尽管如此，弗拉多的回答依然让他惊诧不已。
     弗拉多直视着咕噜姆的眼睛，咕噜姆畏缩了，躲开他的目光。"你知道的，估计猜你也猜得八九不离十，斯米戈尔，"弗拉多平静而又严厉地说，"我们当然是去魔多。我相信你知道去那里的路。"

"啊！嘶嘶嘶！"咕噜姆用手捂住耳朵，仿佛如此坦率、公开地说出这个名字，伤害了他，"我们猜到了，是的，我们猜到了，"他低语道，"我们不想让他们去，对吧？不，宝贝，不要让好霍比特人去。灰烬，灰烬，还有尘土，还有干渴；还有坑，坑，坑，还有兽人，成千上万的兽人。好霍比特人一定不能去——嘶嘶嘶——那些地方。"

"这么说你去过那里？"弗拉多追问道，"你现在正被拽着回那里去，对吗？"

"是嘶嘶，是嘶嘶，不！"咕噜姆尖叫道，"一次，一次意外，是不是，宝贝？是，是意外。但我们不回去，不，不！" 突然，他的声音和语言变了——喉咙呜咽着开口，却不是对他们说的："滚开，咕噜姆！你伤害了我。啊！我可怜的手，咕噜姆！我，我们，我不想回去。我找不到它。我累了。我，我们找不到它，咕噜姆，咕噜姆，没有，哪儿都没有。他们总是醒着。矮人、人类，还有精灵，亮眼睛的可怕的精灵。我找不到它。啊！"他爬起来，长手握成皮包骨头的拳头，朝着东方挥舞。"我们不去！"他喊道，"不为你去。" 然后，他又瘫倒了，"咕噜姆，咕噜姆，"他脸朝下趴在地上抽泣着，"别看我们！滚开！滚去睡觉！"

"他不会听从你的命令滚开或者去睡觉的，斯米戈尔，"弗拉多说，"但如果你真的想再次摆脱他，获得自由，那就必须帮助我。而且，恐怕这意味着你要帮我们找到一条朝他那里去的路。不过你无须走完全程，也无须跨过大门进入他的辖地。"

咕噜姆又坐起来，从眼皮底下看着他。"他就在那里，"他嘎嘎笑道，"总是在那里。兽人会带你们走完全程的。你们在大河东岸很容易找到兽人，别要斯米戈尔帮忙。可怜的、可怜的斯米戈尔，他很久以前就走了。他们拿走了他的宝贝,现在他迷失了。"

"如果你跟我们一起走的话,那我们也许会重新发现他。"弗拉多说。

"不,不,决不!他弄丢了他的宝贝。"咕噜姆说。

"起来!"弗拉多说。咕噜姆站起来,后退几步,紧贴在崖壁上。

"够了!"弗拉多说,"你是白天找路容易些,还是晚上找路容易些?我们很累了,但如果你选择晚上,我们今晚就出发。"

"大光伤害我们的眼睛,真的。"咕噜姆哼哼唧唧道,"不能在大白脸下面走,还不行。它很快就会落到山后面去了,是嘶嘶。先休息一会儿,好霍比特人!"

"那就坐下,"弗拉多说,"别动!"

两个霍比特人在咕噜姆旁边坐下,一边一个。他们背靠岩壁,放松双腿。无须开口安排:他们都知道自己片刻都不能睡。月亮慢慢地漂泊,投下山岭的阴影,他们面前全黑了。天上的星星越来越多,越来越亮。他们谁也没动。咕噜姆竖腿坐着,下巴搁在膝盖上,平手平脚摊在地上,闭着眼,但他似乎很紧张,像是在思考或聆听。

弗拉多朝山姆望去,四目相交,彼此心领神会。他们放松下来,头往后靠,闭上了眼睛,抑或看上去闭上了眼睛。很快,两人柔缓的呼吸声便响了起来。咕噜姆双手微微一抽,脑袋悄无声息地左右转转,然后先是一只,接着是另一只,双眼各张开了一条缝。两个霍比特人毫无动静。

突然,咕噜姆猛地从地上一跃而起,像一只蚱蜢,又像一只青蛙,以惊人的敏捷和速度扑向黑暗。然而,这正是弗拉多和山姆预料到的情况。他跃起后才跑了两步,山姆就已经扑到了他身上。弗拉多跟上来,从后面抓住他的腿,将他拽倒在地。

"山姆,你的绳子大概又能派上用场了。"弗拉多说。

山姆取出了绳子。"在这寒冷坚硬的土地上,你想跑哪儿去啊,咕噜姆先生?"他愤怒地吼道,"我们很好奇,对,我们很好奇。我敢说,你是要去找一些你的兽人朋友。你这奸诈肮脏的东西!这绳子应该绕在你的脖子上,再打一个牢牢的结。"

咕噜姆安静地躺在地上,没再耍诡计。他没有回答山姆,却给了山姆迅速而又恶毒的一眼。

"我们只需要拴住他,"弗拉多说,"我们得让他走路,所以不能绑住他的脚,还有胳膊,他似乎是手脚并用地走路。把绳子一头系在他的脚踝上吧,攥紧另一头。"

山姆打绳结的时候,弗拉多站在一旁看着咕噜姆。结果却令两人大吃一惊。咕噜姆开始尖叫,撕心裂肺地尖叫,听起来非常吓人。他痛苦地扭动身躯,试图把嘴凑到脚踝上去咬绳子。他不停地尖叫着。

最后,弗拉多相信他是真的很疼,但这不可能是绳结造成的。他检查了绳结,发现绑得并不很紧,真的一点都不够紧。山姆是刀子嘴豆腐心。"你怎么回事?"他问,"如果你想逃跑,我们就必须把你绑起来,但我们并不想伤着你。"

"它伤了我们,它伤了我们!"咕噜姆嘶嘶叫道,"它冰冷,它咬我们!精灵搓的绳子,诅咒他们!肮脏残忍的霍比特人!这就是我们为什么试图逃跑,当然,宝贝。我们猜到他们是残忍的霍比特人。他们拜访精灵,亮眼睛的凶恶精灵。把它从我们身上解开!它伤害我们。"

"不,我不会把它从你身上解开,除非,"弗拉多顿住了,思忖片刻,"除非你发一个我能相信的誓。"

"我们会发誓,照他的吩咐去做,是的,是嘶嘶,"咕噜姆仍在痛苦扭动,撕抓着脚踝,"它伤害我们。"

"真的发誓?"弗拉多问。

"斯米戈尔,"咕噜姆的话音突然清晰起来,他睁大眼睛盯着弗拉多,眼中闪着异彩,"斯米戈尔以宝贝的名义发誓。"

弗拉多挺直身体,山姆再次被他的话和他严肃的语气吓着了。"以宝贝的名义?你怎么敢?"他说,"想想吧!"

一枚指环统治众环,一枚指环禁锢众环于黑暗中。

"你愿意对此发誓吗,斯米戈尔?它会撑住你,但它比你还狡诈,可能会扭曲你说的话。你可要当心了!"

咕噜姆畏缩了。"以宝贝的名义,以宝贝的名义!"他重复道。

"那你的誓言是什么?"弗拉多问。

"会非常非常好的,"咕噜姆说着,爬到弗拉多脚边,匍匐在他面前,嘶哑着嗓子低声道,"斯米戈尔发誓,永远、永远都不让他得到它。永远都不!斯米戈尔会救它。可他必须以宝贝的名义发誓。"他浑身颤抖,仿佛这些话语令他恐惧到了骨子里。

"不!不要以它的名义发誓,"弗拉多低头严厉而又怜悯地看着他,"你只想看到它,触摸它,只要你能,尽管你知道它会逼疯你。不要以它的名义发誓。你要是愿意,就对它发誓,因为你知道它在哪里。是的,你知道,斯米戈尔。它就在你面前。"

有那么一瞬,山姆觉得他的主人长高了,而咕噜姆却缩小了:一个高大严厉的阴影,一位将自己的光亮隐藏在乌云中的伟大君主,脚前趴着一只摇尾乞怜的小狗。然而二者在某种程度上是相类而非相异的：他们能够心意互通。咕噜姆挺起身来，开始向弗拉多伸手，抚摸弗拉多的膝盖。

"趴下！趴下！"弗拉多说，"现在说出你的誓言！"

"我们发誓，是，我发誓！"咕噜姆说，"我会为宝贝的主人效力。好主人，好斯米戈尔，咕噜姆，咕噜姆！"突然，他又开始一边哭，一边咬自己的脚踝。

"山姆，把绳子解开！"弗拉多说。

山姆不情愿地解开了绳子。咕噜姆立刻爬起来，开始活蹦乱跳，像一只被鞭打后又受到主人安抚的恶狗。从那刻起他变了，这变化持续了一段时间。他很少再带着嘶嘶音或哀戚说话，他会直接对同伴们说话，而不是对着他的宝贝本身说话。如果他们靠近他，或有什么突然的举动，他会畏缩后退，他也会避免碰到他们的精灵斗篷。不过他很友善，实际上是可怜兮兮又迫不及待地讨好他们。如果他们说笑话，甚至弗拉多跟他和蔼地说话，他就会嘎嘎大笑，欢欣雀跃；而如果弗拉多责备他，他就会伤心哭泣。山姆几乎不跟他说任何话，比以往更不信任他。比起以前那个咕噜姆，山姆更讨厌这个新的斯米戈尔。

"好了，咕噜姆，或者不管我们叫你什么，"他说，"时候到了！月亮已经走了，夜也深了。我们最好出发。"

"好的，好的。"咕噜姆蹦来跳去，赞同地说，"我们出发！贯穿南北端，只有一条路。是我发现的，我发现的。兽人不走这条路，兽人不知道这条路。兽人不过沼泽，他们绕道走很多英里路，很多英里。非常幸运，你们走上这条路。非常幸运，你们发现了斯米戈尔，是的。跟着斯米戈尔！"

他走了几步，探究地回头张望，像一只狗在邀他们散步。"等一下，咕噜姆！"山姆喊道，"别走到太前面去！我紧跟着你，绳子可就在我手上。"

"不会，不会！"咕噜姆说，"斯米戈尔发过誓的。"

深夜，在清朗耀眼的星光下，他们出发了。咕噜姆领着他们掉头，沿着他们的来路朝北走了一阵子。然后，他斜向右拐，离开埃敏穆伊的陡峭边缘，走下碎石陡坡，朝下方那片大沼泽走去。他们悄无声息地迅速融入了黑暗中。距离魔多大门很多里格的整个荒原，笼罩在一片黑暗的死寂中。

第 2 章
死亡沼泽

咕噜姆抻着脖子,时不时地手脚并用,走得很快。弗拉多和山姆为了跟上他,费了不少劲。不过他似乎不再有任何逃跑的念头,如果他们落后了,他会转过身来等他们。过了一段时间,他领着他们来到了之前碰上的那道窄沟边缘,但现在他们离山岭更远了。

"到了!"他喊道,"这里面有一条下去的路,是的。现在我们顺着它走,出去,到外面那边去。"他指着东南方的沼泽。沼泽的臭气钻进他们的鼻孔,哪怕是在清凉的夜风里,也浓烈而难闻。

咕噜姆沿着边缘上蹿下跳,最后冲他们喊道:"这里!我们可以从这里下去。斯米戈尔曾经走过一次这条路,我躲兽人走过这条路。"

他带路,两个霍比特人跟着他爬下去,走进那片幽暗中。路倒不难爬,因为裂隙在这里只有大约十五英尺深,十二英尺宽,底部有流水:它实际上是一条小河的河床,从山上潺潺流下的许多小河中的一条,这些河水都注入了远处那些凝滞不动的水塘和泥潭里。咕噜姆拐到右边,朝着偏南的方向走,两只脚啪嗒啪嗒踩在岩石河床上,水

花飞溅。他似乎很享受水的感觉,自顾自地轻声笑着,有时甚至嘎嘎地唱起来:

  陆地冷邦邦,咬痛我们手,啃噬我们脚。
  岩石和石头,就像老骨头,没肉又没筋。
  小溪与池塘,湿润又清凉,双脚好舒畅!
  我们想要……

"哈!哈!我们想要什么?"他说着侧眼偷看两个霍比特人,"我们会告诉你们,"他哑着嗓子说,"他早就猜到了,巴金斯早就猜到了。"他说着眸光一闪,山姆捕捉到了黑暗中的这一闪,觉得一点都不舒服。

  活着没呼吸,
  冰冷如死尸。
  永远在喝水,
  从来不口渴。
  浑身披鳞甲,
  不会叮铃当。
  溺死在干地,
  岛屿视作山,
  泉水当喷气。
  滑溜又美丽!
  遇上真高兴!
  我们只想抓条鱼,

双塔

> 鲜美又多汁!

这些歌词让山姆更担心一个自明白他家少爷打算接纳咕噜姆为向导的那一刻起,就困扰他的问题:食物怎么办?他没想到弗拉多可能也想过这件事,但他估计咕噜姆想过。说真的,咕噜姆独自游荡了这么久,是靠吃什么活着的?"不会太好,"山姆心想,"他看上去饿得要死。我敢打赌,如果没有鱼,他才不会太讲究,肯定想尝尝霍比特人的味道。估计他会趁我们打瞌睡时下手。哼,他休想,休想打山姆·甘吉的主意。"

他们跌跌跄跄,沿着幽暗曲折的沟壑走了很长一段时间。至少对双腿疲惫不堪的弗拉多和山姆来说,似乎走了很久。沟壑往东拐,他们越走,它越宽,也渐渐变浅了。最后,上空随着黎明的第一道灰白变得微明。咕噜姆毫无倦色,但这时他抬头望天,停下了。

"天快亮了,"他低声道,仿佛白日是某种会偷听他、扑击他的东西,"斯米戈尔会待在这里。我会待在这里,这样大黄脸就看不见我。"

"我们很高兴能看见太阳,"弗拉多说,"但我们会待在这里:现在我们太累了,走不动了。"

"看见大黄脸会高兴,你们可不明智,"咕噜姆说,"它会暴露你们。明智的好霍比特人会和斯米戈尔待在这里。兽人和肮脏的东西在四周。他们能看得很远。待在这里跟我躲起来!"

他们三个在沟壑的岩壁脚安顿下来休息。这里的岩壁已经比一个大个子的人高不了多少了,底部有些平坦的干石宽岩架。水从对面的渠道里流过。弗拉多和山姆坐在一块扁石上,背靠着背休息。咕噜姆在溪水中乱踢乱踩。

"我们得吃点东西,"弗拉多说,"斯米戈尔,你饿吗?我们食物不多,但还是会尽量分一点给你。"

听到"饿"这个词,咕噜姆苍白的眼中燃起一道绿光,面黄肌瘦的脸上那双眼睛显得比以往任何时候都突出。有么一瞬,他故态复萌,又摆出了过去的咕噜姆做派。"我们很饿,是的,我们很饿,宝贝,"他说,"他们吃的是什么?嘶嘶,他们吃的是美鱼吗?"他的舌头从尖利的黄牙间耷拉出来,舔着没有血色的嘴唇。

"不,我们没有鱼,"弗拉多说,"我们只有这个——"他举起一片兰巴斯,"还有水,如果这里的水能喝的话。"

"是嘶嘶,是嘶嘶,好水,"咕噜姆说,"喝吧,喝吧,趁我们还能喝!但他们吃的是什么,宝贝?嚼起来脆吗?好吃吗?"

弗拉多掰了一小块饼,连同外边包的叶子一起递给他。咕噜姆嗅着那片叶子,脸色大变,一股厌恶浮现在脸上,还带着一缕他旧时的怨恨。"斯米戈尔嗅出来了!"他说,"精灵国来的叶子,嚄,臭死了!他爬上那些树,他洗不掉手上的味道,我美丽的手。"他扔下叶子,拿起一小角兰巴斯,轻轻咬了一口。他吐了,接着狂咳不止。

"啊呸!难吃!"他噗噗地边吐边说,"你们要噎死可怜的斯米戈尔。尘土和炉灰,他不能吃这个。他必须挨饿。可斯米戈尔不介意。好霍比特人!斯米戈尔发过誓。他会挨饿。他吃不了霍比特人的食物。他会挨饿。可怜的瘦弱的斯米戈尔!"

"很抱歉,"弗拉多说,"但恐怕我帮不了你。如果你愿意试试,我想这食物对你有好处。不过也许你连试都不能试,至少现在还不能。"

两个霍比特人默默地嚼着兰巴斯。不知怎的,山姆觉得它吃起来比前一段时间好多了，咕噜姆的举动让他重新注意到了它的味道，但他觉得不舒服。咕噜姆就像餐桌旁一只满怀期待的狗，盯着他把每口饼从手里送到嘴里。很显然，直到他们吃完准备休息了，咕噜姆才相信他们没有藏匿能分享给他的美味。然后，他走开了，独自在几步远的一旁坐下，抽抽搭搭地嘀咕了一会儿。

"听我说！"山姆轻声对弗拉多说，语气倒不算太柔和——他其实并不在乎咕噜姆会不会听见，"咱们得睡一会儿。不过有这饿鬼在旁边，咱们不能同时睡着，不管他发没发誓。我敢保证，不管他是斯米戈尔还是咕噜姆，都不会这么快就改掉他的习惯。你先睡吧，弗拉多先生，等我眼皮撑不住的时候，我会叫你。咱们轮流睡，就跟之前没抓到他时一样。"

"也许你是对的，山姆。"弗拉多敞开说道，"他是有所改变，但究竟是怎样的改变，改变的程度如何，我还不确定。不过说真的，我不认为有什么可担心的，目前还没有。不过你想守哨就守吧。让我睡两个小时就足够了，然后叫我起来。"

弗拉多累极了，话才说完，头就往胸口一垂，睡着了。咕噜姆似乎也不再有任何恐惧。他蜷起身子很快入睡了，一副漠不关心的样子。不一会儿，他紧咬的牙缝间就传出了嘶嘶的轻微呼吸声，但身体却像石头一样躺在那里一动不动。过了一会儿，山姆怕自己坐着聆听两个同伴的呼吸声也会跟着睡着，便站起来轻轻地戳了戳咕噜姆。咕噜姆握紧的手松开了，抽搐了一下，但没有别的动静。山姆弯下腰，贴近他耳边说了声"鱼嘶嘶"，但他没有反应，甚至连呼吸都不曾一窒。

山姆挠了挠头。"肯定是真的睡着了，"他嘀咕道，"如果我像咕噜姆那样，就永远也醒不过来了。"他脑海中想到了他的剑和绳子，

第 2 章 死亡沼泽

但他克制住,走开了,在他的主人身边坐下。

他醒来时,天空依旧幽暗,不仅不比吃早饭的时候亮,反而更黑了。山姆一骨碌爬起来,肚子里的饥饿感和神志的新鲜感让他突然意识到,自己把白天都睡过去了,至少睡了九个小时。弗拉多还在沉睡,这会儿手脚伸展开躺在他旁边。咕噜姆却不见踪影。山姆借用了甘吉老爹那一大堆训人的词,在心里把自己骂了个狗血淋头。然后,他又想到他家少爷说得对:目前没有什么需要防备的。无论如何,他们俩都还活着,没有被勒死。

"可怜的坏蛋!"他不无懊恼地说,"不知道他这会儿跑到哪里去。"

"没跑远,没跑远!"有一个声音在他上方说。他抬起头,看见了傍晚的天空下,咕噜姆那颗大脑袋和耳朵的轮廓。

"嘿,你在干吗?"山姆喊道。一看到那个身影,他顿时疑心又起。

"斯米戈尔饿了。"咕噜姆说,"一会儿就回来。"

"现在就回来!"山姆吼道,"嘿!回来!"然而,咕噜姆消失了。

弗拉多被山姆的吼声吵醒,揉着眼睛坐了起来。"嘿!"他说,"怎么啦?几点了?"

"我不知道,"山姆说,"我想已经是日落时分了。他跑了,说他肚子饿。"

"别担心!"弗拉多说,"担心也没用。他会回来的,你看着吧。誓言还会约束他一阵子。反正,他不会离开他的宝贝的。"

当得知他们熟睡了好几个小时,而咕噜姆——还是非常饥饿的咕噜姆,就无所束缚地在一旁时,弗拉多并没有在意。"别再想你家老爹那些骂人的话了,"他说,"你也累坏了,不过结果挺好的:我们俩都得到了休息。前面还有艰苦的路要走,最糟糕的路。"

"食物呢?"山姆说,"做这件事,要花我们多长时间?完事后,我们又该怎么办?这行路面包虽说能奇妙地让人腿脚有劲,可它填不饱肚子啊!反正我感觉是填不饱,我并没有对它的制作者不敬的意思。可我们每天都还得吃掉一些,而它又不会增加。我估计,大概够吃三个星期吧,说真的,那还得是勒紧裤腰带省着吃。到目前为止,我们吃得有点太随意了。"

"我不知道我们要花多长时间才能——才能完事,"弗拉多说,"我们狼狈地耽搁在这片丘陵里。不过,山姆怀斯·甘吉,我亲爱的霍比特人——真的,我最亲爱的霍比特人山姆,朋友们的朋友——我们不需要去想以后会怎么样。就像你说的,做这件事,我们真有希望把它做完吗?如果我们做完了,谁知道之后会发生什么事呢?如果这枚指环被扔进火山里,而我们就在近旁,那会怎么样呢?我问你,山姆,我们真的还可能需要干粮吗?我想不需要了。如果我们能抚慰我们的双腿,让它们把我们带到末日山,那就是我们能做的全部。我开始感觉,多于我能做的。"

山姆默默地点了点头。他拉过弗拉多的手,俯向它。他没有亲吻那只手,眼泪却滴落在上面。然后他扭过头,抬手用袖子擦了擦鼻子,站起来踏步转了一圈,嘴里还试图吹吹口哨,好半晌才费力地说:"那该死的家伙在哪里?"

咕噜姆其实没过多久就回来了,但他蹑手蹑脚的,他们俩都没听见,直到他站在他们面前。他的手上脸上都沾满了黑污泥,嘴巴仍在咀嚼,口水从嘴角淌下来。他究竟在嚼什么,他们没问,也不愿意去想。

"蠕虫,甲虫,要么就是洞里黏滑的东西,"山姆心想,"呃!

肮脏的家伙,可怜的坏蛋!"

咕噜姆什么也没有跟他们说,直到喝饱了溪水,又把自己洗干净,才走到他们面前,舔着嘴唇。"现在好多了,"他说,"我们休息好了?准备继续走了吗?好霍比特人,他们睡觉的样子真好看。现在信任斯米戈尔了吧?非常、非常好。"

下一段旅程和上一段差不多。他们越往前走,沟壑就越浅,沟底的坡度也越平缓。沟底石头少了,泥土多了,两边的沟壁逐渐降低成了平缓的坡岸。沟壑开始变得蜿蜒曲折。黑夜将尽,但云围星月,他们从慢慢散露出来的稀薄微光,才推断出天快亮了。

在一个冷飕飕的时辰,他们来到了水道的尽头。两岸变成了长满青苔的土墩。溪水越过最后一道饱受蚀刻的岩架后,汩汩落进一片褐色的沼泽,然后消失了。干枯的芦苇瑟瑟作响,但他们感觉不到风吹。

此刻,广阔的沼泽和泥潭在他们两边和前方展开,向南、向东一直延伸到半明半昧的晨光中。乌黑恶心的泥塘蒸腾起一股股盘旋的烟雾,臭味弥漫在凝滞的空气中,令人窒息。远处,这时几乎正南方向,魔多山墙影影绰绰,像一横排破絮似的乌云,飘浮在危险的雾海上。

现在,两个霍比特人完全落入了咕噜姆手中。在这迷蒙的光线中,他们不知道也猜不到,他们其实就在沼泽的北部边界内,沼泽的主体就位于他们南边。他们如果熟悉这里的地形,就会知道:只要稍微耽搁一下,后退几步,然后向东转,就能经由坚实的道路绕过沼泽,抵达光秃秃的达戈拉德平原:魔多大门前的一片古战场。而这并不是说,走那条路就大有希望。那片岩石平原上无遮无蔽,兽人和大敌士兵通行的许多干道也在其间经过。在那里,就是罗瑞恩的斗篷也遮掩不了他们。

双塔

"斯米戈尔，现在我们该怎么走？"弗拉多问，"我们一定要穿过这片恶气熏天的沼泽吗？"

"不需要，完全不需要，"咕噜姆说，"如果霍比特人想很快到那座黑山脉去见他，就不需要。往回走一点，再绕一点……"他干瘦的胳膊朝北朝东挥舞着，"你们就能踏上冷硬的大路，直达他的国度大门。他的很多手下在那里等候宾客，非常乐意把你们直接带到他面前。啊，是的。他的眼睛时时刻刻都盯着那条路。很久以前，他在那里捉住了斯米戈尔，"咕噜姆不寒而栗，"但自那以后，斯米戈尔就一直在用他的眼睛了，是的，是的，自那以后，我就在用眼睛、双脚，还有鼻子。我知道其他的路，更难走，也不那么快，但更好，如果我们不想被他看见的话。跟着斯米戈尔！他能带你们穿过沼泽，穿过迷雾，美妙的浓雾。只要非常小心地跟着斯米戈尔，那么在被他捉住之前，你们就可以走很长一段路，相当长，是的，也许吧。"

天已经亮了，这是一个无风的阴郁早晨。沼泽地臭气熏天。阳光透不过低空厚重的云围。咕噜姆似乎急着要立刻继续他们的行程。因此，稍作休息后，他们又出发了，而且很快就迷失在一个昏暗的寂静世界里，视线被隔断，完全看不见周围的陆地：无论是他们已离开的丘陵还是他们要前往的山脉。他们排成一列慢慢前行：咕噜姆、山姆、弗拉多。

弗拉多似乎是三人中最疲惫的，尽管他们走得很慢，他还是常常落后。两个霍比特人很快就发现，看似辽阔的一整片沼泽，实际上是无数水塘和软泥潭以及纵横交错的水道连接成的一张无边大网。只要有狡诈的眼睛和双脚，就能从中串出一条游荡的路径。咕噜姆肯定这样狡诈，他也全用上了。他那长脖子上的大脑袋一直转过来转过去，嗅嗅这里闻闻那里，嘴里也不停地嘀嘀咕咕自言自语。有时他会举起手示意他们停下，而自己则往前走一小段，还不时蹲下来用手指或脚趾测试地面，或者把一只耳朵贴在地上聆听。

天气沉闷，令人厌倦。潮湿冰冷的冬天依然滞留在这片被遗弃的乡野中。唯一的绿色，是浮在阴沉又油腻的水面上的青灰色野草渣滓。枯死的草叶和腐烂的芦苇在雾霭中影影绰绰，就像被遗忘很久的夏日残影。

白昼流逝，天光增亮，雾气缭绕上升，变得更稀薄更透明了。在这片充斥着腐烂和蒸汽的世界更上方，金灿灿的太阳已高高升起，照耀着下方一片浮沫闪闪的宁静乡野。他们在下面，只能看见它如鬼影般匆匆而过，模糊，惨淡，没有色彩，也没有温暖。即使是这样，太阳的存在也是一种微弱的提醒。咕噜姆面色阴郁，畏缩不前。他暂停了行程，他们像被追猎的小动物一样，蹲在一大片褐色的芦苇丛中休息。四周寂静，唯余种子尽落的芦苇羽穗沙沙轻曳，以及干枯的草叶在他们感觉不到的微弱气流中颤动。

"连一只鸟都没有！"山姆悲哀地说。

"没有，没有鸟，"咕噜姆说，"美好的鸟！"他舔着牙齿，"这里没有鸟。有蛇，有虫，有水塘里的东西。很多东西，很多肮脏的东西。没有鸟。"他悲伤地住了口。山姆厌恶地看着他。

就这样，他们与咕噜姆同行的第三天过去了。在夜幕尚未完全笼罩那些更快乐的土地之前，他们又上路了，一程又一程，中间只做了短暂停顿。这些停顿与其说是为了休息，不如说是为了帮助咕噜姆。现在，即使是咕噜姆，也不得不万分小心地前进，他有时候也会陷入茫然。他们已经来到了死亡沼泽的中心地带，这里黑漆漆的。

双塔

他们一个接一个，排成一列，弓着背，走得很慢，聚精会神地跟着咕噜姆走过每一步。沼泽变得更潮湿了，泥水汇成一个个凝滞不流的宽水塘，越来越难在其中找到硬实一点的地面，以免落脚时陷入咕嘟咕嘟冒泡的泥沼。三个行者都很轻，不然可能谁也找不到路。

现在天已经完全黑了，空气本身似乎都是黑漆漆的，而且滞重得令人无法呼吸。当光亮出现时，山姆揉了揉眼睛：他还以为是自己头脑昏眩呢。他的左眼角先是瞥见一个光点，一缕稍纵即逝的淡辉。随即又出现了一些：有些像是看不见的蜡烛上悠悠摇曳的烛火，又如被隐藏的手抖开的幽灵布单，飘来荡去。他的两个同伴全都一言不发。

最后，山姆再也忍不住了。"这都是什么啊，咕噜姆？"他低声问道，"就是这些光亮，它们现在包围了我们。我们掉进陷阱了吗？它们是谁？"

咕噜姆抬起了头。面前是一潭黑水，他正在地面上爬来爬去，拿不准该走哪里。"是的，它们把我们包围了，"他低声道，"狡诈的光。死尸的蜡烛，是的，是的。别管它们！别看！别跟着它们！主人在哪儿？"

山姆回头一看，发现弗拉多又落后了，自己看不见他。他回头往黑暗中走了几步，不敢走太远，也只敢以沙哑的低声呼唤。突然，他撞在了弗拉多身上，后者正望着苍白的光亮，若有所思地呆立着。他双手僵硬地垂在身侧，往下滴着水和黏液。

"走吧，弗拉多先生！"山姆说，"别看它们！咕噜姆说我们一定不能看。我们得跟上他，尽快走出这个鬼地方，如果我们能走出去的话！"

"好的，"弗拉多如梦初醒，"我来了，走吧！"

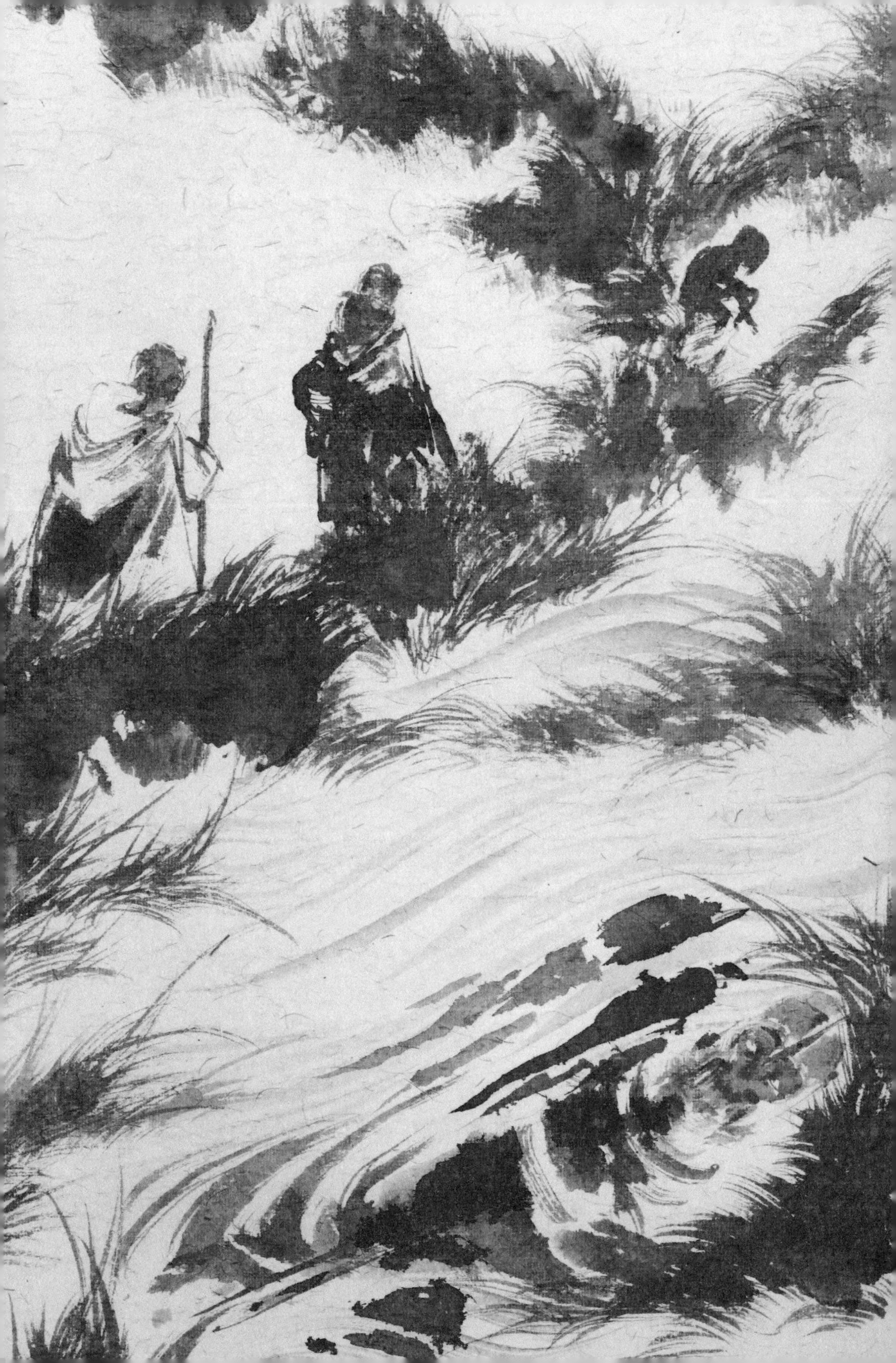

山姆又匆忙前行,却突然一个趔趄,脚被老根或草丛绊了一下。他摔倒了,双手重重着地,一下子深深地陷入黏糊糊的烂泥里,脸也差点贴到黑水塘的水面。轻微的嘶嘶声从泥塘里传出,一阵恶臭扑鼻而来,光亮摇曳、舞动、旋转。片刻间,他脸下方的水看上去就像某种窗户,窗玻璃上沾满污垢,而他透过窗户朝里凝视着。他猛地将双手拔出泥潭,惊叫着跳起来。"有死物,水里有死人脸!"他惊恐地说,"死人脸!"

咕噜姆大笑。"死亡沼泽,是的,是的,这就是它们的名字。"他嘎嘎笑道,"蜡烛亮起时,你不该朝里看。"

"他们是谁?他们是什么?"山姆浑身发抖,转向弗拉多问道。弗拉多此时就在他身后。

"我不知道,"弗拉多用梦呓似的声音说,"但我也看见他们了,蜡烛亮起时,在这些水塘里。每个水塘里都有,苍白的脸,在黑水的幽深之处。我看见他们了:狰狞而邪恶的脸孔,高贵而悲伤的脸孔。许多高傲美丽的脸孔,他们银色的头发缠满水草,但全都腐臭、朽烂,全都死了。他们全都散发着邪光。"弗拉多抬手蒙住眼睛,"我不知道他们是谁,但我想我看见了三个人和精灵,旁边还有兽人。"

"是的,是的,"咕噜姆说,"全都死了,全都烂了。精灵、人类和兽人。死亡沼泽。很久以前有一场大战,是的,斯米戈尔小时候,他们就是这么告诉他的。我小的时候,宝贝到来之前。那是一场大战。高大的人类拿着长剑,参加的有可怕的精灵,还有嚎叫的兽人。他们在黑门前的平原上数日数月地厮杀。从那之后,沼泽就开始扩大,吞没了坟墓,不断地向外蔓延、蔓延。"

"可那是一个多纪元以前的事了!"山姆说,"死者不可能真的在那儿！会不会是黑暗之地孵化出来的某种妖术？"

"谁知道呢？斯米戈尔不知道，"咕噜姆答道，"你们够不着他们，你们摸不着他们。我们试过一次，是的，宝贝。我试过一次。可是你够不到他们。只有形状可见，也许吧，但摸不着。不，宝贝！全死了。"

山姆脸色阴郁地看着他，浑身又一抖，觉得自己猜出了斯米戈尔为什么试图去摸他们。"呃，我不想看见他们，"他说，"永远都别再看见！我们能不能继续走，离开这里？"

"能，能，"咕噜姆说，"但是要慢慢地，非常慢。非常小心！否则霍比特人就要下去跟那些死者做伴，点燃小小的蜡烛了。跟着斯米戈尔！别看那些光亮！"

他往右爬去，在水塘四周寻找路径。两个霍比特人紧跟在他身后，弓着背，甚至像他一样不时地用手触地。"再继续这么走下去，我们就要变成一排三个宝贝小咕噜姆了。"山姆心想。

最后，他们来到了黑水塘的尽头，水渚上的草丛看上去危险莫测，他们又爬又跳地从一丛跃到另一丛，惊险万分地穿了过去。他们一路踉踉跄跄，不时失足踩水，或手先着地栽进臭如粪坑的水中，乃至浑身都脏兮兮、黏腻腻的，互相闻起来臭气熏天。

当他们终于再次踏上比较坚硬的地面时，夜已经深了。咕噜姆嘶嘶地低声自语着，他显然很高兴：通过某种神秘的途径，凭借某种混合了感觉与嗅觉的认知，以及对黑暗中形体的异常记忆，他似乎知道自己此时身在何处，而且对前面的路很确定。"现在我们继续走吧！"他说，"好霍比特人！勇敢的霍比特人！当然，非常、非常疲倦；我们也是，我的宝贝，我们全都非常疲倦。可是我们必须带领主人远离这些邪恶的光亮，是的，是的，我们必须。"说完这些话，他又出发了，几乎小跑着奔下一条看似长长的夹在高高的芦苇之间的小路。两个霍比特人则跌跌撞撞，以尽可能快的速度跟在他后面。过了一会儿，他突然停下，疑惑地嗅着空气，嘶嘶作声，仿佛又被什么困扰住了，很是不悦。

"怎么了？"山姆误解了他的举动，吼道，"有什么好嗅的？我捏着鼻子都快被这臭气熏倒了。你很臭，少爷也很臭，这整个地方都很臭。"

"是的，是的，山姆也很臭！"咕噜姆答道，"可怜的斯米戈尔闻到了，但好斯米戈尔忍着。帮助好主人。那不是问题。空气在流动，变化在发生。斯米戈尔很纳闷，他不高兴。"

他又走了起来，但越来越不安，时不时就站直身体，伸长脖子往东往南望去。好长一段时间，两个霍比特人听不到也感受不到是什么在困扰着他。然后，三个人突然都停住了，僵在原地聆听。弗拉多和山姆觉得听到了一声长长的尖嚎，是从很远的地方传来的，又高又利又残酷。他们不寒而栗。同一时刻，他们察觉到空气在颤动，而且变得非常冷。他们站在原地，竖起耳朵，听见一阵噪声，就像从远方吹来一阵风。那些迷蒙的光亮摇曳着，渐渐暗淡，然后熄灭了。

咕噜姆不愿走了。他站在那里不住地哆嗦，嘴里叽里咕噜地自言自语，直到疾风骤起猛吹到他们身上，飒飒呼啸着掠过整片沼泽。夜变得不那么黑了，亮堂得足以让他们看见或隐约看见，一团团不成形的雾蜷曲着朝他们滚滚涌来，又滚滚而去。他们抬起头来，看见云围破了，云絮丝丝缕缕。接着，月亮自南边的高空中露出，微光闪烁，在翻卷的云絮中穿行。

片刻，这景象令两个霍比特人心情愉快起来，但咕噜姆却蜷缩伏地，嘟嘟囔囔地咒骂着那大白脸。然后，就在弗拉多和山姆注视着天空，深深呼吸着新鲜空气时，他们看见它来了：一小朵从那片可憎的山岭飞来的云，一个从魔多释放出来的黑影，一个庞大有翼的不祥物体。它飞掠过月亮，可怕地尖嚎一声朝西飞去，其速度比风还快。

他们匍匐向前，不顾一切地俯首于冰冷的泥地上。可那恐怖的影子盘旋着，又飞回来了，这次飞得更低，就在他们上方掠过，用那令人毛骨悚然的翅膀扫荡着沼泽的臭气。然后，它飞走了，在索伦暴怒的催逼下飞回了魔多。风在它后面呼啸而去，只留下荒芜的死亡沼泽。这片裸露的荒地，在目力所及的范围内，甚至到远处阴森森的山脉，都被忽隐忽现的月光映得斑驳陆离。

弗拉多和山姆爬起来，揉着眼睛，就像从噩梦中惊醒的孩子，发现熟悉的夜色仍然笼罩着世界。而咕噜姆躺在地上，仿佛晕死过去了。他们好不容易才把他叫醒，有好一阵子，他都不肯仰起脸来，而是手肘撑地跪着，用他的大扁平手捂着脑袋。"指环幽灵！"他哀叫道，"飞行的指环幽灵！宝贝是他们的主人。他们看得见一切，一切。什么都躲不过他们的眼睛。该死的大白脸！他们会告诉他一切。他看见了，他知道。啊，咕噜姆，咕噜姆，咕噜姆！"直到月亮沉落，西移至托尔布兰迪尔远处，他才肯爬起来，继续走动。

从那时开始，山姆感觉咕噜姆又变了。他更加讨好巴结，更愿意表现得友善。不过山姆吃惊地注意到，他眼中不时流露出异样的神色，尤其是在看着弗拉多的时候，而且他越来越明显地改回了旧有的说话习惯。还有一件事也令山姆越来越焦虑：弗拉多似乎越来越疲惫，疲惫到了精疲力竭的地步。他什么也不说，实际上他几乎不怎么说话了。他也不抱怨，但走路的样子就像是背负着重担，而且那担子的重量还在不断加重。他步伐拖沓,越来越慢,越来越慢,以至于山姆经常要请求咕噜姆等一等,别把他们的主人落在后面。

确切地说,每向魔多的大门走近一步,弗拉多就感觉挂在脖子上的指环又重了一分。他现在开始感觉有一种实实在在的重量往下坠扯着自己,但困扰他更多的是那只"大眼"——他自己是这么称呼它的。他行走时畏畏缩缩、佝腰塌背,更多的是因为大眼的影响而非指环的坠扯。大眼,是对一种敌意不断增长的恐怖感知,那敌意挟着巨大的力量,企图刺穿云影、大地、血肉,看见你:将你钉在它致命的凝视下,无所遁形,无法动弹。那仍然抵挡着它的面纱是那样纤细,那样单薄而柔弱。弗拉多清楚地知道,它的住处与中心现在在哪里,就像一个人即使闭上眼睛也能说出太阳的方位。他正面对着它,它的目光就落在他的额头上。

咕噜姆可能也有类似的感觉,但是大眼的压力、近在咫尺的指环的诱惑,以及那个半是因为惧怕冷铁刺叮剑而低声下气发下的誓言,在这三者的夹击下,他那颗悲惨的心究竟在想些什么,两个霍比特人没去猜测。弗拉多没有心情想,而山姆心思全被他家少爷占据,几乎没有注意到这团落在自己心头的黑云。现在山姆让弗拉多走在自己前面,时刻关注着他的一举一动,如果脚步踉跄就扶他一把,还笨嘴笨舌地试图鼓励他。

当白天终于到来,两个霍比特人惊讶地看见,那座不祥的山脉竟然已近在咫尺。空气这时更清新更凉爽了,尽管离得还很远,魔多的山墙却已经不再是视线尽头的模糊威胁,而更像是阴沉的黑塔,蹙额冷对一片惨淡的荒野。沼泽已经到了尽头,逐渐消逝成死寂的泥炭地和宽阔平坦的干裂泥淖。前面的陆地是一溜长长的平缓坡地,贫瘠荒凉，通向横在索伦大门前的沙漠。

趁着灰蒙蒙的天光尚存，他们蠕虫般蜷缩在一块黑岩石下面，以防那飞行的恐怖掠过，用它那残酷的双眼探察他们。这趟旅程余下的部分充斥着渐涨的恐惧阴影，其中没有记忆可以有所附丽的任何东西。他们又在无路的荒地里疲惫地挣扎跋涉了两个晚上。空气于他们而言，似乎变得恶劣起来，弥漫着浓臭，令他们呼吸困难，口干舌燥。

最后，在跟随咕噜姆上路的第五天，他们再次停下了。在他们面前，群山拔地而起，山顶入云，在黎明的微光中，黑黢黢一片。从山脉脚下甩出的巨大斜脊和零散丘陵，最近的离他们不过十二英里。弗拉多满心恐惧地环顾四周，这里跟之前的死亡沼泽和无人之地的干涸荒漠一样可怕，但在他收缩的眼中，此刻被渐明的天光揭示出来的这片荒野，令人厌恶得多。即使是有着死人脸的死亡沼泽，绿色春天的些许憔悴幻影仍会到来，但在这里，无论春天还是夏天，都永远不会再来。这里没有活物，连以腐物为生的苔藓地衣都不长。那些滞涩的水塘里塞满灰烬和缓缓流动的烂泥，呈现出令人作呕的灰白色，仿佛山脉把腹中的秽物都呕吐在了周围的大地上。高高隆起的碎石堆和粉末堆，以及遭受烈火焚烧和毒药污染的大土墩，像一排排没有尽头的坟墓，形成了一片可憎的坟场，在迟疑不决的天光中慢慢地显露出来。

他们来到了位于魔多之前的荒漠地带：魔多奴隶邪恶劳动的永恒成果。哪怕他们的所有企图全都落空，这片荒漠也将留存下去。一片被糟蹋的土地，病入膏肓，无可救药——除非大海涌入，将它彻底淹没。"我觉得恶心。"山姆说。弗拉多没有说话。

好一会儿，他们就站在那里，像处于睡眠边缘的人为了抗拒噩梦来袭，拼命撑着眼皮，尽管他们知道只有穿过阴影才会迎来黎明。天光更明更炽,冒气的井坑和有毒的土堆越发清晰丑陋。太阳升起,在云翳和长烟中穿行,但就连阳光也被玷污了。霍比特人不欢迎这光亮,它显得很不友好,暴露出他们的无助——就像在黑魔王的灰烬堆里吱嘎吱嘎游荡的小幽灵。

他们太累了,无法继续前行,就近寻找能休息的地方。他们在一个矿渣堆的阴影下坐了好一会儿,谁都不说话。这矿渣堆散发出一股难闻的气味,呛着他们的喉咙,令他们窒息。咕噜姆是第一个起身的,他唾弃着、咒骂着,没跟霍比特人说一句话,也没看他们一眼,就四肢着地爬开了。弗拉多和山姆跟在他后面爬,一直来到一个几近圆形的大坑前。西侧的坑壁很高,坑里死寂寒冷,底部淤积着一层色彩斑斓的油腻污物,臭烘烘的。他们就蜷缩在这个恶毒的坑洞里,希望在它的阴影中躲过大眼的注意。

白昼缓逝。强烈的干渴困扰着他们,但他们只是从水壶中喝了几滴水,水还是在上一道沟壑中装满的。现在回想起来,那道沟壑于他们而言,似乎是一个宁静又美丽的地方。两个霍比特人轮流守哨。虽然很累,他们俩一开始却都睡不着,直到远方的太阳沉落进缓慢移动的云层后,山姆才打起了盹。轮到弗拉多放哨了。他背靠矿坑坡壁,但这并未减轻他重负在身的感觉。他抬头望向烟雾缭绕的天空,看见了一些奇怪的幻影:骑马的黑色身影,来自过去的面孔。他忘了时间,徘徊在半梦半醒之间,最后陷入彻底的遗忘。

山姆猛然醒来,觉得听到他家少爷叫他的声音了。时间已经是傍晚了。弗拉多已经睡着了,而且都快滑到坑底去了,不可能叫过他。咕噜姆在弗拉多旁边。山姆一时间以为咕噜姆是想叫醒弗拉多,然后他看出来了,不是那么回事。咕噜姆正在自言自语。斯米戈尔正在和某个使用同样的嗓音，但发声嘶嘶嘶、短促又尖厉的思想争论着。他说话的时候，眼中交织着苍白和青绿的光。

"斯米戈尔发过誓。"第一个思想说。

"是的，是的，我的宝贝，"另一个回答，"我们发过誓：救我们的宝贝，不让他得到它——永远不。可它正朝他去，是的，每一步都更近。这霍比特人打算拿它怎么办，我们很好奇，是的，我们很好奇。"

"我不知道。我没办法。它在主人手里。斯米戈尔发誓要帮助主人。"

"是的，是的，要帮助主人：宝贝的主人。不过如果我们是主人，那我们就可以帮助我们自己，是的，而且仍然守住了誓言。"

"斯米戈尔说他会非常非常老实。好霍比特人！他解开了斯米戈尔腿上残忍的绳子。他总是和颜悦色地跟我说话。"

"非常非常老实，呃，我的宝贝？我们要老实，老实得像鱼，亲爱的，但只是对我们自己。不伤害好霍比特人，当然，不，不。"

"但是宝贝掌握着誓言。"斯米戈尔的声音反驳道。

"那就把它夺过来，"另一个声音说，"我们自己掌握它！那么我们就会是主人，咕噜姆！让另一个霍比特人，那个讨厌多疑的霍比特人，让他爬，是的，咕噜姆！"

"但是不要这么对待好霍比特人。"

"噢，不，如果那让我们不高兴就不做。他还是一个巴金斯，我的宝贝，是的，一个巴金斯。一个巴金斯偷了它。他发现了它，却什么都没说，都没说。我们痛恨巴金斯。"

"不，不恨这个巴金斯。"

"恨，恨每个巴金斯。恨所有掌握宝贝的人。我们必须得到它！"

325

"可他会看见。他会知道。他会从我们手里夺走它!"

"他会看见。他会知道。他听见我们发下了愚蠢的誓言——违背他命令的誓言,是的。必须夺走它。指环幽灵正在搜索。一定要夺到它。"

"不给他!"

"不,亲爱的。瞧,我的宝贝,如果我们得到它,我们就能逃走,甚至逃开他,呢?也许我们会变得非常强壮,比指环幽灵还强壮。斯米戈尔大王?咕噜姆大帝?至尊咕噜姆!每天吃鱼,一天三顿,从大海来的鲜鱼。最宝贝的咕噜姆!必须得到它。我们要它,我们要它,我们要它!"

"可他们有两个。他们会马上醒来,杀了我们,"斯米戈尔哼哼唧唧地做着最后的努力,"不要现在。还不要。"

"我们要它!但是——"说到这里,有一个很长的停顿,仿佛有一个新的思想冒了出来,"还不要,呢?也许吧。她也许会帮忙。她也许会,是的。"

"不,不!别那样!"斯米戈尔哀声道。

"是的!我们要它!我们要它!"

每次当第二个思想说话时,咕噜姆的长手就会鬼鬼祟祟地慢慢伸出去,摸向弗拉多,然后在斯米戈尔说话时,又猛地缩回去。最后,他的两条手臂连同抽搐痉挛的手指,一起朝弗拉多的脖子抓去。

山姆一动不动地躺着,听这场争辩听得入迷,但他眯着眼睛,关注着咕噜姆的一举一动。他那简单的头脑一直认为,来自咕噜姆的最主要危险是一般的饥饿:他想吃掉霍比特人。然而此刻,他明白过来不是这样的:咕噜姆感觉到了至尊指环的可怕召唤。他,当然是指黑魔王；但她又是谁呢？山姆很纳闷。他估计，可能是这个小恶棍在四处游荡的过程中结交的某个下流朋友。不过接下来他就忘了这个，因为事情的发展显然失控了，变得危险起来。一股沉重压在他全身上下，但他还是铆足劲坐了起来。某种直觉提醒他要小心，别显露出他刚才偷听了那场争论。他重重地叹了一口气，并且打了一个大呵欠。

"几点了？"他睡眼惺忪地问。

咕噜姆从牙缝里发出好长一声嘶嘶。他站起身，好一阵子都全身紧绷，充满威胁。然后，他又瘫倒了，匍匐在前，四肢并用爬上了坑洞的坡壁。"好霍比特人！好山姆！"他说，"瞌睡虫，是的，瞌睡虫！只留下好斯米戈尔守哨！不过，现在是傍晚了。天慢慢黑了。是该走的时候了。"

"正是时候！"山姆心想，"而且也是我们该分手的时候了。"不过他心里又起了疑，不知道现在到底是放走咕噜姆危险，还是把他留在身边危险，"该死的！真希望他呛死！"他一边嘟囔着，一边踉踉跄跄地走下坡堤去叫醒他的主人。

真是奇怪！弗拉多感到神清气爽。他一直在做梦。黑影过去了，在这片恶疾累累之地，他看见了一幅美丽的景象。他一点也不记得那幅景象了，却因此感到欣慰，心情轻松了一些，身上的负担也不那么重了。咕噜姆像一条狗似的乐颠颠地迎向他。他咯咯笑着，唠唠叨叨，把手指关节捏得嘎嘎作响，抚摸着弗拉多的膝盖。弗拉多朝他微笑着。

"走吧！"他说，"你给我们带路，带得很好，很忠心。这是最后的阶段了。带我们到大门前去，我不会要求你继续往前走的。带我们到大门前，然后你就可以去你想去的地方——只要不是我们的敌人那里就行。"

"到大门前,呃?"咕噜姆尖叫道,似乎既吃惊又害怕,"主人说,到大门前!是的,他是这么说的。好斯米戈尔会按照他的要求去做,噢,是的。可是,当走近一点,我们也许会看见,到时候我们会看见。那一点也不好看。噢,不!噢,不!"

"快走吧!"山姆说,"我们赶快把这事了结掉!"

黄昏将近,他们艰难地爬出坑洞,慢慢地探路走过这片死寂的荒地。还没走多远,他们就又一次感觉到了有翼形体掠过沼泽上空时笼罩他们的那种恐惧。他们停下脚步,蜷缩在散发着恶臭的地上,但看不见头顶那阴沉的傍晚天空有任何东西。那股威胁感很快就过去了,也许它是从巴拉督尔被派出去办什么急事,从头顶上的高空掠过。过了一会儿,咕噜姆爬起来,继续蹑手蹑脚地往前走,口中念念有词,浑身还发着抖。

午夜过后一个小时左右,那股恐惧感第三次落到他们身上,但这次似乎更遥远,好像是在云层之上很远的高空飞行,正以可怕的速度向西方疾飞而去。然而,咕噜姆却吓得六神无主,深信行迹被发现了,他们正遭到追杀。

"三次!"他呜咽道,"三次就是威胁了。他们感觉到了我们在这里,他们感觉到了宝贝。宝贝是他们的主人。我们不能继续走这条路了,不。没用的,没用的!"

好言相劝不再有用。直到弗拉多把手按在剑柄上,生气地命令他,咕噜姆才肯再次爬起来。最后,他哀嚎一声,站起身来,像一条被击败的狗一样走在他们前面。

他们低着头默默前行,什么也看不见,什么也听不见,只有耳边风声鹤唳。就这样,他们跌跌撞撞地走完了疲惫的一夜,直到又一个充满恐惧的白昼来临。

第3章
黑门关闭

　　第二天破晓前，他们前往魔多的旅程结束了。沼泽和荒漠都被抛在了身后。他们面前，雄伟的山脉在苍白的天空衬托下，幽暗阴沉，高耸着充满威胁的峰头。

　　一道阴影屏障横亘在魔多的西边，那便是阴影山脉埃斐尔度阿斯。北边则耸立着灰烬山脉伊瑞德力苏的残峰秃脊。这两道山脉其实是一道高山墙的两个组成部分，这山墙环绕着阴郁的力斯拉德平原和戈格洛斯平原，以及中央那水质苦涩的内陆海努恩。这两道山脉的交会处，陡然向北甩出两道长长的山岭，其间夹着一个深狭谷。这便是"鬼影隘口"西力斯戈格，是通往大敌疆域的入口。两边高高耸立的峭壁在隘口处低下来，从出口向外突出了两座黑黢黢光秃秃的陡峭山丘，上面耸立着两座坚固的高塔：魔多之牙。它们是很久以前刚铎的人类在推翻并赶走索伦之后的鼎盛时期建造的，以防他返回老巢，寻求复辟。然而刚铎的力量没落了，人类消沉，两座塔楼长年空置。后来，索伦归来。现在，那两座已经倾颓的监视塔楼被重建起来，储满武器，驻扎的卫戍部队不间断地警戒着。塔楼的外壁以岩石筑成，石壁上凿有监视着北、东、西三个方向的黑暗窗洞，每扇窗后面都挤满了不眠不休的眼睛。

黑魔王还建起了一道连接两边悬崖的防御石墙，跨越隘口入口。墙上有一道单独的铁门，墙头城垛上有哨兵不断巡逻。两侧山岭底下的岩石中凿有上百个大小洞穴，里面蛰伏着大群兽人，随时准备听从命令，如黑蚁般倾巢而出，拥向战场。没有人能通过魔多之牙而不遭咬噬，除非他们应索伦召唤而来，或知道通关暗语，能让索伦领土上的黑门魔栏农打开。

两个霍比特人绝望地盯着高塔和防御墙。即使在远处，光线暗淡，他们也能看见墙头上走动的黑衣守卫，以及门前的巡逻小队。他们这时趴在一个石坑的边缘朝外窥视，这个石坑在埃斐尔度阿斯最北端的扶壁外展阴影下。从他们的藏身处到较近的那座高塔的黑色塔尖，如果有一只乌鸦在其间沉闷的空气中飞过，直线距离也不过一弗隆。一缕轻烟缭绕塔尖，仿佛山底火焰正在闷燃。

白昼到来，昏黄的太阳在伊瑞德力苏死气沉沉的山脊上闪烁。突然，他们听到一阵铜号声，是从两座监视塔楼里传来的，响亮而刺耳。接着远处山中隐藏的据点和岗哨也传来了回应的号声，然后是更远的呼应，缥缈却深沉而又凶险，那是巴拉督尔洪大的号角声和鼓声在远方盆地中的回响。魔多又开始了充斥着畏惧和劳苦的可怕一天。夜间守卫被召回，回到深藏于地下的洞穴和厅堂，而邪眼凶残的日间守卫步上岗位。钢铁的辉光在城垛上隐隐闪烁。

"好了，我们到了！"山姆说，"大门就在眼前，可我看着，咱们大概最多也就能到这儿了。我敢保证，要是甘吉老爹现在见了我，一定又有话说！他常说，如果我不小心脚下，最后肯定要倒大霉。可是现在，估计我再也见不到那老头了。他没机会再说'山姆，我早跟你说啥来着'了。这比可惜更甚。只要有一口气在，他就会没完没了地对我唠叨，但愿我能再见到他那张老脸。不过我得先洗个脸，不然他会认不出我来。

"我猜，现在也不用问'我们该怎么走了'，我们不能再往前走了——除非我们想叫兽人让我们搭个便车。"

"不，不！"咕噜姆说，"没用的。我们不能再往前走了。斯米戈尔说过的。他说：我们会去到大门前，然后我们会看见。我们确实看见了。哦，是的，我的宝贝，我们确实看见了。斯米戈尔早就知道霍比特人不能走这条路。哦，是的，斯米戈尔早就知道。"

"那你犯什么病，把我们带到这儿来？"山姆吼道，毫无公正讲理的心情。

"主人说的啊。主人说：带我们到大门去。于是，好斯米戈尔就这么做了。主人说的，聪明的主人。"

"我是说过。"弗拉多说。他面色阴郁僵硬，却很坚决。他蓬头垢面、憔悴枯槁，因疲惫而消瘦，却不再佝腰塌背，眼神也很清澈："我是说过，因为我决意进入魔多，而我不知道其他的路，所以，我要走这条路。我不要求任何人跟我同去。"

"不，不，主人！"咕噜姆哀号着，伸手不停地挠他，看似极其痛苦，"这条路不能走！不能走！不要把宝贝拿给他！他会把我们都吃掉，如果他得到它，他会把整个世界都吃掉。保存好它，好主人，对斯米戈尔好一点。别让他得到它。要不离开吧，去好的地方，然后把它还给小斯米戈尔。是的，是的，主人，把它还过来，好吗？斯米戈尔会安全保藏它的。他会做很多好事,尤其是为好霍比特人做很多好事。霍比特人回家吧。别去那座大门!"

"我奉命前往魔多之地,我必须去。"弗拉多说,"如果只有一条路,那么我就必须走这条路。该来的注定要来。"

山姆什么也没说。看着弗拉多脸上的神情,他就知道自己说什么都没用。毕竟,他从一开始就没有对此事抱过任何真正的希望。不过作为一个快乐的霍比特人,他不需要什么希望,只要绝望能延后到来。现在他们已经山穷水尽,但他始终紧跟着他家少爷,这是他来的主要原因,而且他将继续紧跟着他家少爷。他家少爷是不会独自去魔多的,山姆将与他同去,而且无论如何,他们要摆脱咕噜姆。

然而,咕噜姆还不打算被他们摆脱。他跪在弗拉多脚下,绞着手尖叫着。"别走这条路,主人!"他哀求道,"还有另一条路。哦,是的,的确还有一条。另一条,更黑暗,更难找,更隐秘。可是斯米戈尔知道。让斯米戈尔带你去吧!"

"另一条路!"弗拉多怀疑地低头审视着咕噜姆。

"是嘶嘶!是嘶嘶,真的有!从前有另外一条路。斯米戈尔找到的。让我们去看看它还在不在那里!"

"你之前没提过这条路。"

"没有。主人没有问。主人没说他打算做什么。他的确没有告诉可怜的斯米戈尔。他说:斯米戈尔,带我到大门去,然后再见!斯米戈尔可以逃走,去过好日子。可是现在他说:我决意要走这条路进入魔多。斯米戈尔非常害怕。他不想失去好主人。而且他发过誓,主人让他发了誓,要救宝贝。可是主人却要把它拿去给他,如果主人走这条路,那就是直接把它送到那只黑手里。所以,斯米戈尔一定要救他们两个,然后想到从前曾经有另一条路。好主人。斯米戈尔非常好,总是帮忙。"

山姆皱起了眉头。如果他能用目光在咕噜姆身上打洞,那他已经那么做了。他满心疑问。从所有的表面迹象来看,咕噜姆是真的痛苦,并且急于帮助弗拉多。不过山姆还记得自己偷听到的那场争论,他发现自己很难相信那个长久以来都被压制着的斯米戈尔已经占了上风。无论如何,那场争论最后并不是斯米戈尔的声音说了算。山姆的猜测是,各占一半的斯米戈尔和咕噜姆(他在心里分别叫他们"滑头鬼"和"缺德鬼")已经停战并暂时结盟:他们都不想让大敌得到至尊指环,都希望避免弗拉多被捉,尽量让他一直待在自己的眼皮子底下。反正只要缺德鬼还有机会染指他的"宝贝"就行。是否真的有另一条进入魔多的路,山姆很怀疑。

"幸好这个老坏蛋的两半,都不知道主人的真实意图。"他想,"如果他知道弗拉多先生打算一劳永逸地解决掉他的宝贝,我敢打赌,我们很快就会有麻烦的。而且这老缺德鬼怕大敌怕得要死,他还受制于或者曾经受制于大敌的什么命令,所以他宁可出卖我们,也不愿意被逮到他在帮助我们,也不可能愿意让他的宝贝被熔掉。至少我是这么想的。我希望少爷能仔细思量思量。他跟其他人一样聪明,就是心肠太软,他就是这么一个人。他下一步要干什么,远不是任何甘吉能猜测的。"

弗拉多没有马上回答咕噜姆。当山姆那迟钝却精明的脑子思索着这些疑惑时,弗拉多站在那里,凝视着西力斯戈格的黑暗峭壁。他们藏身的石坑是一座矮山丘一侧的山体凹陷处,下方不远处是一个类似战壕的长山谷,山谷对面是山脉的外扶壁。山谷中央坐落着西面那座监视塔楼的黑基座。此刻，在晨光下，可以清楚地看见汇集到魔多大门前的道路，路面灰白，尘土飞扬：一条蜿蜒向北；另一条向东延伸，消失在缭绕于伊瑞德力苏山脚下的迷雾里；第三条则朝他们延伸而来。这条路急转弯绕过塔楼，进入一道窄谷，然后从他所站的石坑下方不远处经过。它从他右边向西拐去，绕着阴影山脉的山肩，向南钻进覆盖着整个埃斐尔度阿斯西侧山坡的深影中。然后，在他视线不及之处，它继续前行，通往夹在山脉和安度因大河之间的狭窄陆地。

就在弗拉多凝视的时候，他察觉到平原上有了动静，有很大的骚动：似乎有一支军队正在行进，尽管视线大都被沼泽和更远处的荒地上飘来的浓臭烟雾遮蔽，但他还是不时地瞥见了长矛和头盔的闪光。远处路旁的平地上，还可以见到成队骑行的骑兵队伍。他记起了自己在阿蒙汉远远看见的景象，那只不过是几天之前，现在却感觉像是好多年前的事。然后他知道了：刚才那个狂热的瞬间在他心中萌动的希望，只是枉然。那回荡的号声不是挑战，而是欢迎。这不是如从久已逝去的英雄坟墓中爬出来的复仇幽灵般攻打黑魔王的刚铎人类。他们是来自辽阔东方大地的其他种族的人，应他们至高君王的召唤而集结。这批大军夜里在他的大门前扎营，现在行军进入他的领土，以增强他正在不断膨胀的力量。他仿佛突然完全意识到了他们所在之处的危险：孤立无援，天光渐明，离这巨大的威胁如此之近。弗拉多迅速拉起单薄的灰色兜帽，紧紧罩住，下到坑洼里，然后转身面对咕噜姆。

"斯米戈尔，"他说，"我再相信你一次。实际上，我似乎必须这么做，命中注定我得在最不期然而然的情况下接受你的帮助，而你曾心怀恶念追踪了我很久，所以帮助我也是你的命运。到目前为止，你并未辜负我的信任，也真诚地信守了你的誓言。真诚地，我这么说，也这么想。"他瞥了山姆一眼，补充道，"现在，我们已经有两次落在你的手上，但你并没有伤害我们。你也没有试图从我这里拿走你一度寻找的东西。但愿第三次最好！不过我警告你，斯米戈尔，你正处在危险当中。"

"是的，是的，主人！"咕噜姆说，"可怕的危险！斯米戈尔一想到它，骨头都在发抖，但他不逃走。他必须帮助好主人。"

"我说的不是我们共同面对的险境，"弗拉多说，"我指的是你独自面临的危险。你对着你称之为宝贝的东西发了誓。记住这一点！它会让你坚守誓言，但它也会寻找机会扭曲誓言，毁掉你自身。你已经被扭曲了。你刚才愚蠢地在我面前露出了真面目。你说，把它还给斯米戈尔。别再说第二次！别让那个念头在你心里滋长！你永远不会再得到它了，但对它的渴望也许会出卖你，让你悲惨告终。你永远不会再得到它了。万不得已的时候，斯米戈尔，我会戴上宝贝，而宝贝在很久以前控制过你。如果我戴上它命令你，哪怕让你上刀山下火海，你也要服从。我会下这样的命令的。所以，当心点，斯米戈尔！"

山姆赞许地看着他家少爷，同时也很惊讶：弗拉多脸上的神情和声音里的语调，都是他以前不曾见识过的。他心里总是觉得，他亲爱的弗拉多先生仁慈到了相当高的程度，其中必然包含着些许盲目。当然，他也自相矛盾地坚信，弗拉多先生是世界上最有智慧的人（老比尔博先生和甘道夫可能是例外）。而咕噜姆可能以自己的方式犯了类似的错误，混淆了仁慈和盲目，不过这也情有可原，毕竟他认识弗拉多的时间要短得多。无论如何，这一席话令咕噜姆羞愧万分，也恐惧万分。他卑躬屈膝地趴在地上，除了"好主人"，说不出清楚的话来。

弗拉多耐心地等了片刻，再开口时语气缓和了一些："起来吧，咕噜姆,或者斯米戈尔,随便你愿意叫什么,给我讲讲这另外一条路,如果可以,就说明一下,那条路究竟有什么希望,足以证明我掉头离开眼下这条明摆着的路是正当的。我很急。"

咕噜姆此刻一副可怜兮兮的样子,弗拉多的威胁令他相当紧张。他嘟嘟囔囔、吱吱嘎嘎地说起来,要听清楚他的话实在不容易,而且他还频繁地说着说着就趴到地上,乞求他们俩要善待"可怜的小斯米戈尔"。过了一会儿,他才平静了一些,弗拉多零零碎碎地听出来了,如果有旅人顺着这条拐向埃斐尔度阿斯西边的路走,最后会走到一个围在一圈黑树中的十字路口。那里右边的路通向欧斯吉利亚斯和安度因大桥,中间的路则继续向南延伸。

"一直走,一直走,一直走,"咕噜姆说,"我们从来没走过那边,但是他们说,它有上百里格,一直通到你能看见永不静止的大水的地方。那里有好多鱼,大鸟吃鱼,很好的鸟,但我们从来没去过那里,唉,没去过!我们从来没有机会去。他们说,那远处,还有更多的陆地,但那里,大黄脸非常热,而且没有什么云,人凶猛,脸很黑。我们不想看见那片土地。"

"是不想,"弗拉多说,"但别游离了你的正路。第三条路转向哪里?"

"哦,是的,哦,是的,有第三条路。"咕噜姆说,"那是向左的路。它一开始就往上爬,往上爬,弯弯曲曲的,爬回那些高高的阴影。等它绕过黑色的岩石,你就会看见它,你会突然看见它在你上面,你会想藏起来。"

"看见它,看见它?你会看见什么?"

"古老的要塞,非常古老,现在非常可怕。很久以前,当斯米戈尔还小的时候，我们曾经听说过从南方传来的故事。哦，是的，我们曾经于傍晚坐在大河岸边，在柳树地，讲很多故事，那时大河也很年轻，咕噜姆，咕噜姆。"他又开始哭哭啼啼、嘟嘟囔囔。两个霍比特人耐心地等待着。

"从南方传来的故事，"咕噜姆继续道，"说的是长着闪亮眼睛的高大人类，他们石头山一样的房子，他们国王的银冠和白树——美妙的故事。他们建起很高很高的塔楼，其中有一座塔楼是银白色的，塔里有一块像月亮一样的石头，塔四周有巨大的白墙。哦，是的，有许多关于月亮之塔的故事。"

"那一定是埃兰迪尔之子伊熙尔杜建造的米纳斯伊希尔，"弗拉多说，"砍掉大敌手指的就是伊熙尔杜。"

"是的，现在他的黑手上只有四个指头，但也足够了，"咕噜姆颤抖着说，"他痛恨伊熙尔杜的城。"

"有什么是他不恨的？"弗拉多说，"不过，月亮之塔跟我们有什么关系？"

"哦，主人，它以前在那里，现在也在那里：高塔、白房子和高墙。不过现在不好了，不漂亮了。他在很久以前攻下了它。现在它是一个非常恐怖的地方。旅人看到它都会发抖，他们悄悄地溜出它的视野，避开它的阴影。可是主人得走那条路。那是唯一的另一条路。因为山脉在那里要低一些，那条古道一直往上、往上，直到抵达顶上一个黑暗的隘口，然后又往下、往下，下到戈格洛斯。"他的声音越来越低，低似耳语。说着说着，他不寒而栗。

"可那怎么有助于我们？"山姆问道，"大敌肯定对他自己的山脉一清二楚，那条路肯定跟这条路一样被严密看守着，那座塔楼也不

双塔

是空的,是不是?"

"哦,不,不是空的!"咕噜姆耳语道,"它看起来像空的,但它不是空的,哦,不!那里面住着非常可怕的东西。兽人,对,总有兽人。不过还有更糟糕的东西,还有更糟糕的东西也住在那里。那条路正从高墙的阴影下开始往上攀升,然后经过大门。没有任何在那条路上活动的东西是他们不知道的。塔里面的东西知道:沉默的监视者。"

"这就是你建议的路?"山姆说,"我们应该继续往南走另一段长路,然后等我们到了地方——如果我们真到得了的话,却发现陷入了同样的两难困境,说不定还更糟?"

"不,真不是,"咕噜姆说,"霍比特人必须明白,必须努力理解。他没料到那里会受到攻击。他的眼睛四面观看,但他对某些地方比别的地方更关注。他没法同时看到一切,还不能。你瞧,他已经征服了阴影山脉以西直到大河的整片土地,现在还控制了所有的桥。他认为没有人能到月亮之塔去,除非在桥上大打一仗,或者弄来许多无法隐藏的船只过河,但这样一来,他就会知道的。"

"他怎么做、怎么想,你似乎知道很多啊,"山姆说,"你最近一直在跟他说话吗?或者你只是跟兽人套近乎?"

"你不是好霍比特人,你不讲理。"咕噜姆生气地瞥了山姆一眼,转向弗拉多,"斯米戈尔跟兽人说过话,是的,当然说过,在遇见主人以前,他还跟很多人说过话:他去过很远的地方。他现在说的事情,很多人都在说。对他,对我们,最大的危险都在北方这里。总有一天,他会从黑门出来,那一天很快就会到来。那是唯一一条大军可以出来的路。而在西边远处,他不怕,那里有沉默的监视者。"

"就是这样啊!"山姆不甘示弱道,"所以我们就直接走上前,敲他们的门，问我们去魔多走的路对不对，或者他们太过沉默，而不回答？这才没道理呢。我们在这里也可以这么做，还能省下一段长途跋涉。"

"别拿这事开玩笑，"咕噜姆嘶嘶叫道，"这不好笑，噢，不！不好笑。试图进入魔多根本就不理智。不过如果主人说'我必须去'或者'我要去'，那他一定得试试某条路。可是他一定不能进那个恐怖的城，啊，不，当然不。这就是斯米戈尔能帮忙的地方，好斯米戈尔，尽管没有人告诉他这到底是怎么回事。斯米戈尔又帮了忙。他发现了它。他知道它。"

"你发现了什么？"弗拉多问。

咕噜姆蹲下来，声音又低至耳语："一条爬上山脉的小径，然后有一段阶梯，一段很窄的阶梯，啊，是的，非常长，非常窄。然后是更多阶梯。然后——"他的声音压得更低了，"有一条隧道，黑暗的隧道，最后有一个小裂缝，有一条高出主隧口好多的小路。斯米戈尔就是从那条路逃出黑暗的，但那是很多年前的事了。那条小路现在可能已经消失了，但也可能没消失，可能没消失。"

"我觉得这听起来一点都不对劲，"山姆说，"反正，这听起来太容易了。如果那条小路还在那里，也一定会有人看守。以前难道没人看守它吗，咕噜姆？"这话一说，他就瞥见或者以为自己瞥见了咕噜姆眼中一闪而过的一道绿光。咕噜姆嘟囔着，但是没有回答。

"没人看守它吗？"弗拉多厉声问道，"你是真的逃脱了黑暗吗，斯米戈尔？你不是因为负有任务，才被允许离开的吗？至少几年前在死亡沼泽附近发现你的阿拉贡是这么认为的。"

"他撒谎！"咕噜姆嘶嘶叫道，一听到阿拉贡这名字，他眼里顿

339

时邪光闪烁,"关于我,他都是胡说,对,他胡说。我是逃出来的,全靠可怜的我自己。的确,我被命令去寻找宝贝,我找了又找,找了又找,我当然找了,但不是为黑魔王找的。宝贝是我们的,我告诉你它是我的。我确实是逃出来的。"

弗拉多奇怪地确信,尽管咕噜姆很值得怀疑,但在这件事情上,这次咕噜姆所说的离真相相去不远。他不知怎的发现了一条离开魔多的路,至少他相信那靠的是他自己的狡黠。弗拉多注意到了一点:咕噜姆刚才说话时用了"我",就这一点来说,非常罕见,这通常似乎是一种信号:某种过往的真相与诚挚的残余部分,一时之间占了上风。可即便咕噜姆在这一点上是可信的,弗拉多也没有忘记大敌的诡计多端。那场"逃脱"有可能是被默许或被安排好的,黑塔对此知道得一清二楚。而且无论如何,咕噜姆显然还有许多事情没有坦白。

"我再问你一次,"他说,"这条秘密小路没人看守吗?"

不过阿拉贡这名字已经使咕噜姆愠怒不已,他浑身都散发着一种好不容易说了一次真话或部分真话,却被怀疑是骗子的受伤气息。他没有回答。

"没人看守它吗?"弗拉多重复道。

"没有,没有,也许没有。这片乡野没有安全的地方。"咕噜姆闷闷不乐道,"没有安全的地方。可是主人必须试试,要不就回家。没有别的路了。"他们没办法让他再多说了。那个危险之地以及那处高隘口的名字,他都说不出来,或不愿意说。

其实,它名叫西力斯昂戈,一个传言恐怖的名字。阿拉贡也许能告诉他们这名字与它的意义,甘道夫则会警告他们。而他们现在孤立无援,阿拉贡远在他方,甘道夫正站在艾森加德的废墟中与萨鲁曼斗争，被背叛耽搁住了。然而，即使在他对萨鲁曼说出最后的警告之词，帕蓝提尔在欧尔桑克的台阶上砸出火花时，他的思绪都一直在弗拉多和山姆身上，他的心神越过千里长路，怀着希望和怜悯搜寻着他们。

弗拉多也许感觉到了，却没有意识到，就如他在阿蒙汉山上一样，即便他相信甘道夫已经逝去，永远坠入了遥远的墨瑞亚阴影中。他在地上坐了很长一会儿，低着头沉默不语，努力回忆着甘道夫跟他说过的一切。然而对于眼前的选择，他想不起任何建议。确实，甘道夫对他们的引导被剥夺得太快、太快了，那时离这黑暗之地还非常遥远。他们最后要怎么进入它，甘道夫没说。也许他也说不上来。他曾经冒险进入过北方的大敌要塞多古尔都。可是，进入魔多，到火焰之山和巴拉督尔呢？自从黑魔王东山再起，他曾到过那里吗？弗拉多觉得没有。而自己不过是一个来自夏尔的小半身人，一个来自宁静乡间的单纯的霍比特人，人们却期望他能找到一条那些伟人不能走或不敢走的路。这真是一种倒霉的命运。可是去年春天，他在自家起居室里自愿承担起了这种命运，现在感觉起来那么遥远，就像是世界年纪尚轻时的故事里的一章，那时金树和银树依旧繁花盛开。这真是一个讨厌的选择。他该选哪条路呢？如果两条路都通向恐怖与死亡，那又有什么好选的呢？

白日消逝。一种深沉的寂静笼罩了他们所躺的如此接近恐怖之地边界的灰暗小洼坑：一种能够被感觉到的寂静，就像一片厚厚的面纱，将他们与周围整个世界隔绝开来。他们上方是被一道道飞逝的浓烟阻隔的苍白天穹，高远辽阔，就像透过浩大深邃、饱含沉重思绪的空气所见的模样。

哪怕是一只翱翔在太阳下的鹰，也看不见坐在坑里，背负厄运的重负，沉默不语，一动不动，全身都裹在单薄灰斗篷里的霍比特人。他可能会稍停片刻打量咕噜姆，一个趴在地上的渺小身影：那也许是某个饿死的人类小孩的尸骨，上面还附着破烂的衣服，它的长手长脚白如枯骨，瘦如枯骨，连一块可啄的肉都没有。

弗拉多头垂在膝盖上，而山姆往后靠着，两手枕在脑后，从他的兜帽朝外凝视着空荡荡的天空——至少很长一段时间是空荡荡的。随后，山姆觉得自己看见一个像鸟一样的黑影闯进了他的视野，盘旋了一阵，又飞走了。接着又来了两只，然后是第四只。它们看上去都非常小，然而莫名地，他知道它们很庞大，翅翼展开，所掠宽阔，在极高的地方翱翔着。他蒙上眼睛，弯腰蜷缩起来。过去黑骑士出现时令他警觉的恐惧，又一次向他袭来，那是一种因乘风而来的尖叫与月亮映出的黑影而生出的无援无助的恐惧，尽管现在它不那么惨重，不那么强烈——威胁更遥远，但它仍然存在。弗拉多也感觉到了。他的思绪被打断了，身体微颤，但他没有抬头看。咕噜姆缩成一团，像一只受困的蜘蛛。那些展翼的形体盘旋了一阵，便急速俯冲而下，飞快地赶回魔多去了。

山姆深吸了一口气。"黑骑士又来了，在天上。"他嘶哑着嗓子低声道，"我看见他们了。你觉得他们能看见我们吗？他们在很高很高的天上。如果他们就是之前那些黑骑士，那他们在白天应该看不见什么，对吗？"

"对，也许看不见吧，"弗拉多说，"但他们的坐骑能看见。现在他们骑的这些有翼生物，能看见的可能比其他生物能看见的都多。他们像是巨大的食腐鸟。他们在搜寻什么东西：恐怕大敌已经有所警戒了。"

恐惧的感觉过去了，但包围他们的沉寂也被打破了。他们与世隔绝了一阵子，仿若待在一个看不见的小岛上。现在他们又被暴露出来，危险重临。弗拉多仍然没有跟咕噜姆说话，没有做出他的选择。他闭着眼睛，好像在做梦，或者在反省自己的内心和记忆。最后，他终于有所动作，站了起来，似乎打算开口说出他的决定。可他说出口的却是："啊！那是什么？"

一种新的恐惧笼罩了他们。他们听见了歌唱和沙哑的吼叫，起初像是在很远的地方，但是越来越近，正朝他们而来。同一个念头闪过他们心间：那些黑翼生物看见了他们，已经派出全副武装的士兵来抓他们了。索伦这些恐怖爪牙的速度实在惊人。他们蹲伏下来，倾听着。说话声和武器甲胄的碰撞声近在咫尺。弗拉多和山姆从剑鞘中拔出了他们的短剑。逃走已经不可能了。

咕噜姆慢慢地起身，像昆虫一样爬到洼坑口。他小心翼翼地一寸一寸地直起身子，直到能从两块岩石的缝隙间朝外张望。他一动不动地在那里趴了一阵，没有弄出一点声音。不久，那些声音又开始减弱，接着慢慢消逝。远处魔栏农的城墙上有号角吹响。然后，咕噜姆悄悄地退后，溜回了洼坑底。

"更多的人去了魔多，"他低声道，"黑脸孔。我们以前没见过这样的人，不，斯米戈尔没见过。他们很凶恶。他们有黑眼睛，长长的黑头发，耳朵上戴着金耳环，是的，很多漂亮的金子。有些人脸颊上还涂着红颜色，还有红斗篷。他们的旗子是红的，长矛尖也是红的。他们有圆盾牌，黄色的和黑色的，上面有很大的钉子。不好，他们看起来是非常邪恶残酷的人类，简直跟兽人一样坏，体形却大得多。斯米戈尔认为他们来自大河尽头远处的南方：他们是从那条路上来的。

双塔

他们已经进了黑门，但后面可能还有更多。总是有更多的人去魔多。有一天所有的人都会进到里面去。"

"有没有毛象？"山姆忘记了恐惧，热切地打听起了陌生之地的消息。

"没有，没有毛象。什么是毛象？"咕噜姆说。

山姆站起来，双手背在身后（他每次"吟诗"时都这样），然后开始吟诵：

灰如鼠，
大如房，
鼻如蛇，
踏过草，
震大地，
树木摧。
嘴生角，
行在南，
大耳扇。
岁无尽，
行不停，
不曾卧，
不曾死。
吾毛象，
大之大，
老又高。

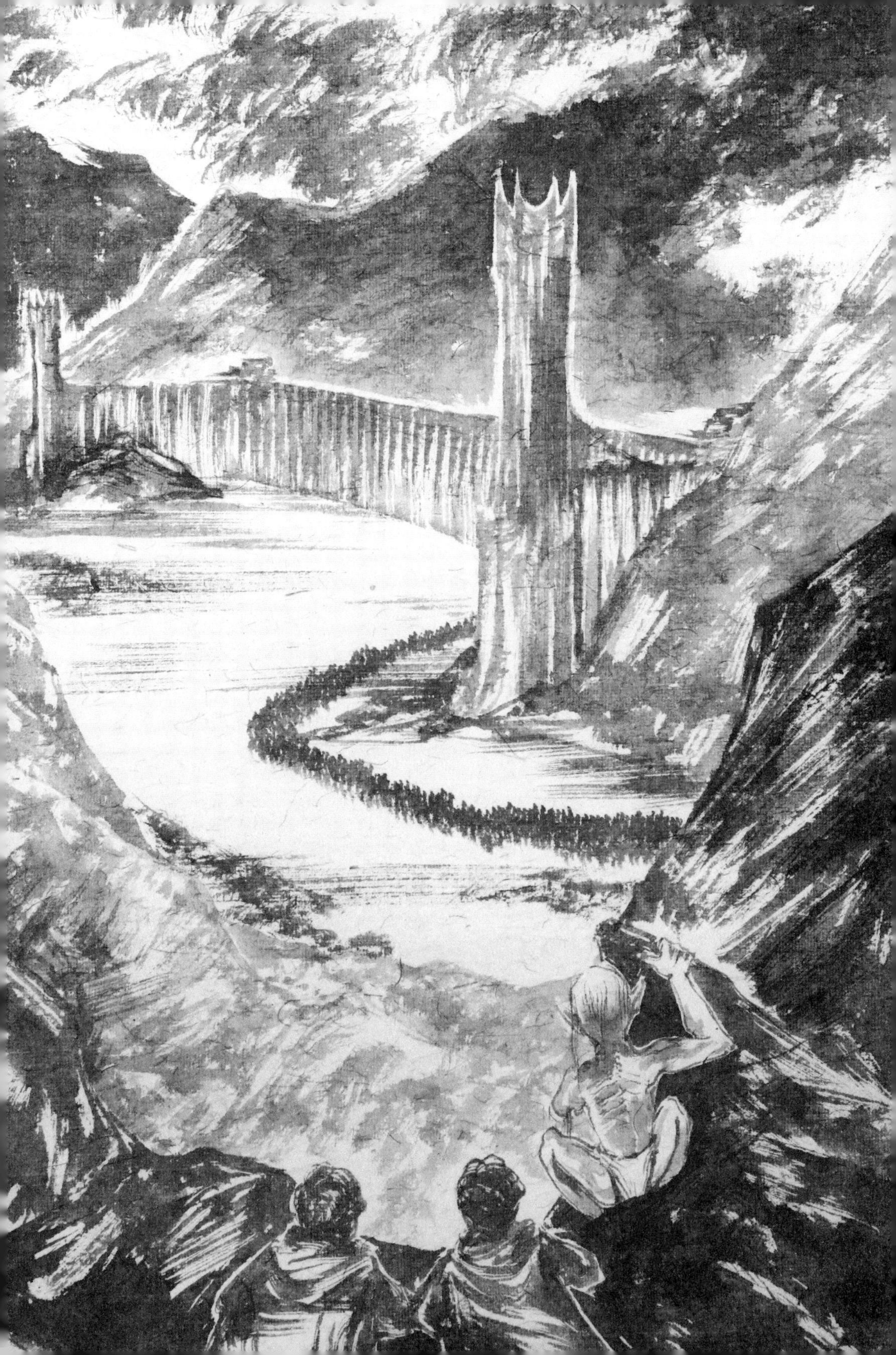

双塔

> 汝若见,
> 永难忘。
> 汝未见,
> 不信真。
> 然吾在,
> 老毛象,
> 永不卧。

"这是夏尔的一首歌谣。"吟毕,山姆说,"也许是胡诌,也许不是。不过,你知道,我们也有我们的故事,有来自南方的消息。过去霍比特人习惯于时不时地出去游荡,但返回的人不多,他们所说的也不是全都可信:俗话说的'布里来的消息',还有'不是跟夏尔说法一样靠得住'。不过我听说过远在南方的太阳地的大人族的故事。在我们的故事里,他们被称作斯乌廷人。据说,他们打仗时骑在毛象上。他们把房子跟塔楼之类的都搭在毛象的背上,毛象还会互相扔石头和树木。因此,当你说南方来的人类,全都穿红戴金,我才会说有没有毛象。因为要是有的话,我打算看一看,不管这要不要冒险。不过现在,我估计我永远都看不到毛象了。也许根本就没有这样的野兽。"他叹息道。

"没有,没有毛象。"咕噜姆又说,"斯米戈尔没有听说过它们,也不想看见它们。他也不想要它们存在。斯米戈尔想要离开这里,躲到一个更安全的地方去。斯米戈尔想要主人走。好主人,他不愿意跟斯米戈尔走吗?"

弗拉多站了起来。山姆炫耀着念起那首关于毛象的炉边老歌谣时,他笑了出来，忘记了所有忧虑，笑声也将他从迟疑中解放了出来。"我真希望我们有一千只毛象，甘道夫骑在一只白色的毛象背上领头，"他说，"那样的话，我们说不定能杀出一条进入这邪恶之地的路来。可是我们没有，只有疲惫的双腿，仅此而已。好了，斯米戈尔，第三次转折也许会转向最好。我会跟你去。"

"好主人，聪明的主人，亲切的主人！"咕噜姆一边轻拍着弗拉多的膝盖，一边高兴地喊道，"好主人！那么，现在休息吧，好霍比特人，在岩石的阴影下休息吧，靠近那些石头底下！躺下来安静休息，直到大黄脸离开。然后，我们就能赶快动身。我们必须像影子一样，悄悄地快速离开！"

第4章
香草炖野兔

白天剩下的几个小时，他们都在休息，随着日头的高低挪动，藏身于阴影中，直到最后，他们所在的洼坑西边的阴影拉长，黑暗笼罩了整个洼坑。然后，他们吃了点东西，省着喝了点水。咕噜姆什么都没吃，但高兴地喝了他们给的水。

"很快就会有更多的水了，"他舔着嘴唇说，"小溪里的好水流进大河，我们要去的地方有好水。斯米戈尔也能在那儿找到吃的，也许。他非常饿，是的，咕噜姆！"他将两只大平手搭在干瘪的肚子上，眼中闪过一道灰绿的光。

他们终于出发时，暮色已浓。他们悄悄地从洼坑的西边爬出去，像幽灵一样潜入了大道边缘那片崎岖不平的乡野。现在是月圆之后的第三夜，月亮要到将近午夜时才会爬上山顶，因此夜幕初降时非常黑。尖牙之塔高处一道红光燃燃，但除此之外，魔栏农上看不到也听不见任何彻夜警戒的迹象。

他们在荒凉的石地里跌跌撞撞地奔逃了好多英里，那只红眼似乎一直盯着他们。他们不敢走大道,但尽可能沿着它的路线,很近地走在它的右边。最后到夜深时,他们已经很累了,因为他们只是短暂地休息过一次,那只红眼也缩成一个炽烈的小点,然后消失了。他们已经转过低一些的山脉黑黝黝的北山肩,正朝南而去。

现在,他们莫名地心情轻松下来,于是又停下来休息,但没有歇很久。对咕噜姆而言,他们走得不够快。按照他的估计,从魔栏农到欧斯吉利亚斯上方的十字路口,将近三十里格,他希望能分四次走完。因此,不一会儿他们便又挣扎着上路了,直到晨曦在一片广阔的灰蒙蒙的孤寂中慢慢扩散开来。他们又走了将近八里格的路。两个霍比特人实在走不动了,哪怕想继续走也不行了。

渐亮的天光揭示出一片不那么荒凉贫瘠的大地。他们左边,赫然耸立的山峦依然晦暗不明,笼罩着不祥的阴霾,但他们可以看见近在咫尺的南方大道。此时,它从黑黢黢的山岭脚下转开,往偏西的方向而去。路的另一边,是覆满如乌云般阴郁的树木的斜坡。不过他们四周全是杂乱丛生的欧石楠地,其间还生长着帚石楠、金雀花和山茱萸,以及他们不认识的其他灌木。小片小片的高大松林随处可见。尽管疲惫,霍比特人还是感到心情又振奋了一点:空气清新又芳香,让他们想起了遥远的夏尔北法兴的高地。走在一片落入黑魔王的统治才几年,尚未彻底腐朽的土地上,能够这样舒口气感觉真好。不过他们并未忘记危险,也没忘记依然离得很近的黑门:虽然隐蔽不见,但就在这片晦暗高山的后面。他们环顾四周,寻找一个藏身之处,好在日光尚留时躲避那些邪恶的眼睛。

白天在不安中流逝。他们躺在帚石楠丛深处,一小时又一小时地慢慢数着时间,而时间每分每秒似乎都没有什么变化,因为他们依然处在埃斐尔度阿斯的阴影下,太阳被遮住了。弗拉多间或睡着,睡得平静又深沉,也许是因为信任咕噜姆,也许是因为太累了顾不上为他费神。而山姆发现自己很难睡着,甚至在咕噜姆明显睡熟、于隐秘的梦里呼气不断抽搐不停时,他最多也只能打打盹。也许,比起不信任,饥饿更让他辗转难眠。他已经开始渴望吃上一顿美好的家常饭菜,"从锅里煮出来的热腾腾的饭菜"。

大地在将至的夜幕下消逝成一片混沌灰影时,他们又出发了。咕噜姆不一会儿就领着他们走上了往南的大道。这样虽然危险更大,但他们走得快多了。他们竖起耳朵仔细聆听大道前方是否有马蹄声或脚步声,后方是否有追兵,但夜晚流逝,他们没听见行人或骑手的声音。

这条大道是在久远缥缈的年代修成的,魔栏农下方大约三十英里的一段新近修整过,但越往南去道路就越荒败。从它的笔直平整中,仍然可以看出古代人类的手工技艺:它不时穿过山坡切出一条路来,或经由形状优美、宽阔耐久的石拱桥越过小溪。然而最后,所有石艺痕迹都荡然无存,只余路边的灌木丛中偶尔探出头来的断裂石柱,或者仍潜伏在杂草和苔藓中的古老铺石板。帚石楠等灌木和蕨丛攀爬到坡下,倒悬在坡堤上,或蔓延在路面上。大道最后缩成一条人迹罕至的乡间小路,但并未弯曲,仍然笔直地向前延伸,为他们指出了最快的路。

就这样,他们进入了曾经被人类称为伊希利恩的北部,这是一片美丽的乡野:树木葱郁,溪流跌宕。在群星和圆月的照耀下,夜晚变得十分美好。两个霍比特人觉得,越往前走,空气就越芬芳。咕噜姆呼呼抽气、嘟嘟囔囔,似乎也注意到了这点,但他并不喜欢。曙色初现时,他们又停下了。他们已经来到一条又长又深、两壁中间陡峭的沟壑尽头,大道从一条石脊上切过。现在他们爬上了西边的沟壁,举目四望。

天色渐明,他们看见山脉现在远得多了,呈一道弧线朝东退去,渐渐消失在远方。他们转向西方,面前的缓坡一路下降到深处朦胧的雾气里。周围是冷杉、雪松、柏树这样的松香树木组成的小树林,另外还有一些不曾在夏尔见过的树木。小树林间的空地很开阔,到处是茂盛的芬芳香草和灌木。这趟从幽谷出发的漫长旅程将他们带到了远离自己家乡的南方,但直到此刻,在这片遮蔽更多的地区,两个霍比特人才感觉到了气候的变化。在这儿,他们随处可见春天活跃的痕迹:蕨芽从苔藓和泥地里冒出来,落叶松长出尖尖的绿芽,草地上开满小花,鸟儿欢唱。伊希利恩,这片刚铎的花园,如今虽然荒无人迹,却依然生机蓬勃,保留着原始不羁的美丽。

伊希利恩的南边和西边朝向温暖的安度因大河谷,东边有埃斐尔度阿斯作为屏障,但并没有被笼罩在大山的阴影下,北边则有埃敏穆伊保护,远方大海的湿润南风可以直吹进来。这里长着许多很久以前种下的大树,多少年无人照管,周围乱糟糟地长满了恣意生发的小苗。这里有小树林和灌木丛:柽柳和气味刺鼻的黄连木、橄榄树和月桂、刺柏和香桃木;或长成一丛一丛或蔓延出茂密木茎的百里香,如厚厚的挂毯般遮没了岩石。各种鼠尾草盛开着蓝色、红色或淡绿色的花;还有墨角兰和新发芽的欧芹,以及许多不在山姆的园林知识体系内的形态各异、气味多样的香草。石坑和石壁上点缀着星星点点的虎耳草和景天草。报春花和银莲花从榛树丛里醒来了;日光兰和许多百合花在水塘旁的浓绿草丛中摇曳着半开的花蕾。这些水塘是倾泻的小溪在奔向安度因大河的旅程中,积留在凉爽的山谷里形成的。

旅人们转身离开大道，走下山坡。他们一边走一边拨开树丛和香草，从中穿行而过，芬芳的香气弥漫在他们周身。咕噜姆又咳嗽又干呕，但两个霍比特人深深地呼吸着。山姆突然大笑起来，不是因为觉得好笑，而是因为心情舒畅。他们沿着前方一条急流小溪走着。不一会儿，小溪将他们带到一个浅谷中清澈的小湖旁。这是古时候一座石砌水池的残迹，水池边缘的雕刻几乎全被青苔和玫瑰丛覆盖住了。水池周围环绕着一排排鸢尾剑叶，轻轻荡漾着涟漪的深色水面上漂浮着睡莲叶。这个小湖很深，湖水很澄净，不断地从对岸一处岩石边沿舒缓地溢流而出。

他们在这儿洗漱一番，又在入水口喝饱了水，然后便开始寻找可以藏起来休息的地方。这片土地尽管看似美丽依旧，如今却是大敌的领地。他们没有离开大道太远，但即使是这么短的距离，他们也已经看见不少旧日战事留下的伤痕，还有兽人和黑魔王的其他邪恶爪牙造成的新创：一坑没有掩埋的秽物垃圾，被胡乱砍倒、放任枯死的树木，树皮上还有用粗暴的刀刻下的可怕的魔眼记号和邪恶的如尼文。

山姆一时间忘记了魔多。他在小湖出水口的下方乱攀乱爬，摸摸这里的陌生植物，闻闻那里的陌生树木。他意外地发现了一圈被火烧过的焦土，其间有一堆烧焦碎裂的骷髅和骨头，这突然让他想起他们时刻都面临的危险。虽然这片可怕的饕餮处和屠杀场已经覆上薄薄一层疯长起来的荆棘、野蔷薇和蔓生的铁线莲，但它存在的时间并不久。他匆忙回到同伴身边，但什么也没说：那些尸骨最好长眠在那里，不要被咕噜姆染指打扰。

"我们找个地方休息一下吧，"他说，"别去下面，找一个高点的地方。"

第4章 香草炖野兔

从小湖往回朝上走一点，他们发现了去年的一层厚厚的褐色蕨。这片蕨丛的另一边，是墨绿色树叶的月桂树丛，沿着陡坡往上长，坡顶则长满了古老的雪松。他们决定就在这里休息，度过这个注定明亮又温暖的白天。这是一个非常适合漫步走过伊希利恩的树林和空地的好日子，尽管兽人害怕阳光，这里还是有太多地方足够他们躲藏和监视，而且索伦爪牙众多，其他邪恶的耳目也可能在外游荡。再说了，咕噜姆也不愿意在大黄脸底下行走。大黄脸很快就会俯瞰埃斐尔度阿斯黑暗的山脊，他会因为光和热而昏厥畏缩。

他们还在行进时，山姆就一直在认真思考食物的问题。现在，既然面对那道不可逾越的黑门时的绝望被抛到了身后，那他不像他家少爷，不想在他们的任务结束后再去考虑他们的生计。把精灵的行路面包省下来，留到将来情况更恶劣时吃，他觉得怎么说都要明智些。从他估计干粮只够吃三星期那天起，到现在已经过去了至少六天。

"这么下去，我们要是能及时到达火山，就算幸运的，"他想，"而且我们可能还会回去。我们会回去的！"

另外，在跋涉了一整夜，洗漱过又喝饱之后，他感觉比平时更饿了。在袋下路老厨房的炉火边吃一顿晚餐或早餐，才是他真正想要的。一个念头突然闪现心间，他转身去找咕噜姆。咕噜姆正手脚并用爬过那片蕨叶，偷偷摸摸地想要独自溜开。

"嘿！咕噜姆！"山姆说，"你去哪儿？打猎吗？好吧，你这老家伙听着，你不喜欢我们的食物，我自己也觉得换换口味没什么不好意思的。你的新口头禅是'总是帮忙'，那你能找点适合给饥饿的霍比特人吃的东西吗？"

"能，也许能，"咕噜姆说，"斯米戈尔总是帮忙，如果他们

双塔

请求——如果他们客气地请求。"

"好吧,好吧!"山姆说,"我确实请求了,如果还不够客气,那我恳求你。"

咕噜姆消失了。他离开了一段时间。弗拉多吃了几口兰巴斯后,就钻进深深的褐色蕨丛里,睡觉去了。山姆看着他。清晨的阳光刚刚照进树荫下,但他清楚地看到了他家少爷的脸,还有他搁在身旁地面上的手。这让山姆突然想起了弗拉多受了致命伤之后,在埃尔隆德之家沉睡时的情景。那时在看护他时,山姆就注意到弗拉多体内似乎不时微光闪烁,而现在那光甚至更清晰也更明亮了。弗拉多的面容很安详,并未留下恐惧和忧虑的痕迹,但看上去苍老,苍老而优美,仿佛岁月的雕凿透过许多以前隐藏着的精细纹路一朝展露出成效,然而拥有这张脸的人并未改变。这可不是山姆·甘吉自己主观的认定。他摇了摇头,好像找不到恰当的词语形容,于是喃喃道:"我爱他。他就是那个样子,尽管有时候那光莫名地闪烁。但无论如何,我爱他。"

咕噜姆悄无声息地回来了,探过山姆的肩膀窥视着。看到弗拉多,他闭上眼睛,未置一词爬开了。片刻之后,山姆找到他,发现他正在咀嚼什么东西,一边嚼还一边喃喃自语。旁边的地上放着两只小兔子,他正贪婪地盯着它们。

"斯米戈尔总是帮忙,"他说,"他带了兔子回来,很好的兔子。可是主人睡着了,也许山姆也想睡觉。现在不要兔子了吧?斯米戈尔努力帮忙,但他不能一下子就抓到东西。"

然而,山姆一点都不反对兔子,他也是这么说的,至少不反对煮熟的兔子。当然,所有的霍比特人都会烹饪,他们在识字之前(许多人一辈子都不识字),就开始学习烹饪这门手艺了。山姆是一个好厨师,就算按照霍比特人的标准衡量也是。在他们的旅途中，只要有机会，他就大展身手。他仍然满怀希望地在背包中带着部分炊具：一个小火绒盒，一大一小两口浅锅，锅里又塞了一柄木勺，一把双尖的短叉子，以及几根串肉扦。他在背包底下还塞了一个扁平木盒，里面装着一些盐——一种正在逐渐减少的宝物。不过除此之外，他还需要火和别的东西。他一边思索着，一边取出刀子，洗干净后磨了磨，便开始收拾那两只兔子。他不会离开，徒留弗拉多独自沉睡的，哪怕几分钟都不行。

"哎，咕噜姆，"他说，"我还有个活儿给你。去把这两个锅装满水，再拿回来！"

"斯米戈尔会去打水，是的，"咕噜姆说，"可霍比特人要这么多水做什么？他已经喝过水了，他已经洗漱过了。"

"你别管，"山姆说，"你如果猜不到，很快也会知道的。而且你越快把水打来，就越快知道。你不许弄坏我的锅子，不然我就把你剁成肉酱。"

咕噜姆走了之后，山姆又看了一下弗拉多。他依然静静地睡着，但这次最令山姆震惊的是，他的脸和手竟然那么消瘦。"他太瘦又太累了，"山姆嘀咕道，"霍比特人这样子可不对。我要是能把这些兔子炖好了，就去喊他起来。"

山姆收集了一堆干燥的蕨叶，又爬到坡堤上捡了一捆细树枝和碎木头。坡堤顶上有一根折断的雪松树枝，这给他提供了足够的柴火。他在坡底那片蕨丛的外缘掘开草皮，挖了一个浅坑，然后把柴火放了进去。他精通火石和火绒的用法，很快就生起了一小把火。这火几乎没冒什么烟，但散发出一股香气。正当他俯身护着火苗，往上添粗一点的木柴好让火烧旺时，咕噜姆小心翼翼地端着两锅水回来了，嘴里还嘟嘟囔囔地抱怨着。

他把锅放下,然后猛地看见了山姆的所作所为。他嘶嘶细喊一声,似乎又害怕又生气。"啊!嘶嘶,不行!"他叫道,"不可以!蠢霍比特人,笨蛋,是的,笨蛋!他们一定不能这么干!"

"一定不能干什么?"山姆吃惊地问。

"不能弄出这讨厌嘶嘶的红舌头!"咕噜姆嘶嘶道,"火,火!它很危险,是的,它很危险。它烧,它杀,它还会把敌人引来,是的,它会的。"

"我看不会,"山姆说,"只要你不往上面添湿东西使它冒出烟来,我看不出它为什么会招险。不过,万一招来就招来吧。我反正打算要冒这个险。我要炖了这些兔子。"

"炖兔子!"咕噜姆惊愕地尖叫道,"糟蹋斯米戈尔给你们省下的美肉,可怜的饿肚子的斯米戈尔!为什么?蠢霍比特人,为什么?它们是小兔子,它们很嫩,它们很好。吃了它们,吃了它们!"他伸手去抓离得最近的那只已经剥好皮放在火旁的兔子。

"哎!哎!"山姆说,"萝卜青菜各有所好。我们的面包噎着了你,而生兔肉会噎着我。如果你把兔子给我了,那兔子就是我的了,明白吧,我想炖就炖,我就是想炖。你不用看着我。你另去抓一只,想怎么吃就怎么吃,找一个我看不见的僻静地方就行。这样你就不用看见火,我也不用看见你,咱们俩都会开心点。我会注意不让火冒烟,这下你该放心了吧。"

咕噜姆嘟囔着退开,爬进了那片蕨丛里。山姆拿过他的锅忙碌起来。"霍比特人要怎么炖兔子呢?"他自言自语道,"要放些香草和薯根,特别是土豆,更别提面包了。我们弄些香草似乎是没问题的。"

"咕噜姆！"他轻声叫道，"事不过三，再帮我最后一次吧。我需要一些香草。"咕噜姆伸头探出蕨丛，但他看起来既不想帮忙也不友善。"要几片月桂叶，一些百里香和鼠尾草，这就够了，要在水开之前找来。"山姆说。

"不干！"咕噜姆说，"斯米戈尔不高兴。斯米戈尔也不喜欢有味道的叶子。他不吃草也不吃根，不吃，宝贝，除非他快要饿死或病得厉害，可怜的斯米戈尔。"

"水烧开的时候，斯米戈尔要是没有按吩咐办好，那他就要下到真正的热水里去！"山姆吼道，"山姆会把他的脑袋塞进去，是的宝贝。如果现在当季，我还会要他去找芜菁和胡萝卜，还有土豆。我敢打赌，这类好东西在这地方一定会疯长的。我愿意付大价钱来换半打土豆。"

"斯米戈尔不去，啊不，宝贝，这次不去。"咕噜姆嘶嘶道，"他害怕，他还很累，而且这个霍比特人不和气，一点也不和气。斯米戈尔不去挖什么根、胡萝卜和……土豆。土豆是什么，宝贝，呃，土豆是什么？"

"马——铃——薯，"山姆说，"我老爹的最爱，填饱空肚子的稀有好物。不过你不用去找，你找不到的。做一个好斯米戈尔吧，给我找点香草来，我会改善对你的看法的。况且，你若改过自新，不再变卦，总有一天我会做点土豆给你吃，我会的：给你上一道山姆·甘吉拿手的炸鱼薯条。这你总不会拒绝吧？"

"会的，会的，我们会拒绝。糟蹋好鱼，烧焦它。现在就给我鱼，自己留着那讨厌嘶嘶的薯条！"

"嘿！你真是无可救药，"山姆说，"滚去睡吧！"

最后，他只得亲自去找了一些所需的香草，但他没敢走太远，走

357

到看不见他家少爷躺着睡觉的地方去。山姆沉思冥想地坐了一会儿，烧着火直到水滚开。天光渐明，空气变得暖和起来，草地和树叶上的露珠蒸发了。很快，切成块的兔肉加上扎成束的香草就在锅里炖上了。时间一点点流逝，山姆差点睡着。两锅兔肉，他炖了将近一个小时，不时用叉子戳一戳，看肉烂不烂，再尝尝肉汤的味道。

等觉得兔肉完全炖熟了，山姆便把锅从火上拿开，悄悄地走到弗拉多身旁，俯身看着他。弗拉多半睁开眼睛，即刻从梦境中清醒过来：那又是一个温和宁静却又不记得的梦。

"哈喽，山姆！"他说，"你没休息吗？有什么不对劲吗？几点了？"

"大概是破晓后两小时吧，"山姆说，"按夏尔的时钟来算，可能差不多八点半了。不过没什么不对劲的，尽管我说的也不完全对：没有高汤，没有洋葱，没有土豆。弗拉多先生，我给你炖了点吃的，还有一点肉汤。这对你有好处。你得用你的缸子慢慢地喝，或者等锅凉一点以后直接就着锅喝。我没带碗，也没带适合盛汤的东西。"

弗拉多打了个呵欠，伸了个懒腰。"山姆，你也应该睡一会儿的，"他说，"在这些地区，生明火很危险。不过我确实饿了。嗯！我在这儿能闻到吗？你炖了什么？"

"一份来自斯米戈尔的礼物，"山姆说，"两只小野兔，不过我想，咕噜姆现在正后悔呢。可惜除了一点香草，没有别的调料。"

山姆和他家少爷就坐在蕨丛边，合用一副旧叉子和勺子，就着锅吃起炖肉来。他们允许自己各吃了半块精灵面包。这似乎算是一顿盛宴了。

"喂！咕噜姆！"山姆轻吹了一声口哨，叫道，"过来！你还来得及改变主意。如果你想尝尝炖兔肉，这儿还剩了一点。"咕噜姆没有回答。

"哎，算了，我估计他自己去找吃的了。我们吃完吧。"山姆说。

"然后，你必须睡一会儿。"弗拉多说。

"那我打盹的时候，你可别睡着了，弗拉多先生。我对他可不怎么放心。他身体里那个缺德鬼——就是那个坏咕噜姆，你懂我的意思吧，那个缺德鬼影响还很大，而且又变得更强大了。不过我想，他现在多半想先掐死我。我看他不顺眼，他看我也不顺眼，他不喜欢山姆，哦不，宝贝，一点都不喜欢。"

吃完炖野兔后，山姆去溪边清洗他的炊具。起身往回走时，他回头往斜坡上看了一眼。那一刻，他看见太阳已经突破始终弥漫在东边的蒸汽——或者烟雾、阴影，抑或天才知道的什么东西——升上高空，金色的光芒洒在周围的树木和空地上。然后，他注意到有一道淡淡的蓝灰色烟柱，反射着阳光，清晰可见。这道烟柱正从他上方的灌木丛中袅袅升起。震惊中，他意识到这是从他炖肉的小火堆上升起来的：他忘记把火扑灭了。

"坏了！真没想到它冒烟这么显眼！"他嘟囔着，开始匆忙往回赶。突然，他停下脚步，聆听起来：是不是听见了一声口哨？或者是陌生的鸟叫？如果那是口哨，却不是从弗拉多的方向传来的。然后另一个地方又传来了一声！山姆竭尽全力往坡上跑去。

他发现是一根小树枝烧到了末端，点燃了火堆边缘的一些蕨叶，蕨叶烧起来，令草皮冒起了烟。他急忙踩熄余火，踢散灰烬，又把挖出来的草皮填回洞里，然后才溜回弗拉多身边。

"你有没有听到一声口哨，还有一声像是回应？"他问，"就几分钟以前的事。我希望那只是一只鸟儿,但听起来又不太像:更像是有人模仿鸟叫。还有,恐怕刚才我生的那堆火冒了烟。如果因为我走开招来了麻烦,那我永远都不会原谅自己的,而且可能也没有那个机会了!"

"嘘!"弗拉多耳语道,"我想我听见了好多说话声。"

两个霍比特人捆好他们的小背包,准备随时奔逃。然后,他们爬到蕨丛深处,蹲在那里倾听着。

没错,是有好几个声音。有人正低声悄悄地交谈着,不过很近,而且越来越近了。然后,清晰的说话声突然就近在咫尺了。

"这里!烟就是从这里冒出来的!"那个声音说,"它就在附近,肯定就在蕨丛里。我们会抓住它的,就像抓住掉进陷阱的兔子一样,然后就知道它究竟是什么东西了!"

"对,那就知道它都知道些什么了!"第二个声音说。

刹那间,四个男人从不同方向穿过蕨丛大步走来。逃跑和躲藏都不可能了,弗拉多和山姆索性跳了起来。他们背对背靠着,抽出了短剑。

如果说他们震惊于眼前所见的话,那捕捉他们的人更是大吃一惊。四个高大的男人站在那里,两人长矛在手,矛头宽大银亮,另外两人拿着大弓,大弓几乎跟他们一样高,大箭筒里插着带绿羽的长箭。四人身侧都挂着剑,身穿深浅不同的绿色和棕色衣服,好像是为了更好地在伊希利恩的林中空地走动时不被看见。他们戴着绿色的防护手套、绿色面罩,头戴兜帽,只有眼睛露在外面,眼神犀利明亮。弗拉多立刻想起了波洛米尔,因为这些人的身形体态和说话方式都很像他。

"我们没有找到要找的,"一个人说,"可我们发现了什么?"

"不是兽人,"另一个人说着松开了剑柄:看到弗拉多手中的刺叮剑闪光的时候,他握住了自己的剑。

"精灵吗?"第三个人怀疑地说。

"不!不是精灵,"个子最高的第四个人说,他显然是这一行人的首领,"如今,伊希利恩没有精灵走动。而且,据说精灵看起来都惊人地美丽。"

"你这意思是,我们长得不好看喽,"山姆说,"衷心感谢。等你们评论完了我们,或许能说说你们是谁,为什么不让两个疲倦的旅人休息。"

高个子绿衣人冷笑一声。"我是刚铎的统帅法拉米尔。"他说,"不过这片土地上没有旅人:只有黑塔的爪牙,或者白塔的仆人。"

"可我们两者都不是,"弗拉多说,"无论法拉米尔统帅怎么说,我们都是旅人。"

"那就快说你们是什么人,来做什么。"法拉米尔说,"我们还有任务,这不是猜谜谈判的时间或场合。快说!你们的第三个同伴在哪里?"

"第三个?"

"对,那个鬼鬼祟祟的家伙,我们看见他把鼻子没进下面那边的水池里。他长得实在不讨人喜欢。我猜他是某种兽人的奸细,或者是他们手下的生物,但是他使诡计摆脱了我们。"

"我不知道他在哪里,"弗拉多说,"他只是我们在路上碰巧遇到的同伴。我对他负不了责任。如果你们碰到他,请饶他一命,带上他或者把他交给我们。他只是一个不幸流浪的家伙,但我已经照看他一阵子了。至于我们,我们是远在西北方、远在许多河流之外的夏尔的霍比特人。我是德罗戈之子弗拉多,跟我在一起的这位是汉姆法斯特之子山姆怀斯,是我忠实的霍比特仆人。我们从幽谷,也就是有人称之为伊姆拉缀斯的地方,远道而来。"

听到这里,法拉米尔一惊,变得专注起来。"我们曾有七个同伴:在墨瑞亚失去了一个;在涝洛斯瀑布上方的帕斯嘉兰,我们离开了剩下的六个:两个跟我同族,还有一个矮人、一个精灵和两个人。他们是阿拉贡和波洛米尔,波洛米尔说他来自米纳斯提力斯,一座南方之城。"

"波洛米尔!"四个人异口同声地惊叫起来。

"你知道波洛米尔带到幽谷去的谜语吗?"弗拉多反问道。

"那些话我们确实知道。"法拉米尔震惊地说,"既然你也知道,那就证明你说的有些真相。"

"我刚才提到的阿拉贡,就是断剑的拥有者,"弗拉多说,"而我们就是那首韵诗中提到的半身人。"

"这我看得出来。"法拉米尔若有所思地说,"我看得出这是有可能的。那么伊熙尔杜的克星是什么?"

"那还隐而未现。"弗拉多说,"毋庸置疑,总有一天它会真相大白。"

"这个我们想知道得更多,"法拉米尔说,"还有,是什么让你来到这么远的东方,来到那边——"他指了指,但没有说出名字,"那边的阴影底下?可现在不行。我们有急事要办。你们身在险境,无论走野地还是走大道,今天都走不了多远。天黑之前,附近会有一场恶战,之后要么死亡,要么迅速逃向安度因大河。我会留下两个人保护你们,这既是为你们好,也是为了我自己。在这片土地上,明智的人不相信萍水相逢。如果我返回了,我会再跟你们谈谈。"

"再会！"弗拉多说着，深深鞠了一躬，"随便你怎么想，但我是大敌所有敌人的一个朋友。如果我们半身人一族能有望效力于如你一般强壮而又勇敢的人，并且我的任务也允许的话，我们愿意跟你走。愿你们的剑光明闪耀！"

"无论其他方面如何，半身人都真是彬彬有礼的种族。"法拉米尔说，"再会！"

两个霍比特人重新坐下，但他们都没有把自己的心思和疑虑跟对方说。那两个留下的人，就在近旁那片墨绿色月桂树的斑驳树影下守卫着。他们不时取下面罩来凉快一下，因为天越来越热。弗拉多看得出，他们都是出类拔萃的人，白皮肤，黑头发，灰眼睛，神情忧郁而高傲。他们一起低声交谈着，一开始说的是通用语，不过用的是古语，然后换成了一种自己的语言。弗拉多听着听着，惊讶地意识到他们说的是精灵语，要不就是一种跟精灵语差不多的语言。他惊奇地看着他们，因为这样一来他知道了：他们必定是南方的登丹人，西方之地诸王的人类后裔。

过了一会儿，他开始跟他们说话，但是他们回答得很慢也很谨慎。他们说自己的名字分别是玛布隆和达姆罗德，是刚铎的士兵，伊希利恩突击队队员，因为在伊希利恩沦陷之前，他们的祖先曾经生活在这里。德内梭尔殿下选出一些这样出身的人组织了一支突击队，派他们秘密渡过安度因大河（怎么渡过和从哪里渡过，他们都不肯说），去袭击那些在大河和埃斐尔度阿斯之间的地区游荡的兽人和其他敌人。

"从这里到安度因大河东岸，将近十里格，"玛布隆说，"我们很少深入野地这么远，但是我们此行负有新的任务：我们前来伏击哈拉德的人。诅咒他们！"

"对,诅咒那些南方野蛮人!"达姆罗德说,"据说古时候刚铎跟遥远南方的哈拉德各国有贸易往来,但从来没有建立起友谊。那些日子,我们的边界在南方的安度因河口远处,而他们诸国中离我们最近的乌姆巴尔也承认我们的统治。不过那是很久以前的事了。人类的许多世代过去,我们之间再无来往。近来,我们得知大敌的势力已经渗入他们当中,他们也投靠他,或者说归顺了他:他们向来心甘情愿顺从他的意志,东方的许多地区也都一样。我不怀疑刚铎气数将尽,米纳斯提力斯的城墙注定厄运难逃,他的力量和恶意实在是太强大了。"

"不过我们还是不会坐视不管,任他为所欲为!"玛布隆说,"这些该死的南方野蛮人正沿古道行进而来,去壮大黑塔的大军。是的,他们走的就是用刚铎的技艺铺就的道路。据我们所知,他们行军比以往更加肆无忌惮了,他们觉得新主子的力量已经足够强大,连他那些山岭的影子都能保护他们。我们前来是要再给他们一个教训。几天前我们获得情报,他们的主力大军正在向北行进。我们估计,他们有一个军团将在正午之前的某个时候经过上面那条路穿沟而过的地方。那条路可以过,但他们不行!只要法拉米尔是统帅,他们就休想。现在所有的危险行动,他都是领导。不过他挺命大的,抑或是命运对他有别的安排。"

他们的谈话逐渐沉寂下来。一切似乎都静止不动,充满警戒。山姆蹲在蕨丛边,悄悄地朝外窥探。凭着霍比特人的锐利目光,他看见周围还有许多人。他能看到他们正在潜行上坡,或单独一人,或列成长队,总是走在树林或灌木丛的浓荫底下,或者在身上棕绿色衣物的掩护下,爬行在草地上和蕨丛间。他们全都戴着兜帽和面罩,手上都戴着防护手套，携带的武器与法拉米尔及其同伴的武器相似。没过多久，他们就全部经过，消失不见了。日头渐高，直至近南，树荫缩小了。

"不知道那个讨厌的咕噜姆哪儿去了。"山姆一边往更深处的树荫爬，一边想，"他现在很有可能被当作兽人宰了，要不然就是被大黄脸给烤焦了。不过我想他会照顾自己的。"他在弗拉多身边躺下，打起了盹。

蓦地，他惊醒过来，觉得自己听见了号角声。他坐了起来。现在已是正午，两个护卫站在树荫中，警觉而又紧张。突然，更加洪亮的号角声响了起来：毋庸置疑，就在上方，就在坡顶上。山姆觉得自己还听见了哭嚎和狂喊，但声音很模糊，仿佛来自远处的山洞。接着，近在咫尺处——就在他们藏身处的正上方，厮杀顿起，战声喧嚣。他能清楚地听到钢铁相击的铿锵声，利剑砍上铁头盔的叮当声，刀刃劈上盾牌的闷钝声，嘶吼尖叫的人喊声，还有一个清晰洪亮的嗓音在喊："刚铎！刚铎！"

"听起来就像是一百个铁匠在一起同时打铁！"山姆对弗拉多说，"我可不希望他们再靠近了。"

然而，厮杀声更近了。"他们过来了！"达姆罗德喊道，"看！有些南方野蛮人冲出包围圈，从大道上逃走了，就在那边！我们的人在追杀他们，统帅冲在最前面。"

山姆急切地想看个究竟，跑到了两个守卫身边。他往坡上爬了一小段，钻进一棵比较大的月桂树下。有那么片刻，他瞥见不远处有几个身穿红衣的黝黑的人正奔下山坡，而穿着绿衣的战士则腾空跳跃紧追在后，在奔跑中将他们砍倒。空中箭飞如雨。突然，一个人从他们掩身的坡堤边缘径直摔了下来，压垮一些小树，差点跌在他们头上。

双塔

那人最后落在几英尺外的蕨丛里，脸朝下，脖子上戴的金色护颈喉部位置插着绿色羽箭。他猩红的战袍被扯破了，层叠的黄铜铠甲被砍得凹凸裂开，编束着黄金的黑色发辫浸透了鲜血。他棕色的手仍然紧紧抓着一把断剑。

这是山姆第一次看见人类与人类之间的战斗，他不怎么喜欢。他很庆幸自己看不见那张死人脸。他不知道那人叫什么名字，从哪里来，内心是不是真的很邪恶，是什么谎言或威胁让他离开家乡长途跋涉到此，他是否真的不愿待在家乡过着平静的日子，凡此种种在他的脑海中稍纵即逝，因为就在玛布隆迈步朝那具倒地的尸体走去时，新的噪声又响了起来，哭喊声震天。山姆听到其中还夹杂着刺耳的咆哮声或号角声，然后是巨大沉重的砰砰声和撞击声，就像巨大的锤子夯向地面。

"小心！小心！"达姆罗德朝他的同伴喊道，"愿维拉令他转向！猛犸[①]！猛犸！"

山姆惊恐交加又无限欣喜地看见，一个庞然巨物冲出树林奔下山坡。它大得就像一栋房子——他觉得比房子还大得多，就像一座移动的灰色小山。也许，惧怕和好奇放大了它在霍比特人眼中的形象，不过哈拉德的猛犸确实是庞然巨兽，像它这样的动物，如今在中州已无踪迹。它那些日后仍然活在大地上的同类，不过是它魁伟与威武的缩影。它径直朝观者们奔来，却在千钧一发之际偏转方向，从区区几码开外经过，脚下的大地震颤不已：它的巨腿粗壮如树，巨耳似帆张开，长鼻高举如即将发起进攻的巨蟒，小红眼睛里怒火中烧。它上翘如号角的长牙箍着金箍，上面还滴着血。它身上猩红与金色的饰巾已经被

---

① 猛犸，即霍比特人说的毛象。

扯得稀烂，随风啪啪飘舞着。它拱起的背上驮着一个像是战塔的巨物，不过也已在它狂怒地穿过树林时撞得破烂不堪。它高昂的脖子上还紧紧挂着一个小小的人影——一个魁梧的战士，一个斯乌廷巨人。

这巨兽轰然而行，在盲目的狂怒中跌跌撞撞，踏过水池和灌木丛。箭矢射在它身体两侧的厚皮上，不是被弹开就是被折断，而它毫发无伤。交战双方都在它面前飞奔逃避，但它还是撞上许多人，将他们踩扁在地。很快，它就消失在视野中，只余逐渐远去的隆隆踩踏声。它后来怎么样了，山姆再也没有听说过：也许逃进野地里游荡了一阵子，直到死在远离家园的异乡；也许落入了深坑陷阱中；也许在狂怒中头颅直扎进大河里被淹没了。

山姆深深地吸了一口气。"它是一头毛象啊！"他说，"这么说，真的有毛象！我见到了一头！真是值了！不过家乡是没有人会相信我的。好了，如果这就结束了，那我要睡一下了。"

"趁能睡时快睡吧，"玛布隆说，"如果统帅没有受伤，他会回来的。等他回来，我们就立刻启程。一旦我们的所作所为传到大敌耳朵里，我们就会被追逐的，应该很快了。"

"你们要走的时候安静点！"山姆说，"无须打扰我睡觉。一整晚我都在走路。"

玛布隆大笑。"山姆怀斯大人，我觉得统帅不会把你们留在这里的，"他说，"你等着看吧。"

第5章
西方之窗

　　山姆醒来时，觉得自己不过打了几分钟的盹，可是时近黄昏，法拉米尔已经回来了，还带来了许多人。的确，这次突袭的所有幸存者此时全都聚集在附近的山坡上，多达两三百人。他们围坐成一个宽大的半圆形，法拉米尔坐在缺口中间的地上，而弗拉多站在他面前。这场面看着很奇怪，像是在审问犯人。

　　山姆悄悄地爬出蕨丛，但没有人注意他。他在人群的后排找了一个能看见和听清一切的地方坐下了。他看得很专注，听得很仔细，准备随时冲出去帮助他家少爷。他现在能看见法拉米尔的脸了，因为后者已经摘了面罩：那是一张严肃威严的面孔，审视的目光隐隐透出一种敏锐的机智，死死盯着弗拉多的灰眼睛里充满了怀疑。

　　山姆很快就意识到，这位统帅对弗拉多关于自己的陈述有好几点不满意：他在那支从幽谷出发的远征队中扮演什么角色？他为什么离开波洛米尔？他现在又要去哪里？而最特别的是，法拉米尔经常回到伊熙尔杜的克星这个话题上来。他显然看出弗拉多隐瞒了一些至关重要的事。

"而正是半身人的到来，才会使伊熙尔杜的克星苏醒，人们大概一定会这么理解那些词语，"他坚持道，"如果你就是谜语诗中提到的那位半身人，那无疑你带着这个东西——不管它到底是什么——带到了你所说的那场会议上，而波洛米尔在那里看到了它。你要否认吗？"

弗拉多没有回答。"如此的话，"法拉米尔说，"我希望从你这里多了解一下此事。因为波洛米尔关心的事，我也关心。按照古老故事中的说法，一支兽人箭射死了伊熙尔杜。不过兽人箭非常多，唯见一支是不会被刚铎的波洛米尔视为厄运标记的。你保有这个东西吗？你说它还隐而未现，但那不是因为你选择隐藏它吗？"

"不，不是因为我选择，"弗拉多答道，"它不属于我。它不属于任何凡人，无论这凡人是伟大还是渺小。然而，如果真的有人声称拥有它，那这人也应该是阿拉松之子阿拉贡，我之前提到的，我们一行人从墨瑞亚到涝洛斯瀑布的领队。"

"为什么领队是他，而不是埃兰迪尔的儿子们所建之城的城主之子波洛米尔？"

"因为阿拉贡是埃兰迪尔之子伊熙尔杜本人的父系嫡传后裔。他所佩之剑乃是埃兰迪尔之剑。"

围坐的人闻言惊愕，窃窃低语起来。有人大喊道："埃兰迪尔之剑！埃兰迪尔之剑前来米纳斯提力斯！大消息！"然而法拉米尔脸上没有丝毫表情。

"也许吧，"他说，"但如此重大的声明需要确认，还需要明确的证据——假如这位阿拉贡真的来到米纳斯提力斯的话。六天前我出发时，他还没有来，任何一位你的同伴都还没有来。"

"波洛米尔信服这声明，"弗拉多说，"事实上，如果波洛米尔在这里，他会回答你的全部问题。他多日以前就已经抵达涝洛斯瀑布，而且那时他就想直接回你们的城去，如果你回去，很快就能在那边得到答案。他知道我在远征队中的角色，远征队其他所有成员也都知道，因为我是被伊姆拉缀斯的埃尔隆德亲自在参加会议的众人面前指定的。我为了这项使命来到这片乡野，但我无权向远征队以外的任何人透露此事。不过，那些声称反对大敌的人，最好不要对此事加以阻挠。"

不管内心感受如何，弗拉多的语气都是骄傲的。山姆对此表示赞许，但这并未能安抚法拉米尔。

"所以说，"他说，"你是让我管好自己的事，回自己家去，别打搅你？波洛米尔会告诉我一切的，等他归来时。等他归来时！你怎么说得出来？！你是波洛米尔的朋友吗？"

弗拉多的脑海中生动地浮现出了波洛米尔袭击自己的情景，他迟疑了片刻。法拉米尔盯着他的眼神严厉起来。"波洛米尔是我们远征队的英勇一员，"弗拉多终于开口道，"是的，就我而言，我是他的朋友。"

法拉米尔冷冷地一笑："那么，如果知道波洛米尔死了，你会感到悲伤吧？"

"我当然会悲伤。"弗拉多说。然后，他捕捉到了法拉米尔的眼神，不觉一愣。"死了？"他说，"你是说，他真的死了，而你早就知道？你一直在用话套我，耍我？还是说，你现在在用谎言诱骗我？"

"我不会用谎言诱骗谁的，哪怕是兽人也不会。"法拉米尔说。

"那他是怎么死的?既然你说你离城时远征队的人都还没到,那你又是怎么知道的?"

"关于他是怎么死的,我原本希望他的朋友和同伴能告诉我是怎么回事。"

"可我们分开时,他还活着,活得很强壮。就我所知,他还活着。不过,这世道确实危机重重。"

"确实危机重重,"法拉米尔说,"尤其是背叛。"

山姆对这场谈话感到越来越不耐烦,越来越恼火。法拉米尔最后这句话超出了他容忍的极限。他冲进这圈人中央,大步走到了他家少爷身边。

"请你原谅,弗拉多先生,"他说,"可真的是够了!他没有权利这么对你说话。你吃了那么多苦头,都是为了别人好,包括所有这些了不起的人。"

"听着,统帅大人!"他不偏不倚地站在法拉米尔面前,双手叉腰,脸上的表情就像是在对付一个闯入果园,被抓住质问时却拿"找调料"来搪塞的霍比特小孩。人群中响起一阵低语声,还有人咧嘴偷笑,看着眼前的一幕:他们的统帅坐在地上,跟一个双腿大叉、怒气冲冲的霍比特年轻人大眼瞪小眼。这可真是他们前所未见的奇景。"听着!"山姆说,"你步步紧逼,到底想知道什么?趁着魔多的所有兽人还没来攻击我们之前,就打开天窗说亮话好了!如果你以为我家少爷谋杀了这个波洛米尔,然后逃之夭夭,那你就是毫无理智。可你要是想这么说,那就说啊!然后让我们知道你打算怎么办。可惜的是,那些成天说着要对抗大敌的人,却不让别人按照自己的方式做点贡献,总是想干涉。现在大敌要是看得见你,肯定高兴得不行,多半会觉得自己又得了一个新朋友。"

"耐心点！"法拉米尔说，但并没有生气，"别在你的主人面前说话，他比你聪明。我也不需要任何人指点我们面临的危险。可即使如此，我还是匀出一点点时间，为的是公正判决这件难事。如果我像你一样性急，可能早就把你杀了。因为，我奉命杀掉所有未经刚铎宰相允许而擅闯此地的人。不过我不会无缘无故地杀人或野兽，即使有必要，我下手时也并不心喜。我也不说虚妄之言。因此，不必担心。在你主人身边坐下，保持安静吧！"

山姆一屁股坐下，脸涨得通红。法拉米尔又转向弗拉多："你问我是如何知道德内梭尔的儿子死了。死讯有很多翅翼。常言道，亲人一夜闻生死。波洛米尔是我哥哥。"

一道悲伤的阴影掠过他的脸庞："你还记得波洛米尔随身携带的装备里，有什么特别的东西吗？"

弗拉多思索片刻，担心其中会不会有什么圈套，又纳闷这场讨论将会如何收场。他好不容易才使至尊指环免遭波洛米尔抢夺，而如今置身于这许多孔武有力的人当中，又会有怎样的遭遇，他不知道。然而弗拉多深深地感到，法拉米尔虽然外表酷似他哥哥，却是一个不那么自以为是的人，他更坚定也更有智慧。"我记得波洛米尔带着一支号角。"他最后说。

"你记得不错，像是真正见过他的人。"法拉米尔说，"那也许你能在脑海中记起它的样子：一支巨大的东方野牛角，以银丝束缚，上面刻有古文字。多少代以来，这支号角都由我们家族的长子携带。据说紧急关头，无论在刚铎境内的什么地方，我是说古刚铎王国的任何地方吹响它，它的声音都不会被无视而过。

"在这次冒险行动出发前五天,也就是十一天前的大约这个时间,我听到了那支号角吹响的声音:似乎是从北方传来的,但很微弱,仿佛只是脑海中的回声。我父亲和我,都认为它是一个凶兆,因为自从波洛米尔离开之后,我们都不曾听到他的消息,我们边界的守卫也不曾见他经过。而在此之后的第三天晚上,我又遇见了一件更怪的事。

"那天夜里,我坐在安度因大河边,在朦胧新月的暗淡辉光里,望着奔流不息的河水,悲伤的芦苇沙沙作响,一如我们监视欧斯吉利亚斯附近河岸的无数个夜晚。那座都城的一部分如今已经被我们的敌人占领,他们从那里出击,骚扰袭击我们的领土。可那天晚上,整个世界都在午夜时分睡过去了。然后,我看见,或者说我似乎看见,水面上漂着一艘小船。它闪着辉光,样式奇特,船首很高,无人划桨,也无人掌舵。

"我感到敬畏,因为一种淡淡的辉光笼罩着它。我起身走到岸边,开始走进流水中,因为有一股莫名的力量牵引着我朝它而去。然后,小船转向我,缓慢而又从容地朝我漂来,漂到我触手可及的地方,但我不敢拉住它。它吃水很深,仿佛载着重荷。当它从我眼前经过时,我觉得船中好像盛满了清水,辉光就是自那水中散发出来的,水波荡漾,拍打着一个躺在水中沉睡的战士。

"他的膝上放着一把断剑。我看见他浑身是伤。那是波洛米尔,我的哥哥,已经死了。我认得他的装备,他的剑,他亲爱的面容。只有一样东西我没看见:他的号角。只有一样东西我不识得:他的腰上围着一条像是用金叶编织的精美腰带。'波洛米尔!'我喊道,'你的号角在哪儿?你要去往何方?啊,波洛米尔!'但他漂过去了。小船掉头顺水而去,闪着微光漂进夜色中。那就像一场梦,然而又不是梦,因为我没有醒来。我毫不怀疑他已经死了,顺着大河,漂向了大海。"

"唉!"弗拉多叹道,"那的确是我所认识的波洛米尔。那条金色的腰带是洛丝罗瑞恩的加拉德瑞尔夫人送给他的。如你所见,我们身上穿的就是她送给我们的精灵服饰,这枚领针也出自同一种技艺。"他摸了摸自己咽喉底下那片系住斗篷的银脉绿叶。

法拉米尔仔细看了看它。"很漂亮,"他说,"是的,它是同一种技艺的作品。这么说,你们穿过了罗瑞恩之地?古代它被称作劳瑞林多瑞南,但如今它早已超出了人类的认知范围。"他轻声补充道,看着弗拉多的眼神里多了一份新的惊奇,"你的古怪之处,现在我开始有所理解了。你愿意再跟我多说一些吗?想到波洛米尔在望得见自己家园的地方身死,我太痛苦了。"

"我能说的,都已经告诉你了,"弗拉多答道,"尽管你讲的故事令我心中充满了不祥的预感。我想,你看见的是一个幻象,仅此而已,是一种曾经发生或将会发生的噩运的投影,除非它其实是大敌某种骗人的把戏。我就曾经看见死亡沼泽的水塘底下躺着许多古代战士逼真的沉睡面孔,抑或是他的妖术造成的错觉。"

"不,不是那样的,"法拉米尔说,"因为他的妖术会让人心生厌恶,但那时我的心中充满了悲痛和怜悯。"

"可这样的事怎么可能真的发生呢?"弗拉多问道,"因为从托尔布兰迪尔运船过岩石山岗,是不可能的,而且波洛米尔决意要跨过恩特河和洛汗平原回家。另外,就算里面装满了水,又怎么可能有船只顺着大瀑布的急流水沫而下,却没有在翻腾的潭水中翻船呢?"

"我不知道,"法拉米尔说,"可船是从哪儿来的呢?"

"从罗瑞恩来的,"弗拉多说,"我们乘着三只那样的小船,顺着安度因大河划向大瀑布。那三只船也是用精灵的工艺制造的。"

"你经过了隐匿之地，"法拉米尔说，"但你似乎不太清楚它的力量。人类如果与住在金色森林里的魔法夫人打过交道，那异事将会接踵而来。因为对凡人来说，走出太阳底下的这个尘世是危险的，而且据说，古时从那里走出来的人很少有不发生变化的。"

"波洛米尔啊，波洛米尔！"他喊道，"那位永生不死的夫人，她对你说了什么？她看见了什么？随后你心中有什么苏醒？你为什么要去劳瑞林多瑞南？你为什么不走自己的路，骑着洛汗的骏马在清晨回到家乡？"

然后，他又转向弗拉多，再一次低声道："德罗戈之子弗拉多，这些问题，我猜你能给出一些答案，但也许不是在此地或此刻。不过我要告诉你一件事，免得你依然认为我看见的是幻象：至少波洛米尔的号角千真万确回来了，不是似是而非的幻觉。号角回来了，却裂成了两半，像是被斧头或剑劈裂的。两半号角分别漂到了岸边：一半是刚铎的哨兵在芦苇丛中发现的，就在北方恩特河汇入大河处的北边；另一半则在激流中打转，是被一个下水做事的人发现的。真是奇怪的巧合，但常言说，谋杀终将水落石出。

"现在，那支裂成两半的长子之号，就搁在德内梭尔的膝头，他坐在高椅上，等候着消息。而你一点都不能告诉我，号角是如何被劈成两半的吗？"

"不，我确实不知道。"弗拉多说，"不过如果你估算得没错的话，你听到号角声的那天，正是我们与他们分开的那天。那天，我和我的仆人离开了远征队。现在，你说的事情令我满心恐惧，因为倘若波洛米尔在那天遇险并且被害，那恐怕我的所有同伴也都凶多吉少。"

他们都是我的亲戚与好友。

"你不能放下对我的怀疑,让我走吗?我很累,心中充满悲伤和恐惧,但我有一件事必须去做,或者说要去试一试,在我也被杀之前。而且,如果我们的同盟只剩下了我们两个半身人,那这件事就更加紧迫了。

"回去吧,英勇的刚铎统帅法拉米尔,回去,在你可以的时候保卫你的城池,让我去命运安排我去的地方。"

"我并未从我们的谈话中获得安慰,"法拉米尔说,"但你听了我的话,肯定是担心过度了。如果不是罗瑞恩的居民亲自前往,那是谁整理了波洛米尔的装束,为他安排了一场葬礼呢?不是兽人或那位不提其名者的爪牙,所以我猜,你们还有一些同伴仍然活着。

"不过不管北方边界发生了什么事,你,弗拉多,我不再怀疑了。如果艰难岁月给了我判断人类言语和神情的经验,那我或许也可以对半身人做出一些推测!"这时,他微笑道,"弗拉多,你有一种奇异之处,大概是一种精灵气质。不过我们的对话比我一开始想的更重要。我现在应当把你带回米纳斯提力斯,让你在那里回答德内梭尔。如果事实证明,我此刻选择的路有害于我的城,那么我将以性命相抵,以示惩罚。因此,我不会匆忙决定该做什么,但我们现在不能再拖延,必须离开这里了。"

他一跃而起,下达了几道命令。聚在他周围的人立刻分散成小队,从不同的路离开,迅速消失在岩石树影间。很快,现场就只剩下了玛布隆和达姆罗德。

"现在,弗拉多和山姆怀斯,你们俩跟我和我的护卫一起走。"法拉米尔说,"你们不能沿着大道往南走,如果那是你们原本的意图的话。接下来的几天都不会安全，经过这次袭击，往后敌人的监视会更严密。我想，你们今天无论如何也走不了多远，因为你们累了，我们也累了。现在我们要去我们的一个秘密据点，距离这儿大约不到十英里。兽人和大敌的奸细还没有发现它，就算发现了，我们也能以一当十坚守很久。我们可以在那里躺下休息一会儿，你们跟我们一起。到了早上，我再决定怎么做对我、对你们才最好。"

除了顺从这个要求——或命令，弗拉多别无选择。无论如何，目前这似乎是一个明智之举，因为刚铎人刚才发动的突袭，在伊希利恩旅行比以往更危险了。

他们立即出发了。玛布隆和达姆罗德走在前面一点，法拉米尔和弗拉多、山姆走在后面。他们从两个霍比特人洗漱过的池塘这边绕过溪流，爬上一道长堤岸，然后进入一片一直往西下斜的林荫地。他们一边以霍比特人能达到的最快速度行进，一边压低嗓音交谈着。

"我之所以中断我们的谈话，"法拉米尔说，"不仅是因为时间紧迫，如山姆怀斯先生所提醒我的那样，而且也因为我们渐渐谈到了一些不便在众人面前公开谈论的事情。考虑到这一点，我才抛开伊熙尔杜的克星不谈，把话题转到我哥哥身上。你并没有完全坦率对我，弗拉多。"

"我没有说谎，关于真相，我说了所有能说的一切。"弗拉多说。

"我没有怪你，"法拉米尔说，"在我看来，你在困境中的答话很有技巧，很聪明，但我从你的话中获悉的，或者说猜到的，比你说出来的要多。你跟波洛米尔相处得并不友好，或者说你们分别得并不友好。你，还有山姆怀斯先生，我猜都有某些苦衷。我深爱我的哥哥，会欣然为他的死复仇，但我也非常了解他。伊熙尔杜的克星，我冒险猜测,伊熙尔杜的克星就是你们俩之间的问题所在,也是你们远征队争执的原因。很显然,它是某种强大的传家宝,某种不会增进盟友之间和睦的东西,古老的故事早就教会了我们这一点。我猜的是不是接近了真相?"

"近了,"弗拉多说,"但还不完全正确。我们远征队没有争执,不过有质疑:质疑过了埃敏穆伊之后我们该走哪条路。尽管如此,古老的故事也教导我们,轻率地谈论这类东西——传家宝,是危险的。"

"啊!那我猜得没错:你只是跟波洛米尔有龃龉。他希望这个东西被带到米纳斯提力斯去。唉!这乖谬的命运啊,封住了最后见到他的你的嘴,让我无法得知我渴望知道的事情:在最后的时刻,他心中在想什么?无论他是否犯了错,有一点我很确定:他死得光荣,成就了某种善事。他的脸甚至比生前还要英俊。

"可是,弗拉多,我一开始就逼问你伊熙尔杜的克星之事,请原谅我!在那个时间和地点,这么做很不明智。我当时没有时间细想。我们刚刚打完艰苦的一仗,我脑子里塞满了太多的事。哪怕就在跟你谈话时,我都逼近了真相,于是故意扯开了话题。因为你必须明白,许多古老学识仍然仅为都城的统治者所知,并未广泛外传。我的家族并非埃兰迪尔的后裔,尽管我们拥有努门诺尔人的血统。我们这一支的血统可以追溯到王室的贤相马迪尔,当时的国王是埃雅努尔,他是阿纳瑞安一脉的最后一人,没有子嗣。埃雅努尔王出征时,马迪尔便代理政事,而国王却再也没有返回。自那天起,我们的都城就由宰相治理,不过那是人类许多世代以前的事了。

"我记得,我们一起学习我们的先祖和都城历史的时候,波洛米尔还是一个小男孩,他总是对自己的父亲不是国王一事感到不快。'如果国王不归来,那要过几百年宰相才能变成国王?'他问。我父亲答道:'在其他不那么讲究王权的地方,或许几年;但在刚铎,就算一万年也不够。'唉!可怜的波洛米尔。由此想必你对他有所了解了吧?"

"是的,"弗拉多说,"但他对待阿拉贡总是很谦恭。"

"这我毫不怀疑,"法拉米尔说,"如果波洛米尔如你所言,承认阿拉贡所声称的,那就会非常尊敬他。不过关键时刻尚未到来。他们还没有抵达米纳斯提力斯,还没有变成战争中的对手。

"啊!我扯远了。我们德内梭尔家族靠着悠久的传统,了解许多古老学识。此外,我们的宝库中保存了许多东西:书籍,写在干羊皮纸上的文献,是的,还有刻在石板上、錾在金银箔片上的形形色色的文字。有些如今已经没有人能读懂了,其余的向来也很少有人打开它们。我因为曾经学过,可以读懂其中一小部分。正是这些文献把灰袍漫游者吸引到了我们那里。第一次见到他时,我还是一个孩子,自那之后,他又来过两三次。"

"灰袍漫游者?"弗拉多说,"他可有名字?"

"我们按照精灵的习惯,叫他米斯兰迪尔,"法拉米尔说,"他很满意这个称呼。'我在很多地方有不同的名字,'他说,'在精灵当中叫米斯兰迪尔,在矮人当中叫沙库恩。年少时在如今已被遗忘的西方叫欧罗林,在南方叫因卡努斯,在北方叫甘道夫。至于东方,我不去。'"

"甘道夫!"弗拉多说,"我想就是他。灰袍甘道夫,我最亲爱的顾问,我们远征队的领队。他在墨瑞亚遇难了。"

"米斯兰迪尔遇难了!"法拉米尔惊叫道,"厄运似乎紧追着你们这一行人。真是难以置信，一个拥有如此伟大智慧和力量的人——他在我们当中做过许多精妙之事——竟会遇难！这世界将被剥夺多少学问啊！你确定吗？他会不会只是离开你们，去他要去的地方了？"

"唉！我确定。"弗拉多说，"我看着他坠入了无底深渊。"

"我看得出，这里面包含着伟大而又恐怖的故事，"法拉米尔说，"也许你晚上可以告诉我。现在我猜，这位米斯兰迪尔不只是一位伟大的博学之士，还是我们这个时代许多重大事迹的伟大推动者。如果当初他在我们中间，关于梦中那些令人费解的话语，他能给出建议，向我们揭示那首谜语诗的含义，那我们就不必派出信使了。然而也有可能，他不会那么做，波洛米尔之旅是命中注定的。米斯兰迪尔从来不告诉我们将会发生何事，也从不表露他的意图何在。他是如何得到德内梭尔的允许，去查看我们宝库中的私藏品的，我不知道。他愿意教的时候（这种情况很不常见），我也跟他学了一点东西。他总是查询并向我们问问题，尤其是询问关于刚铎建立之初，在达戈拉德曾经打过一场大战的事，那位我们不提其名者便是在此战中被推翻的。他还对伊熙尔杜的故事很感兴趣，但我们能告诉他的很少，因为伊熙尔杜下场如何，我们也一直都不确定。"

说到这里，法拉米尔压低嗓音，耳语道："不过有一点，我了解或者说猜到不少，并始终将其当成一个秘密藏在心里：伊熙尔杜离开刚铎，从此消失在人世间以前，曾从那位不提其名者的手上取得了某种东西。我认为，这就是米斯兰迪尔追问的答案。不过在当时，它似乎只是一件那些热衷于古代学识的人才关心的事。在我们争论梦中那首谜语诗时，我也没想到伊熙尔杜的克星会与它是同一样东西。因为根据我们所知的唯一传说，伊熙尔杜是遭到伏击，被兽人的弓箭所杀，但米斯兰迪尔从未跟我多说。

"这个东西究竟是什么,我还猜不出来,但它一定是一种既有力量又很危险的传家宝,恐怕是黑魔王设计的一种凶残武器。如果那是一种有助于在战斗中占据优势之物,那我完全可以相信:骄傲无畏又经常鲁莽行动的波洛米尔很可能会渴望此物,并被它引诱,因为他非常渴望米纳斯提力斯能取得胜利(他个人的荣耀也寄托于其中)。唉,如果他不曾接受这项差事多好!我父亲和城中的长者本来选派我去,但他自告奋勇前往,说自己是长子,也更坚毅善战(这两者都是事实),而且他也不愿意留下。

"不过你不用再怕!这东西就算躺在路边,我都不会去捡。哪怕米纳斯提力斯将沦为废墟,而使用黑魔王的武器能拯救她,我也不会出于她的利益和我的荣耀那么做。不,德罗戈之子弗拉多,我并不想要这样的胜利。"

"参加那场会议的众人也不想要,"弗拉多说,"我也不想要。我宁愿跟这样的事情毫无瓜葛。"

"至于我,"法拉米尔说,"我愿看见白树重又在诸王的庭院中开花,我愿看见银王冠归来,米纳斯提力斯安稳和平。我愿看见米纳斯阿诺尔再度如古时一样,充满光明、崇高和美好,美如众后之后,而不是许多奴隶的女主人,不,哪怕是一位心肠慈善,奴隶也都心甘情愿的女主人,我也不愿。战争必然爆发,因为我们要保护自己的生命,要对抗一个将吞噬一切的毁灭者,但我不会因其锐利而爱闪亮的剑,不会因其迅疾而爱箭,也不会因其荣耀而爱战士。我只爱他们保卫的努门诺尔人的城市。而且,我愿人们是为她的记忆、她的古老、她的美丽和她如今的智慧而爱她;我不愿人们畏惧她,除非那是一种如同人们对睿智长者之威仪的敬畏。

"所以，不要怕我！我不要求你告诉我更多，我甚至不要求你告诉我，我现在所说的是否接近真相。不过如果你可以信任我，也许我能给你目前的任务提供一些建议，无论你的任务是什么，是的，我甚至能帮助你。"

弗拉多没有回答。他几乎就要屈从于内心对帮助和建议的渴望，告诉这个庄重的年轻人自己心中所有的想法，法拉米尔的话显得那么明智而又顺耳。可是有什么制止了他。他的心因忧惧和悲伤而沉甸甸的：如果他和山姆真的是——这似乎很有可能——九位行者中现今仅存的两个人，那么保守他们此行秘密的责任，就落到了他一个人头上。宁可谨慎过头，也好过轻率开口。而且，当他看着法拉米尔，听着法拉米尔的声音时，关于波洛米尔的记忆以及至尊指环的诱惑在他身上引起的可怕变化，也清晰地浮现在他的脑海里：尽管两人不同，但毕竟是同胞兄弟。

他们默默地行走了一会儿，如灰绿的影子般从古树下穿过，落脚无声。头顶上，许多鸟儿在歌唱，太阳照在伊希利恩常青树深绿色的树叶搭成的光滑林顶上，熠熠生辉。

山姆没有参与谈话，但他一直在听。与此同时，他也竖起他那敏锐的霍比特耳朵，留意着他们周围整片林地中的轻微动静。他注意到一件事：两人的谈话从头到尾，咕噜姆的名字一次也没有出现。他很高兴，尽管他觉得指望从今往后都不再听到这个名字不大可能。他很快也意识到，尽管他们是单独行走，但附近有许多人。不止玛布隆和达姆罗德在前方的阴影中若隐若现，两边还有其他人，他们全都在迅速地朝某个指定地点秘密前进。

有一次，他突然有一种皮肤刺痒的感觉，仿佛背后有人在监视。蓦然回首望去，他觉得瞥见一个黑色的小身影溜到了一棵树后面。他张嘴要叫，但又闭上了。"我不确定是不是，"他心想，"而且，如果他们选择忘掉那个老坏蛋，那我为啥要提醒他们？我希望我也能忘掉他！"

就这样，他们继续前行，直到林木变得越来越稀疏，地势也开始更陡地下降。然后，他们又转到右边，很快来到一条位于峡谷中的小河边：它就是那条从上方远处的圆水池里淌出来的小溪，到这里已汇聚成了一条湍急的河流，奔腾而下，冲刷着深劈而成的河床中的无数岩石。河床上方倒悬着冬青树和深绿的黄杨木。向西望去，可以看见他们下方笼罩在光晕中的低地和广阔草地，而远方，安度因大河的辽阔水域在夕阳下闪闪发亮。

"唉！在这里，我必须对你们做一件失礼的行为，"法拉米尔说，"我希望你们能原谅一个到目前为止都将礼节置于秩序之上，既没有杀害亦没有捆绑你们的人。不过这是命令：陌生人，哪怕是与我们并肩战斗的洛汗人，都不得睁着眼睛看见我们现在要走的这条路。我必须蒙上你们的眼睛。"

"随你所愿，"弗拉多说，"即使是精灵，必要时也这么做，我们穿过美丽的洛丝罗瑞恩边界时，也被蒙上了眼睛。矮人吉姆利深感屈辱，但霍比特人忍了。"

"我将领你们去的地方没有那么美好，"法拉米尔说，"但我很高兴，你们愿意接受这个安排，而不必受迫。"

他轻唤一声，玛布隆和达姆罗德立刻从林中出来，走向他。"蒙上这两位客人的眼睛，"法拉米尔说，"蒙紧，但别让他们不舒服。"

别绑住他们的双手。他们会保证不去偷看。我本来可以信任他们会自觉闭上眼睛，但如果脚下踉跄，眼睛会眨动。你们领着他们，免得他们绊倒。"

两个护卫用绿围巾蒙上两个霍比特人的眼睛，把他们的兜帽拉下来，几乎遮住他们的嘴，随即一人牵起一个霍比特人的手，继续往前走。弗拉多和山姆两眼一抹黑，最后这一英里路的情况如何，只能靠猜。过了一会儿，他们意识到自己正走在一条下坡路上，坡很陡，而且越走越窄。于是，他们鱼贯而行，身体两边都擦碰着岩壁。护卫走在他们身后，两手稳稳地搭在他们的肩膀上，引导着他们前进的方向。他们时不时地遇到粗糙的路面，然后就被提起来走一会儿，再被放下。流水的喧哗始终在他们右手边，而且越来越近，越来越大声。终于，他们停了下来。玛布隆和达姆罗德扶着他们的肩膀让他们快速转了几圈，两个霍比特人完全失去了方向感。他们往上爬了一会儿，天气似乎变冷了，嘈杂的流水声也变得微弱了。他们又被扛起来往下走，下了很多级台阶，还转了一个弯。突然，他们又听到了水声，很大的水声，流水冲刷着、飞溅着，似乎就绕着他们。他们感到有细水沫扑到手上和脸上。最后，他们又被放下来站在地上了。他们就那么站了片刻，眼睛依旧被蒙着，心里忐忑不安，不知道自己身在何处，也没人开口说话。

然后，法拉米尔的声音从身后很近处传来："让他们看吧！"两个霍比特人的兜帽被掀到后面，蒙眼的布巾被解开了。他们眨了眨眼，喘着气。

他们站在一片潮湿光滑、像是门前台阶的石地上，而那凿得很粗糙的石门就在他们身后，门开着，里面黑漆漆的。一道悬垂的薄薄水帘近在眼前，近得弗拉多能把胳膊伸进去。这道水帘朝西，帘后夕阳的光线平照过来，红光碎成无数道色彩变幻莫测的光束。他们仿佛站在某座精灵塔的窗前，窗帘以金、银、红宝石、蓝宝石、紫水晶串织而成，所有这些材质都燃着不熄的火焰。

"至少靠着好运，我们来得正是时候，能以此景报答你们的耐心。"法拉米尔说，"这是落日之窗汉奈斯安努恩，是多泉之地伊希利恩所有瀑布中最美的一处。很少有陌生人见到过它，但它后面并没有与之相配的王室宫殿。现在进来看看吧！"

就在他说话之际，夕阳沉落，火光消逝在流水中。他们转过身，从一道令人生畏的低矮拱门下穿过，豁然发现自己置身于一处宽阔粗糙的石室，屋顶也是弯拱不平的岩石。几支火把燃着，暗淡的光映在微亮的墙上。许多人已经在这儿了，其他人正三三两两穿过侧面一道狭窄的黑门走进来。两个霍比特人眼睛渐渐适应了室内的昏暗，发现这个岩洞比他们猜想的还要大，里面有大量武器和粮食储备。

"好了，这就是我们的避难所，"法拉米尔说，"不是一个非常舒适的地方，但在这儿，你们可以安稳地过上一夜。至少这里很干爽，还有食物，不过没有火。河水曾一度经这个洞穴流下，流出那个拱门，但古代工匠改变了峡谷上游的水道，溪流从上方岩石倾泻下来，变成了一道双倍高的瀑布。除了那一条路，所有进入这个洞穴的其他路都被封死了，水和其他一切都被阻挡在外。现在这里只有两条出去的路：一条是那边你们被蒙上眼睛带进来的路，另一条就是穿过水帘之窗，进入一个满是刀锋岩石的深凹地。现在休息一会儿吧，等晚餐准备好。"

两个霍比特人被带到一个角落，那里有一张矮床，他们愿意的话可以躺下休息。与此同时，人们在岩洞四处各自安静地忙碌着，动作很快而又秩序井然：轻便的桌子从墙边被取来支好，再摆上餐具。大部分餐具朴素无华，但做工都很精良：圆托盘，用上过釉的褐陶烧制或用黄杨木削成的碗碟，光滑而又干净。桌上间或还摆了打磨光亮的铜杯和铜盆。统帅的座位安排在最靠里的那张桌子正中央，面前摆放着一只纯银高脚酒杯。

法拉米尔在人群中穿梭，轻声询问每个进来的人。一些人是追击完南方野蛮人后回来的，另一些人是留在大道附近的侦察兵，他们是最后进来的。所有南方野蛮人的下落都探明了，除了那头巨大的猛犸：它的下场如何，无人知晓。敌人方面不见任何行动，连一个兽人奸细都不见在外游荡。

"安博恩，你什么也没看见，什么也没听到吗？"法拉米尔问最后进来的人。

"啊，大人，没有，"那人说，"至少没有兽人。不过我看见了——或者说我以为我看见了一个有点奇怪的东西。外面暮色已深，我不免草木皆兵，因此那可能不过是一只松鼠而已。"山姆听见这话，立刻竖起了耳朵。"可如果真是如此的话，那它是一只黑松鼠，而且我没看见尾巴。它就像地上的一个影子，我一走近它便闪到树后，然后以松鼠能达到的最快速度爬上树去了。你不让我们随便杀害野兽，而它看起来就像野兽，所以我没用箭射它。反正天太黑了，保不准能射中，而且它眨眼之间就闪进树叶的昏暗中了。我等了一会儿，因为那感觉很奇怪，然后才匆匆赶回来。我转身离开时，我想我听见了那家伙从高处对我发出的嘶嘶声。也许那是一只大松鼠。也许在那不提其名者的阴影下，黑森林里有一些野兽游荡到我们这儿的树林里了。据说，那里是有黑松鼠的。"

"也许吧，"法拉米尔说，"但若真是如此，那就是一个凶兆。我们可不希望黑森林的东西逃到伊希利恩来。"山姆觉得法拉米尔说这话时飞快地瞥了霍比特人一眼，但他没有吭声。好一会儿，他和弗拉多躺着，看着火把和走来走去低声说话的人。随后，弗拉多忽然睡着了。

山姆挣扎着不敢睡着，心中疑窦丛生。"他这人也许很好，"他想，"但也许不好。花言巧语是可以掩饰肮脏内心的。"他打了一个呵欠，"我可以睡上一个星期，我最好还是睡一下。而且，就算我能挺着不睡，周围这么些大人族，我又能干什么呢？什么也不能干，山姆·甘吉。可就算这样，你还是得保持清醒别睡着。"不知怎的，他做到了。岩洞门外的光线消逝了，悬落的灰水帘变得晦暗不明，没入聚拢的阴影中。水声持续不歇，无论清晨、黄昏还是夜晚，从不改变音调。它呢喃低吟着催眠曲。山姆用手指节撑住眼睛。

这时，更多的火把被点亮了。一桶酒被打开了。储藏桶也都一个个被打开了。人们从瀑布边取了水回来。一些人在盆里洗手。有人给法拉米尔端来一个大铜盆，递上一条白巾，他盥洗了一番。

"叫醒我们的客人，"他说，"带他们洗漱一下。该吃饭了。"

弗拉多坐起身，打着呵欠伸了个懒腰。山姆不习惯被人伺候，有些惊讶地看着一个高大的人端着一盆水弯腰站在自己面前。

"大人，行行好，把它放在地上吧！"他说，"对我对你都方便一些。"然后，众人就又惊诧又好笑地看到他一头扎进冷水里，往自己的脖子和耳朵上泼水。

"晚饭前洗头是你们那个地方的风俗吗？"伺候两个霍比特人的人问。

"不，早餐前洗才是，"山姆说，"可如果你缺觉，那凉水泼在脖子上，就跟雨水浇在枯萎的生菜上一样。行了！现在我能清醒到吃点东西了。"

他们随即被领到法拉米尔旁边的座位前——那是两个盖着毛皮的桶。这两个桶高过人类坐的长凳，也是为了他们方便。开饭之前，法拉米尔和所有他的人都转身面向西方，默立片刻。法拉米尔示意弗拉多和山姆应该照做。

"我们一直都这么做，"众人坐下时，他说，"我们望向曾在的努门诺尔，望向更远处今在的精灵家园，以及比精灵家园更远的那处将会永存的圣土。你们用餐前没有这样的习俗吗？"

"没有，"弗拉多莫名地觉得自己粗俗无教养，"不过，如果我们是客人，餐前我们会向主人鞠躬，餐后我们会起身感谢他们。"

"我们也那么做。"法拉米尔说。

在经历了那么久的长途跋涉和风餐露宿之后，在度过了孤寂野地里的一日又一日之后，这顿晚饭对两个霍比特人而言算得上是盛宴：饮着清凉又芬芳的淡黄色的酒，吃着抹了黄油的面包、腌肉、干果、上好的红乳酪，并且是用干净的双手和干净的刀叉碗碟来吃。不管是山姆还是弗拉多，对所有的食物都是来者不拒，第二份甚至第三份也都全部接受。美酒在他们的血脉与疲惫的四肢中流淌，自从离开罗瑞恩之地后，他们第一次感到心情愉悦，浑身舒畅。

晚饭后，法拉米尔把他们领到了岩洞后方的一个凹室。这凹室用帘子半遮着，里面放了一张椅子和两个凳子。壁龛里点了一盏小陶灯。

"你们可能很快就想睡了，"他说，"特别是好山姆怀斯，在吃饭前都没合过眼，我不知道那是怕伤了他尊贵的大胃口，还是怕我。

不过,刚吃饱太快去睡觉不好,尤其是在饿极饱餐之后。我们来聊聊吧。你们离开幽谷之后的旅程,一定有很多可说的事。你们可能也想多了解一下我们,了解一下你们现在所在的这片大地。给我讲讲我的哥哥波洛米尔,讲讲老米斯兰迪尔,讲讲洛丝罗瑞恩美丽的人民吧。"

弗拉多不再觉得困倦,也想说说话。不过,尽管酒足饭饱令他放松下来,但他并没有完全失却小心谨慎。山姆乐呵呵地自哼自唱,但当弗拉多开始讲述时,他便立刻噤声,满足于旁听,只是偶尔冒出一两句赞同的感叹。

弗拉多讲了很多故事,但总是绕开与远征队的任务以及至尊指环有关的话题,反倒是尽量详细描述波洛米尔在他们所有危险境遇中的英勇作为:面对荒野中的狼群时,在卡拉兹拉斯山下的大雪中,以及在甘道夫陨落的墨瑞亚矿坑里。窄桥逃生的故事最令法拉米尔动容。

"那一定令波洛米尔非常愤怒:从兽人面前逃跑,甚或从被你称为炎魔的那个凶恶之物面前逃跑!即使他是最后一个离开的。"他说。

"他确实是最后一个离开的,"弗拉多说,"但阿拉贡先带我们走是迫不得已,甘道夫掉下去后,只有阿拉贡知道路。如果没有我们这些小家伙要照顾,我认为无论是阿拉贡还是波洛米尔,都不会逃走。"

"也许,"法拉米尔说,"波洛米尔若是在那里与米斯兰迪尔一同坠落,也许好过在涝洛斯瀑布上方迎来等待他的命运。"

"也许吧,但现在跟我说说你自己的命运吧,"弗拉多再次转移了话题,"我想多了解一点米纳斯伊希尔和欧斯吉利亚斯,还有持久坚持的米纳斯提力斯。你们长年征战,对那座城抱有什么希望呢?"

"我们抱有什么希望?"法拉米尔说,"我们早就不抱任何希望了。埃兰迪尔之剑,如果它当真归来,也许会重燃希望,但我认为那也只能将城灭之日延后而已，除非还有其他意料之外的援助到来，比如来自精灵或人类的援助。因为大敌在增强，我们在衰弱。我们是一支日渐没落的民族，日薄西山。

"努门诺尔的人类曾广布在这片大陆的沿海地区和海域，但他们绝大多数都堕落了，变得邪恶又愚昧。很多人痴迷于黑暗和黑巫术，有些人彻底陷入了懒惰安逸，有些人则起了内讧自相残杀，直到积弱而被野蛮人征服。

"在刚铎，从来不曾听说有人从事邪术，那不提其名者也从来不曾获得尊崇。从西方带来的古老智慧与美丽，得以在英俊的埃兰迪尔的儿子们建立的这个王国中长存，它们仍然荡漾在那里。然而，即使如此，刚铎的衰落也是咎由自取，渐渐坠入昏聩，认为大敌在沉睡，但他只是被驱逐了，而不是被消灭了。

"死亡一直存在，但努门诺尔人仍然像在他们的故国一样，渴望永生，而故国已失。国王们建造比活人的房屋还要豪华的陵墓，重视家谱卷轴上那些古老的名字胜过自己儿子的名字。无子嗣的王公贵族坐在年深日久的厅堂中对着家徽纹章沉思冥想；形容枯槁的人在密室里提炼强效的不老灵药，或在寒冷的高塔上占卜星象。而阿纳瑞安一系的最后一位国王没有子嗣。

"然而宰相家族更明智也更幸运。更明智，是因为他们从海岸边的强悍民族与埃瑞德宁莱斯的坚忍山民中，为我们的人民招募了新的力量。他们也与北方那些常常袭击我们的骄傲民族签下休战协定，那些人是凶猛英勇的民族，是我们的远亲，不像野蛮的东夷人和残忍的哈拉德人。

"于是，在第十二任宰相奇瑞安（我父亲是第二十六任）的时代，他们骑马前来援助我们,在广阔的凯勒布兰特原野上击败了那些夺取我们北方诸省的敌人。他们就是驭马者,我们称之为洛希尔人。我们把卡伦纳松平原划给他们,因为长期以来,那个省的居民都很稀少。此后那里便被称作洛汗。他们成了我们的盟友,事实证明他们始终真诚对待我们,在我们需要时援助我们,并守护着我们的北方边界与洛汗豁口。

"他们从我们的学识和风俗中学习了他们想学的,他们的君主贵族在必要时也说我们的语言。不过总的来说,他们还是守着自己父辈的生活方式,保存着他们自己的历史记忆,他们在族内仍说他们自己的北方方言。我们喜爱他们:男人高大,女人美丽,不论男女都同样英勇、金发、亮眼、强壮。他们让我们想起了人类一族的青春,如同在远古时代的模样。的确,我们的博学之士也说,他们自古以来就和我们有亲缘关系,他们起初跟努门诺尔人一样都来自人类的三大家族,也许不是来自精灵之友的金发哈多家族,但肯定来自他那些拒绝召唤、没有渡海前往西方的人民。

"在我们的学识传统中,是这样划分人类的:高等人类,是那些西方来的人类,也就是努门诺尔人;中等人类,是那些暮光人类,比如洛希尔人和他们仍然居住在遥远北方的亲族;还有野蛮人,就是那些黑暗的人类。

"然而如今,如果洛希尔人在某些方面变得更像我们,在技艺和礼仪教养上都有所提高,那我们同样也变得更像他们,几乎不能再自称高等了。我们变成了中等人类,拥有其他事物记忆的暮光人类。因为跟洛希尔人一样,我们如今也尚武好勇,以为这些事物本身就是好的,既是乐趣,也是目的。虽然我们仍然坚持认为战士应当具备更多的本领和学识，不能单单只会舞刀弄枪和上阵杀敌，但我们仍然尊敬战士甚于拥有其他技艺的人。这是我们时代的需要。即使我的哥哥波洛米尔也是如此：他是一个勇武非凡的人，因此才被视为刚铎最出色的人。他确实非常英勇，长久以来，米纳斯提力斯不曾有哪个继承人能在困境中如此坚忍不拔，在战斗中如此奋不顾身，在吹大号角时如此嘹亮。"法拉米尔叹了口气，一时陷入了沉默。

"大人，您所有的故事中都没怎么提到精灵。"山姆突然鼓起勇气说。他注意到法拉米尔在提到精灵时似乎带着敬意，而这比他的礼貌、食物、美酒更能赢得山姆的尊敬，缓解他的疑虑。

"确实没怎么提，山姆怀斯先生，"法拉米尔说，"因为我对有关精灵的学问并不怎么了解。不过你的疑问触及了我们从努门诺尔衰退至中州的另一点改变。如果米斯兰迪尔曾是你们的同伴，你们又曾与埃尔隆德交谈过，那你们可能知道：伊甸人，努门诺尔人的先祖，曾在第一纪的大战中与精灵并肩作战，并获赠一处位于大海之中、能望见精灵家园的国土作为奖赏。不过在中州，人类和精灵在黑暗的日子里因为大敌的诡计而变得疏远，而且境随时迁，本已分道扬镳的两支种族更是渐行渐远。如今人类害怕并怀疑精灵，却对他们知之甚少。我们刚铎人也变得像其他人类一样，比如洛汗的人类。可即便是视黑魔王为仇敌的他们，也都躲避着精灵，提及金色森林时都很恐惧。

"然而，我们当中仍有一些人在可能的情况下与精灵往来，时不时就会有人秘密前往罗瑞恩，但返回者却寥寥无几。我没去过，因为我认为如今凡人一厢情愿去寻找那支年长子民是危险的。不过，我很羡慕你曾与那位白衣夫人交谈过。"

"罗瑞恩的夫人！加拉德瑞尔！"山姆喊道，"您应该见见她的，大人,真的应该见见。我只是一个霍比特人,在家乡就是一个园丁,大人,您懂我的意思吧?我对诗歌不怎么拿手,写诗是不成的,最多偶尔作几句打油诗,您知道的,那不是真正的诗歌,所以我没法告诉您我真正要说的。它应该被写成歌唱出来。你应该找大步,也就是阿拉贡,或者老比尔博先生来写。不过我真希望我能写一首关于她的歌。她那么美丽,大人!迷人极了!有时像一棵开花的大树,有时像一朵白色的水仙花,纤小而又苗条。硬如钻石,软如月光;暖若阳光,冷若星霜;似雪山般高傲而遥不可及,却又天真烂漫得像春日里任何一个头戴野菊花的小姑娘。哎呀,这真是一堆废话,我都没说到点子上。"

"那她肯定非常迷人。"法拉米尔说,"美得危险。"

"我不觉得有什么危险,"山姆说,"我突然想到:人们自己随身带着危险进了罗瑞恩,然后在那里发现了它,因为那就是他们带进去的。不过也许,你可以说她危险,因为她自身就很强大。你,你朝她冲过去,可能会像船撞上礁石一样,把自己撞得粉身碎骨,或者像霍比特人下河一样,淹死自己,但你不能因此责怪礁石或河水。你看波洛——"他一下子顿住,涨红了脸。

"怎么?你要说'你看波洛米尔'是不是?"法拉米尔说,"你要说什么?他自身带着危险?"

"是的,大人,请您原谅。要我说的话,您哥哥是很好的人,但是您一直都追根究底不肯罢休。其实,从幽谷出发后一路上,我一直都关注着波洛米尔的行为举止,我想你能明白,这是为了照顾我家少爷,并不是要害波洛米尔。我的看法是,他在罗瑞恩第一次见到它时就打定了主意:从看见它的那一刻起,他就想要大敌的至尊指环!"

"山姆!"弗拉多大惊失色地喊道。他刚刚一直沉浸在自己的思绪中，等突然回过神来，却太晚了。

"老天爷！"山姆脸色煞白，接着又涨得发紫，"我又犯病了！甘吉老爹常对我说：'你啥时候想张开你那大嘴，啥时候就用脚把嘴堵上。'他说得太对了。哎呀！老天！哎哟！老天！"

"好吧，大人，您听着！"他转过身，鼓起全部勇气面对法拉米尔，"您别因为我家少爷的仆人是一个十足的傻瓜，就欺负他。您一直都把话说得很漂亮，谈论精灵啥的，令我放下了戒备。不过俗话说，行事漂亮才是真的漂亮。现在是证明您品格的时候了。"

"看起来是，"法拉米尔脸上浮现出一丝怪异的微笑，慢悠悠地一字一顿道，"原来这就是所有谜题的答案！那枚被认为已经从世界上消失的至尊指环。波洛米尔试图恃强夺走它吧？而你们逃脱了？跑了这么远的路——跑到了我这里！而在这荒山野岭中，我拥有的是：两个半身人，一支任我差遣的军队，还有众环之环。这真是天赐良机啊！一个给刚铎的统帅法拉米尔展示其品格的机会！哈！"他挺直身体，看上去高大而严厉，灰眼睛里眸光闪闪。

弗拉多和山姆从凳子上跳起来，肩并肩背抵着墙，笨拙地抓向他们的剑柄。一室寂静，洞中所有人都停止了谈话，疑惑地朝他们望来。法拉米尔却又坐回他的椅子上，无声大笑起来。然后，他神色一骤，重新变得庄重起来。

"唉，波洛米尔啊！它真是一个过于残酷的考验！"他说，"你们是怎样增加了我的悲伤啊！你们这两个来自遥远异乡，带着危及人类之物的陌生漂泊者！可是，你们对人类的判断远不及我对半身人的判断。我们刚铎人并非口是心非之辈。我们很少自吹自擂，要么言出必行，要么死于尝试。我说过，就算在大道上发现它，我也不会拿。

哪怕我真是一个非常渴望得到这东西的人，哪怕我说的时候并不清楚它是什么，我也仍会把这些话当作誓言，并受其约束。

"可我并不是那样的人。或者说，我足够明智，知道这世间有某些危险是凡人必须逃避的。安稳坐下吧！放心吧，山姆怀斯。如果你是无意说出口的，那就把它当作命运的安排好了。你的心敏锐且忠诚，看得比你的眼睛还清楚。尽管这似乎很奇怪，但就我而言，你说出这件事是安全的，甚至可能帮到你敬爱的少爷。只要权在我手，这事对他就有益。所以，放宽心吧。不过，别再大声地把这东西的名字说出口，一次就够了。"

两个霍比特人回到他们的座位旁，非常安静地坐着。人们又继续开始畅饮闲聊，以为他们的统帅跟两个小客人开了个玩笑，此刻已无事。

"好了，弗拉多，现在我们终于理解彼此了，"法拉米尔说，"如果你是应别人的要求而非自愿携带这东西，那我同情你，也尊敬你。你也令我惊叹：藏着它，却不用它。对我而言，你们是一支新的种族，一个新的世界。你的族人全都像你这样吗？你们的家乡必定是一个充满和平与满足的国度，园丁在那里一定备受敬重。"

"那里也不是样样都好，"弗拉多说，"不过园丁确实很受敬重。"

"可那里的百姓也一定会变得疲倦，即使是在他们的花园里，太阳底下世间万物莫不如此。你们远离家乡，旅途劳顿，今晚到此为止。睡吧，如果可以，你们俩都安心睡吧。别害怕！我不想见它，也不想碰它，更不想知道比我现在所知的更多的它（现在我所知的已经足够了），以免危险猝不及防降临到我身上，害我不如德罗戈之子弗拉多那样经得起考验。现在去休息吧，但如果可以，请先告诉我一件事：

你们打算去哪里,要做什么?因为我必须监视,等待,思考。时间流逝,到了早晨,我们就必须各自奔赴命中注定的路了。"

最初的惊吓过去之后,弗拉多才感觉到自己在颤抖。此刻,一种极度的疲倦像云一样笼罩住他,他再也无法掩饰和抗拒。

"我打算找一条进入魔多的路,"他虚弱地说,"我要去戈格洛斯。我必须找到火焰之山,把那东西扔进末日裂隙。这是甘道夫说的。我想我永远都到不了那里。"

法拉米尔震惊地盯着他看了好一会儿。然后,他及时地扶住了摇摇晃晃的弗拉多,将他轻轻地抱起来,抱到床上放下,给他盖好暖被。弗拉多立刻陷入了沉睡。

另一张为他的仆人准备的床就放在旁边。山姆迟疑片刻,然后深深地鞠了一躬。"晚安,统帅,尊贵的大人,"他说,"您抓住了机会,大人。"

"我抓住了吗?"法拉米尔说。

"是的,大人,您展示了您的品格:最高贵的品质。"

法拉米尔笑了:"山姆怀斯先生,你可真是一个冒失的仆人。不过这没什么:值得称赞之人给出的称赞,胜过一切奖赏。就此而言,我没什么可称赞的。我并没有被诱惑,也没有渴望去做出不同的选择。"

"啊,还有,大人,"山姆说,"您说我家少爷有种精灵气质,这一点都没错。不过我要说,您也有种气质,大人,那让我想起了,想起了——呃,甘道夫,就是巫师气质。"

"也许吧。"法拉米尔说,"也许你远远地就能觉察出努门诺尔气质。晚安!"

第6章
禁忌之潭

弗拉多醒来时，发现法拉米尔正俯身看着他。瞬间，之前的那些恐惧又攫住了他，他腾地起身往后一缩。

"没有什么可怕的。"法拉米尔说。

"已经早晨了吗？"弗拉多打着呵欠问。

"还没有，不过夜晚将尽，满月渐沉。你要来看看月亮吗？有件事我也很想听听你的意见。很抱歉把你叫醒，但你愿意来吗？"

"好啊。"弗拉多说着，掀开温暖的毛毯与毛皮，哆哆嗦嗦地起身下床。没有生火的岩洞里似乎很冷。流水的喧嚣在寂静中听起来很大声。他穿上斗篷，跟上法拉米尔。

出于某种警惕的本能，山姆突然醒来，看到他家少爷的床是空的，顿时跳了起来。然后，他看到两个黑色身影，弗拉多和一个人的身影，此刻正立在淡淡晨光映照的拱门下。山姆急忙追上去，经过了一排排沿墙睡在垫子上的人。经过洞口时，他看见那道水帘现在已经变成了一层丝绢、珍珠和银线缀成的晶莹纱帘，像是正在融化的月光冰链。

双塔

他没有停步欣赏它，而是拐了个弯，跟着他家少爷穿过了开在洞壁上的狭窄门道。

他们先是沿着一条漆黑的通道往前走，然后上了好多级潮湿的台阶，最后来到一处岩石凿就的小平台，天光透过头顶上一个又长又深的通风井照进来，灰白的天空高高可见。从这儿延伸出两道阶梯：一道似乎继续往前，攀上高高的溪流岸堤；另一道则转向左边。他们走上了这道左转的阶梯，它就像转塔楼梯一样盘旋而上。

最后，他们走出了黑暗的岩石通道，举目四望。他们站在一块没有护栏也没有围墙的宽平岩石上。右侧东向，急流倾泻，水花飞溅在阶梯台面上，然后飞流直下，被冲刷得光滑的水道充满白沫荡荡的汹涌黑水，几乎就在他们脚前翻滚着、奔涌着，然后径直冲进他们左边那个如同张着大口的悬崖。一个人站在近崖边，默默地往下看着。

他们拐着弯往下走时，弗拉多扭头看了看那一股股光滑的水流。然后，他抬眼凝视远方。世界寂静寒冷，仿佛黎明将至。遥远的西天，一轮皎洁的满月正在沉落。下方的大山谷中淡雾缭绕，微光闪烁，如同银雾弥漫的辽阔海湾，而在那之下滚滚而去的是安度因大河的寒冷夜流。更远处，一片影影绰绰的黑暗里亮光点点，冰冷、尖锐、遥远，白似幽灵的牙齿，那是刚铎境内白色山脉的埃瑞德宁莱斯群峰，峰尖终年覆盖着积雪。

弗拉多在那高高的岩石上站了好一会儿，浑身一阵阵战栗。他不知道他那些伙伴们，是否就在这夜色笼罩、广袤苍茫的大地某处行走或睡眠，抑或已经倒卧身死，迷雾裹尸。为什么要把他从可以遗忘一切的睡眠中唤醒，带到这里来？

山姆也有同样的疑问。他急切地想知道答案，忍不住嘀咕起来，以为只有他家少爷能听见："弗拉多先生，这无疑是美景，可冷彻心骨啊！这是要干吗？"

法拉米尔听见了，回答道："月落刚铎。美丽的伊希尔在离开中州之际，瞥了一眼老明多路因的白发[1]。它值得打几个寒战来看，但我带你来看的并不是它。至于你，山姆怀斯，你是不请自来，所以只好为你的警惕自食其果了。喝口酒能御寒。来吧，现在来看！"

他上前几步，走到黑崖边沉默伫立的哨兵身旁，弗拉多紧跟着他。山姆踌躇不前，光是站在这块湿漉漉的高平台上，他就已经感觉很不安全了。法拉米尔和弗拉多俯视下方，远远地看到白水在下方倾流进一个水沫翻滚的水潭，随即在岩壁环抱的椭圆深潭中不停地打着漆黑的旋涡，直到又找到一个窄口流出，喧腾着飞沫逝去，进入更平静也更平缓的河段。月光仍然斜照在瀑布脚下，潭中涟漪熠熠生辉。这时，弗拉多注意到，水潭近处的岸堤上，有一个小小的黑色东西，但就在他盯着看时，它却跳下去，破开乌黑的水面，消失在瀑布喧腾的泡沫里，利落如箭矢、如利石。

法拉米尔扭头问他身旁的人："安博恩，现在你觉得那是什么？一只松鼠，一只翠鸟？黑森林的夜潭里有黑翠鸟吗？"

"不管它是什么，都不是鸟，"安博恩回答道，"它有四肢，又像人一样潜水，而且看样子水性相当出色。它到底在干什么？寻找从水帘后到我们藏身处的路吗？我们似乎到底还是被人发现了。我带着弓箭，还在水潭两岸安排了其他弓箭手，他们的箭法几乎跟我的一样好。统帅，我们只等你下令放箭。"

"我们应该放箭吗？"法拉米尔猛地转身问弗拉多。

---

[1] 明多路因是白色山脉最东边的一座山峰——译者注。

弗拉多没有马上回答。片刻后,他才说:"不!别放箭!我恳求你们别放箭。"如果山姆胆子够大,可能已经更快更大声地说"好"了。他看不到下面的情形,但从他们说的话里,他完全猜得到他们看见了什么。

"这么说,你知道那是一个什么东西?"法拉米尔说,"说吧,既然你已经看见了,那就告诉我为什么要饶它一命。我们在一起谈了那么多,但你一次都没有提及你这个流浪同伴。我也没管,本打算抓到他,带到我面前时再说。我派出我手下最机敏的猎手去搜捕他,他却溜了,除了这里的安博恩昨天傍晚看见他一次,一直没有人看见他,直到现在。可是,他现在犯下的侵入罪行,可比仅仅在高地上抓兔子严重得多:他胆敢来汉奈斯安努恩,死罪难赦。这家伙让我惊诧:他如此神秘又如此狡猾,竟敢跑到我们窗前的水潭里来玩耍。难道他以为人类不设岗,整夜都在沉睡吗?他为什么这么做?"

"我想,答案有二:"弗拉多说,"首先,尽管他很狡猾,对人类却知之甚少,你们的避难所又这么隐蔽,也许他根本就不知道有人藏在这里;其次,我想他是被一股欲望引诱才来到这里的,这股欲望压倒了他的谨慎。"

"你说他是被引诱到这里来的?"法拉米尔低声道,"他会不会知道——他知不知道你身负的重担?"

"他确实知道。他自己曾持有它多年。"

"他曾持有它?"法拉米尔惊讶得倒吸一口冷气,"这事更加扑朔迷离了。那他是在追索它吗?"

"也许吧。这东西对他来说是宝贝,但我没有提及过。"

"那这家伙这会儿在找什么?"

"鱼，"弗拉多说，"你瞧！"

他们朝漆黑的水潭望去。一个小黑脑袋出现在水潭另一端，刚从岩石投下的深影里探出来。一道银光稍纵即逝，荡出一圈圈细微的涟漪。他游到岸边，接着以惊人的敏捷爬出水面，上了岸，活像一只青蛙。上岸后他立刻坐下，开始啃噬那个他转身时银光闪闪的小东西。月光的清辉此刻正洒落在水潭尽头的石壁后。

法拉米尔轻声笑起来。"鱼！"他说，"这是一个不那么危险的欲望，但也不一定：汉奈斯安努恩水潭里的鱼可能会让他付出一切作为代价。"

"现在，我的箭已经瞄准他了，"安博恩说，"我该不该放箭，统帅？我们的法律可是规定禁止到这个地方来。"

"等一等，安博恩，"法拉米尔说，"这事似乎比看上去棘手。弗拉多，你现在有什么要说的？我们为什么应该赦免他？"

"这家伙又饿又可怜，"弗拉多说，"并不知道自己所处的危险。而甘道夫，就是你说的米斯兰迪尔，他也会恳请你不要因为那个理由，以及其他理由而杀了他。他曾经阻止精灵那么做，我不十分清楚为什么，我猜到的原因也不能在这里公开说出来。这家伙在某种程度上跟我的任务息息相关。在你发现我们并抓住我们之前，他是我的向导。"

"你的向导！"法拉米尔叹道，"这事变得越发奇怪了。弗拉多，我愿意为你做很多事，但这件事我不能允许：让这个狡猾的流浪者随心所欲地离开这里，要么高兴了稍后跟你会合，要么被兽人抓去，然后在酷刑威胁下说出他所知道的一切。他必须被杀掉或者被抓住。如果不能迅速抓住他，那就杀掉他。不过，除了放箭，怎样才能抓住这个诡计多端的滑头家伙呢？"

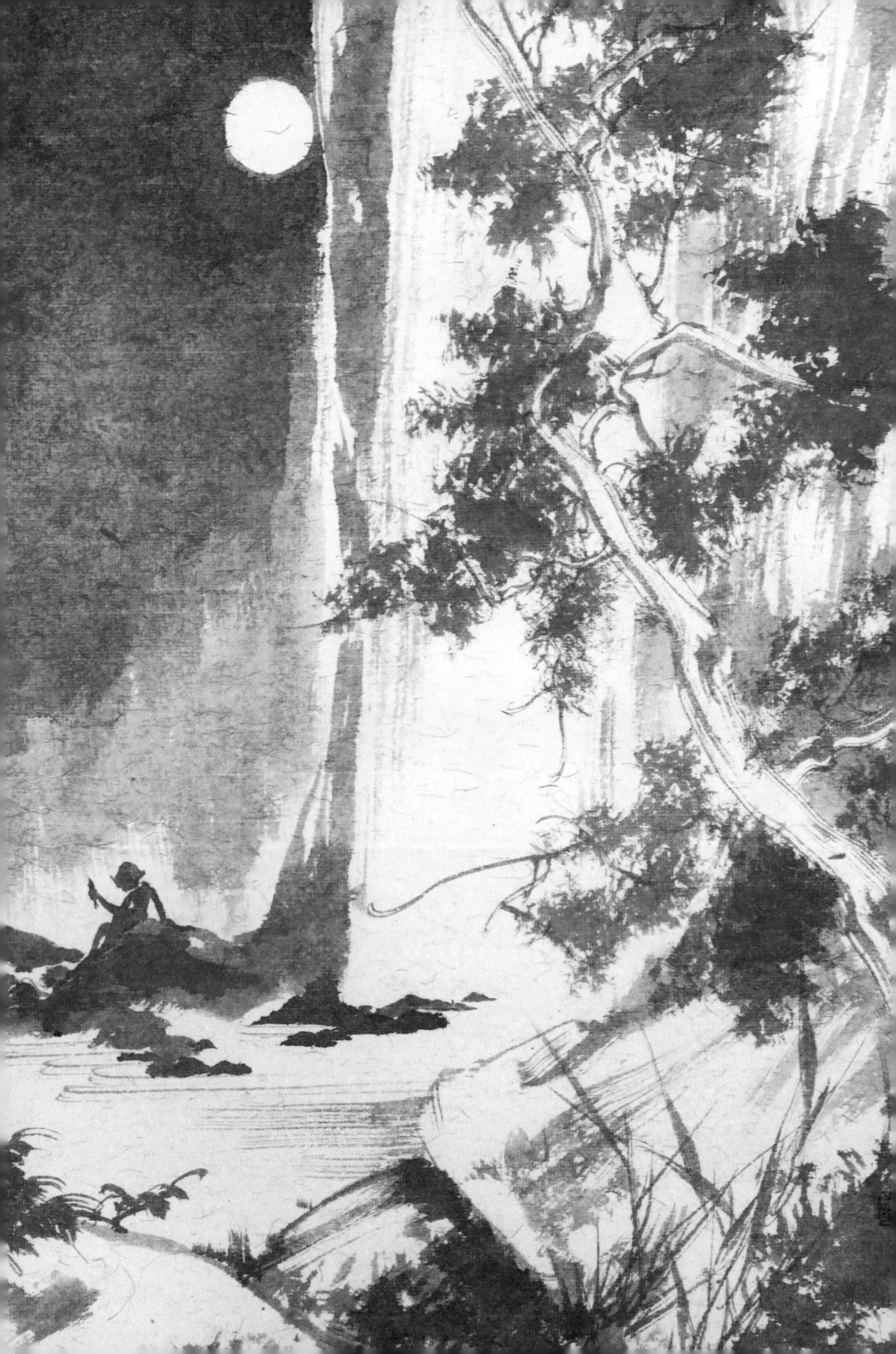

"让我悄悄地下去找他。"弗拉多说,"你们可以继续拉着弓,如果我失败了,你们至少可以射我。我是不会逃跑的。"

"那就去吧,动作快点!"法拉米尔说,"如果能活捉他,那这个悲惨的家伙余生都应该做你忠实的奴仆。安博恩,领弗拉多下到水潭边去,脚步轻点。这家伙有鼻子有耳朵的。把你的弓给我。"

安博恩嘟囔着,领路走下蜿蜒的阶梯到达缓步台,然后又走上另一道阶梯。最后,他们来到一个掩隐在浓密的灌木丛中的狭窄出口。无声无息地穿过出口,弗拉多发现自己正置身于水潭上方的南岸顶上。天已经黑了,瀑布灰白暗淡,只有仍在西天流连的月亮映射的辉光。他看不见咕噜姆。他往前走了一小段,安博恩轻手轻脚地跟在他身后。

"继续走!"他在弗拉多耳边低语道,"留心你的右边。如果你掉到水潭里,那除了你那位捕鱼的朋友,没有人救得了你。还有,别忘了附近有弓箭手,尽管你可能看不见他们。"

弗拉多像咕噜姆那样两手触地摸索着路,稳住自己,往前爬去。这里的岩石大都很平整,但很滑溜。他停下来聆听。一开始,除了身后瀑布不息的泄流声,他听不到别的声音。然后,渐渐地,他听到就在前面不远处,有一个嘶嘶嘶的嘟囔声。

"鱼嘶嘶,好鱼嘶嘶。大白脸消失了,我的宝贝,终于消失了,好。现在我们可以安心吃鱼了。不,不安心,宝贝。因为宝贝丢了,是的,丢了。肮脏的霍比特人,讨厌的霍比特人。丢下我们走了,咕噜姆,宝贝也走了。只剩下可怜的斯米戈尔,孤零零的一个。没有宝贝。讨厌的人类,他们会拿走它,偷走我的宝贝。小偷。我们恨他们。鱼嘶嘶,好鱼嘶嘶。让我们强壮。让眼睛明亮,让手指握紧,是的。掐死他们,宝贝。掐死他们全部,是的,如果我们得到机会。好鱼嘶

403

嘶。好鱼嘶嘶！"

他就这么嘟囔着，像瀑布一样不停歇，只是偶尔被流口水和咯咯吞咽的微弱声音打断。弗拉多打了一个寒战，又同情又厌恶地听着。他希望这声音能停下来，再也不必听见它。安博恩就在后面不远处。他可以爬回去请安博恩让猎手放箭。他们可能近在咫尺，而咕噜姆正在狼吞虎咽，防备松懈。只要一箭射准，弗拉多就能永远摆脱这个让人难受的声音。可是不行，现在他对咕噜姆负有责任。哪怕是怀着恐惧效力，仆人只要效力，主人便对他负有责任。而且如果没有咕噜姆，他们早就已经葬身在死亡沼泽了。不知怎的，弗拉多还非常清楚地知道，甘道夫肯定也不希望他这么做。

"斯米戈尔！"他轻声道。

"鱼嘶嘶，好鱼嘶嘶。"那声音说。

"斯米戈尔！"他稍微提高声音，又喊道。那声音停住了。

"斯米戈尔，主人来找你了。主人在这里。过来，斯米戈尔！"没有回答，只有轻微的一声嘶嘶，像是倒抽了一口气。

"来，斯米戈尔！" 弗拉多说，"我们现在有危险。人类会杀了你的，如果他们发现你在这里。你要是不想死，就快过来。到主人这儿来！"

"不！"那声音说，"不是好主人。抛下可怜的斯米戈尔跟新朋友走了。主人可以等。斯米戈尔还没有吃完。"

"没时间了，" 弗拉多说，"把鱼带着，来吧！"

"不！必须把鱼吃完。"

"斯米戈尔！"弗拉多绝望道，"宝贝要生气了。我要拿着宝贝，然后说：让他把刺都吞下去，卡住喉咙，再也不能吃鱼。快来，宝贝等着呢！"

　　一声尖锐的嘶嘶声响起。不一会儿，咕噜姆从黑暗中现身了。他四肢着地爬着，像一只犯了错的狗被唤到主人脚边。他嘴里塞着一条吃了一半的鱼，手里还捏着一条。他爬到弗拉多跟前，几乎鼻子碰着鼻子，随着弗拉多嗅闻起来。他苍白的眼睛闪闪发亮。然后，他取出口中的鱼，站了起来。

　　"好主人！"他低语道，"好霍比特人，回来找可怜的斯米戈尔。好斯米戈尔来了。现在我们走吧，快点走，是的。趁大脸黑着，穿过树林快走。是的，走，我们走！"

　　"是的，我们很快就走，"弗拉多说，"但不是马上走。我会像我承诺的那样跟你走。我再承诺一次。不过不是现在。你还不安全。我会救你的，但你必须信任我。"

　　"我们必须信任主人？"咕噜姆狐疑地说，"为什么？为什么不立刻走？另外一个在哪儿？那个粗鲁的坏脾气的霍比特人在哪儿？他在哪儿？"

　　"在上面。"弗拉多指着瀑布说，"没他我不走。我们必须回去找他。"他的心咯噔一下。这实在是太像骗局了。弗拉多并不真的担心法拉米尔会下令杀掉咕噜姆，但他很可能会囚禁咕噜姆，绑住咕噜姆。对这个可怜的奸诈的家伙而言，弗拉多的所作所为肯定就是背叛。大概永远也不可能让咕噜姆理解或相信，弗拉多是用唯一可行的办法来救他的命。他还能怎么办呢？只能尽量不辜负双方了。"来吧！"他说，"不然宝贝会生气的。我们现在就回到溪流上面去。走，走啊，你走前面！"

　　咕噜姆紧挨着水潭边缘往前爬了一小段路，一边爬一边疑心重重地嗅闻着。然后他停下来，抬起了头。"那里有东西！"他说，"不是霍比特人。"他猛然转过身来，突眼绿光闪烁。"主人嘶嘶，主人嘶嘶！"他嘶嘶叫着，"坏蛋！诡计嘶嘶！假的！"他唾弃着，伸出长长的手臂，苍白的手指吱嘎作响。

就在这时，安博恩高大的身影从后面赫然耸现，朝他扑了过去。一只强壮的大手抓着他的后颈将他摁住。咕噜姆闪电般扭过身。他全身湿乎乎、黏兮兮的，像一条鳝鱼一样扭来扭去，又像猫一样又咬又抓。这时又有两个人从阴影中走了出来。

"别动！"一个人说，"否则我们就把你钉成一只刺猬。别动！"

咕噜姆瘫软下来，开始呜咽哭泣。他们把他牢牢地捆上，动作一点都不温柔。

"轻点，轻点！"弗拉多说，"他的力气没法跟你们比。可以的话，请别伤着他。如果你们不伤他，他会安静些的。斯米戈尔！他们不会伤你。我会跟着你，你不会受到伤害的。除非他们把我也杀了。信任主人！"

咕噜姆转过身来，朝他吐口水。那些人把他拎起来，用头罩蒙住他的眼睛，然后把他扛走了。

弗拉多跟着他们，感到非常难受。他们穿过灌木丛后面的开口，往回走下阶梯，走过通道，回到岩洞里。洞里已经点燃了两三支火把，人声鼎沸。山姆在那儿，古怪地瞥了一眼那些人扛进来的那团松松垮垮的东西。"抓到他了？"他问弗拉多。

"是的。呃，也不是，不是我抓到他的，是他自己过来的，恐怕是因为他一开始信任我。我并不想让他被绑成这样。我希望一切都没事，可是这整件事情我真的很讨厌。"

"我也是，"山姆说，"不过，只要有那悲惨的家伙在，就不会没事。"

一个人走过来朝两个霍比特人示意，把他们带到了岩洞后方那个凹室里。法拉米尔在那儿，坐在他的椅子上，他头顶上壁龛里的灯又点亮了。他示意两人坐在他旁边的凳子上。"给客人拿酒来。"他说，"把犯人带过来。"

酒拿来了，安博恩扛着咕噜姆也进来了。他取下咕噜姆头上的头罩，把他放到地上站着，自己站在后面稳住他。咕噜姆眨了眨眼，厚重苍白的眼皮遮住了他眼中的怨恨。他看上去非常凄惨，浑身湿嗒嗒地滴着水，一股鱼腥味（他手里还紧紧抓着一条鱼）。他稀疏的头发像杂乱的野草般耷拉在瘦骨嶙峋的额头上，鼻子不停地抽吸着。

"放开我们！放开我们！"他说，"绳子伤了我们，是的，很疼，它伤了我们，我们什么都没干。"

"什么都没干？"法拉米尔用犀利的目光扫视着这个悲惨的家伙，脸上却一点表情都没有，没有生气，没有同情，也没有惊奇，"没有吗？你从未做过任何值得被捆绑或更严重惩罚的事吗？然而幸运的是，那不是由我来判断的。可是今晚你去了死亡之地，捉那个水潭里的鱼，是要付出昂贵代价的。"

咕噜姆手一松，鱼掉在了地上。"不要鱼了。"他说。

"代价不是为鱼而设的。"法拉米尔说，"只是来到这里，看见那个水潭，就是死罪一条。因为弗拉多求情，我才暂时饶你一命。他说你至少值得一些感谢，但你也必须让我满意才行。你叫什么名字？你从哪里来？你要到哪里去？你的差事是什么？"

"我们迷路了，迷路了，"咕噜姆说，"没有名字，没有差事，没有宝贝,什么都没有。只有空虚。只有饥饿。是的,我们饥饿。几条小鱼,几条多刺的小鱼,给可怜的小东西吃,他们就说要死。他们真睿智,真公正,非常公正。"

"也不是非常睿智,"法拉米尔说,"但说到公正,也许是的,是我们这点微不足道的智慧能够给出的公正。弗拉多,给他松绑吧!"法拉米尔从腰带上抽出一把小指甲刀,递给弗拉多。咕噜姆误解了这个动作,尖叫着跌倒在地。

"哎,斯米戈尔!"弗拉多说,"你一定要信任我。我不会抛弃你。可以的话,请诚实答话。这对你会有好处,不会有害处。"弗拉多割断绑在咕噜姆手腕和脚踝上的绳子,扶他站了起来。

"到这里来!"法拉米尔说,"看着我!你知道这地方的名字吗?你以前来过这里吗?"

咕噜姆慢慢地抬起眼,不情愿地看着法拉米尔的眼睛。他双眼眸光尽熄,只余苍白空洞。他盯着这个刚铎人清澈、坚定的双眼,盯了好一会儿,沉寂无声。然后,咕噜姆垂头委顿,直到蜷缩在地上,不停地哆嗦。"我们不知道,我们也不想知道。"他呜咽着,"从没来过这里,再也不来了。"

"你的心中有许多上锁的门关闭的窗,门窗后是黑暗的房间。"法拉米尔说,"不过就此事而言,我判断你说的是真话。这对你有好处。你要发什么样的誓言,永远不会再来,永远不会借助言语或记号带任何活物到这里来?"

"主人知道,"咕噜姆说着,斜瞄了弗拉多一眼,"是的,他知道。我们会向主人保证,如果他救我们。我们会向它保证,是的。"他爬到弗拉多脚前,"救救我们,好主人!"他哭哭啼啼地说,"斯米戈尔向宝贝保证，衷心保证。永不再来，永远不说，永远不！不，宝贝，不！"

"你满意吗？"法拉米尔说。

"满意，"弗拉多说，"至少，你要么接受这个承诺，要么执行你们的律法，得不到更多了。不过我跟他承诺过，如果跟我来，他就不会受到伤害。我不想失信。"

法拉米尔坐着沉思了片刻。"很好，"最后，他说，"我把你交给你的主人，交给德罗戈之子弗拉多。让他宣布要怎么处置你吧！"

"可是，法拉米尔大人，"弗拉多鞠躬说，"你还没有宣布你要怎么处置弗拉多呢。在你公布决定之前，他无法为他自己或他的同伴制订任何计划。你的判决被推迟到早晨，现在早晨将至。"

"那么，我将宣布我的判决。"法拉米尔说，"关于你，弗拉多，我凭着上级授予我的权力，宣布你在刚铎王国可以自由活动，最远可行至它的古老边界，但有一点除外：无论是你，还是与你同行之人，未经允许，都不得再踏入此地。这判决的有效期是一年零一日，然后终止，除非在此之前你前往米纳斯提力斯，谒见白城的城主兼宰相。届时我会恳请他确认我的判决，将之延期为终身。与此同时，任何被你纳入保护之下的人，也受到我的保护和刚铎的庇护。这回答你满意吗？"

弗拉多深深地鞠了一躬。"我非常满意，"他说，"而且我愿意为你效力，如果这对一个如此高贵正直的人来说有任何价值的话。"

"这有极大的价值，"法拉米尔说，"现在，你要将这个生物，这个斯米戈尔，纳入你的保护之下吗？"

"我愿意将斯米戈尔纳入我的保护之下。"弗拉多说。山姆长叹一声，但不是叹息这些礼节，对于这些礼节，他跟任何霍比特人一样，表示完全赞同。事实上，这么大的事在夏尔，需要说很多的话、鞠很多的躬。

"那么，我要对你说，"法拉米尔转向咕噜姆，"你被判了死罪，但只要你跟弗拉多一起走，我们就不会追究你。倘若刚铎有任何人发现你离开他在外游荡，死罪判决就会生效。如果你不好好服侍他，不管你是在刚铎境内还是在刚铎境外，愿死亡速速找上你。现在，回答我：你愿往何处去？他说你曾是他的向导。你曾领他去往何处？"咕噜姆没有回答。

"这点我不容你保密。"法拉米尔说，"回答我，否则我就收回刚才的判决！"咕噜姆还是不回答。

"我替他回答吧。"弗拉多说，"应我的要求，他带我去了黑门，但那里无法通过。"

"没有敞开的门通往那不提其名之地。"法拉米尔说。

"看到那种情况后，我们转向一旁，沿着南边朝大道走了，"弗拉多继续说，"因为他说有一条，或者说也许有一条，靠近米纳斯伊希尔的小路。"

"米纳斯魔古尔。"法拉米尔说。

"我不是很清楚，"弗拉多说，"但我想，那条小路是往上攀升到那座古城所在的山谷北侧的山脉中。它攀上一个很高的裂缝，然后下行，下行到另一侧的地方。"

"你知道那高山隘口的名字吗？"法拉米尔问。

"不知道。"弗拉多说。

"它叫西力斯昂戈。"法拉米尔说。咕噜姆嘶嘶尖叫一声，开始自言自语。法拉米尔转身问他:"不是那个名字吗?"

"不是!"咕噜姆说,然后尖叫起来,仿佛被什么东西刺到了,"是的,是的,我们听过一次那个名字。可是那个名字跟我们有什么关系?主人说他必须进去,所以我们必须找条路试试。没有别的路可试,没有。"

"没有别的路了?"法拉米尔说,"你怎么知道?谁又曾探索过那黑暗王国的全部疆域?"他若有所思,久久地盯咕噜姆,过了一会儿,又开口道:"安博恩,把这家伙带走。对他客气些,但看着他。斯米戈尔,你别企图跳进瀑布里。那下面的石牙很尖利,会让你死期没到就送了命。现在,带着你的鱼退下吧。"

安博恩走了出去,咕噜姆畏畏缩缩地走在他前面。帘子随即被拉上,遮住了凹室。

"弗拉多,我认为你在这件事情上非常不明智,"法拉米尔说,"我认为你不应该跟这个家伙一起走。它是邪恶的。"

"不,不完全是邪恶的。" 弗拉多说。

"不完全,也许吧,"法拉米尔说,"但怨恨像溃疡一样吞食着他,邪恶正在增长。他会把你带到坏处去的。如果你愿意跟他分开,我会准他安全通行,引导他前往刚铎边界他指定的任何地方。"

"他不会接受的,"弗拉多说,"他会像长久以来那样,在后面紧跟着我。而且我已经多次许诺将他纳入我的保护之下,去他带我去的地方。你不会要求我对他言而无信吧?"

"不会,"法拉米尔说,"但我的心很想这样要求,因为劝别人打破诺言,似乎不及自己打破诺言那样恶劣,尤其是见到一个朋友注定要遭受伤害却仍然无所察觉的时候。可我不会要求你言而无信,如

411

果他愿意跟你走,你现在就必须忍受他。不过,我认为你不一定非去西力斯昂戈不可,关于那个地方,他告诉你的不及他所了解的,他那点心思我看得很清楚。不要去西力斯昂戈!"

"那我该去哪儿呢?"弗拉多说,"回到黑门,把自己交给守卫吗?对于这地方,你知道什么吗?你这么反对,它的名字都这么可怕?"

"没有什么确知的,"法拉米尔说,"如今,我们刚铎的人都不去大道以东的地方,我们年轻的一代更不曾有人去过,我们也没有任何人曾经涉足阴影山脉。关于这山脉,我们只知道古老的记载,听说过旧时的传闻。而米纳斯魔古尔上方的隘口里,居住着某种黑暗的恐怖之物。只要一提到西力斯昂戈,老人和博学之士都会脸色发白,陷入沉默。

"米纳斯魔古尔山谷很久以前就已堕入邪恶。当被驱逐的大敌还远在他方,伊希利恩的大部分仍然控制在我们手中时,那里就已经是一个邪恶恐怖之地。如你所知,米纳斯伊希尔曾经是一座强大、骄傲、美丽的城池,是我们白城的姊妹城。不过它被大敌第一次兴起时控制的凶残人类占领了。大敌被推翻后,他们无家可归,无主可奉,曾流浪四方。据说,这些人类的首领是堕入黑暗与邪恶的努门诺尔人。大敌把力量指环给了这些首领,吞噬了他们:他们变成了活鬼魂,恐怖又邪恶。他走了之后,他们占领了米纳斯伊希尔,住在那儿,用腐朽填满了它和它周围的所有山谷。它看似空荡,却并非如此,因为有一种无形的恐怖居留在那倾颓的墙垣内。一共有九个首领,在他们的秘密准备和帮助下,他们的主人归来之后,他们也重新强大起来。之后,九骑士从那道恐怖之门出征,我们抵挡不了他们。不要靠近他们的大本营,否则你们会被监视的。那是一个恶毒从不休眠、充满无脸之眼的地方。别走那条路！"

"可是你有别的路指点我走吗？"弗拉多说，"你说的，你自己都无法领我前往山脉，就更别提翻越了。可我肩负着那场会议赋予我的庄严使命，必须设法翻过山去。我要么找到一条路，要么在寻觅中丧命，这是必须的。如果我掉头，拒绝把这条路走到头，那我在人类和精灵当中又该去往何处？你愿意让我带着这个东西——这个逼得你哥哥渴望发疯的东西——跟你去刚铎吗？它会在米纳斯提力斯释放什么魔咒呢？难道要有两个米纳斯魔古尔城，隔着一片充满腐朽的死地向对方狞笑？"

"我不希望那样。"法拉米尔说。

"那你要我怎么办？"

"我不知道。我只是不希望你走向死亡或折磨。而且，我不认为米斯兰迪尔会选择这条路。"

"可是自他离去之后，我就必须走那些我能找到的路，而且我们也没有时间去长久搜寻。"弗拉多说。

"这是一个艰难的决断，也是一项无望的任务。"法拉米尔说，"不过，至少记住我的警告：当心斯米戈尔这个向导。他以前有过谋杀的罪行。我从他身上看得出。"他叹息道，"唉！那就这样了，我们相遇又别离，德罗戈之子弗拉多。你不需要安慰之辞，我并不指望有朝一日还能在这太阳底下再见到你，但你将带着我对你和你所有同胞的祝福离去。休息一会儿吧，我们正在为你准备食物。

"我会很乐意听听这个卑鄙的斯米戈尔是如何拥有我们所说的这个东西，又是如何失去它的，但现在我不打扰你了。如果你绝处逢生，又回到生者之地，那我们可以坐在墙脚下晒着太阳，回顾往事，取笑过去的悲伤，到那时你再告诉我吧。而在那之前，或者在别的某个连努门诺尔的真知晶石也无法预见的时刻之前，再见了！"

他站起身，向弗拉多深深地鞠了一躬，然后掀起帘子走到外间的岩洞去了。

第7章
去十字路口

弗拉多和山姆回到自己的床上，默默地躺着休息了一会儿，而外边的人已经起身，开始忙活起一天的事务了。过了一会儿，有人给他们端来了洗漱用水，然后领着他们到一张桌子旁，桌子上已经摆好了三人份的食物。法拉米尔与他们一起吃了早餐。自前一天的战斗以来，他就没睡过觉，但看上去并不疲倦。

早餐后，他们站起了身。"愿你们在路上不受饥饿之苦！"法拉米尔说，"你们的干粮很少，我已经命人给你们的背包里装了一些适合旅人吃的小包食物。在伊希利恩境内，你们也不会缺水的，但不要喝任何源自伊姆拉德魔古尔的溪水，那是一个活死亡谷。还有一件事我必须告诉你：我的侦察兵和警戒兵都已经回来了，他们中有些人甚至潜行到能看见魔栏农的地方去了。他们都发现了一件怪事。那片土地空空荡荡，大道上什么都没有，脚步声、号角声、弓弦声，到处都听不到。一种蠢蠢欲动的寂静笼罩在那片不提其名之地的上空。我不知道这预示着什么，但时间流逝，很快就会呈现出某种重大结果。暴风雨将至。可以的话，动作要快！如果你们已经准备好，那我们就走吧。太阳很快就会升到阴影之上了。"

两个霍比特人的背包被拿来交给了他们（比之前要重一些），一并拿来的还有两根结实的木杖。木杖是用林木抛光而成的，底端包铁，雕刻的杖头穿好了编结的皮绳。

"离别时刻，我没有合适的礼物赠予你们，"法拉米尔说，"就请带上这两根手杖吧。它们可以用于在野外行走或攀爬。白色山脉的人类都用它们。不过这两根手杖已经按照你们的身高截短，重新包了铁。它们是用莱贝斯隆这种美丽的树制造的，刚铎的木匠挚爱此树，它们具有发现与返回的优点。但愿这优点在你们将要前往的阴影下不会完全失效！"

两个霍比特人深深地鞠了一躬。"最慷慨的主人啊！"弗拉多说，"半精灵埃尔隆德曾经对我说，我将在这一路上发现秘密的、不期而遇的友谊，但我确实不曾奢望过如你所表现出的这种友谊。拥有它，我们将会逢凶化吉。"

现在，他们准备好出发了。咕噜姆不知是从哪个角落还是哪个隐蔽的洞中给带了出来，他看上去心情比原来好了许多，但还是紧挨着弗拉多，躲避着法拉米尔的注视。

"你们的向导必须蒙上眼睛，"法拉米尔说，"不过你和你的仆人山姆怀斯如果不想，我可以让他们不蒙住你们的眼睛。"

当他们过来给咕噜姆蒙上眼睛时，他尖叫着扭来扭去，紧紧抓住弗拉多。弗拉多便说："把我们三人的眼睛都蒙上吧，先蒙我的，这样他也许能明白这无伤害之意。"如此照办后，他们被领出了汉奈斯安努恩的岩洞。穿过通道，爬完阶梯，他们感觉到了早晨的凉爽空气，清新又甜美，弥漫在四周。他们蒙着眼睛又继续走了一小段时间，缓上缓下。最后，法拉米尔下令解开蒙住他们眼睛的布。

他们又站在了林地的大树枝下。瀑布的泄流声听不见了，因为在他们和溪水流经的深谷之间，横着一道向南的长斜坡。向西，天光透过树林清朗可见，仿佛世界在那里戛然而止，只有天空。

"在这里，我们就要分道扬镳了，"法拉米尔说，"如果你们采纳我的建议，就暂时不要往东转。先直走，这样你们就还能在树林的掩护下走好多英里。你们西边是一道山刃，此处地势骤降，落入巨大的山谷，时而是突兀陡峭的悬崖，时而是长山坡。一直靠近这道山刃和森林外沿走。我想，你们一开始还可以在日光下行走。大地在虚幻的和平中做梦，所有的邪恶都暂时退却。再会了，一路保重！"

然后，他拥抱了两个霍比特人，依照他们本族的习惯，弯下腰，双手搭在他们肩上，吻了吻他们的额头。"带着所有善良人类的祝愿去吧！"他说。

两个霍比特人深深地鞠躬致意。然后，法拉米尔转身离开，头也不回地走向站在不远处的两名护卫。两个霍比特人看着绿衣人眨眼间就消失得无影无踪，速度之快令他们惊愕不已。这座法拉米尔刚刚还站立过的森林，顿时空寂又阴沉，好似从一场梦中醒来。

弗拉多叹息一声，重新转向南方。仿佛要标记对所有这类礼仪的蔑视，咕噜姆正胡乱刨着一棵树脚下的腐叶堆。"又饿了？"山姆心想，"哼，又来了！"

"他们终于走了吗？"咕噜姆说，"讨厌嘶嘶又邪恶的人类！斯米戈尔的脖子还痛着呢，是的，好痛。我们走吧！"

"好，我们走吧，"弗拉多说，"但如果你只会诋毁那些宽恕过你的人，就闭嘴别说话！"

"好主人！"咕噜姆说，"斯米戈尔只是开玩笑。他总是原谅，是的，即使好主人耍小诡计嘶嘶。噢，是的，好主人，好斯米戈尔！"

弗拉多和山姆没有理他。他们背上背包，拿起木杖，走进了伊希利恩的林地。

那天他们休息了两次，吃了一点法拉米尔给他们准备的食物：足够吃好几天的干果和腌肉，吃到坏也吃不完的面包。咕噜姆什么都没吃。

太阳升起来，又不动声色地越过头顶。然后，夕阳西下，穿过树木照进来的光变成了金色。他们始终走在清凉的绿荫中，周遭一片寂静。鸟儿似乎全都飞走了，不然就是集体失声了。

夜幕早早地降临到了这片沉默的树林，天完全黑下来之前，他们疲倦地停下了，因为从汉奈斯安努恩到这儿，他们已经走了七里格多的路。弗拉多躺在一棵古树下深深的落叶堆里，睡了一整夜。躺在他旁边的山姆睡得不太安稳：他醒来多次，却一次都没有看到咕噜姆的踪影。他们一安顿好躺下，他就溜走了。是独自睡在附近某个洞里，还是彻夜游荡不停，他没说，但曙光初现时，他回来了，叫醒了同伴们。

"必须起来了，是的，他们必须！"他说，"还要走好长的路，往南和往东。霍比特人必须快点！"

这一天过得和前一天差不多，除了那种寂静似乎更加深沉。空气变得滞重，树下开始让人感到窒息，就像是有雷雨正在酝酿。咕噜姆经常停下来，嗅着空气嘟嘟囔囔地自言自语，然后催促他们速度再快点。

他们继续着这一天的第三段行程。下午渐渐逝去，森林开阔起来，树木变得更高大也更稀疏。高大粗壮的冬青树耸立在宽敞的空地上，幽暗而庄严。其间不时可见灰白的白蜡树，还有刚刚长出棕绿色芽苞的巨大橡树。他们四周都是点缀着毛茛和银莲花的绿草地，花朵有白有蓝，这时花瓣都闭拢睡着了。不远处还有大片地上铺满了林地风信子的叶子，它们挂着钟形花朵的光滑花茎已经穿破腐叶冒了出来。没有活物，飞鸟或野兽都没有，但在这些开阔地，咕噜姆变得害怕起来。现在他们走得小心翼翼，飞快地从一片长阴影奔到另一片长阴影。

他们走到树林尽头时，天光正在迅速消散。他们在一棵虬结的老橡树下坐下了。这棵橡树的根像蛇一样弯弯曲曲，延伸到一处陡峭坍塌的坡堤下。一个幽暗的深谷躺在他们面前，深谷对岸的树木又密集起来，在阴沉的黄昏下灰蓝相间，并一路向南伸展而去。右边的刚铎山脉在火红斑驳的遥远西天映衬下泛着红光。左边一片黑暗：那是魔多的高塔墙。黑暗中延伸出一道长山谷，谷槽越来越开阔，向安度因大河陡降而去。谷底有一条湍急的溪流：寂静中，弗拉多能听见溪水流过岩石的淙淙声。溪流对岸旁边，有一条苍白丝带般的路蜿蜒而下，一直伸进落日余晖无法触及的寒冷灰雾里。在那儿，弗拉多似乎觉得自己看见了一些凄凉而黑暗的古老高塔，它们高耸暗淡的塔顶和残缺不全的尖顶，远远地仿佛漂浮在朦胧的大海上。

他转身问咕噜姆："你知道我们在哪里吗？"

"知道，主人，在危险的地方。这是从月亮之塔出来，下到大河边那座破城的路，主人。那座破城，是的，非常糟糕的地方，满是敌人。我们不应该听人类的意见。霍比特人已经离开正路很远了。现在必须向东走，上到那边去。"他朝黑黝黝的山脉挥舞着瘦骨嶙峋的手，"我们不能走这条路。噢，不！残酷的人走这条路，从那座塔上下来的人。"

弗拉多俯视着那条路。不管怎么样，现在路上并没有移动的身影。它看起来荒凉孤寂，向下伸进迷雾中的空荡废墟，但空气中有一种邪恶的感觉，仿佛路上真有什么肉眼看不见的东西正在来往。弗拉多又看了看远处正没入夜色的塔尖，不禁打了一个寒战，流水的声音似乎也变得冰冷残酷：那是魔古尔都因河——从戒灵山谷流出来的已被污染的溪流——的声音。

"我们该怎么办？"他说，"我们已经走了很长很远的路。是不是应该在后面的树林里找一个可以藏身的地方？"

"不，藏在黑暗里不好，"咕噜姆说，"白天，霍比特人现在必须在白天藏身，是的，白天。"

"哎，得了吧！"山姆说，"我们必须得休息一下，哪怕半夜再起来也好。到时候还有好几个小时的黑夜呢，够你带我们走上好长一段路的，要是你知道路的话。"

咕噜姆勉强同意了这个安排，他掉头朝树林的方向，往东沿着树林稀疏的边缘走了一会儿。他不愿意在离那条邪恶的道路如此近的地面上休息，一番争论后，他们全部爬到了一棵巨大的圣栎树的枝杈上。浓密的枝条从树干上舒展开，形成了一个不错的藏身处，一个相当舒适的避难所。夜幕降临，树荫下变得漆黑一片。弗拉多和山姆喝了一点水，吃了一些面包和干果，但咕噜姆立刻就蜷起身子睡了。两个霍比特人没有合眼。

咕噜姆醒来时，午夜一定已过。突然，他们意识到他那双苍白的眼睛睁开了，正幽光闪闪地对着他们。他聆听着，嗅闻着。他们之前已经注意到，这似乎是他判断夜里时间的惯常方法。

"我们都休息过了吗？我们都睡了个美觉吗？"他说，"我们走吧！"

"我们没休息，我们没睡。"山姆没好气地说，"如果必须得走，我们就走。"

咕噜姆立刻四肢并用，迅速从树枝上往下爬，两个霍比特人的速度就慢多了。

他们一下来，就在咕噜姆的带领下，朝东爬上了那片黑暗的坡地。他们几乎看不到什么东西，因为这时夜色浓深，就连面前的树干都撞上了才知道。地面变得更不平整，行走更困难，但咕噜姆似乎丝毫不受干扰。他领着他们穿过灌木丛和荆棘荒地，一会儿绕过深沟或黑坑的边缘，一会儿下到灌木丛掩蔽的幽暗洼地里，再爬出来。不过，他们只要往下一点，对面的斜坡就更长更陡一点。他们持续攀爬着。第一次停下来回头望时，他们隐约看见被自己抛在身后的层层林顶，就像一片广袤稠密的阴影，一片漆黑苍穹下的暗夜。似乎有一股庞大的黑暗正从东方慢慢耸现，吞噬着朦胧昏淡的星星。稍后，西沉的月亮逃离了追赶的云，但它周围全都裹上了一圈病态的黄光。

最后，咕噜姆转向两个霍比特人。"天快亮了，"他说，"霍比特人必须赶快。露天待在这些地方不安全。快点快点！"

他加快了脚步，他们疲惫地跟着他。不久，他们开始往一大片拱丘上爬。这片丘地大都覆满茂密的金雀花和越橘，还有坚硬的矮荆棘，但不时会露出零星的空地：最近被火烧过的烧痕。越往拱丘顶上去，金雀花丛就越多。它们都非常古老，非常高，下面瘦削，上面茂密，已经开出了在幽暗中泛着微光的黄花，花朵散发着淡淡的甜香。这些带刺的灌木长得很高，足以让霍比特人直起腰在下面行走，穿过一条铺着厚厚一层多刺落叶的干燥长通道。

双塔

到了这片宽阔拱丘的另一端,他们停止前进,爬到一丛缠结的荆棘下藏身。扭曲的荆棘条垂到地上,被一团错综复杂的老荆棘覆盖。荆棘丛深处有一个中空的廊亭,以干枯的枝条和荆棘为椽,以春天初萌的新叶和嫩芽为顶。他们在那里躺了一会儿,累得暂时不想吃东西,只是透过灌木丛的洞隙朝外窥视,看着白昼慢慢到来。

然而白昼并没有来,来的只是一缕死寂的褐色微光。在东方,一团暗红在低垂的云层下灼灼闪烁,但那不是黎明的红光。越过其间崎岖起伏的大地,埃斐尔度阿斯山脉巍然以对,黑漆漆一团,看不出山形,夜色浓重,依然盘桓未散,山顶嶙峋不齐,山缘坚硬,在火一般的光亮映衬下显得充满威胁。他们右侧远处,耸立着一道巨大的山肩,比阴影还黑还暗,朝西突兀着。

"我们从这里往哪里走?"弗拉多问,"过了那黑漆漆的一团,那边那个开口是魔古尔山谷吗?"

"我们需要现在就考虑它吗?"山姆说,"今天我们肯定是不能再走了吧,现在算是白天吗?"

"也许不,也许不,"咕噜姆说,"但我们必须快点走,去十字路口。是的,去十字路口。就是那边那条路,是的,主人。"

魔多上空的红光消逝了。那缕微光的褐色更深了,而东方腾起团团巨大的蒸汽,朝他们蔓延过来。弗拉多和山姆吃了一点东西就躺下了,但咕噜姆焦躁不安。他不肯吃他们的任何食物,但喝了一点水,然后在灌木丛下面四处爬来爬去,一边嗅闻一边嘟嘟囔囔。再后来,他突然消失了。

"猎食去了,我猜。"山姆说着打了一个呵欠。这次轮到他先睡,他很快就沉入了梦境。他梦到自己回到了袋底洞,正在花园里找东西,但背上背了一个背包,背包重得压弯了他的腰。不知怎的,花园里似乎长满了杂乱的野草,荆棘和蕨丛正在入侵树篱底部的花床。

"看来,这活儿得我干,可我太累了。"他唠叨个不停。过了一会儿,他记起他在找什么了。"我的烟斗!"说着,他一下子醒了。

"傻瓜!"他睁开眼睛,暗骂自己一句,不知道自己为什么躺在树篱底下,"它一直都在你的背包里!"然后,他回过神来了:首先,烟斗也许就在他的背包里,但他没有烟斗草;其次,他此时距离袋底洞好几百英里远呢。他坐了起来。天看起来几乎全黑了。他家少爷为什么让他一觉睡到晚上,而没有叫他换哨呢?

"弗拉多先生,你没睡吗?"他说,"几点了?似乎挺晚了!"

"不,不晚。"弗拉多说,"不过天色不是变亮了,而是变黑了,越来越黑。我估计,现在还不到中午,你才睡了三个来小时。"

"不知道这是怎么回事,"山姆说,"是暴风雨要来了吗?那样的话可糟透了。真希望我们是躲在一个深洞里,而不是就这么被困在树篱底下。"他凝神聆听,"那是什么?雷声?鼓声?到底是什么?"

"我不知道,"弗拉多说,"已经响了好一会儿。有时候大地似乎都在颤抖,有时候似乎是沉重的空气在耳朵里突突突地跳。"

山姆环顾四周。"咕噜姆呢?"他问,"他还没有回来吗?"

"没有,"弗拉多说,"一点都没有他的身影。"

"唉,我真受不了他,"山姆说,"实际上,我从来没有在旅途中带过任何丢了以后让我觉得一点都不可惜的东西,但这事他还真干得出来。走了这么多英里路之后,他这会儿开溜不见了,就在我们最需要他的时候——我是说,他真有什么用的话,但我对此表示怀疑。"

"你忘记了死亡沼泽,"弗拉多说,"我希望他没出什么事。"

423

"我希望他别耍什么花招。不管怎样,我都希望他别落到别人手里,就像你或许以为的那样。因为如果他被抓住,那我们很快就会有麻烦了。"

这时,又一阵滚滚隆隆的声音响起,更响亮也更深沉。脚下的大地似乎都在颤动。"我想我们无论如何已经陷入麻烦了,"弗拉多说,"恐怕我们的旅程正在接近终点。"

"也许吧,"山姆说,"但是我家老爹经常说,'有命在就有希望'。他多半还会添上一句,'要吃饱'。你吃点东西吧,弗拉多先生,然后去睡一会儿。"

下午——山姆觉得这必须得叫下午了——慢慢过去了。他从灌木丛中望出去,只看见一个棕灰色的无影世界,正慢慢消退成一片没有特征也没有颜色的昏暗。它令人气闷,却没有温度。弗拉多睡得很不安稳,辗转反侧,有时还发出呓语。有两次山姆觉得自己听见他在叫甘道夫的名字。时间似乎在无止尽地拉长。突然,山姆听到身后传来一声嘶嘶嘶,正是四肢着地的咕噜姆,用亮闪闪的眼睛窥视着他们。

"起来,起来!起来,瞌睡虫!"他低声道,"快起来!没时间耽搁了。我们必须走,是的,我们必须马上走。没时间耽搁了!"

山姆狐疑地盯着他:他似乎被吓着了,也可能是兴奋。"现在走?你玩什么小把戏?还没到走的时间呢。现在连下午茶的时间都还没到,起码还没到一个有下午茶可用的像样的地方。"

"傻瓜!"咕噜姆嘶嘶道,"我们不在像样的地方。时间越来越少,是的,越来越少。没时间了。我们必须走。起来,主人,快起来!"他伸手去抓弗拉多。弗拉多从睡梦中惊醒,猛地坐起来一把捉住他的手臂。咕噜姆一把挣脱开,往后一退。

第7章 去十字路口

"他们一定不能犯傻!"咕噜姆嘶嘶道,"我们必须走。没时间了!"他们没办法从他嘴里问出更多。他去了哪里,是什么让他觉得急迫,他不愿说。山姆把满心的疑虑都表现了出来,但弗拉多没有流露出心中的任何想法。他叹息着,背起背包,准备走进不断聚拢的黑暗里。

咕噜姆异常诡秘地领着他们从山侧下去,尽可能走在有遮蔽的地方,而遇到开阔处时,他们就几乎躬身到地,飞快地跑过去。然而现在光线如此昏暗,就连目光敏锐的野兽,也几乎看不见裹着灰斗篷,戴着兜帽,以小人族所能做到的最谨慎的方式行走的霍比特人。因此,他们没有惊动一草一木就过去了,消失不见了。

他们走了大约一个小时,悄无声息,鱼贯而行。天光的昏暗和不时被模糊的隆隆声打破的大地死寂压迫着他们。那轰响声,像远方在打雷,又像山岭中哪个洞里在击鼓。他们从之前的藏身处往下走,然后向南转,以咕噜姆所能找到的最直路线走过一道朝山脉倾斜而上的崎岖长坡。不久,只见前方不远处,一条树带若隐若现,就像一堵漆黑的墙。他们越走近,越发现那些树看上去巨大而古老,尽管树冠已经枯败断裂,却依然高耸,暴风雨和雷电仿佛狂扫而过,但既没能杀死它们,也没能动摇它们那深不可测的根基。

"十字路口,是的。"咕噜姆低语道。自他们离开藏身处,这是他说的第一句话。"我们必须走那边。"这时他向东转,领着他们爬上了山坡。突然,南大道出现在他们面前。它在山脉外缘脚下蜿蜒而行,不一会儿就钻进了巨大的树圈。

"这是唯一的路,"咕噜姆低语道,"大道远处没有路。没有路。我们必须去十字路口。要快!要安静!"

仿佛悄悄深入敌营的侦察兵，他们蹑手蹑脚地下到大道上，偷偷地沿着石堤下大道的西侧边缘前进。他们的身影灰暗如岩石，脚步轻如猎食的猫。终于，他们抵达那些树下，发现自己站在一个巨大无顶的圆圈中央，头顶是灰暗的天空。粗大的树枝相搭形成的空间，就像某座坍塌的厅堂中巨大的黑色拱门。四条路在树圈正中央交会。身后的路通往魔栏农；面前的路延伸出去，继续它那往南而去的漫长旅程；右边的路是从古老的欧斯吉利亚斯攀升上来的，横过此地，向东伸进黑暗——这就是第四条路，他们将要踏上的路。

弗拉多满心恐惧地在那里站了一会儿，开始意识到有一道光照，就在身旁的山姆脸上闪烁。他转身朝这道光的来处望去，只见在树枝搭成的拱门外，通往欧斯吉利亚斯的路几乎笔直如一条伸展的丝带，一路往下，往下，朝着西方而去，就在那儿，在远方，在此刻湮没于阴暗中的悲伤的刚铎大地尽头，太阳正在沉落，并最终找到了缓缓翻滚的巨大云幕边缘，犹如一团不祥的火焰向尚未受到玷污的大海落去。短暂的余晖照在一尊庞大的座像上，座像庄严肃穆，如同阿刚那斯那两位伟大的石雕君王。岁月侵蚀了它，残暴的手损毁过它。它的头不见了，取而代之的是一块恶意嘲讽的粗凿圆石：野蛮的手在上面粗鲁地涂了一张像是在狞笑的脸，还在额头正中画了一只大红眼。它的膝头和巨大的座椅上，以及基座四周，全被胡乱涂鸦，其中夹杂着魔多鼠辈使用的邪恶符号。

突然，借着夕阳平照的光线，弗拉多看见了老国王的头：它滚到了路边。"山姆，看！"他惊讶地叫起来，"看！国王又戴上了王冠！"

石像的眼窝空了，雕刻的胡须断了，但那高高的坚定的额头上，戴着一圈金银缠绕的花冠。一种花朵点点如白色星星般的蔓生植物紧紧匍匐在石像的前额上,仿佛在向这倒下的国王致敬,而在他那石雕头发的裂缝中,黄色的景天草也闪着微光。

"他们不会永远得胜的!"弗拉多说。突然,那惊鸿一瞥的景象消失了。日落而逝,像一盏明灯被遮蔽,黑夜降临了。

第8章
西力斯昂戈的阶梯

咕噜姆拽着弗拉多的斗篷，恐惧而又不耐烦地嘶嘶道："我们必须走，我们一定不能站在这里。快走！"

弗拉多不情愿地转身背对西方，跟着他的向导走进了东方的黑暗中。他们离开了那个树圈，沿着路悄悄地朝山脉走去。这条路也笔直地延伸了一段，但很快就开始朝南弯曲，直至他们从远处望见的那道大山肩下面。它在他们上方隐隐耸现，冷峻黝黑，比后面的黑暗天空还黑。道路从这处山肩的阴影下爬过，继续向前，绕过它之后又向东伸展，开始大幅度攀升。

弗拉多和山姆心情沉重地艰难行进着，顾不上去想他们所面临的危险了。弗拉多垂着头，胸前的重负又在坠扯着他。一过那个伟大的十字路口，在伊希利恩几乎被他忘记的那重量，又一次开始增长。此刻，他感觉脚下的路变陡了，于是疲惫地抬起了头。然后，正如咕噜姆先前所说的那样，他看见了它——指环幽灵之城。他畏缩着靠在石堤上。

一个倾斜的长山谷，一道深深的阴影鸿沟，远远地又延伸进山脉中。远在山谷那端，两边山壁之间，埃斐尔度阿斯黝黑山腰上的一块岩盘高处，矗立着米纳斯魔古尔的城墙与塔楼。它的周围全部黑暗，无论天地，但它本身却亮着光。不是很久以前月亮之塔米纳斯伊希尔捕捉到的美丽月光，涌出大理石墙，在这群山中的谷地里清辉四射。现在它的光其实比缓慢月食时的羸弱月光更苍白，像腐烂之物散发出的恶气一样飘摇着、吹拂着，又像一道鬼火，一道照不亮任何事物的光。城墙和塔楼上，窗户乍现，就像无数黑洞，望进内里的虚空。塔楼最上面缓缓盘绕而上，先往这边，再往那边，巨大的塔顶幽灵似的睥睨着夜空。一时之间，三个同伴站在那里，满心恐惧。他们全都佝偻着身子，用不情愿的目光向上盯视着。咕噜姆是第一个回过神来的。他再次焦急地拉扯他们的斗篷，但一个字也没说。他几乎是拽着他们往前走，每一步都很勉强，时间似乎也放慢了脚步，以至于在抬脚与落脚之间，隔了难挨的好几分钟。

就这样，他们慢慢地接近了白桥。在这儿，道路泛着幽光，越过流经山谷中央的溪流，继续向前，蜿蜒曲回朝城门攀升而去：一个开在北城墙外圈上的黑暗大口子。岸堤两边都是宽阔的平地，阴暗的草地上开满苍白的花朵。这些花也发着光，很漂亮，但形状可怖，就像一个个噩梦中的扭曲形体。它们散发着一种淡淡的令人作呕的腐尸味，一股腐烂的臭气弥漫在空中。白桥从这边的草地跨到另一边的草地。桥头立有雕工精巧的人兽雕像，但全都倾颓破败，令人厌恶。桥下的流水寂静无声，冒着蒸汽，但腾升上来盘旋缭绕在桥边的水汽却刺骨冰冷。弗拉多感到头晕目眩，意识也渐渐模糊。突然，仿佛有一种并非他自身意志的力量运作起来，他开始加快脚步，踉跄着往前走。他双手往前摸索着伸出，脑袋低垂着左右摆动。山姆和咕噜姆在后面追

双塔

着他,在他一个趔趄差点跌倒在桥头时,山姆张开双臂抱住了他。

"别走那条路!别,别走那条路!"咕噜姆低声道。然而从他牙缝中呼出的气息听起来就像一声口哨,撕裂了沉重的寂静,吓得他赶紧缩到了地上。

"挺住啊,弗拉多先生!"山姆在弗拉多耳边低语道,"回来!别走那条路。咕噜姆说别去,就此一次,我同意他的看法。"

弗拉多抬手遮眉,努力将目光从山上的那座城移开。那幽光闪闪的高塔深深地吸引着他,他渴望跑上发着幽光的道路,朝它的大门奔去。他跟这股攫住自己的欲望抗争着。最后,他孤注一掷地强迫自己转过身,而在这么做的时候,他感到那枚指环在抗拒他,拽扯着他脖子上的链子;他的眼睛也是,在转开视线时,他似乎有片刻的目盲。眼前的黑暗是无法穿透的。

咕噜姆在地上爬行,像一只吓坏了的动物,已经消失在阴暗里了。山姆扶着踉踉跄跄的弗拉多,领着他尽可能快地跟在咕噜姆后面。离近侧溪岸不远处,路旁的石壁上有一道裂口。他们穿过那道裂口,山姆发现他们置身于一条狭窄的小道上,一开始这条小道跟主道一样,散发着淡淡的幽光,直至攀升到长满死亡花朵的草地上,幽光才消逝,小道一片漆黑,弯弯曲曲地继续攀升到山谷北侧。

两个霍比特人肩并肩,沿着这条小道步履沉重地走着。他们看不见前面的咕噜姆,除非他回过头来示意他们继续往前。这种时候,一种青白的光就会在他眼中闪烁,也许是令人厌恶的魔古尔之光反射的,抑或是他内心某种回应的情绪点燃的。弗拉多和山姆始终留意着那致命的微光与那漆黑的眼窝,他们不断充满恐惧地瞥过肩头回望,又不断强迫自己收回目光去寻找那条越来越暗的小道。他们一步一步,缓慢而费劲地朝前行进着。当他们爬到高处,摆脱那恶臭的溪流散发出的恶气和水汽后,呼吸变得顺畅了一些,头脑也清明起来,但四肢这时却极度疲倦,就像他们在重负下走了整夜、在大浪中游了很久似的。最后,不停下休息休息,他们是再也走不动了。

弗拉多停住脚步,在一块石头上坐下。这时,他们已经爬到了一个光秃秃的大石丘顶上。前方的山谷边上有一个凸湾,小道绕过凸湾的一头继续前行,这凸湾充其量只能算是一道突出的宽岩架,而岩架右边就是万丈深渊。小道横过大山陡峭的南面,缓缓攀升,直至消失在上方的一片黑暗中。

"我必须得休息一下,山姆。"弗拉多低声道,"它在我身上好重,山姆,非常重。我真不知道我能带着它走多远。无论如何,在我们冒险去往那儿之前,我必须休息一下。"他指了指前方的窄路。

"嘘!嘘!"咕噜姆匆忙回到他们身边,嘶声道,"嘘!"他手指压着嘴唇,急切地摇着头。他指着小道,使劲拉扯弗拉多的衣袖,但弗拉多不肯动。

"休息一下再走,"他说,"休息一下。"疲倦,以及比疲倦更甚之物压迫着他,仿佛一道沉重的咒语施加在他的心灵和肉体上。"我必须得休息一下。"他嘀咕道。

咕噜姆见状更恐慌了,以至于又开了口。仿佛要防止空气中看不见的聆听者听到他的声音,他用手遮着嘴,嘶声道:"别在这里,别。别在这里休息。笨蛋!眼睛会看见我们。当他们来到桥上时,就会看见我们。快走!爬,爬!快点!"

"走吧,弗拉多先生。"山姆说,"他说得也对。我们不能待在这里。"

431

"好吧，"弗拉多用缥缈的声音说，像是一个半梦半醒的人在说话，"我努力吧。"他疲倦地站了起来。

可是太迟了，就在那时，他们脚下的岩石开始震动颤抖。巨大的隆隆声空前洪亮，在地底滚动着，在山脉中回响着。猛然间，一道巨大的红光闪过天际。它从东边山脉另一侧的远处喷薄而出，跃上天空，给低垂的云层溅染上一片猩红。在那充满阴影和冰冷死光的山谷中，它显得无比狂暴，凶残难当。在这道冲天火焰的映照下，戈格洛斯那些锯齿刀刃般的岩石尖峰和山脊赫然耸现，黑得触目惊心。接着，远处传来了一声惊天动地的霹雳。

米纳斯魔古尔回应了。那是一道乌青的闪电：分叉的蓝色火焰从高塔和环绕的山岭中腾起，冲进阴郁的云层中。大地呻吟着，城中传来一声叫喊，混杂着如猛禽般高亢粗粝的鸣叫，以及马匹因愤怒和惊恐而狂躁不安的嘶鸣，那是一声撕心裂肺、令人毛骨悚然的尖叫，音调迅速拔高，高到超出了人类听力所能承受的极限。两个霍比特人猛然转身以对，随即扑倒在地，双手紧紧捂住耳朵。

这恐怖的叫声渐渐降调，变成令人惊搐的长长的呜咽，直至一片死寂。弗拉多慢慢地抬起了头。在狭窄的山谷对面，几乎与他视线平齐之处，正是邪恶之城的城墙与它那洞穴般又黑又深的大门。那门形如利齿闪闪的大嘴，此刻敞开着，从中走出来一支大军。

这支大军全都穿着貂皮，黑如夜色。在苍白城墙与幽明路面的映衬下，弗拉多能看见他们：一排排、一列列黑色的小身影，悄无声息地快速行进着，如同朝外涌动的无尽水流。他们前面，一大队骑兵如秩序井然的幽影般移动着，领头的骑士比所有其他骑兵都要高大：一个黑骑士，全身漆黑，兜帽遮顶的脑袋上戴着一顶如王冠般的头盔，闪着危险的光。这时他接近下面的桥了,弗拉多目光紧跟着他,无法眨眼也无法收回。这肯定就是九骑士之首了,他回到人世,正领着他的恐怖大军去打仗?是的,确实是他,就是这个枯槁的君王,以他冰冷的手握着致命的刀,刺杀过持环者。旧伤开始隐隐作痛,一股巨大的寒意袭向弗拉多的心口。

正当这些思绪以恐惧刺透他,令他如中了诅咒般动弹不得时,那骑士却突然在桥头止步,他身后的整支大军也随即站定。天地静止,一片死寂。也许是至尊指环在召唤那幽灵之首,因为他犹疑了片刻,似乎感应到有某种其他力量进入了他的山谷。那戴着头盔与王冠的黑色头颅害怕地左顾右盼,隐而不见的双眼扫视着阴影。弗拉多等待着,像鸟儿面对正在逼近的蛇一样,无法动弹。而就在等待的时候,他比以往更迫切地感到,他应该戴上那枚指环。不过即使此刻这诱惑无比巨大,他还是不想向它屈服。他知道这枚指环只会出卖他,就算戴上它,他也不能拥有面对魔古尔之王的力量——尚不能拥有。他自己的意志不再回应那命令,却恐惧地发现一股来自外部的巨大力量正击打着他,操纵着他的手,弗拉多眼睁睁地望着这股力量推动着自己的手一寸一寸地朝自己脖子上的链子挪去,非己所愿,却又无能为力(他仿佛在旁观一个遥远的老故事)。然后,他自己的意志觉醒了,慢慢地迫使那只手退回去,命令那只手去找另一样东西,一样贴身藏在胸口的东西。他紧紧地攥住它,感觉冰冷而又坚硬:加拉德瑞尔的水晶瓶。他珍藏了这么久,却几乎将它遗忘,直到此刻。他抚摸着它,一时间关于至尊指环的所有念头都被驱逐出了脑海。他叹息着,垂下了头。

与此同时,指环幽灵之首掉过头,策马过了桥,整支黑色大军也全都跟随在后。或许是精灵斗篷蒙蔽了他那隐而不见的双眼,以及他那小小的敌人坚定了心智，使他的怀疑岔开了。总之，他的时间很紧迫。时辰已到，应他那伟大主人之命，他必须向西方进军开战。

很快，他就过去了，如阴影没入阴影，朝蜿蜒的路飞驰而去。他身后，黑色的队伍仍然在过桥。自伊熙尔杜的全盛时代以来，这山谷从未出发过这么庞大的一支军队，也从未有过如此凶恶而又强大的武装前去攻击安度因河渡口。然而，这只不过是魔多目前派出的一支大军，还不是最强大的一支。

弗拉多微微一动。突然，他的心绪飘向法拉米尔。"风暴终于爆发了，"他想，"这一大队长矛利剑是往欧斯吉利亚斯去的。法拉米尔能及时渡河吗？他猜到了，但他知道确切的时间吗？九骑士之首领军而至的时候，谁能守得住渡口？还有其他的军队将至。我太迟了。全都毁了。我在路上耽搁了。全都毁了。就算我完成这项任务，也不会有任何人知道。我将无人可以告知。这将是一场徒劳。"他被这绝望的软弱压垮，哭了起来。魔古尔的大军仍然在过桥。

然后，在很远的地方——仿佛来自记忆中的夏尔，某个阳光灿烂的早晨，白日伊始，屋门开启，他听到了山姆的声音："醒醒，弗拉多先生！醒醒！"这声音若再加上一句"你的早餐已经准备好了"，他大概也不会太惊讶。山姆显然很焦急。"醒醒，弗拉多先生！他们走了。"他说。

沉闷的哐当声响起，米纳斯魔古尔的大门关上了。最后一排长矛也消失在道路的远方。山谷对面的高塔依然露出狰笑，但塔里的光正在消逝。整座城再度陷入漆黑的幽暗中，寂然无声，但仍然充满警戒。

"醒醒，弗拉多先生！他们走了，我们最好也赶快走。那地方还是有活物，带眼睛的活物，或者说带眼睛的思想，你懂我的意思吧。

第 8 章 西力斯昂戈的阶梯

我们在一个地方待得越久,就会越快被它逮住。快点吧,弗拉多先生!"

弗拉多抬起头,然后站了起来。绝望并未离开他,但软弱已经过去了。他甚至苦笑了一下,此时的清晰感觉跟片刻之前截然相反:只要他能,他该做的事,就得去做。无论是法拉米尔还是阿拉贡、埃尔隆德、加拉德瑞尔、甘道夫,或者任何别人,他们会不会知道,都已经无关紧要了。他一只手拿起手杖,另一只手握着水晶瓶。当注意到清澈的光已经从手指间溢出时,他便将它塞进胸前,贴在心口,然后转身背对着魔古尔城,准备继续往上走。此刻,黑暗山沟对面的那个魔窟只余灰蒙蒙的微光。

咕噜姆似乎是在米纳斯魔古尔的大门打开时,沿着岩架爬到前方的黑暗里去了,把两个霍比特人留在原处。现在他又蹑手蹑脚地爬了回来,牙齿咯咯打颤,手指咔嚓作响。"蠢货!笨蛋!"他嘶嘶道,"快点!他们一定不要以为危险已经过去了,还没有。快点!"

他们没有回答,但跟着他爬上了岩架。即使在面对过那么多不同的危险之后,他们俩还是都不喜欢这样攀爬,不过它并不长。很快,小路抵达一处圆形拐角,山体在这里又往外鼓出去了。而小路则突然钻进了岩石上的一个狭窄开口。他们来到了咕噜姆曾经提及的第一段阶梯。天差不多完全黑了,几乎伸手不见五指。当上方几尺之遥的咕噜姆回头朝他们看过来时,他的眼睛却闪着苍白的光。

"小心!"他低声道,"阶梯。很多很多阶梯。一定要小心!"

确实需要小心。弗拉多和山姆一开始觉得两边都有墙,比较容易走,可是这段阶梯陡得像垂梯,他们越往上爬,越意识到身后就是幽暗的深渊。每一级阶梯都很窄,而且参差不平,常常站不稳,因为阶梯磨损得很厉害,边缘又太滑,有些风化破损了,还有些脚一踩上去就裂开了。两个霍比特人挣扎着往上爬,到了最后,他们只能死命地用手指抠住上面的石阶,强迫自己疼痛的膝盖不停地弯曲又伸直,而阶梯却似乎无止尽地切入陡峭的山体,岩壁也在他们头顶越升越高。

终于,就在他们觉得再也受不了的时候,咕噜姆的眼睛再次朝他们望了下来。"我们上来了,"他低声道,"第一段阶梯爬完了。聪明的霍比特人能爬这么高,非常聪明的霍比特人。只要再爬上几个小石阶,就爬完了,是的。"

弗拉多跟着眼冒金星、疲惫不堪的山姆爬上最后一级阶梯,就一屁股坐下,揉捏着双腿和膝盖。他们身处一个黑漆漆的通道中,这个通道似乎还在继续往上延伸,不过坡度比较缓,也没有阶梯。咕噜姆没有让他们休息太久。

"还有另一段阶梯,"他说,"更长的阶梯。等到下一段阶梯顶上我们再休息,现在还不行。"

山姆哀嚎一声。"你说更长?"他问。

"是的,是嘶嘶,更长,"咕噜姆说,"但不这么难爬。霍比特人已经爬完了直梯。下一道是弯梯。"

"那之后呢?"山姆说。

"到时候就知道了,"咕噜姆轻声道,"嗯,是的,到时候就知道了!"

"我记得你说过有一个隧道。"山姆说,"那里是不是有一条隧道之类的可以通过?"

"啊,是的,有一个隧道。"咕噜姆说,"不过霍比特人在尝试之前可以休息。如果穿过那里,他们就接近山顶了。非常接近,如果他们穿过的话。啊,是的!"

第8章 西力斯昂戈的阶梯

弗拉多打了一个寒战。攀爬让他全身发汗，但现在他觉得冰冷黏湿，这黑暗的通道中有一股寒冷气流，是从看不见的高处吹下来的。他站起来抖了抖身子。"好吧，我们走吧！"他说，"这里确实不适合久坐。"

这条通道似乎延续了好几英里，总有寒冷的气流从他们头顶吹过。他们越往上走，这气流就越强劲，逐渐变成了刺骨的冷风。这山脉似乎打算用致命的气息吓退他们，让他们转身远离高处的秘密，不然就将他们吹进身后的一片黑暗中。等突然觉得右手边没有墙了，他们才知道已经到了通道尽头。他们所能看见的甚少。巨大漆黑的混沌和深浓的灰影在他们上方和周围影影绰绰，但低垂的乌云下偶尔有暗红的光闪烁。片刻间，他们意识到前方和两边都是高耸的山峰，像是许多石柱撑起一个庞大的凹陷房顶。他们好像已经往上爬了几百英尺，到了一个宽阔的岩架上，左边是一个悬崖，右边是一个深渊。

咕噜姆领着他们靠近悬崖底下行走。他们暂时不再攀爬了，但现在地面更崎岖，在黑暗中也更危险，而且路上还有大块小块的落石。他们走得缓慢又小心。自从进入魔古尔山谷后，已经过去了多少个小时，山姆和弗拉多都没法猜测了。黑夜似乎没有尽头。

过了一段时间，他们再次看到一堵高墙隐约耸现，面前再次出现一道阶梯。他们又停了下来，稍后开始攀爬。这一段攀爬得漫长而又累人，不过这段阶梯不是凿在山体中的，而是在后倾的悬崖上像蛇一样左盘右绕横过崖壁。有一处正好向外侧蜿蜒，紧挨着漆黑的断崖边缘，弗拉多往下瞥了一眼，看见底下是一个大深坑，正是位于魔古尔山谷前端的巨大山沟。在其深处，那条幽灵之路像一条长虫四下散发着幽光，从这死城通往那不提其名的隘口。他急忙把头转开了。

437

阶梯继续蜿蜒向上，终于在最后一段又短又直的攀升后，再次到达一片平地上。小路已经从巨大深沟中的主隘口转离，沿着埃斐尔度阿斯更高的山岭间一条小裂口底部，继续自己的危险路径。霍比特人依稀能辨认出两旁高耸的石柱和参差的尖峰，中间的巨大裂口和缝隙比黑夜更黑，被遗忘的寒冬在这里咬啮过、蚀刻过太阳照不到的岩石。现在，天际的那道红光似乎更强烈了。只是他们不确定，这是可怕的早晨真的来到了这片阴影之地，还是说他们看到的，不过是索伦暴虐地折磨着远处的戈格洛斯时引发的火焰。弗拉多抬起头，看见这条艰苦之路的顶点，依然在前方很远处，依然在上方很高处，正如他所猜测的一样。最高的山脊上，在东方阴沉赤红天空的映衬下，一道狭窄的裂口轮廓显现出来，它深深地夹在两座漆黑的山肩之间，每一边的山肩上各有一块角状的岩石。

他停下脚步，更仔细地观察起来。左边的角岩又高又细，里面燃着一道红光，抑或是后方大地上的红光穿过孔洞照了过来。这下他看清楚了：那是一座黑塔，伫立在外隘口的上方。他碰了碰山姆的胳膊，指了指。

"我不喜欢它的样子！"山姆说，"所以说，你这条秘密道路还是有人看守的。"他转身朝咕噜姆低吼道，"我猜你从头到尾都很清楚，对吗？"

"所有的路都是被监视的，是的，"咕噜姆说，"当然是这样。可霍比特人一定要试试某条路。这条路也许看得最松弛。没准他们全都去参加大战了，没准！"

"没准。"山姆嘟囔道，"好吧，它看上去好像还很远，我们到那儿还有很长一段路要走，而且还有一个隧道要过。弗拉多先生，我想你现在应该休息一下了。我不知道现在是白天还是晚上，不知道是几点，但我们已经连续走了好几个小时。"

"是的，我们必须休息，"弗拉多说，"让我们找一个避风的角落，养精蓄锐一下，为最后一段路做准备。"他这么说，是因为他觉得这就是最后一段路。山外那片土地上的恐怖，以及他要在那里完成的任务，似乎都很遥远，远得还不能令他烦忧。此刻，他所有的心思都集中在怎么穿过或越过这道无法逾越的高墙和守卫上。一旦他能做到这件不可能的事，那不管怎么着，他的任务都会完成。至少在这疲惫的黑暗时刻，仍然在西力斯昂戈下的岩石阴影里艰难行进的他，是这么想的。

他们在两根巨大石柱间的漆黑裂隙中坐下，弗拉多和山姆靠里一些，咕噜姆则蹲在靠近开口的地上。两个霍比特人在这里吃了一餐，他们估计这是在进入不提其名之地以前的最后一餐，也有可能是两人这辈子在一起吃的最后一餐。他们吃了一些刚铎的食物，以及精灵的行路面包，还喝了点水。不过他们喝得很节省，只够稍微润一润干燥的嘴巴。

"不知道我们什么时候才能再找到水，"山姆说，"不过我想，他们那边也要喝水吧？兽人也喝水，不是吗？"

"对，他们喝水。"弗拉多说，"不过我们还是别提它们了，那种水不是我们能喝的。"

"那我们就更有必要把水壶装满了。"山姆说，"可是这上面一点水都没有啊，我连滴水声都没有听到。不过也无所谓，反正法拉米尔说，我们不可以喝魔古尔里面的任何水。"

"他是说，不能喝任何从伊姆拉德魔古尔流出来的水，"弗拉多说,"我们现在不在那山谷里,如果碰上一处泉水,那它也是流入山谷,而不是从那儿流出来的。"

"我信不过这里的水,"山姆说,"我是不会喝的,除非快渴死了。这地方有一种邪恶诡异的感觉。"他嗅了嗅,"我想还有一股味道。你注意到了吗?一种很古怪的味道,滞重气闷,我不喜欢。"

"这里的任何东西我都不喜欢,"弗拉多说,"不管是阶梯还是石头,活的还是死的。大地、空气和水似乎全被诅咒了。可我们的路偏偏就在这里。"

"是啊,偏偏就是这样。"山姆说,"如果我们出发之前对此了解得多一点,那现在根本就不应该在这里了。不过我想,事情往往就是这样的。弗拉多先生,古老的传说和歌谣中的英勇事迹——就是那些我以前称之为冒险的事,我过去以为那都是故事中那些了不起的人物出门去找事,因为他们想要冒险,因为生活有点乏味,而冒险很刺激,他们想找点乐子。可是,那些真正重要的故事,或那些真正让你铭心的传说,却不是那样的,其中的人物似乎就那么卷进了故事里,或者说他们的路就是被那么安排的。不过我想,他们就跟我们一样,有过很多机会可以回头,只是他们没有。如果他们真的回头了,我们也不会知道,因为那样一来他们就会被遗忘。我们听到的,都是那些坚持继续下去的故事,但并非所有故事的结局都是好的,至少对故事里的人而不是故事外的人来说,不是好结局。你知道的,比如回了家,发现一切都好,只是跟以前不太一样了,就像老比尔博先生那样。而那些有好结局的故事可不总是最好听的,尽管掉进那些故事里可能是最好的!不知道我们这是掉到哪种故事里了。"

"我也好奇,"弗拉多说,"但我不知道。真正的故事正是如此。

随便找一个你喜欢的故事说吧：你也许知道，或猜到了，这会是一个什么样的故事，会有一个快乐的结局还是悲伤的结局，但故事里的人不知道，你也不希望他们知道。"

"是的，先生，当然不希望。就说贝伦吧，他从未想过他会从桑戈洛锥姆的铁王冠上夺得那颗精灵宝钻，但他还是做到了，那个地方可比我们要去的地方更糟糕、更危险、更黑暗。不过，当然啦，那是一个很长的故事，中间有快乐，有悲伤，还有超越快乐和悲伤的其他经历，而那颗精灵宝钻却传了下来，传到了埃雅仁迪尔手上。哎呀！少爷，我之前从来没有想到这一点！我们有——你有一些从它那儿来的光，就装在夫人给你的星光水晶瓶里！哎呀，这么一想，我们仍然在同一个故事里啊！故事还在继续。难道伟大的故事永远不会结束吗？"

"不，故事永远不会结束，"弗拉多说，"但故事里的人来来去去：他们出场，等他们出演的部分结束后就会退场。我们的部分也会结束的，迟早会结束的。"

"然后，我们就可以休息一下，睡上一觉了。"山姆说着苦笑起来，"我的意思就只是那样而已，弗拉多先生，我是说普通的、平常的休息和睡觉，早晨起床，到花园里干一早上活儿。恐怕那就是我一直以来所期盼的生活。所有重要的大计划都不适合我这种人，可我还是好奇，我们到底会不会被写进歌谣或传说里。当然，我们已经在一个故事里了。我的意思是，被写下来，你知道的，在火炉边被人讲出来，或者在很多很多年以后，被人从写满红字和黑字的大书里读出来。然后人们会说：'让我们听听弗拉多和至尊指环的故事吧！'他们会说：'好啊！那可是我最爱听的一个故事了。弗拉多非常勇敢，是不是,爸爸?' '是的,儿子,他可是最有名的霍比特人。'那就很能说明问题啦。"

"那说明得可太多啦。"弗拉多说着笑了起来,是发自内心地爽朗大笑。自从索伦来到中州后,这些地方就再也没有听到过这样的笑声了。山姆突然觉得好像所有的石头都在聆听,那些高耸的岩石也都朝他们倾斜过来。不过弗拉多没有理会这些,他又笑了。"哎,山姆,"他说,"听你这么一说,不知怎的,我很开心,就好像故事已经写下来了一样。可是你漏掉了一个主要人物:勇敢的山姆怀斯。'爸爸,我要多听一点山姆的故事。爸爸,他们为什么没有多写一些他说的话呢?我喜欢听他说话,他总是让我哈哈大笑。要是没山姆,弗拉多肯定走不远的,对吧,爸爸?'"

"哎呀!弗拉多先生,"山姆说,"你不应该搞笑的。我刚才是认真的。"

"我刚才也是认真的,"弗拉多说,"而且我现在也是。不过我们讲得太快啦,山姆,你和我还卡在这故事中最糟糕的地方呢,很可能有人在读到此处时说:'现在把书合上吧,爸爸,我们不想再读了。'"

"也许吧,"山姆说,"但我不会是说那种话的人。那些已经完成并且成为伟大传说中的一部分的事,是不一样的。哎,甚至连咕噜姆在故事里都有可能是好的,至少有可能比你以为的好一些。而且,按照他自己的说法,他以前也很喜欢故事。不知道他觉得自己是英雄还是坏蛋。"

"咕噜姆!"他喊道,"你想当英雄吗?——他又跑哪里去了?"

不管是在他们的隐蔽处入口,还是在附近的阴影中,都看不见咕噜姆的踪影。他拒绝了他们的食物,只是照例喝了一口水,然后似乎就蜷起身子睡着了。他们以为他前一天长时间失踪是为了去找他自己喜欢的食物，但现在他显然是在他们谈话的时候溜走的，这一次又是为了什么呢？

"我不喜欢他不说一声就偷偷溜走，"山姆说，"尤其是现在。他不可能在这里找到吃的，除非他想吃的是某种石头。唉，这里连点青苔都没有！"

"现在担心他也没用，"弗拉多说，"没有他，我们不可能走这么远，甚至都不可能走到能看见隘口的地方，所以只得容忍他的做法了。如果他偷奸耍滑，那也只能认了。"

"可我还是宁愿他待在我的眼皮子底下，"山姆说，"而且如果他偷奸耍滑，那我就更得盯住他。你记不记得，他从来不肯说这隘口有没有人看守？现在我们却看见那里有一座塔楼，可能是废弃的，也可能不是。你觉得他会不会是去找他们了？兽人或者别的什么？"

"不，我觉得不是，"弗拉多答道，"即使他真的有什么诡计——我看这也不是不可能。我想他不是去找兽人，也不是去找大敌的任何爪牙。他为什么要等到现在？他为什么费那么大劲爬上如此靠近他害怕的土地之后，才这么干？自从我们遇见他之后，他有太多次可以把我们出卖给兽人啊。不，如果真有什么，那也是某种他私下里的小把戏，某种他认为非常秘密的事。"

"嗯，我想你说得没错，弗拉多先生，"山姆说，"不过我还是不大放心。我没有犯错：我并不怀疑，他会很高兴把我交给兽人，高兴得跟亲他自己的手一样，但我忘了还有他的宝贝。不，我想，从头到尾都是可怜的斯米戈尔想要宝贝。如果他有什么想法，那这就是他所有小算盘里最主要的想法。可是把我们带到这上面来，如何能帮他奸计得逞，我就猜不到了。"

"很可能他自己也猜不到，"弗拉多说，"而且，我也不认为他那迷糊的脑袋里只有一个清晰的规划。我想，他一方面是真的企图护住宝贝，不让它落入大敌手里，能护多久就护多久，因为如果大敌得到它，那对他来说，也是致命的灾难，但另一方面，也许他就是在等待时机。"

"是的，就跟我之前说过的一样，滑头鬼和缺德鬼。"山姆说，"不过，越接近大敌的地界，滑头鬼就变得越像缺德鬼。记住我的话：如果我们能到达隘口，他绝对不会不给我们找点麻烦，就真的让我们带着宝贝越过边境的。"

"我们还没到那里呢。"弗拉多说。

"是还没到，但在那之前，我们最好还是睁大眼睛保持警惕。要是我们被逮住在打盹，缺德鬼很快就会占据上风的。不过，少爷，现在你打个盹还是安全的，只要你靠近我躺着，就是安全的。我真希望你能睡一会儿。我会守着你的。反正，只要你躺在我旁边，让我能抱着你，那不管谁想下手抓你，山姆都不可能不知道。"

"睡觉！"弗拉多叹了口气，仿佛看见了沙漠中清凉绿洲的幻景，"是的，即使在这里，我也能睡。"

"那就睡吧，少爷！把头枕在我的腿上。"

几个小时后，当咕噜姆鬼鬼祟祟地从前方阴暗的小路爬下来返回时，他看到的就是这幅景象。山姆背靠岩石坐着，脑袋歪向一边，呼吸很沉。而弗拉多枕在他的腿上，睡得很沉。山姆棕色的手一只搭在他主人苍白的额头上，另一只则轻轻地搭在主人的胸口。两人脸上的神情都非常安详。

咕噜姆看着他们，瘦削饥饿的脸上闪过一种奇怪的神情。他眼中的光芒消逝了，一双眼睛变得灰白暗淡，苍老疲惫。身体似乎因痛苦而抽搐扭曲。他转过身，回望上方的隘口，摇了摇头，内心仿佛陷入了某种挣扎。然后，他回过身来，慢慢伸出颤抖的手，非常小心地去触碰弗拉多的膝盖：那是一种几乎称得上抚摸的触碰。有那么一瞬，沉睡的两个人如果看见他，一定会以为自己看见的是一个苍老疲惫的霍比特人，漫长的岁月带他远离了自己的时代，远离了亲友，远离了年轻时的田野和溪流，让他变成了一个饥饿可怜的老家伙。

　　他这一碰使弗拉多动了动，在睡梦中轻喊出声。山姆立刻惊醒过来。他第一眼看见的是咕噜姆"正朝少爷伸爪子"。这是他心头飘过的第一个念头。

　　"哎，你！"他粗声喝道，"你想干什么？"

　　"没什么，没什么，"咕噜姆轻声说，"好主人！"

　　"我猜你也不敢。"山姆说，"可是你这老坏蛋，你干什么去了？鬼鬼祟祟地溜掉又鬼鬼祟祟地跑回来？"

　　咕噜姆缩了回去，沉重的眼皮底下闪过一道绿光。此刻他看上去就像一只蜘蛛，四肢缩起往后蹲着，双眼突出。刚才那一瞬过去了，无法追回。"鬼鬼祟祟，鬼鬼祟祟！"他嘶嘶道，"霍比特人总是这么有礼貌，是的。啊，好霍比特人！斯米戈尔带他们爬上别人谁也找不到的秘密道路。他又累，又渴，是的，很渴。他领着他们，他搜寻道路，他们却说鬼鬼祟祟，鬼鬼祟祟。非常好的朋友，啊，是的，我的宝贝，非常好。"

　　山姆感到有点懊悔，但并没有因此更信任他。"对不起，"他说，"我很抱歉，可你把我从梦中惊醒了，而我不应该睡着的，所以我有点尖刻。而弗拉多先生,他那么累,我就让他眯一会儿。哎,就是这样。对不起。可你刚才去哪里了?"

"鬼鬼祟祟去了。"咕噜姆说,眼中的绿光并没有消失。

"好嘛,好嘛,"山姆说,"你爱怎么样就怎么样吧!我估计那离事实也不太远。现在我们最好全都一块鬼鬼祟祟去。现在是什么时候了?是今天还是明天了?"

"是明天了,"咕噜姆说,"或者说,当霍比特人睡觉时,已经是明天了。非常愚蠢,非常危险,如果不是可怜的斯米戈尔鬼鬼祟祟地在旁边放哨的话。"

"我看我们很快就会厌倦这个词的,"山姆说,"不过算啦!我会把少爷叫起来的。"

他轻轻地将弗拉多额前的头发往后抚开,弯下身柔声道:"醒醒,弗拉多先生!醒醒!"

弗拉多动了动,睁开了眼睛。看见山姆低头看着他,他微微一笑。"山姆,你叫我早起,是不是?"他说,"天还黑着呢!"

"是的,这里的天一直都是黑的,"山姆说,"但咕噜姆回来了,弗拉多先生,他说已经是明天了,所以我们得继续往前走了。最后一程。"

弗拉多深吸一口气,坐了起来。"最后一程!"他说,"哈喽,斯米戈尔!你找到食物了吗?你有没有休息一下?"

"没有食物,没有休息,斯米戈尔什么也没有,"咕噜姆说,"他只有鬼鬼祟祟。"

山姆啧了一声,但忍住没有开口。

"别给自己乱扣帽子,斯米戈尔。"弗拉多说,"这么做不明智,不管它们是真是假。"

"斯米戈尔不得不接受扣在他头上的帽子,"咕噜姆答道,"仁慈的山姆怀斯大人给他扣了这顶帽子,他可是一个见多识广的霍比特人。"

弗拉多看着山姆。"是的,先生,"山姆说,"我是用了这个词,我从睡梦中突然惊醒,发现他就在旁边。我说过我很抱歉了,但我很快就不会这么觉得了。"

"行啦,让它过去吧,"弗拉多说,"不过斯米戈尔,你和我,我们这会儿似乎到了摊牌的时候。告诉我,我们自己能找到之后的路吗?我们已经看见隘口了,看见进去的路了,如果我们现在能找到路,那我想,我们的约定就可以说到此为止了。你已经履行了你的承诺,你自由了:自由地回去,去找吃的,去休息,你可以想去哪里就去哪里,除了不可投靠大敌的爪牙。有朝一日,我或者那些记得我的人,会奖赏你的。"

"不,不,还没到时候,"咕噜姆哭嚷道,"啊,不!他们自己找不到路的,对吧?啊,确实不行。前面还有隧道。斯米戈尔必须继续走。不休息。不吃东西。还不到时候。"

第 9 章
希洛布的巢穴

确如咕噜姆所言，现在可能已经是白天了，但两个霍比特人看不出有多大差别，也许差别不过就是上方阴沉的天空不那么漆黑了，而是变得更像一个烟雾大顶。尽管深夜的黑暗仍在裂隙与洞穴中徘徊，但在他们周围，灰蒙蒙的模糊阴影已经取而代之，包裹了这个岩石的世界。他们继续前进，咕噜姆在前面，两个霍比特人肩并肩，爬上了那条长长的沟壑，沟壑夹在耸立的风化岩石之间，这些岩石像是无形的巨大石像。四周寂静无声。前方大约一英里，有一堵巨大的灰色石壁，那是最后一块直插向天空的巨大山岩。他们越走近，它看上去就越黑越高，直到最后高耸入云，挡住了后面的一切景象。山岩脚下暗影深浓。山姆嗅闻着空气。

"呸！呸！这是什么味啊？"他说，"越来越浓了。"

这时他们已经身处阴影之下，可以看见阴影中有一个洞口。"这就是进去的路。"咕噜姆轻声说，"这就是隧道的入口。"他没有说出它的名字：托雷赫昂戈，希洛布的巢穴。一股恶臭从洞穴中散发出

448

来,不是魔古尔草地上那种令人作呕的腐朽气息,而是一种污浊不堪的臭气,仿佛它黑暗的内部堆积储藏着难以名状的污秽。

"这是唯一的路吗,斯米戈尔?"弗拉多问。

"是的,是的,"他答道,"是的,我们现在必须走这条路。"

"你是不是想说,你曾经钻过这个洞?"山姆说,"哎呀!不过也许你不在乎臭味。"

咕噜姆眸光闪闪。"他不知道我们在乎嘶嘶什么,是吧,宝贝?不,他不知道。斯米戈尔能忍受很多东西。是的,他曾经钻过。啊,是的,从当中钻过。这是唯一的路。"

"不知道这是什么东西发出的味道,"山姆说,"它闻起来就像——呃,我不想说出来。我敢打赌,这就是一个兽人的兽窝,里面的秽物大概积累了几百年。"

"哎!"弗拉多说,"不管有没有兽人,如果这是唯一的路,那我们就必须走。"

他们深吸一口气,走了进去。没走几步,他们就陷入了彻底的、无法穿透的黑暗中。自从穿过墨瑞亚那无光的通道以来,弗拉多和山姆就没见过这样的黑暗,而且如果这种黑暗可能存在的话,那它更深重、更浓稠。在墨瑞亚,周围有空气流动,有声音回响,有空间感觉;但在这里,空气凝滞、污浊、浓重、死寂。他们仿佛走在由十足的黑暗本身制造出来的黑色蒸汽中,随着呼吸,不仅双目失明,而且心智都盲了,甚至连有关色彩、形状以及任何光亮的记忆,也全都从脑海中散去。这里过去一直是黑夜,将来也永远是黑夜,黑夜是一切。

不过有那么一会儿,他们仍然有感觉。其实一开始,他们手脚的触感几乎敏锐得痛苦。他们惊讶地发现,石壁摸起来很光滑,地面除了偶尔会有台阶，也都笔直平坦，始终以一致的坡度稳步上升。这隧道很高也很宽，宽到两个霍比特人并肩行走时，伸开手臂，才能触及洞壁。他们隔绝于世，孤单地走在黑暗中。

咕噜姆先进了洞，似乎就在几步之遥的前面。在还能注意到这类事情时，他们听得见他呼吸的嘶嘶声和喘息声就在前方。可是过了一段时间，他们的感官变得更迟钝了，触觉和听觉似乎都麻木起来。他们继续摸索着往前走，走啊走，主要是靠着踏进这洞穴时的那股决心：那是穿过隧道的决心和最后到达那边高处出口的渴望。

也许他们没走出多远，但山姆很快就估计不出时间和距离了，他摸着洞壁走在右边，感觉石壁上有一个开口。片刻间，他捕捉到了一丝不那么滞重的气息，接着他们走过去了。

"这里面不止一条通道。"他费劲地低声道，在这里面，要呼气发出任何声音似乎都很困难，"再也没有比这更像兽人窝的了！"

之后，他们又经过了三四个这样的开口，先是在他右边，然后是在弗拉多左边，这些开口有的宽些，有的小些。到目前为止，这无疑是一条主道，因为它笔直不转弯，仍然持续往上攀升。可它到底有多长？他们还要忍受多久？或者说，他们还能忍受多久？空气随着他们的攀行，愈加滞重沉闷，而且此时在盲目的漆黑中，他们似乎还常常感到某种比臭气更浓稠的阻力。在奋力前进的同时，他们感觉到有什么东西扫过他们的脑袋，碰上他们的手，也许是长长的触须，抑或是悬垂的生长物，他们无法确定那究竟是什么。臭气仍然在变浓，越来越浓，到了最后，嗅觉成了他们剩下的唯一清晰的感官，这对他们来说就是折磨。一个小时，两个小时，三个小时：他们在这不见光的洞里走了多久？几个小时——倒不如说几天，几个星期。山姆离开洞壁，朝弗拉多缩过去,他们两手相碰,紧握在一起,就这样继续走下去。

过了好一阵子,一直摸索着左边洞壁行进的弗拉多,突然摸了个空。他差点跌进旁边的虚空里。岩壁上这处开口比他们之前经过的任何一处都宽得多,里面散发出的臭气极其浓烈,还有一股极其强烈的恶意。弗拉多感觉晕头转向。而就在这时,山姆也一个踉跄,往前倒去。

弗拉多强压下恶心和恐惧,紧抓住山姆的手。"起来!"他嘶哑着嗓子吼道,却发不出声音,"恶臭和危险全都是从这里出来的。快走!快!"

他鼓起剩余的力气和意志,将山姆拉起来,强迫自己的双脚往前挪动。山姆踉踉跄跄地走在他旁边。一步,两步,三步——最终走了六步。也许他们已经经过了那个看不见的可怕开口,但无论是不是,他们的步伐突然都轻松了一些,仿佛某种敌意暂时放过了他们。两人仍然手握手,挣扎着继续向前走。

可是他们几乎立刻就遇到了新的难题:隧道分岔了,至少感觉是这样。在黑暗中,他们分不清哪一条岔路比较宽,或哪一条岔路更靠近笔直的主道。该走哪一条呢,左边的还是右边的?他们完全不知道有什么可以指路,然而一个错误的选择,几乎可以肯定是致命的。

"咕噜姆走的哪边?"山姆喘着气说,"他为什么不等我们?"

"斯米戈尔!"弗拉多试着喊道,"斯米戈尔!"然而他声音嘶哑,那个名字几乎一出口就消失了。没有回答,没有回音,甚至连空气都没有一丝颤动。

"我想他这次真的走了,"山姆嘀咕道,"我猜这正是他想带我们来的地方。咕噜姆!我一旦再逮到你,定然让你吃不了兜着走!"

这时,一直在黑暗中摸索着前进的他们发现左边的开口堵上了:

451

要么它本来就是一条死路，要么就是有大石头掉下来把通道堵上了。

"不可能是这边这条道！"弗拉多低声道，"不管是对还是错，我们都得走另一条。"

"而且要快！"山姆气喘吁吁地说，"这附近有一种比咕噜姆还糟糕的东西。我能感觉到有什么东西正在看着我们。"

他们才走了几码远，身后就传来了一个声音，在滞重的寂静中，这声音让人听着惊心又恐怖：那是一种汩汩汩汩冒气泡一样的噪声，一种嘶嘶嘶嘶毒蛇吐芯子一样的长声。他们猛一转身，却什么也看不见。他们石化般呆立着，瞪大眼睛，等着那不知道是什么的东西出现。

"这是一个陷阱！"山姆说着握住剑柄，这样做的时候，他想起了之前古冢岗的黑暗。"真希望老汤姆这时候在我们旁边！"他想。然后，就在他们站在那儿，被黑暗包围着，心中充满阴郁的绝望和愤怒时，山姆似乎看到了一道光：一道在他的脑海中亮起的光，一开始亮得难以忍受，就像一个长期藏在无窗洞穴中的人见到一线阳光一样。接着，那道光变得五彩缤纷：绿、金、银、白。远远地，像是在精灵手指画出的一幅小画中，他看见加拉德瑞尔夫人站在罗瑞恩的草地上，手里拿着礼物。"而你，持环者，"他听到她说，声音遥远而清晰，"我为你准备了这个。"

那气泡似的嘶嘶声越来越近，不时夹杂着吱嘎吱嘎声，好像某种用关节连接起来的巨大东西在黑暗中缓慢地挪动。一股恶臭先它而来。

"少爷，少爷！"山姆喊道，声音又恢复了急切和活力，"夫人的礼物！星光瓶！她说那是给你在黑暗中用的光。星光瓶！"

"星光瓶？"弗拉多喃喃道，仿佛在梦中答话，却不大明白在回答什么，"啊！对呀！我怎么忘了？众光熄灭之时的光！现在确实只有光才能帮助我们了。"

慢慢地，他把手伸进胸口；慢慢地，他高举起加拉德瑞尔的水晶瓶。有那么一瞬，如一颗努力摆脱东方浓雾冉冉升起的星星，它微微闪烁着。然后，随着它的力量增强，希望在弗拉多心中升起，它开始燃烧，随即一团银色的光焰腾起：一颗小小的耀眼光芒凝就的心，仿佛额上戴着最后一颗精灵宝钻的埃雅仁迪尔亲自从高高的日落之道下来了。黑暗开始退却，直到它就像在一个透亮的水晶球正中闪闪发光，连高举着它的手也闪烁着白色的光芒。

弗拉多惊奇地凝视着这件不可思议的礼物，他随身携带了这么久，却没想到它具有这么大的价值和力量。他很少想起它，直到来到魔古尔山谷。因为害怕它的光会泄漏出来，他也从来没有用过它。"*Aiya Eärendil Elenion Ancalima*！"① 他喊道，却并不知道自己说的是什么，因为似乎是另一个声音在借着他的口说话，字字清晰，完全不受洞里污秽空气的影响。

然而中州还有其他力量：黑夜的力量，它们古老而强大。在黑暗中潜行的她，曾经听过精灵在遥远的时间深处发出的呼喊。她并不曾在意，现在也没有被它吓着。弗拉多甚至在开口呼喊时，就感觉到一股巨大的恶意朝他压来，一种致命的目光正在打量他。就在隧道前方不远处，在他们先前晕眩跌倒的开口和他们之间，他意识到出现了一些眼睛，许多窗户似的眼睛聚成两大团：正在逼近的威胁终于揭开了面纱。星光瓶的光芒撞上那些眼睛的千百个小面，被打碎逼退了，但是在那片闪光后面，一股苍白、致命的火焰开始慢慢燃起：一团在邪恶念头的深坑中被点燃的火焰。那是两团怪异丑陋而又令人厌恶的眼

---

① 看啊！埃雅仁迪尔，最明亮的星！——译者注。

睛,野蛮却又意图明确,充满了可怕的欣喜,正扬扬得意地注视着落在陷阱中毫无逃脱希望的猎物。

弗拉多和山姆吓坏了,开始慢慢地往后退,他们自己的目光也被那些凶恶之眼的可怕凝视攫住了。他们一步步后退,那些眼睛一步步逼近。弗拉多的手在颤抖,水晶瓶慢慢地垂了下来。突然,那些眼睛仿佛为了消遣,解开了攫住他们的魔咒,让他们在惊慌失措中徒劳奔逃。两人转身,一起奔逃。他们一边跑,弗拉多还一边回头,但他立刻惊恐地看见那些眼睛在后面跳着追了上来。死亡的恶臭如乌云般包围了他们。

"站住!站住!"他绝望地大喊,"跑也没用!"

慢慢地,那些眼睛爬近了。

"加拉德瑞尔!"弗拉多喊着,鼓起勇气再次举起了水晶瓶。那些眼睛停住了。一时间,它们邪恶的凝视放松了,仿佛被某种莫名的怀疑困扰住了。弗拉多心里顿时燃起了火苗,也不想这么做到底是愚蠢、绝望还是勇敢:他将水晶瓶交到左手,右手拔出了剑。刺叮出鞘,锋利的精灵剑刃银光闪闪,剑刃的边缘则蓝焰闪烁。就这样,一手高举着星光瓶,一手握着亮剑指向前方,夏尔的霍比特人弗拉多,一步一步走过去,迎向那些眼睛。

那些眼睛动摇了。随着光芒逼近,疑惑笼罩了它们,一只接一只地变得暗淡,慢慢地往后退去。以前从未有这么致命的光亮折磨过它们。它们一直安全地待在地下,不见日月星辰,但现在一颗星降落到这地下来了。它还在逼近。眼睛们开始胆怯,一只接一只地全都熄灭了。它们转开去,一团庞大的阴影在那光芒不及之处起伏着。眼睛消失了。

"少爷,少爷!"山姆喊着,紧跟在后,也拔出他的剑准备着,"星辰和荣耀!如果听说这事,精灵们一定会写一首歌的!但愿我能活着告诉他们这事,再听他们唱出来。可是别再追了,少爷!别下到那个巢穴去!现在是我们唯一的机会。我们赶快离开这个恶臭的洞吧!"

就这样,他们又一次转身,先走,然后跑。因为随着他们的行进,隧道的地面陡然上升,他们每迈一步,就离那个看不见的巢穴散发出的臭气更远一些,力量重新回到了他们的四肢与内心。不过那监视者的憎恨仍潜伏在他们后面,也许暂时目盲,但并未被打败,仍执着于死亡。这时,一股冰冷稀薄的气流迎面吹向他们。隧道尽头的开口,终于出现在他们前方。他们气喘吁吁,被重见天日的渴望驱使着朝前飞奔。然后,在惊愕中,他们踉跄着连连后退:出口被某种障碍物堵上了,但不是岩石,似乎是某种柔软且有点弹性的东西,不过很结实,穿不透。空气能滤过,但一点光也不见。他们再次往前冲,又被弹了回来。

弗拉多高举起水晶瓶查看,发现面前是一片灰暗之物,星光瓶的光芒既无法穿透,也无法照亮,仿佛那是一团非光投射出来的阴影,没有光能把它驱散。纵横交错堵住隧道口的,是一张巨大的蜘蛛网,规规整整,就像是某种巨大的蜘蛛织成的,但织得更密更厚也更大,每一根蛛丝都粗得像绳子。

山姆苦笑起来。"蜘蛛网!"他说,"就这?蜘蛛网!可这是一只啥蜘蛛啊!扯了它们!砍断它们!"

他愤怒地挥剑乱砍,但是被他砍中的蛛丝并没有断开。它弹开了一点,随即像被拉开的弓弦一样又弹了回去,将剑锋和挥剑的手臂弹开。山姆用尽全身力气连砍三剑,无数蛛丝中终于有一条啪地断裂、扭曲,卷起来甩到空中。断丝的一头抽到了山姆的手,他疼得大叫,退后一跳，缩回手捂住了嘴。

"要清理出这样一条路来，得花好几天时间，"他说，"怎么办呢？那些眼睛回来了吗？"

"没，没看见。"弗拉多说，"不过我仍然感到它们在监视我，或者在思量我：也许是在制订什么别的计划。如果这光暗下去，或熄灭了，它们就会立刻再回来的。"

"到底还是被困住了！"山姆气愤地说，他的怒气又盖过疲惫和绝望升腾起来，"就像落入网中的小虫。但愿法拉米尔的诅咒落在咕噜姆身上，越快越好！"

"就算那样，也帮不了现在的我们。"弗拉多说，"来吧！让我们看看刺叮剑能做什么。它是一把精灵宝剑。锻造它的贝烈瑞安德的暗谷里，就有许多恐怖的蛛网。不过你得在后面看着，挡开那些眼睛。来，拿着星光瓶。不要害怕。把它举高，留神点！"

弗拉多迈步走到巨大的灰网前，举起刺叮剑狠狠地挥砍下去，锋利的剑刃飞快地斩过密密交织的蛛丝绳梯，又立刻被弹开。蓝光闪闪的剑刃削过蛛丝，就像镰刀扫过青草，它们跳着扭着，然后松塌下来。一个大裂口被砍了出来。

一剑又一剑，他不停地挥砍，直到剑刃所及之处的蛛网全都破碎，蛛网上面的部分像松垂的面纱被来风吹得飘飘摇摇。陷阱破了。

"来吧！"弗拉多喊道，"快走！快走！"绝处逢生的狂喜突然充满心头，他脑袋晕晕乎乎的，像喝了一大口烈酒。他跳出洞口，一边跑一边大叫。

在他那双刚刚穿过黑暗巢穴的眼中，这片黑暗之地似乎也是亮堂的了。那股浓烟已经上升，变得稀薄了，这阴沉白天的最后几个小时正在流逝。魔多的刺眼红光已经消失在阴郁的昏暗中。可弗拉多却觉得，他看见了一个突然充满希望的早晨。他几乎就要到达那块岩壁的顶端了，现在只要再往上一点就行。西力斯昂戈裂隙，黑暗山脊上的一个昏暗缺口，就在他面前，其两侧的岩角在天空的映衬下渐渐变暗。短短的一段，只要冲刺一跃，他就穿过去了！

"隘口，山姆！"他喊道，没有注意到自己的声音尖锐刺耳，它们冲破隧道中令人窒息的空气，高亢而响亮，"隘口！跑，跑！我们会过去的，会过去的，任何人都来不及阻挡！"

山姆撒腿拼命在后面追赶。虽然获得自由让他很高兴，但他还是很不安，一边跑一边不断地回头望着隧道那黑漆漆的拱口，害怕会看到那些眼睛，或某种超出他想象的形体，跳出来追赶他们。他和他家少爷对希洛布的狡诈知之甚少。她的巢穴有许多出口。

希洛布在这里已经居住了漫长的岁月。她是一个蜘蛛形状的邪物，就跟古时曾一度住在西方精灵之地的同类一样，如今那片大地已经沉入海底。很久以前，贝伦曾在多瑞亚斯的恐怖山脉中与那些邪物搏斗过，也因此在野芹丛间的绿草地上，遇见了月光下的露西安。希洛布是如何逃过毁灭来到这里的，没有任何传说提及，因为没有多少黑暗年代的故事流传下来。然而她仍然到了这里，在索伦到来之前就到了这里，在巴拉督尔的第一块基石立起之前就到了这里。除了自己，她不为任何人效力，她啜饮精灵和人类的鲜血，随着饕餮无度的盛宴变得膨胀臃肿，她编织阴影的罗网，因为所有的活物都是她的食物，而她所吐出的则是黑暗。她自己的后裔也是她的悲惨伴侣，她杀了他们，但他们所生的杂种子孙分布广远，从一个峡谷到另一个峡谷，从埃斐尔度阿斯到东边山岭，到多古尔都和黑森林的要塞。不过没有哪个能与她抗衡,她是伟大的希洛布,昂戈立安特折磨这不幸世界的最后一个子嗣。

多年以前,咕噜姆——也就是探索所有黑暗洞穴的斯米戈尔,就已经见过她了。在过去的日子里,他曾对她顶礼膜拜,她邪恶意志的黑暗伴他走过了那疲惫岁月的每一条路,将他与光明隔绝,与后悔隔绝。他许诺给她带来食物,但她的欲望不是他的欲望。对高塔、指环,以及心灵手巧设计出来的任何东西,她知之甚少,也不在乎。她只渴望所有他者——无论是心灵还是身体——都死去,换来她独自饱食,独自吞噬,直到臃肿得连山脉也容不下,连黑暗也藏不住。

然而那样的欲望要满足还很遥远,如今她潜伏在自己的巢穴里,已经饥饿了很久。自从索伦的力量壮大起来,光明和活物就抛弃了他的边界,山谷中的城池已然死寂。除了那些倒霉的兽人,再也没有精灵或人类接近这里。兽人是糟糕的食物,还很谨慎,可她必须得吃,无论他们如何忙着从隘口、从他们的塔楼挖掘新的蜿蜒通道,她总能找到捕捉他们的办法。她渴望更美味的肉,而咕噜姆把这肉给她带来了。

"走着瞧吧,走着瞧吧,"走在从埃敏穆伊到魔古尔山谷的危险道路上,被邪恶的情绪笼罩时,咕噜姆常常对自己这么说,"走着瞧吧。很有可能,啊,是的,很有可能当她把骨头和空荡荡的衣服扔掉时,我们就会找到它,我们就会得到它,宝贝,赏给帮她带来好食物的可怜的斯米戈尔。那我们就会按照承诺,救出宝贝。啊,是的。等我们安全得到它之后,她就知道了!啊,是的,然后我们就要报复她,我的宝贝。然后,我们就要报复每一个!"

他就这么在他奸诈内心的某个角落盘算着。对此,他仍然想瞒着她，于是在他的同伴们沉睡时，他又找上她，在她面前卑躬屈膝。

至于索伦，他知道她潜藏的地方。她住在那里，饥肠辘辘，却恶毒不减，这令他感到很愉快。因为在这条通往他的地盘的古老小道上，她是一个比任何凭他的技能设计出来的看守更靠谱的看守。至于兽人，他们是有用的奴隶，而他多的是，如果希洛布时不时地抓几个填填肚子，她大可自便，他可以把他们匀给她。就像人们有时会丢几口美食给自己的猫（他称她为他的猫，但她不属于他），索伦会把没有更好利用价值的犯人送给她：他会命令他的爪牙将他们赶进她的洞里，然后回来向他报告她是怎么玩弄他们的。

就这样，他们各得其所，各自乐于自己的盘算，不怕来袭，不怕愤怒，也不怕他们的邪恶会有尽头。一直以来，从未有任何一只蝇虫逃出过希洛布的罗网，而现在她的愤怒和饥饿更强烈了。

然而，可怜的山姆对他们激惹的这股邪恶力量一无所知，他只觉得一种恐惧在心头增长，一种他看不见的威胁。它变得如此沉重，以至于他奔跑时两腿像灌了铅一样。

恐惧笼罩着他，敌人就在前方的隘口，而他家少爷却古怪冲动、毫无顾忌地朝那儿跑去。他从后面的阴影与左边悬崖下那片浓重的阴暗中移开目光，看向前方，看见了两件令他更加焦虑的事。他看见弗拉多仍然握在手里的出鞘刺叮剑蓝光闪闪；他看见虽然后方的天空现在黑了，但塔楼的窗内仍然闪着红光。

"兽人！"他嘀咕道，"我们绝对不应该这么莽撞的。周围有兽人，还有比兽人更糟糕的东西。"于是，他快速恢复了长期养成的秘密行动的习惯，拢起双手罩住手中宝贵的水晶瓶。因为血液流动，他的手透出了片刻红光，于是他便将这泄漏的光源深深地塞进贴胸的口袋里,拉起精灵斗篷裹住自己。然后,他努力加快脚步。他已经落后他家少爷越来越远了。这会儿弗拉多已经在前面二十几步开外,像影子一样一闪一闪的,眼看就要消失在那片灰暗的世界里。

山姆才藏好星光瓶,希洛布就来了。突然,他看见左边前面一点,一个他所见过的最可厌的形体从悬崖下一个黑漆漆的影洞中冒了出来,这东西之恐怖远超噩梦之恐怖。她很像一只蜘蛛,但比大型猎兽更大更可怕,因为她无情的眼中满是邪恶企图:那些他以为已经被吓退击败的眼睛,又凶光毕露,簇聚在她突出的脑袋上。她长着巨大的角,短杆子一样的脖子后面是硕大臃肿的身躯,就像一只巨大的气囊,在她的两腿间摇来荡去。她的大块头躯体黑黢黢的,上面点缀着青灰色的斑块,而下腹部苍白,泛着幽光,散发出一股恶臭。她那多节的腿弯曲着,关节巨大,高过她的背,上面的毛发像钢刺,一根根外耸着,每条腿的末端都长着一个钩爪。

她一将柔软的身体和蜷缩的腿从巢穴上面的出口挤出来,就立刻以惊人的速度挪动起来,时而用吱嘎作响的腿奔跑,时而突然一跃。她横在了山姆和他家少爷之间。她要么是没看见山姆,要么是暂时避开了这位携光者,把全部注意力集中在一个猎物身上:弗拉多。没有水晶瓶在身的弗拉多,正掉以轻心地在小道上奔跑,还没有意识到危险。他跑得飞快,但希洛布更快,再跳跃几步就要逮住他了。

山姆倒抽一口冷气,聚起全部余力大声喊道:"小心后面!小心,少爷!我——"突然,他的喊声被闷住了。

一只黏糊糊的长手伸过来捂住了他的嘴,另一只手掐住了他的脖子,同时还有其他东西缠上了他的腿。防备不及的山姆一下子往后跌进了偷袭者的怀里。

"逮住他了！"咕噜姆在他耳边嘶嘶道，"终于，我的宝贝，我们逮住他了，是的，这讨厌嘶嘶的霍比特人。我们逮住这个了。她会逮住另外那个。啊，是的，希洛布会逮住他，不是斯米戈尔。斯米戈尔保证过，他绝对不会伤害主人。可是他逮住了你，你这个肮脏讨厌的鬼鬼祟祟的小家伙！"他对着山姆的脖子啐了一口。

对背叛的愤怒以及对他家少爷身处致命的险境而自己却无法立刻施救的绝望，令山姆爆发出了突然的狂暴力量，这远远超出了咕噜姆对山姆是一个反应迟钝的蠢霍比特人的认知，就连咕噜姆自己也不可能更迅速更凶猛了。他捂住山姆嘴的手滑开了，山姆头一低，又猛地往前蹿，试图扯开掐住自己脖子的手。他手中握着剑，左臂上还用皮绳悬挂着法拉米尔赠送的手杖。孤注一掷中，他试图转身刺杀敌人。可咕噜姆太快了，他长长的右臂猛地伸出去捉住了山姆的手腕，他的手指就像一把钳子，缓慢而又无情地将山姆的手朝下朝外扳，直到山姆痛得惨叫一声，手一松，剑掉在了地上。而与此同时，咕噜姆另一只掐着山姆喉咙的手也越来越紧。

于是，山姆使出了最后一招。他竭力挣脱开，两腿岔开牢牢站住，接着猛地一蹬地面，拼尽全力往后摔去。

咕噜姆没料到山姆会使出这种简单的招数，往后跌倒，山姆压在了他身上。山姆全身的重量都落在了咕噜姆的肚子上。后者发出一声刺耳的嘶嘶叫声，瞬间松开了扼紧山姆咽喉的手，但他的手指仍然紧抓着山姆握剑的手。山姆往前扯开自己，站了起来，然后以被咕噜姆抓住的手腕为轴，迅速朝右一个回旋，左手抓住挂在臂上的手杖，高高扬起，朝咕噜姆伸出的手臂狠狠地挥下，只听啪的一声，正打在他的肘下。

咕噜姆尖叫一声，松开了手。山姆随即逼近，不待将手杖换到右手，就又挥出了狠狠的一击。咕噜姆像蛇一样迅速滑向一旁，对准他脑袋的一杖因而落到了他的背上。手杖咔嚓一声断了。这一下够他受的了。从背后偷袭是他一贯的伎俩，极少失手，但这一次，愤恨误导了他。他双手还没勒紧敌人的脖子，就先扬扬得意地开口说话，结果犯下了大错。自打那恐怖的光出乎意料地出现在黑暗中，他美好计划的每一步都出了错。现在，他跟一个暴怒的敌人面对面，这敌人的身材并不比他矮。这场打斗他占不了上风。山姆抄起地上的剑举起来，咕噜姆尖叫着，四肢着地往旁边躲去，像青蛙一样用力一蹦跳走了。在山姆赶上来之前，他就逃走了，掉头以惊人的速度向隧道里跑去。

山姆握着剑追在他后面，暂时忘记了一切，只剩怒火中烧，想宰了他。不过咕噜姆在他追上来之前就逃掉了。等他追到漆黑的洞口前，扑鼻而来的臭气似一记惊雷，弗拉多和那个怪物顿时回到了他的脑海中。他猛地转过身，疯狂地冲上小道，拼命呼喊着他家少爷的名字。然而，他太迟了。至此，咕噜姆的诡计得逞了。

第10章
山姆怀斯大人的选择

弗拉多仰面躺在地上，那怪物俯身热切地盯着自己的猎物，根本不理会山姆和他的喊声，直到他奔到近前。山姆冲上前，看到弗拉多从脚踝到肩膀，已经被蛛绳缠裹得结结实实，那怪物刚开始用她的大前腿半提半拉，要拖走弗拉多的身体。

那把精灵宝剑已经从弗拉多手中脱落，躺在距他不远的地上，没用了，但依然闪闪发光。山姆来不及细想自己该怎么办，或者自己是否勇敢，是否忠诚，是否义愤填膺。他大喊一声，跃步上前，左手抄起他家少爷的剑，发起了进攻。即便是在野兽的野蛮世界里，也不曾见过如此凶猛的攻击：某个只长着小牙齿却孤注一掷的小动物，竟会扑向长着尖角和厚皮的巨兽，这巨兽站在小动物倒地的同伴身旁。

山姆小小的怒吼仿佛搅乱了希洛布扬扬得意的梦，她慢慢地将蘸着毒汁的可怕目光转向山姆。在她来得及意识到这次向她袭来的愤怒比她在过去无数岁月中见识过的愤怒都要强烈之前，闪亮的剑就砍中她的脚，斩断了一只钩爪。山姆一跃而起，跳进她拱起的腿间，用另

双塔

一只手猛地戳向她低垂的脑袋上那簇眼睛。一只巨眼瞎了。

此刻,这惨兮兮的小家伙就在她正下方,她的刺和钩爪暂时够不着他。她那散发着腐烂之光的大肚腹就在他头顶上,恶臭几乎将他熏倒,但愤怒仍然让他挥出了第二击。而且在她压向他,把他和他那微不足道的匹夫之勇全都压垮之前,他又挥着闪亮的精灵宝剑拼命向她砍去。

可是希洛布不像恶龙,全身没有相对软弱的罩门,除了她的眼睛。她的陈年老皮因积腐而满是疙瘩坑洼,一层又一层的邪恶生长不断地把它从内部加厚,剑刃在上面划开了一道可怕的口子,但那些丑陋的褶皱厚皮无法被任何人类的力量刺穿,哪怕是精灵或矮人锻造的钢剑,哪怕挥剑的是贝伦或图林的手,也无济于事。她受了这一剑,跟跄一退,但随即把她那硕大的肚腹提高到山姆的头顶上,毒液冒着泡沫从伤口流了出来。她张开腿,再次将自己的大块头身躯压向山姆。她的动作太快了。山姆仍然稳稳地站着,他扔下自己的剑,双手举起精灵宝剑,剑尖向上,试图挡开这可怕的压顶。就这样,希洛布被自己的残酷意念驱使着,以比任何勇士之手都强大的力量,将自己压向了那锋利的剑尖。剑越刺越深,越刺越深,山姆也慢慢地被压向地面。

在漫长的邪恶生命中,希洛布做梦都不知道还有这样剧烈的痛楚。不管是古老刚铎最勇敢坚强的战士,还是落入陷阱中最野蛮的兽人,都不曾这样抵抗过她,也不曾把刀刃刺进她宝贵的肉体。她浑身一阵颤抖,又提起身子,将肚腹从那刺痛中拔出来,腿脚抽搐着缩到身下,然后猛地向后一跃。

山姆跪倒在弗拉多的脑袋旁边,被臭气熏得头昏眼花,双手却仍然紧紧握着剑柄。透过眼前的雾气,他依稀看见了弗拉多的脸。他死死挣扎着控制住自己，把自己从笼罩大脑的晕眩中拽出来。慢慢地，他抬起头，看到她就在几步开外，正盯着他。她嘴上粘着毒唾沫，一种绿色的黏液正从受伤的眼睛里滴下。她踞伏在那里，颤抖的肚腹瘫开在地上，巨大的腿弓哆哆嗦嗦地抖动着。她正在为另一次跃起聚集力气——这次要压碎叮咬致死，让她的美食停止挣扎，而不是小咬一口注入毒液。这次要杀戮，然后撕碎。

山姆也蹲伏在地上看着她，从她的眼中看出了自己的死期。一个念头闯进他的脑海，就像有一个遥远的声音在说话。他左手伸进胸口摸索着找到了他要找的东西：在这恐怖的鬼影世界里，他触碰到的这个东西冰冷、坚硬、可靠，它就是加拉德瑞尔的水晶瓶。

"加拉德瑞尔！"他虚弱地说。然后，他听见了一些遥远但清晰的声音：那是精灵在星光下，从夏尔的亲切树影下走过时发出的呼喊，还有在埃尔隆德之家的火焰厅里，传入他睡梦中的精灵音乐。

姬尔松耐尔，啊！埃尔贝瑞丝！

他脱口而出，喊出了一种他自己都不懂的语言：

"A Elbereth Gilthonielo menel palan-dirielle nallon s í di'nguruthos!A tiro nin，Fanuilos!"[①]

他这样喊着，跟跟跄跄地站起来，又是汉姆法斯特之子，霍比特人山姆怀斯了。

"来啊，你这脏东西！"他喊道，"你伤了我的主人，你这畜生，你要为此付出代价！我们要继续前进，但我们先要解决你。来啊，再来尝尝它的厉害！"

[①] 啊，姬尔松耐尔，埃尔贝瑞丝，您从天上凝望，我于死亡的阴影下祈求，永恒纯洁的你，看顾我！

仿佛是他不屈不挠的精神激发出了强大的潜力,水晶瓶突然迸发出火光,就像他手中举着的一支白炽火炬。那火光如同一颗从天空跳下来的星星,以无法承受的光亮烤焦了黑暗的空气。以前从未有过这样自天而降的恐怖光焰在希洛布的脸上燃烧。道道光芒射进她受伤的脑袋,烧得剧痛,令她难以忍受。而且这可怕的光芒具有感染性,从她的一只眼睛扩散到另一只眼睛。她仰倒在地,前腿在空中乱舞,视力被侵入体内的强光摧毁,心智大乱。于是,她转动受伤的脑袋,滚到一旁,开始一爪一爪地爬向后方黑暗悬崖上的洞口。

山姆追击过去。他像醉汉一样脚步踉跄,但还是继续追击着。希洛布终于胆怯了,溃退中开始收缩,她颤抖着、抽搐着,试图赶快摆脱他。她爬到洞口,挤了进去,留下一摊黄绿色的黏液。就在她往洞里溜时,山姆给了她拖拽的后腿最后一剑。然后,他瘫倒在地。

希洛布逃走了。她是否从此躺在她的巢穴中,怀着怨恨和痛苦,在漫长的黑暗岁月中从内部愈合她的伤口,复原她的簇眼,直到饿得要死才再次在阴影山脉的山谷中布下她那可怕的罗网,这个故事就不再提了。

独留山姆一人躺在地上。当无名之地的黄昏降临到这战场时,他精疲力竭地爬回了他家少爷身边。

"少爷,亲爱的少爷!"他叫道,但弗拉多没有回应。之前他热切地往前奔跑,为获得自由而欣喜若狂时,希洛布以可怕的速度从后面追上来,飞快地蜇了一下他的脖颈。此刻他脸色苍白地躺在地上,不闻不动。

"少爷,亲爱的少爷!"山姆又叫道。在冗长的静默中,他等待着回音,却是枉然。

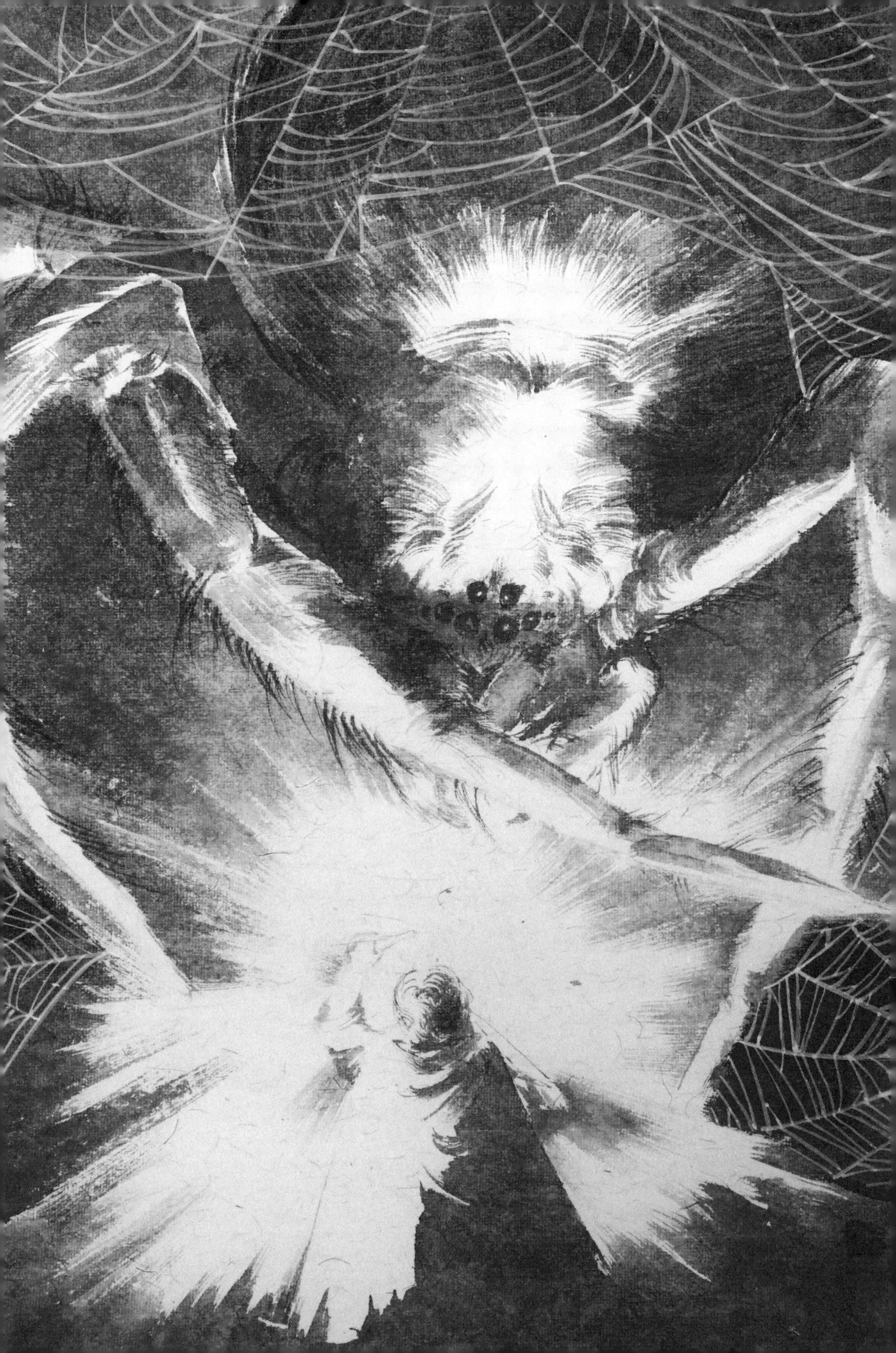

于是，他尽可能快地割断那些绑缚的蛛绳，把头搁在弗拉多的胸口，又凑到弗拉多的嘴边，却没能发现生命的悸动，也没感觉到最轻微的心跳。他不时地揉搓弗拉多的手脚，抚摸他的额头，但他家少爷全身冰冷。

"弗拉多，弗拉多先生！"他喊道，"别留我一个人在这里啊！是你的山姆在叫你。别去我不能跟随的地方！醒醒，弗拉多先生！啊！醒醒，弗拉多，我的天哪，我的天哪！醒醒啊！"

然后，愤怒淹没了他。他绕着他家少爷的身体狂奔起来，一边跑一边对着空气乱戳乱刺，劈砍岩石，大吼大骂。过了一会儿，他恢复了神智，俯身看着弗拉多的脸。暮色中，这张脸苍白无色。突然，他的眼前浮现出了在罗瑞恩时，加拉德瑞尔的水镜向他揭示的那幅景象：一脸苍白的弗拉多，躺在一个巨大的黑色悬崖下沉睡，反正当时他以为那是沉睡。"他死了！"他说，"不是睡着了，是死了！"话一出口，他就发现，弗拉多的脸色变得乌青，仿佛这些词语令毒液又起了作用。

山姆深深地感到绝望。他躬身伏在地上，拉起灰兜帽盖住头，夜色入心。然后，他陷入了没有知觉的茫然状态。

当那阵昏厥终于过去，山姆抬起头，发现自己被阴影笼罩着。这世界已经拖拖拉拉地过去了多少分钟，或者多少小时，他不知道。他仍然在同一个地方，他家少爷仍然没有声息地躺在他旁边。山未崩，地未毁。

"我该怎么办？我该怎么办？"他说，"我一路陪他走来，却是一场空吗？"然后，他想起了他们的旅程刚开始时，他亲口说过的他自己都不明白的话："一切结束之前我有事要做。我必须做到底，大人，你懂我的意思吧。"

"可我能做什么呢？不能丢下弗拉多先生曝尸山顶，自己回家去吧？继续往前走？继续往前走？"他重复着，片刻的犹疑和惧怕使他动摇了，"继续往前走？这就是我必须做的吗？把他丢在这里？"

最后，他开始哭泣。他走到弗拉多身边，摆好他的身体，将他冰冷的双手交叠放在胸前，再用他的斗篷将他裹好。然后，他将自己的剑放在弗拉多身体的一边，把法拉米尔所赠的木杖放在另一边。

"如果我继续往前走，"他说，"就必须带上你的剑，弗拉多先生，请你允许。不过我会把我这把剑放在你身边，就像它在古家里陪在老国王身边一样。你还有那件老比尔博先生给你的漂亮的秘银锁子甲。至于你的星光瓶，弗拉多先生，你的确把它借给我了，而我也需要它，因为从今以后我就一直处在黑暗中了。它太珍贵了，我不配拿，而且它是夫人送给你的，但也许她会理解的。你理解吗，弗拉多先生？我得继续走下去。"

可是他不能走，还不能走。他跪下来，抓起弗拉多的手，不愿松开。时间流逝，他仍然跪在那里，握着他家少爷的手，内心纠结。

他试着寻找力量，能将自己扯开，去踏上一段孤独的旅程——为了复仇。只要他能够上路，他的愤怒将支撑着他踏遍世间所有的路，穷追不舍，直到最后抓住他——咕噜姆，然后咕噜姆就得死在某个角落里。可那不是他的初衷。为那离开他家少爷是不值得的，它不能使弗拉多死而复生，做什么都不会。他们一起死了是不是更好？可那也将是孤独的旅程。

他看着闪亮的剑尖，想到后面那些漆黑的悬崖，也许可以坠落到空荡荡黑漆漆的虚无中。可自尽也不是出路，那么做毫无意义，甚至连悲伤都算不上。那不是他当初离开夏尔时要做的事。"那我到底该

双塔

怎么办？"他又喊道。不过此刻，他似乎明明白白地知道那个艰难的答案了：做到底。那是另一趟孤单的旅程，最糟糕的旅程。

"什么？我，独自一个人，去末日裂隙？"他仍然胆怯畏缩，但决心在增长，"什么？我从他那里拿走至尊指环？会议是把它交给了他的。"

答案也随即而来："可会议也给他派了同伴，以保证任务不失败。而你是整个远征队中最后一个成员了。这项任务一定不能失败。"

"真希望我不是最后一个！"他叹息道，"真希望老甘道夫在这里，或者别的哪个人。为什么要剩下我一个人来做决定？我肯定会弄出差错的。自告奋勇要求带上至尊指环的，不应该是我啊！

"你没有自告奋勇，你是被迫奋勇。至于不合适不恰当的人选，唉，你可能会说，弗拉多先生也不是，比尔博先生也不是。他们都不是出于自己的选择。

"唉，好吧，我必须自己下决心。我会下决心的。可我肯定会出错的：山姆·甘吉本质上就是这种人啊。

"现在让我想想：如果在这里我们被发现了，或者弗拉多先生被发现了，而那个东西还在他身上，那大敌就会得到它了，我们也就全都完蛋了——罗瑞恩，幽谷，夏尔，一切，全都完了。没有时间浪费了，否则一切全完。大战已经开始了，很可能事情已经朝着有利于大敌的方向发展了。没有机会带着它回去寻求建议或允许了。不，要么坐在这里，等他们来把我杀死在少爷身边，然后得到它，要么带上它上路。"他深深地吸了一口气，"那就带上它，就这样！"

他俯下身，轻轻地解开弗拉多颈部的扣子，将手伸进他的短袍里。然后，他用另一只手托起弗拉多的脑袋，吻了吻他那冰冷的前额，再轻轻地将那条项链摘下来，然后又轻轻地放下他的头。弗拉多静静的脸上没有丝毫变化。这比其他任何迹象都让山姆终于确信：弗拉多真的死了，真的抛下了任务。"再见，我亲爱的少爷！"他喃喃道，"原谅你的山姆吧。等这件事干完，他会回到这个地方来——如果他有办法回来的话。那他就再也不会离开你了。你静静地安息吧，直到我回来。但愿没有肮脏的生物靠近你！如果夫人能听见并给我一个愿望，我希望自己能回来，再找到你。再见！"

然后，他低下头，戴上项链。立刻，他的脑袋就在至尊指环的重压下垂向地面，就跟挂了一块大石头似的。不过慢慢地，重量好像开始减轻了，抑或是他体内生出了新的力量。他抬起头，然后努力站住脚，发现自己能行走，能承受这个重负。他将水晶瓶举高，低头看着他家少爷，水晶瓶这时和缓地燃着，散发出宛如夏夜暮星的柔和光芒。弗拉多在这光芒中浮现出美好的气色，脸色苍白，却有精灵之美，就像一个早已走过了阴影的人。山姆怀着痛苦的安慰，最后看了一眼弗拉多，转过身藏起那光，跌跌撞撞地走进渐浓的黑暗中。

他没有太远的路要走。隧道在后面一段距离，裂口就在前面大约二百码的地方。小道在暮色中依稀可见，那是一条被经年累月的通行踩出来的深辙，沿着一道两边都是峭壁的长沟缓缓上行。长沟迅速变窄。很快，山姆就来到了长长的一段宽而浅的石阶前。兽人的塔楼就在他的正上方，阴森黑暗，里面有一只红眼在发光。他这时就隐蔽在塔楼下漆黑的阴影中。他向石阶顶上走去，终于走进了裂隙。

"我已经下定了决心。"他不断地对自己说，但他并没有下定决心。尽管他已经竭尽全力去思考这个问题了，但他现在做的完全违背他的天性。"我是不是错了？"他嘀咕道，"我到底应该怎么做呢？"

双塔

裂隙两侧陡峭的崖壁渐渐围拢，在抵达真正的山顶之前，在最终看到小道下降进无名之地以前，他转过了身。一时间，在不能忍受的怀疑中，他一动不动地回望着。在渐深的昏暗中，他依然能看见像一个小污点一样的隧道口。他想他能看见或猜得到弗拉多还躺在哪里。当凝视着自己整个人生分崩离析的那块岩石高地时，他觉得地上似乎有一小团微光，但那也可能只是他泪眼婆娑中的幻觉。

"但愿我能实现我的愿望，我唯一的愿望，"他叹息道，"回去找到他！"最后，他还是转身面对前方的路，走了几步——这是他走过的最沉重也最不情愿的几步路。

只走了几步路，现在只要再走几步，他就将往下走，再也见不到那处高地了。可是突然，他听到了喊叫声和说话声。他像石头一样站着不动。那是兽人的声音。他们在他后方，在他前方。一阵沉重的脚步声和粗哑的吼叫声：兽人正从那一头，也许是从塔楼的某个入口，往裂隙这边走来。身后传来了沉重的脚步声和喊叫声。他一个回旋转过身。他看见了小小的红光，那是火把，在下方一闪一闪的，他们正从隧道里出来。猎捕终于开始了。塔楼里的红眼没有瞎，他被捕捉到了。

现在，火把摇曳的光亮和前方钢铁的叮叮当当越来越近了。他们马上就会到达山顶，抓住他。他花了太长的时间下定决心，现在糟了。要怎么才能逃脱呢？要怎么救自己呢？要怎么救下至尊指环呢？至尊指环！他没有意识到任何想法或决定，他只是发现自己拽出链子，把至尊指环拿在手上了。兽人队伍的头领这时出现在他前面的裂隙里。他把指环戴上了。

世界变了，片刻的时间里充满了一个小时的思绪。他立刻意识到自己的听觉变得敏锐了，而视力却变得模糊了，但跟在希洛布的巢穴里时不一样。他周遭的所有事物这时不是变黑了,而是变模糊了。他置身于一个灰蒙蒙的世界里,独自一人,像一块坚硬的小黑石,而那枚指环,沉甸甸地套在他的左手上,像一个火热的烫金球体。他一点也没觉得自己隐而不见,反倒是可怕而又独特地显眼。而且他知道,某处有一只魔眼正在搜寻他。

他听见了岩石的开裂,听见了远处魔古尔山谷中流水的潺潺,听见了下方岩石深处,希洛布不断涌出的痛苦,听见了她的摸索,听见了她迷失在某处黑暗的通道里,听见了塔楼地牢里的声音,听见了兽人从隧道里出来时的呼喝,听见了他耳边的喧哗和咆哮,听见了前面兽人脚步的碰撞和撕裂的嘈杂。他蜷缩在峭壁上。他们像一队幽灵似的往上行进着,仿佛迷雾中一群扭曲的灰影手中握着苍白火焰的恐怖梦境。他们从他身旁走过去了。他退缩着,企图悄悄地溜到某个缝隙里藏起来。

他聆听着。隧道里来的兽人和正在下行的兽人看见了彼此。双方这时都很匆忙,都在喊叫,他都听得清清楚楚,也听得懂他们说的话,也许至尊指环能让他理解不同的语言,或者只是拥有理解的能力,尤其是理解它的制造者索伦的奴仆的语言。这样他只要留心,就能听懂,就能把意思翻译给自己。接近铸造之地,至尊指环的力量的确大增,但有一样东西它并没有给予,那就是勇气。此刻,山姆仍然一心只想藏起来,藏到一切都平息下来再说。他焦急地聆听着。他说不上来那些声音离他多近,只觉得那些话几乎就是贴着他的耳朵说的。

"哟唏!戈巴格!你在这上面干吗?仗打够了?"

"命令啊,你这个笨蛋。你又在干什么,沙格拉特?在上面藏腻了?想下来打架?"

◑ 双塔

"命令是给你的，但我是这个隘口的指挥，所以，说话客气点。你有什么要报告的？"

"没有。"

"嗨！嗨！哟！"一声喊叫打断了两位头领的互相问候。低处的那群兽人突然看见了什么东西。他们开始奔跑，其他兽人也开始奔跑。

"嗨！哟嗬！这里有一个东西！就躺在路上。奸细，一个奸细！"号角一声呼啸，叫嚣声、嘈杂声顿起。

山姆凛然一惊，从胆怯的情绪中清醒过来。他们看见他家少爷了。他们会干什么？他听过的兽人故事令他血冷凝固。那可不能忍。他跳起来，将任务和他所有的决定全都抛在脑后，随之抛掉的还有恐惧和疑惑。他知道了此刻以及一直以来，自己的位置在哪里：他家少爷身边！尽管他并不清楚自己在那里能干什么。他往回跑下石阶，沿着小道朝弗拉多跑去。

"他们有多少？"他心想，"从塔楼里至少下来了三四十个，我猜从下面来的要多得多。在他们抓住我之前，我能杀掉多少呢？只要我一拔剑，他们就会看见剑光，那他们迟早会抓住我。不知道会不会有歌谣提到这事：山姆怀斯如何倒在高隘口，在他的主人周围造了一堵尸墙。不，不会有歌谣的，当然不会，因为至尊指环会被发现，不会再有其他了。可我身不由己。我的位置在弗拉多先生旁边。他们一定要理解：埃尔隆德和与会的诸位，还有那些睿智的大人们和夫人们一定要理解。他们的计划出了差错。我不能做他们的持环者。没有弗拉多先生不行。"

然而，兽人现在已经走出了他模糊的视野。他之前一直没有时间考虑自己，但现在他意识到自己已经累了，累得几乎筋疲力尽：他的

474

两条腿不肯按照他希望的那样带着他奔跑。他太慢了。小道像是有好几英里长。迷雾中,他们都走到哪里去了?

那儿!他们又出现了!就在前面,还有很远。一大群身影围着一样躺在地上的东西。还有几个身影似乎在东奔西跑,像狗一样俯身嗅闻着一道痕迹。山姆试图来一个猛冲。

"冲啊,山姆!"他说,"不然你又会太迟了。"他松开剑鞘中的剑,准备随时拔剑,然后——

那里又是一阵狂嚣:大笑大喊,欢呼疯吼。有一样东西从地上被抬起来了。"呀吼!呀吼吼!往上!往上!"

然后,一个声音吼道:"现在走了!抄近道,回地下大门去!从所有的痕迹来看,她今晚不会找我们的麻烦了。呀吼!"一整队兽人身影开始移动,中间四个将一具尸体高抬在肩膀上。

他们带走了弗拉多的遗体。他们走了。他赶不上他们了,但他仍然穷追不舍。兽人到了隧道口,正往里进。那些抬人的先走,后面跟着拉拉扯扯、撞来挤去的一大群兽人。山姆追了上去。他拔出剑,颤抖的手中蓝光闪闪,但他们没有看见它。就在他气喘吁吁地追上去时,最后一个兽人也消失在漆黑的洞里。

山姆站立片刻,捂着胸口喘得上气不接下气。然后,他扯起衣袖往脸上一抹,擦掉污渍、汗水和泪水。"该死的混蛋!"他咒骂一句,追着他们冲进了黑暗里。

隧道似乎不再那么黑了,他感觉像是从薄雾中走进了浓雾里。他越来越疲惫,但意志却越来越坚定。他想他能看见前面不远处火把的光亮,可无论怎么追,就是追不上他们。兽人在隧道里走得很快,而且他们熟悉这条隧道。尽管有希洛布,但他们还是被迫经常使用这隧道，因为它是从死城过山最快的通道。他们并不知道主隧道和大圆坑是在多么遥远的年代挖掘而成的，希洛布又是从多久以前就盘踞在此的，但他们自己也在两边绕着主隧道挖掘了很多岔道，以便他们在来来往往为主人办事的时候，躲开希洛布的巢穴。今晚他们并不打算沿着主隧道走多远，而是急着要找一条岔道，回到悬崖上面他们的监视塔楼。大部分兽人都很高兴，为所发现和所看到的东西欢欣鼓舞，一边跑一边以他们那个种族的习惯，叽里哇啦地说个没完。山姆听得见他们嘶哑嘈杂的话音，在死寂的空气中显得平板而僵硬。他从所有这些喧嚣中分辨出了两个声音：这两个声音比较大，离他也比较近。这两队兽人的头领似乎走在队伍最后面，一边走一边争论着。

"你就不能叫你那帮蠢货别这么大声嚷嚷吗，沙格拉特？"一个声音抱怨道，"我们可不想招来希洛布的攻击。"

"你还说呢，戈巴格！这一多半的嘈杂声都是你的人弄出来的。"另一个声音说，"不过，就让伙计们乐和乐和吧！我估计暂时不用担心希洛布。她似乎坐到一根钉子上了，咱们用不着为这哭喊。你没看见吗？这一路上都是恶心的东西，一直拖到她那该死的洞穴里。我们要能闭嘴一次，早就闭嘴一百次了。让他们笑去吧。而且，我们这次终于撞上了一点好运：拿到路格布尔兹要的东西了。"

"路格布尔兹要它，呃？你觉得它是啥？我看着它像精灵，不过小了一点。那样的东西有啥危险的？"

"我们要等看了才知道。"

"啊哈！这么说他们并没有告诉你会找到什么。他们不会把知道的事情都告诉我们的，对吧？连一半都不会告诉我们。可他们也会犯错，连老大们都会。"

"嘘，戈巴格！"沙格拉特压低嗓音，连听力变得异常敏锐的山姆也只能勉强捕捉到他说的话，"他们可能会犯错，但他们到处都有耳目，很可能我们当中就有一些。不过不用怀疑，他们的确在为什么事犯愁呢。按照你的说法，下面那些那兹古尔就在犯愁，路格布尔兹也是。有什么事差点出了纰漏。"

"你说差点！"戈巴格说。

"好啦，"沙格拉特说，"我们稍后再说，等我们下到地道里再说。那儿有一个地方，伙计们继续走的时候，我们可以再聊一会儿。"

片刻后，山姆看见火把消失了，接着传来了一阵隆隆噪响。他刚加快脚步，就砰的一声撞上了什么。他只能猜测兽人已经拐弯，就走进了弗拉多和他试过要走却发现被堵住的那个开口。它仍然是堵着的。

似乎有一块大岩石挡道，但兽人不知怎的过去了，因为他能听见他们的声音到了另一边。他们还在继续往前跑，越跑越深入山中，跑回塔楼。山姆感到绝望。他们出于某种肮脏的意图把他家少爷的尸体带走了，而他却没能跟上。他对着那块岩石又搡又推，还用身体去撞，它却不为所动。然后，他听见里面不远处，或者说他以为不远处，那两个头领说话的声音又响了起来。他站定听了一会儿，希望能听到一点有用的东西。也许那个似乎属于米纳斯魔古尔的戈巴格会出来，那到时他就可以溜进去了。

"不，我不知道。"是戈巴格的声音，"通常，消息传得比飞还快，但我没有问过那是怎么办到的。不知道最安全！呃！那些那兹古尔让我心里发毛。他们一盯着你看，你就感觉好像浑身的皮都被扒下来了，你被丢在那边的黑暗中冻得僵硬。可他喜欢他们，如今他们是他的宠儿，所以抱怨也没有用。我告诉你，在下面那城里听差，没意思。"

"你应该试试到这儿来跟希洛布做伴。"沙格拉特说。

"我宁愿去试试某些没有这两样的地方。不过现在打仗,战争结束后,日子也许会好过些。"

"他们说,仗打得挺顺利。"

"他们会这么说的!"戈巴格嘟囔道,"走着瞧吧。反正,如果仗打得真顺利,那就应该有很多地方了。你刚才说什么来着?——如果我们有机会,你我就溜走,带上几个可靠的伙计,到某个地方建一块自己的地盘,就那种油水多、好混日子又没有大头头的地方。"

"啊!"沙格拉特说,"就像过去一样!"

"是啊,"戈巴格说,"但先别指望。我心里很不安。就像我说的,那些大头头,唉,"他压低嗓音,几乎耳语起来,"唉,甚至最大的那个,都会犯错。你说,有什么事差点出了纰漏。要我说,有什么事已经出了纰漏。我们得小心点。每次都是可怜的乌鲁克来收拾善后,吃力不讨好。可是别忘了:敌人不喜欢我们,就跟不喜欢他一样。如果他们抓住了他,那我们也就完蛋了。不过,先说眼前的事:你是什么时候奉命出来的?"

"大约一个小时前,就是你看到我们之前。上面传来一个消息:'那兹古尔感到不安。阶梯上恐怕有奸细。加强警戒。阶梯巡逻要到顶。'我马上就来了。"

"坏差事,"戈巴格说,"你瞧,就我所知,我们沉默的监视者早在两天多以前就不安起来了,但隔了一天才命令我这队人出去巡逻,也没有任何消息送到路格布尔兹去:这都是因为大信号升起来了,那兹古尔之首出去打仗了,情况就是这样。然后好一阵子,他们就没法让路格布尔兹注意这边,我听说是这样的。"

"我想,大眼正在忙别处呢,"沙格拉特说,"他们说,西边正有大事。"

"我敢说是有,"戈巴格咬牙切齿道,"但同时,敌人也爬上了阶梯。你上来又是干吗的?不管有没有特别命令,你都应该保持警戒的,不是吗?你都干吗了?"

"够了!别企图教我怎么干活。我们一直都保持警戒呢。我们知道有些古怪的事情正在发生。"

"非常古怪!"

"对,非常古怪,发光、吼叫,诸如此类。希洛布出动了。我的伙计们看见她和她那鬼鬼祟祟的同伙了。"

"她那鬼鬼祟祟的同伙?那是什么?"

"你肯定见过他:一个瘦小的黑家伙,就像一个蜘蛛,或者说更像一只饥饿的青蛙。他以前来过这里。第一次是从路格布尔兹出来的,好多年前。上头有话,让我们给他放行。从那之后,他上过一两次阶梯,但我们都没搭理他。他跟那位老夫人似乎有某种默契。我估计他不好吃,因为她才不管上头说什么呢。不过你们在山谷里警戒得可真好啊——他在所有这些骚动的前一天就上来过。昨天傍晚,我们就看见他了。总之,我的伙计报告说,那位老夫人快活了好一会儿。这对我而言蛮不错的,直到消息传来。我以为她那鬼鬼祟祟的同伙给她带来了一个玩具,或者是你们给她送来了一个礼物,一个战俘之类的。她在玩耍取乐时我是不会去打扰的。希洛布出猎时,没有什么能逃过。"

"没有什么能逃过,你怎么能这么说!你没用眼睛看那边吗?我跟你说,我心里不踏实。不管爬到阶梯上来的是什么,他都过去了。他砍断了她的网,毫发无伤地出了那个洞。这可是值得琢磨一下的事！"

"啊，好吧，但她最后还是逮着他了，不是吗？"

"逮着他？逮着谁？这个小家伙？可如果只他一个，那她早就把他拖回巢穴里去了，他现在应该在那儿。如果路格布尔兹要他，那你就得去把他弄出来，对你来说是美差啊。不过来的可不止一个。"

听到这里，山姆更加专注了，把耳朵贴到岩石上。

"谁把她缠在他身上的蛛绳给割开的，沙格拉特？跟砍断蛛网的是同一个。你没看见吗？还有，是谁刺了那位老夫人一针？我敢说是同一个。可他在哪里？他在哪里，沙格拉特？"

沙格拉特没有回答。"你要是有脑子，最好带上。这可不是开玩笑的事。没人，以前从来没人能给希洛布刺上一针，这点你应该很清楚啊。倒也没啥可沮丧的，不过你想想：竟然有人在附近游荡，而自大坏时代以来，自围城战以来，就没有任何该死的叛贼比这人还危险。有什么事出纰漏了。"

"那到底是什么事？"沙格拉特咆哮道。

"从所有的迹象来看，沙格拉特队长，我得说有一个大块头战士溜了，很可能是一个精灵，总之是一个带着精灵宝剑的家伙，也许还带着斧头。还有，他是在你的地盘上跑掉的，而你却没看见他。真是古怪啊！"戈巴格啐了一口。听着他描述的自己，山姆不禁苦笑了。

"啊，好吧，你的看法总是很灰暗，"沙格拉特说，"你可以随便解释那些迹象，但它们也可能有别的解释。反正我已经在每个点都设了哨兵，我一次只打算处理一件事。等我查看完我们已经逮到的这个家伙，再去担心别的事。"

"我猜，你在那个小家伙身上找不到多少东西，"戈巴格说，"他可能跟真正的危险没什么关系。反正那个带着利剑的大家伙似乎没怎么把他当回事，就把他扔在那里躺着：这是精灵惯用的伎俩。"

"走着瞧吧。现在快点！咱们说得够久了。走，瞧瞧俘虏去！"

"你打算拿他怎么办？别忘了，是我先看见他的。要是有什么乐子，我跟我的伙计们必须参与。"

"行了，行了，"沙格拉特吼道，"我有命令在身呢。违抗命令我会死，你也会死。任何被守卫发现的入侵者都要被关押在塔楼里。囚犯要被剥光。每样东西都要详细报告，衣服、武器、信件、指环、小玩意儿，都要立刻送到路格布尔兹去，而且只能送到路格布尔兹去。囚犯必须安然无恙，毫发无损，否则每个守卫都会被处死，直到他派人来或他亲自来。这够清楚了吧，这就是我要做的事。"

"剥光，呃？"戈巴格说，"什么意思？牙齿、指甲、头发，等等，全部？"

"不是，不是那些。我告诉你，他是要被送去路格布尔兹的。我们得把他安安全全、全须全尾地送去。"

"你会发现那很难，"戈巴格大笑道，"他现在只不过是一具尸体啦。我猜不出路格布尔兹要拿一具尸体做什么。还不如把他下锅炖了。"

"你这个笨蛋！"沙格拉特吼道，"亏你刚才话说得那么聪明！你不知道的许多事，别人可都知道。你再不小心点，被下锅炖了或送去喂希洛布的就是你了。尸体！这就是你对那位夫人的全部了解吗？她用蛛绳把猎物捆起来，是打算之后再吃。她不吃死肉，也不吸冰冷的血。这家伙没死！"

山姆抠着岩石，只觉得天旋地转。他感到好像整个黑暗世界都颠

481

倒过来了。这打击如此之大，令他几乎昏厥，尽管他竭力控制住自己的感知，但内心深处仍有一个声音清清楚楚："你这个笨蛋，他没死，你知道的。别相信你的头脑，山姆怀斯，它不是你身上最好的部分。你的麻烦就在于你从来都没有真的怀抱过任何希望。现在可怎么办？"

一时之间，他什么也做不了，只能紧贴着纹丝不动的岩石聆听，聆听兽人可恶的声音。

"喊！"沙格拉特说，"她可不只有一种毒液。她狩猎的时候，只在猎物脖颈上轻轻蜇一下，他们就会像去了骨头的鱼一样瘫掉，然后她会以自己的方式慢慢地吃掉他们。你还记得老乌夫沙克吗？他失踪了好几天。后来，我们在一个角落里发现了他。他被吊了起来，可神志很清醒，还怒气冲冲的。笑死我们了！她大概是把他忘了，但我们没碰他：她的事还是别插手为妙。呦，这肮脏的小东西，过几个小时就会醒的。他可能会感到有点恶心头晕，然后就没事了。或者说，路格布尔兹要是放过他的话，他就没事了。当然了，他肯定想知道自己在哪儿，发生了什么事。"

"还有将会发生什么事！"戈巴格大笑道，"我们要是干不了别的，那总能给他讲几个故事啊。我想他从未到过可爱的路格布尔兹，所以他可能乐意知道都有什么可期待的，这可比我想的要好玩啊。我们走吧！"

"没什么好玩的，我告诉你！"沙格拉特说，"必须保证他安然无恙，否则我们全都会生不如死的。"

"好吧！不过我要是你，就会先去抓住那个溜走的大家伙，再去给路格布尔兹送报告。说你逮住了小猫咪，却让大猫逃走了，听起来可不太好。"

那两个声音开始走远了。山姆听到脚步声渐行渐远。他渐渐地从震惊中回过神来,此刻被一种疯狂的恼怒攫住了。"我把事情全搞砸了!"他喊道,"我就知道我会搞砸的。现在他们抓走了他。恶棍!畜生!永远不要离开你家少爷,永远不要,永远不要:这是我正确的规则。我心里明明知道的。但愿我能被宽恕!现在,我得回到他身边去,无论如何,无论如何都要去!"

他又拔出他的剑,用剑柄敲打岩石,但只能敲出沉闷的声响。然而,剑光闪闪,如此明亮,以至于他能隐约看见了。他惊讶地发现,这块巨大的石头形状就像一堵沉重的门,还不到他身高的两倍。上面有一片黑乎乎的空当,就在门顶和洞口的低拱顶之间。这道门大概只是为了阻挡希洛布闯入,里面用门闩或插销什么的闩上,凭她的狡猾也够不到。山姆用尽余力往上一跳,抓到门顶,挣扎着爬上去,再跳下去。然后,他开始狂奔,手中的剑闪闪发光。他转过一个弯,跑上了一条蜿蜒的隧道。

少爷还活着的消息激发了他最后的力气,让他忘记了疲倦。前面他什么也看不见,因为这条新通道拐来拐去,始终在转向。不过他想他就要追上那两个兽人了:他们的声音又变近了。现在他们离得似乎相当近了。

"那就是我要去做的!"沙格拉特怒气冲冲地说,"直接把他关到顶楼上去。"

"为什么?"戈巴格吼道,"你底下没有牢房吗?"

"我告诉你,他不能受到任何伤害!"沙格拉特回答道,"明白了?他很宝贵。我信不过我那些伙计,一个也信不过,你那些也是。而你,在疯狂想找乐子的时候,也不可靠。如果你不保持文明,他就

483

只能去我要他去的地方,而且是你不会去的地方。我说,把他关到顶楼上去。他在那里会很安全。"

"他会吗?"山姆说,"你忘记那个跑掉的高大的精灵战士了!"说着,他跑过最后一个拐角,却发现隧道的诡异或至尊指环赋予他的听力捉弄了他,他错估了距离。

那两个兽人的身影还在前面相当远的一处地方。他现在能看见他们了,在红光的映衬下,他们又黑又矮。这条通道终于变直了,斜坡向上,尽头是一道双扇大门,这道门大概通往那座高角塔楼底下深处的石室。兽人们抬着弗拉多已经穿过门进去了。戈巴格和沙格拉特正在接近那道门。

山姆听见了粗哑的歌唱声、响亮号角声、嘭嘭的鼓噪声和可怕的喧闹声。戈巴格和沙格拉特已经走到了门口。

山姆挥舞着刺叮剑大声喊着,但他小小的声音淹没在了喧嚣中。没有人注意到他。

巨门砰地合拢,里面的铁闩咣的一声闩上了。大门紧闭。山姆用力朝那上了闩的铜门板撞去,却摔倒在地,失去了知觉。他躺在门外的黑暗中。弗拉多还活着,但是落到了大敌手中。

译后记

2023年9月27日晚上，最后一遍修订完译稿后，我发了一条朋友圈：

> 弗拉多即将渡海西去
> 我和山姆一样热泪盈眶
> 山姆悲伤于离别
> 我欣喜于三年多的折磨终于到了尾声

这是我的"杀青词"。彼时彼刻，我的心情，与其说是"欣喜"，不如说是"五味杂陈"。翻译这部三卷本的幻想小说于我而言确实是一个巨大的考验，尽管在此之前，我有过翻译文学小说和理论著作的一些经验，但《指环王三部曲》的魔法就像指环之王的力量施之于小说中任何一个对它产生欲望的角色一样，让我在被控制和摆脱控制的挣扎中备受煎熬，感受甜辣、酸涩、苦辛诸般滋味。一路走来，要特别感谢济南出版社副总编辑郭锐和责任编辑丁洪玉的理解、宽容和支持。

除了这条收尾帖，另有四条朋友圈帖子，记录了这三年来我的《指环王三部曲》译路历程。

> 双塔

第一条是 2020 年 6 月 17 日：奇幻都是在虚无中产生的。

在正式落笔翻译前，我先通读了一遍原著。坦率地说，这是我第一次认认真真地阅读这部在英语文学史上鼎鼎有名的奇幻小说巨著。对于文学幻想，我的心态其实很矛盾。《指环王三部曲》不是我翻译的第一部英文小说，却是第一部幻想小说。我自己创作过三部幻想小说，我始终觉得，当用因果逻辑无法解释这个世界时，就可以用"奇幻"应对现实中无处安放的疏离感和漂泊感。茫茫宇宙，大千世界，因果关系并不是唯一的物理，虚无正产生于因果解释的失效。一枚拥有无限力量的指环之王连接起行走的树、说话的兽、33 岁刚成年的霍比特青年，寄托着托尔金对存在的道德、伦理、权力、人性、自由、命运、时间、死亡以及善恶的思索。

托尔金的奇想为后来的 Fantasy（幻想）创作者开启了无数条流脉，但也在每条流脉上设立了一道道难以跨越的屏障。有感于此，我在 2021 年 10 月 20 日发了第二条朋友圈：托尔金简直没有给后来的 Fantasy 写作者留一点想象的余地……

不过，这些话题在这里不宜展开，因为当你兴冲冲地准备开始一场奇幻的故事之旅时，绝不希望有一个聒噪的先行者在你耳边"剧透"。解读和批评就留给以后，留给每一位热爱探险，追随弗拉多，踏上穿越荒原的求索之旅，对抗黑暗之塔挑战的读者。

2022 年 1 月 21 日，我发了第三条朋友圈：我中了《指环王》的名称之咒。

从某种意义上说，名称是一种居所。万物有名，方得定属。托尔金以名为符，为小说中的每一个人、每一处地、每一件物建造了多个蕴含着独特意义和特点的"居所"——人、神、魔、妖、怪、精、山峰、水潭、谷地、马匹、飞鸟、花朵、树木、丛林、剑斧……人、地、物都不止一个名字，不止一个"居所"，它们分布在不同的场景，不同的情节点，着实容易让译者晕头转向。

托尔金显然意识到了自己的起名魔法给译者带来的困惑，在不满意于早期《指环王》的荷兰语和瑞典语译本对名称的改动后，专门编写了《指环王命名指南》，帮助译者处理人名、地名和事物名。这份指南确实在很大程度上解除了施加在我身上的名称咒语，但在很小的程度上我也采用了自己的一些想法。在翻译人名时，我基本上按照汉译的惯用法，采取的是音译；部分物名也是音译，部分则结合情节语境，尽量捕捉其特定的寓意；地名的翻译尽量体现这一地的地理特征或与故事情节相关的文化特征，比如 Middle-earth，因为 Middle-earth 的主要居民霍比特人看到河流、小船会犯晕，"海"更是令他们恐惧的字眼，那是死亡的象征，所以我去掉三点水，在"中州"和"中洲"之间选择了前者。

我的原则就是尽量避免阐释性的译笔，因为我觉得，文学翻译应该拒绝译者自以为是的删删减减，修修补补，添油加醋。译者应该谨记摆渡者的身份，尊重原作，尊重原作者的风格，哪怕这风格不是己所欢心。

然而，这份对原作的忠诚在遇到诗歌的时候往往会产生动摇，因为诗意在言外，在超越承载它的词语的经验中。

因故事太长而被分成三册的《指环王三部曲》一共有61首诗。第一册《指环同盟》共32首，第二册《双塔》共16首，第三册《王者归来》共13首。这些夹杂着托尔金自创的昆雅语、辛达语、矮人语、洛汗语的诗，或吟诵中州大地各民族的传奇与历史，或抒发角色的情绪波澜，或叙述故事的起承转合……

2022年3月3日，我因此发了第四条朋友圈：托尔金有一颗诗人的心，《指环王》里的人动不动就歌上一首，听上一曲，令不得不谱曲的译者很为难……

不过，闻一多的诗歌"三美"理论中的"建筑美"和"音乐美"之说，给了我"谱曲"的灵感。虽然过程走得弯弯绕绕，但概括起来寥寥数语：尽量在不破坏内容的层次和逻辑关系的前提下保持诗节与诗节、诗行与诗行、诗句与诗句的整齐对称；用大致相同的音节营造稳定的节奏感，追求一种契合小说中歌者所处情境和情绪氛围的朗朗上口，最大限度地保留住我所感受到的歌谣原文的诗意。至于效果如何，就期待读者和方家批评指正了。

《指环王三部曲》其实已经有多个中译本——译林旧版、朱学恒版、世纪文景版、海舟版……这些译本各有千秋，但都是我翻译之路上的灯塔。在我踌躇于复杂句式、晦涩典故时，或为了一个精灵语词汇、一句霍比特人的俏皮话绞尽脑汁时，这些译本，总能拨云见日般照亮我的笔。"前人栽树，后人乘凉"，我的这个译本向这些前辈致敬。

只是，珠玉虽在前，瓦当仍欲立。在这套书付梓出版之后，我大概会把这句话发在朋友圈里，当作真正的"杀青词"。

何卫青
2025年1月于青岛梦想家

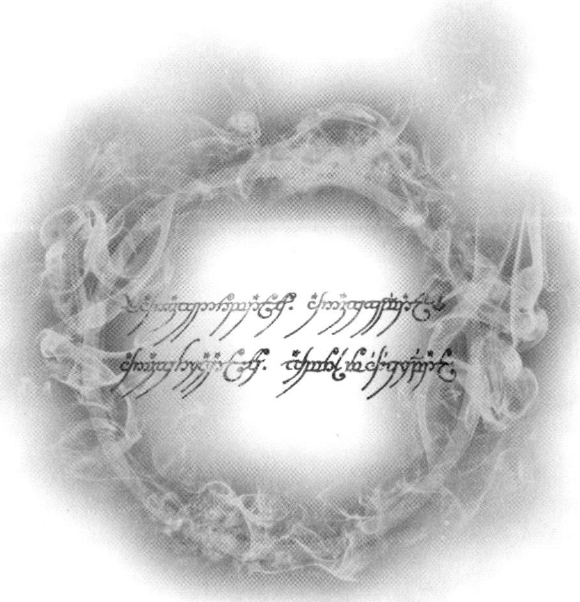